잃어버린 시간을 찾아서 8

소돔과 고모라 2

À LA RECHERCHE DU TEMPS PERDU
SODOME ET GOMORRHE

잃어버린 시간을 찾아서 8

소돔과 고모라 2

마르셀 프루스트 김희영 옮김

민음사

일러두기

1 이 책은 Marcel Proust의 *Le Temps retrouvé, A la recherche du temps perdu*(Gallimard, "Bibliotheque de la Pleiade", 1989)를 번역했다. 그리고 주석은 위에 인용한 책과 *Le Temps retrouvé*(Gallimard, Collection Folio, 1990), *Le Temps retrouvé*(Le Livre de Poche, 1993), *Le Temps retrouvé*(GF Flammarion, 2011)를 참조하여 역자가 작성했다. 주석과 작품 해설에서 각 판본은 플레이아드, 폴리오, 리브르드포슈, GF-플라마리옹으로 구분하여 표기했다.

2 총 7편으로 이루어진 프루스트의 『잃어버린 시간을 찾아서』를 원고의 길이와 독서의 편의를 고려하여 13권으로 나누어 편집했다. 1편 「스완네 집 쪽으로」(1, 2권), 2편 「꽃핀 소녀들의 그늘에서」(3, 4권), 3편 「게르망트 쪽」(5, 6권), 4편 「소돔과 고모라」(7, 8권), 5편 「갇힌 여인」(9, 10권), 6편 「사라진 알베르틴」(11권), 7편 「되찾은 시간」(12, 13권)

3 작품명 표기에서 단행본은 『 』, 개별 작품은 「 」, 정기간행물은 《 》로 구분했다.

차례

소돔과 고모라 2

(2장에서 계속)

* * *

나와 알베르틴은 작은 지방 열차가 다니는 발베크 역 앞에 있었다. 날씨가 나빠서 호텔 합승 마차를 타고 온 길이었다. 우리와 그리 멀지 않은 곳에는 한쪽 눈에 멍이 든 니심 베르나르 씨가 있었다. 그는 얼마 전부터 이웃 마을의 꽤 번창한 '버찌 농원'에서 일하는 소년과 사귀면서 「아탈리」에 나오는 합창대원과도 흡사한 녀석을 배신했다. 붉은 얼굴에 투박한 이목구비를 가진 소년의 머리는 토마토와 정말 비슷했다. 그의 쌍둥이 형의 머리도 그와 정확히 닮은 토마토였다. 아무 이해관계도 없는 관찰자에게 이들 쌍둥이의 완벽한 유사성은, 자연이 일시적으로 산업화되어 유사한 제품을 생산해 낸 것 같은 그런 아름다움의 느낌을 준다. 불행하게도 니심 베르나르 씨의 관점은 이와 달랐으며, 또 그 유사성은 외면적인 것에 불과했다. 토마토 2호는 전적으로 귀부인들에게 기쁨을 주는 일만을 열광적으로 좋아했으며, 토마토 1호는 몇몇 신사의 취향에 따르는 것을 그리 싫어하지 않았다. 그런데 근시안인(게다가 쌍둥이를 혼동하는 데는 구태여 근시안일 필요도 없었지만) 그 늙은 이스라엘인은 '버찌 농원'에 갈 때마다 반사 작용 때문인지 토마토 1호와 함께 보낸 즐거운 시간에 대한 추억을 떠올리고는 자기도 모르게 암피트리온* 역할을 하면서 쌍둥이 동생에게 말을 걸곤 했다. "오늘 저녁에 만날 수 있을까?" 그 말을 하는 순간 그는 바로 세차게 '두들겨' 맞았다. 전자와 시작했던 대화를 후자와 계속하려 하다가 같은 식사 중에 다시 얻어맞는 일도 있었다. 마침내 얻어맞는 데 신물이 난 그는 연상 작용에 의해 토마토 자체를, 먹을 수 있는 토마토조차 역겨워하게 되어 그랜드 호텔에 머무는 여행자가 그의 좌석 옆에서 토마토라도 주문하려 하면 그 말을 들을 때마다 귀에 대고 속삭였다. "알지도 못하는 사이에 이런 말씀을 드려 죄송합니다만, 토마토를 주문하시는 걸 들었습니다. 오늘 토마토는 썩었답니다. 손님을 위해 드리는 말씀입니다. 저야 아무래도 상관없어요. 전 절대 토마토를 먹지 않으니까요." 손님은 이 사리사욕 없는 자선가 이웃에게 진심으로 고마움을 표했고, 종업원을 다시 불러 생각을 고쳐먹은 척 말했다. "아니요, 정말이지 토마토는 먹지 않겠소." 이 익숙한 장면이 연출될 때마다

* 『잃어버린 시간을 찾아서』 3권 94쪽 주석 참조.

에메는 혼자 웃으며 생각했다. "베르나르 씨는 교활한 늙은 여우야. 주문을 변경하게 할 방법을 또 찾아냈군." 베르나르 씨는 늦은 열차를 기다리면서, 멍든 눈 때문에 알베르틴과 내게 인사를 하려 하지 않았다. 우리는 그보다 더 말하고 싶지 않았다. 하지만 만일 그때 자전거 한 대가 전속력으로 달려오지 않았다면, 말을 나누지 않을 수 없었을 것이다. 엘리베이터 보이가 자전거에서 뛰어내리며 숨을 헐떡거렸다. 우리가 출발한 직후 베르뒤랭 부인이 전화를 해서 이틀 후 만찬에 참석해 달라고 했다는 것이다. 그 이유는 곧 알게 될 것이다. 엘리베이터 보이는 전화 내용을 자세히 말한 후 떠났는데, 마치 부르주아에 대해 독립심을 보여 주고자 하는 민주적인 '종업원들'처럼, 그들 사이의 권위 원칙을 복원하면서 자기가 늦으면 호텔 안내원과 수송 책임자가 싫어할 거라는 의미로 "전 상관들 때문에 달려갑니다."라고 덧붙였다.

알베르틴의 친구들은 얼마 동안 떠나 있었다. 나는 알베르틴의 무료함을 달래 주고 싶었다. 나하고 단둘이서만 발베크에서 오후를 보내도 행복하리라고 가정하면서, 행복이란 그 자체로 완전히 소유할 수 없으며, 또 이런 불완전함이 행복을 느끼는 사람의 탓이지 행복을 주는 사람의 탓은 아님을 인식하지 못하는 그런 나이에 아직 알베르틴이 머물러 있으므로 (몇몇 이들은 결코 넘지 못하는), 그녀가 느끼는 환멸의 원인을 내게 돌리려고 할지도 모른다는 것을 알고 있었다. 나는 카지노나 방파제에 나 없이 그녀 혼자 남아 있지 않도록 하면서도, 그녀가 이 환멸을 단둘이 있기가 쉽지 않은 이곳 환경 탓으로 돌리기를 바랐다. 그래서 그날 그녀에게 생루를 방문하러 동시에르에 갈 때 동행해 달라고 부탁했다. 그녀가 몰두할 만한 소일거리를 찾기 위한 같은 목적에서, 예전에 배웠던 그림을 다시 그려 보라고 권하기도 했다. 일을 하는 동안은 자신이 행복한지 불행한지 묻지 않을 테니까. 또한 가끔은 베르뒤랭네와 캉브르메르네에서의 저녁 식사에 그녀를 데려가고 싶었는데, 그들이야 물론 내가 소개하는 여자 친구라면 기꺼이 허락할 테지만, 그보다 먼저 퓌트뷔스 부인이 라 라스플리에르에 아직 도착하지 않았는지 확인해야 했다. 그 일은 오직 현장에서만 파악할 수 있으며, 또 알베르틴이 이틀 후 자기 아주머니와 함께 발베크 근교에 가야 한다는 걸 미리 알았으므로, 그 기회를 이용해서 베르뒤랭 부인에게 전보를 보내 수요일에 방문해도 좋은지 문의했다, 만일 퓌트뷔스 부인이 그곳에 있다면, 어떻게든 부인의 시녀를 만나도록 조치하고, 그녀가 발베크에 올 가능성이 있는지 확인하여, 만일 올 가능성이 있다면 언제인지 알아보고, 그날은 알베르틴을 발베크에서 멀리 떨어진 곳으로 데려가기 위해서였다. 내가 할머니와 함께 기차를 탔을 때엔 존재하지 않던 환상선*이 생겨 이제 작은 지방 열차**는 동시에르-라-구필을 통과했는데, 그곳은 꽤 큰 역으로 거기서 중요한 기차들, 특히 내가 생루를 방문하기 위해 파리에서 왔다가 다시 타고 돌아가던 급행열차가 출발했다. 나

* 가파른 산지에 설치된 고리 모양의 선로를 가리킨다.

** 여기서 작은 지방 열차로 옮긴 le petit train d'intérêt local은 본선에서 갈라지는 지선에서 운행되는 소규모 열차를 가리킨다.

쁜 날씨 때문에 호텔의 합승 마차가 알베르틴과 나를 작은 트람*이 출발하는 '발베크 해변' 역까지 데려다주었다.

작은 열차는 아직 도착하지 않았다. 그러나 열차가 달리는 도중에 내뿜은 연기가 한가롭게 서서히 피어오르는 모습이 보였고, 그것은 이제 거의 움직이지 않는 구름이라는 유일한 수단으로 환원되어 크리크토 절벽의 녹색 비탈을 서서히 올라가고 있었다. 마침내 솟아오르는 연기구름으로 먼저 나타났던 작은 열차가 서서히 도착했다. 열차를 타려는 승객들은 그들이 상대하는 대상이 지극히 온순하고 거의 인간처럼 걸어 다니는 보행자이며, 또 초보자가 모는 자전거처럼, 역장의 친절한 신호와 기관사의 강력한 보호 아래 인도되어 어느 누구도 쓰러뜨릴 위험 없이, 우리가 원하는 바로 그곳에 멈추리라는 것을 알았으므로, 열차에 자리를 내주기 위해 옆으로 비켜서면서도 전혀 서두르지 않았다.

내 전보가 베르뒤랭네로부터 온 전화를 설명해 주었다. 더욱이 수요일은, 나는 그 사실을 몰랐지만, 베르뒤랭 부인이 파리에서와 마찬가지로 라 라스플리에르에서 중요한 만찬을 베푸는 날이었으므로 그 전보는 더욱 시의적절했다. 베르뒤랭 부인은 '만찬'을 베푼다고 하지 않고 그녀의 '수요' 모임을 갖는다고 말했다. 이런 수요 모임은 예술품과도 흡사했다. 그와 유사한 것이 어느 곳에도 없다는 걸 잘 아는 베르뒤랭 부

---

* 전차나 열차, 트람, 타코 등이 동일하게 지방 열차를 지칭한다는 것은 이미 앞에서 기술되었다.(『잃어버린 시간을 찾아서』 7권 327쪽 참조.)

인은 이 수요일들 사이에 미묘한 차이를 두었다. "지난 수요일은 요전만 못했어요."라고 그녀는 말했다. "그러나 다음 수요일은 가장 성공적인 모임이 될 거예요." 때로는 "이번 수요일은 여느 수요일만 못했어요. 대신 다음 수요일에는 아주 깜짝 놀랄 만한 게 준비되어 있어요."라고 고백하기도 했다. 시골로 떠나기 전 파리 시즌의 마지막 몇 주 동안 여주인은 이런 수요일의 종료를 예고했다. 그것은 신도들을 독려하기 위한 호기가 되었다. "이제는 수요일이 세 번밖에 없어요.", "이제는 두 번밖에 없어요." 하고 그녀는 마치 세상이 끝나는 것 같은 어조로 말했다. "시즌을 마감하기 위한 다음번 수요일을 '버리지는' 않으시겠죠." 그러나 이 종료는 가짜였다. 왜냐하면 그녀가 "이제 공식적인 수요일은 더 이상 없어요. 이것이 이해의 마지막 수요일이었답니다. 하지만 그래도 전 수요일마다 집에 있을 거예요. 우리끼리 수요일을 보내죠, 뭐. 또 누가 아나요? 이 작고 친밀한 수요일이 가장 즐거운 모임이 될지?"라고 알렸으니까. 라 라스플리에르에서의 수요 모임은 파리에 비해 규모가 작을 수밖에 없으며, 잠시 들른 친구를 이런저런 저녁에 초대했으므로 거의 매일 저녁이 수요일이었다. "손님들 이름은 잘 기억하지 못하지만 거기에 카망베르 후작 부인이 있다는 건 알아요." 하고 엘리베이터 보이가 말했다. 캉브르메르란 이름에 관련된 우리의 설명에 대한 기억이, 예전부터 사용하던 단어의 기억을 결정적으로 대신하지 못해 그 어려운 이름에 당황하고 있을 때 친숙하고 의미로 가득한 음절이 젊은 종업원을 도우러 왔고, 그래서 그는 게으름이나 근절할 수 없는 오래된 습관에서가 아니라, 음절이 충족시켜 주는 논리와 명료함의 필요 때문에 그 음절을 곧바로 선호하고 택했던 것이다.

나는 여행하는 내내 알베르틴을 포옹할 수 있는 빈 객차를 서둘러 찾았다. 빈 차를 찾지 못한 우리는 한 객실*에 올라탔는데, 이미 거기에는 지나치게 옷을 잘 차려입은 부인이 늙고 못생긴 큰 얼굴에 남성적인 표정을 하고《르뷔 데 되 몽드》** 를 읽고 있었다. 천박한데도 잘난 체하는 태도를 보며, 나는 그녀가 어떤 사회 부류에 속하는 여자인지 재미 삼아 자문해 보았다. 나는 곧 그 여자가 어느 큰 매춘업소의 여주인이자 여행 중인 포주라고 결론 내렸다. 그녀의 얼굴과 태도에 그런 모습이 역력했다. 다만 지금까지 그런 종류의 여자들이《르뷔 데 되 몽드》를 읽는다는 사실은 모르고 있었다. 알베르틴이 미소를 지으며 내게 눈짓으로 그 부인을 가리켰다. 부인은 엄청나게 귀부인 티를 냈다. 그때 나는 이틀 후면 이 짧은 철도 노선의 종점에 있는 저 유명한 베르뒤랭 별장에 초대될 것이고, 중간 역에서는 로베르 드 생루가 기다리며, 또 더 멀리 페테른에는 내가 거기 머무르는 것만으로도 캉브르메르 부인이 기뻐하리라는 걸 의식하고 있었으므로, 그 부인이 한껏 멋을 부리고 모자에 깃털을 단 채로《르뷔 데 되 몽드》를 읽으면서 자신을 나보다 훨씬 중요한 인물로 여기는 기색을 보이자

* 고속 열차가 나타나기 전 기차는 칸막이를 한 방들과 복도로 구성되어 있었다.
** 『잃어버린 시간을 찾아서』 3권 30쪽 주석 참조.

눈에서 조소의 빛을 띠고 말았다. 나는 부인이 니심 베르나르 씨보다 오래 기차 안에 남지 말고, 적어도 투탱빌 역에서 내려 주기를 바랐지만 부인은 내리지 않았다. 기차가 에프르빌에 정차했으나 부인은 여전히 앉아 있었다. 몽마르탱쉬르메르, 파르빌라뱅가르, 앵카르빌에서도 마찬가지였고, 그래서 기차가 동시에르에 도착하기 전 마지막 역인 생프리슈 역을 출발하자, 나는 절망한 나머지 그 부인에 신경 쓰지 않고 알베르틴을 포옹하기 시작했다. 동시에르에 도착하니 생루가 역에서 기다리고 있었다. 아주 어렵게 나왔다고 했다. 아주머니 댁에 살고 있어서 내 전보를 조금 전에야 받았고, 그래서 시간을 미리 조정하지 못해 나와는 한 시간밖에 있지 못한다고 했다. 애석하게도 나는 이 한 시간이 지나치게 길게 느껴졌다. 기차에서 내리자마자 알베르틴이 생루에게만 주의를 기울였기 때문이다. 그녀는 나하고는 얘기도 나누지 않고, 내가 말을 걸어도 대답조차 거의 하지 않으면서 내가 곁에 다가가면 밀어 냈다. 대신 로베르하고는 유혹의 웃음을 터뜨리면서 수다를 떨었고, 또 로베르가 끌고 온 개와 놀면서 개를 귀찮게 하고 개 주인의 몸을 일부러 스치기도 했다. 나는 알베르틴이 내 품에 처음 안기던 날, 그녀를 그토록 심하게 변하게 하여 내 일을 간단히 처리하게 해 주었던 그 미지의 유혹자에게 감사의 미소를 지었던 일을 떠올렸다. 지금은 그 유혹자가 끔찍하게만 생각되었다. 로베르는 알베르틴이 나와 무관한 관계가 아님을 인지한 듯했다. 그는 그녀가 귀찮게 굴어도 응하지 않았고, 그 일로 알베르틴은 내게 화를 냈다. 게다가 로베르는 마치 내가 혼자 있다는 듯 얘기했는데, 그녀는 그 점을 주목하고 나를 높이 평가했다. 로베르는 내가 동시에르에 체류할 때 매일 저녁 함께 저녁 식사를 하던 친구들 중 아직 병영에 남아 있는 친구들을 만나 보지 않겠느냐고 물었다. 그리고 스스로를 비난하듯 짜증이 밴 건방진 말투로 말했다. "그들을 다시 만나고 싶지 않다면, 그토록 집요하게 '매력적인 사람으로 보이고' 싶어 했던 게 무슨 소용이겠어?" 나는 알베르틴의 옆을 떠나는 위험을 감수하고 싶지 않았고, 또 지금은 그들에게서 마음이 멀어져 있었으므로 그의 제안을 거절했다. 나는 그들로부터, 다시 말하면 나 자신으로부터도 멀어져 있었다. 우리는 이 세상에 우리 모습과 비슷한 다른 삶이 존재하기를 열정적으로 소망한다. 그러나 이 다른 삶을 기다릴 필요 없이 지금의 삶에서도 몇 해만 지나면 우리의 옛 모습, 영원히 그대로 남아 있기를 바라는 모습에 불충실하게 된다는 사실을 깊이 생각하지 않는다. 살아가는 동안 생긴 변화보다 죽음이 우리를 더 많이 변하게 한다는 생각은 하지 않는다고 해도, 만약 우리가 다른 삶에서 과거의 내 모습이었던 자아를 만난다면, 과거에는 친하게 지냈지만 오랫동안 보지 못한 이들과 마찬가지로 우리는 이런 자아로부터도 멀어질 것이다. 이를테면 전에는 생루의 친구들과 매일 저녁 '프장 도레'*에서 만나는 일이 그렇게도 즐거웠지만, 지금의 나는 그들과의 대화가 귀찮고 어색하기만 한 것처럼 말이다. 이런 점에

* '금빛 꿩'이란 뜻이다.

서, 또 나를 즐겁게 했던 것을 되찾기 위해 그곳에 가지 않는 편을 택했으므로, 어쩌면 동시에르에서의 산책은 천국에 도착한 나의 모습을 미리 그려 보이는 듯했는지도 모른다. 우리는 천국에 대해, 아니 연이어 수많은 천국들에 대해 몽상하지만, 그러나 그것들은 모두 우리가 죽기 훨씬 전부터 잃어버린, 또 길을 잃은 듯 느끼는 낙원이다.

그는 역에서 우리와 헤어졌다. "아마 한 시간쯤 기다려야 할 거야." 하고 그가 말했다. "이곳에서 시간을 보내고 있으면 틀림없이 샤를뤼스 아저씨를 만나게 될 거야. 네가 탈 기차보다 십 분 먼저 출발하는 파리행 기차에 타실 테니까. 난 아저씨에게 이미 작별 인사를 했어. 기차 출발 시간 전에 돌아가야 하거든. 그때는 아직 너한테서 전보를 받지 못한 상태라 네 얘기는 못했지만." 생루가 우리를 떠난 뒤 내가 알베르틴에게 비난의 말을 하자, 그녀는 조금 전 기차가 멈추었을 때 내가 자신의 몸에 기대고 팔로 허리를 껴안은 모습을 보고 생루가 했을지도 모르는 생각을 지우려고 일부러 내게 냉정하게 굴었다고 답했다. 사실 그는 그 자세에 주목했으며(그때 나는 그의 모습을 보지 못했다. 만일 보았다면, 알베르틴 옆에서 좀 더 단정한 자세를 취했을 것이다.) 또 틈을 내어 내 귀에 대고 이렇게 말하기도 했다. "네가 말한 게 바로 이런 거였어? 스테르마리아 양의 품행이 나쁘다면서 사귀고 싶어 하지 않는다던 그 새침데기 소녀들이란 게?" 사실 로베르를 만나러 파리에서 동시에르로 갔을 때 우리는 발베크 얘기를 다시 했고, 알베르틴은 미덕 그 자체이므로 어쩔 도리가 없었다고 진지하게 말한 적이 있었다. 오래전부터 이미 나 자신이 그것이 틀렸다는 걸 알고 있었으므로 지금 나는 더욱더 로베르가 사실로 믿어 주기를 바랐다. 그렇게 하려면 로베르에게 알베르틴을 사랑한다고 말하는 것만으로도 충분했다. 그는 친구가 느낄 고통을 자신의 고통처럼 느꼈으므로 그 고통을 덜기 위해서라면 스스로의 쾌락도 거부할 줄 아는 그런 존재 중의 하나였다. "그래, 아주 어려. 그런데 그녀에 대해 뭐 좀 아는 거 없어?" 하고 나는 근심스럽게 물었다. "아니, 아무것도 몰라. 그저 너희 둘이 연인 같은 자세를 취하는 걸 봤을 뿐이야."

"당신의 태도는 아무것도 지우지 못했어요." 하고 나는 생루가 떠나자 알베르틴에게 말했다. "그래요." 하고 그녀가 말했다. "내가 서툴렀어요. 당신의 마음을 아프게 했으니. 하지만 내가 당신보다 훨씬 더 마음이 아파요. 앞으로는 절대 그러지 않을게요. 용서해 줘요." 하고 말하면서 그녀는 슬픈 표정으로 손을 내밀었다. 그 순간 우리가 앉은 대합실 구석으로부터 샤를뤼스 씨가 천천히 지나가는 모습이 보였는데, 몇 걸음 뒤에서 가방을 든 짐꾼이 따라가고 있었다.

파리에서는 저녁 모임에서 항상 꼭 끼는 검은 연미복 차림에 거만하게 몸을 똑바로 펴 수직을 유지하는 부동의 자세와, 남의 마음에 들려는 열정과 대화의 분출을 통해서만 그를 보아 왔으므로, 나는 그가 얼마나 늙었는지 깨닫지 못했다. 그런데 지금은 보다 뚱뚱해 보이는 밝은 빛 여행용 양복 차림에 몸을 좌우로 뒤뚱거리며 불룩 나온 배와 거의 상징적인 가치를 가진 엉덩이를 흔들어 대면서 걷는 모습과, 입술에 바른 연지,

코끝에 콜드크림으로 고정한 쌀가루 분, 희끗희끗한 머리칼과 대조를 이루는 칠흑 같은 수염, 아마도 전깃불 아래서 보았다면 아직은 젊은이의 안색 같은 생기를 띠었을 그 모든 것들이 대낮의 잔인한 빛에 의해 해체되고 있었다.

샤를뤼스 씨가 기차를 타야 했기 때문에 나는 얘기를 짧게 하면서 알베르틴에게 곧 간다는 신호를 보내려고 그녀가 탄 객차를 바라보았다. 내가 샤를뤼스 씨 쪽으로 고개를 돌리자, 그는 내게 선로 건너편에 있는 자신의 친척 군인을 불러 달라고 부탁했다. 군인은 바로 우리 기차에, 하지만 발베크에서 멀어지는 반대 방향 쪽으로 타려는 듯 보였다. "저 사람은 연대의 군악대에 있네." 하고 샤를뤼스 씨가 말했다. "자네는 젊어서 좋겠구먼. 미안하지만 나이 든 내가 길을 건너 저기까지 가는 수고를 면하게 해 주었으면 좋겠네." 나는 그가 가리킨 군인에게 가는 임무를 맡았고, 군인의 깃에서 군악대 표시인 리라 모양의 수가 놓인 것을 보았다. 그러나 심부름을 하려는 순간, 모렐을 알아본 나의 놀라움이, 아니 나의 기쁨이 얼마나 컸는지는 말로 다 할 수 없다. 내 작은할아버지 시종의 아들인 그는 너무도 많은 것을 생각나게 했다. 샤를뤼스 씨의 심부름을 전하는 걸 잊을 정도였다. "어떻게 된 일이죠? 동시에르에 있었나요?" "예, 포병 중대의 군악대에 편입되어서요." 하지만 내게 대답하는 그의 어조는 거만하고 퉁명스러웠다. 이제 '잘난 체하는 사람'이 되어 있는 데다, 내 모습이 자기 아버지의 직업을 연상시켜서인지 그는 썩 달가운 기색이 아니었다. 갑자기 나는 샤를뤼스 씨가 우리에게 달려드는 것을 보았다. 내가 지체하는 걸 보고 아마도 초조했던 모양이다. "오늘 저녁 음악이 좀 듣고 싶네." 하고 그는 단도직입적으로 모렐에게 말했다. "저녁 모임을 위해 500프랑 내겠네. 이 정도 금액이면 자네 친구 중 한 사람은 관심을 가질 법도 한데. 군악대에 친구가 있다면 말일세." 샤를뤼스 씨의 오만함이야 익히 알고 있었지만 그래도 젊은 친구에게 인사조차 하지 않는 걸 보고 나는 깜짝 놀랐다. 게다가 남작은 내게 깊이 생각해 볼 시간도 주지 않았다. 그는 다정하게 손을 내밀면서 "그럼 또 만나세, 친구."라고 말하며 내가 그 자리에서 떠나기만 하면 된다는 걸 분명히 했다. 나도 사랑스러운 알베르틴을 너무 오래 혼자 내버려 두고 있었다. 객차에 올라서면서 나는 그녀에게 말했다. "해수욕과 여행을 하며 보내는 삶은, 우리에게 세상에 대한 연극에는 무대보다 더 많은 배우들이, 배우들보다는 더 많은 예기치 못한 상황이 있다는 걸 가르쳐 주네요." "무슨 의도로 그런 말을 하죠?" "샤를뤼스 씨가 자기 친구 중 한 사람을 보내 달라고 부탁했는데, 지금 막 이 역 플랫폼에서 내 친구 중의 한 사람을 알아보았거든요." 그러나 이 말을 하면서도 나는 남작이 어떻게 모렐을 알았는지 그 연유를 찾고 있었다. 처음에는 생각하지 못했지만 그 둘 사이에는 사회적 불균형이 너무 컸기 때문이다. 맨 먼저 떠오른 것은, 기억할 테지만, 쥐피앵의 딸이 바이올리니스트에게 반한 것처럼 보였으므로 쥐피앵을 통해 알았을 거라는 생각이었다.* 하지

---

* 모렐은 화자의 집을 방문했다가 쥐피앵의 조카딸에게 호감을 갖게 된다.(『잃

만 나를 놀라게 한 것은, 오 분 안에 파리로 떠나야 하는 남작이 동시에르에서 음악을 듣고 싶다고 청한 사실이었다. 그러나 기억 속에서 쥐피앵의 딸을 다시 떠올리며, 나는 자연스럽지 못한 작품의 초라한 미봉책인 '인지(認知)'* 부분도, 사람들이 우리의 실제 삶에 소설적인 면이 있음을 느낄 수만 있다면, 우리 삶의 상당 부분을 표현할 수 있다고 생각하기 시작했는데, 그때 갑자기 섬광 같은 생각이 떠오르면서 내가 너무 순진했음을 깨달았다. 샤를뤼스 씨는 모렐을, 모렐은 샤를뤼스 씨를 전혀 알지 못했다. 무기도 아닌 단지 리라 악기가 수놓아진 군인에게 넋을 빼앗겼지만 또한 겁을 먹은 샤를뤼스 씨가 흥분 상태에서 내가 안다고는 꿈에도 생각하지 못하고 그를 데려다달라고 부탁했던 것이다. 어쨌든 모렐의 입장에서는 500프랑의 제안이 전혀 알지 못하던 두 사람의 관계를 대신해 주는 것 같았다. 두 사람이 내가 탄 열차 바로 옆에 있다는 것도 생각하지 못하고 계속 얘기를 나눈 걸 보면 말이다. 샤를뤼스 씨가 나와 모렐에게 다가오던 때의 태도를 환기하면서, 나는 거리에서 여성을 유혹하던 그의 어느 친척을 보는 느낌이 들었다. 다만 겨냥하는 대상의 성(性)이 바뀌었을 뿐이다. 어느 특정한 나이부터는 우리 안에서 여러 상이한 진화가 이루

어버린 시간을 찾아서』 5권 443쪽 참조.) 그러나 여기서는 조카딸이 아닌 딸로 표기되었으며, 이런 원문의 표현을 존중하여 딸로 옮긴다.

* 아리스토텔레스는 『시학』에서 극중 인물의 운명이 갑자기 변화하는 페리페테이아(역전)가 일어나는 계기로서 그 인물의 신분이 분명해지는 인지, 즉 아나그노리시스를 든다.

어진다 해도, 우리는 보다 우리 자신이 되어 가며 가족의 특징도 보다 강조된다. 우리의 본성이 융단의 조화로운 그림을 계속 그려 나가는 데 일조하면서도, 거기 끼워 넣은 다양한 형상들 덕분에 구성상의 단조로움을 차단하기 때문이다. 그런데 샤를뤼스 씨가 바이올리니스트를 위아래로 훑어보던 때의 오만함은 보는 관점에 따라서는 상대적인 것이었다. 샤를뤼스 씨에게 고개를 숙이는 대부분의 사교계 인사들은 그 오만함을 인지했을 테지만, 몇 해 후 그를 감시하던 경찰청장은 알아보지 못했다.

"파리행 열차를 알리는 신호입니다." 하고 가방을 나르던 짐꾼이 말했다. "난 기차를 타지 않겠네. 이 모든 걸 수하물 보관소에 갖다 넣게, 제기랄!" 하며 샤를뤼스 씨가 짐꾼에게 20프랑을 주었는데, 짐꾼은 그의 그런 돌변에 깜짝 놀라면서도 팁을 받자 기뻐했다. 이 관대함이 금방 꽃 파는 여자의 주목을 끌었다. "이 카네이션을 사세요, 아름다운 장미꽃을 좀 보세요. 친절하신 선생님, 이 꽃이 선생님께 행운을 가져다줄 거예요." 초조한 샤를뤼스 씨는 40수를 주었고, 여자는 그 대가로 축복과 함께 또다시 꽃을 내밀었다. "빌어먹을! 우리 좀 제발 가만히 내버려 두면 좋겠군!" 하고 샤를뤼스 씨는 냉소적이고 투덜거리는 어조로 조금은 흥분한 사람처럼 모렐에게 말했는데, 어쩐지 그런 식으로 동조를 구하는 일이 달콤하게 느껴졌던 것이다. "지금 꽤 복잡한 얘기를 하는 중일세." 어쩌면 철도 회사의 짐꾼이 아직 멀리 가지 않아 너무 많은 청중이 모여드는 걸 원치 않아서인지, 아니면 이렇게 중간에 끼워 넣은 말이 오만하면서도 소심한 그에게 너무 직설적으로 만나자는 청을 하지 않게 해 주어서인지, 여하튼 샤를뤼스 씨는 그렇게 말했다. 음악가는 솔직하고도 위압적이며 단호한 태도로 꽃 파는 여자 쪽으로 몸을 돌리고 손바닥을 쳐들어 그녀를 밀었는데, 꽃을 원치 않으니 빨리 꺼지라는 뜻이었다. 샤를뤼스 씨는 이 위압적이고 남성적인 몸짓을 황홀하게 바라보았다. 우아한 손에 비해 지나치게 무겁고 지나치게 투박하고 난폭한 몸짓이, 조숙한 단호함과 유연성과 더불어, 아직 수염도 나지 않은 청년에게, 마치 골리앗을 상대로 싸우는 젊은 다윗과 같은 모습을 부여했기 때문이다. 남작의 감탄하는 표정에는 자기 나이보다 진중해 보이는 표정의 어린아이 얼굴을 볼 때 피어오르는 그런 미소가 저도 모르게 섞여 있었다. '여행할 때 옆에서 내 일을 도와주면 좋을 친구야. 그러면 삶이 얼마나 편해질까!' 하고 샤를뤼스 씨는 속으로 말했다.

(남작은 타지 않은) 파리행 열차가 출발했다. 알베르틴과 나는 기차에 올랐고, 샤를뤼스 씨와 모렐이 어떻게 되었는지는 알지 못했다. "다시는 싸우지 말아요. 다시 한번 사과할게요." 하고 알베르틴이 생루의 일을 넌지시 비추면서 말했다. "언제나 서로 상냥하게 대하기로 해요." 하고 그녀는 다정하게 말했다. "당신 친구 생루에 대해서는, 혹시 그가 어떤 것으로든 내 관심을 끈다고 생각한다면 오해하는 거예요. 그에게서 마음에 드는 건, 그가 정말 당신을 좋아하는 것처럼 보인다는 것뿐이에요." "매우 좋은 친구죠." 하고 나는 알베르틴이 아닌 다른 사람이었다면 생루에 대한 우정에서 틀림없이

언급했을, 그런 가공의 탁월한 자질을 말하지 않으려고 조심했다. "뛰어나고 솔직하고 헌신적이며 충직해서 모든 면에서 믿음이 가는 친구죠." 나는 이 말을 하면서도 질투심에 사로잡혀 생루에 대한 진실을 말하는 것을 자제했지만 내가 말한 것은 분명 진실이었다. 그런데 이 진실을 나는 빌파리지 부인이 생루 얘기를 할 때와 같은 말로 표현했다. 그때 나는 그를 알지 못한 채 보통 사람들과는 매우 다르며 거만하다고 생각했으므로 "대귀족이니까 좋은 사람이라고 하는 거야."라고 중얼거렸다. 빌파리지 부인이 내게 "제 조카가 매우 기뻐할 거예요."라고 말했을 때도, 나는 그가 마차를 몰 준비를 하며 호텔 앞에 서 있는 모습을 보면서 그의 고모할머니가 내 비위를 맞추려고 순전히 사교적인 인사말을 한다고 생각했다. 그 후 나는 빌파리지 부인이, 내가 관심을 두고 있던 것, 내가 읽던 책을 생각하며 진심에서 그 말을 했음을 알게 되었다. 내가 읽는 책이 바로 생루가 좋아하는 책이라는 것을 부인은 알았던 것이다. 생루의 조상인 『잠언집』의 저자 라로슈푸코에 관한 전기 집필자나, 또는 로베르에게 조언을 부탁하려는 사람에게 나도 진심으로 "그가 기뻐할 겁니다."라고 말했으리라. 내가 그를 알게 되었으니 말이다. 그러나 처음 그를 만났을 때는, 나와 비슷한 지성을 가진 사람이 어떻게 의복과 태도에서 그런 외적인 우아함으로 치장할 수 있는지 도저히 믿을 수 없었다. 그의 복장이나 태도가 보여 주는 미학적인 가치 탓에 나는 그를 다른 종류의 인간으로 판단했다. 그러나 이번에는 알베르틴이 나에 대한 생루의 친절 때문에 생루가 지나치게 자기를 냉정하게 대한다고 여겼는지, 내가 예전에 생각했던 것을 그대로 말했다. "그 정도로 헌신적인 사람이에요! 포부르생제르맹 사람이라면 누구나 미덕을 가진 사람으로 여긴다는 건 나도 알아요." 그런데 생루가 포부르생제르맹의 사람이라는 사실은, 그가 자신의 특권을 벗어던진 채 그만의 미덕을 보여 주던 몇 해 동안에는, 한 번도 생각해 보지 못한 것이었다. 이처럼 존재를 바라보는 시각의 변화는 이미 단순한 사회적 관계보다 우정에서 두드러지게 마련이지만, 욕망이 매우 폭넓은 단계로 이루어져 있어 아주 작은 냉정함의 표시마저 그토록 큰 비율로 커지게 하는 사랑에 있어서는 더욱 두드러진다. 이런 냉정함은 생루가 처음 내게 보여 주었던 것보다는 훨씬 덜했지만, 나로 하여금 처음에는 알베르틴에게 무시당한다고 믿게 했으며, 그녀 친구들을 지극히 비인간적인 존재로 상상하게 만들었다. 또 엘스티르가 그 작은 무리에 대해, 마치 빌파리지 부인이 생루에 대해 말할 때와 똑같은 감정을 가지고 "착한 소녀들이에요."라고 말했을 때도, 나는 이런 엘스티르의 평가가 아름다움이나 어떤 종류의 우아함에 대한 관대함에서 비롯한다고 생각했다. 그런데 이런 평가는, "헌신적이든 아니든 어쨌든 나는 그 사람이 우리 사이를 틀어지게 했으니 다시는 만나고 싶지 않아요. 이젠 싸우지 말아요. 상냥하지 못해요."라는 알베르틴의 말을 들으면서 내가 기꺼이 했을 평가와 동일한 것이 아니었을까? 내 눈엔 그녀가 생루를 욕망하는 듯 보였고, 그래서 그녀가 여성을 사랑한다는 생각으로부터 잠시 치유되는 느낌이었는데, 나로서는 두 감정이 양립할 수 없다고 생각했기 때문이었다. 그리하여 비 오는 날이면 지칠 줄 모르고 돌아다니는 알베르틴을 전혀 다른 사람으로 보이게 하는 고무 비옷 앞에서,* 지금은 몸에 붙은 그 유연한 회색 비옷이 빗물이 떨어지는 것을 막기보다는 빗물에 흠뻑 젖어 조각가를 위한 형태를 새겨 놓으려는 듯 내 친구의 몸에 꼭 달라붙은 것처럼 보여, 나는 욕망하는 가슴에 그토록 부럽게도 들어맞는 비옷을 벗기고 알베르틴을 내게로 끌어당기면서 말했다.

> 그대 무심한 나그네여,
> 내 어깨에 이마를 대고 꿈을 꾸지 않으려오?**

나는 그녀의 머리를 붙들고, 석양빛 속에 멀리 푸르스름한 골짜기들이 나란히 사슬을 이루며 닫혀 있는 지평선까지 펼쳐지는 그 물에 잠긴 말 없는 커다란 초원을 가리켰다.

이틀 후 그 유명한 수요일에 나는 라 라스플리에르에서 저녁 식사를 하기 위해 발베크에서 탔던 것과 같은 작은 열차를 탔고, 베르뒤랭 부인이 다시 전화를 걸어 그랭쿠르생바스트에서 코타르를 만날 수 있다고 했으므로, 그를 놓치지 않기만을 간절히 바랐다. 코타르가 나와 같은 열차를 탈 것이며, 또

---

* 프랑스어의 caoutchouc를 앞에서는 각각 방수 코트와 비옷으로 옮겼지만 (『잃어버린 시간을 찾아서』 2권 379쪽과 4권 414쪽) 여기서는 문맥의 이해를 위해 보다 구체적인 고무 비옷으로 옮겼다.

** 비니의 시집 『운명』(1864)에 수록된 「목동의 집」의 한 구절이다.

그가 라 라스플리에르에서 역으로 보낸 마차를 찾기 위해 어디서 내려야 할지도 가르쳐 줄 것이라고 했다. 작은 열차는 동시에르 다음 첫째 역인 그랭쿠르에서 아주 잠시 정차했으므로, 나는 코타르를 보지 못할까 봐, 또는 그의 눈에 띄지 않을까 봐 걱정되어 미리 승강구에 나왔다. 얼마나 쓸데없는 걱정이었는지! 작은 패거리가 어느 정도로 그 모든 '단골손님들'을 동일한 전형으로 주조해 놓았는지 고려하지 않았던 것이다. 게다가 만찬을 위한 정장 차림에 플랫폼에서 기차를 기다리면서 짓는 그 우아하고도 친숙하고 확신에 찬 표정과, 군중으로 붐비는 대열을 아무 주의도 못 끄는 텅 빈 공간이라는 듯 건너뛰며, 이전 역에서 열차를 탄 어느 단골손님의 도착만을 열심히 살피면서 앞으로 있을 담소에 대한 생각으로 눈을 반짝이는 모습만 보아도 그들은 금방 식별되었다. 식사를 함께 하는 습관이 작은 그룹의 회원들에게 새겨 놓은 이 선택받은 자의 표시는, 강제로 다수가 모여 한 덩어리를 이루면서 평범한 여행자들의 무리—브리쇼가 '페쿠스(pecus)'*, 즉 소 떼라고 부르는—한가운데서 보다 빛나는 얼룩을 형성할 때만 알아볼 수 있게 한 것은 아니었다. 그들의 흐릿한 얼굴에서는 베르뒤랭네와 관련된 생각은 아무것도 읽을 수 없었으며, 라 라스플리에르에서 식사한다는 희망도 전혀 찾아볼 수 없었다. 게다가 이 평범한 여행자들은 자기들 앞에서 베르뒤랭네 신도들의 이름이 불리는 소리를 들어도(그중에는 꽤 명성이 높

* '보통 사람' 혹은 '소 떼'를 의미하는 라틴어 표현이다. 이하 소 떼로 표기한다.

은 사람도 있었지만) 나만큼 관심을 보이지 않았을 테지만, 나는 신도들이 베르뒤랭네 집이 아닌 다른 사교 만찬을 계속해서 드나드는 모습만 보아도 놀랐다. 전해 들은 이야기에 따르면, 내가 태어나기 훨씬 전부터, 아득히 먼 시기여서 내가 과장하는지는 모르겠지만, 그들 중 몇 명은 이미 다른 사교 만찬을 드나들었다고 한다. 그들이 계속 존재하며, 게다가 지극히 활기찬 모습으로 존재한다는 사실과, 내 눈으로 여기저기서 사라지는 모습을 목격했던 수많은 친구들의 죽음과의 대조는, 마치 신문의 '최종판'에서 우리가 가장 기대하지 않았던 소식, 이를테면 너무 빨리 닥친 죽음의 소식을 읽을 때 — 죽음의 이유가 알려지지 않아 그 결과 우리에게는 그저 우발적인 사건으로 보이는 — 느끼는 것과 동일한 감정을 유발했다. 이 감정은 죽음이 모든 사람을 획일적으로 덮치지 않고, 비극적인 상승의 가장 앞선 물결이 다른 사람들과 같은 높이에 있는 한 존재만을 덮치고, 다른 사람들은 오랫동안 다음 물결 세례를 피하게 해 줄 때 느끼는 감정이었다. 게다가 우리는 눈에 보이지 않는 방식으로 순환하는 죽음의 다양성이, 신문 부고난이 제시하는 예기치 않은 특별한 일의 원인임을 나중에 보게 될 것이다. 그리고 나는 가장 저속한 대화와 공존하는 참된 재능이, 시간과 더불어 드러나고 인정받는 것을 보았을 뿐만 아니라, 가장 평범한 인간이 우리 유년 시절의 상상 속에서 몇몇 유명한 노인들에게만 부여되던 그런 높은 위치에 이르고, 몇 해 후에는 그 제자들이 대가가 되어 그들이 예전에 느꼈던 존경심과 두려움을 다른 사람들에게 불어넣는 모습도 보아 왔다. 그러나 신도들의 이름이 '소 떼'에게 알려지지 않았을 때에도, 그들의 모습은 눈길을 끌었다. 기차 안에서조차(낮에 해야 하는 일 때문에 우연히 모두 그 기차를 함께 타게 된) 다음번 역에서는 한 명의 외톨이 회원만을 거두어들이면 되었으므로, 그들이 함께 탄 객차는 조각가 스키*의 팔꿈치가 가리키고, 코타르가 읽는《르탕》의 깃발로 장식되어 멀리서 보아도 호화로운 기차마냥 활짝 꽃피었고, 약속된 역에서는 뒤처진 동료와 합류했다. 이런 약속의 신호를 유일하게 보지 못하는 사람이 반실명 상태의 브리쇼였다. 그러나 단골 중의 하나가 장님의 감시인이라는 임무를 기꺼이 맡으면서, 그의 밀짚모자며 초록색 우산이며 푸른 안경이 눈에 띄기만 해도 곧 그를 그 선택받은 객실로 조심스럽게 서둘러 인도했다. 그러므로 신도 중의 하나가 방탕한 생활을 한다는, 혹은 '기차로' 오지 않는다는 보다 중대한 의심을 유발하지 않는 한, 도중에서 다른 신도들을 만나지 못하는 일은 거의 없었다. 가끔은 그와 반대되는 일이 일어나기도 했다. 한 신도가 오후에 꽤 먼 곳으로 가야 했고, 그래서 그들과 합류하기 전에 여행의 일부를 혼자 수행해야 했다. 그러나 이렇게 그들 종족과 떨어져서 홀로 여행할 때도 그 신도는 자주 어떤 효과를 자아냈다. 그가 지

* 『되찾은 시간』에 가면 폴란드 출신의 조각가이자 화가인 스키가 비라도베츠키(Viradobetski)의 약칭임을 알게 된다. 스키의 모델은 르메르 부인 살롱의 단골이었던 프레데리크 드 마드라조(Frederic de Madrazo), 일명 '코코'라고 지적된다. 또 피아노 치는 스키의 묘사는 레날도 안을 연상시키기도 한다고 말해진다.(『소돔』, 폴리오, 585쪽 참조.)

향하는 '미래'가 그를 맞은편 의자에 앉은 사람의 눈에 띄게 했다. "대단한 인물일 거야!" 하고 맞은편 사람은 중얼거렸는데, 엠마오*로 가는 여행자들의 막연한 통찰력과 더불어, 코타르나 조각가 스키가 쓴 펠트 모자만 보아도 그는 그 주위에서 희미한 후광을 알아보았고, 그리하여 다음 역에서 한 무리의 멋쟁이들이 나타나도 별로 놀라지 않았다. 멋쟁이들은 그것이 그들이 내릴 종착역이라면, 승강구에서 신도를 영접하고 두빌 역원으로부터 허리를 깊게 구부린 공손한 인사를 받은 후 기다리던 마차 중 하나로 그 신도와 함께 갔고, 만약 그것이 중간역이라면 객실을 온통 휩쓸었다. 사실 그들은 서둘러서 그렇게 했는데, 왜냐하면 기차가 막 떠나려는 순간, 그들 중 몇 명이 늦게 도착해서 코타르가 달음박질하며 객차 안으로 그 무리를 데리고 왔기 때문이다. 코타르는 내가 창가에서 보내는 신호를 알아보았다. 브리쇼도 이 신도들 중에 있었는데, 다른 사람들의 출석률이 저조해지는 것과 반대로, 동일 기간 동안 그는 더 열심히 출석했다. 점점 시력이 떨어지면서 파리에서조차 저녁에 하는 저술 활동이 조금씩 축소되었기 때문이다. 게다가 그는 독일식 과학적 정확성의 개념이 인문학보다 우세해지기 시작한 새로운 소르본 대학에 그리 호감을 느끼지 못했다.** 그래서 그는 사교적인 일에 많은 시간을 할

* 「루카 복음서」 24장에 나오는 마을 이름으로, 예수님이 십자가에서 돌아가신 후 두 명의 제자가 엠마오로 피신하러 가던 중 한 여행자와 동행하게 되었는데, 그 여행자가 바로 예수님임을 알고 희망을 찾은 곳이다.

** 1885년과 1896년 사이에 교육 제도의 변화는 전통적인 인문학 지지파와

애했으며, 다시 말해 베르뒤랭 집에서의 저녁 파티나, 이런저런 신도가 감동해서 몸을 떨며 베르뒤랭네에게 제공하는 파티에서 많은 시간을 보냈다. 물론 그동안 두 번의 연애 사건이 그의 저술 활동이 하지 못한 일, 즉 브리쇼를 이 작은 패거리로부터 멀어지게 할 뻔했지만, 그러나 "불의의 사태에 대비하고" 게다가 자기 살롱의 이익을 위해 그런 습관이 몸에 밴 베르뒤랭 부인이 드디어는 이런 종류의 모험이나 실행에 끼어드는 것에서 어떤 비타산적인 기쁨을 발견했으므로 브리쇼와 해로운 인간 사이를 틀어지게 하여 돌이킬 수 없게 만들었다. 부인의 말처럼 "모든 것을 깨끗이 처리하고, 환부를 과감히 도려낼" 줄 알았기 때문인데, 더욱이 그 위험한 인간이 브리쇼의 세탁부였으므로 일은 그만큼 쉬웠다. 교수의 6층 방까지 자유롭게 드나들 수 있는 베르뒤랭 부인이 감히 계단을 올라가는 용기를 냈으므로, 교수는 자만심에 얼굴이 빨개져 그 보잘것없는 여자를 문밖으로 내쫓기만 하면 되었다. "어떻게," 하고 여주인은 브리쇼에게 말했다. "나 같은 여자가 이렇게 당신 집에 오는 영광을 베풀고 있는데 저런 여자를 받아들일 수 있죠?" 브리쇼는 노년을 진흙탕에 빠지지 않게 해 준 베르뒤랭 부인의 도움을 결코 잊지 않았으며, 그래서 점점 더 부인에게 매달렸고, 이런 애정의 부활과는 대조적으로, 아니, 어쩌면 그 때문에 부인은 지나치게 온순하고, 순종을 미리 확신하는

새로운 독일식 방법론을 주장하는 이들 사이에 많은 논쟁과 갈등을 불러일으켰다. 브리쇼는 브륀티에르나 파게처럼 전통적인 고전 인문학 교육 기관으로서의 소르본을 지지했다.

신도에게 지겨움을 느끼기 시작했다. 그러나 브리쇼는 베르뒤랭과의 친밀함을 통해 소르본 대학의 모든 동료들 사이에서 주목받게 하는 어떤 광채를 표출했다. 자신들이 한 번도 초대받지 못한 만찬에 대해 그가 들려주는 이야기와, 문과 대학의 강좌를 담당한 다른 교수들이 그 재능을 높이 평가했지만 세인의 주목을 끌 기회를 얻지 못했던 어느 유명한 작가가 잡지에 쓴 브리쇼에 관한 논평, '살롱'에 전시된 모 화가가 그린 브리쇼의 초상화, 끝으로 이 사교계 인사인 철학자가 입은 우아한 복장에 동료들은 매혹되었다. 그들은 이 우아한 복장에 대해, 동료 중 하나가 친절하게도 방문 중에는 실크해트를 바닥에 놓아야 하며, 아무리 근사한 만찬이라 할지라도 전원에서 열리는 만찬에는 실크해트를 쓰면 안 되고, 대신 디너 재킷에 잘 어울리는 소프트 모자를 써야 한다고 설명해 줄 때까지는, 그저 아무렇게나 착용한 거라고 생각했다. 작은 무리가 객차로 몰려든 처음 순간, 나는 코타르에게 말을 걸 수조차 없었다. 기차를 놓치지 않으려고 뛰어와서 그랬다기보다는 그토록 간신히 시간에 맞춰 기차를 탄 것이 너무도 기뻐 거의 숨이 막힌 듯 보였기 때문이다. 성공의 기쁨보다는 재미있는 장난에 희열을 느끼는 것 같았다. "아주 멋진데요!" 하고 원래의 상태로 돌아온 그가 말했다. "몇 초만 늦었어도, 제기랄! 바로 이게 때맞춰 도착한다는 거군." 하고 그는 눈짓을 하며 덧붙였는데, 지금은 자신감에 차 있었으므로 그의 이 말은 자기가 사용한 표현이 맞는지 물어본 것이 아니라 만족감에서 나온 것이었다. 드디어 그는 내 이름을 작은 패거리의 다른 회원들에게 말할 수 있었다. 그들이 모두 파리에서 스모킹*이라고 부르는 차림을 하고 있어, 나는 조금 거북스러웠다. 나는 베르뒤랭네가 사교계를 향한 진화를 수줍게 개시했음을 잊고 있었다. 이 진화는 드레퓌스 사건으로 조금 늦어지긴 했지만, '새로운' 음악의 소개로 가속화되었으며, 그럼에도 그들은 진화를 부인했고, 그것이 결실을 맺을 때까지는 계속 부인할 것처럼 보였다. 마치 장군이 자신이 세운 군사적 목표가 실패할 경우 패배한 모습을 보이지 않으려고 그 목표를 달성한 후에야 통고하는 것과 마찬가지다. 게다가 사교계 쪽에서도 그들 쪽으로 갈 준비가 되어 있었다. 사교계는 그들에 대해, 아직은 상류 사회의 인간은 아무도 가지 않지만 그렇다고 그 점에 대해 어떤 아쉬움도 느끼지 않는 사람들로 간주했다. 베르뒤랭의 살롱은 '음악의 전당'으로 통했다. 바로 그곳에서 뱅퇴유가 영감과 용기를 얻었다고 그들은 단언했다. 뱅퇴유의 소나타는 완전히 이해되지 못하고 거의 알려지지 않은 채로 남아 있었지만, 가장 위대한 현대 음악가로 거론되면서 그의 이름은 엄청난 매력을 행사했다. 여하튼 포부르생제르맹의 몇몇 젊은이들은 부르주아들처럼 교양을 쌓아야 한다는 사실을 인식했고, 그들 중 세 명은 음악을 배웠으므로 그들 사이에서 뱅퇴유의 소나타는 대단한 명성을 누렸다. 그들은 집에 돌아와서 늘 교양을 쌓아야 한다고 부추기는 지적인 어머니에게 뱅퇴유의 소

* 영어로는 '디너 재킷' 또는 '턱시도'라고 하는 것이 프랑스에서는 '스모킹'이라고 불린다고 화자는 풍자한 적이 있다.(『잃어버린 시간을 찾아서』 6권 282쪽 참조.)

나타 얘기를 했다. 아들의 교육에 관심이 많은 부인들은 음악회에서, 2층 칸막이 좌석에 앉아 악보를 좇는 베르뒤랭 부인을 존경 어린 눈으로 바라보았다. 지금까지 베르뒤랭 부인의 이런 잠재적 사교성은 두 가지 사실로만 표출되었다. 한편으로 베르뒤랭 부인은 카프라롤라 대공 부인에 대해 이렇게 말했다. "어머! 그분은 매우 지적인 분이에요. 유쾌한 분이죠. 제가 견디지 못하는 건 바보들이나 따분한 사람들로, 그런 사람들은 절 미치게 해요." 이 말을 들은 조금 섬세한 누군가는, 가장 높은 상류 사회의 카프라롤라 대공 부인이 베르뒤랭 부인을 방문했다고 생각했을 것이다. 카프라롤라 부인 자신도 스완의 사망 후 스완 부인에게 애도 방문을 하던 중 베르뒤랭의 이름을 말하고 그들을 아느냐고 물었다. "뭐라고 하셨나요?" 하고 오데트는 갑자기 슬픈 표정을 지으며 대답했다. "베르뒤랭요." "아! 그렇다면 알죠." 하고 오데트는 침통하게 말을 이었다. "그분들을 알지는 못해요. 아니, 그분들과 사귀지는 않았지만 안다고는 할 수 있죠. 아주 오래전에 친구 집에서 만났으니까요. 호감이 가는 분들이에요." 카프라롤라 대공 부인이 떠난 뒤 오데트는 진실을 말하는 편이 나았을지도 모른다고 생각했으리라. 하지만 그녀의 순간적인 거짓말은 어떤 계산에서 나온 것이 아니라 두려움과 욕망의 폭로였다. 부인하는 편이 보다 능란한 처사여서 그렇게 한 것이 아니라, 비록 상대방이 한 시간 후에 사실을 알게 되더라도 그렇게 되지 않기를 바라면서 부인한 것이었다. 잠시 후에 그녀는 자신감을 되찾고 베르뒤랭네 사람들을 두려워하는 모습을 보이지 않으려고 상대방이 질문을 하기 전에 먼저 선수를 쳐서 "베르뒤랭 부인이라고요? 아주 잘 알죠."라며 전차를 탄 일을 얘기하는 대귀족 부인의 겸손함을 흉내 내면서 말했다. "얼마 전부터 베르뒤랭 부인 얘기를 많이 하네요." 하고 수브레 부인이 말했다. 오데트는 공작 부인이 짓는 것과 같은 경멸 어린 미소를 지으면서 대답했다. "그래요. 사실 그분들 얘기를 많이 하는 것 같네요. 이처럼 사교계에는 이따금 새로운 사람들이 나타나는 법이죠." 하고 자기 역시 최근에 사교계에 나타난 사람 중의 하나임을 생각하지 못하고 말했다. "카프라롤라 부인이 그 댁에서 저녁 식사를 했어요." 하고 수브레 부인이 말했다. "아!" 하고 오데트는 미소를 더욱 돋보이게 하면서 대답했다. "놀라운 일도 아니네요. 그런 종류의 일은 늘 카프라롤라 대공 부인을 통해서 시작되니까요. 다음에는 또 다른 부인, 이를테면 몰레 백작 부인을 통해서 이루어지겠군요." 이렇게 말하면서 오데트는, 아직 벽이 다 마르지 않은 새집에 먼저 들어가듯 새로이 문을 연 살롱에 가는 습관을 가진 이 두 귀족 부인에 대해 몹시 경멸하는 표정을 지었다. 그 어조로 보아 오데트 자신은 수브레 부인과 마찬가지로 사람들이 그들을 그런 갤리선에 태우는 데 성공하지 못할 거라고 말하는 것 같았다.*

베르뒤랭 부인이 카프라롤라 대공 부인의 지성에 관해서 한 고백에 이어, 베르뒤랭 사람들이 그들 미래의 운명을 의식하고

---

* 갤리선은 과거에 노예들이나 죄수가 젓던 범선이지만, 힘든 일이나 고역을 의미하는 비유적 표현으로 쓰이기도 한다.

있음을 보여 주는 두 번째 표시는, 손님들이 야회복 차림으로 그들의 집에 만찬을 들러 오기를 바란다는 것이었다.(물론 공식적으로 요구한 적은 없지만.) 베르뒤랭 씨는 '곤경에 빠진' 조카*의 인사를 받아도 이제는 별로 수치로 여기지 않았을 것이다.

그랭쿠르에서 나와 같은 객차에 탄 사람들 중에는 사니에트가 있었는데, 사촌인 포르슈빌에 의해 베르뒤랭네에서 추방당했다가 복귀한 사람이었다.** 사교 생활의 관점에서 그의 결점은 — 뛰어난 장점이 있음에도 불구하고 — 예전의 코타르와 조금은 같은 종류의 것이었는데, 소심하다는 것과 남의 마음에 들고 싶어 하는 소망, 또 그 일에 성공하려고 애쓰지만 별 소득이 없다는 점을 들 수 있었다. 그러나 베르뒤랭네 살롱에 있을 때면 삶이 코타르에게 미치는 영향력 때문인지 조금은 예전과 같은 모습으로 남아 있었지만 — 마치 우리가 친숙한 환경에 있을 때면 예전의 순간들이 우리에게 그러하듯이 — 적어도 환자들을 대하거나 병원에서 업무를 처리할 때 혹은 의학 아카데미에 가는 날이면, 냉정하고 거만하며 근엄한 모습이, 그의 환심을 사려는 제자들 앞에서 말장난을 하는 동안 더욱 부각되면서 현재의 코타르와 과거의 코타르 사이에 진정한 단절을 심화시킨 데 반해, 사니에트에게는 동일한 결점이 그 결점을 고치려고 하면 할수록 더 두드러져 보였다. 사니에트는 자기가 사람들을 자주 따분하게 하고, 남들이 그

* 옥타브를 가리킨다. 그가 베르뒤랭네와 먼 친척이라는 것은 『잃어버린 시간을 찾아서』 4권 398쪽에 나온다.

** 『잃어버린 시간을 찾아서』 2권 159~160쪽 참조.

의 말을 듣지 않는다고 느낄 때에도, 코타르라면 권위적인 태도로 사람들의 주의를 끌려고 말을 느리게 했을 테지만 그러는 대신, 자신의 대화에서 지나치게 진지하다고 생각되는 말투를 만회하려고 일부러 익살스러운 어조를 썼으며, 뿐만 아니라 말을 서두르고, 중요한 말을 강조하려고 다른 말은 빨리 하고, 자기 말이 장황해 보이지 않도록 또 말하는 내용에 보다 정통하다는 걸 보여 주려고 약어를 사용하여 무슨 말인지 도통 알아듣지 못하게 했으므로, 그저 끝없이 지껄인다는 인상만을 주었다. 사니에트의 자신감은 환자들을 얼어붙게 하는 코타르의 자신감과는 달랐다. 환자들은 코타르의 온화함을 칭찬하는 사교계 인사들에게 이렇게 대답했다. "진찰실에서 우리가 빛을 향해 앉아 있을 때, 역광을 받으며 꿰뚫어 보는 시선으로 우리를 대하는 분과 같은 분이 아닌가 봐요." 사니에트의 자신감은 남을 압도하지 못하고 그 안에 너무 많은 수줍음이 담겨 있어, 아주 작은 일도 자신감을 달아나게 하기에 충분한 듯 느껴졌다. 친구들로부터 지나치게 자신을 신뢰하지 못한다는 말을 들어 온 사니에트는, 그가 정당한 이유로 매우 열등하다고 판단해 온 사람들이 자신에게는 거부된 성공을 쉽게 획득하는 걸 보면서, 너무 진지한 말투를 사용하면 이야기라는 상품을 충분히 돋보이게 하지 못할까 봐 두려워 언제나 이야기를 시작하기 전에 재미있다는 듯 먼저 미소를 짓곤 했다. 때로는 이야기를 재미있어 보이게 하려는 그의 태도를 청중이 신뢰하여 전반적으로 침묵하는 은총을 베풀기도 했다. 그러나 이야기는 완전히 실패로 끝났다. 때로 어느 마음씨 좋은 손님이 사니에트에게 남몰래 다른 사람의 이목을 끌지 않으면서, 마치 쪽지를 건네듯 은밀하게 동의하는 미소를 보내며 개인적으로 용기를 북돋아 주려 하기도 했다. 하지만 어느 누구도 폭소를 터뜨리는 책임을 떠맡거나, 공개적으로 지지하는 위험을 감수하려 하지는 않았다. 이야기가 실패로 끝나고 한참이 지난 후에도 실의에 빠진 사니에트는 다른 사람들은 느끼지 못했지만 자신은 충분히 만족할 만한 희열을 느낀 척, 이야기를 그 자체로 음미한다는 듯 계속해서 스스로에게 미소를 지었다. 조각가 스키로 말하자면, 그의 폴란드 이름을 발음하기가 어렵고, 또 그 자신이 어떤 사회에서 살게 된 후부터는, 사회적 지위는 안정되었지만 매우 따분하고 수가 많은 그의 친척들과 혼동되고 싶어 하지 않는 시늉을 했으므로 그렇게 불렸는데, 마흔다섯 살인 지금은 아주 못생겼지만, 열 살까지는 온갖 귀부인들의 사랑을 독차지한 가장 매력적인 신동으로 통했던 탓에, 아직도 어떤 종류의 어린아이 같은 몽상적인 환상가의 모습을 가지고 있었다. 베르뒤랭 부인은 그가 엘스티르보다 더 예술가답다고 주장했다. 그가 엘스티르와 닮은 점이라곤 외형적인 유사성이 전부였다. 하지만 이 유사성은 스키와 딱 한 번 만난 엘스티르에게 깊은 혐오감을 주기에 충분했다. 이는 우리와 완연히 대립되는 사람들이, 우리와 좋지 않은 점에서 닮은 사람들이 우리의 가장 나쁜 점들, 우리가 이미 고쳤다고 생각하는 결점들은 전시하면서, 몇몇 이들에게는 현재의 우리가 되기 전의 옛 모습이 그렇게 보였으리라는 걸 불쾌하게 상기시키기 때문이다. 하지만 베르뒤랭 부인은, 어떤 예술 분야든 쉽게 표현할 줄 아는 스키가 지금보다 조금만 게으름을 피우지 않았더라면 이런 능력을 재능으로까지 발전시킬 수 있었으리라고 확신했다. 사실 여주인은 이 게으름마저 그녀가 재능 없는 사람들의 몫으로 여기는 노동이나 작업과는 정반대되는 또 하나의 재능으로 보았다. 스키는 사람들이 원하는 것은 무엇이든 커프스 단추나 문짝 위에 그렸다. 그는 작곡가의 목소리로 노래했고, 피아노 연주도 외워서 했으므로 오케스트라 같은 인상을 풍겼는데, 현란한 연주 솜씨 때문이 아니라, 코넷*이 연주되어야 할 부분을 손가락으로 가리키지 못한다는 걸 의미하는, 하기야 입으로 흉내 내긴 했지만, 틀린 저음으로 연주했기 때문이다. 금관 악기의 느낌을 주기 위해 화음의 연주를 미루다 "팽!" 하고 말하는 것과 같은 방식으로, 그는 말을 하면서도 신기한 인상을 주려고 말을 골랐으므로 매우 지적인 인간으로 통했다. 그러나 그의 사상은 사실 지극히 제한된 두서너 개의 사상으로 귀착되었다. 그는 환상가라는 평판이 조금은 불편했고, 그래서 자신이 매우 실질적이며 실증적인 인간임을 보여 주기로 마음먹었는데, 그 때문에 잘못된 정확성과 거짓 분별력에 대한 자신감 넘치는 꾸민 태도는, 아무것도 기억하지 못하는 늘 부정확한 지식 탓에 더욱 심해졌다. 머리와 목과 다리의 움직임은, 그가 금발의 곱슬머리에 커다란 레이스 깃이 달린 옷을 입고 작은 붉은색 가죽 장화를 신은 아홉 살 아이였다면 귀엽게 보

* 작은 트럼펫처럼 생긴 금관 악기다.

였으리라. 코타르와 브리쇼와 함께 일찍 그랭쿠르 역에 도착한 그들은 브리쇼를 대합실에 남겨 놓고 한 바퀴 돌러 나갔다. 코타르가 돌아가려고 하자 스키는 "서두를 필요 없어요. 오늘은 지방 열차가 아니라, 데파르트망* 열차니까요." 이런 정확성에서의 미묘한 차이가 코타르에게 불러일으킨 효과에 만족한 그는, 스스로에 대해서도 이렇게 덧붙였다. "스키가 예술을 사랑하고 점토를 잘 빚으니까 전혀 실질적인 사람이 아니라고 여기시겠죠. 하지만 어느 누구도 저보다 철도 노선에 관해 잘 아는 사람은 없을걸요." 그렇지만 그들은 역으로 돌아갔고, 그때 갑자기 작은 열차가 연기를 내며 도착하는 모습이 보였다. 코타르가 큰 소리로 외쳤다. "있는 힘껏 달려가야겠군." 사실 그들은 겨우 제시간에 도착했고, 지방 열차와 데파르트망 열차의 구별은 스키의 머릿속에서만 존재했다. "그런데 대공 부인은 기차에 안 계신가요?" 하고 브리쇼가 떨리는 목소리로 물었다. 그의 거대한 안경은 후두 담당의가 환자의 목구멍을 비추기 위해 이마에 다는 반사경처럼 반짝거려, 교수의 눈으로부터 생명력을 빌려 온 것처럼 보였으며, 또 어쩌면 시력을 안경에 맞추려는 노력 탓인지 가장 무의미한 순간에도 지속적인 주의력과 놀랄 만한 부동성을 가지고 응시하는 것 같았다. 게다가 병이 브리쇼의 시력을 조금씩 앗아 가면서 대신 시각의 아름다움을 깨어나게 했는데, 이는 마치 우리가 어떤 물건과 헤어지기로 결심할 때, 예를 들어 그 물건을

* 프랑스 행정 구역 중의 하나로 우리의 광역시 또는 도(道)에 해당된다.

선물하려고 할 때, 우리가 물건을 바라보면서 아쉬워하고 감탄하는 것과도 유사했다. "안 계세요. 대공 부인은 파리행 기차를 타는 베르뒤랭 부인의 손님들을 멘빌까지 데려다주러 가셨죠. 베르뒤랭 부인 역시 생마르스에서 볼일이 있으니, 그 분과 함께 있는 게 그리 불가능하지는 않겠는데요! 그 경우 대공 부인은 우리와 함께 여행을 하실 테니, 모두 함께 여행할지도 모르겠군요. 참 멋진 일일 텐데. 멘빌에서는 눈을 크게 떠야겠어요. 아니! 괜찮아요. 조금 전에는 기차를 놓칠 뻔했죠. 열차를 봤을 때 얼마나 놀랐던지. 사람들이 일컫는 대로 결정적인 순간에 도착했죠. 혹시라도 기차를 놓쳤다면? 베르뒤랭 부인이 우리가 없는 빈 마차가 오는 걸 보았다면? 그 장면이 눈에 선하군요!" 하고 아직 흥분 상태에서 완전히 깨어나지 못한 의사가 덧붙였다. "그건 그렇게 평범하지 않은 모험이었어요. 여보시오, 브리쇼, 당신은 우리의 작은 일탈에 대해 어떻게 생각하시오?" 의사는 뭔가 자랑스럽다는 듯이 물었다. "맹세코," 하고 브리쇼가 대답했다. "만약 당신이 기차를 발견하지 못했다면, 고인이 된 빌맹*의 말처럼 예기치 못한 당혹스러운 사건이 됐을 거요." 그러나 처음 순간부터 알지 못하는 사람들로 인해 정신이 없었던 내게 갑자기 코타르가 카지노의 무도회장에서 했던 말이 떠올랐고, 그러자 눈에 보이지 않는 고리가 우리 몸의 기관과 추억의 이미지를 연결할 수 있

---

* Abel Villemain(1790~1870). 비평가이자 소르본 대학의 교수로, 한림원 회원과 교육부 장관을 지냈다.

다는 듯, 앙드레의 가슴에 가슴을 붙이고 있던 알베르틴의 이미지가 나를 극도로 아프게 했다. 그러나 그 아픔은 지속되지 않았다. 알베르틴과 여자들 사이에 있을 법한 이 관계에 대한 생각은, 이틀 전 내 여자 친구가 생루에게 접근하면서 유발한 새로운 질투심으로 인해 잊혔고, 그래서 더 이상 가능해 보이지도 않았다. 내게는 하나의 취향이 다른 취향을 배제할 수밖에 없다고 믿는 사람들의 순진함이 있었다. 아랑브빌에서 기차는 만원이 되었는데, 삼등 표만을 쥔 푸른 작업복의 농부가 우리 칸에 올라탔다. 대공 부인이 농부와 함께 여행할 수 없다고 판단한 의사는 차장을 불러 어느 대철도 회사의 의사라는 신분증을 보이고는 역장에게 강제로 농부를 내리게 했다. 이 장면이 얼마나 사니에트의 소심함을 괴롭히고 불안하게 했던지, 일이 시작되자마자 그는 이미 플랫폼에 있는 농부들의 숫자만 보고도 농민 폭동의 규모로 번질까 봐 두려운 나머지, 배가 아픈 척하면서 의사의 난폭함에 자신도 일부분 책임이 있다는 비난을 피하기 위해 코타르가 소위 '워터'*라고 부르는 곳을 찾는 척하면서 복도로 도망쳤다. 그곳을 찾지 못하자 꼬불꼬불한 지방 열차의 말미에서 전원 풍경을 바라보았다. "베르뒤랭 부인 댁에서의 첫 출현이라면, 므시외," 하고 자신의 재능을 '신참'에게 보여 주고 싶었던 브리쇼가 말했다. "예술애호주의**니 무관심주의니 하며, 소위 우리 속물근성의 여

---

* '화장실'을 의미하는 워터 클로젯(water closet)을 약자로 칭했다.

** 예술을 취미로 즐기는 딜레탕티즘을 가리킨다.

인들 사이에서 유행하는 수많은 '주의'가 들어간 단어들을 발명한 사람 중 하나가 말했듯이 '삶의 즐거움'을 그만큼 잘 느끼게 하는 곳도 없을 거요. 탈레랑* 대공님을 두고 하는 말이오." 그는 이렇게 과거의 대귀족에 대해 말할 때면 귀족의 작위에 '님'을 붙여 레츠 추기경님, 라로슈푸코 공작님이라고 불러야 재치가 있으며, 그것이 '시대색'이라고 생각했다. 이따금 그들을 "그 '삶을 위한 투쟁(struggle for lifer)'의 공디, 그 '불랑제주의자'인 마르시야크"라고 부르기도 했다.** 그리고 몽테스키외*** 얘기를 할 때면 반드시 미소를 지으면서 "소공다 드 몽테스키외 법원장님"이라고 칭했다. 재치 있는 사교계 인사라면 이런 학교 냄새를 풍기는 현학적인 태도에 짜증을 냈을 것

---

* 탈레랑(『잃어버린 시간을 찾아서』 5권 211쪽 주석 참조.)은 1780년대의 '삶의 즐거움'에 관해 말했다.

** 여기서 말하는 공디(Paul de Gondi)는 회고록 작가인 레츠 추기경(1613~1679)을 가리킨다. 또 원문에 영어로 표기된 '삶을 위한 투쟁'은 다윈에 의해 대중화된 표현으로 알퐁스 도데의 희극 「삶을 위한 투쟁」(1889)에서도 찾아볼 수 있다. 또한 마르시야크는 라로슈푸코 공작을 칭하는데, 그는 부친의 사망 시까지 마르시야크 대공이었다. 그러나 브리쇼가 17세기 인물인 라로슈푸코를 불랑제 장군의 지지자로 만든 것은, 불랑제주의와 프롱드 난 사이에 일종의 등가 관계를 설정하려는 시도인 듯하지만 그리 자명해 보이지는 않는다고 지적된다.(『소돔』, 폴리오, 586쪽 참조.) 불랑제주의와 프롱드 난에 대해서는 각각 『잃어버린 시간을 찾아서』 2권 317쪽 주석과 5권 304쪽 주석 참조.

*** 18세기 철학자 몽테스키외의 원래 이름은 샤를 드 스공다, 라 브레드 및 몽테스키외 남작(Charles de Secondat, Baron de la Brède et de Montesquieu)이다. 25세가 되던 해에 아버지 쪽의 삼촌으로부터 그의 평생 호칭이 된 몽테스키외 남작 작위를 물려받았으며, 보르도 고등 법원의 법원장을 거쳐 말년에는 『법의 정신』 저술에 전념했다.

이다. 그러나 사교계 인사의 완벽한 태도에도 왕족 얘기를 할 때면 그것이 특별한 사회 계급임을 드러내는 이런 유식한 척하는 태도가 담겨 있는데, 벨헬름이란 이름 뒤에 '황제'를 붙이고, 전하께는 삼인칭으로 말하는 것이 그러하다. "아! 그분께는," 하고 브리쇼는 '탈레랑 대공님'에 대해 말했다. "모자를 벗고 인사해야 합니다. 선조가 되시니까요." "매력적인 모임이지." 하고 코타르가 내게 말했다. "자네는 모든 걸 조금씩 알게 될 걸세. 베르뒤랭 부인은 배타적인 사람이 아니거든. 브리쇼 같은 유명한 학자도 있고, 이를테면 셰르바토프 부인 같은 상류 사회의 귀족도 있고. 러시아의 귀부인인데 외독시 대공비의 친구라네. 아무에게도 허락되지 않은 시간에 그분만이 외독시 대공비를 방문한다네." 사실 외독시 대공비는 어느 누구로부터도 초대받지 못하는 셰르바토프 대공 부인*에게 전혀 신경을 쓰지 않았지만, 대공 부인이 사람들이 있을 때 올까 봐 아주 이른 시간, 자기 친구들이 아무도 없을 때만 그녀를 오게 했다. 친구들이 대공 부인을 만나면 불쾌해할 테고, 또 부인도 그들을 만나면 거북해할 테니 말이다. 삼 년 전부터 대공비의 손톱 다듬는 미용사처럼 그 저택을 나오자마자, 셰르바토프 부인은 이제 막 잠에서 깨어난 베르뒤랭 부인 댁으로 가서는 그 곁을 떠나지 않았는데, 대공 부인의 충성이 브리쇼의 그것을 훨씬 넘어선다는 평이 있었다. 하지만 브리쇼는 수

---

* 거대하고 못생긴 이 늙은 여인은 아마도 파리 주재 러시아 대사와 결혼했던 우루소프(Ouroussoff) 공주를 모델로 한 것처럼 보인다.

요 모임에 상당히 열심히 참석했으므로, 파리에서의 자신이 아베오부아*에서의 샤토브리앙과 같은 존재라고 믿는 기쁨을 누렸고, 시골에서는 샤틀레 후작 부인** 댁에서의 "볼테르님"(문인의 간사함과 만족감으로 항상 그렇게 부르는)에 맞먹는 존재가 된 듯한 효과를 스스로에게 부여했다.

교우 관계의 부재로 인해 셰르바토프 대공 부인은 몇 해 전부터 베르뒤랭 부인에게 충성심을 보였고, 이 충성심 덕분에 그녀는 보통 수준의 '신도'를 넘어서서, 베르뒤랭 부인이 오랫동안 실현 불가능하다고 믿었으나 갱년기에 접어들어 드디어 이 여성 신참에게서 육화된 모습을 보게 된 그런 여성 신도의 전형이자 이상형을 구현했다. '여주인'이 아무리 질투하며 괴로워해도, 신도 중 제일가는 열성분자라 해도 여주인을 한 번쯤 '버리지' 않은 신도는 없었다. 가장 집에 틀어박히기를 좋아하는 사람도 여행의 유혹을 느꼈으며, 가장 금욕적인 사람도 여복이 따랐으며, 건강한 사람도 감기에 걸렸으며, 한가한 사람도 이십팔 일간 징집되었으며,*** 무관심한 사람도 죽어 가

---

* 성 베르나르드회 수도원으로 파리 7구의 세브르 거리에 위치한다. 프랑스 혁명 후 이 수도원에 귀부인들의 요양원이 설립되어 샤토브리앙의 애인이었던 레카미에 부인이 1819년부터 은거하면서 살롱을 열었는데, 많은 문인들이 드나들었다.

** Émilie du Châtelet(1706~1749). 수학자이자 문인이며 물리학자로 뉴턴의 책을 프랑스어로 번역했는데, 볼테르는 십오 년 동안 이런 그녀의 과학 연구를 격려해 주었다.

*** 『잃어버린 시간을 찾아서』 7권 398쪽을 보면 발베크 호텔의 엘리베이터 보이를 위해 한 귀족이 장군에게 부탁해서 이십팔 일 동안 징집을 면제해 주는 이야기가 나온다.

는 어머니의 눈을 감겨 주러 가야 했기 때문이다. 그럴 때면 베르뒤랭 부인은 마치 로마의 황후처럼* 자신의 군단을 향해, 그녀만이 그 군단이 복종해야 할 유일한 장군이며, 그리스도나 카이제르처럼 자기 아버지, 어머니를 그녀만큼 사랑해서 그녀를 따르기 위해 부모를 버릴 각오가 되어 있지 않은 사람은 그녀에게 합당하지 않으며,** 침대에서 힘을 빼거나 창녀의 웃음거리가 되는 대신 유일한 처방이자 쾌락인 자기 곁에 남는 것이 상책이라고 말했지만, 모두 소용없었다. 하지만 늦게까지 지속되는 우리 삶의 마지막을 장식하는 데 기쁨을 느끼는 운명이, 베르뒤랭 부인과 셰르바토프 부인을 마침내 조우하게 했다. 가족과 불화하고 조국에서 망명하여 퓌트뷔스 남작 부인과 외독시 대공비하고만 교제하던 대공 부인은, 남작 부인의 집에서는 남작 부인의 여자 친구들이 만나고 싶어 하지 않았고, 대공비는 자기 여자 친구들이 대공 부인을 만나는 것을 원치 않았으므로, 베르뒤랭 부인이 아직 잠들어 있는 아침 시간에만 이 두 부인의 집을 방문했는데, 홍역을 앓던 열두 살 때

---

* 네로 황제의 어머니인 아그리피나를 암시하는 듯 보인다. 타키투스는 로마의 전통을 거슬러 여성이 로마의 깃발 앞에 앉았다고 그녀를 비난했다.(『소돔』, 폴리오, 586쪽 참조.)

** 「마태오 복음서」 10장 37절을 보면 "아버지나 어머니를 나보다 더 사랑하는 사람은 나에게 합당하지 않다. 아들이나 딸을 나보다 더 사랑하는 사람도 나에게 합당하지 않다."라고 쓰여 있다. 또 통칭 카이제르라고 불리는 독일 황제 빌헬름 2세는 1891년 포츠담에서 열린 신병들의 열병식에서 형이나 누이, 아버지, 어머니를 쏘라는 명령을 받아도 두말없이 그 명령에 복종해야 한다고 말했다고 한다.(『소돔』, 폴리오, 586쪽 참조.)

를 제외하고는 단 한 번도 방에 남아 있었던 기억이 없는데도, 12월 31일 베르뒤랭 부인이 혼자 있는 게 싫어서 느닷없이 내일은 새해 첫날이지만 자기 집에 남아서 자지 않겠느냐고 묻자 이렇게 대답하는 것이었다. "어떤 날이든 안 될 것 없죠. 게다가 내일은 가족끼리 지내는 날인데 당신은 제 가족이잖아요." 하숙집에서 살던 대공 부인은 베르뒤랭 부부가 이사를 가면 자기도 거처를 옮겼고, 그들의 별장 생활에도 따라가면서 베르뒤랭 부인을 위해 다음과 같은 비니의 시구를 실현했다.

내게는 그대만이 우리가 늘 찾는 사람으로 보였도다.*

그 작은 동아리 회장은 죽을 때까지 '신도'를 확보하고 싶어, 대공 부인에게 두 사람 중 나중에 죽는 사람이 먼저 죽은 사람 곁에 묻히자고 제안했다. 낯선 사람들 앞에서 — 그중에는 멸시받는 게 가장 고통스러워서 우리 자신이 가장 많이 속이는 자, 즉 우리 자신도 포함하여 — 셰르바토프 대공 부인은 세 여인과의 우정, 즉 대공비와 베르뒤랭 부인, 그리고 퓌트뷔스 부인과의 우정이, 그녀의 의지와 무관한 대홍수가 일어나서 나머지 모두를 파괴하고 나타난 것이 아니라, 자유로운 선택에 의해 자신이 여느 다른 우정보다 좋아해서 고른 것이며, 또 고독과 검소함의 취향이 그 선택을 제한한 그런 유일

* 알프레드 드 비니의 『고금 시집』(1826) 중 「엘로아」에 나오는 시구이다. 로베트 드 몽테스큐는 이 시구를 자신의 시집 『박쥐』(1892)의 제사로 썼다고 한다.(『소돔』, 폴리오, 587쪽 참조.)

한 우정처럼 보이게 하려고 노력했다. "나는 다른 사람은 '아무도' 만나지 않아요." 하고 그녀는 그 우정이 필요에 의해 어쩔 수 없이 감수하는 것이 아니라, 오히려 우리가 스스로에게 부과하는 규율인 양 그 결연한 성격을 강조하면서 말했다. "저는 이 세 집만 다녀요." 하고 그녀는, 마치 자신이 쓴 희곡이 네 번은 공연되지 않을까 봐 걱정하여 세 번만 공연될 거라고 떠벌리고 다니는 작가처럼 덧붙였다. 베르뒤랭 부부가 이 지어낸 이야기를 믿었는지 믿지 않았는지는 모르겠지만, 여하튼 그들은 대공 부인이 그 이야기를 신도들의 정신 속에 주입시키도록 도와주었다. 그래서 신도들은 대공 부인이 그녀에게 제공된 수많은 교제 관계 중에서 유일하게 베르뒤랭네를 택했고, 베르뒤랭 부부도 가장 고귀한 귀족들로부터 제안을 받았지만 모두 거절하고 대공 부인만을 예외적으로 허락했다고 확신했다.

그들의 눈에 대공 부인은 출신 환경에 비해 지나치게 탁월한 분이어서, 그녀가 교제할 많은 사람들 사이에서 권태를 느낄 수밖에 없었고, 오직 베르뒤랭네 사람들하고 있을 때에만 유쾌한 것처럼 보였으며, 또 상호적으로 베르뒤랭 쪽에서도 모든 귀족 계급으로부터 오는 제안에는 귀를 닫았지만, 셰르바토프 부인만이 그녀와 같은 부류의 여인들보다 탁월하게 지적인 귀부인이어서, 그녀를 위해 단 하나의 예외를 두는 데 동의한 듯 보였다.

대공 부인은 대단한 부자였다. 그녀는 모든 첫 공연 때마다 아래층 특별석 중에서도 가장 넓은 방을 예약해서 베르뒤랭 부인의 허락을 받고 신도들을 그곳에 데려갔으며 그들 외에는 어느 누구도 들이지 않았다. 사람들은 이 수수께끼 같은 창백한 여인에게 주목했는데, 그녀는 늙어 가면서도 머리가 세지 않고, 아니 오히려 울타리에 쪼그라든 채로 계속 붙어 있는 열매처럼 붉어졌다. 사람들은 그녀의 위세와 겸손함에 감탄했다. 그녀 옆에는 아카데미 회원인 브리쇼와 유명한 학자 코타르, 당대의 일류 피아니스트가 앉았으며, 나중에는 샤를뤼스 씨도 합류했다. 그녀는 일부러 가장 어두운 쪽 특별석을 잡아 구석에 머무르면서 객석의 어떤 것에도 신경 쓰지 않고 전적으로 그 작은 그룹만을 위해 살았고, 이 작은 그룹도 공연이 끝나기 조금 전 이 기이한 여군주를 따라, 하지만 수줍고 매력적이며 퇴색한 아름다움을 간직하고 있는 여인을 따라 극장을 떠났다. 그런데 셰르바토프 대공 부인이 객석을 바라보지 않고 어둠 속에 남아 있는 이유는 그녀가 열정적으로 욕망하지만 사귈 수 없는 그 활기 넘치는 세계의 존재를 애써 망각하려 했기 때문이다. 아래층 특별석에 앉은 게르망트네 '사단'은 그녀에게 몇몇 동물들이 위험에 직면하면 취하는 거의 죽은 사람 같은 부동성을 의미했다. 그렇지만 사교계 인사들에게서 작동하는 새로운 것과 호기심의 취향은, 이제 막 모든 사람들이 방문하러 온 2층 칸막이 좌석의 명사들보다, 아마도 이 신비로운 미지의 여인에게 더 많은 관심을 기울이게 했는지도 모른다. 그들은 그 여인이 자신들이 아는 사람들하고는 다르며, 또 예리하고도 선한 마음씨에 뛰어난 지성이 결합되어 저명인사들로 구성된 작은 그룹을 그 주위에 붙들고 있다고 상상했다. 대공 부인은 누군가의 이야기를 듣거나 소개를 받으면 자신이 사교계를 끔찍이도 싫어한다는 그 꾸며낸 이야기를 유지하기 위해 냉담한 척해야 했다. 그렇지만 몇몇 신참이 코타르나 베르뒤랭 부인의 도움을 받아 그녀하고 사귀는 데 성공하면, 그들 중 하나를 만나는 걸 얼마나 기뻐했던지, 자신이 일부러 격리되기를 원했다고 말했던 것도 잊어버리고 그 새로운 사람을 위해 미친 듯이 돈을 썼다. 신참이 지극히 평범한 사람인 경우에는 모두들 놀랐다. "어느 누구하고도 사귀고 싶어 하지 않는 대공 부인께서 저렇게 특징 없는 사람을 예외로 두다니 참 이상한 일도 다 있군!" 그러나 이런 식의 풍요로운 교제는 드물었고, 대공 부인은 신도들 한가운데서 단단히 틀어박혀 살고 있었다.

코타르는 "그분을 아카데미에서 화요일에 만날 텐데요."라고 말하기보다 "그분을 베르뒤랭 댁에서 수요일에 만날 텐데요."라고 말하기를 더 좋아했다. 이렇게 그는 수요 모임을 뭔가 중요하고도 불가피한 일과처럼 얘기했다. 더욱이 코타르는 초대받은 일을 군사상 혹은 법률상의 소환에 해당하는 명령으로 여기고, 거기 응하는 것을 절대적 임무로 생각하는 별로 인기 없는 사람 중의 하나였다. 매우 중요한 왕진 때문에 수요일에 베르뒤랭 부부를 '버리고' 불려갈 때도, 그에게 중요한 것은 병의 위중함보다 환자의 신분이었다. 호인이라고는 하나, 코타르는 갑자기 심장 발작으로 쓰러진 직공이 아니라 장관의 코감기 때문에 수요일의 감미로움을 단념하는 사람이었다. 왕진을 가는 경우에도 그는 아내에게 이렇게 말했다. "베르뒤랭 부인에게 죄송하다고 사과 인사를 전해 주시오. 늦게 올 거라고 미리 말씀드려 주시오. 각하께서는 다른 날을 택해 감기에 걸릴 것이지." 어느 수요일에는 그들의 나이 든 요리사가 팔의 혈관을 베였는데, 코타르는 이미 베르뒤랭네에 가려고 스모킹 차림을 하고 있었다. 아내가 다친 사람을 치료해 줄 수 없느냐고 조심스럽게 묻자 그는 어깨를 으쓱했다. "하지만 그럴 수 없소, 레옹틴." 하고 그는 신음 소리를 내며 소리쳤다. "보다시피 흰 조끼를 입었잖소." 남편을 자극하지 않기 위해 코타르 부인은 빨리 전공의를 부르려고 사람을 보냈다. 그는 되도록 빨리 오려고 자동차를 타고 왔는데, 차가 안마당에 들어가려는 순간 베르뒤랭네로 가는 코타르의 차가 나왔고, 그래서 차를 앞으로 뺐다 후진하다 하면서 오 분이나 소모했다. 코타르 부인은 전공의가 연미복을 입은 스승의 모습을 보지 않았을지 걱정했다. 코타르는 만찬에 늦은 걸, 어쩌면 양심의 가책 탓인지 저주하면서 매우 불쾌한 기분으로 출발했는데, 그런 기분을 사라지게 하려면 수요일의 온갖 즐거움이 필요했다.

코타르의 환자 하나가 "가끔 게르망트 사람들을 만나십니까?"라고 물으면, 코타르는 정말 진심으로 이렇게 대답했다. "정확히 게르망트 사람들은 아니지만 잘 모르겠네요. 하지만 제 친구 집에서 그런 종류의 사람들은 모두 만나죠. 환자분께서는 틀림없이 베르뒤랭에 대한 얘기를 들었을 겁니다. 그들은 온갖 사람들을 알아요. 또 적어도 무일푼의 멋쟁이는 아니죠. 모아 놓은 돈이 있어요. 베르뒤랭 부인의 재산은 3500만

프랑이나 된답니다. 정말 대단한 금액이죠. 그래서 거침없이 행동하는 거고요. 제게 게르망트 부인에 대해 말씀하셨죠. 두 분의 차이를 말씀드리죠. 베르뒤랭 부인은 훌륭한 귀부인이고, 게르망트 공작 부인은 틀림없이 가난뱅이일 겁니다. 그 미묘한 차이를 이해하시겠죠? 어쨌든 게르망트네 사람들이 베르뒤랭네 집에 가든 가지 않든, 베르뒤랭 부인은 아주 훌륭한 분들, 이를테면 셰르바토프 부인이나 포르슈빌 '그 밖에 모든 이들(tutti quanti),' 최고위층 분들, 프랑스와 나바르*의 모든 귀족들을 초대한답니다. 제가 그분들과 대등한 동반자로 얘기하는 모습을 곧 보게 될 겁니다. 게다가 그런 종류의 사람들은 기꺼이 과학의 왕자와 사귀고 싶어 하지요."라고 자만심 넘치는 행복한 미소를 지으며 덧붙였는데, 이 거만한 만족감과 더불어 그의 입술에 떠오른 미소는, 예전에는 포탱이나 샤르코에게만 해당되던 표현이 이제는 그에게도 적용된다는 사실보다는, 모든 관용적인 표현들을 그 자신도 적절히 사용할 줄 알며, 또 오랫동안 그 표현들을 열심히 연구한 끝에 완전히 자기 것으로 만들었다는 사실에서 연유했다.** 그래서

* 나바르-나바라 왕국은 스페인의 북부, 피레네 산맥 근처 바스크 지방의 대부분을 차지했던 중세 유럽의 나라였다. 1620년 루이 13세가 피레네 북쪽의 영토를 프랑스에 귀속시키면서, 프랑스 왕은 '프랑스와 나바르의 왕'으로 불렸지만, 1792년 프랑스 혁명으로 왕정이 붕괴되면서 '나바르의 왕'이라는 호칭도 사라졌다.

** 과학계의 일인자를 뜻하는 '과학의 왕자'란 표현은 포탱을 대상으로 쓰였다.(『잃어버린 시간을 찾아서』 2권 54쪽 참조.) 샤르코에 대해서는 『잃어버린 시간을 찾아서』 5권 501쪽 참조.

코타르는 베르뒤랭 부인이 초대하는 사람들 가운데, 셰르바토프 대공 부인을 내게 일례로 인용한 후 눈을 깜박이며 덧붙였다. "어떤 종류의 집인지 알겠나? 내 말을 이해하겠나?" 그의 말은 가장 우아한 집이라는 뜻이었다. 그런데 외독시 대공비밖에 알지 못하는 러시아 귀부인을 손님으로 맞아들인다는 것은 그리 대단한 일이 아니었다. 그러나 셰르바토프 대공 부인이 외독시 대공비를 알지 못한다 해도, 이런 사실이 베르뒤랭 살롱이 가진 최상의 우아함에 대한 코타르의 견해와 그곳에 초대받는 기쁨을 감소시키지는 못했으리라. 우리가 자주 만나는 사람들을 에워싸는 듯 보이는 이런 광채가, 무대에서의 등장인물이 입는 의상보다 본질적인 것은 아니다. 무대 감독이 인물들의 의상을 위해 수십만 프랑을 쓰면서 진품 의상과 진짜 보석을 사는 것은 아무 효과도 내지 못하는 헛된 짓이지만, 위대한 무대 장식가가 유리 마개처럼 큼지막한 가짜 보석들을 흩뿌린 올 굵은 천으로 만든 푸르푸앵*과 종이로 만든 망토에 인공조명을 비추면 천배나 화려한 사치스러운 인상을 줄 수 있기 때문이다. 자기 삶을 지상의 위대한 인물들 사이에서 보낸 누군가에게는 어린 시절부터 몸에 밴 습관이 그 인물들로부터 온갖 매력을 빼앗아 가 그들을 고작 귀찮은 친척이나 지겨운 지인으로 보게 하지만, 반대로 이 동일한 매력이 우연하게 가장 보잘것없는 출신의 인물에게 덧붙으면, 코타르 같은 부류의 많은 사람들은 그런 작위를 가진 여인들에게 매

* 14~17세기 남자들이 입던 짧고 꼭 끼는 상의.

혹되어 그 살롱을 귀족적인 우아함의 중심이라고 상상하기에 충분했는데, 실제로 이 여인들은 빌파리지 부인과 그 친구들에게도(실추한 귀부인들로, 함께 자란 귀족들과도 더 이상 교제하지 못하는) 훨씬 미치지 못하는 사람들이었다. 그런 여인들과의 우정을 자랑하던 수많은 사람들이 회고록을 발간하고 그 여인들의 이름과 여인들이 초대한 사람들 이름을 적어 놓아도, 어느 누구도, 게르망트 부인은 물론이고 캉브르메르 부인조차도 그들이 누구인지 알아보지 못했을 것이다. 그러나 무슨 상관인가! 코타르 같은 이에게는 그의 남작 부인 또는 그의 후작 부인이 존재하며, 그에게서 그 부인은 그저 남작 부인 또는 후작 부인일 뿐, 마리보에게서처럼 어느 누구도 그 남작 부인의 이름을 말하지 않으며, 또 남작 부인에게 이름이 있었다는 생각도 결코 하지 못하는데.* 코타르는 귀족의 작위가 의심스러우면 의심스러울수록, 또 유리 제품이나 은기와 편지지, 큰 가방에 새겨진 귀족의 왕관 표시가 더 많은 자리를 차지하면 차지할수록, 귀족의 본질이(그 부인의 존재에 대해서는 아는 바가 없는) 거기에 압축되어 있다고 믿었다. 자신들의 삶을 포부르생제르맹의 중심부에서 영위한다고 믿는 코타르 같은 부류의 많은 사람들은 실제로 대공들 사이에서 사는 사람들보다, 어쩌면 봉건 시대에 대한 몽상에 더 많이 현혹된 상상력을 갖고 있는지도 모른다. 마찬가지로 일요일마다 가끔 '옛 시대'

---

* 18세기 작가 마리보의 연극에는 수많은 익명의 백작 부인과 후작 부인이 등장한다. 그러나 남작 부인은 한 명도 등장하지 않는다고 지적된다.(『소돔』, 폴리오, 587쪽 참조.)

의 건물을 방문하러 가는 소상인은 그 석재가 모두 오늘날의 것이며, 둥근 천장이 비올레르뒤크의 제자들에 의해 푸른색으로 칠해지고 금빛 별로 흩뿌려진 건물에서 중세의 감정을 더 많이 느끼는 법이다.* "대공 부인께서는 멘빌에 계실 걸세. 우리와 함께 여행하실 테니. 하지만 난 자네를 바로 소개하지는 않겠네. 베르뒤랭 부인이 하는 편이 나을 거야. 적절한 기회가 오면 또 모를까. 그런 기회가 오면 내가 그 일에 달려들 거라고 기대해도 되네." "무슨 얘기를 나누세요?" 하고 바람을 쐬는 척하던 사니에트가 말했다. "이분에게 당신도 잘 아는 사람의 말을 한마디 인용하고 있었소." 하고 브리쇼가 말했다. "그 사람은 내 의견으로는 세기말(18세기 말이란 뜻)의 첫째가는 인물로 세례명이 샤를모리스인데 페리고르의 사제였소.** 훌륭한 기자의 조짐을 보이면서 출발했으나 방향을 잘못 틀었지요. 내 말은 장관이 되었다는 의미요. 우리 인생에는 이런 불운이 따를 수도 있는 법이니까. 요컨대 별로 세심하지 못한 정치가였던 그는 대귀족의 품위 있는 경멸적인 태도와 더불어, 이 경우에 꼭 맞는 표현이지만 생존 시에는 프러시아 왕을 위해서 일하는 것도 망설이지 않았으며,*** 그러다가 중도 좌

---

* 프루스트는 비올레르뒤크 식의 중세 건축 복원에 찬동하지 않았다.(『잃어버린 시간을 찾아서』 2권 186쪽 주석 참조.)

** 탈레랑의 정확한 명칭은 샤를모리스 드 탈레랑-페리고르(Charles-Maurice de Talleyrand-Perigord)이다.(탈레랑에 대해서는 『잃어버린 시간을 찾아서』, 5권 211쪽 주석 참조.)

*** 프러시아 왕을 위해서 일한다는 프랑스어의 travailler pour le roi de Prusse는 '아무 보상도 받지 못하고 일만 죽도록 한다'는 뜻의 관용구이다.(문맥

파의 탈을 쓰고 죽었다오."

생피에르데지프에서 눈부시게 아름다운 소녀가 기차를 탔다. 불행히도 그녀는 작은 그룹에 속하지 않았다. 나는 그녀의 목련꽃 같은 피부와 검은 눈동자, 멋진 골격과 큰 키에서 눈을 뗄 수 없었다. 조금 후에 그녀는 객실 안이 조금 더웠는지 창문을 열고 싶어 했는데, 모든 사람에게 양해를 구하고 싶지 않은 듯, 또 나만이 외투를 입지 않아서 그랬는지 빠르고 상쾌하고 웃음 띤 목소리로 "바람이 들어와도 괜찮겠어요?"라고 물었다. 나는 "우리와 함께 베르뒤랭 댁에 가시지 않겠어요." 혹은 "당신 이름과 주소를 알려 주시겠어요."라고 말하고 싶었지만 "아뇨, 바람은 괜찮습니다."라고 대답했다. 그녀는 자리에 그냥 앉은 채로 "담배 연기가 당신 친구분들에게 괜찮을까요?"라고 말하면서 담배에 불을 붙였다. 그녀는 세 번째 역에서 뛰어내렸다. 나는 다음 날 알베르틴에게 그녀가 누구인지 물어보았다. 어리석게도 나는 인간이란 단 한 사람밖에 사랑할 수 없다고 믿었으며, 또 로베르에 대한 알베르틴의 태도에 질투를 느꼈으므로, 여자에 관해서는 모른다고 한 알베르틴의 말이 진심이라고 확신했다. "그녀를 꼭 다시 만나고 싶어요." 하고 나는 외쳤다. "진정해요. 사람은 늘 다시 만나는 법이니까요." 하고 알베르틴이 대답했다. 이 특별한 경우에 관한 한 그녀의 말은 맞지 않았다. 나는 담배를 피우던 그 아름

의 이해를 위해서 직역했다.) 탈레랑의 화려한 정치적 편력을, 그의 고칠 수 없는 변신의 성향을 풍자하는 대목이다.

다운 아가씨를 다시는 만나지 못했으며, 그녀가 누구인지도 알아내지 못했다. 오랫동안 내가 그녀를 찾는 일을 그만두지 않으면 안 되었던 이유는 나중에 알게 될 것이다. 그러나 그녀를 망각한 것은 아니었다. 그녀를 생각하면서 미칠 듯한 욕망에 사로잡힌 때도 있었다. 그러나 이런 욕망의 회귀는 우리가 다시 이 소녀들을 만나 동일한 기쁨을 느끼기를 바란다면, 십 년 전의 해로 되돌아가야 하고, 그동안 소녀도 퇴색했다는 것을 생각해야 한다. 우리는 때로 한 존재를 다시 만날 수는 있지만 시간은 폐지하지 못한다. 이 모든 것은 어느 겨울밤 같은 예기치 못한 쓸쓸한 날, 더 이상 그 소녀도 다른 누구도 만나고 싶지 않은, 오히려 만남이 두렵게만 느껴지는 날까지 계속된다. 우리에게는 남의 마음을 끌 매력도, 사랑할 힘도 충분히 없는 것처럼 느껴진다. 물론 우리는 진정한 의미에서의 성 불능자는 아니다. 사랑에 관한 한 어느 때보다 더 사랑하고 싶어 한다. 그러나 우리가 간직하고 있는 작은 힘에 비해 이 계획이 지나치게 크다고 느낀다. 영원한 휴식이 이미 늙음의 구간을 설정해 놓아 외출도 얘기도 할 수 없다. 필요한 계단에 한 발을 올려놓는 것은 이미 위험한 뜀뛰기를 실패하지 않는 성공의 길이다. 비록 외모도 예전 그대로이고 머리칼도 젊은이의 풍성한 금발 그대로지만, 만일 이런 상태에 있는 우리를 사랑하는 소녀가 본다면! 젊은 사람의 보조를 맞추기 위한 피로를 더 이상 감당할 수 없다. 육체적인 욕망이 줄어들지 않고 오히려 배가되는 경우는 어쩔 수 없다! 그럴 때면 마음에 들려고 애쓰지 않아도 될 여자, 하룻밤 잠자리를 하고 다시는 만나지 않을 여자를 부른다.

"바이올리니스트로부터는 여전히 소식이 없는 모양이죠?" 하고 코타르가 말했다. 작은 패거리에게 이날 사건은 베르뒤랭 부인이 총애하는 바이올리니스트가 과연 그들을 버릴 것인가 하는 문제였다. 바이올리니스트는 동시에르 근처에서 군 복무를 했는데, 자정까지 외출 허가를 받아 일주일에 세 번씩 라 라스플리에르로 만찬을 들러 왔다. 그런데 이틀 전 신도들은 처음으로 그를 기차에서 발견하지 못했다. 그들은 그가 기차를 놓쳤다고 생각했다. 그러나 베르뒤랭 부인이 다음 열차 시간에 맞춰 마차를 보내 막차까지 기다렸음에도 마차는 텅 빈 채로 돌아왔다. "감방에 갇힌 게 틀림없어요. 그 사람의 도주를 달리는 설명할 수 없잖아요. 아! 정말로 군인이란 직업에서 그런 친구들이 까다로운 부사관이라도 만난다면!" "오늘 저녁에도 그가 버린다면, 베르뒤랭 부인으로서는 더 굴욕적이겠는데요." 하고 브리쇼가 말했다. 우리 여주인께서는 오늘 저녁 라 라스플리에르를 임대해 준 이웃들, 캉브르메르 후작과 후작 부인을 처음으로 만찬에 초대했거든요." "오늘 저녁에 캉브르메르 후작과 후작 부인을요!" 하고 코타르가 외쳤다. "하지만 전 아무것도 몰랐는데요. 물론 저도 여러분처럼 언젠가는 그분들이 오리란 걸 알았지만, 그래도 이렇게 빨리 올 줄은 몰랐어요. 제기랄." 하고 그는 나를 향해 돌아서며 말했다. "조금 전에 내가 뭐라고 했나? 셰르바토프 대공 부인하며 캉브르메르 후작과 후작 부인하며." 그리고 이름들을 되풀이하며 그 멜로디에 맞줘 몸을 흔든 후 "우리가 얼마나 훌륭한 사람들을 알고 지내는지 이제 알겠나?"라고 말했다. "어쨌든 자네는 처음 등장하는 자리에서 과녁을 명중시킨 셈이군. 손님들이 방에 가득 모이는 아주 예외적이면서도 찬란한 모임이 될 테니까." 라고 말하고는 브리쇼를 돌아다보면서 덧붙였다. "여주인이 격노하겠군요. 여주인을 도우려면 급히 서둘러야겠소." 베르뒤랭 부인이 라 라스플리에르에 거주하면서부터 그녀는 사실 신도들에게 집의 소유주를 초대해야 하는 의무가 커다란 골칫거리인 것처럼 말해 왔다. 그렇게 함으로써 다음 해에는 좋은 조건으로 집을 빌릴 수 있을 테고, 따라서 자신은 그 일을 이해관계 때문에만 한다고 말했다. 하지만 작은 그룹에 속하지 않는 사람들과 식사하는 일이 끔찍하고 지독히도 싫어서 그 일을 계속 연기해 왔다고 주장했다. 하기야 그녀는 자신이 과장해서 공표하는 이유로 그 만찬이 조금은 겁이 났고, 한편으로는 자신이 말하고 싶어 하지 않는 속물근성이란 또 다른 이유로 기쁨을 느꼈다. 그녀의 말은 그러므로 절반만 진심이었다. 그녀는 그들의 작은 패거리를 세상에 단 하나밖에 없는, 그와 유사한 것을 구성하려면 몇 세기가 걸리는 그런 앙상블의 하나로 믿었으며, 거기에 바그너의 3부작과 「마이스터징거」*도 알지 못하고, 일반 대화란 협주곡 안에서 자신이 맡은 부분을 연주할 줄도 모르는 시골 사람들

* 바그너의 3부작에 대해서는 『잃어버린 시간을 찾아서』 4권 159쪽 주석, 「마이스터징거」에 대해서는 2권 41쪽 주석 참조.

이 베르뒤랭 부인의 살롱에 와서, 베네치아의 유리 제품처럼 단 하나의 틀린 음으로도 깨어지기 쉬운 그토록 연약하고도 비할 데 없는 걸작인 그 유명한 수요 모임을 깨뜨릴 수도 있다는 생각에 몸을 떨었다. "게다가 그들은 가장 '안티'라고 할 수 있는 사람들로, 군국주의자들이죠." 하고 베르뒤랭 씨가 말했다. "아! 그거요, 그건 상관없어요. 우리가 그 일에 대해 이야기한 지도 꽤 오래됐군요." 진정한 드레퓌스 지지파로서 자신의 살롱에는 드레퓌스파가 우위를 점한다는 사실에서 사교적인 보상을 받고 싶어 하는 베르뒤랭 부인이 대답했다. 그런데 드레퓌스파는 정치적으로는 승리했지만, 사교적으로는 그렇지 못했다. 라보리와 레나크와 피카르와 졸라는 사교계 인사들에게는 일종의 배신자 취급을 받았으므로 작은 동아리를 멀리할 수밖에 없었다.* 이렇게 정치 문제에 개입한 후 베르뒤랭 부인은 예술 분야로 다시 돌아가고 싶었다. 더욱이 댕디와 드뷔시는 드레퓌스 사건 동안에는 '악'이 아니었던가?** "드레퓌스 사건에 관한 한 우리는 그들을 브리

* 드레퓌스 사건의 영웅인 이들은 초기에는 베르뒤랭 부인의 살롱을 드나들었으나 사교계 인사들로부터 배신자 취급을 받았으므로, 그것이 베르뒤랭 부인의 살롱을 피하는 이유가 되었다는 의미이다.(『잃어버린 시간을 찾아서』 7권 263쪽 주석 참조.)

** 뱅상 댕디는 유대인 배척주의자이자 드레퓌스 반대파였다.(『잃어버린 시간을 찾아서』 7권 46쪽 주석 참조.) 하지만 드뷔시는 보다 미묘한 경우로서, 처음에는 민족주의 운동에 경도되었지만, 피카르를 위한 탄원서에 서명하고 싶어 했던 것으로 미루어 중립적이고 모호한 입장을 보인다고 지적된다.(『소돔』, 폴리오, 587쪽 참조.)

쇼 옆에 놓기만 하면 돼요." 하고 부인이 말했다.(대학교수는 신도들 중 유일하게 참모 본부 편을 들었던 사람으로, 이 점이 그에 대한 베르뒤랭 부인의 존경을 떨어뜨렸다.) "그렇지만 언제까지나 드레퓌스 사건 얘기만 할 수는 없잖아요. 아니, 사실인즉 캉브르메르네는 좀 지겨워요." 신도들은 캉브르메르네 사람들을 알고 싶은 은밀한 욕망에 흥분되어, 베르뒤랭 부인이 그들을 초대하면서 느꼈다고 말하는 그 거짓 따분함에 속아, 매일처럼 부인 자신이 그들을 초대하기 위해 사용했던 그 비루한 주장을 다시 꺼내면서 거부할 수 없게 하려고 애썼다. "이번을 마지막으로 결정하십시오." 하고 코타르가 되풀이했다. "임대 계약에 대해서는 그들과 타협하실 수 있을 겁니다. 정원사 비용은 그쪽에서 내고 두 분께서는 잔디를 즐기시고요. 이 모든 게 하룻저녁의 따분함을 견딜 만한 가치는 충분할 겁니다. 부인을 위해서 드리는 말씀입니다."라고 덧붙였다. 물론 베르뒤랭 부인의 마차를 타고 가다가 노상에서 캉브르메르 노부인의 마차와 마주쳤을 때, 또 특히 역에서 캉브르메르 후작 옆에 있다가 철도 회사 직원들에게 수치스러운 일을 당했을 때 그의 가슴이 뛰었던 적이 한번은 있었을 것이다. 캉브르메르 쪽에서도 사교적인 활동과는 꽤 거리를 둔 채 살고 있었으므로, 몇몇 우아한 여인들이 베르뒤랭 부인에게 조금은 경의를 표하며 말한다는 사실도 모른 채, 그저 부인이 보헤미안들하고만 사귀며 어쩌면 결혼도 합법적으로 하지 않고, 손님 중에 태생이 훌륭한 사람은 자기들밖에 없을 거라고 상상하고 있었다. 캉브르메르 사람들이 만찬을 감수한 이유는 단지 앞으로도 많은 시즌에 와 주기를 바라면서 세입자와 좋은 관계를 유지하고 싶었기 때문인데, 특히 지난달에 베르뒤랭 부인이 수백만 프랑을 상속받았다는 소문을 들은 후부터는 더욱 그러했다. 그래서 그들은 침묵 속에, 또 악취미의 농담도 하지 않은 채 그 운명의 날을 준비했다. 신도들은 베르뒤랭 부인이 그들 앞에서 날짜를 정했다가 계속 변경했으므로, 더 이상 캉브르메르 사람들이 오리라고는 기대하지 않았다. 이런 거짓 해결책은 만찬이 그녀에게 자아내는 따분함을 과시하고, 이웃에 살면서도 이따금 모임에 빠지려고 하는 그 작은 그룹의 회원들에게 숨 돌릴 틈을 주지 않는 데 유효했다. 그 '중요한 날'이 그녀와 마찬가지로 신도들에게도 즐거운 일임을 간파해서가 아니라, 그 만찬이 그녀로서는 가장 끔찍한 고역 중의 하나라고 그들을 설득하고 있었으므로 그들에게 헌신적인 행동을 호소할 수 있다고 믿었기 때문이다. "설마 나를 그런 중국인들 사이에 홀로 두지는 않겠죠. 따분함을 이기려면 오히려 여럿이 함께 있어야 해요. 물론 우리의 관심을 끄는 건 아무것도 말할 수 없겠지만요. 틀림없이 실패한 수요일이 될 거예요. 하지만 어쩌겠어요."

"사실," 하고 브리쇼가 내게 말을 걸었다. "나는 베르뒤랭 부인이 매우 지적인 분이며, 또 자신의 수요 모임을 공들여 준비하며 지극히 우아하게 보이고 싶어 하기 때문에, 명문 출신이라고는 해도 재치도 없는 시골 귀족을 초대하고 싶어 하지 않으리라는 걸 잘 알고 있소. 미망인인 후작 부인을 초대할 결심이 서지 않아 아들과 며느리를 체념하고 받아들이기로 한 거요." "아! 캉브르메르 후작 부인을 만나다니." 하고 코타르가 캉브르메르 부인이 아름다운 여자인지 아닌지도 모르면서, 조금은 선정적이고 멋을 부린다고 생각되는 그런 미소를 지으면서 말했다. 그러나 후작 부인이란 작위는 그의 마음속에 지극히 매력적이고 우아한 이미지들을 일깨웠다. "아! 전 그분을 압니다." 하고 베르뒤랭 부인과 함께 산책하다 만난 적이 있는 스키가 말했다. "성서적인 의미로 안다는 뜻은 아니겠죠?"* 하고 의사는 안경 아래로 의심의 눈초리를 흘려보내면서 자기가 좋아하는 농담을 건넸다. "매우 지적인 분이더군요." 하고 스키가 내게 말했다. " 물론," 내가 아무 말도 하지 않는 걸 보고 그는 미소를 지으며 단어 하나하나에 힘을 주면서 말을 이었다. "지적이든 지적이지 않든 가르침이 부족하고 경박해요. 그래도 아름다운 것에 대한 감각은 있더군요. 입을 다물고 바보 같은 말은 하지 않아요. 안색도 좋고 초상화를 그리면 재미있을 겁니다." 하고 마치 그녀가 자기 앞에서 포즈를 취하는 모습을 보기라도 하는 듯 눈을 반쯤 감으며 덧붙였다. 나는 스키가 그토록 미묘한 차이를 두면서 표현한 것과는 정반대되는 사실을 생각하고 있었으므로, 그녀가 매우 훌륭한 엔지니어인 르그랑댕 씨의 누이라는 말만 했다. "그렇다면 당신은 아름다운 여인에게 소개될 거요!" 하고 브리쇼가 말했다. "어떤 결과가 나올지는 아무도 모르는 거요. 클레오파트라는 위대한 귀부인이 아니라 작은 여인,

* '성서적 의미로 안다'는 말은 '성적인 관계를 가진다'는 의미의 완곡어법이다.

우리 메이야크*의 작품에 나오는 매우 무분별하고 끔찍한 작은 여인이었소. 그러나 그 결과를 생각해 보시오. 그 순진한 안토니우스에게서뿐만 아니라 고대 사회 전체에 걸쳐서 말이오." "전 이미 캉브르메르 부인과 인사를 했는데요." 하고 내가 대답했다. "아! 그렇다면 자네는 친숙한 고장에 있는 셈이군." "콩브레의 연로한 주임 신부께서 이 고장 지명에 관해 저술한 책자를 빌려주신다고 약속한 적이 있어서 그분을 뵙는 게 더욱 기쁘군요. 약속을 상기시킬 수 있을 테니까요. 전 신부님과 어원학에 관심이 많습니다." "그 신부가 말하는 것을 너무 믿지 말게." 하고 브리쇼가 대답했다. "라 라스플리에르에 있는 책을 재미 삼아 들춰 봤는데 가치 있는 것은 아무것도 없었소. 오류투성이요. 예를 하나 들어 보죠, '브리크(bricq)'란 말은 이 근방의 지명 형성에 많이 들어가 있는데, 우리의 충직한 성직자께서는 이 단어가 고지나 요새화된 장소를 의미하는 '브리가(briga)'에서 나왔다는 꽤 엉뚱한 생각을 하더군. 그는 이 단어를 이미 켈트족의 라토브리주, 네메토브리주 등등에서 발견하고, 브리앙이나 브리옹 등등의 이름에서도 찾아낸다오. 내가 지금 자네와 함께 즐거운 마음으로 통과하는 고장 얘기로 돌아가 보면, 브리크보스크는 고지의 숲, 브리크빌은 고지의 마을, 멘빌에 도착하기 전 잠시 멈

* 메이야크(『잃어버린 시간을 찾아서』 2권 251쪽 주석 참조.)와 클레오파트라의 연관성은 미약해 보인다고 지적된다. 다만 프루스트는 앙리 드 소신(Henri de Saussine)의 소설 『클레오파트라의 코』(1893)에 대한 서평을 쓴 적이 있다.(『생트뵈브에 반하여』, 플레이아드, 358~359쪽; 『소돔』, 폴리오, 587쪽 참조.)

출 브리크베크는 고지의 시내를 뜻한다오. 그런데 이 모든 것은 사실이 아니오. 왜냐하면 '브리크'란 말은 고대 노르드어에서 온 말로 그저 '다리'를 의미하기 때문이오.* 마찬가지로 캉브르메르 부인의 후원을 받는 분께서는 플뢰르(fleur)란 말을 스칸디나비아어의 플로이(floi)나 플로(flo), 아니면 아일랜드어의 애(ae)와 애르(aer)에 결부시키려고 무한히 애를 썼지만, 그것은 반대로 의심할 여지도 없이 덴마크어의 '피오르(fiord)'에서 온 말로 항구를 의미한다오.** 마찬가지로 그 탁월한 신부는 라 라스플리에르와 인접한 생-마르탱-르-베튀 역이 생-마르탱-르-비외(베투스가 그 어원인) 역이라고 생각했소.*** 이 지역의 지명에서 '비외'란 단어가 많은 역할을 한 건 확실하오. 그렇지만 '비외(vieux)'는 일반적으로 라틴어 바둠(vadum)에서 온 말로 강나루를 의미하며, 레 비외라고 말해지는 곳도 마찬가지요. 영국인들이 '포드(ford)'라고 불렀

---

* 브리쇼의 이 긴 담론은 19세기 말 프랑스에서 유행했던 어원학과 지명학에 관한 열정과 관심을 투영하는 것으로, 조금은 풍자적인 방식으로 전개되고 있다. 첫 번째 예로 브리쇼는 우선 「콩브레」의 주임 신부(『잃어버린 시간을 찾아서』 1권 186~191쪽)가 펴낸 책에서 주장하듯이 bricq가 '고지'를 의미하는 켈트어의 briga에서 오지 않고, '다리'를 의미하는 고대 노르드어의 briva에서 왔다고 주장한다.

** 브리쇼가 두 번째 예로 든 것은 노르망디의 지명에서 많이 발견되는 fleur이다. 이 단어는 스칸디나비아어인 floi와 flo, 아일랜드어인 ae와 aer도 아닌, '다리'를 의미하는 덴마크어 피오르(fiord, 보통 협만으로 불리는)에서 왔다고 설명된다.

*** 지금까지는 우리말 표기법에 따라, 지명에 붙은 붙임표인 경우 붙임표를 생략하고 그냥 붙여 쓰기를 했으나 이 부분에서만은 합성어의 어원을 이해하기 위해 원문대로 붙임표를 사용했음을 밝혀 둔다.

던 것이라오.(옥스포드나 히어포드처럼.) 그러나 특별한 경우 '비외'는 라틴어 '베투스'가 아닌 황폐하고도 헐벗은 곳을 의미하는 '바스타투스(vastatus)'에서 왔소.* 이 근방에는 세톨드의 황무지인 소트바스트, 베롤드의 황무지인 브리유바스트가 있다오. 예전에 생-마르탱-르-비외가 생-마르탱-뒤-가스트, 심지어는 생-마르탱-드-테르가트라고 불렸던 만큼 나는 더욱 신부의 오류를 확신하고 있소. 그런데 이 말들에 나오는 v와 g는 같은 글자라오. 사람들은 '황폐하게 하다(dévaster)'라고 말하지만, 또 '망가뜨리다(gâcher)'라고도 하니까. 자셰르와 가틴(고지 독일어로 '바스티나')도 같은 뜻이오. 테르가트는 그러므로 황무지, 즉 테라 바스타(terra vasta)요.** 생-마르스로 말하자면 예전에는 생-메르(나쁜 생각을 하는 자에게는 화가 있으리라!)***였지만, 실은 생-메다르두스이며,

---

* 세 번째는 생-마르탱-르-비외에서 비외(vieux)란 단어가 '늙음'을 의미하는 라틴어 베투스(vetus)나, '강나루'를 의미하는 라틴어 바둠(vadum)이 아닌, '황폐한'이란 의미의 바스타투스(vastatus)에서 왔다고 설명된다.(A. Compagnon, *Proust entre deux siècles*, Seuil, 238쪽 참조.) 따라서 생-마르탱-르-비외가 늙음을 의미하는 라틴어 베투스에서 왔다고 생각하여 생-마르탱-르-베튀와 동일시하는 신부의 견해는 틀렸다는 주장이다.

** 12세기 북노르만의 진화 과정에서 w는 v가 되었고, 또 한편으로는 g가 되었다. 따라서 '황폐하게 하다'를 뜻하는 독일어 guart, wast가 프랑스어로 '망가뜨리다'를 의미하는 gâter, '휴한지'를 의미하는 jachères, '습지'를 의미하는 gâtines를 형성했다고 지적된다. 또한 테르가트(Terregate)와 황무지(terra vasta)와의 연관성도 '황폐하게 하다'를 뜻하는 라틴어의 vastare에 vast, gast, gatte 등이 연결되며, 그 예로 브리유바스트나 소트바스트, 생-마르탱-드-테르가트 등이 있다고 설명된다.(『소돔』, 폴리오, 590쪽)

*** 생메르의 메르가 '똥'을 의미하는 merde라고 생각하는 사람은 벌을 받을 것

이것이 때로는 생-메다르, 생-마르, 생-마르크, 생-마르스, 다마스로까지 불린다오.* 게다가 잊지 말아야 할 점은 이 부근의 마르스라는 이름을 가진 장소가 아직 이 고장에 남아 있는 이교적 기원(마르스 신)을 증명하지만, 우리의 성직자 주임 신부께서는 그 사실을 인정하지 않는다는 거요. 제우스의 산을 의미하는 죄몽(Jeumont)**을 비롯하여 이 고장에는 신들에 봉헌된 고지가 특히 많소. 하지만 자네의 주임 신부는 그 점을 하나도 고려하지 않았고, 반면 기독교의 흔적이 남아 있는 곳은 모두 그에게서 빠져나갔소. 그는 록튀디까지 여행했고 그래서 그곳을 야만인의 이름이라고 명명했지만, 실은 '성(聖) 투디의 고장'이란 뜻이오.*** 또 사마르콜에서도 '성 마르시알리스'를 알아내지 못했소.**** 자네의 주임 신부는,"

이라는 농담을 하고 있다. 그리고 '나쁜 생각을 하는 자에게 화가 있으리라'를 뜻하는 honi soit qui mal y pense는 영국 가터 기사단의 훈장에 새겨진 경구이다.

* 이 단락에서 프루스트는 상당 부분을 코슈리의 저술(Hippolyte Cocheris, *Origine et formation des noms de lieu*, 1874)에 의존하고 있다. 그는 지명 형성에서 종교적 영향의 중요성을 증명하기 위해, 성 메다르두스(Saint Medardus)로 형성된 일련의 지명을 예로 들고 있는데, 생-마르스(Saint-Mars, 사르트 소재), 생-메르(코레주), 생-메다르(제르), 생-마르(뫼르트에우아즈), 생-마르크(욘), 생-마르스(앵드르에루아르)와 다마스(보주)가 그러하다.(『소돔』, 폴리오, 590쪽 참조.)

** 노르 데파르트망 소재의 마을이다.

*** 때로 이곳 지명에는 성인의 이름과 그 특징이 한데 투영되기도 한다. 브르타뉴 지방의 피니스테르에 위치한 Loctudy의 어원은 Locus sancti Tudeni로, 장소를 의미하는 locus와 5세기에 최초로 그리스도교 공동체를 건립한 투디 성인(Tudy 또는 Tudi, Tudius, Tudinus, Tugdin)의 합성어이다.

**** 비엔 데파르트망에 위치한 Sammarcoles의 어원은 Sanctus Martialis(성 마르시알리스 혹은 마르티알리스)이다.

하고 브리쇼는 내가 관심을 보이는 걸 보고 말을 이었다. "옹(hon), 옴(home), 올름(holm)과 같은 말이 언덕을 의미하는 올(holl) — 그 라틴어 어원이 울루스(hullus)인 — 에서 나왔다고 생각했지만, 실은 섬을 의미하는 노르드어의 홀름(holm)에서 왔소. 자네도 스톡홀름에서 익히 보고 아는 것처럼, 이 이름은 이 고장에도 널리 퍼져 있다오. 라 울므, 앙고옴, 타움, 로브옴, 네옴, 케투 등등.*" 이름들은 내게 알베르틴이 앙프르빌-라-비고(두 명의 역대 영주 이름을 하나로 합친 것이라고 브리쇼가 내게 말해 준)에 가려고 했던 날을 생각나게 했다.** 그날 그녀는 로브옴에 가서 함께 저녁을 먹자고 제안했었다. 한편 몽-마르탱으로 말하자면 우리가 곧 지나갈 고장의 이름이었다. "네옴은 카르케튀트와 클리투르 근처에 있지 않나요?" 하고 내가 물었다. "그렇소. 네옴이란 저 유명한 니젤 자작의 올름(holm), 즉 섬 또는 반도란 뜻이오. 니젤이란 이름은 네빌에도 남아 있소. 자네가 말한 카르케튀트와 클리투르는 캉브르메르 부인의 후원을 받는 분에게 또 다른 오류를 범하게 했소. 그는 아마도 카르케튀트(Carquethuit)에 나오는 카르크(carque)가 성당, 즉 독일인들이 키르헤(Kirche)라

* 프랑스어에서는 [h]가 무음이므로 여기 인용된 지명에서 스톡홀름을 제외하고는 주로 '옴'으로 표기된다.

** 이 지명은 각기 앙프르빌('아스프리드르의 마을'이란 뜻)과 Bigot(보통 명사로 '편협한 신앙심을 가진 사람'이란 뜻이지만, 브리쇼의 설명에 따르면 '비고란 성을 가진')란 두 영주의 이름을 합친 것이라고 설명되고 있다. 그러나 알베르틴이 그날 가고 싶었던 곳은 앙프르빌이 아니라 앵프르빌이었다.(『잃어버린 시간을 찾아서』 7권 349쪽)

부르는 거라고 생각했던 모양이오.* 자네는 케르크빌과 카르크뷔, 물론 덩케르크도 알 것이오.** 그런데 켈트족에게서 높은 곳을 의미하는 저 유명한 '덩(dun)'이란 말에 대해 잠시 생각해 봅시다. 이 단어는 프랑스 곳곳에서 발견된다오. 자네의 사제는 뒨빌이란 이름 앞에서 정신을 잃었소. 그런데 그는 외르-에-루아르에서는 샤토덩을, 쉐르에서는 덩-르-루아를, 사르트에서는 뒤노를, 아리에주에서는 덩을, 니에브르에서는 뒨-레-플라스 등을 발견했던 모양이오.*** 그런데 이 '덩'이 그로 하여금 우리가 잠시 후면 기차에서 내려 베르뒤랭 부인의 안락한 마차를 기다릴 두빌(Douville)에 관해 아주 재미있는 오류를 범하게 했소. 그는 두빌이 라틴어로 '돈빌라(donvilla)'라고 생각했다오. 사실 두빌은 높은 고지 밑에 있소. 이 모든 것을 아는 자네의 신부는 그래도 자기가 큰 실수를 했다는 걸 깨달았소. 사실 그는 오래된 교회 토지 대장에서 돔빌라(domvilla)를 읽은 적이 있었소. 그래서 이전에 했던 말을 취소하고, 두빌은 생-미셸 산에 있는 수도원장의 영지, 즉 '도미노 아바티(domino abbati)'라고 생각했소.**** 그는 무

---

* 콩브레의 신부가 카르케튀트(Carquethuit)에서 carque가 성당을 의미한다고 말한 부분에 대해서는 『잃어버린 시간을 찾아서』 4권 324쪽 주석 참조.

** 케르크빌과 카르크뷔는 노르망디 주의 망슈 데파르트망 소재의 마을이며, 덩케르크는 오드프랑스 주의 노르 데파르트망 소재의 마을이다.

*** 켈트어에는 높은 곳을 표현하기 위해 앞에서 언급한 briga외에도 dun이 있다. 이런 덩은 '둠' 혹은 연음이 되면서 '뒨'이 되기도 한다.

**** 두빌의 어원(돈빌라 또는 돔빌라)에 관한 부분은 프루스트의 견해이다. '도미노 아바티'란 프루스트의 라틴어 해석도 정확하지 않으며, 돈빌라에서 돔

척 기뻤다오. 하지만 생-클레르-쉬르-에프트 협정* 아래 생-미셸 산에서 행해졌던 그 방탕한 생활을 생각해 보면 조금은 기이하다고 할 수 있는데, 해안 전체의 군주였던 덴마크 왕이 그리스도보다 오딘 신을 숭배하는 의식을 더 많이 거행하는 걸 보아도 사람이 그렇게까지 놀라지는 않았을 거요. 또 n이 m(domvilla)으로 변했다는 가정도 별로 놀랍지 않으며, 덩(루그두눔)**에서 유래한 것이 확실한 '리옹'에 비해 많은 변화도 요하지 않소. 자네의 신부는 사실 오류를 범했다오. 두빌은 결코 돈빌이 아닌 도빌, 즉 외드의 마을을 뜻하는 '외도니스 빌라(Eudonis Villa)'였소. 예전에는 비탈진 계단을 의미하는 에스칼클리프라고 불렸소. 1233년 에스칼클리프 영주의 주류 담당관인 외드가 성지 순례를 떠났는데, 떠날 즈음 그가 블랑슈랑드 수도원에 성당을 기증했다오. 서로 공조하는 차원에서 마을이 그의 이름을 따서 현재의 두빌이 된 것이

빌라로의 이행도 상세히 설명되고 있지 않다고 콩파뇽은 지적한다.(『소돔』, 폴리오, 591쪽)

* 서기 911년 프랑스 왕 샤를 르 생플과 노르망디의 백작 롤롱 사이에 맺어진 지방 양도에 관한 협정을 가리킨다. 그러므로 원문에 쓰인 메로빙거 왕과 카롤링거 왕 사이에 체결된 법령을 의미하는 capitulaires(여기서 '협정'이라고 옮긴)의 용어 사용은 정확하지 않다고 지적된다.(『소돔』, 폴리오, 591쪽) 게다가 덴마크의 왕은 당시 노르망디의 군주가 아니었다. 그러므로 덴마크의 왕이 오딘(스칸디나비아 신화에 나오는 주신)을 노르망디 해안에서 섬겼다는 표현은 실제 사실이 아닌 허구적 표현이라 할 수 있다.

** 리옹의 어원이 기원전 43년 손 강 우안에 건설되었던 로마의 식민 도시 루그두눔이라는 주장과, 이런 루그두눔(Lugdunum)이 '까마귀'를 의미하는 lukos와 '언덕'을 뜻하는 dunum에서 나왔다는 주장이 있는데, 이에 대해 브리쇼는 로마의 식민 도시 루그두눔에 근거한다는 견해를 표명하고 있다.

라오. 그러나 덧붙이자면, 내가 지극히 문외한이라 할 수 있는 지명학은 정확한 학문이 아니오. 이런 역사적 확증이 없었다면 나는 벌써 두빌이 우빌, 다시 말해 물에서 왔다고 말했을지도 모르니 말이오.* 물을 의미하는 아쿠아(aqua)에서 비롯된 애(ai)(애그모르트 해변처럼)라는 형태가 자주 외(eu)나 우(ou)로 변했으니까. 그런데 두빌 근처에는 유명한 온천지가 있다오. 신부가 그곳에서 그리스도교의 흔적을 발견하고 얼마나 흡족해했을지는 능히 상상이 될 거요. 게다가 그 지역은 복음을 전하기가 매우 어려웠던 모양이오. 왜냐하면 성 위르살, 성 고프루아, 성 바르사노르, 성 로랑 드 브레브당이 차례차례 시도하다 마침내는 성 로랑 드 브레브당이 보베크의 수도사들에게 그 일을 넘겨야 했으니 말이오.** 뿐만 아니라 '튀이(tuit)'에 대해서도 그 책의 저자는 오류를 범했다오. 신부는 이 단어에서 크리크토나 에크토와 이브토에서처럼 오두막을 뜻하는 '토프트(toft)'의 형태를 보았으나, 사실 그것은 브라크튀이나 르튀이, 르뉴튀이처럼 일군 땅 혹은 개간지를 뜻하는 '트베트(thveit)'라오.*** 마찬가지로 그는 클리투

* '높은 곳'을 의미하는 dum이란 단어 때문에 사제가 두빌을 고지 마을에 포함시켰다가 나중에는 사제의 영지로 해석한 데 반해, 브리쇼는 '외드의 마을'로 해석하면서 거기에 정확한 일화를 덧붙이고 있다. 그러나 두빌이 어쩌면 '물'을 의미하는 우빌에서 왔을지도 모른다는 의혹을 남기고 있다.

** 브리쇼의 이런 성인(실존하는) 목록은 조금은 환상적인 것으로 그 출처가 모호하다고 지적된다.(『소돔, 폴리오, 592쪽 참조.)

*** tuit 또는 thuit가 '오두막'을 의미하는 toft에서 왔다고 주장한 주임 신부에 대해, 브리쇼는 그것이 '개간지'를 의미하는 thveit에서 나왔다고 단언하고 있

르프에서 마을을 의미하는 노르만어 '토르프(thorp)'를 인지했고, 그 단어의 첫 부분이 언덕을 의미하는 '클리부스(clivus)'에서 유래했다고 주장하고 싶었지만, 그것은 사실 바위를 뜻하는 '클리프(cliff)'에서 왔다오. 그러나 그의 가장 큰 실수는 무지보다는 편견에서 비롯되었다고 할 수 있소. 아무리 충직한 프랑스인이라고 해도 어떻게 자명한 사실을 부정하고 저 유명한 로마의 사제인 더블린 출신의 대주교 성 로렌스 오툴을, 생-로랑-엉-브레라고 주장할 수 있단 말이오?* 하지만 자네 친구의 종교적 편견은 애국심 이상으로 매우 조잡한 오류를 범하게 했다오. 우리의 라 라스플리에르 주인댁에서 그리 멀지 않은 곳에는 몽마르탱-쉬르-메르와 몽마르탱-엉-그레뉴라는 두 개의 몽마르탱이 있소. 그런데 그레뉴(Graignes)에 대해서는 그 충직한 주임 신부는 오류를 범하지 않았소. 거기서 못이나 늪을 의미하는 라틴어의 '그라니아(grania)'와 그리스어의 '크레네(créné)'를 보았으니까. 크레메, 크로앙, 그렌빌, 랑그론 등 우리가 인용할 수 있는 예는 아주 많다오! 그러나 몽마르탱에 관한 한 자칭 언어학자라고 하는 자네 신부는 절대적으로 그것이 성 마르탱에게 헌정된 교구이기를 바랐소. 마르탱 성인이 그들의 수호성인이었다는 점에서 자신의 주장을 정당화했지만, 마르탱 성인이 훗날

다.

* 성 로렌스 오툴 또는 성 라우렌티우스 오툴은 아일랜드 태생으로 정치적인 박해를 받으면서도 더블린의 대주교가 되었으며, 나중에는 아일랜드의 로마 교황청 대사로 임명되었지만, 아일랜드 국왕이 입국을 금지하면서 순교했다.

에 가서야 그들의 수호성인이 되었다는 점은 전혀 고려하지 않은 거요. 아니 오히려 이교도에 대한 증오로 눈이 멀었다고나 할까. 그는 그것이 마르탱 성인과 관계가 있었다면, 사람들이 몽생미셸이라고 말하듯이, 몽마르탱이 아닌 몽생마르탱이라고 불렀으리라는 사실을 전혀 인정하려 하지 않았소.* 그런데 몽마르탱이란 이름은 보다 이교도적 방식으로 마르스 신**에게 바쳐진 많은 사원에 쓰였다오. 물론 이런 사원들의 흔적은 남아 있지 않지만, 이 인근 마을에 로마인들의 광대한 진영이 있었던 명백한 사실로 미루어 몽마르탱이란 이름이 없어도 그 사원들의 존재를 지극히 가능한 것처럼 보이게 했을 거요. 그런데 그 모든 의혹을 떨쳐 버리게 하는 몽마르탱이란 이름이 남아 있으니. 라 라스플리에르에 가서 읽게 될 소책자가 잘 쓰인 책이 아니라는 걸 알게 될 거요." 나는 콩브레에서 주임 신부가 매우 흥미로운 어원을 여러 번 가르쳐 주었다고 말하면서 그의 말에 반박했다. "아마도 자기 고장에서는 좀 나았던 모양이오. 노르망디 여행이 그를 낯설게 했던지." "그리고 여행이 그의 병을 고치지도 못했죠." 하고

* 몽생미셸은 이미 우리나라에서도 많이 알려졌으므로 몽마르탱이나 몽생마르탱과 마찬가지로 그냥 붙여 쓰고자 한다. 이 단락부터는 다른 지명도 마찬가지로 다시 붙여 쓰기를 하고자 한다.

** 그리스 신화에 나오는 전쟁의 신 아레스를 가리킨다. 그러나 여기서는 마르탱의 어원이 로마의 마르스 신에서 유래하며, 또 이곳이 로마의 식민지였다는 점을 상기시키기 위해 마르스 신으로 옮겼다. 즉 주임 신부는 몽마르탱이라는 지명이 마르탱 성인에게서 비롯되었다고 주장하나(몽생미셸처럼), 브리쇼는 그것이 기원전 로마가 프랑스를 정복했던 시절의 유산이라며 반박하고 있다.

내가 덧붙였다. "신경 쇠약 때문에 이곳에 왔는데 류머티즘 환자가 되어서 떠났으니까요." "아! 그렇다면 신경 쇠약 탓이오. 그는 내 스승 포클랭*의 말처럼 신경 쇠약으로부터 언어 연구에 이른 거요. 여보게, 코타르, 신경 쇠약이 언어 연구에 해로운 영향을 미치고, 언어 연구가 신경 쇠약에 진정 작용을 하고, 또 이런 신경 쇠약 치료가 류머티즘으로 이어진다고 생각하시오?" "물론이오. 류머티즘과 신경 쇠약은 신경 관절염의 두 대상성 형태요. 전이(métastase)에 의해 하나에서 다른 하나로 옮겨 갈 수 있으니까요." "탁월한 교수께서는," 하고 브리쇼가 말했다. "죄송하지만, 몰리에르의 작품에 대한 추억과 더불어 퓌르공 씨처럼 프랑스어에 라틴어와 그리스어를 섞어 가며 말씀하시는군요!** 제발 교수님의 말씀을 이해할 수 있도록 도와주시오. 내 아저씨, 아니 우리 국민 작가 사르세***……." 하지만 그는 말을 마칠 수 없었다. 교수가 깜짝 놀라 고함을 질렀기 때문이다. "제기랄," 드디어 분절된 언어로 목소리가 변하면서 그가 이렇게 외쳤다. "우리가 멘빌을(에! 에!), 어쩌면 렌빌도 지나친 것 같소." 그는 기차가 생마르스르비외에서 정차했으며 거의 모든 여행자가 내리는 걸 보았던

* 장 바티스트 포클랭은 몰리에르의 실명이다.

** 퓌르공은 몰리에르의 「상상병 환자」에 나오는 인물로 아르강의 의사다. 브리쇼는 코타르의 의학 설명을 몰리에르의 작품에 나오는 퓌르공 의사의 현학에 빗대어 조롱하고 있다.

*** Francisque Sarcey(1827~1899). 당시 국민적인 명성을 얻었던 프랑스 연극 비평가로, 상식적이고 유쾌한 비평으로 일반 대중의 대변인을 자처한 탓에 별명이 '아저씨(Oncle)'였다.

것이다. “그들이 멈추지 않고 그냥 지나갔을 리는 없는데, 캉브르메르네 사람들 얘기를 하느라고 주의하지 않은 모양이군.” “내 말 잘 들어 봐요. 스키, ‘좋은 것 하나’ 알려 드리지.” 하고 몇몇 의사들 사이에서 통용되는 이런 종류의 표현에 애정을 가지고 있는 코타르가 말했다. “대공 부인께서는 틀림없이 이 열차 안에 계실 거요. 우리를 보지 못해 다른 객실에 탔을 거요. 그러니 그분을 찾으러 갑시다. 이 모든 일로 소동이 일어나지 말아야 할 텐데.” 그리하여 그는 우리 모두를 끌고 셰르바토프 대공 부인을 찾으러 나섰다. 우리는 빈 객차 구석에서 《르뷔 데 되 몽드》를 읽고 있는 대공 부인을 발견했다. 그녀는 오래전부터 사람들로부터 거절당하는 게 두려워 기차에서나 일상생활에서나 구석진 자기 자리에서 기다리다가 사람들이 먼저 인사를 하면 손을 내미는 습관이 있었다. 그녀는 신도들이 자신의 객차로 들어올 때까지 계속 읽고 있었다. 나는 그녀를 금방 알아보았다. 사회적 지위를 잃었을망정 그래도 훌륭한 태생임에 틀림없는, 어쨌든 베르뒤랭네 같은 살롱에서는 보배 같은 존재인 그녀는 이틀 전 내가 같은 열차에서 사창가의 포주라고 생각했던 바로 그 부인이었다. 불확실했던 그녀의 사회적 인격이 내가 그녀의 이름을 알게 되는 순간 분명해졌는데, 마치 하나의 수수께끼를 풀기 위해 애쓰다가 그동안 모호하게 남아 있던 온갖 것을 밝혀 주는 단어 하나를, 사람인 경우에는 이름을 아는 것과도 같았다. 옆에 앉아 여행을 하면서도 그녀의 사회적 신분을 알지 못하다가 이틀 후 그녀가 어떤 사람인지 알게 되면, 이는 지난번 배달된 잡지에서 제시된 수수께끼 단어를 새로 배달된 잡지에서 읽는 것보다 훨씬 즐거운 놀라움을 준다. 커다란 레스토랑과 카지노와 '꼬불꼬불한 지방 열차'는 이런 사회적 수수께끼의 가족 박물관이다. "대공 부인, 멘빌에서 부인을 놓쳤습니다. 부인이 계신 객실에 저희가 타도 괜찮겠습니까?" "물론이죠." 하고 대공 부인은 코타르의 말을 들으면서도 잡지에서 눈길만을 들어 올렸는데 샤를뤼스의 눈길처럼, 아니 그보다는 조금 더 부드러웠지만, 아무것도 안 보는 척하면서 앞에 있는 사람을 아주 잘 보는 그런 눈길이었다. 코타르는 캉브르메르네 가족과 함께 초대를 받았다는 사실이 나를 위한 충분한 추천장이 된다는 점을 숙고하다가 잠시 후에 나를 대공 부인에게 소개하기로 결심했고, 대공 부인은 내게 정중한 예의를 표하면서 고개를 기울였지만 내 이름은 처음 듣는 얼굴이었다. "빌어먹을!" 하고 의사가 외쳤다. "아내가 하얀 조끼의 단추를 바꿔 다는 걸 잊었군. 아! 여자들이란 생각이란 걸 하지 않는다니까. 자네는 결혼 같은 건 절대 하지 말게." 하고 그는 내게 말했다. 그리고 이 말이 할 말이 없을 때 어울리는 농담이라고 판단하고는 옆눈으로 대공 부인과 다른 사람들을 쳐다보았는데, 그들은 그가 교수이자 아카데미 회원인 탓에 그의 유쾌한 기분과 교만하지 않은 태도에 감탄하면서 미소를 지었다. 바이올리니스트를 찾았다고 대공 부인이 알려 주었다. 그는 어젯밤 두통 때문에 침대에 누워 있었지만 오늘 저녁은 동시에르에서 만난 아버지의 옛 친구를 데려올 거라고 했다. 부인이 아침에 베르뒤랭 부인과 만나 함께 아침 식사를 했을 때 그 사실을 알게 되었다고 했다.

그러나 빠른 말소리와 러시아 악센트로 r을 굴리는 모양이, r이 아닌 l처럼 목구멍 속에서 부드럽게 웅얼대는 것 같았다. "아! 오늘 아침 베르뒤랭 부인과 함께 식사하셨군요!" 하고 코타르는 대공 부인에게 말하면서 나를 바라보았는데, 이 말의 목적이 대공 부인이 얼마나 '여주인'과 친한 사이인지를 보여 주려는 데 있었기 때문이다. "부인께서는 정말 진정한 신도이십니다."* "예, 저는 이 지적이고 '율쾌하고'〔유쾌하고〕 악의가 없고 매우 소박하고 속물이 아니며, 또 손톱 끝까지 '에스플리'〔에스프리〕가 넘치는 이 작은 '모일'〔모임〕을 좋아해요."** "제기랄, 기차표를 잃어버렸나 봅니다. 못 찾겠네요." 하고 코타르가 외쳤는데 그렇다고 지나치게 불안해하지는 않았다. 두빌에서 사륜 마차 두 대가 우리를 기다리고 있으며, 역무원이 그를 표 없이 나가게 하면서 자신의 관대함에 대한 설명으로, 다시 말해 코타르가 베르뒤랭네의 단골임을 알아본다는 표시로 모자를 벗고 고개를 낮게 숙이리라는 걸 알았기 때문이다. "그런 일로 절 경찰서에 집어넣지는 않을 겁니다." 하고 코타르는 결론을 내렸다. "선생님께서는," 하고 나는 브리쇼에게 물었다. "이 근처에 유명한 온천지가 있다고 하셨는데, 어떻게 그걸 아시나요?" "다음번 역 이름이 많은 증거들 중에 하나요. 페르바슈라는 이름 말이오." "저는 저분이 뭘 말할려

---

* 단골손님을 가리키는 이 단어의 종교적 의미에 대해서는 『잃어버린 시간을 찾아서』 2권 10쪽 참조.

** 대공 부인의 r 발음이 l로 틀리게 발음되는 부분으로 agréable을 agléable로, esprit를 esplit, cercle을 celcle로 발음했다.

고[말하려고] 하는지를 몰르[모르]겠네요." 하고 대공 부인이 상냥하게 '저 사람이 우리를 지겹게 해요. 그렇지 않나요?'라고 말하는 듯한 어조로 중얼거렸다. "하지만 대공 부인, 페르바슈는 더운물, 즉 페르비데 아퀘(fervidae aquae)인데요."* 그런데 젊은 바이올리니스트 얘기가 나와서 말이지만," 하고 브리쇼가 말을 이었다. "코타르, 당신에게 굉장한 소식을 말해 주는 걸 잊었소. 우리의 가련한 친구 드샹브르가, 베르뒤랭 부인이 좋아하던 옛 피아니스트가 최근에 죽었다는 걸 아시오? 끔찍한 일이오." "아직 젊은데." 하고 코타르가 대답했다. "하지만 간 쪽에 뭐가 있었나 보군요. 그쪽에 심각한 게 있었던 모양이오. 얼마 전부터 안색이 형편없었소." "그렇게 젊은 건 아니었소." 하고 브리쇼가 말했다. "엘스티르와 스완이 베르뒤랭 부인 댁에 드나들던 시절 드샹브르는 파리에서 이미 유명했소. 놀랍게도 외국에서 성공을 보장하는 세례를 받기 전에 말이오. 아! 그 사람은 성 바넘 복음서의 추종자는 아니었던 모양이오."** "혼동하시는군요. 그 무렵 그는 베르뒤랭 부인 댁에 갈 수 없었소. 아직 젖먹이였으니까." "하지만 내 오래된 기억이 틀리지 않다면, 드샹브르가 스완을 위해 뱅퇴유의 소나타를 연주했던 것 같은데요. 그 스완이라는 클럽 회원

---

* 르 에리셰(Le Héricher)는 물을 의미하는 라틴어 aqua가 쓰인 예로 '페르비데 아퀘(fervidae aquae)'를 들고 있다.(『소돔』, 폴리오, 593쪽 참조.)

** Phineas Taylor Barnum(1810~1891). 미국의 흥행사이자 서커스 왕이었다. 그는 1855년 『자기가 쓰는 P. T. 바넘의 생애』(1855)란 회고록을 발간했는데, 대중이 쉽게 믿는 점 덕분에 '돈 버는 법'이 가능하다고 기술했다.

이 귀족들과 결별하고, 어느 날 우리의 국민적인 여왕 오데트의 부르주아 부군이 되리라고는 꿈에도 생각하지 못했을 때니까요." "불가능하오. 뱅퇴유의 소나타가 베르뒤랭 부인 댁에서 연주된 것은 스완이 그 댁에 가지 않은 지 한참 된 때였소." 하고 의사가 말했다. 일을 많이 하는 사람들은 자신에게 유용하다고 생각하는 것은 다 기억한다고 믿으면서 실은 많은 것들을 잊어버리는지라, 아무것도 할 일 없는 사람들의 기억력 앞에서는 경탄을 금하지 못하는 법이다. "당신의 지식을 훼손하고 있군요. 노망이 든 건 아닐 텐데." 하고 의사는 미소를 지으며 말했다. 브리쇼가 잘못을 인정했다. 기차가 멈췄다. 라소뉴였다. 이 이름이 궁금했다. "저는 이 모든 이름들이 무엇을 뜻하는지 알고 싶은데요." 하고 나는 코타르에게 말했다. "브리쇼 씨에게 물어보게. 아마도 알고 있을 걸세." "라소뉴는 라틴어로 '시코니아'라고 하는데 황새란 뜻이오."* 하고 브리쇼가 대답했다. 나는 다른 많은 이름들에 대해서도 물어보고 싶은 마음이 간절했다.

'구석 자리'에 집착하던 사실을 잊어버린 셰르바토프 부인은 브리쇼와 내가 얘기를 잘 나눌 수 있도록 자리를 바꾸자고 상냥하게 제안했다. 나는 브리쇼에게 나의 관심을 끄는 다른 어원에 대해 물어보고 싶었고, 또 그녀는 자신이 여행을 할 때면 앞에서 가든 뒤에서 가든 서서 가든 상관없다고 했다. 그녀

---

* 사실 이 어원은 진부한 것으로 보인다. 프루스트가 황새의 라틴어 어원인 Ciconia를 본문에서 Siconia로 틀리게 표기한 것도(초고에는 정확히 표기된) 어쩌면 의도된 것인지도 모른다고 지적된다.(『소돔』, 플레이아드 III, 1509쪽 참조.)

는 새로 온 사람들의 의도를 알지 못하는 동안은 방어 태세를 취했지만, 그 인물이 친절하다는 걸 알고 나면 어쨌든 그들을 즐겁게 해 주려고 애썼다. 드디어 기차가 두빌-페테른 역에 정차했다. 역은 페테른과 두빌 마을로부터 거의 같은 거리에 위치했으며, 바로 이런 특징 때문에 두 개의 이름으로 불리고 있었다. "제기랄," 하고 표를 받는 개찰구에 이르러서야 비로소 알아차린 척 코타르 의사가 소리쳤다. "기차표를 찾을 수 없네요. 잃어버린 모양이에요." 그러나 역무원은 모자를 벗으면서 아무 일 아니라는 듯 공손히 미소를 지었다. 대공 부인은 (그녀는 뭔가 베르뒤랭 부인의 시녀가 했을 것처럼 마부에게 설명했는데, 베르뒤랭 부인이 캉브르메르네 사람들 때문에 역에 나올 수 없었기 때문이다. 이는 아주 드문 일이었다.) 나와 브리쇼를 거기 있는 마차들 중 하나에 그녀와 함께 오르도록 했다. 다른 마차에는 의사와 사니에트와 스키가 탔다.

마부는 아주 젊었지만 베르뒤랭 집의 첫 번째 마부였다. 사실 유일한 정식 마부였다. 그는 모든 길을 알았으므로 낮에는 베르뒤랭네 사람들을 산책시켰고, 저녁에는 손님들을 찾으러 가거나 나중에 데려다주는 일을 했다. 필요한 경우 임시로 고용한(자기가 선택한) 사람을 데리고 다니기도 했다. 그는 신중하고 솜씨가 뛰어난 훌륭한 젊은이였는데, 뚫어지게 바라보는 시선이 아무것도 아닌 일로 걱정하거나 비관적인 생각마저 품고 있는 듯한 그런 우울한 인상을 만들어 냈다. 하지만 그 무렵 그는 매우 행복했다. 대단히 훌륭한 성품을 지닌 동생을 베르뒤랭 댁에 취직시키는 데 성공했기 때문이다. 우리는 먼저 두빌을 통과했다. 풀로 덮인 언덕의 둥근 꼭대기에서 바다까지 넓은 방목장이 펼쳐졌으며, 습기와 소금기의 포화 상태로 방목장은 무성하고 푹신하며 지극히 싱그러운 빛깔을 띠었다. 발베크보다 더 가까이 있는 듯 보이는 섬들과 리브벨 해안선의 들쭉날쭉한 모양이, 바다의 이 부분에 입체 도면의 새로운 양상을 부여하는 것 같았다. 우리는 화가들이 빌린 그 모든 작은 별장 앞을 지나갔다. 이어 오솔길로 접어들었는데 우리가 탄 말만큼이나 겁을 먹은 방목된 소들 때문에 십 분가량 통행이 막혔다가 드디어는 절벽 가의 도로로 나왔다. "하지만 불멸의 신들에 의해," 하고 브리쇼가 갑자기 물었다. "다시 그 가련한 드샹브르 얘기로 돌아가 보면, 베르뒤랭 부인이 그 사실을 '안다'고 생각하시오? 누가 부인에게 '얘기했다'고 믿소?" 베르뒤랭 부인은 모든 사교계 인사들과 마찬가지로 늘 사람들과의 모임만을 필요로 했고, 따라서 그들이 사망하여 더 이상 수요 모임이나 토요 모임 또는 실내복 차림으로라도 저녁 식사에 오지 못하게 되면 단 하루도 그들을 생각하지 않았다. 그리고 이 점에서는 모든 살롱의 이미지를 투영하는 그 작은 패거리도 살아 있는 사람보다 죽은 사람이 더 많다고는 할 수 없었다. 왜냐하면 누군가가 죽고 나면 그는 한 번도 존재하지 않은 사람이 되었으니 말이다. 그러나 죽은 사람에 대해 말해야 하고, 게다가 애도의 표시로 여주인에게는 불가능한 일인 그 저녁 식사를 연기해야 하는 골칫거리를 피하기 위해, 베르뒤랭 씨는 신도의 죽음이 아내에게 너무도 큰 충격을 주는 탓에 그녀의 건강을 위해 그 말을 하면 안 된다는 듯이 행동했다. 게다가 어쩌면 타인의 죽음은 돌이킬 수 없는 평범한 사건으로 여겨지고 자신의 죽음에 대해 생각하는 것은 너무도 끔찍한 일이었기에, 이와 관계되는 모든 생각은 피하려고 했을지도 모른다. 매우 충직한 사람이었던 브리쇼는 베르뒤랭 씨가 그의 아내에 대해 한 말을 액면 그대로 다 믿었으며, 그 여자 친구가 슬픔으로 인해 마음의 동요를 일으킬까 두려워했다. "그럼요, 오늘 아침부터 그분은 '모든 걸 다 알고 있었어요.'" 하고 대공 부인이 말했다. "우리는 '그분에게 숨길 수가 없었어요.'" "아! 제우스의 천둥소리 같았겠군요." 하고 브리쇼가 외쳤다. "아! 끔찍한 충격이었겠어요. 이십오 년 지기였고 우리 그룹의 일원이었으니까요." "물론, 물론이오. 하지만 어쩌겠소." 하고 코타르가 말했다. "그런 상황은 항상 힘든 거요. 하지만 베르뒤랭 부인은 강한 여인이고, 다감하기보다는 이지적인 분이오." "저는 박사님과 의견이 완전히 같지는 않은데요." 하고 대공 부인이 말했다. 빠른 말투와 속삭이는 듯한 억양 때문에 그녀는 어딘가 토라져서 말을 잘 듣지 않는 아이처럼 보였다. "베르뒤랭 부인은 냉정한 모습 아래 보석 같은 감수성을 감추고 있어요. 베르뒤랭 씨는 부인이 장례식 때문에 파리로 가려고 하는 걸 막느라 무척 애를 먹었다고 하더군요. 모든 일이 시골에서 치러질 거라고 믿게 해야 했대요." "아! 저런, 파리에 가려고 했군요. 전 부인이 정이 많은, 어쩌면 지나치게 정이 많은 여인임을 잘 알고 있었어요. 가엾은 드샹브르! 베르뒤랭 부인이 '그 사람과 비교하면

플랑테나 파데레프스키와 리슬레르는 전혀 중요하지 않아요.'*라고 말했던 게 두 달이 안 되었는데." "아! 그는 독일 학계도 속아 넘어가게 할 방법을 발견한 저 잘난 체하는 네로 황제의 말, '나와 더불어 얼마나 위대한 예술가가 죽어 가는가!(Qualis artifex pereo!)'를 보다 정당하게 말할 수 있는 사람이었죠.** 하지만 드샤브르는 적어도 베토벤을 경배하는 향기 속에서 성직의 의무를 수행하며, 틀림없이 용감하게 죽어갔을 거라고 저는 믿어 의심치 않습니다. 그 독일 음악의 사제는 당연히 D장조 미사***를 거행하면서 운명할 가치가 있는 분입니다. 하지만 그는 트릴을 치며 죽음이란 친구를 맞겠죠. 왜냐하면 그 천재적인 연주자는 샹파뉴 사람으로 파리

---

* 플랑테에 대해서는 『잃어버린 시간을 찾아서』 2권 9쪽 주석 참조. 플랑테와 함께 언급된 베르뒤랭네의 젊은 피아니스트, 즉 드샤브르의 모델로 지적되는 리슬레르(Edouard Risler, 1873~1929)는 알자스(알자스-샹파뉴-아르덴-로렌) 출신의 아버지와 독일 출신의 어머니 사이에서 태어난 당대에 유명했던 피아니스트로, 특히 베토벤과 리스트 연주에 탁월한 기량을 발휘했다. 뒤의 문단에서 드샤브르가 독일 음악의 사제라는 표현과, 샹파뉴 출신으로 프랑스 친위대원의 조상을 가졌다는 표현은 모두 리슬레르를 두고 하는 말이다. 파데레프스키(Ignace Paderewski, 1860~1941)는 폴란드의 피아니스트이자 작곡가였다.

** 수에토니우스(Suetonius)의 『황제전』에 나오는 네로 황제의 마지막 말로, 많은 논란을 자아냈다. 수에토니우스는 네로가 쓴 초고를 입수했으며 따라서 네로가 시인이었다고 주장한 데 반해, 타키투스는 여러 명의 궁중 시인들이 쓴 시를 네로가 한데 모았을 뿐이라고 반박했다. 이런 논쟁에 대해 브리쇼는 네로 황제가 시인이라고 긍정적 평가를 내린 독일 학계의 관대함을 풍자하고 있다.(『소돔』, 폴리오, 504쪽 참조.)

*** 베토벤의 「장엄 미사곡 D장조」(Op 123)을 가리킨다. 베토벤이 남긴 유일한 종교곡이다.

지앵이 된 조상에게서 프랑스 왕실 친위대원의 용맹함과 우아함을 물려받았으니까요."

우리가 이미 도착한 언덕으로부터 바다는 발베크에서와 마찬가지로 높이 솟아오른 산들의 기복이라기보다, 뾰족한 산봉우리나 산을 둘러싼 길에서 보이는, 해발이 낮은 곳에 위치한 푸른 빙하나 눈부신 고원처럼 보였다. 잘게 부서지는 소용돌이가 거기 부동의 모습으로 영원히 그것의 동심원을 그리는 것 같았다. 유약을 바른 듯한 바다도 눈에 띄지 않게 점차 빛깔이 달라지면서 강어귀가 파인 만(灣)의 깊숙한 곳에서는 우유처럼 푸르스름한 하얀빛이 돌았고, 작은 나룻배들도 앞으로 나아가지 않고 파리 떼처럼 그대로 매여 있는 듯했다. 그보다 더 광대한 장면은 어느 곳에서도 찾아볼 수 없을 것 같았다. 그러나 각각의 커브길마다 새로운 부분이 더해지면서 우리가 도빌 입시 세관에 도착했을 때에는 작은 만의 절반을 숨겼던 절벽의 돌출된 부분이 다시 나타나 그때까지 내 앞에 있던 것과 마찬가지로 깊숙했던 만이 갑자기 내 왼쪽에서 보였고, 그러나 비율이 변해서인지 아름다움이 배가되었다. 그렇게 높은 지점에서의 공기는 매우 청량하고 깨끗했으므로 나는 그에 흠뻑 취했다. 베르뒤랭네 사람들이 사랑스러웠다. 우리에게 마차를 보내 준 것도 감동적일 만큼 선의의 행동으로 보였다. 나는 대공 부인에게도 키스하고 싶었다. 그녀에게 이처럼 아름다운 광경은 본 적이 없다고 말했다. 그러나 부인이나 베르뒤랭에게서는 관광객으로서 고장을 관조하는 것이 아니라, 맛있는 식사를 하고 마음에 드는 사람을 초대하고 편지를 쓰고 책을 읽고, 간단히 말해, 그곳의 아름다움에 관심을 가지기보다는 수동적으로 그 아름다움에 젖어서 사는 것을 중시한다는 느낌을 받았다.

입시 세관으로부터 마차가 잠시 바다 위 얼마나 높은 곳에 멈추었던지, 산꼭대기에서 내려다보듯 푸르스름한 소용돌이의 조망이 거의 현기증을 일으킬 듯하여 나는 마차 창문을 열었다. 물결이 부서질 때마다 뚜렷이 들리는 소리는 그 감미로움과 선명함 속에 뭔가 숭고함을 담고 있는 것 같았다. 그 소리는 우리의 습관적인 인상을 뒤집으면서, 정신이 보통 때 하는 표상 작업과는 반대로 수직 거리가 수평 거리에 동화될 수 있고, 또 그렇게 해서 우리가 하늘 쪽으로 가까이 다가가도 수직 거리는 커지지 않고, 오히려 이 작은 물결 소리가 보여 주는 것처럼, 그 거리를 통과하는 소리에 그것이 통과해야 하는 환경이 보다 순수한 탓에 거리가 더 짧게 느껴진다는 것을 보여 주는 일종의 측정 지수가 아니었을까? 사실 입시 세관으로부터 단 2미터 정도만 뒤로 물러서도, 200미터나 되는 절벽도 제거하지 못했던 그 섬세하면서도 미세하며 감미롭고도 정확한 물결 소리가 더 이상 들리지 않았다. 자연이나 예술의 위대함이 단순함에 있다고 생각했던 할머니는 그 모든 발현이 불러일으키는 찬미의 감정을 틀림없이 이 물결 소리에서도 느꼈으리라. 내 열광은 절정에 달했으며 나를 둘러싼 모든 것을 부추겼다. 나는 베르뒤랭 부부가 역까지 우리를 찾으러 사람을 보낸 사실에 감동했다. 또 이 사실을 대공 부인에게 말하자, 부인은 내가 지극히 평범한 예의를 너무 과장한다고 생각하는 것 같았다. 나는 부인이 나중에 코타르에게, 내가 흥분을 잘한다고 털어놓았으며, 코타르는 내가 지나치게 감수성이 예민해서 진정제나 뜨개질이 필요하다고 대답했다고 전했다. 나는 대공 부인에게 나무 하나, 장미꽃 밑에서 쓰러져 가는 작은 집 하나를 주목하게 했고 그 모든 걸 찬미하게 했으며, 그녀마저 내 품에 안고 싶을 정도였다. 그녀는 내가 그림에 소질이 있으며, 그림을 그려야 한다고 말하면서 지금까지 사람들이 그런 말을 하지 않은 게 놀랍다고 했다. 그리고 사실은 자기도 이곳이 그림을 그리기에 좋은 고장이라 생각한다고 고백했다. 우리는 높은 곳에 있는 작은 마을 앙글레스케빌(브리쇼가 그 어원이 '앙글레베르티 빌라'*라고 말해 준)을 지나갔다. "그런데 드샹브르가 죽었는데도 오늘 저녁 만찬이 열리는 게 확실한가요, 대공 부인?" 하고 우리가 탄 마차가 역에 온 것이 이미 그에 대한 답임을 생각하지 못한 브리쇼가 덧붙였다. "그럼요." 하고 대공 부인이 말했다. "베르뒤랭 씨는 아내로 하여금 바로 그 '생각을' 하지 못하게 하려고 만찬을 연기하는 걸 원치 않았어요. 게다가 그토록 오랜 세월 동안 한 번도 빠지는 일 없이 수요 모임에 손님을 초대해 왔는데, 이런 습관을 바꾸면 아내가 놀랄지도 모른다고 생각한 거죠. 부인이 요즘 매우 신경이 예민해서요. 그래서 베르뒤랭 씨는 당신이 부인에게 큰 기분 전환이 된다는 걸 알고 오늘 저녁에 식사하러

---

* 노르망디의 칼바도스 데파르트망에 위치하는 이 마을은 '영국인의 영지(Engleberti Villa)'를 뜻한다. 르 에리셰는 이 이름을 북방 민족이 마을 지명에 들어온 예로 인용하고 있다.(소돔, 플레이아드 III, 1510쪽 참조.)

오시는 걸 특히 기뻐하고 있답니다.” 하고 대공 부인은 나에 대한 얘기를 들은 적 없는 척했던 일은 잊어버리고 그렇게 말했다. “베르뒤랭 부인 ‘앞에서는 아무 말도’ 하지 않는 편이 좋을 거예요.” 하고 대공 부인이 덧붙였다. “말씀 잘해 주셨습니다.” 하고 브리쇼가 순진하게 말했다. “코타르에게도 그 충고를 전해야겠습니다.” 마차가 잠시 멈췄다. 그러다 다시 출발했고, 하지만 마차 바퀴가 마을 안에 냈던 소음은 더 이상 나지 않았다. 베르뒤랭 씨가 현관 앞 층계에서 기다리는 라 라스플리에르 정면 진입로에 우리가 들어선 것이었다. “스모킹 입기를 잘했군요.” 하고 베르뒤랭 씨는 신도들이 스모킹 입은 모습을 기쁜 마음으로 확인하면서 말했다. “이곳에는 우아한 분들이 오시니까요.” 그래서 내가 재킷 바람으로 온 걸 사과하자, “오! 괜찮아요. 아주 좋아요. 친구끼리의 만찬인걸요. 내가 가진 스모킹을 빌려드리고 싶지만 당신에게는 맞지 않을 것 같군요.”라고 말했다. 라 라스플리에르 현관으로 들어서면서 피아니스트의 죽음에 대한 애도의 표시로 브리쇼가 집주인에게 매우 감동적인 ‘악수(shake-hand)’를 했으나, 집주인 쪽에서는 아무 말도 하지 않았다. 나는 주인에게 이 고장에 감탄하고 있다고 말했다. “아! 그래요. 잘됐군요. 하지만 당신은 아직 아무것도 보지 못했어요. 우리가 보여 드리리다. 몇 주 동안 이곳에 와서 지내지 않겠어요? 공기가 아주 좋아요.” 브리쇼는 자기가 했던 악수의 의미가 잘 이해되지 않았을까 봐 걱정했다. “정말이지, 그 가련한 드샹브르는!”이라고 말했는데, 그래도 베르뒤랭 부인이 가까이 있을까 봐 염려되어 낮은 목소리로 말했다. “끔찍한 일이죠.” 하고 베르뒤랭 씨는 경쾌하게 대답했다. “그렇게 젊은 나이에.” 하고 브리쇼가 말을 이었다. 아무것도 아닌 일 때문에 지체되는 게 화가 난 베르뒤랭 씨가 빠른 말투와, 슬픔 때문이 아니라 짜증 섞인 초조함에서 날카로운 신음 소리를 내며 대답했다. “아! 그래요. 하지만 어쩌겠어요. 아무것도 할 수 없지 않소. 우리가 말한다고 해서 그가 다시 살아나는 것도 아니고, 안 그렇소?” 그러고는 다시 온화한 모습이 되며 쾌활함을 되찾았다. “자, 나의 충직한 브리쇼 씨, 소지품을 빨리 내려놓으세요. 부야베스*가 곧 나올 텐데 오래 기다려 주지 않아요. 특히 하늘에 맹세코 베르뒤랭 부인에게 드샹브르 얘기는 하지 마시오! 아시다시피 그 사람은 자신이 느끼는 걸 많이 감추지만, 감수성이 진짜 병적이라고 할 정도로 예민하답니다. 말하면 안 돼요. 맹세하지만 드샹브르가 죽었다는 소식을 들었을 때는 거의 울음을 터뜨릴 뻔했다오.” 하고 베르뒤랭 씨는 지극히 냉소적인 어조로 말했다. 그의 말을 듣자니 삼십 년 지기를 위해 슬퍼하려면 일종의 정신 착란이 필요하며, 한편으로는 베르뒤랭 씨와 아내의 지속적인 결혼 생활이 그에게 아내에 대한 비판을 가로막지 않았으며, 또 아내가 자주 그를 귀찮게 한다는 것을 감지할 수 있었다. “당신이 그 얘기를 하면 아내는 또다시 병이 날 거요. 기관지염을 앓은 게 겨우 삼 주 전이었는데, 보통 끔찍한 일이 아니오. 그러면 내가 간병인이 되어야 하니 당신도 이해할 거요. 이제 그 일이

* 지중해식 해물탕 요리.

라면 지긋지긋하다오. 당신이 원하면 원하는 만큼 마음속에서 드샹브르의 운명을 슬퍼하시오. 생각으로는 하더라도 입 밖으로는 꺼내지 마시오. 나도 정말 드샹브르를 좋아했지만, 그보다 내 아내를 더 좋아한다고 해서 당신이 날 원망할 수는 없을 거요. 저기 코타르가 오고 있으니 그에게 물어볼 수 있을 거요." 사실 그는 집안의 주치의가 이를테면 슬퍼해서는 안 된다는 처방을 내리는 따위의 아주 작은 일에 유용하다는 걸 알고 있었다.

순종적인 코타르는 여주인을 향해 이렇게 말한 적이 있었다. "그렇게 동요하신다면 내일은 '제게' 39도의 열을 만들어 주실 텐데요." 그 말은 마치 요리사에게 "내일은 송아지 가슴살 요리를 만들어 주시오."라고 하는 것과도 같았다. 의학이란 그것이 병을 고치지 못할 때는, 동사와 대명사의 의미를 바꾸는 일로 소일하는 법이다.*

베르뒤랭 씨는 사니에트가 이틀 전에 매정하게 거절당했는데도 작은 동아리를 버리지 않은 걸 보고 기뻐했다. 베르뒤랭 부인과 남편은 무료하게 지내다 보니 잔인한 본능이 몸에 배어, 매우 드물게 거행되는 성대한 행사만으로는 충분히 만족하지 못했다. 그들은 오데트와 스완의 사이를 틀어지게 했고, 브리쇼와 정부도 갈라놓았다. 물론 다른 사람들과도 그 일을 다시 시도하려고 했다. 하지만 기회가 매일 있는 건 아니었

* "내일은 체온이 39도나 될 텐데요."라고 말하는 대신 "내일은 제게 39도의 열을 만들어 주실 텐데요."라며 문법적으로 틀리게 말한 것을 풍자하고 있다.

다. 그런데 사니에트는 그 예민한 감수성과 겁 많고 금방 당황하는 소심함 때문에 매일같이 그들의 놀림감이 되었다. 그래서 그에게 버림을 받을까 봐 걱정이 된 그들은 아주 다정하고도 설득력 있는 말로 그를 초대하려고 신경 썼는데, 이는 마치 고등학교에서의 유급생이나 군대에서의 고참병이, 신입생이나 신참을, 더 이상 자기들 손에서 빠져나가지 못하도록 붙잡기 위해서, 단지 그를 자극하고 골탕을 먹이려는 목적에서만 환심을 사는 행동을 하는 것과도 같다. "특히," 하고 베르뒤랭 씨의 말을 듣지 못한 코타르가 브리쇼에게 말했다. "베르뒤랭 부인 앞에서는 '모튀스(motus)'하기요."* "걱정 마시오. 오! 코타르, 당신은 테오크리토스**의 말처럼 현자를 상대하고 있소. 게다가 베르뒤랭 씨의 말이 맞아요. 우리가 슬퍼한들 무슨 소용이 있겠소." 하고 덧붙였다. 그는 언어 형태와 그것이 자신의 마음속에 유발하는 관념을 비교할 수는 있었지만, 정교함이 부족한 탓에 베르뒤랭 씨의 말에서 가장 용기 있는 금욕주의적 표현을 발견하고 감탄했다. "어쨌든 가장 위대한 천재가 사라졌군요." "어떻게, 아직도 드샹브르 얘기를 하는 거요?" 하고 우리보다 앞장섰던 베르뒤랭 씨가 우리가 따라오지 않는 걸 보고 다시 돌아왔다. "내 말 잘 들으시오." 하고 그가 브리쇼

---

* 모튀스(Motus)는 '말(mot)'이란 뜻의 라틴어로 아무 말도 하지 말라는 감탄사로 쓰이기도 한다.

** Theocritus(기원전 310?~기원전 250?). 고대 그리스의 시인으로 르콩트 드 릴이 프랑스어로 번역한 전원생활을 주제로 한 시집 『목가』에는 "오! 염소지기여(……) 오! 목자여,"라는 표현이 주를 이룬다.(『소돔』, 폴리오, 594쪽 참조.)

에게 말했다. "무슨 일도 과장해서는 안 되오. 죽었다고 해서 천재가 아닌데도 천재로 만들 이유는 없소. 물론 연주는 잘했지만, 특히 여기서는 지극한 보살핌을 받았소. 그러나 다른 곳으로 이주하자 그는 더 이상 존재하지 않았소. 내 아내가 그에게 심취했고, 그래서 명성을 만들어 준 거요. 아내가 어떤 사람인지는 잘 알지 않소. 그의 명성을 위해 한마디 더 하자면, 그는 아주 좋은 때 알맞게 죽은 거요. 팡피유의 비할 데 없는 레시피에 따라 '캉의 아가씨들'*이 알맞게 구워지듯이, 곧 그렇게 되기를 기대하오만.(적어도 온갖 종류의 바람에 열려 있는 이 성채에서 당신네들의 탄식이 질질 끌지만 않는다면.) 드샹브르가 죽었다고 해서 당신이 우리 모두를 죽게 하려는 건 아닐 거요. 그는 일 년 전부터 연주회를 개최하기 전에 일시적이지만, 정말 일시적이긴 했지만 유연성을 되찾으려고 음계 연습을 해야 했소. 게다가 오늘 저녁에는 드샹브르와는 다른 예술가의 연주를 듣게 될 거요. 아니, 적어도 만나게 될 거요. 그 약삭빠른 녀석은 식사가 끝나면 카드놀이를 한답시고 지나치게 자주 연주를 내팽개친다오. 아내가 발견한(드샹브르나 파데레프스키와 그 밖의 사람들을 발견한 것처럼) 젊은이는 모렐이란 녀석이

---

* 팡피유는 프루스트가 『게르망트』를 헌정한 작가 레옹 도데 부인의 필명으로, 그녀는 《악시옹 프랑세즈》에 요리와 의상에 대한 칼럼을 썼다.(『잃어버린 시간을 찾아서』 6권 321쪽 참조.) 그러나 '캉의 아가씨들'이란 요리는 거기서 찾아볼 수 없으며, 오히려 프루스트가 이 책의 다음 부분에서 인용하는 클레르몽토네르 공작 부인에게서 찾아볼 수 있다고 지적된다. '캉의 아가씨들'이란 작고 가는 바닷가재를 구운 요리다.(『소돔』, 폴리오, 594쪽 참조.)

오. 녀석은 아직 도착하지 않았소. 그래서 난 마지막 기차에 마차를 보내야 하오. 집안의 오래된 친지를 우연히 만났는데 그가 귀찮게 굴어서 죽을 지경으로 함께 온다고 하는구려. 그렇지 않으면 아버지의 불평을 듣지 않기 위해 동시에르에 남아 그를 상대해야 한다는 거요. 샤를뤼스 남작을 말이오." 신도들은 집 안으로 들어갔다. 베르뒤랭 씨는 내가 소지품을 내려놓는 동안 나와 함께 뒤에 남아 있다가 장난 삼아 내 팔을 붙잡았는데, 마치 만찬에서 집주인이 안내할 여자 손님이 없을 때 당신을 안내하려고 팔을 내미는 것과도 같았다. "여행은 잘했소?" "예, 브리쇼 씨가 많은 것을 가르쳐 주셨는데 제게는 아주 흥미로웠습니다." 하고 나는 어원학을 생각하며, 또 베르뒤랭 부부가 브리쇼를 찬미한다는 말을 듣고 그렇게 말했다. "그 사람이 당신에게 뭔가 가르쳐 주지 않았다면 그게 더 놀랄 일이지." 하고 베르뒤랭 씨가 말했다. "그는 사람들 눈에 띄지 않으려고 조심하는 사람인지라 자기가 아는 것에 대해 좀처럼 말하지 않는다오." 나는 이 칭찬이 적절하다고 생각하지 않았다. "매력적인 분이던데요." 하고 내가 말했다. "세련되고 재미있고 학자인 체하지도 않고 기발하고 경쾌하오. 내 아내가 좋아하는데 나도 그렇소." 하고 베르뒤랭 씨는 과장된 어조로 뭔가 낭송하듯 대답했다. 그때 나는 그가 브리쇼에 대해 한 말이 그저 비꼬는 말임을 알게 되었다. 오래전 베르뒤랭 씨의 이야기를 전해들은 시절부터 그가 아내의 감시를 떨쳐 버리려고 한 적은 없었는지 자문해 보았다.

조각가는 베르뒤랭 부부가 샤를뤼스 씨를 받아들이는 데

동의했다는 말을 듣고 무척 놀랐다. 샤를뤼스 씨를 잘 아는 포부르생제르맹에서 사람들은 그의 품행에 대해 절대 말하지 않았다.(많은 이들이 그 사실을 알지 못했고 의혹을 품은 사람들도 그것이 조금은 열정이 담긴 우정이지만 결국은 정신적 우정이나 무분별한 행동에 지나지 않는다고 생각했으며, 끝으로 그 사실을 아는 사람들이, 이를테면 심술궂은 갈라르동 부인 같은 이가 감히 그 사실을 비추려고 할 때면 어깨를 으쓱하며 표 나지 않게 숨겼다.) 몇몇 내밀한 친구들에게만 알려진 이런 품행은 반대로 그가 사는 환경 밖에서는 거의 매일처럼 비난의 대상이 되었는데, 이는 마치 조용한 지대의 간섭* 현상이 있고서야 대포 소리가 들리는 것과도 같다. 게다가 사교계에서 그가 점하고 있는 높은 위치와 명문가 출신이라는 사실은 거의 성도착의 화신으로 간주되는 부르주아와 예술가의 사회에서는 전혀 알려지지 않았다. 루마니아 사람들에게 롱사르가 대귀족의 이름으로는 알려졌지만, 그의 시 작품은 거의 알려지지 않은 것과 유사한 현상이다. 더욱이 루마니아에서 롱사르의 귀족 신분은 어떤 오류에 근거한다.** 마찬가지로 화가나 배우들의 세계에서 샤를뤼스 씨가 그토록 나쁜 평판을 얻게 된 이유는 르블루아 드 샤

* 빛이나 물의 파동에서 둘 이상이 만났을 때 중첩 원리에 따라 그 세기가 더 커지는 현상을 가리킨다.

** Pierre de Ronsard(1524~1585). 프랑스 르네상스 시대의 최고 시인인 그는 한 작품에서 자신의 조상이 유럽 동남부인임을 노래했지만 확인된 사실은 아니며, 루마니아 태생이라는 것도 전설에 불과하다.(『소돔』, 플레이아드 III, 1312쪽 참조.)

를뤼스라고 불리는 어느 백작과 혼동되었기 때문인데, 이 두 사람 사이에는 어떤 친척 관계도 없었으며, 설령 있다고 해도 아주 먼 관계로, 그 백작이란 사람은 저 유명한 경찰 현장 검색 때 실수로 검거된 적이 있었다. 결국 사람들이 말하는 샤를뤼스 씨에 관한 온갖 얘기는 가짜 샤를뤼스 씨에게 해당되는 것이었다. 그 방면의 많은 전문가들은 샤를뤼스 씨와 관계를 가진 적이 있다고 맹세했으며, 또 자신들이 옳다고 생각했는데, 가짜 샤를뤼스를 진짜라고 믿거나, 아니면 가짜가 어쩌면 반쯤은 귀족 신분을 과시하고 싶어서 혹은 반쯤은 그들의 악덕을 감추고 싶어서 그런 혼동을 조장했는지도 모른다. 이런 혼동은 오랫동안 진짜 샤를뤼스(우리가 아는 남작)에게 피해를 줬지만, 훗날 그가 사회적으로 실추했을 때는 편리하게 이용되기도 했는데, 덕분에 그 역시 "그건 내가 아닙니다!"라고 말할 수 있었기 때문이다. 어쨌든 현재 베르뒤랭의 살롱에서는 진짜 샤를뤼스에 관한 얘기는 하지 않았다. 끝으로 샤를뤼스 씨의 진실(남작의 취향)에 관한 잘못된 해석에는, 연극계에서 무슨 이유 때문인지 모르겠지만, 실제로는 그렇지 않은데도 그런 소문이 돌고 있는 한 작가가 그의 지극히 순수하면서도 절친한 친구였다는 사실도 한몫했다. 공연 첫날 그들이 함께 있는 모습을 본 사람들은, 마치 게르망트 공작 부인이 파름 대공 부인과 부도덕한 관계라고 여기는 것과 마찬가지로 "아시겠어요."라고 말했다. 이런 꾸며낸 이야기는 두 귀부인과 가까이 접할 때라야 사라지는 법인데, 이야기를 전하는 사람들이 부인들을 오페라글라스로를 통해서만 보거나, 옆 좌석에 앉은 사람에게 하는 비방을 통해서만 접했는지 결코 파괴되지 않았다. 샤를뤼스 씨의 품행에 관해, 조각가는 샤를뤼스 씨가 속한 가문이나 작위와 이름에 대해 어떤 종류의 정보도 갖고 있지 않았으므로 남작의 사회적 지위가 형편없다고 생각했던 만큼 더더욱 망설이지 않고 단언할 수 있었다. 모든 사람들이 의학 박사라는 칭호는 아무것도 아니며 병원의 인턴이라는 칭호는 대단한 것으로 알고 있다고 믿는 코타르와 마찬가지로, 사교계 인사들은 세상 사람들이 그들 이름의 사회적 중요성에 대해, 그들 자신과 그들 주위의 인간들과 동일한 관념을 가졌다고 상상하는 오류를 범하고 있었다.

아그리장트 대공은 그에게 25루이를 받아야 할 제복 입은 클럽 종업원의 눈에는 '수상쩍은 건달'로 통했으며, 세 명의 누이가 공작 부인으로 있는 포부르생제르맹에서만 자신의 중요성을 회복했다. 대귀족은, 대귀족이 별 의미가 없는 소박한 서민들이 아닌, 그가 누구인지 아는 명사들에게서만 어떤 효과를 자아내는 법이다. 샤를뤼스 씨는 게다가 바로 그날 저녁으로 집주인이 가장 저명한 공작 가문에 대해 그리 깊지 않은 개념을 갖고 있음을 간파할 수 있었다. 베르뒤랭네 부부가 그렇게 '엄선된' 살롱에 타락한 녀석을 들어오게 하는 바보짓을 저지르려 한다고 확신한 조각가는, 여주인을 따로 면담해야 한다고 믿었다. "완전히 잘못 생각하시는 거예요. 게다가 전 그런 종류의 일은 믿지 않아요. 비록 그것이 사실이라고 해도 제게는 그리 해가 되지 않는다고 말해야겠군요." 하고 격노한 베르뒤랭 부인이 대답했다. 모렐이 수요 모임의 중요한 인물이었으므로 무엇보다 그의 불만을 사고 싶지 않았다. 코타르는 이 문제에 관해 자신의 의견을 피력하지 못했는데, '부엔 레티로'*에서의 작은 용무 때문에 잠시 2층에 올라가겠다고 청하고, 베르뒤랭 씨의 방에서 환자에게 보내는 아주 급한 편지를 써야 했기 때문이다.

그곳을 방문 중인 파리의 저명한 출판업자는 사람들이 붙잡을 거라고 생각했지만, 자신이 그 작은 패거리에 비해 충분히 우아하지 않다는 걸 깨닫고는 쏜살같이 자리를 떴다. 키가 크고 건장하며 짙은 갈색 머리에 학구적이고 뭔가 예리한 데가 있는 남자였다. 종이 자르는 흑단 칼과도 같았다.**

베르뒤랭 부인은 그날 꺾은 화본과와 개양귀비와 들꽃의 전리품이, 이 세기 전 어느 멋진 취향을 가진 화가가 같은 모티프를 단색화로 그린 그림과 번갈아 장식되어 있는 거대한 살롱에서 우리를 맞았다. 그녀는 오랜 친구와 게임을 하다가 잠시 탁자에서 일어나더니 게임이 끝날 때까지 이 분만 기다려 달라고 하면서도 연방 우리와 얘기를 나누며 게임을 계속했다. 게다가 내가 그곳에 대한 인상을 말하자 그녀는 반 정도만 만족하는 것 같았다. 우선 나는 라 라스플리에르의 테라스보다 절벽에서 보면 그렇게나 아름답게 보이는 석양을, 나라면 그걸 보기 위해 수십 킬로미터라도 갔을 테지만 그녀와 남

* 이탈리아어로 '화장실(buen retiro)'을 뜻한다.

** 아마도 실제 인물인 출판업자 외젠 파스켈(Eugène Fasquelle)을 암시하는 듯하다고 지적된다.(『소돔』, 폴리오, 594쪽 참조.) 갈리마르 출판사와 마찬가지로 처음에 프루스트의 『스완』의 출판을 거절했던 인물이다.

편은 매일 그 시각이 되기 훨씬 전에 귀가한다는 사실에 무척 놀랐다고 말했다. "그래요. 비교할 수 없는 경치죠." 하고 베르뒤랭 부인은 유리문으로 쓰이는 거대한 십자형 유리창에 눈길을 던지면서 가볍게 대답했다. "늘 보는데도 싫증이 나지 않네요." 하고 그녀는 카드 쪽으로 시선을 돌렸다. 그런데 열광에 사로잡힌 마음이 나를 지나치게 까다롭게 만들었다. 이 시각에 그토록 빛깔을 굴절시키는 모양이 무척이나 아름답다고 엘스티르가 말한 적 있는 그 다르네탈 암벽이, 거실에서는 보이지 않는다고 불평했다. "아! 여기서는 볼 수 없어요. 정원 끝머리에 있는 '만(灣)의 전망대'로 가야 해요. 그곳 의자에 앉으면 모든 파노라마가 다 보이죠. 그러나 혼자서는 갈 수 없어요. 길을 잃을 테니까요. 원하신다면 제가 안내해 드리죠." 하고 그녀는 열의 없이 덧붙였다. "안 돼요. 지난번에도 거기 갔다 와서 몹시 아팠는데 다시 아프고 싶은 거요? 저분은 다시 오실 거요. 다음번에 만(灣)의 전망을 보게 될 거요." 나는 더 이상 주장하지 않았다. 베르뒤랭네 사람들에게는 일몰의 장면도 그들 살롱과 식당을 장식하는 한 폭의 멋진 그림이나 일본의 소중한 칠보처럼, 가구와 함께 비싼 값에 라 라스플리에르를 임대한 사실을 정당화해 준다는 사실을 아는 것만으로도 충분했으며, 또 그들의 눈길이 그곳을 향하는 것도 아주 가끔씩일 뿐이라는 걸 깨달았기 때문이다. 그들에게서 가장 중요한 것은 쾌적한 생활을 하고, 산책하고, 잘 먹고, 얘기하고, 마음에 드는 친구들을 초대해서 재미있는 당구 게임과 맛있는 식사와 즐거운 간식을 대접하는 것이었다. 그렇지만 나는 나중에 그들이 손님들에게 들려주는 음악과 마찬가지로 '미발표의 새로운' 산책을 하게 해 주려고 이 고장에 관해 많은 연구를 했음을 알게 되었다. 라 라스플리에르의 꽃들과 해변로와 오래된 집들, 잘 알려지지 않은 성당들이 베르뒤랭 씨의 삶에서 수행한 역할은 너무도 컸으므로, 그를 파리에서만 만나고, 바닷가와 전원생활 대신 도시의 사치를 즐기던 사람들은 베르뒤랭 씨가 자기 삶에 대해 가진 관념과, 그런 삶의 기쁨이 그의 눈에 얼마나 중요하게 비치는지를 거의 이해하지 못했다. 베르뒤랭 부부는 그들이 구입할 의사가 있는 라 라스플리에르가 이 세상에 둘도 없는 유일한 사유지임을 확신했으므로, 그 중요성은 더욱 컸다. 그들의 자만심이 라 라스플리에르에 부여한 탁월함을 나의 열광한 모습이 정당화시켜 주었던 것이다. 만약 그렇지 않고 내 열광에 수반되는 환멸을(예전에 내가 라 베르마를 들으면서 느꼈던) 솔직히 털어놓았다면, 그들은 조금 마음이 상했을 것이다.

"마차가 돌아오는 소리가 들리네요. 그들을 찾았으면 좋으련만." 하고 갑자기 여주인이 말했다. 한마디로 베르뒤랭 부인은 나이로 인한 피할 수 없는 변화를 제외하고라도, 스완과 오데트가 그녀의 살롱에서 소악절을 듣던 시절의 모습은 더 이상 갖고 있지 않았다. 소악절의 연주를 들을 때도 예전처럼 억지로 감탄하느라 기진맥진한 모습을 꾸밀 필요가 없었다. 그 지친 모습이 바로 그녀의 얼굴이 되었으니 말이다. 바흐나 바그너, 뱅퇴유와 드뷔시의 음악이 그녀에게 유발한 그 셀 수 없는 신경통의 영향으로, 베르뒤랭 부인의 이마는 마치 류머티즘에 의해 변형된 팔다리마냥 거대하게 부풀어 있었다. 불멸의 '하모니'가 굴러다니는, 그 타오르는 듯 고통스러운 우윳빛의 아름다운 두 구체와도 흡사한 그녀의 관자놀이는 이제 양쪽에 난 은빛 머리칼을 떨치면서 여주인을 대신하여, 여주인은 말할 필요도 없이, "난 오늘 저녁에 어떤 일이 일어날지 알아요."라고 선언하는 듯했다. 그녀의 이목구비도 연이어 지나치게 강렬한 미학적인 인상을 지을 필요가 없었는데, 이목구비 자체가 피폐해진 그 오만한 얼굴에 지속적으로 떠도는 표정 같았기 때문이다. '아름다움'이 이제 막 부과할 고통을 감수하려는 그 체념하는 태도, 마지막 소나타가 주는 감동에서 미처 회복되기도 전에 드레스를 걸칠 그 용기 있는 태도 덕분에, 그녀는 가장 비통한 음악을 들으면서도 경멸하듯 무감동한 표정을 유지했고, 아스피린 두 스푼을 삼키기 위해 몸을 감추기도 했다.

"아! 저기 왔군." 하고 베르뒤랭 씨는 샤를뤼스 씨의 앞에서 걷는 모렐 쪽으로 문이 열리는 걸 보자 안심이 된다는 듯 외쳤다. 샤를뤼스 씨는 베르뒤랭네에서의 만찬이 사교계가 아닌 어느 수상쩍은 장소에서 행해진다는 듯, 사창가에 처음 간 중학생이 여주인에게 수없이 경의를 표하는 것처럼 잔뜩 겁먹은 표정을 하고 있었다. 그리하여 평소에 남성적이고 냉정한 모습으로 보이고 싶어 하는 샤를뤼스 씨의 습관적인 욕망은(열린 문을 통해 나타났을 때), 소심함이 꾸민 태도를 지우고 무의식적인 요소에 호소하자마자 깨어난, 그런 전통적인 예의 개념에 압도되었다. 귀족이든 부르주아든 샤를뤼스 씨 같은 동성애자에게서, 이처럼 낯선 사람에 대한 본능적이고 유전적인 예의 감정이 작동되면, 그를 새로운 살롱으로 안내하고 여주인 앞에 도착할 때까지 그 태도를 주조할 책임을 맡는 것은, 언제나 여신처럼 도움을 주고 분신처럼 육화된 어느 여성 친척의 영혼이다. 그래서 프로테스탄트 성녀인 사촌 밑에서 자란 어느 젊은 화가는 비스듬하게 기울인 머리를 흔들면서 하늘을 향해 눈을 들고 눈에 보이지 않는 이의 소매를 움켜쥔 채로 들어올 것이며, 그리하여 그 겁먹은 예술가는 사촌의 모습을 떠올리는 것만으로도 그녀가 실제로 그를 보호하기 위해 옆에 있다는 듯 응접실에서 작은 살롱까지 그 심연에 파인 공간을 광장 공포증을 느끼는 일 없이 건너갈 수 있을 것이다. 이런 경건한 친척의 추억이 오늘 그를 인도해 주지만, 그 친척이 몇 해 전에는 얼마나 애처로운 모습으로 이곳에 들어왔는지 사람들은 무슨 불행을 알리러 온 게 아닐까 하는 생각까지 할 정도였으며, 그렇지만 그녀가 하는 처음 몇 마디에, 지금 예로 든 화가가 그런 것처럼, 단순히 식사 후에 하는 소화용 방문임을 알아차렸을 것이다. 아직 실현되지 않은 행위에 대한 호기심에서, 가장 존경할 만한 때로는 가장 신성하고 때로는 그저 결백한 것에 지나지 않는 과거의 유산을 삶이 지속적인 퇴폐 행위에 이용하고 활용하고 변질시키기를 바라는 동일한 법칙 덕분에, 또 이 법칙이 샤를뤼스 씨의 등장 때는 다른 양상을 초래했음에도 불구하고, 여성적인 태도와 교우 관계로 가족의 마음을 아프게 했던 코타르 부인의 조카 중 하나가 당신을 놀래 주러 왔다는 듯, 또는 유산을 물려받은 소식을 알리러 왔다는 듯, 언제나 행복감에 빛나는 얼굴로 즐겁게 등장했는데, 그 이유가 무의식적인 유전과 빗나간 성(性)에 있는 탓에 왜 그렇게 행복한지를 물어봐야 소용이 없었을 것이다.* 그는 발끝으로 걸으면서 아마도 방문용 명함 다발을 손에 쥐고 있지 않은 사실에 스스로 놀랐는지, 그의 아주머니에게서 본 적이 있는 그런 교태 부리는 태도로 손을 내밀었고, 유일하게 불안한 빛을 띠는 그의 눈길은 모자를 벗었는데도 모자가 비뚤어지게 써진 건 아닌지 살피기 위해, 마치 코타르 부인이 스완에게 물어보았던 어느 날처럼, 거울을 향하는 것이었다.** 샤를뤼스 씨로 말하자면 이런 중요한 순간에 그가 살아온 사회가 그에게 다른 사례와 다른 상냥한 아라베스크 몸짓을, 그리고 평소에는 따로 간직해 온 자신의 가장 예외적인 우아함을, 몇몇 경우에는 평범한 프티 부르주아들에게도 드러내고 이용할 줄 알아야 한다는 경구를 제공했으므로, 아양을 떨면서 또 입고 있는 치마가 넓게 퍼지는 탓에 몸을 흔드는 것이 불편하다는 듯이 몸을 비비 꼬면서, 마치 베르뒤랭 부인의 살롱에 소개되는 일이 엄청난 특혜라도 된다는 듯 그토록 만족하고 영광스러운 표정을 지으면서 그녀를 향해 걸어갔다. 반쯤 기울어진 그의 얼굴에는 만족감에서 우러난 표정이 예의범절을 지켜야 한다는 생각과 경쟁하면서 상냥함의 잔주름을 만들어 냈다. 마치 마르

* 여기서 화가나 코타르 부인의 조카는 동성애자들의 일반적인 사례이다.

** 거울을 보는 장면이 마치 여성성의 상징처럼 제시되고 있다. 코타르 부인이 스완에게 모자에 붙은 깃털 장식이 똑바로 돼 있는지 묻는 장면에 대해서는 『잃어버린 시간을 찾아서』 2권 322쪽 참조.

상트 부인이 걸어가는 모습을 보는 듯, 자연의 오류가 샤를뤼스 씨의 몸속에 집어넣은 여성이 그 순간 드러나는 것 같았다. 물론 이런 오류를 숨기고 남성적인 외양을 지니기 위해 남작은 무척이나 힘겨운 노력을 했으리라. 그러나 그 일에 성공하자마자 동시에 그는 여성과 동일한 취향을 가지게 되었고, 이렇게 여성으로서 느끼는 습관이 새로운 여성적 외모를 부여했는데, 이는 유전이 아닌 그의 개인적 생활에서 연유한 것이었다. 그리하여 그는 점점 더 사회적인 문제에 대해서도 여성처럼 생각했고, 또 그 사실을 의식조차 하지 못했다. 왜냐하면 우리가 거짓말하는 것을 의식하지 못하는 이유는 남들에게 거짓말을 해서가 아니라 자신에게 거짓말을 하다 보면 거짓말한다는 사실조차 깨닫지 못하기 때문이다. 비록 그는 자신의 몸에서 대귀족의 온갖 예절이 발현되기를 원했지만(베르뒤랭 집에 들어갔던 순간처럼), 샤를뤼스 씨가 더 이상 스스로의 말에 귀 기울이지 않는다는 사실을 깨달은 그의 몸은, 남작이 '여성 같다(lady-lake)'라는 수식어를 받을 만큼 귀부인의 온갖 매력을 펼쳐 보였다. 게다가 아버지를 닮지 않고 성도착자도 아니며 여성의 뒤를 쫓는 아들들이라 해도, 그들의 얼굴이 자기 어머니에 대한 모독을 구현하고 있다면, 이런 사실로부터 샤를뤼스 씨의 경우를 완전히 분리해서 생각할 수 있을까? 그러나 이 문제는 모독당한 어머니들이라는 별도의 장에서 다룰 필요가 있으므로 여기서는 멈추기로 하자.*

---

* 그러나 최종 원고에서 이 주제는 다루어지지 않았다.

물론 여러 다른 이유가 샤를뤼스 씨의 변모를 주도하고, 순전히 신체적 요인이 샤를뤼스 씨의 몸 안에 있는 질료에 '작용하여' 그의 몸이 점점 여성의 몸이라는 범주로 넘어가게 되었다 해도 우리가 여기서 지적하는 변화는 정신적 요인의 변화였다. 병이 들었다고 생각하다 보면 진짜 병이 생기고 몸도 허약해지고 더 이상 일어날 힘도 없으며 신경성 장염도 앓게 된다. 남성을 애정 어린 마음으로 생각하다 보면 여성이 되고, 가짜 드레스가 우리 발걸음을 방해한다. 그 경우 고정 관념 또한 성별을 변화시킬 수 있다.(다른 경우에는 건강을 변화시키듯이 말이다.) 샤를뤼스 씨를 따라가던 모렐이 내게 인사하러 왔다. 바로 그 순간부터 그의 몸에 생긴 이중의 변화로 그는 내게(아! 유감스럽게도 나는 그 사실을 좀 더 일찍 알아차리지 못했다.) 매우 좋지 않은 인상을 주었다. 그 이유는 다음과 같다. 앞에서 나는 자기 아버지의 하인 신분에서 벗어난 모렐이 통상 아주 잘난 체하며 친밀하게 굴면서 만족감을 느낀다고 말했었다.*

사진을 가져왔던 날, 그는 내게 단 한 번도 '므시외'라고 하지 않고 건방진 태도로 말했다. 이랬던 그가 베르뒤랭 부인 댁에서는 내 앞에서, 단지 내 앞에서만 아주 낮게 머리를 숙이고 인사하며 또 다른 말을 하기에 앞서 아주 공손하게 존댓말을 — 그의 펜 아래서나 입술에서는 결코 나올 수 없다고 믿

---

* 아돌프 할아버지 시종의 아들 모렐에 대해서는 『잃어버린 시간을 찾아서』 5권 440~444쪽 참조.

었던 말들을 — 하는 걸 듣고 내가 얼마나 놀랐던지! 그 즉시 나는 그가 내게 뭔가 부탁할 것이 있다는 인상을 받았다. 그는 일 분 후 나를 따로 데리고 가더니 "선생님께서 절 크게 도와주시게 될 겁니다." 하고 이번에는 나를 삼인칭으로 호칭하기까지 했다. "제발 제 아버지가 선생님 할아버님 댁에서 했던 직업의 종류를 베르뒤랭 부인과 손님들에게 숨겨 주십시오. 차라리 제 아버지가 선생님 집안의 아주 광대한 영지 관리인이었으며, 그래서 당시에는 선생님의 부모님과 거의 동등한 사람이었다고 말씀해 주십시오." 모렐의 부탁은 나를 무척 당혹스럽게 했는데, 그의 아버지 신분을 과장해야 해서가 아니라, 내게는 아무래도 좋은, 내 집안의 재산을 적어도 표면적으로나마 과장해야 하는 게 매우 우스꽝스럽게 생각되었기 때문이다. 그러나 그의 표정이 얼마나 불행하고 절박해 보였던지 나는 거절할 수 없었다. "아니요, 만찬 전에 말씀해 주세요." 하고 그는 애원하는 어조로 말했다. "선생님께서 베르뒤랭 부인과 따로 말하실 구실이야 수없이 많지 않습니까?" 실제로 나는 그렇게 했는데, 모렐 아버지의 광채는 최선을 다해 부각하면서도 내 부모의 '생활 수준'이나 '부동산'은 너무 과장하지 않으려고 애썼다. 나의 할아버지를 어렴풋이 알고 있던 베르뒤랭 부인은 놀라는 기색이었지만 그럼에도 일은 쉽게 해결되었다. 베르뒤랭 부인은 요령도 부족하고, 가족도(작은 동아리를 와해시키는 용해제인) 증오했으므로, 예전에 내 증조부를 만난 적이 있는데 증조부가 이 작은 그룹에 대해 아무것도 이해하지 못하는, 다시 말해 그녀의 표현에 따르자면 '그들 부류가 아닌'* 거의 바보 같은 사람이었다고 얘기하면서 "게다가 가족이란 정말 따분한 거예요. 우리는 거기서 빠져나오기만을 열망하죠."라고 말했다. 그러고는 즉시 내 할아버지의 아버지에 대해 내가 알지 못했던 특징을 얘기했는데, 물론 집에서(나는 증조할아버지를 알지 못했지만 사람들은 그에 관해 많은 얘기를 했다.) 나는 그의 인색함이 대단하지 않았나 의심하고 있었다.(분홍빛 드레스를 입은 여인의 친구이자 모렐 아버지의 주인이었던 내 작은할아버지의 조금은 지나치게 사치스러운 관대함과는 반대였다.) "당신의 조부모께서 그렇게 멋진 관리인을 두셨다니, 당신 집안에 다양한 사람이 있었다는 증거군요. 당신의 증조할아버님은 얼마나 인색한 분이었던지, 말년에 거의 노망이 들어서는 — 우리끼리 얘기지만 그분은 늘 총기가 없었어요. 당신 덕분에 그들 모두가 구제되는군요. — 합승 마차를 타는 데 세 푼을 쓰는 것도 용납하지 못했답니다. 그래서 누군가가 그의 뒤를 쫓아가서 따로 차장에게 돈을 내고, 구두쇠 영감에게는 그의 친구이자 장관인 페르시니** 씨께서 부탁해서 공짜로 합승 마차에 타도록 허가해 주었다고 믿게 해야 했어요. 더욱이 '우리' 모렐의 아버지가 그렇게 훌륭한 분이셨다니 대만족이에요. 고등학교 교사였는 줄 알았는데 괜찮

* '의 일원이다', '같은 부류이다', '에 속하다' 또는 '공통된 성격이나 특징을 가지다'를 의미하는 en être, être de la confrérie는 『소돔』에서 후렴구처럼 되풀이된다.

** Jean Gilbert Victor Fialin, duc de Persigny(1808~1872). 나폴레옹주의자로 내무부 장관과 영국 대사를 지냈다.

아요. 제가 잘못 이해했어요. 그건 별로 중요하지 않아요. 여기서는 각자의 고유한 가치와 개인적 기여도, 즉 내가 '참여'라고 부르는 것만 인정하죠. 예술적 재능만 있다면, 한마디로 우리와 같은 부류이기만 하면 나머지는 문제가 안 돼요." 모렐이 그들의 일원이 된 것은 — 내가 들은 바에 한하면 — 여자와 남자를 둘 다 사랑하여 한쪽 성에서 받은 경험의 도움으로 다른 쪽 성을 기쁘게 해 준 덕분이었는데, 이 사연은 나중에 알게 될 것이다. 그러나 여기서 말해야 할 중요한 점은, 내가 베르뒤랭 부인에게 중재 역할을 하겠다고 약속하고, 특히 내가 그 일을 실행해서 더 이상 뒤로 돌아갈 수 없게 되자, 나에 대한 모렐의 존경심이 그 즉시 마술처럼 날아가 버렸고, 공손한 화법도 사라졌으며, 얼마 동안은 나를 경멸하는 것처럼 보이려고 애쓰면서 나를 피하기까지 했으며, 그리하여 베르뒤랭 부인이 내게 뭔가를 그에게 말해 달라거나, 어떤 곡을 연주해 달라고 부탁하여, 내가 그 옆으로 가기만 해도 그는 여느 손님과 계속 얘기하다가 다른 손님에게로 가면서 자리를 이동했다는 것이다. 말을 걸 때도 세 번이나 네 번은 말을 해야 했고, 그런 후에야 그는 매우 어색한 표정으로 짧게 대답했다. 적어도 우리 둘이 있지 않을 때는 그러했다. 우리 둘만 있을 때면 그는 외향적이고 다정했는데, 그의 성격에는 매력적인 부분이 있었기 때문이다. 그럼에도 나는 그 첫날 저녁 그의 성품이 비열하며, 필요하다면 어떤 비굴한 짓도 마다하지 않고 감사할 줄도 모르는 사람이라 결론 내렸다. 이런 점에서 그는 대다수의 사람들과 비슷했다. 그러나 나는 어딘가 할머니와 닮은 데가 조금 있어서 인간에 대해 어떤 기대나 원망도 없이 그 다양성을 좋아했으므로, 그의 비열함을 망각하고는 그가 명랑한 모습으로 나타나면 기뻐했고, 그도 나에 대해 진지한 우정을 갖고 있다고 믿기까지 했다. 이는 그가 인간 본성에 관한 자신의 그릇된 인식을 훑어보고 나서, 나의 상냥함이 비타산적이며, 나의 관대함이 통찰력의 부족이 아닌 자신이 선함이라고 부르는 것에서 왔음을 깨달았기 때문으로(이따금씩 그에게는 원래의 맹목적인 야만성으로 돌아가는 이상한 습성이 있었다.), 특히 나는 그의 예술성, 비록 감탄할 만한 기교에 지나지 않았으나(그는 지적인 의미에서의 진정한 음악가는 아니었다.)* 그토록 많은 아름다운 음악을 다시 들려주거나 알게 해 준 예술성에 매혹되었다. 게다가 매니저 샤를뤼스 씨가(나는 그가 이 방면에 재능이 있다는 걸 알지 못했지만, 지금과는 아주 다른 젊은 시절의 샤를뤼스 씨를 알고 있던 게르망트 부인은 그가 그녀에게 소나타를 작곡해 주고 부채에 그림도 그려 주었다고 주장했다.) 자신의 진정한 탁월함에 관해서는 겸손했지만, 모렐의 기교를 다양한 예술적 의미로 활용하는 데는 탁월한 재능을 발휘하여 이를 열 배로 확대시켰다. 단순히 기교만 능란한 러시아 발레단의 어느 무용수가 디아길레프 씨에게서 훈련받고 교육을 받으면서 모든 방향에서 발전해 가는 모습을 상상해 보라.

모렐이 부탁한 메시지를 베르뒤랭 부인에게 전하고, 샤를

* 음악가가 작곡하는 사람과 연주하는 사람으로 나뉜다면, 모렐은 다른 무엇보다도 연주자라는 의미이다.

뤼스 씨와 함께 생루의 얘기를 하고 있을 때, 코타르가 살롱에 들어와서 마치 불이라도 난 듯 캉브르메르 사람들의 도착을 알렸다. 베르뒤랭 부인은 샤를뤼스 씨(코타르가 만난 적이 없는)와 나 같은 신참 앞에서 캉브르메르 사람들의 도착에 지나치게 중요성을 부여하고 싶지 않았는지 꼼짝하지 않고, 이런 소식의 통지에 응답하지도 않으면서 우아하게 부채를 흔들며 프랑스 국립 극장에서 후작 부인이 쓰는 것과 같은 꾸민 어조로 의사에게 “남작께서 마침 말씀하시기를……”이라는 말만 했다. 코타르에게는 감당하기 어려운 말이었다! 연구와 높은 위치로 말투가 느려져서 예전보다는 덜 격했지만, 그래도 베르뒤랭 집에서 되찾은 흥분된 어조로, 그는 “남작요? 남작이 어디에? 남작이 어디 있죠?”라고 거의 불신에 가까운 놀란 눈길로 남작을 찾으면서 외쳤다. 배르뒤랭 부인은 하인이 손님들 앞에서 값비싼 유리잔을 깨뜨렸을 때 여주인이 보이는 그런 무관심한 척하는 태도와, 또 콩세르바투아르에서 일등상을 받은 자가 뒤마 피스의 연극을 연기하면서 내는 가성의 높은 억양으로 모렐의 후원자를 부채로 가리키면서 대답했다. “그럼, 샤를뤼스 남작님께…… 코타르 교수님의 이름을 알려드릴게요.” 게다가 베르뒤랭 부인은 귀부인 연기를 할 기회를 얻은 걸 그리 싫어하지 않았다. 샤를뤼스 씨가 두 손가락을 내밀자, 코타르는 ‘과학의 왕자님’답게 관대한 미소를 지으면서 손가락을 꽉 붙잡았다. 그러나 캉브르메르네 사람들이 들어오는 것을 보고는 갑자기 멈췄다. 한편 샤를뤼스 씨는 내게 한마디 하려고 독일식 예법인지 내 근육을 만지면서 구석으로 데려갔다. 캉브르메르 씨는 나이 든 후작 부인과 전혀 닮은 데가 없었다. 그는 노후작 부인이 다정하게 말했듯이 '완전히 아버지 쪽'이었다. 부친에 대한 얘기만을 듣고, 혹은 활기차고 적절하게 표현된 부친의 편지만을 읽고 자란 사람으로서 그의 용모는 놀라웠다. 물론 사람들은 익숙해지기 마련이다. 코는 우리가 얼굴에 그려 넣을 생각을 하는 수많은 선들 가운데서 유일하게 비스듬한 선을 택했는지 입 위에 비뚤어지게 놓여 있었으며, 이 선은 옆에 놓인 사과처럼 붉은 노르망디 사람의 안색으로 더욱 두드러져 보이는 그런 천박한 어리석음을 표시했다. 캉브르메르 씨의 눈은 어느 햇빛 비치는 화창한 날씨의 그토록 부드러운 코탕탱* 하늘을, 산책자가 길가에 멈춰 포플러 나무의 그림자를 백 개씩 세면서 바라보며 즐거워하는 하늘을 눈꺼풀 안에 간직하고 있을지는 모르지만, 눈곱이 껴 보기 싫게 처진 무거운 눈꺼풀은 지성의 빛이 스쳐 가는 것을 방해했다. 그리하여 그의 가느다란 푸른 눈길에 실망한 사람들은 비뚤어진 큰 코 쪽으로 시선을 옮겼다. 캉브르메르 씨는 감각 전환에 의해 코로 당신을 보았다. 캉브르메르 씨의 코는 추하지 않고 오히려 지나치게 잘생기고 커서, 그 중요성에 대해 지나치게 자만한다고 할 수 있었다. 휘어지고 광이 나고 번들거리고 새롭게 반짝거리는 코는, 그의 눈길에 부족한 재치를 보충할 준비가 되어 있었다. 불행하게도 눈이 때로 우리

* 예전에 노르망디 반도라고 불리던 곳이다. 북쪽 끝에는 셰르부르가 있으며, 2차 세계 대전 때 연합군의 상륙 작전으로 유명해졌다.

의 지성을 폭로하는 기관이라면, 코는(게다가 우리의 이목구비 사이에 존재하는 내적인 긴밀함과 상호 간에 미치는 그 예기치 못한 파급 효과가 무엇이든 간에) 일반적으로 어리석음이 가장 쉽게 드러나는 기관이다.

캉브르메르 씨가 언제나 아침나절에도 적절하게 입는 어두운 빛깔의 의복이, 모르는 사람들이 해변에서 입는 옷의 도발적 광채에 현혹되면서도 분노하는 이들의 마음을 안심시켜 주었다 해도, 법원장 부인이 알랑송 상류 사회를 당신보다 더 많이 경험한 사람으로서, 통찰력과 위엄을 갖춘 캉브르메르 씨 앞에서 그 즉시, 그가 누구인지 알기도 전에, 이미 그가 명문가 출신으로 매우 예의 바른 분이며, 발베크의 사람들과는 다른 부류의 존재 앞에, 마침내 호흡할 수 있는 분 옆에 있다는 느낌을 받았다고 선언한 것은 정말로 이해할 수 없는 일이었다. 발베크의 수많은 관광객들로 인해 질식할 것 같았던 부인에게, 그녀의 세계를 전혀 모르는 캉브르메르 씨는 각성제가 든 병과도 같았으리라. 그러나 내 눈에는 이와 반대로 나의 할머니라면 당장에 '매우 나쁜' 사람이라고 여겼을 그런 종류의 사람으로 보였는데, 속물근성이란 걸 이해하지 못하는 할머니께서 그가, 너무도 '훌륭한' 오빠를 가진, 그래서 품위에 관한 한 만족시키기 어려운 르그랑댕 양과의 결혼에 성공했다는 걸 알았다면 틀림없이 놀랐을 것이다. 할머니는 기껏해야 캉브르메르 씨의 천박한 추함이 어느 정도는 고장 탓이며, 뭔가 아주 오래된 지역적인 것과 연관이 있다고 말했을지도 모른다. 사람들은 그의 잘못된, 그래서 수정해 주고 싶은 이목구비 앞에서 나의 주임 신부가 어원상의 오류를 범했던 작은 도시들을 떠올렸다. 시골 농부들이 그 소도시들을 가리키는 노르만어나 라틴어를 잘못 발음하거나 엉뚱하게 이해해서 성직록 대장에서 이미 발견되는 것과 같은 어법상의 틀린 형태로 고정시켰기 때문인데, 브리쇼라면 오역과 발음상의 악습이라고 칭했을 것이다. 이런 오래된 작은 도시에서의 삶은 그렇지만 쾌적하게 흘러갔고, 캉브르메르 씨에게도 장점은 있었던 모양이다. 노후작 부인이 어머니로서 아들을 며느리보다야 좋아했겠지만, 반면 부인에게는 여러 명의 자식이 있었고 그중 둘은 적어도 재능이 없지 않았지만, 부인은 종종 후작이야말로 집안에서 가장 훌륭한 인물이라고 단언해 왔기 때문이다. 그가 군대에서 보낸 짧은 기간 동안 동료들은 캉브르메르라고 부르는 게 너무 길다고 생각해서 그에게 캉캉*이라는 별명을 붙여 주었는데, 전혀 합당한 별명이 아니었다. 그는 자신이 초대받은 만찬에서 생선이나(썩은 생선이라 할지라도) 앙트레가 나올 때면 "정말로 대단한데요. 아주 근사한 짐승이 놓였네요."라는 말로 만찬 자리를 장식할 줄 알았다. 그리고 아내는 그의 집안에 들어오면서 그런 세계에 속한다고 여겨지는 모든 생활 양식을 받아들였으므로, 남편의 친구들 수준에 자신을 두고, 어쩌면 정부처럼 또 예전에 총각 시절부터 그의 삶에 끼어들었다는 듯이 그의 마음에 들려고 애쓰면서, 장교들에게 그에 관한 얘기를 할 때면 거리낌 없는 태도로 "곧 캉캉을 보게 될 거예요.

* 험담이나 악의적인 수다, 혹은 오리가 꽥꽥거리는 것을 가리킨다.

발베크에 갔는데 저녁 안으로 돌아올 거예요."라고 말하곤 했다. 그녀는 오늘 저녁 베르뒤랭네 살롱에 오면서 그들의 평판을 위태롭게 한 데 대해 매우 분노했고, 단지 성관 임대를 위해서라는 시어머니와 남편의 간청에 따라 어쩔 수 없이 왔던 것이다. 그러나 시어머니나 남편보다 교육을 잘 받고 자라지 못한 그녀는, 그 동기를 숨기지 않고 이 주 전부터 친구들과 더불어 이 만찬에 대해 악의적인 농담을 늘어놓았다. "우리가 임차인 집에서 저녁 식사를 한다는 걸 아세요. 그 사실만으로도 집세를 충분히 올릴 만하잖아요. 우리의 가련한 그 오래된 라 라스플리에르를(마치 그녀가 거기서 태어나 자신의 온갖 추억을 되찾기라도 한다는 듯이) 그들이 어떻게 만들었는지 알고 싶은 호기심도 있고요. 어제만 해도 우리의 나이 든 경비원이 아무것도 알아볼 수가 없다고 말하더군요. 그 안에서 무슨 일이 일어나는지는 감히 생각도 못하겠네요. 우리가 다시 그곳에 거주하려면 그 전에 모든 걸 소독하는 편이 나을 거예요." 하고 그녀는 전쟁으로 인해 성이 적에게 점령되었지만, 그래도 자기 집에 있다고 느껴져 정복자들에게 그들이 침입자임을 보여 주기를 열망하는 귀부인의 거만하고도 우울한 표정을 지으며 다가왔다. 캉브르메르 부인은 처음에 나를 보지 못했는데, 내가 샤를뤼스 씨와 함께 창문 옆쪽의 트인 공간에 있었기 때문이다. 샤를뤼스 씨는 모렐에게서 그의 아버지가 내 집안에서 '관리인'이었다는 말을 들었다면서, 내 지성과 관대함(그와 스완의 공통된 어휘인)을 충분히 신뢰하며, 내가 아닌 어리석고 천박한 젊은이였다면(나도 그런 사람이라는 경고를 받은 셈이었다.)

관리인을 하찮게 생각할지도 모르는 손님들에게 상세한 이야기를 하면서 아마도 비열하고도 쩨쩨한 기쁨을 맛보았을 테지만, 나는 결코 그런 짓은 하지 않으리라 생각한다고 말했다. "내가 그에게 관심을 가지고 보호의 손길을 뻗기만 해도 그는 뭔가 탁월함을 부여받아 과거를 지워 버린다네." 하고 남작은 결론을 내렸다. 나는 그의 말을 들으면서, 또 내가 지적이고 관대하게 보이리라는 기대 없이도 침묵을 지킬 셈이었다고 약속하면서, 캉브르메르 부인을 바라보았다. 나는 다른 날 발베크의 테라스에서 간식 시간에 내 곁에서 노르망디의 갈레트*를 먹으며 맛보았던 그런 달콤하게 녹아드는 모습은 거의 알아보지 못하고, 신도들이 이로 깨물려고 해 봐야 깨물지 못하는 조약돌처럼 단단해진 모습만을 보고 있었다. 남편이 자기 어머니로부터 물려받은 지나치게 순진한 태도 탓에 신도들에게 소개를 받으면 틀림없이 황송해하는 태도를 취할 거라고 생각하여 미리 화가 난 그녀는, 그렇지만 사교계 여인으로서의 맡은 소임을 다하기 위해, 누군가가 브리쇼의 이름을 말하자 자기보다 우아한 친구들이 하던 대로 남편을 브리쇼에게 소개하고 싶어 했다. 그러나 분노 혹은 오만이 처세술을 과시하고 싶은 욕구를 압도했고, 그래서 그녀는 "남편을 소개하는 걸 허락해 주세요."라고 말해야 하는데도 "남편을 소개하죠."라고 말하면서 집안사람들의 반대에도 불구하고 캉브르메르네의 깃발을 높이 쳐들었는데, 후작이 그녀가 예상한 대로 브리쇼 앞에

* 디저트나 간식으로 먹는 얇팍한 팬케이크 형태의 과자.

서 고개를 낮게 숙이며 인사했기 때문이다. 그러나 캉브르메르 부인의 이런 기분도, 안면이 있는 샤를뤼스 씨를 보자 돌변했다. 그녀가 스완과 관계를 맺었던 시절에도 그녀는 결코 샤를뤼스 씨의 소개를 받는 데 성공하지 못했다. 왜냐하면 샤를뤼스 씨는 언제나 여성 편을 들었으므로, 게르망트 씨의 정부들에 대해서는 형수의 편을, 스완의 새 애인들에 대해서는 아직 결혼 전이었지만 스완의 오랜 관계인 오데트 편을 들면서, 도덕의 엄격한 수호자이자 가정의 충실한 보호자로서 결코 캉브르메르 부인을 소개받지 않겠다는 약속을 오데트에게 하고, 또 실행해 왔기 때문이다. 물론 캉브르메르 부인은 이 접근 불가능한 남자를 마침내 베르뒤랭 집에서 만나리라고는 꿈에도 생각하지 못했다. 캉브르메르 씨는 그것이 아내에게 큰 기쁨임을 알고 스스로 감동해서는, '여기 오기로 결심한 것에 만족하지 않소?'라고 말하는 듯한 표정으로 아내를 바라보았다. 게다가 그는 자신이 탁월한 여자와 결혼했음을 알았으므로 입을 여는 일이 매우 드물었다. 그는 끊임없이 "나야 자격이 없는 사람인지라."라고 말했으며, 또 기꺼이 라퐁텐과 플로리앙의 우화를 인용했다.* 그 우화는 그의 무지에 들어맞고, 또 한편으로는 거만하게 아첨을 떠는 형태로 조키 클럽에 속하지 않

* 캉브르메르 씨가 가리키는 우화는 라퐁텐의 「사람과 뱀」과 「낙타와 물 위에 떠다니는 막대기」(204쪽 참조.)이다. 플로리앙(Jean-Pierre Claris de Florian, 1755~1794) 역시 우화 작가로 뒤에서 「아레오파고스 법정에 선 개구리」가 그의 작품이라고 서술되지만(132쪽), 이 우화는 플로리앙이나 라퐁텐에게서 발견되지 않는다고 지적된다.(「소돔」, 플레이아드 III, 1517쪽 참조.)

는 학자들에게 사냥을 하면서도 우화를 읽을 수 있다는 걸 보여 주는 듯했기 때문이다. 불행하게도 그는 이 두 개의 우화 외에 다른 것은 알지 못했다. 그래서 그 우화들을 자주 언급했다. 캉브르메르 부인은 바보가 아니었지만 사람들을 짜증 나게 하는 버릇을 여럿 가지고 있었다. 이름을 변형하는 것도 귀족의 경멸하는 태도와는 절대적으로 무관했다. 그녀는 게르망트 공작 부인(그녀의 출생으로 미루어 캉브르메르 부인보다는 그 우스꽝스러운 짓으로부터 훨씬 안전한 지대에 있는)처럼 쥘리앵 드 몽샤토 같은 우아하지 못한 이름을(지금은 가장 접근하기 힘든 여인 중 하나를 가리키는 이름이 되었지만) 알지 못하는 척하려고 "그 키 작은…… 피코 델라 미란돌라 부인"이라고 말하는 사람은 아니었다.* 아니 캉브르메르 부인이 이름을 틀리게 인용하는 것은, 뭔가 관대한 마음에서 아는 척하지 않기 위해서였으며, 그렇지만 솔직하게 그걸 인정할 때에는 그 이름을 약간 고쳐 부름으로써 안다는 것을 감춘다고 생각했기 때문이다. 이를테면 그녀가 한 여인을 변호할 때면, 그녀는 진실을 말해 달라고 간청하는 사람에게 거짓말을 하지 않으려고 애쓰면서도, 모모 부인이 현재 실뱅 레비 씨의 정부임을 숨기려고 이렇게 말했다. "아뇨, 전 정말 그분에 대해 아무것도 몰라요 어떤 신사에게 열정을 불어넣었다고 비난하는 모양인데, 저는 그분 이름을 알지 못해요. 칸인지 콘인지 쿤 같은 것이었는데. 어쨌든

* 쥘리앵 드 몽샤토가 아닌 프랑수아 드 보샤토(François de Beauchâteau, 1645년 태생)로 르네상스 시대의 피코 델라 미란돌라(Pico della Mirandola)처럼 프랑스의 천재 소년으로 알려진 인물이다.

그분은 이미 오래전에 죽었고 그 두 사람 사이에는 아무 일도 없었어요." 이런 방식은 거짓말쟁이와 유사한—또 정반대되는—것으로, 거짓말쟁이는 애인이나 친구에게도 자기가 한 행동을 왜곡하면서 얘기하는데, 자기가 말하는 문장이(칸이나 콘 혹은 쿤과 마찬가지로) 가필된 것이며, 그들의 대화를 구성하는 문장과는 종류가 다른, 뭔가 비밀을 위한 이중의 바닥을 가진 문장임을 상대가 금방 알아차리지 못하리라고 상상한다.

베르뒤랭 부인이 남편의 귀에 대고 질문했다. "샤를뤼스 남작에게 팔을 내밀어야 할까요? 당신 오른편에는 캉브르메르 부인이 앉을 테니 예절의 균형을 잡기 위해 그렇게 해야 하지 않을까요?" "아니오." 하고 베르뒤랭 씨가 말했다. "한쪽 계급이 더 높으니(캉브르메르 씨가 후작이라는 의미였다.) 샤를뤼스 씨는 어쨌든 그보다 아래요." "그럼 남작을 대공 부인 옆에 앉힐게요." 베르뒤랭 부인은 샤를뤼스 씨에게 셰르바토프 부인을 소개했다. 그들은 둘 다 아무 말 없이 인사했으며, 서로에 대해 잘 알고 있어서 비밀을 지키려고 약속하는 듯 보였다. 베르뒤랭 씨는 캉브르메르 부인에게 나를 소개했다. 캉브르메르 씨가 살짝 더듬거리는 큰 목소리로 말하기도 전에, 그 큰 키와 붉은 얼굴이 그의 흔들리는 몸의 움직임을 통해, 우리를 안심시키기 위해 말하는 어느 우두머리의 군인다운 망설임을 드러내 보였다. "누군가가 제게 말하더군요. 조치하도록 하겠습니다. 처벌받는 걸 면하게 해 드리죠. 우리는 유혈을 좋아하는 사람이 아니니까요. 모든 게 잘될 겁니다." 그러고는 내 손을 잡으면서 "저의 어머니를 아신다고 믿습니다만."이라고 말했다. '믿다'라는 동사가 첫 번째 소개의 신중함에 적합하며, 전혀 의혹 같은 것은 표현하지 않는다고 생각했던 모양이다. 왜냐하면 그가 "그렇지 않아도 어머님이 당신에게 보내는 편지를 갖고 왔습니다."라고 덧붙였으니 말이다. 캉브르메르 씨는 솔직히 자신이 오랫동안 살았던 곳을 보게 되어 마음이 흐뭇했다. "저 자신을 되찾은 듯합니다." 하고 그는 베르뒤랭 부인에게 말하면서 문 위의 벽에 걸린 꽃 그림과, 높은 받침대 위에 놓인 대리석 흉상을 경탄의 시선으로 바라보았다. 그렇지만 그곳이 낯설게 느껴지기도 했는데, 베르뒤랭 부인이 자기 소유의 아름다운 옛 물건들을 많이 가져왔기 때문이다. 이런 관점에서 본다면, 캉브르메르 사람들의 눈에 모든 것을 송두리째 뒤집어엎은 것처럼 보이는 베르뒤랭 부인은 혁명적인 사람이 아니었으며, 그들로서는 이해할 수 없는 의미에서 지적으로 보수적인 사람이었다. 베르뒤랭 부인이 오래된 집을 싫어하며, 또 자기들의 화려한 플러시 천 대신 단순한 천으로 그 집을 망쳐 놓았다고 말하는 것은 잘못된 비난이었다. 이는 마치 어느 무식한 사제가 폐품으로 내다 버린 — 생쉴피스 광장의 가게에서 산 장식품으로 바꾸는 게 더 적절하다고 여겨 — 낡은 목제 조각품을 제자리에 다시 갖다 놓았다고 해서 교구의 건축가를 비난하는 것과도 같다.* 캉브르메르 사람들뿐만 아니라 정원사의 자랑거리였던 성관 앞 화단은 이제 채소와 꽃을 가꾸는 작은 텃밭으로 바뀌기 시작했다. 캉브르메

* 파리 6구의 생쉴피스 성당 근처에는 교회 성물을 파는 가게가 많다.

르 사람들을 유일한 주인으로 간주하고, 베르뒤랭의 속박 아래서 침입자와 난폭한 군부대에 의해 일시적으로 땅을 점령당하여 신음하던 정원사는 소유권을 박탈당한 집주인에게 몰래 하소연하러 갔는데, 그는 자신의 남양 삼나무와 베고니아, 돌나무과 식물과 겹꽃 달리아는 무시당하고, 그토록 호사스러운 저택에 감히 카밀레와 섬공작고사리* 같은 평범한 꽃을 키운다는 사실에 몹시 분개했다. 베르뒤랭 부인은 이런 무언의 저항을 의식했고, 그래서 라 라스플리에르를 장기 임대하거나 매입할 경우, 이전 소유자가 지극히 중시하는 정원사를 해고하겠다는 조건을 제시하기로 결심했다. 정원사는 어려운 시기에도 거의 무료로 이전 소유자를 위해 일했으며 또 공경했다. 그러나 가장 심오한 도덕적인 멸시가 가장 정열적인 존경심을 둘러싸며, 또 이런 존경심이 그 차례로 아주 오래된 지워지지 않는 원한과 뒤섞여서 서민들에게 나타나는 그 이상한 분리 현상 때문에, 그는 자주 캉브르메르 부인이 동쪽 지방에 갖고 있던 성관이 1870년 기습적으로 침략을 받아 한 달 동안 독일군과의 접촉을 견뎌야 했다고 말하고 다녔다. "사람들이 후작 마님을 비난했던 건, 전쟁 때 마님이 프러시아 군대 편을 들어 그들을 저택에 묵게 했기 때문이죠. 다른 때라면 저도 이해했을 겁니다. 하지만 전쟁 중에는 그렇게 해서 안 되는데, 적절치 못했어요." 그리하여 그는 죽을 때까지 마님에게

* 바위틈에서 자라는 고사리과의 식물로 프랑스어로는 비너스의 머리털이라 불리기도 한다.

충실하고 그 선한 마음을 존경했지만, 그러면서도 동시에 마님이 반역죄를 지었다는 소문을 퍼뜨리고 다녔다. 베르뒤랭 부인은 캉브르메르 씨가 라 라스플리에르를 알아보겠다는 주장에 기분이 상했다. "그래도 뭔가 변한 게 있다는 건 알아보시겠죠." 하고 그녀가 대답했다. "우선 바르브디엔*이 청동으로 제작한 그 커다란 악마상과 플러시 천을 씌운 끔찍한 의자들은 서둘러 창고로 보냈어요. 그곳도 그것들에겐 과분한 장소지만요." 그녀는 캉브르메르 씨에게 이렇게 신랄한 반격을 한 후 식탁에 가기 위해 팔을 내밀었다. 그는 "그래도 샤를뤼스 씨보다 먼저 갈 수는 없지."라고 말하면서 잠시 망설였다. 그러나 샤를뤼스 씨의 자리가 상석이 아닌 걸 보고 집안의 오래된 친구라고 여기면서 자신에게 내민 팔을 붙잡기로 결심했는데, 그는 베르뒤랭 부인에게 이 세나클(그는 작은 동아리를 그렇게 불렀는데 이 단어를 안다는 만족감에 미소를 지었다.)에 들이오게 되어 무척 자랑스럽다고 말했다. 샤를뤼스 씨 옆에 앉은 코타르는 코안경 아래로 그를 바라보면서 그와 사귀고 냉랭함을 떨쳐 버리기 위해 이전보다 더 끈질기며, 또 어떤 수줍음으로도 중단되지 않는 눈짓을 보냈다. 그의 매력적인 눈길은 그 눈짓에 담긴 미소로 불어나더니 코안경의 렌즈 안에 더 이상 포함되지 못하고 모든 쪽으로 넘쳐 났다. 자신과 비슷한 사람을 도처에서 쉽게 알아보는 남작은 코타르가 같은 부류

---

* Ferdinand Barbedienne(1810~1892). 고대 조각품의 축소 복제품을 부르주아 살롱 장식용으로 제작하던 전문가였다.

의 사람이며, 그래서 자기에게 눈짓을 하는 거라고 믿어 의심치 않았다. 남작은 즉시 교수에게 그들 마음에 드는 사람들에게 열정적으로 달려드는 만큼이나 좋아하는 사람들은 멸시하는 그런 성도착자의 냉혹함을 드러냈다. 비록 사람들은 저마다 사랑받는 감미로움, 운명에 의해 항상 거부되는 감미로움에 대해서는 거짓말을 하지만, 사랑하지 않는 사람이 사랑하는 것은 견디지 못하는 것처럼 보이는데, 이것은 보편적인 법칙으로 그 영향력은 비단 샤를뤼스 같은 사람에게만 미치는 것이 아니다. 우리를 좋아한다고 말하지 않고 귀찮게 매달린다고 말하는 이런저런 존재나 여인보다는 어떤 여인이라도, 매력이나 즐거움과 재치가 없는 여인이라 할지라도, 우리는 그런 여인과 함께 있는 편을 더 좋아한다. 그 여인이 그런 매력이나 즐거움과 재치를 되찾으려면 우리를 사랑하는 걸 멈춰야 한다. 이런 점에서 마음에 들지 않는 남자가 쫓아다녀 성도착자의 마음속에 유발되는 분노도 이 보편적인 법칙이 희극적 형태로 전환된 것에 지나지 않은 것임을 알 수 있다. 하지만 성도착자에게서 그 분노는 보다 격렬하다. 보통 사람들은 분노를 느끼면서도 숨기려고 하지만, 성도착자는 그것을 야기한 사람에게 그 감정을 가차 없이 전하려 한다. 물론 상대가 여자였다면 그렇게는 하지 않았을 것이다. 샤를뤼스 씨의 경우 게르망트 부인에 대해서는 그녀의 열정이 그를 귀찮게 했지만 그래도 자신의 자존심을 충족시켜 주었으므로 그렇게 하지 않았다. 그러나 성도착자들은 다른 남자가 그들에게 특별한 취향을 표시하는 걸 보면, 그때 그것이 그들의 것과 동일한 취향이라는 사실이 이해가 가지 않아서인지, 아니면 자신이 느끼는 동안은 아름답다고 생각되던 취향이 악덕으로 간주된다는 불쾌한 기억이 떠올라서인지, 혹은 그들에게 어떤 고통도 안겨 주지 않는 상황에서는 한마디 강렬한 말로 자신의 명예를 회복하고 싶은 욕망에서인지, 아니면 욕망이 눈을 가려 이 무분별한 짓에서 저 무분별한 짓으로 더 이상 그들을 인도하지 않게 되자 갑자기 정신을 차리고 남이 눈치챌까 봐 두려워서인지, 혹은 다른 사람의 모호한 태도에서 그 사람이 마음에 드는 경우 자신이 상처를 주는 것은 전혀 겁내지 않고 그로부터 상처받을 것만 생각하며 분개해서인지, 그들은 몇십 리 떨어진 길도 젊은이의 뒤를 쫓아가며, 젊은이가 극장에 친구들과 같이 있으면 그로부터 눈도 떼지 않고, 또 그 때문에 친구들과 불화를 일으켜도 전혀 신경 쓰지 않는다. 그들은 자신들의 마음에 들지 않는 타인의 눈길을 느끼기만 해도 이렇게 말한다. "선생, 날 누구로 보시오?(그들을 있는 그대로 보았을 뿐인데.) 난 당신을 이해하지 못하겠소. 아무리 고집을 부려 봐야 소용없소. 잘못 본 거요." 그러다 그들은 따귀까지 때리며 그 무분별한 사람을 아는 누군가 앞에서 분노를 터뜨린다. "저 끔찍한 자를 안다고? 당신을 바라보는 눈길이! ……참 고약한 버릇이야!" 샤를뤼스 씨는 그런 지경까지 가지는 않았으나, 품행이 가볍지 않지만 사람들이 가볍다고 여기는 것 같은 여인들, 아니 실제로 품행이 나쁜 여인들이 짓는 것보다 더 심한, 그런 모욕이라도 받은 듯이 냉담한 표정을 지었다. 게다가 성도착자는 다른 성도착자와 마주하면 자신에 대한 불쾌한 이미지, 단순히 자존심만 상하게 하는 죽어 있는 상태의 이미지만을 보는 것이 아니라, 동일한 방향에서 행동하는 따라서 사랑하는 동안 그를 괴롭히게 될, 살아 있는 상태의 또 다른 자아도 본다. 그러므로 잠재적 경쟁자에 대한 그의 험담은 자기 보존 본능에서 나온 것으로, 그는 경쟁자를 해칠 수 있는 사람들(성도착자 1번은 자신의 일을 캐묻고 다닐 사람들 눈에 성도착자 2번을 괴롭히는 거짓말쟁이로 보여도 전혀 개의치 않는다.)과 더불어, 또는 그가 '유혹했지만' 어쩌면 남에게 빼앗길지도 모르는, 또 같은 일도 자기와 함께 하면 유익하지만 남이 하게 내버려 두면 그의 삶에 불행을 초래할지도 모른다고 설득할 수 없는 젊은이와 더불어 그 험담을 할 것이다. 코타르의 미소를 잘못 이해하고, 어쩌면 코타르의 존재가 모렐에게 야기할지도 모르는 수많은 위험을(다분히 상상적인) 떠올리는 샤를뤼스 씨에게, 마음에 들지 않는 성도착자란 자신의 희화된 모습일 뿐만 아니라, 표적이 되는 경쟁자이기도 했다. 흔치 않은 물건을 파는 장사꾼이 평생을 보내기 위해 정착할 생각으로 지방 도시에 내렸을 때, 자기 가게가 있는 광장의 바로 맞은편에서 동일 업종의 가게를 운영하는 경쟁자를 보면 실망하는데, 마찬가지로 샤를뤼스 씨 같은 부류의 사람들은 자신의 사랑을 숨기려고 조용한 지방에 도착한 바로 그날 외모나 태도로 보아 전혀 의심할 여지가 없는 그곳의 귀족과 이발사를 알아보면 실망한다. 장사꾼은 흔히 경쟁자를 증오한다. 이 증오는 때로 우울증으로 심화되며, 약간의 유전적 요전이 가미될 경우 소도시에서 광기의 초기 증상을 드러내기도 한다. 이 광기는 누군가가 장사꾼에게 그의 '영업권'을 팔고 이주할 결심을 하도록 할 때라야 치유될 것이다. 성도착자의 분노는 이보다 더 고통스럽고 끈질기다. 그는 처음 순간부터 이발사와 귀족이 그의 젊은 동반자를 욕망한다는 걸 알아차린다. 그리하여 하루에도 수백 번 동반자에게 이발사와 귀족이 건달이니 그들과 가까이하면 명예가 실추될 거라고 말하지만 소득을 거두지 못한다. 그는 아르파공*처럼 자신의 보물을 감시해야 하고, 또 누가 그것을 훔쳐 가는지 보려고 밤중에도 일어난다. 그리고 아마도 바로 이것이 욕망이나 일상 습관의 편이보다 더, 우리의 유일한 진정한 체험이라 할 수 있는 자기 체험만큼이나 성도착자에게 재빨리 거의 틀림없는 확실성을 가지고 다른 성도착자를 간파할 수 있게 하는지도 모른다. 한순간 잘못 생각할 수도 있지만 신속한 선견지명이 그를 다시 진실의 길에 데려다 놓는다. 따라서 샤를뤼스 씨의 착각은 오래가지 않았다. 성스러운 분별력이 잠시 후에 코타르가 그와 같은 부류의 사람이 아니며, 그가 코타르의 제안을 그를 위해서나(그를 화나게 할 뿐인) 모렐을 위해(보다 심각하게 생각되는) 그렇게 겁낼 필요가 없음을 알려 주었다. 그는 침착함을 되찾았고 남녀 양성 겸유자인 비너스좌가 통과하는 영향 아래 아직 놓여 있었으므로, 이따금 입을 벌리는 수고를 하지 않고도 베르뒤랭네에게 희미하게 미소를 지으면서 한쪽 입가에만 약간의 주름을 만들었다. 아주 짧은 순간이었지만, 남성다움에 취할

* 몰리에르의 「수전노」(1668)에 나오는 주인공으로 인색한 인물의 전형이다.

때면, 그는 형수인 게르망트 공작 부인과 똑같이 상냥하게 눈길을 반짝거렸다. "사냥을 많이 하시나 봐요?" 하고 베르뒤랭 부인이 멸시하는 어조로 캉브르메르 씨에게 말했다. "스키가 우리에게 대단한 일이 있었다고 말하지 않던가요?" 하고 코타르가 여주인에게 물었다. "주로 샹트피 숲에서 사냥을 하죠." 하고 캉브르메르 씨가 대답했다. "아뇨, 아무 얘기도 하지 않았는데요." 하고 스키가 말했다. "숲이 그렇게 불릴 만하던 가요?" 하고 브리쇼가 나를 곁눈질한 후 캉브메르 씨에게 물었다. 내게 어원학에 대해 얘기해 줄 테니 대신 캉브르메르 사람들에게는 콩브레 주임 신부의 어원학을 자신이 경멸한다는 얘기는 하지 말아 달라고 부탁했었기 때문이다. "아마도 제가 잘 이해하지 못하는 모양입니다만, 질문의 의미를 잘 모르겠는데요."라고 캉브르메르 씨가 말했다. "제 말은 그 숲에서 까치가 많이 노래하냐는 거죠."* 하고 브리쇼가 대답했다. 그동안 코타르는 베르뒤랭 부인이 그들이 기차를 놓칠 뻔한 얘기를 알지 못한다는 사실에 괴로워하고 있었다. "그럼 당신의 모험담을 얘기해 보세요." 하고 코타르 부인은 남편을 격려하려고 말했다. "사실 기차는 보통 때처럼 떠났죠." 하고 의사는 얘기를 다시 시작했다. "기차가 역에 있는 걸 보았을 때 깜짝 놀랐어요. 모든 게 스키의 잘못이었죠. 여보게, 자네 정보는 오히려 엉뚱하다니까. 게다가 브리쇼는 우리를 역에서

* 샹트피(Chantepie)가 '까치'를 뜻하는 pie와 '노래하다'를 뜻하는 chante의 합성어란 의미이다.

기다리고 있었고!" "난 자네가," 하고 대학교수는 그의 눈에 남은 빛을 주위에 던지면서 얇은 입술에 미소를 머금었다. "그랭쿠르에서 지체한 이유가 어느 소요학파의 여인*을 만난 때문이라고 생각했는데." "그 입 다물겠나? 내 아내가 자네 말을 듣기라도 하면!" 하고 교수가 외쳤다. "내 아내인 그가 질투해서."** "아! 브리쇼, 자네 여전하군." 하고 브리쇼의 외설적인 농담에 습관적인 쾌활함이 깨어난 스키가 소리쳤다. 그러나 사실을 말하자면 대학교수가 호색한인지 어떤지는 알지 못했다. 그래서 이런 관용적인 표현에 으레 따르기 마련인 몸짓을 덧붙이려고 브리쇼의 다리를 꼬집고 싶어 죽겠다는 시늉을 했다. "저렇게 호탕한 분은 변하지 않는 법이죠." 하고 스키가 말을 이었는데, 대학교수의 반실명 상태가 이 말에 조금은 서글프고 희극적인 의미를 부여한다는 것은 생각하지 못하고 "언제나 여자에게 관심이 있으시니까."라는 말을 덧붙였다. "학자를 만난다는 게 바로 이런 거군요. 샹트피 숲에서 사냥한 지도 십오 년이나 되었지만 한 번도 그 이름의 의미를 깊이 생각해 본 적이 없었거든요." 캉브르메르 부인은 남편에게 준엄한 시선을 던졌다. 남편이 이렇게 브리쇼 앞에서 굴종

---

* 아리스토텔레스가 제자들과 더불어 페리파토스 산책길에서 강의하면서 대화를 나눈 데서 유래한 소요학파는 은어로 거리에서 배회하는 창녀를 가리키기도 한다.

** 당시에는 외국인 흉내를 내는 화법이 유행했는데, "내 아내인 그가 질투해서"라고 옮긴 ma femme à moâ, il est jalouse에서 moâ는 moi의 영국식 발음이며, il은 이 아내가 여성이 아닌 남성임을 풍자하고 있다.

하는 걸 원치 않았던 모양이다. 그녀는 캉캉이 사용하는 '판에 박힌' 표현마다 코타르가 열심히 공부한 덕분에 장점과 단점을 다 알고 있어서 그 말이 아무 의미도 없다는 걸 후작에게 증명해 보였고, 그래서 후작이 어쩔 수 없이 자신의 어리석음을 인정하는 상황이 몹시 불만스러웠다. "왜 양배추처럼 어리석다고 하죠? 양배추가 다른 것보다 더 어리석다고 생각하세요? 서른여섯 번이나 같은 말을 되풀이한다고 하는데 왜 하필이면 서른여섯 번이죠? 왜 말뚝처럼 잔다고 하죠? 왜 브레스트의 천둥이라고 하죠? 왜 400발을 쏜다고 하죠?"* 하지만 브리쇼가 캉브르메르 씨의 변호를 담당하여 각 관용어의 기원을 설명해 주었다. 하지만 캉브르메르 부인은 특히 베르뒤랭네 사람들이 라 라스플리에르에 가져온 변화를 살펴보는 데 몰두했는데, 그중 몇 개는 비판하고, 또 다른 것은, 어쩌면 똑같은 것을 페테른에 수입하기 위해서였다. "이 샹들리에는 왜 이렇게 전부 삐뚤어졌는지 궁금해요. 저의 오래된 라 라스플리에르를 알아보기가 힘들군요." 하고 그녀는 마치 하인 얘기를 하면서 그의 나이를 말하기보다는 차라리 그가 태어난 걸 보았다고 우기는, 그런 귀족적인 친숙한 어조로 덧붙였다. 그런데 그녀의 언어는 조금은 책에서 빌린 듯한 냄새를 풍겼는

* "양배추처럼 어리석다"는 '이해시키기 쉽다'라는 의미이며, "서른여섯 번이나 되풀이하다"는 '수없이 되풀이한다'라는 의미이며, "말뚝처럼 잔다"는 '정신없이 잔다'라는 의미이며, "브레스트의 천둥"은 '빌어먹을!'이라는 뜻으로 선원들이 주로 하는 욕설이다. "400발을 쏘다"는 '방탕한 생활을 한다'라는 의미의 관용어이다.

데, "그래도" 하고 그녀는 낮은 소리로 덧붙였다. "만약 제가 남의 집에 산다면, 이렇게 모든 걸 바꾼 것을 조금은 수치스럽게 생각했을 거예요." "저분들과 같이 오시지 못한 게 유감이군요." 하고 베르뒤랭 부인은 샤를뤼스 씨를 "다시 만나기를," 또 모두들 같은 기차로 도착하는 규칙을 준수해 주기를 기대하면서 샤를뤼스 씨와 모렐에게 말했다. "정말 샹트피가 '노래하는 까치'라는 의미인가요, 쇼쇼트*?" 하고 그녀는 탁월한 안주인으로서, 동시에 자신이 모든 대화에 참여한다는 걸 보여 주려고 덧붙였다. "저 바이올리니스트에 대해 조금 말해주세요." 하고 캉브르메르 부인이 내게 말했다. "저분이 제 관심을 끄네요. 음악을 좋아하거든요. 저분 얘기를 들은 것 같아서요. 알려 주세요." 그녀는 모렐이 사를뤼스 씨와 함께 왔다는 말을 듣고, 모렐을 자기 집에 오게 함으로써 샤를뤼스 씨와 친분을 맺고 싶었다. 그렇지만 그녀는 내가 그 이유를 짐작하지 못하도록 "브리쇼 씨도 제 관심을 끌고요."라고 덧붙였다. 그녀의 교양은 매우 높은 수준이었지만, 몇몇 살찌는 체질의 사람들이 거의 먹지도 않고 하루 종일 걸어도 계속해서 눈에 띄게 살이 찌는 것처럼, 캉브르메르 부인은 특히 페테른에서 점점 더 비의적인 철학과 난해한 음악을 깊이 연구했지만 아무 소용이 없었다. 이런 연구를 끝내자마자 젊은 시절에 교제하던 부르주아 친구들과의 우정을 '단절하고,' 처음에는 그의 시댁 사회에 속한다고 믿었으나 나중에는 시댁보다 더

* 브리쇼의 애칭이다.

높고 더 멀리 있는 것을 알게 된 사회와 관계를 맺게 해 줄 음모를 꾸몄기 때문이다. 그녀가 보기에 충분히 현대적이지 못한 철학자 라이프니츠는 지성에서 마음으로 가는 여정이 오래 걸린다고 말했다.* 이 여정을 캉브르메르 부인은 그녀의 오빠보다 더 낫게 편력할 힘이 없었다. 그래서 그저 라슐리에의 책을 읽기 위해 스튜어트 밀의 독서를 중단했으며,** 또 점점 더 외적 세계의 현실을 믿지 않게 됨에 따라 죽기 전에 좋은 지위를 만들기 위해 더 열심히 노력했다. 사실주의 예술에 심취한 그녀의 눈에, 화가나 작가의 모델로 쓰일 수 없을 만큼 비천해 보이는 대상은 없었다. 사교계를 그린 그림이나 소설은 그녀에게 혐오감을 주었을 것이다. 톨스토이의 소설에 나오는 무지크나 밀레가 그린 농부가, 사회적인 최종 허용치였으므로 예술가는 그 한계를 넘어서면 안 되었다.*** 그러나 자신의 교우 관계를 제한하는 한계를 넘어서서 공작 부인들과의 교제라는 경지까지 올라가는 것이 그녀가 기울이는 모든 노

---

* 라이프니츠의 『변신론』(1710) 3부에 나오는 말이다.

** John Stuart Mill(1806~1873). 귀납적 탐구의 서술로 유명한 영국의 철학자이다. 지각한 대로의 외적 세계의 현실을 주장한 그는 프랑스에서는 극단적 경험론자로 간주되었다. 이런 스튜어트 밀에 프루스트는 당시 프랑스에서 상당한 영향을 끼쳤던 쥘 라슐리에(Jules Lachelier, 1832~1918)를 대립시키고 있는데, 그는 『귀납법의 원리』(1871)에서 귀납법이란 우리의 우연적인 유한한 경험으로부터 외적 세계를 지배하는 객관적 질서의 필요성으로 넘어가는 과정이라고 정의했다.(『소돔』, 폴리오, 596쪽 참조.)

*** 무지크는 러시아 말로 '농민'을 뜻하며, 톨스토이가 자신의 영지에서 농민을 대상으로 계몽 활동을 벌였던 것을 환기한다. 또 잘 알려져 있듯이 밀레는 일하는 농부의 그림을 많이 그린 것으로 유명하다.

력의 목표였으므로, 걸작 연구라는 방법을 통해 그녀가 받은 정신적 치료도 마음속에서 자라는 그 타고난 병적인 속물근성에는 아무런 효과를 발휘하지 못했다. 속물근성은 그녀가 젊은 시절에 보였던 인색함과 간통에 대한 어떤 성향마저 고쳐 주기에 이르렀는데, 이 점에서 그것은 하나의 병에 걸리면 나머지 다른 병은 면역시켜 주는 듯 보이는 그런 특이하고도 지속적인 병적 상태와도 흡사했다. 게다가 나는 그녀가 얘기하는 걸 들으면서 조금도 즐거움을 느끼지 못했지만 그 세련된 표현만은 인정하지 않을 수 없었다. 그것은 어느 주어진 시대에 동일한 지적 능력을 가진 모든 사람들에게 공통된 표현들이었으며, 그리하여 그 세련된 표현은 원의 호(弧) 모양으로 즉시 온 둘레를 그리며 한정하는 방법을 제공한다. 따라서 이런 표현들은, 그걸 쓰는 사람들이 이미 내가 알고 지내는 사람들처럼 금방 나를 권태롭게 했지만 또한 탁월한 사람으로 통하는 것처럼, 내게는 자주 유쾌하지만 달갑지 않은 이웃의 형태로 제시되었다. "부인께서는 많은 삼림 지대가 그곳에 번식하는 동물들 이름에서 취한 것임을 모르지 않겠죠. 샹트피 숲 옆에는 샹트렌(Chantereine)이란 숲이 있습니다." "어느 왕비를 두고 하는 말씀인지는 모르겠지만 그분에게 친절하지 않군요."* 하고 캉브르메르 씨가 말했다. "딱 걸려들었으니 잘

* 샹트렌(Chantereine)이란 지명이 '노래하다'의 chante와 '왕비'를 의미하는 reine으로 이루어졌다는 캉브르메르의 말에, 브리쇼는 reine이 옛 프랑스어로 '개구리'를 뜻하는 raine에서 나온 말이라고 주장하고 있다. '청개구리'를 뜻하는 rainette가 그 증거이다.

해 보세요, 쇼쇼트." 하고 베르뒤랭 부인이 말했다. "그 일은 별도로 하고 여행은 즐거우셨나요?" "우리는 기차를 가득 메운 하찮은 인간 종족만을 만났습니다. 하지만 캉브르메르 씨의 질문에 대답해 본다면, 샹트렌에서 렌(reine)은 왕의 부인이 아닌 개구리를 뜻합니다. 이 고장에서는 오랫동안 개구리를 그렇게 불러 왔거든요. 렌빌(Renneville) 역이 그 증거인데 사실은 렌빌(Reineville)이라고 표기해야 맞죠."* "저기 근사한 짐승을 준비하신 모양이군요." 하고 캉브르메르 씨가 베르뒤랭 부인에게 생선을 가리키면서 말했다. 이 말은 만찬에서 자기가 맡은 몫을 다하고 예의를 표하는 데 도움이 된다고 생각해서 하는 칭찬 중의 하나였다.(그는 흔히 아내에게 그들 친구 가운데 이런저런 사람들에 대해 말하면서 "초대할 필요 없소. 그들은 우리를 만나서 매우 기뻐한다오. 감사해야 할 사람은 바로 그들이오."라고 말했다.) "게다가 저는 수년 전부터 거의 매일 렌빌에 가지만 다른 곳보다 개구리를 많이 보지는 못했는데요. 캉브르메르 부인이 많은 재산을 갖고 있는 교구의 주임 신부를 이곳에 모셨었는데, 제 눈에는 선생님과 동일한 사고방식을 가진 분처럼 보였습니다. 책도 쓰셨죠." "아마 그럴 겁니다. 저도 지극한 관심을 가지고 그 책을 읽었으니까요." 하고 브리쇼는 위선적으로 대답했다. 이 대답을 통해 간접적으로나마 자존심에 만족을 느낀 캉브르메르 씨는 오래 웃었다. "아! 그

* 여기서 Renneville과 Reineville은 동음이의어의 관계로서, Renneville(노르망디 소재)의 어원인 '개구리'란 의미를 보다 분명히 하기 위해서는 Reineville이라고 표기해야 한다는 주장이다.

런데 뭐라고 말해야 할지, 지리학인지 고어 사전인지 하는 이 책의 저자는 우리 가문이 예전에 영주였던 — 이렇게 말해도 될지 모르겠습니다만 — 작은 지역 이름에 관해 장황하게 설명하고 있더군요. 퐁타클뢰브르라는 이름이죠.* 그런데 물론 그 박학하신 분에 비하면 천박한 무식자에 지나지 않는 저는, 퐁타클뢰브르에 수없이 갔고 그분은 한 번밖에 가지 않았지만, 제기랄, 저는 거기서 사악한 뱀은 한 마리도 본 적이 없습니다. 선량한 라퐁텐 씨가 그리도 뱀에 대해 찬사를 보냈지만, 저는 사악한 뱀이라고 했습니다.(「사람과 뱀」이 그 두 우화 중의 하나죠.)" "뱀을 본 적이 없으시다, 당신이 제대로 본 겁니다." 하고 브리쇼가 대답했다. "물론 당신이 말하는 저자는 그 주제에 대해 깊이 알고 있었으며, 또 훌륭한 책을 쓰셨죠." "정말 그래요!" 하고 캉브르메르 부인이 감탄했다. "그 책은, 이렇게 말하는 건 정당하다고 생각해요. 진정한 베네딕트파 신부의 작업이에요." "물론 그분은 교회의 토지 대장을(각 교구의 수익과 사제관 목록이란 뜻의) 참조했어요. 그것이 그분에게 평신도와 교회의 기부자 이름을 제공해 줄 수 있었죠. 하지만 다른 원전도 있습니다. 내가 아는 학자 중 가장 박학한 친구는 그것을 참조했어요. 그래서 그는 그 동일한 장소가 퐁타킬뢰브르(Pont-à-Quileuvre)로 명명된다는 걸 알아냈습니다. 그 괴상한 이름이 그를 더 멀리 라틴어 원전까지 거슬러 올라가게

* 퐁타클뢰브르(Pont-à-Couleuvre)가 '다리'를 의미하는 pont과 '뱀'을 의미하는 couleuvre의 합성어라는 것이 신부의 주장이다. 라퐁텐의 『우화집』에 나오는 「사람과 뱀」의 제목도 L'Homme et la Couleuvre이다.

했는데, 당신 친구가 뱀으로 오염되었다고 여긴 다리가, 거기서는 '폰스 쿠이 아페리트(pons cui aperit)'로 명명된다는 걸 알아냈죠. 합당한 통행료를 내야만 열리는 닫힌 다리라는 의미죠."* "개구리 이야기를 하셨는데, 이렇게 박학한 분들 가운데 있으니, 제가 마치 아레오파고스 법정에 선 개구리(이것이 두 번째 우화였다.)와 같은 효과를 자아내는 듯합니다."**라고 캉캉이 말했다. 그는 이 농담을 크게 웃으면서 여러 번 했는데, 이런 농담 덕분에 그는 자신이 겸손하면서도 적절하게, 무식하다고 선언하는 동시에 지식을 과시한다고 믿었다. 코타르로 말하자면, 샤를뤼스 씨의 침묵에 막힌 그는 다른 쪽에서 분위기를 바꿔 보려고, 내 쪽을 돌아다보며 적중하면 환자에게 큰 충격을 주는, 다시 말해 환자 몸속에 들어간 듯한 느낌을 주는 그런 질문을 했다. 반대로 맞히지 못할 경우엔 몇몇 이론을 수정하고, 과거의 관점을 확대하게 하는 질문이었다. "현재 우리가 있는 장소처럼 상대적으로 높은 위치에 이르면 자네의 호흡 곤란 증상이 심해진다는 걸 알겠는가?" 하고 그는 자신에 대한 감탄을 유발한다고, 혹은 자신의 지식을 보충한다고 확신했는지 내게 물었다. 캉브르메르 씨가 그 질문을 듣고 미소를 지었다. "당신의 호흡 곤란 증상을 알게 되어 내가 얼마

* 퐁타클뢰브르는 피카르디 지방에 소재한 마을로 코슈리에 의하면 그 옛 형태가 퐁타킬뢰브르인데, 한 라틴어 텍스트에서 '폰스 쿠이 아페리트', 즉 '통행료를 내야만 열리는 차단기로 닫힌 다리'라고 적힌 것을 발견했다고 지적된다.(『소돔』, 폴리오, 596~597쪽 참조.).

** 『잃어버린 시간을 찾아서』 2권 27쪽 주석 참조.

나 기쁜지 말로 할 수 없군요." 하고 그는 식탁 너머로 말했다. 그 말은 비록 사실이었지만, 나의 호흡 곤란이 자기를 기쁘게 한다고 말하려던 것은 아니었다. 그렇지만 그 훌륭한 사람은 남의 불행한 이야기를 들을 때면 예외 없이 어떤 안도감과 더불어 발작적인 폭소를 터뜨렸으며, 이 현상은 이내 진심 어린 동정으로 바뀌었다. 그러나 그의 말에는 다른 의미가 들어 있었고, 다음 말이 그것을 분명히 했다. "기쁘네요."라고 그는 말했다. "마침 제 누이도 같은 병이거든요." 요컨대 그것은 그들의 집을 오랫동안 드나든 사람이 내 친구 중의 하나로 언급되는 걸 들었을 때처럼 그를 기쁘게 했던 것이다. "세상은 참 좁아."라는 것이 바로 코타르가 호흡 곤란에 대해 말했을 때 그의 머릿속에 떠올랐던, 또 그의 웃음 띤 얼굴에서 내가 읽었던 성찰이었다. 그리고 이 호흡 곤란은 이날 만찬부터 나와 일종의 공통 관계를 형성하여 캉브르메르 씨는 내게 안부를 물어보는 일을 — 자기 누이에게 그 소식을 전하고 싶어서라도 — 결코 소홀히 하지 않았다. 그의 아내가 내게 하는 모렐에 관한 질문에 대답하면서, 나는 오후에 어머니와 나누었던 대화를 생각했다. 베르뒤랭네 집에 가는 일이 내 기분을 전환시켜 줄 수도 있으므로 가지 말라고 충고하지는 않았지만, 어머니는 그곳이 할아버지라면 싫어했을 것이며, 또 틀림없이 "경계해라!"라고 소리쳤을 환경임을 환기하면서 덧붙였다. "투뢰유 법원장*과

* 아마도 바스노르망디 주 칼바도스의 도청 소재지 캉의 항소 법원장인 듯하다고 지적된다.(『소돔』, 폴리오, 597쪽)

아내가 봉탕 부인과 함께 식사했다고 내게 말하더구나. 내게는 아무것도 묻지 않았지만. 너와 알베르틴의 결혼이 그녀 아주머니의 꿈이라는 걸 이해할 수 있었다. 진짜 이유는 네가 그들 모두에게 호감을 주기 때문이지. 그래도 네가 알베르틴에게 줄 수 있다고 생각되는 사치나, 조금은 우리가 가졌다고 알려진 교우 관계, 이 모든 것이 부차적으로라도 그 결혼과 아주 무관하지는 않다는 생각이 들더구나. 나는 이 사실을 네게 말할 생각이 없었다. 나도 별로 관심이 없었으니까. 하지만 그 사람들이 곧 네게 말할 것 같은 생각이 들어 먼저 말하는 편이 낫다고 생각했다." "어머니는 알베르틴을 어떻게 생각하세요?" 하고 나는 어머니에게 물었다. "하지만 내 결혼이 아니잖니. 너는 틀림없이 천배나 나은 결혼을 할 수 있을 거다. 하지만 네 할머니라면 영향을 주는 걸 좋아하지 않으셨을 테니, 지금은 내가 알베르틴을 어떻게 생각하는지 말해 줄 수 없구나. 생각해 보지 않았거든. 세비녜 부인처럼 말해 보마. '그 아이에게는 좋은 점이 있다. 적어도 나는 그렇게 생각한다. 하지만 처음에는 부정적인 말로밖에 칭찬하지 못하겠구나. 그 아이는 전혀 그런 사람이 아니다, 그 아이에게는 렌의 억양이 조금도 없다고 말이다. 아마 세월이 가면 나도 그 애는 바로 그런 사람이란다라고 말할 수 있겠지.'* 그리고 나는 그 아이가

* 세비녜 부인이 1684년에 보낸 편지를 약간 수정한 것으로 여기서 말하는 그 아이는 세비녜 부인의 며느리, 샤를 드 세비녜 부인을 가리킨다. "그 아이에게는 렌의 억양이 조금도 없다."라는 문장 앞에 "그 아이는 브르타뉴 말은 전혀 하지 않는다."라는 문장이 쓰여 있다고 한다.(『소돔』 2권, GF플라마리옹, 320쪽 참조.)

너를 행복하게만 해 준다면 항상 좋게 생각할 거다." 그러나 나의 행복을 결정하는 일을 내 손에 맡기는 이런 말을 통해, 어머니는 예전에 아버지가 내게 「페드르」를 보러 가는 것을, 특히 작가가 되는 것을 허락해 주었을 때 나를 사로잡았던 것과 같은 의혹의 상태로 빠져들게 했는데, 그때 나는 갑자기 막중한 책임감과 아버지의 마음을 아프게 할지도 모른다는 두려움, 또 나날이 우리의 미래를 은폐하는 타인의 명령에 따르는 일을 멈추고 드디어 진지하게 성숙한 인간으로서의 삶을, 우리 각자의 재량에 맡겨진 유일한 삶을 살기 시작한다는 것을 깨닫는 순간 우리를 사로잡는 그런 우울한 감정을 느꼈다.

어쩌면 최선의 방법은 조금 더 기다리면서 내가 알베르틴을 정말로 사랑하는지를 알기 위해 예전처럼 그녀와의 만남을 시작하는 일이리라. 그녀의 기분을 전환하기 위해 베르뒤랭네 집에 데려올 수도 있다고 생각했다. 그러자 내가 오늘 저녁 이곳에 직접 온 것이 퓌트뷔스 부인이 이곳에 살고 있는지 혹은 올 예정인지를 알기 위해서라는 것이 떠올랐다. 어쨌든 그녀는 만찬장에 없었다. "당신 친구 생루에 대해서 말인데요." 하고 캉브르메르 부인이 내게 말했다. 이런 표현은 그녀의 말이 나타내는 것보다 더 많은 생각이 담겨 있음을 말해 주었는데, 그녀는 내게 음악에 대해 말했지만, 실제로는 게르망트 사람들을 생각하고 있었기 때문이다. "모두들 그가 게르망트 대공 부인의 조카와 결혼할 거라고 말한다는 걸 아시죠. 저

렌은 브르타뉴의 도청 소재지이다.

야 그 모든 사교계의 잡담에 '조금도' 신경 쓰지 않지만요." 나는 로베르 앞에서 그 아가씨에 대해 별로 호의적으로 말하지 않았던 것이 생각나 약간 걱정되었는데, 그 가식적으로 독창적인 아가씨는 성격이 난폭한 데 비해 매우 평범한 지성의 소유자였다. 일반적으로 소문은 그것을 듣는 순간 자신이 한 말을 후회하게 하곤 한다. 나는 캉브르메르 부인에게 그 점에 대해 아는 것이 없으며(게다가 사실이었다.) 또 내 눈엔 약혼녀가 아직 너무 어려 보인다고 대답했다. "어쩌면 바로 그런 이유로 아직 공식적이지 않은가 봐요. 어쨌든 그 얘기들을 많이 해요." "미리 알려 드리는 편이 낫겠어요." 하고 베르뒤랭 부인이 캉브르메르 부인에게 재빨리 말했다. 캉브르메르 부인이 내게 모렐에 관해 얘기하는 걸 듣고, 부인이 생루의 약혼에 대해 말하려고 목소리를 낮추었을 때도 여전히 모렐 얘기를 한다고 생각했던 모양이다. "여기서 연주하는 건 가벼운 음악이 아니랍니다. 예술 분야에서 이 수요 모임의 신도들, 내가 내 아이들이라고 부르는 분들이 얼마나 '진보적인지는' 무서울 정도랍니다." 하고 그녀는 놀랄 만큼 거만한 표정으로 덧붙였다. "나는 이따금 그들에게 '나의 착한 아이들, 이 여주인보다 더 빨리 가는군요. 그렇지만 이 여주인도 그 어떤 대담한 시도도 겁내지 않는답니다.'라고 말하죠. 해마다 그들은 조금씩 더 멀리 가요. 그들이 더 이상 바그너와 댕디를 위해 행진하지 않는 날이 곧 올 거예요." "하지만 진보적이라는 것은 아주 좋은 거죠. 우리는 아직 충분히 진보적이지 않으니까요." 라고 말하면서 캉브르메르 부인은 식당 구석구석을 살폈는

데, 그러면서 시어머니가 남겨 놓은 물건과 베르뒤랭 부인이 가져온 물건을 식별하고, 베르뒤랭 부인이 안목이 없다는 것을 현행범으로 포착하려고 애썼다. 그동안에도 그녀는 자신의 관심을 가장 많이 끄는 주제, 즉 샤를뤼스 씨에 대해 얘기하고자 했다. 그가 바이올리니스트의 후원자라는 사실을 감동적으로 생각했다. "저분은 지적인 분 같네요." "이미 나이가 조금 든 사람에겐 지극히 활기찬 열변이죠." 하고 나는 말했다. "나이가 들었다고요? 그렇게 보이지 않는데요. 보세요, 머리카락이 아직 젊잖아요.(삼사 년 전부터 머리털(les cheveux)이란 단어는 문학적 유행의 제조자인 어느 미지의 인간에 의해 단수형 머리카락(le cheveu)으로 쓰였으며, 또 캉브르메르 부인의 반경 거리에 있는 사람들은 모두 '머리카락'이라고 말하면서 짐짓 미소를 짓는 척했다. 지금은 아직 머리카락을 단수형으로 말하고 있지만 지나친 단수형의 남용으로 인해 다시 곧 복수형이 생겨날 것이다.) "샤를뤼스 씨에게 특히 관심이 가는 것은," 하고 그녀는 덧붙였다. "타고난 재능이 느껴진다는 거예요. 저는 지식은 중요하게 생각하지 않아요. 학습으로 얻어지는 것에는 관심이 없어요." 이 말은 캉브르메르 부인이 가진 특별한 가치, 즉 모방으로 취득한 지식과 모순되지 않았다. 하지만 그 순간 우리가 알아야 할 점 중의 하나는 바로 그녀가 지식이란 아무것도 아니며, 그것은 독창성에 비해 지푸라기만큼도 중요하지 않다고 여긴 점이다. 캉브르메르 부인은 다른 많은 것과 마찬가지로 아무것도 배워서는 안 된다고 배웠다. "바로 그 때문에," 하고 그녀는 내게 말했다. "흥미로운 점이 있긴 하지만 브리쇼에게 관심이 덜 가는 거랍니다. 그의 맛깔스러운 박학을 경멸하지는 않지만요." 그러나 브리쇼는 그 순간 한 가지 사실에만 몰두하고 있었다. 사람들이 음악 이야기를 하는 걸 들으면서, 혹시 그 화제가 베르뒤랭 부인에게 드샤브르의 죽음을 환기할까 봐 몸을 떨었다. 그는 이 불길한 추억을 떨쳐 버리기 위해 뭔가 말을 하고 싶었다. 캉브르메르 부인이 이런 질문으로 그 기회를 제공했다. "그렇다면 숲이 우거진 지역에는 항상 동물의 이름이 붙나요?" "아닙니다." 하고 브리쇼는 그렇게 많은 신참들 앞에서, 적어도 그중 한 사람은 관심이 있는 게 확실하다고 내가 말한 그런 사람들 앞에서, 자기 지식을 과시하게 되어 무척이나 기쁜 듯 이렇게 대답했다. "사람들의 이름에서조차 나무가 어떻게 보존되는지를 알기만 하면 됩니다. 마치 석탄 속에 고사리가 들어 있는 것처럼 말이죠. 우리 원로원 의원* 중 한 분의 이름이 솔스 드 프레시네(Saulces de Freycinet) 씨인데 내가 잘못 생각하는 게 아니라면, 그것은 버드나무와 물푸레나무가 심긴 장소, 즉 살릭스 에트 프락시네툼(salix et fraxinetum)이란 뜻이죠. 그분의 조카인 셀브(Selves) 씨는 더 많은 나무들을 모으고 있는데, 숲을 뜻하는 '실바(sylva)', 즉 셀브라고 불리기 때문이죠." 사니에트는 대화가 매우 활기찬 방향으로 흐르는 걸 기쁘게 바라보고 있었다. 브리

* 원문에 쓰인 pères circonscrits는 고대 로마의 원로원을 뜻하나 여기서는 프랑스의 상원 의원을 가리킨다. 솔스 드 프레시네(Charles-Louis de Saulces de Freycinet, 1828~1923)와 셀브(Justin de Selves, 1848~1934)는 프랑스 상원 의원이었다.

쇼가 말을 계속 이어 갔으므로 침묵을 지키면서 베르뒤랭 부부의 놀림거리가 되는 걸 피할 수 있었기 때문이다. 그리하여 이런 해방의 기쁨으로 더욱 예민해진 사니에트는, 만찬의 엄숙한 분위기에도 베르뒤랭 씨가 집사에게 다른 것은 마시지 못하는 그의 곁에 물병을 갖다 놓으라고 말하는 것을 듣고 그만 감격했다.(가장 많은 군사들을 죽음에 이르게 하는 장군도 전투 전에는 그들이 배불리 먹기를 바라는 법이다.) 드디어 베르뒤랭 부인이 사니에트에게 미소를 한 번 지었다. 확실히 그들은 좋은 사람들이었다. 그는 더 이상 괴롭힘을 당하지 않을 터였다. 그때 내가 이름을 언급하는 걸 잊었던 한 손님 때문에 식사가 중단되었다. 그는 유명한 노르웨이 철학자로 프랑스어를 매우 잘했지만 말을 아주 천천히 했다.* 두 가지 이유에서였다. 우선 프랑스어를 배운 지 얼마 안 되어 오류를 범하고 싶지 않았던지(몇 번은 틀리게 말했지만) 그는 각각의 단어마다 일종의 내적 사전을 참조했고, 다음으로는 말하는 동안에서도 형이상학자로서 자신이 하고 싶은 말을 항상 생각하고 있었는데, 이는 프랑스인의 경우에도 느림의 원인이 된다. 한 가지 점만 빼면 다른 많은 사람들과 비슷했지만, 그래도 그는 매력적인 존재였다. 그토록 말이 느린 사람이(각각의 말 사이에는 침묵이 흘렀다.), 작별 인사를 하고 빠져나갈 때는 현기증이 날 정도로

* 이 노르웨이 철학자는 프랑스 철학자 베르그손을 번역한 스웨덴 사람 알고트 루에(Algot Ruhe, 1867~1944)를 환기한다고 지적된다. 그는 스웨덴의 한 잡지에 「새로운 작가」라는 제목으로 프루스트에 관한 글을 발표했다.(『소돔』, 폴리오, 597쪽 참조.)

빨랐다. 이런 서두름은 처음 순간에는 그가 설사가 났거나 매우 급한 용무가 있다고 생각하게 했다.

"내 친애하는…… 동료여," 하고 그는 머릿속에서 동료란 말이 적절한 용어인지 깊이 생각하고 난 후에 브리쇼에게 말했다. "저는 당신의 아름다운 언어, 프랑스어와 라틴어와 노르만어의 명명법에서 또 다른 나무들이 있는지 알고 싶은 욕망을 느낍니다. 부인께서는(그녀를 감히 쳐다보지는 못했지만 베르뒤랭 부인을 두고 하는 말이었다.) 제게 당신이 모든 걸 다 아신다고 말씀하셨습니다만, 지금이 바로 그때가 아닌가요?" "아니에요. 지금은 식사할 때예요." 하고 식사가 끝나지 않은 걸 본 베르뒤랭 부인이 말을 중단시켰다. "아! 그렇다면," 하고 스칸디나비아 사람은 접시 쪽으로 고개를 기울이면서 서글픈 체념의 미소를 지으며 대답했다. "하지만 이런 질문서 — 죄송합니다. '찔문'이라고 해야 하는데* — 를 허락해 달라고 부탁드리는 이유는 제가 내일 투르다르장 혹은 뫼리스 호텔에서의 만찬을 위해 파리에 돌아가야 하기 때문이라는 걸 말씀드리고 싶습니다.** 저의 프랑스인 동업자 부트루*** 씨께서 심령술 집회에 관해 — 미안합니다. 독주(毒酒)의 강

---

* 질문(question)이라고 말하는 대신 질문서(questionnaire)라고 말했다가 다시 찔문(questation)이라고 틀리게 말했다.

** 투르다르장은 파리의 유명 레스토랑으로 파리 좌안에 위치하며, 뫼리스 호텔은 파리 우안 리볼리 가에 위치한 호텔로 프루스트 시대에는 가장 유명한 고급 호텔이었다.

*** Emile Boutroux(1841~1921). 프랑스 철학자이자 소르본 대학 교수로서 베르그손이 그의 제자였다.

신술에 관해 — 말하기로 되어 있어서요."* "투르다르장은 사람들이 말하는 만큼 맛이 있지 않아요." 하고 짜증이 난 베르뒤랭 부인이 말했다. "아주 형편없는 식사를 한 적도 있어요." "혹시 제가 틀렸나요? 부인 댁에서 먹는 음식이 프랑스 요리의 최고 진미가 아닌가요?" "어쩜! 실제로 그렇게 나쁘지는 않지만요." 하고 조금 마음이 누그러진 베르뒤랭 부인이 대답했다. "다음 수요일에 오시면 더 맛있는 식사가 나올 거예요." "하지만 저는 월요일 알제로 떠납니다. 그리고 거기서 희망봉에 가죠. 희망봉에 도착할 때면, 우리의 유명한 동료 — 죄송합니다. 더 이상 우리의 동업자 — 를 만날 수 없습니다." 그리고 이런 회고적인 사과를 한 후에 베르뒤랭 부인의 말에 복종하여 현기증이 날 만큼 빠른 속도로 먹기 시작했다. 그러나 식물의 어원에 대한 다른 사례를 제공해 줄 수 있어 매우 기뻤던 브리쇼가 답했고, 그의 말이 얼마나 노르웨이 사람의 관심을 끌었는지, 노르웨이 사람은 다시 먹는 걸 멈추고는 아직 가득한 접시를 치우고 다음 접시로 넘어가도 된다는 신호를 보냈다. "사십인회**의 한 분은 이름이 우세인데 호랑가시나무를 심은 장소란 뜻이며, 교활한 외교관 오르메송의 이름에는 비르길리우스에게 친숙하며 또 울룸이란 도시명의 기원이 되는 울무스(ulmus), 즉 느릅나무가 들어 있으며, 그의 동료

---

* 죽은 사람의 영혼을 불러내는 심령술 혹은 강신술(spiritisme)이란 말 대신 spiritueux('알코올을 다량 함유한 독주'라는 뜻)라고 잘못 말했다.

** 프랑스 한림원은 '불멸의 지성'이라고 불리는 40명의 종신직 정회원으로 구성되어 있다.

라 불레 씨의 이름에는 자작나무가, 오네 씨의 이름에는 오리나무가, 뷔시에르 씨의 이름에는 회양목이, 알바레 씨의 이름에는 버드나무가(나는 이 사실을 셀레스트에게 말해 주기로 결심했다.), 숄레 씨의 이름에는 양배추가, 포므레 씨의 이름에는 사과나무가 들어 있습니다.* 그분의 강연을 듣던 일이 기억나시오, 사니에트? 그 선량한 포렐이 오데오니의 총독으로서 세상 끝까지 파견되었던 시절이?"** 브리쇼가 사니에트란 이름을 발음하자, 베르뒤랭 씨는 자기 아내와 코타르에게 냉소적인 눈길을 던졌고, 수줍은 사니에트는 그만 당황했다. "숄레란 이름이 양배추에서 유래한다고 하셨는데," 하고 나는 브리쇼에게 말했다. "그럼 동시에르에 도착하기 전에 제가 통과한 생프리슈 역도 양배추에서 유래했나요?" "아니요. 생프리슈는 상투스 프룩투오수스라오. 상투스 페레올루스가 생파르조가 된 것처럼.*** 노르만어와는 전혀 관계없소." "저분은 너무

---

* 브리쇼가 인용하는 사람들이 모두 사십인회, 즉 한림원 회원은 아니다. 우세(Houssaye, 나폴레옹 시대의 역사 전문가)와 오르메송(Ormesson, 작가이자 외교관)은 한림원 회원이었지만, 라 불레(La Boulaye)는 러시아 주재 대사, 오네(Aunay)는 베른 주재 대사, 뷔시에르(Bussière)는 이탈리아 나폴리 주재 대사였다. 또 셀레스트 알바레(Céleste Albaret)는 프루스트의 가정부였으며(『잃어버린 시간을 찾아서』 7권 432쪽 주석 참조.), 숄레(Cholet) 백작은 프루스트의 군 복무 시절 중위였으며, 라 포므레(La Pommeraye)는 파리 음악원의 역사 문학 교수로 오데옹 극장의 단골 연사였다. 느릅나무는 베르길리우스의 『농경시』 2권에 나오는 나무로 특히 프랑스에서는 숭배의 대상이다.

** 포렐(Porel)은 배우이자 1884년부터 1892년까지 오데옹 극장장으로 '오데오니'에 대한 언급은 바로 여기서 연유한다. 포렐의 아들 자크 포렐(Jacques Porel)은 프루스트의 친구였다.(『소돔』, 폴리오, 598쪽 참조.)

*** 생프리슈(Saint-Frichoux)의 어원은 상투스 프룩투오수스(Sanctus

많은 걸 아셔서 우릴 지루하게 한답니다." 하고 대공 부인이 부드럽게 종알거렸다. "이 밖에도 제 관심을 끄는 이름들은 매우 많지만 한 번에 다 여쭤볼 수가 없군요." 그리고 나는 코타르 쪽으로 몸을 돌리면서 "퀴트뷔스 부인이 이곳에 계신가요?"라고 물었다. "다행히도 안 계세요." 하고 내 질문을 들은 베르뒤랭 부인이 대답했다. "제가 그분의 피서지를 베네치아 방향으로 바꾸게 했어요. 금년에는 그분에게서 해방되었죠." "저 자신도 두 개의 나무를 받을 권리가 있는데요." 하고 샤를뤼스 씨가 말했다. "제가 거의 빌린 거나 다름없는 작은 집이 생마르탱뒤셴과 생피에르데지프 사이에 있으니까요."* "어머, 여기서 아주 가까운 곳이네요. 샤를리 모렐과 함께 자주 오시기를 바랄게요. 우리 작은 그룹과 기차 시간을 합의하시기만 하면 돼요. 동시에르에서 아주 가까운 곳이니까요." 하고 자기가 마차를 보내는 시간에 같은 기차로 오지 않는 걸 무척 싫어하는 베르뒤랭 부인이 말했다. 그녀는 라 라스플리에르에 올라오는 것이, 삼십 분이나 더 지체하게 하는 페테른 뒤쪽으로 호수를 한 바퀴 돌아서 온다 해도 얼마나 힘든 일인지 잘 알았으므로, 자기들끼리만 떨어져 있다가 데려다줄 마차를 찾지 못했다든가, 아니면 실제로는 그들 집에 있으면서

Fructuosus)로 오드 데파르트망에 위치한다. 생파르조(Saint-Fargeau)의 어원은 상투스 페레올루스(Sanctus Ferreolus)로 부르고뉴 지방의 욘 데파르트망에 위치한다.

* 생마르탱뒤셴(Saint-Martin-du-Chêne)에서 셴은 떡갈나무, 생피에르데지프(Saint-Pierre-des-Ifs)에서 '이프(지프로 연음된)'는 주목나무를 의미한다.

두빌-페테른 역에서 마차를 찾지 못해 도저히 걸어서는 그렇게 높이 올라갈 힘이 없다는 핑계를 댈까 봐 걱정했다. 베르뒤랭 부인의 초대에 샤를뤼스 씨는 말없이 고개를 기울이는 것으로 대답을 마무리했다. "언제나 순한 성격은 아닌 모양일세. 건방져 보이는군." 하고 의사가 스키에게 속삭였다. 그는 겉으로는 잘난 체했지만 지극히 단순한 사람이었으므로 샤를뤼스 씨가 자기를 얕보는 걸 감추려 하지 않았다. "저 사람은 아마도 모든 온천장과 파리의 병원에서조차 의사들이, 물론 내가 그들의 '최고의 우두머리이긴 하지만,' 거기 있는 모든 귀족들에게 나를 소개하는 걸 영광으로 생각하며 또 귀족들도 나를 두려워한다는 걸 모르는 모양이군. 덕분에 해수욕장에서의 체류도 꽤 쾌적해졌지만." 하고 그는 경박한 표정으로 덧붙였다. "동시에르에서도 중대장의 주치의인 연대의 군의관이 나를, 장군과 함께 식사할 위치에 있다고 말하면서 점심 식사에 초대했네. 드(de)라는 존칭이 붙은 장군이었는데. 그분의 귀족 칭호가 저 남작의 것보다 조금 더 오래된 것인지는 잘 모르겠지만." "너무 흥분하지 마시오. 아주 초라한 관(冠)일 거요."* 하고 스키가 낮은 소리로 대답했다. 그리고 그는 뭔가 불분명한 동사 하나를 덧붙였는데 내가 들은 것은 '아르데(arder)'**라는 마지막 음절뿐이었다. 브리쇼가 샤를뤼스 씨

* 왕이나 귀족이 의식이나 행사 때 쓰던 관을 가리키는데 공작관, 백작관 등 그 모양이 달랐다.

** 초고의 표현을 참조한다면 '화내다(pétarder)'라는 단어일 가능성이 있다고 지적된다.(『소돔』, 폴리오』, 599쪽 참조.)

에게 하는 얘기를 듣는 데만 몰두했기 때문이다. "이런 말을 해서 죄송합니다만, 선생에게는 나무가 단 하나뿐이군요. 생마르탱드셴의 어원은 물론 떡갈나무 옆에 있는 성 마르티누스*란 뜻이지만, '이프(If)'란 말은 '습하다'라는 의미의 어근인 아베(ave)나 에베(eve)를 가리키는 것으로, 그것은 아베롱, 로데브, 이베트 같은 지명도 그렇고, 부엌의 개수대를 뜻하는 에비에(évier)에도 남아 있죠. 브르타뉴 말로 '물'은 스테르(ster)라고 하는데 스테르마리아, 스테르레르, 스테르부에스트, 스테르엉드뤼셴이 있습니다."** 나는 이 얘기의 끝은 듣지 못했다. 비록 스테르마리아란 이름을 다시 듣는 게 무척 기뻤지만, 본의 아니게 옆에 있는 코타르가 스키에게 아주 낮은 소리로 말하는 걸 들었기 때문이다. "아! 몰랐소. 아! 살아가면서 태도를 바꿀 줄 아는 사람이군. 뭐라고요! 그런 부류라고요! 그렇지만 어떤 것도 놓치지 않는 사람 같던데. 식탁 아래 놓인 내 발도 조심해야겠소. 저 사람이 좋아할지도 모르니까. 게다가 난 반쯤밖에 놀라지 않소. 여러 명의 귀족들이 완전히 벌거벗은 채로 샤워실에 있는 걸 본 적이 있으니까. 조금은 타락한 자들이오. 나는 그들에게 말을 걸지 않았소. 어쨌든 난 공무원이고 내게 해가 될지도 모르니까. 하지만 그들은 내가 누구인지 아주 잘 알고 있소." 브리쇼의 질문에 겁이 난

* 원문에는 라틴어 '상투스 마르티누스 육스타 퀘르쿰(Sanctus Martinus juxta quercum)'으로 표기되어 있다.

** 브리쇼는 이프(if)가 주목나무가 아닌 ave 또는 eve와 같은 어근으로 물을 의미하며, 브르타뉴어의 ster와도 같은 의미라고 주장하고 있다.

사니에트가, 마치 벼락을 무서워하는 누군가가 번갯불이 반짝한 다음 천둥 소리가 따르지 않는 걸 보았을 때처럼, 겨우 숨을 쉬기 시작했을 때, 베르뒤랭 씨의 질문하는 소리가 들려왔다. 베르뒤랭 씨는 사니에트를 뚫어지게 바라보았는데, 말하는 동안 그 불행한 사람을 당황하게 만들어 정신을 못 차리게 하려고 눈길을 떼지 않았다. "하지만 당신은 오데옹 극장의 낮 공연을 자주 관람한다는 걸 우리에게 늘 감추어 오지 않았소, 사니에트?" 사람들을 괴롭히는 중사 앞에 선 신병처럼 몸을 떨면서 사니에트는 주먹을 피할 기회를 더 많이 가지려는 듯, 가능한 한 말의 길이를 최소로 짧게 하며 대답했다. "단 한 번, 「찾는 여인」*을 공연할 때였어요." "저 친구가 뭐라고 했소?" 하고 베르뒤랭 씨는 역겨움과 분노의 표정을 담아 뭔가 이해하지 못할 말을 이해하려고 온 주의를 기울이지만 충분치 않다는 듯 눈썹을 찌푸리며 고함을 질렀다. "우선 당신이 무슨 말을 하는지 알아들을 수 없소. 입안에 뭐가 들어 있는 거요?" 하고 점점 더 격해진 베르뒤랭 씨가 사니에트의 발음상 결함을 내비치면서 물었다. "가엾은 사니에트, 전 당신이 저분을 괴롭히는 걸 원치 않아요." 하고 베르뒤랭 부인은 거짓 연민의 어조로 남편의 무례한 의도를 어느 누구도 의심하지 못하도록 말했다. "저는 찻(Ch)……." "찻, 찻는다니, 좀 더 분명히 말하도록 하시오." 하고 베르뒤랭 씨가 말했

* 샤를 시몽 파바르(Charles Simon Favart, 1710~1792)의 희가극으로 「영혼을 찾는 여인」(1741년 작)이 원제이다. 1888년과 1900년에 재공연되었다.

다. "당신의 말소리는 들리지도 않소." 거의 모든 신도들이 참지 못하고 웃음을 터뜨렸다. 그들은 마치 백인에게 입힌 상처에서 피 맛을 다시 돋우는 식인종 무리와도 같았다. 모방 본능과 용기의 결핍이 군중과 마찬가지로 사회를 지배하기 때문이다.* 그리고 모든 사람은 누군가가 조롱당하는 모습을 보면 웃음을 터뜨려 놓고도, 십 년 후에 그 조롱당한 자가 존경받는 서클에 들어가면 주저 없이 찬미한다. 마찬가지로 민중은 왕을 추방하거나 혹은 환대한다. "여보, 그건 저분 잘못이 아니잖아요." 베르뒤랭 부인이 말했다. "내 잘못도 아니오. 발음을 할 줄 모르면 사교적인 저녁 식사도 하지 못하는 거요." "파바르의 「영혼을 찾는 여인」을 보러 갔었습니다." "뭐라고? 당신은 「영혼을 찾는 여인」을 「찾는 여인」이라고 부른단 말이오? 아! 대단하군! 백 년을 찾아도 찾지 못했을 거요." 하고 베르뒤랭 씨가 소리쳤다. 하지만 그는 몇몇 작품의 제목을 그대로 온전하게 말하는 걸 들으면 그 사람이 문인이나 예술가가 아니며, '그들과 같은 부류의 사람도 아니'라고 단번에 판단했을 것이다. 예를 들면 「환자」나 「부르주아」라고 말해야 하는데,** 만약 거기에 '상상'이나 '귀족'을 덧붙인다면 그 사람은 '그들과 같은 그룹'이 아님을 증명했다. 마찬가지로 살롱에서 몽테스큐 씨를 몽테스큐-페장사크라고 말하는 사

* 프루스트가 많은 영향을 받은 사회학자 가브리엘 타르드(Gabriel Tarde, 1843~1904)의 성찰을 상기하는 대목이다. 그는 모방과 혁신을 인간 사회의 두 지배 원칙으로 간주했다.(『소돔』, 폴리오, 599쪽 참조.)

** 몰리에르의 「상상병 환자」와 「부르주아 귀족」을 가리킨다.

람은 사교계 인사가 아님을 입증한다. "별로 놀라운 일은 아닙니다." 하고 사니에트는 흥분해서 숨을 헐떡거리며 내키지 않는 미소를 지었다. 베르뒤랭 부인이 웃음을 터뜨렸다. "오! 아뇨, 놀라워요."라고 베르뒤랭 부인이 비웃으며 외쳤다. "전 세상 어느 누구도 그것이 「영혼을 찾는 여인」이라고는 짐작하지 못할 거라고 확신해요." 베르뒤랭 씨가 다시 부드러운 목소리로 사니에트와 브리쇼에게 동시에 말했다. "하기야 「영혼을 찾는 여인」은 좋은 작품이죠." 진지한 어조로 발음된 이 단순한 말에는 어떤 악의적인 흔적도 찾아볼 수 없었으므로, 사니에트는 기분이 좋아졌고, 다정하고도 고마운 마음이 솟구쳐 올랐다. 그는 한마디 말도 하지 못한 채 즐겁게 침묵을 지켰다. 브리쇼는 점점 말이 많아졌다. "정말 그렇습니다." 하고 그는 베르뒤랭 씨에게 말했다. "만일 「영혼을 찾는 여인」도 어느 사르마티아*나 스칸디나비아 작가가 쓴 작품으로 통하기만 했으면, 걸작의 빈자리를 차지할 수 있었을 겁니다. 선량한 파바르의 영혼을 존경하는 마음에 결례를 범할 생각은 조금도 없습니다만, 그에게는 입센과 같은 기질이 없습니다."(그러자 곧 그는 노르웨이의 철학가가 생각나 귀까지 빨개졌고, 철학자는 브리쇼가 조금 전에 뷔시에르(Buissière)란 이름에 대해 말하며 인용했던 회양목(buis)이 어떤 식물인지 식별하려고 소득 없는 수고를 하느라 불행한 표정이었다.) "하기야 이제는 포렐의

* 기원전 4세기부터 기원후 4세기까지 우크라이나와 러시아 남부 지방을 중심으로 세력을 떨쳤던 이란계의 유목 기마족을 가리킨다.

통치가, 엄격하게 규칙을 준수하는 톨스토이주의자인 관료에게 양도되었으니, 「안나 카레니나」나 「부활」을 오데옹 극장의 아키트레이브 아래서 구경하게 될 겁니다."* "저는 당신이 말하는 파바르의 초상화**를 압니다." 하고 샤를뤼스 씨가 말했다. "몰레 백작 부인 댁에서 아름다운 복제화를 봤죠." 몰레 백작 부인의 이름이 베르뒤랭 부인에게 강한 인상을 남겼다. "아! 드 몰레 부인 댁에 가시나요?" 하고 그녀가 외쳤다. 그녀는 사람들이 '로앙네 사람들'이라고 말할 때처럼 약칭으로 그냥 '몰레 백작 부인' 혹은 '몰레 부인'이라고 부른다고 생각했으며,*** 혹은 그녀가 라 트레무이유 부인이라고 말할 때처럼 경멸의 표시로 그렇게 부른다고 생각했다.**** 그녀는 그리스 왕비와 카프라롤라 대공 부인과 사귀는 몰레 백작 부인이 어느 누구보다도 귀족의 존칭인 '드'를 붙일 권리가 있음을 의심하

* 오데옹 극장장이었던 포렐의 뒤를 이어(143쪽 주석 참조.) 새로 극장장으로 임명된 앙리 바타유(Henri Bataille)가 톨스토이의 「부활」을 1902년 오데옹에서 초연했다.(「안나 카레니나」는 1907년 앙투안 극장에서 초연되었다.) 아키트레이브란 고대 건축에서 기둥머리에 받쳐져 그 위에 프리즈가 놓이는 수평의 대들보를 가리킨다.

** 지금까지 파바르의 초상화는 언급되지 않았다. 스위스 화가 장에티엔 리오타르(Jean-Etienne Liotard)가 1757년 파스텔화로 파바르의 초상화를 그렸으며, 프루스트는 조르주 파니에 집에서 이 초상화를 본 것으로 보인다.(『소돔』, 폴리오, 599쪽 참조.)

*** 몰레 백작(Louis-Mathieu Molé, 1781~1855)은 나폴레옹 1세 아래서는 법무부 장관, 루이필리프 때는 총리를 지냈다. 프롱드 난에서 중요한 역할을 한 마티외 몰레의 후손으로 한림원 회원이었다.

**** 라 트레무이유와 귀족의 존칭인 '드'의 사용에 대해서는 『잃어버린 시간을 찾아서』 2권 141쪽 주석 참조.

지 않았다. 그래서 그녀에게 매우 친절하게 대해 준 그토록 빛나는 사람에게 이번만은 '드'를 붙여 주기로 결심했다. 그리하여 자신이 일부러 그렇게 말했으며, 또 백작 부인에게 '드'를 붙이는 데 인색하지 않음을 보여 주려고 말을 이었다. "하지만 당신이 드 몰레 부인과 아는 사이라는 걸 전혀 몰랐어요." 하고 마치 샤를뤼스 씨가 그 귀부인을 알며, 또 자신이 그런 사실을 모르는 것이 이중으로 이상하다는 듯 말했다. 그런데 사교계, 적어도 샤를뤼스 씨가 그렇게 부르는 세계는 비교적 동질적인 폐쇄된 전체를 구성한다. 그러므로 부르주아들의 그 거대한 잡다한 무리 속에서 어느 변호사가 자기 중학교 친구 중의 하나를 아는 누군가에게 "도대체 어떻게 그 사람을 알죠?"라고 말하며 놀라는 것은 이해할 만하지만, 샤를뤼스 씨와 몰레 백작 부인이 어쩌다 우연히 만나는 것은 마치 프랑스인이라면 '사원'이나 '숲'과 같은 단어의 의미를 모르지 않는 것과 마찬가지로, 전혀 놀라운 일이 아니다. 게다가 이와 같은 친분 관계가 사교계의 법칙으로부터 자연스럽게 흘러나오지 않고 그저 우연한 기회에 흘러나온 것이라 할지라도, 베르뒤랭 부인이 샤를뤼스 씨를 만난 것은 이번이 처음이며, 또 샤를뤼스 씨와 몰레 부인의 관계가 그녀가 샤를뤼스 씨에 대해 유일하게 알지 못하는 내용이 아니며, 또 사실을 말하자면 그에 관해 아무것도 모른다고 할 수 있는데, 어떻게 그 일을 모른다고 해서 이상하다고 할 수 있단 말인가? "내 친애하는 사니에트, 「영혼을 찾는 여인」에는 누가 나오나요?" 하고 베르뒤랭 씨가 물었다. 폭풍우가 지나갔다고 느꼈지만 그래도 옛 고문서학자는 대답을 망설였다. "하지만 당신은 또," 하고 베르뒤랭 부인이 말했다. "저분을 겁주고 있어요. 저분이 하는 말마다 놀리고 거기다 대답까지 요구하니. 거기 누가 나오는지 말씀해 보세요. 집에 돌아가실 때 갈라틴*을 싸 드릴게요." 하고 베르뒤랭 부인은 사니에트가 친구 부부를 구하려다 자신도 파산하게 된 사실을 심술궂게 암시하면서 말했다. "라 제르빈 역을 맡았던 사마리 부인만 기억납니다."** "라 제르빈이라고? 그게 도대체 무슨 말이오?" 하고 베르뒤랭 씨는 마치 불이라도 난 듯 소리쳤다. "옛 희극 목록에 나오는 배역이죠. 『프라카스 대장』에서의 허풍쟁이나 현학자 같은."*** "아! 당신은 현학자요. 하지만 라 제르빈은 아니오. 저자는 미쳤소." 하고 베르뒤랭 씨가 외쳤다. 베르뒤랭 부인은 마치 사니에트를 변호하듯 웃으면서 손님들을 쳐다보았다. "라 제르빈이라니, 저분은 모든 사람이 그게 무슨 뜻인지 금방 안다고 생각했나 봐요. 당신은 내가 아는 사람 중에 가장 멍청한 롱즈피에르 씨와 같아요. 그분이 요전 날 우리에게

---

* 갈라틴은 닭고기나 송아지 고기를 주재료로 하여 만드는 에피타이저용 요리로 차갑게 먹는다.

** Jeanne Samary(1857~1890)는 하녀 역에 탁월했던 연극배우이다. 라 제르빈은 희극에서 하녀 역을 하는 인물의 전형을 가리키는데, 파바르의 「영혼을 찾는 여인」에는 나오지 않는다.

*** 하녀(la Zerbine)와 허풍쟁이(le Tranche-Montagne)와 현학자(le Pédant)의 전형은 테오필 고티에의 소설 『프라카스 대장』(1863~1864)에 나온다. 이 소설은 1878년과 1896년에 각각 희가극과 희극 형태로 무대에 올려졌다. 프루스트가 좋아하던 책이다.

친숙한 말투로 '르 바나'라는 말을 하더군요. 아무도 그가 무슨 말을 하려고 하는지 알지 못했죠. 결국은 그것이 세르비아의 한 지방이라는 걸 알게 되었지만요." 사니에트 자신보다 더 마음이 아팠던 나는 그의 형벌을 끝내기 위해 브리쇼에게 발베크의 의미를 아느냐고 물었다. "발베크는 아마도 달베크의 변형일 거요." 하고 그가 말했다. "영국 왕들이나 노르망디 영주들의 헌장을 조사해 봐야 하오. 왜냐하면 발베크는 도버* 남작령에 속하며, 그 때문에 흔히 '바다 건너의 발베크' 혹은 '대륙에 있는 발베크'라고 말해졌으니까. 그러나 도버의 남작령 자체는 바이외 주교구 소속이었으며, 예루살렘 대주교이자 바이외의 주교였던 루이 다르쿠르** 이후 성전 기사단이 수도원에 대해 일시적으로 권리를 가졌음에도 불구하고, 이 교구의 주교는 발베크 재산의 성직록 수여자***였다오. 이런 사실을 내게 설명해 준 사람은 도빌의 수석 사제였는데, 그는 대머리에다 언변이 뛰어나며 브리야사바랭****을 추종하면서 살

---

* 도버 해협에 면하는 항구 도시로(프랑스 명칭은 두브르이다.) 프랑스와는 35킬로미터 떨어져 있다. 기원전 55년 로마의 카이사르가 영국을 침공하기 위해 처음 택했던 곳이다.

** 루이 다르쿠르(Louis II d'Harcourt)는 1460년부터 1479년까지 발베크의 주교였으며, 또 나르본의 대주교였던 관계로 교황에 의해 예루살렘의 총대주교라는 직함을 받았다. 성전 기사단(『잃어버린 시간을 찾아서』 6권 448쪽 주석 참조.)은 바이외 교구에 여러 개의 수도원을 소유했다.

*** 종교적 의무를 수행하는 성직자에게 개인의 생활을 위해 교회가 주는 물질적 재산을 성직록이라고 하는데, 이를 수여할 권리를 가진 주교나 신부를 가리킨다.

**** Jean-Anthelme Brillat-Savarin(1755~1826). 프랑스의 전설적인 미식

아가는 엉뚱한 식도락가로, 내게 무척이나 맛있는 감자튀김을 먹게 하면서 조금은 모호한 교육학의 수수께끼 같은 용어로 설명했다오." 이처럼 잡다한 것을 결합하고, 평범한 것을 품위 있는 언어로 조롱하는 데 재치가 있다는 걸 보여 주려고 브리쇼가 미소 짓는 동안, 사니에트는 조금 전의 실추로부터 자신을 일으켜 세워 줄 어떤 재치 있는 표현을 시도해 보려고 애썼다. 이 재치 있는 표현이란 '유음어(à-peu-près)'라고 불리는 말장난인데 그 형태는 변했다. 왜냐하면 문학 장르나 전염병도 다른 것으로 변하면서 사라지듯이, 동음이의어의 말장난도 진화하기 때문이다. 예전의 '유음어' 말장난은 어떤 것이 '극치(comble)'를 묻는 형태를 취했다.* 그러나 이제 그것은 낡은 것이 되었고 그래서 어느 누구도 쓰지 않았는데, 코타르만이 '피케'라고 불리는 카드놀이를 하는 도중에 이따금 아직도, "오락의 극치가 뭔지 아세요? 낭트 칙령(l'édit de Nantes)을 영국 여자로 간주하는 거죠."**라고 말할 때 쓰였다. '극치'가 별명으로 바뀐 것이었다. 어쨌든 그것은 언제나 예전의 '유음어' 말장난이지만, 별명을 붙이는 것이 유행이었

가로 『미각의 생리학』(1825)이란 책을 썼다.

* '유음어' 말장난이란 음은 비슷하나 의미가 다른 단어를 사용해서 하는 말장난을 가리킨다. 예전에 이 유음어 말장난은 주로 어떤 상태의 최고치를 질문하는 것으로 구성되었으나, 지금은 별명을 대는 것으로 바뀌었다는 의미이다.

** 낭트 칙령(l'édit de Nantes)의 프랑스어 발음이 '레디 드 낭트'라는 점에서 '레이디 드 낭트(lady de Nantes)', 즉 낭트의 영국 여자를 상기시킨다는 말장난이다.(낭트 칙령은 앙리 4세가 1598년 낭트에서 최초로 신교도에게 신앙의 자유를 허용한 칙령이다.)

으므로 사람들은 그 사실을 알아차리지 못했다. 그러나 불행하게도 사니에트는 자신의 것이 아닌, 또 보통은 작은 동아리에도 알려지지 않은 유음어 말장난을 할 때면, 그것을 너무나 소심하게 말해서 그가 그 익살스러운 특징을 가리키려고 아무리 웃음을 동반하면서 노력해 봐야 어느 누구도 이해하지 못했다. 반대로 이 말장난이 그가 만든 것이라면, 보통은 그가 그곳 신도들과 얘기하다가 찾아냈으므로, 신도들 중 하나가 그 말장난을 자기 것으로 만들어 반복했으며, 그래서 그 말장난이 사람들에게 많이 알려질 때면, 더 이상 사니에트의 것이 아니었다. 그리하여 사니에트가 그런 말장난 중 하나를 넌지시 쓰기라도 하는 날에는, 누군가가 알아보고 자신이 그 말장난을 만든 당사자라며 사니에트를 표절자라고 비난했다. "그런데," 하고 브리쇼가 말을 이었다. "'베크(bec)'는 노르망디 말로 시냇물이오. 베크 수도원이 있지 않소. 모베크(mobec)는 늪의 시내요.(mor 또는 mer는 모르빌이나 브리크마르, 알비마르, 캉브르메르에서처럼 늪을 의미했다오.) 고지의 시내인 브리크베크는 브리크빌, 브리크보스코, 르브리크, 브리앙에서처럼 요새를 의미하는 '브리가(briga)'에서 나왔소. 또 다리를 의미하는 '브리스(brice)'에서 온 것도 있는데, 인스브루크 같은 독일어의 브루크(bruck)와, 케임브리지 같은 영어의 브리지(bridge)도 있다오.* 노르망디에는 그 외에도 많은 '베크(bec)'

* 앞에서 브리쇼는 브리크빌의 어원이 산이나 요새를 의미하는 briga에서 나왔다는 주임 신부의 주장을 비난하면서 브리크가 다리를 의미한다고 역설했으나, 여기서는 앞의 의견을 무시하고 브리크빌의 어원으로 산과 다리를 다 인정하고 있다.

가 있소. 코드베크, 볼베크, 르로베크, 르베크엘루앵, 베크렐처럼. 이것은 오펜바흐와 안스바흐 같은 독일어 '바흐(Bach)'의 노르만어 형태라오.* 바라그베크는 고어로 '바레뉴'인데 이는 영주의 사냥터, 즉 수렵이 금지된 숲이나 못을 가리키는 가렌을 의미한다오.** '달(dal)'로 말할 것 같으면," 하고 브리쇼는 말을 이어 갔다. "골짜기를 의미하는 '탈(Thal)'의 한 형태로 다르네탈, 로젠달, 루비에 근처에 있는 베크달도 마찬가지요.*** 그런데 달베크란 이름의 기원이 되는 하천은 무척이나 매력적이오. 절벽에서 보면(절벽을 의미하는 프랑스어의 팔레즈(falaise)는 독일어로 펠스(fels)인데, 여기서 멀지 않은 고지에 아름다운 팔레즈 마을이 있소.) 실제로는 아주 먼 곳에 위치하는 성당의 첨탑과 이웃하는 것처럼 보여 첨탑을 반사하는 듯하다오." "엘스티르가 매우 좋아하는 효과라고 생각합니다. 그분 아틀리에에서 그에 관한 스케치를 여러 장 보았거든요." 하고 내가 말했다. "엘스티르! 당신이 티슈****를 아나요?" 하고 베르

---

* 오펜바흐에 대해서는 『잃어버린 시간을 찾아서』 4권 159쪽 주석 참조. 안스바흐는 독일 바이에른 주의 도시 이름이다.

** 바라그베크(Varaguebec)는 어떤 어원학자도 언급하지 않은 지명으로, 다만 노르망디 주에 있는 바랑그베크(Varenguebec)가 '가렌(garenne)의 개울'로 명시되었다고 지적된다.(『소돔』, 플레이아드 III, 1531쪽 참조.)

*** 플랑드르 지방과 알자스에서 골짜기는 독일어 '달'과 '탈'에서 연유하며(네덜란드의 로젠달이 그 예이다.), 이것은 노르망디의 다르네탈에서도 발견된다.(『소돔』, 폴리오, 600~601쪽 참조.)

**** 스완이 베르뒤랭 부인의 살롱을 드나들던 시절 엘스티르의 별명은 비슈였다.(『잃어버린 시간을 찾아서』 2권 35쪽 참조.) 베르뒤랭 부인이 엘스티르에게 무관심다는 걸 보여 주기 위해 일부러 틀리게 발음한 것처럼 보인다.

뒤랭 부인이 외쳤다. “아실 테지만 저와 정말 가까운 사이였어요. 다행스럽게도 이제는 만나지 않지만요. 그래요, 만나지 않아요. 하지만 코타르나 브리쇼에게 물어보세요. 그 사람은 내 집에 식기 한 벌을 두고 매일처럼 찾아왔었죠. 우리의 작은 동아리를 떠난 게 좋은 결과를 가져오지 않았다고 말할 수 있는 그런 사람 중의 하나예요. 나중에 그 사람이 나를 위해 그린 꽃을 보여 드리죠. 최근에 그리는 것과 얼마나 다른지 알게 될 거예요. 최근에 그리는 것은 제 마음에 전혀 들지 않아요, 전혀. 그런데 어떻게 내가 그에게 코타르의 초상화를 그려 달라고 했었는지. 나에 대해 그린 그 모든 것들은 내버려 두고라도 말이에요.” “그분은 교수님 머리를 보라색으로 그렸답니다.” 하고 코타르 부인은 당시에는 남편이 교수 자격증도 없었다는 사실도 잊어버리고 말했다. “당신이 제 남편 머리칼을 보라색으로 생각할지는 모르겠지만요.” “상관없어요.” 하고 베르뒤랭 부인이 코타르 부인에 대한 경멸과 자신이 말하는 사람에 대한 존경의 표시로 턱을 쳐들며 말했다. “그 사람은 소문난 색채 화가로 훌륭한 화가였죠. 하지만,” 하고 부인은 내게 다시 말을 걸며 덧붙였다. “당신이 그걸 그림이라고 부를지는 잘 모르겠네요. 우리 집에 오지 않은 후부터 그가 전시하는 그 끔찍한 구성의 온갖 대작들이나 커다란 화폭의 그림들을, 저는 되는대로 휘갈긴 그림이라고 부른답니다. 상투적인 그림으로 입체감도 개성도 없어요. 그 안에는 모든 사람의 영향이 들어 있어요.” “그분은 18세기의 우아함을, 하지만 현대적인 방식으로 복원하려고 했죠.” 하고 나의 다정함으로 원기를 회복하고 활력을 찾은 사니에트가 서둘러 말했다. "하지만 전 엘뢰*를 더 좋아합니다." "엘뢰하고는 전혀 관계가 없어요." 하고 베르뒤랭 부인이 말했다. "아니, 있습니다. 18세기의 열띤 분위기 말입니다. 그는 증기선의 와토, 즉 '바토 아 바푀르(Wateau à vapeur)'라고 할 수 있죠." 하고 사니에트가 웃기 시작했다. "오! 그 재담은 이미 알려진 거요. 아주 많이 알려졌소. 사람들이 수년 전부터 내게 되풀이했소." 하고 베르뒤랭 씨가 말했는데, 사실 스키가 예전에 자기가 만든 것인 양 말한 적이 있었다. "처음으로 뭔가 재미있는 걸 알아듣게 말씀하셨지만 운이 나쁘시군. 당신이 만든 게 아니라서." "제 마음이 아파요." 하고 베르뒤랭 부인이 말을 이었다. "재능은 있는데 화가의 훌륭한 자질을 망쳐 버렸으니. 아! 그가 여기 그대로 있었다면! 아마도 우리 시대의 첫째가는 풍경화가가 되었을 거예요. 그 사람을 그토록 낮은 데로 끌어내린 건 한 여자죠! 게다가 놀랍지도 않아요! 유쾌하지만 천박한 사람이었으니까. 사실 평범한 사람이었어요. 제가 그 점을 금

---

* Paul César Helleu(1859~1927). 앞에서 언급한 모네나 마네, 르누아르, 휘슬러 외에도 엘스티르의 모델로 언급되는 화가이다. 프루스트는 몽테스큐의 소개로 1900년경에 알게 되어 그에 관한 글을 썼으며, 프루스트 임종 시의 초상화도 엘뢰의 작품이다. 그의 그림은 18세기와 유사하다는, 특히 흐릿한 안개 속의 풍경을 많이 그린 와토와 유사하다는 평을 받았다. 드가는 그에게 '증기선의 와토(Wateau à vapeur)'라는 별명을 붙여 주었다.(『소돔』, 폴리오, 601쪽 참조.) 증기선을 뜻하는 bateau a vapeur에서 b를 와토의 w로 바꾸었으며, 또 프랑스어의 w는 지역에 따라 v또는 w로 발음되므로, '바토 아 바푀르'는 동음이의어의 말장난에 해당된다.

방 인지했다는 걸 말씀드릴 수 있어요. 사실 그 사람은 한 번도 제 관심을 끌지 못했어요. 그를 좋아하기는 했지만 그게 전부예요. 우선 사람이 더러웠어요! 당신은 한 번도 목욕하지 않는 사람들을, 그런 사람들을 좋아할 수 있나요?" "우리가 먹고 있는 예쁜 빛깔의 이것은 도대체 뭔가요?" 하고 스키가 물었다. "딸기 무스라고 하는 거랍니다." 하고 베르뒤랭 부인이 말했다. "아주 맛있는데요. 샤토 마르고나 샤토 라피트, 포르토의 병마개를 따야겠는데요."* "절 너무나 즐겁게 하시는군요. 물밖에 마시지 못하는 분이." 하고 베르뒤랭 부인은 이런 엉뚱한 생각이 초래할 낭비에 대한 두려움을 감추려고 짐짓 즐거운 척 말했다. "마시려고 하는 게 아닙니다." 하고 스키가 말을 계속했다. "우리 모두의 잔을 포도주로 채우고, 싱싱한 복숭아와 커다란 천도복숭아를 바로 저기 석양 앞에 놓으면 한 폭의 아름다운 베로네제** 그림처럼 화려할 겁니다." "포도주를 사는 것만큼이나 돈이 들겠는걸." 하고 베르뒤랭 씨가 중얼거렸다. "하지만 이 보기 흉한 빛깔의 치즈는 치워 버리시죠." 하고 그는 집주인의 접시를 빼앗으려 했고, 주인은 있는 힘을 다해 그뤼에르 치즈를 지키려 했다. "내가 엘스티르에게 미련이 없다는 걸 이해하시겠죠." 하고 베르뒤랭 부인이 내게 말했다. "이분이 엘스티르보다 훨씬 재능이 많답니

* 샤토 마르고나 샤토 라피트는 값비싼 프랑스 보르도 와인이며, 포르토는 포르투갈에서 생산되는 포트와인으로 주로 식후에 마시는 달콤한 와인이다.

** 베로네제에 대해서는 『잃어버린 시간을 찾아서』 4권 14쪽, 359쪽 참조. 색채가 화려한 그림을 많이 그렸다.

다. 엘스티르는 일 그 자체죠. 한번 하고자 하면 손에서 결코 그림을 놓지 않으니까요. 모범생이고 일벌레죠. 이에 반해 스키는 제멋대로 사는 사람이에요. 만찬 중에도 담배에 불붙이는 모습을 볼 수 있으니까요." "사실 나는 왜 부인께서 그 사람의 아내를 받아들이려고 하지 않았는지 이해가 되지 않았습니다." 하고 코타르가 말했다. "그렇게 했다면 예전처럼 그가 다시 왔을 텐데요." "예의를 좀 지켜 주시면 안 될까요? 저는 창녀 따위는 받아들이지 않아요, 교수님." 하고 말했으나 그녀는 이런 말과는 반대로 엘스티르를 그 아내와 함께라도 오게 하려고 갖은 노력을 다했다. 그러나 그들이 결혼하기 전에는 그 두 사람을 갈라놓으려고 무척 애를 썼으며 엘스티르에게 그가 사랑하는 여인이 멍청하고 더러우며 경박하고 도둑질을 했다고 말했다. 그러나 이번만은 그들을 갈라놓는 데 성공하지 못했다. 엘스티르는 베르뒤랭 살롱과 결별했다. 그리고 마치 개종한 사람이 그들을 칩거 생활로 내던지고 구원의 길을 찾게 해 준 질병이나 역경을 찬양하듯이 그 사실을 기뻐했다. "교수님은 너그러운 분이세요." 하고 그녀가 말했다. "차라리 내 살롱을 밀회의 집이라고 공표하시죠. 하지만 엘스티르 부인이 어떤 인간인지 모르시는 것 같네요. 그 여자를 받아들이느니 최하층의 창녀를 받아들이는 편이 나을 거예요! 아! 나는 그런 더러운 일에는 가담하지 않겠어요. 게다가 그의 남편도 더 이상 나의 관심을 끌지 않는데 그런 아내를 용인한다면 내가 얼마나 바보 같아 보이겠어요. 그 사람은 이제 유행에 뒤처졌고, 그림도 그릴 줄 몰라요." "그와 같은 지성을 가진 사람이 참으로 놀라운 일입니다!"라며 코타르가 말했다. "오! 아니에요." 하고 베르뒤랭 부인이 대답했다. "재능이 있던 시기에도, 사실 그 무뢰한에게는 재능이 남아돌 만큼 많았어요. 그에게서 가장 짜증이 났던 건 그가 조금도 지적이지 않다는 거였죠." 베르뒤랭 부인이 엘스티르에 관해 이런 견해를 갖기에는 그들 사이에 불화가 있기를 기다리거나 그의 그림을 싫어할 필요도 없었다. 이 작은 그룹에 속해 있던 시기에도, 엘스티르는 맞든 틀리든 베르뒤랭 부인이 바보 같은 여자라고 생각하는 여자와 온종일을 보낸 적이 있으며, 그녀의 의견에 따르면 그런 모습은 전혀 지적인 사람의 행동이 아니었다. "아니에요." 하고 그녀는 공정한 표정으로 말했다. "그의 아내와 그는 함께 지내기에 더없이 잘 어울리는 커플이에요. 나는 이 세상에서 그녀만큼 따분한 여자는 알지 못해요. 나보고 그녀와 두 시간을 보내라고 하면 틀림없이 거의 미칠 지경이 될 거예요. 그런데 그 사람은 자기 아내를 아주 지적으로 생각한다는군요. 특히 우리의 티슈가 '지독하게도 바보였음을' 인정해야 해요. 여러분은 상상도 하지 못할 인간들에게, 우리 작은 패거리는 결코 원치 않았을 그런 순진하고 바보 같은 여자들을 보며 그가 까무러칠 정도로 놀라는 걸 본 적이 있어요. 그래요! 그런 여자들에게 편지를 보내고 함께 토론하고! 매력적인 데가 없지는 않았지만. 아! 그들에게는 매력적인, 매력적인 데가, 물론 지극히 엉뚱한 면이 있긴 했지요." 베르뒤랭 부인은 진짜 뛰어난 사람들은 수많은 미친 짓을 한다고 확신했다. 거기에는 뭔가 진실이 담겨 있지만 틀린 생각이다. 물론 사람의 '광기'란 견디기 힘든 것이다. 그러나 시간이 가면서 깨닫게 되는 불균형은, 보통 섬세한 생각을 하기 위해 만들어지지 않은 인간의 두뇌에 섬세한 생각이 들어가면서 생기는 결과이다. 그래서 우리는 매력적인 사람들의 기이한 모습에 분노하는데, 사실 매력적인 사람치고 기이한 점이 없는 사람은 거의 없다. "저기 그 사람이 그런 꽃을 당신에게 곧 보여 드릴 수 있어요." 하고 베르뒤랭 부인은 남편이 식탁에서 일어서도 된다는 신호를 보내는 걸 보고 내게 말했다. 그리고 캉브르메르 씨의 팔을 다시 잡았다. 베르뒤랭 씨는 캉브르메르 부인의 곁을 떠나자마자 샤를뤼스 씨 옆에 가서 그에게 권리가 있다고 생각되는 자리보다 일시적으로 낮은 자리에 앉게 된 이유를 설명하고, 특히 귀족의 작위를 가진 인간과 사교적인 미묘한 차이에 대해 얘기하는 즐거움을 누리기 위해 사과하고 싶었다. 그러나 우선 그는 자신이 샤를뤼스 씨가 그런 시시한 일에 마음을 쓴다고 생각하기에는 지나치게 지적인 사람으로 평가하고 있음을 보여 주고 싶었다. "이런 아무것도 아닌 일에 대해 말씀드리는 걸 용서해 주십시오." 하고 그는 말을 시작했다. "당신이 그런 일을 무시한다는 걸 압니다. 부르주아 정신을 소유한 사람들은 그런 일에 유의하지만 다른 사람들, 즉 예술가나 정말로 그와 같은 부류의 사람들은 개의치 않거든요. 그런데 우리가 나눈 첫 몇 마디부터 저는 당신이 그런 부류에 속하는 분임을 알아보았습니다!" 이 말에 아주 다른 의미를 부여한 샤를뤼스 씨는 몸을 움찔했다. 의사의 윙크 다음으로 '주인'의 모욕적인 솔직함에 그는 숨이 막혔다. "반박하지 마세요. 친애하는 선생님, 당신은 그런 부류에 속하는 분입니다. 대낮처럼 명백합니다." 하고 베르뒤랭 씨가 말을 이었다. "당신이 어떤 예술을 하는 분인지는 잘 모릅니다. 하지만 그건 필수적인 것이 아니고 언제나 충분한 것도 아닙니다. 최근에 사망한 드샹브르는 가장 단단한 기교를 가지고 완벽하게 연주했지만, 그는 그런 사람은 아니었습니다. 그가 그런 사람이 아님을 우리는 금방 깨달았죠. 브리쇼도 그런 사람이 아니지만, 모렐은 그런 사람이며, 제 아내도 그런 사람이며, 전 당신도 그런 사람이라는 걸 느낍니다." "내게 무슨 말을 하려는 거요?" 하고 샤를뤼스 씨는 베르뒤랭 씨가 하는 말의 의미에 조금 마음을 놓기 시작했지만, 이런 이중적인 의미를 가진 말은 좀 더 낮은 소리로 해 주기를 바라면서 말을 가로막았다. "우리가 당신을 왼편에 앉게 해 드려서." 하고 베르뒤랭 씨가 대답했다. 샤를뤼스 씨는 이해한다는 듯 호인다운 거만한 미소를 지으면서 대답했다. "하지만 뭐 괜찮소, '여기서는.'" 그리고 특유의 작은 웃음소리를 냈다. 아마도 바이에른 혹은 로렌 지방의 조모로부터 물려받았을 그 웃음소리는, 그의 조모도 조상으로부터 물려받았을 터였다. 그리하여 그 웃음소리는 몇 세기에 걸쳐 유럽의 오래된 작은 궁전에서 변함없는 모습으로 울려 퍼졌고, 사람들은 거기서 대단히 희귀한 몇몇 옛 악기의 음색처럼 지극히 정교한 음색을 음미했다. 누군가를 완전히 묘사하기 위해서는 음성적인 모방이 곁들여져야 하는데, 샤를뤼스라는 인물에 대한 묘사는 이런 지극히 정교하고 가느다란 작은 웃음소리를 옮기지 못하는 탓에 불완전할 수밖에 없었다. 마치 바흐의 몇몇 작품이 오늘날의 오케스트라에서는 그 특이한 음을 가진 '작은 트럼펫'이 없어서 결코 정확히 연주되지 않는 것과도 같다.* "하지만," 하고 기분이 상한 베르뒤랭 씨가 설명했다. "의도적으로 그런 겁니다. 저는 귀족의 작위에 어떤 중요성도 부여하지 않으니까요." 하고 건방진 미소를 지으면서 덧붙였는데, 할머니와 어머니와는 달리, 내가 아는 수많은 사람들에게서 보아 온 것으로, 자기들이 갖지 못한 것을 가진 사람 앞에서 그렇게 미소를 지으면 상대가 자기들보다 우월하다고 생각하지 못하리라고 여기는 미소였다. "하지만 마침 캉브르메르 씨가 계시고, 저분은 후작이시지만 당신은 남작에 지나지 않으니……." "미안하지만," 하고 샤를뤼스 씨는 오만한 표정으로, 놀란 베르뒤랭 씨에게 대답했다. "나는 또한 브라방 공작이자 몽타르지의 소공자이며, 올레롱과 카랑시와 비아레조와 뒨의 대공입니다.** 하기야 그건 전혀 중요하지 않아요. 걱정 마세요." 하고 그는 교활한 미소를 다시 지으면서 덧

* 바흐 시대에는 일반 크기보다 작은 트럼펫을 써서 높은 음역의 음들을 냈다고 한다.

** 게르망트 가문이 중세의 브라방 가문까지 거슬러 올라간다는 것은 이미 앞에서 지적된 사실이다.(『잃어버린 시간을 찾아서』 1권 186쪽 주석) 여기서 소공자라고 옮긴 프랑스어의 다무아조(damoiseau)는 아직 기사가 되지 않은 젊은 귀족을 지칭하는 말로 로렌 지방의 코메르시에서 사용되던 호칭이며, 몽타르지는 1913년의 『스완』 초고에서는 생루의 이름이었다. 올레롱 대공의 작위는 쥐피앵의 조카딸을 양녀로 삼는 장면을 미리 예고하며(『갇힌 여인』), 카랑시는 프랑스 북부 파드칼레의 한 마을이며, 비아레조는 이탈리아 토스카나 주 북부에 있는 해변 도시이며, 뒨은 튀렌 장군이 1658년 스페인 군대를 물리친 유명한 곳이다.

붙였는데, 그 미소는 다음의 마지막 말에서 활짝 꽃을 피웠다. "당신이 그런 데 익숙하지 않다는 걸 금방 알아보았으니까요."

베르뒤랭 부인은 엘스티르가 그린 꽃을 보여 주려고 내 옆에 왔다. 나는 오래전부터 사교적인 만찬에 가는 일에 별로 관심을 두지 않았지만, 지금은 반대로 해안을 따라가다 해발 200미터까지 마차로 올라가는 완전히 새로운 형태의 여행에서 어떤 취기마저 느꼈는데, 이런 취기는 라 라스플리에르에 이르러서도 사라지지 않았다. "자, 보세요." 하고 여주인은 엘스티르가 그린 크고 아름다운 장미꽃을 가리키면서 말했다. 매끄러운 진홍빛과 거품 이는 크림 빛 장미가 그것이 놓인 화분 위로 지나치게 끈적거리는 기복을 드러내고 있었다. "그 사람이 아직도 이 그림에 버금갈 만한 솜씨를 지니고 있다고 생각하세요? 대단한 솜씨죠! 그리고 재질도 얼마나 아름다운지, 만지작거리기에도 재미있을 거예요. 그 사람이 그림을 그리는 모습을 보는 게 얼마나 즐거웠는지 말로 다 표현할 수가 없군요. 그런 효과를 내는 데 관심 있다는 게 느껴졌어요." 그리고 여주인의 시선은 그의 위대한 재능뿐 아니라, 그가 그녀에게 남긴 추억 속에서만 살아남은, 오랜 우정이 요약된 예술가의 선물 위에서 꿈꾸듯 잠시 멈추었다. 그녀는 지난날 그가 그녀를 위해 딴 꽃들 뒤로, 어느 아침나절 그 싱그러운 꽃들을 그렸던 아름다운 손을 다시 보는 듯했고, 그리하여 식탁 위에 놓인 꽃들과 식당 의자와 등지고 있는 꽃 그림은, 여주인의 오찬을 위해 아직 살아 있는 장미꽃과 그것과 반쯤 닮은 장미꽃 그림이 마주 앉아 있는 모습을 상상하게 해 주었다. 장미꽃은 반 정도만 흡사했는데, 우선 엘스티르 자신이 우리가 언제나 머물러야 하는 내적 정원으로 그 꽃을 옮겨 심지 않고는 바라볼 수 없었기 때문이다. 그는 이 수채화에서 자신이 보았던, 또 자신이 없었다면 사람들이 결코 알지 못했을 그런 장미꽃의 출현을 보여 주었다. 그러므로 그 꽃은 창의력이 풍부한 원예가와 마찬가지로 화가가 풍요롭게 만든 장미과의 새로운 변종이라 할 수 있었다. "이 작은 동아리를 떠난 후부터, 그는 끝난 사람이었어요. 우리 집 만찬 때문에 시간을 허비했고, 내가 그의 '천재'를 발전시키는 데 해를 끼쳤다나 봐요." 하고 그녀는 냉소적인 어조로 말했다. "마치 나 같은 여자와의 교제가 예술가에게 유익하지 않다는 듯이 말이죠!" 하고 그녀는 자존심이 발동한다는 듯 소리쳤다. 우리 바로 가까운 곳에 이미 앉아 있던 캉브르메르 씨는 샤를뤼스 씨가 서 있는 걸 보고는 자리에서 일어나 그에게 의자를 내주는 동작을 했다. 이런 제의는 어쩌면 후작의 생각 속에서는 막연히 예의상 해 본 것에 지나지 않았겠지만, 샤를뤼스 씨는 거기에 보잘것없는 귀족이 왕족에게 수행해야 하는 의무의 의미를 부여하고 싶었고, 이런 상석에 앉을 자신의 권리를 거절함으로써 그 권리를 보다 분명히 할 수 있다고 생각했다. 그래서 그는 "제발 이러지 마시오, 부탁이니."라고 외쳤다. 그러나 교활하게 반박하는 이런 격한 어조에는 이미 뭔가 '게르망트' 같은 데가 있었으며, 그것은 샤를뤼스 씨가 아직 일어서지 않은 캉브르메르 씨를 억지로 앉히려고 두 손으로 어깨를 누르는 그 위압적이고 불필요하며 친숙한 동작과 더불어 더욱 강조되었다. "아! 여보시오, 친구." 하고 남작이 우겼다. "정말 가관이로군요. 그럴 필요가 없어요. 우리 시대에 그런 일은 왕위 계승권을 가진 왕족*에게나 하는 거요." 나는 그 집에 감탄했지만, 그러나 베르뒤랭 부인이나 캉브르메르 부인을 감동시키기에는 부족했다. 내가 그들이 가리키는 아름다움에는 냉담하고, 뭔가 아련한 회상에 열광했기 때문이다. 때로 나는 그들에게 그 이름이 상상하게 했던 것에 부합하는 것을 찾지 못했다며 환멸의 감정마저 고백했다. 이곳이 보다 전원풍일 줄 알았다는 내 말에 캉브르메르 부인은 분을 참지 못했다. 반면 나는 문에서 들어오는 바깥 바람 내음을 들이마시기 위해 황홀하게 걸음을 멈추었다. "외풍을 좋아하시나 봐요."라고 그들이 말했다. 깨진 유리 틈을 막고 있는 그 초록빛 뤼스트린 천 조각에 대한 나의 칭찬도 이렇다 할 성공을 거두지는 못했다.** "끔찍해요."라고 후작 부인이 외쳤다. 그녀의 분노는 내가 다음과 같이 말했을 때 절정에 이르렀다. "가장 기뻤던 것은 이곳에 도착했을 때였죠. 회랑에 내 발자국 소리가 울리는 걸 들었을 때, 어느 면사무소인지는 모르겠지만, 마치 내가 마

---

* 여기서 '왕위 계승권을 가진 왕족'이라고 옮긴 prince du sang은 왕의 직계는 아니지만, 왕위 계승권을 인정받은 왕족을 가리킨다.

** 뤼스트린은 한 면에 광택이 많이 나는, 보통 안감이나 토시로 쓰이는 면직물이다. 이 '초록빛 뤼스트린(lustrine verte)'은 『소돔』의 초고에서는 『되찾은 시간』의 회상 장면을 준비하기 위해 길게 분석되었으나, 최종본에서는 이렇게 짧은 암시로 그치고 있다.

을 지도가 걸린 곳에 들어와 있는 것 같은 느낌을 받았어요." 이번에는 캉브르메르 부인이 내게 단호히 등을 돌렸다. "이 모든 것이 지나치게 형편없이 배치되었다고 생각하지 않소?" 하고 남편은 아내가 이 서글픈 환대 의식을 얼마나 잘 참고 있는지를 아는 듯한 그런 측은한 마음에서 물었다. "아름다운 데가 있기는 하지만." 그러나 악의가 있는 사람들은, 확고한 취향으로 고정된 법칙이 그 취향을 불가피하게 한정하지 않을 경우에는 자신들을 대신해서 차지한 사람들의 인간성이나 집에 대해 비난할 구실을 찾아내는 법이다. "그래요, 제자리에 놓여 있지 않군요. 게다가 정말로 그렇게 아름답기는 한 건가요?" "당신도 알아차렸구려." 하고 캉브르메르 씨는 뭔가 확고한 신념이 담긴 서글픈 표정으로 말했다. "주이 직물*이 너무 낡아서 올이 드러난 것하며, 이 살롱에는 전부 낡은 것밖에 없군!" "커다란 장미가 그려진 천 조각은 꼭 시골 여자의 발 덮개 같아요." 하고 그 가식적인 교양이 전적으로 관념주의 철학과 인상파 그림과 드뷔시 음악에 집중된 캉브르메르 부인이 말했다. 또 사치의 이름뿐만 아니라 안목의 이름에서도 논고를 내렸다. "또 저들은 창문 아래쪽만 가리는 커튼을 쳤어요! 정말 끔찍한 모양이군요! 저들에게 뭘 더 바라겠어요? 자기들도 모르는데 도대체 어디서 배웠을까요? 아마도 은퇴한 거물 장사꾼이었나 봐요. 그렇다면 저 정도도 괜찮은

* 주이 공장에서 생산되는, 꽃이나 풍경이 인도 면직물에 프린트된 두꺼운 천을 가리킨다.

거지만.” “샹들리에는 아름다워 보이더군.” 샹들리에는 왜 예외로 하는지 누구도 이해하지 못했지만 후작은 그렇게 말했다. 마치 샤르트르와 랭스와 아미앵 대성당이건 혹은 발베크의 성당이건, 사람들이 성당 얘기를 할 때마다 언제나 필연적으로 “파이프 오르간과 설교단과 성직자 좌석 뒤에 기대는 받침대에 새겨진 세공!”이 아름답다고 서둘러 인용하는 것처럼 말이다. “정원에 대해서는 말도 말아요.” 하고 캉브르메르 부인이 말했다. “완전히 다 망쳐 놓았어요. 정원 안에 있는 작은 오솔길들이 전부 삐뚤어졌어요.” 나는 베르뒤랭 부인이 커피를 대접하는 틈을 타 캉브르메르 부인이 전해 준 편지를 슬쩍 보려고 나갔는데, 그녀의 시어머니가 저녁 식사에 초대한다는 내용이었다. 잉크로 쓴 몇 줄 안 되는 글의 필치가 다른 많은 것들 중에서도, 마치 화가가 자신의 독창적인 시각을 표현하기 위해서는 신비롭게 제작된 희귀한 물감을 필요로 하지 않듯이, 특별한 펜을 사용했다는 가정을 하지 않고도 식별할 수 있을 만큼의 무질서한 개성을 드러내고 있었다. 발병 후 읽지도 못하고 글자를 그림으로 볼 수밖에 없는 어느 실서증에 걸린 중풍 환자라 해도, 캉브르메르 부인이 문학이나 예술에 대한 열광적 소양 덕분에 조금은 귀족적 전통에 바람을 불어넣었던 오래된 가문에 속한다는 사실을 인지했을 것이다. 또한 후작 부인이 어느 시기에 글쓰기와 쇼팽 연주를 함께 배웠는지도 짐작했을 것이다. 당시에는 교육을 잘 받은 사람들이 남에게 상냥하게 굴고 소위 세 형용사의 규칙을 준수하던 시절이었다. 캉브르메르 부인은 이 두 가지를 병행했다. 남을 칭찬하기 위해 형용사 하나만으로는 부족했으므로, 두 번째(붙임표 후에)와 세 번째(두 번째 붙임표 후에) 형용사가 그 뒤를 이었다. 그러나 특이한 점은 그녀가 제시하는 사회적이고 문학적인 목적과 반대로, 이 세 형용사의 연결이 캉브르메르 부인의 편지에서는 단계적인 발전이 아닌 '디미누엔도'[점점 약하게]의 양상을 띤다는 것이었다. 캉브르메르 부인은 이 첫 번째 편지에서 자신이 생루를 만났으며, 그의 유일하고 — 드문 — 실질적인 자질을 높이 평가하며, 생루가 그의 친구 중 하나(바로 자기 며느리를 좋아하는 친구)와 함께 다시 올 예정이며, 또 내가 원한다면 그들과 함께든 혼자서든, 페테른에 만찬을 들러 온다면 황홀하고 — 행복하고 — 만족스럽겠다고 말했다. 어쩌면 상냥하게 대하고 싶은 욕망이 그녀의 마음속에 담긴 풍요로운 상상력과 풍부한 어휘에 걸맞지 않았는지, 이 귀부인은 세 개의 감탄사를 말하려 했지만 두 번째와 세 번째 형용사에서는 첫 번째 형용사의 약해진 메아리만을 겨우 자아냈다. 만일 네 번째 형용사가 있었다면, 처음의 상냥함으로부터 남은 것은 아무것도 없었으리라.

끝으로 가족과 자신의 교제 범위에서조차 대단한 인상을 주지 못하는 그런 세련된 소박함으로, 캉브르메르 부인은 거짓말처럼 보일지도 모르는 '진지한(sincere)'이란 말 대신에 '진실한(vrai)'이란 말을 쓰는 습관이 있었다. 그리고 그것이 뭔가 정말로 진지한 것임을 보여 주기 위해 이 단어를 명사 앞에 쓰는 관례적인 용법을 깨고 과감하게 단어 뒤에 썼다. 그녀의 편지는 "믿어 주시기를, 내 우정의 진실함을." "믿어 주시기를, 내 호의의 진실함을."*이라는 말로 끝났다. 불행하게도 이런 표현은 지나치게 상투적이어서 겉으로 솔직한 척하는 모양이 지금 사람들은 상상도 하지 못하는 옛 시대의 표현이라기보다는, 거짓으로 예의를 지킨다는 인상만을 주었다. 게다가 나는 샤를뤼스 씨의 높은 목소리가 압도하는 그 웅성거리는 대화 소리 때문에 더 이상 편지를 읽지 못했다. 그는 자신의 화제를 포기하지 않고 캉브르메르 씨에게 얘기를 이어 갔다. "당신 자리에 내가 앉기를 바라는 모습이, 오늘 아침 내게 '샤를뤼스 남작 각하께'라고 봉투에 쓰고, '저하'라는 말로 편지를 시작한 사람을 생각나게 하는군요." "사실 당신에게 편지를 보낸 분이 조금 과장했나 봅니다." 하고 캉브르메르 씨가 조심스럽게 웃음을 터뜨리면서 대답했다. 샤를뤼스 씨는 웃음을 유발해 놓고 같이 웃지 않았다. "그런데 사실, 친애하는 선생," 하고 샤를뤼스 씨가 말했다. "문장학적으로 말하면 그 사람이 옳다는 건 당신도 알 거요. 당신도 생각할 수 있겠지만, 이 문제는 개인적인 문제로 생각해서 하는 말이 아니오. 남의 일인 것처럼 말하는 거요. 어쩌겠소, 역사는 역사고, 우리는 그에 대해 아무것도 할 수 없으니. 역사를

* 우리말에서 형용사는 명사 앞에 써야 하나 프랑스어에서는 대개의 경우 명사 뒤에 놓이며, '진실한'을 의미하는 vrai처럼 음절이 짧은 경우에는 명사 앞에 놓인다.(따라서 이 문단에서는 "나의 진실한 우정을 믿어 주세요", "나의 진실한 호의를 믿어 주세요"라는 표현을 조금 변형해서 옮겼다.) 캉브르메르 부인은 '진실한'이란 말의 효과를 극대화하기 위해 자신만의 독특한 어법을 구사하나, 상투적이고 희극적인 효과만을 자아낸다는 것이 화자의 평이다.

다시 쓰는 일은 우리의 소관이 아니잖소. 키엘에서 빌헬름 황제가 내게 줄곧 '저하'라는 호칭을 붙였던 사실은 예로 들지 않겠소.* 황제는 프랑스의 모든 공작을 그렇게 불렀는데 조금 지나친 감이 있었지만, 어쩌면 우리 머리 너머 프랑스를 겨냥한 섬세한 배려였는지도 모른다오." "섬세하면서도 조금은 진지한"이라며 캉브르메르 씨가 말했다. "아! 나는 당신과 의견이 달라요. 개인적으로 호엔촐레른과 같은 이류의, 더 나아가 프로테스탄트이며 내 사촌인 하노버 왕을 쫓아낸 제후가 개인적으로 마음에 들 리 없잖소."** 하고 하노버를 알자스로렌보다 중요하게 여기는 샤를뤼스 씨가 덧붙였다. "하지만 황제가 우리에게 가진 관심은 지극히 진지하다고 생각하오. 멍청한 녀석들은 그분을 보고 '연극의 황제'라고 할 거요. 하지만 그분은 정반대로 무척이나 지적인 분이오. 그림에 대해서는 아무것도 모르고 국립 미술관에서 엘스티르의 그림을 철수하도록 추디***에게 강요하긴 했지만 말이오. 그러나 루이 14세

---

* 프루스트는 페르디낭 바크(Ferdinand Bac)가 《라 르뷔 드 파리》(1916)에 쓴 「빌헬름 황제에 대한 기록과 회고」를 참조했다. 황제는 1907년 독일 북부 키엘에서 개최된 요트 경기 때 두 명의 프랑스 공작을 접견하고 줄곧 '저하'라고 불렀다고 한다.

** 호엔촐레른에 대해서는 『잃어버린 시간을 찾아서』 5권 207쪽 주석 참조. 하노버 가문은 비엔나 조약 후 왕국이 되었으며, 1866년 프로이센과 오스트리아 전쟁 때 오스트리아 편에 섰다고 해서 프로이센에 병합되었다. 1851년부터 하노버 왕인 게오르크 5세는 빌헬름 2세가 아닌 빌헬름 1세와 비스마르크에 의해 왕위에서 쫓겨났다. 하지만 게르망트와 하노버 가문의 친척 관계에 대해서는 설명하기 어렵다고 지적된다.(『게르망트』, 폴리오, 602쪽 참조.)

*** Hugo von Tschudi(1851~1911). 1896년부터 1907년까지 베를린 국립 미

도 네덜란드의 거장들을 좋아하지 않았고 사치에 대한 취향도 있었지만 어쨌든 대군주였으니까. 게다가 빌헬름 2세는 육해군 분야에서 자기 나라를 무장했으며, 이는 루이 14세도 하지 못했던 일이오. 나는 사람들이 진부하게 '태양왕'이라고 부르는 분의 말년 치세를 어둡게 했던 불운이 황제에게 일어나지 않기를 바랄 뿐이오. 프랑스 공화국은 호엔촐레른의 이런 다정한 몸짓을 거부함으로써, 또는 인색하게만 응답함으로써 큰 실수를 범했소. 황제도 이 사실을 매우 잘 인식했고, 그래서 뛰어난 표현 능력을 발휘하여 '내가 원하는 것은 악수지 그저 모자를 벗는 게 아니오.'*라고 말했던 거요. 인간으로서의 황제는 비열하다고 할 수 있소. 자신의 가장 좋은 친구들을 버리고 고발하고 부정했으니까. 그들의 침묵이 참으로 위대했던 만큼 황제의 침묵이 너무도 초라해 보이는 상황에서," 하고 샤를뤼스 씨는 이야기를 이어 갔다. 그는 자신의 성향에 휩쓸려 울렌부르크 사건**을 암시하면서, 최상층의 혐의자 중 한 사람의 말을, "황제께서는 이런 재판을 감히 허락할

술관 관장을 지내면서 역사주의에 맞서 일련의 개혁을 단행했다. 인상주의의 옹호자인 그는 1902년 마네에 관한 책을 발간했고(빌헬름 2세는 마네를 좋아하지 않았다고 한다.) 사임할 때까지 마네와 르누아르, 드가의 작품을 구입하기 위해 기금을 모집했다.(『소돔』, 폴리오, 602쪽 참조.)

* 페르디낭 바크에 의하면, 빌헬름 황제는 알자스로렌에 대해 "개인적으로 나라면 그곳을 결코 병합하지 않았을 거요. 다른 종류의 배상을 요구했을 거요. 오늘 우리는 친구가 될 것이고, 하지만 내가 원하는 것은 악수지 그저 모자를 벗는 게 아니오."라고 말했다고 한다.(황제는 자신이 만나는 모든 프랑스인에게 이 말을 되풀이했다고 전해진다.)(『소돔』, 폴리오, 602쪽 참조.)

** 『잃어버린 시간을 찾아서』 5권 484쪽 참조.

만큼 우리의 섬세한 마음을 신뢰할 수밖에 없었나요! 게다가 우리의 신중함에 대한 믿음은 틀리지 않았습니다. 우리는 단두대에서도 입을 다물 겁니다."라는 말을 상기했다. "게다가 이 모든 것은 내가 말하려는 것과 아무 관계가 없소. 즉 독일에서는 나처럼 배신(陪臣)인 대공을 '전하(Durchlaucht)'라고 부르며,* 또 프랑스에서 우리 가문의 왕족 지위는 공개적으로 인정되었소. 생시몽은 우리가 권력을 남용해서 취득했다고 하지만, 그건 완전히 틀린 말이오. 그가 내세운 이유가, 루이 14세가 우리에게 그를 '기독교 왕'이라고 부르는 걸 금지하고 그냥 '왕'이라고 부르도록 명령했다는 것인데, 이런 이유는 우리 가문이 왕에게 소속되었음을 증명할 뿐 왕족의 자격이 없다는 것을 증명하지는 않소.** 그게 아니라면 로렌 공작이나 그 밖의 다른 많은 공작에게 부여된 왕족의 자격도 부정해야 할 거요.*** 게다가 우리가 가진 대부분의 작위는 테레즈

---

* 1763년부터 독일 튀링겐 주에 위치한 고타에서는 매해 유럽 왕실과 귀족 인명록인 「고타 연감」이 발행되었다. 이 책 1부에는 유럽 군주의 족보가, 2부에는 독일의 배신 제후, 즉 '전하'의 족보가, 3부에는 단순한 귀족의 족보가 수록되었다. 배신(陪臣)에 대해서는 『잃어버린 시간을 찾아서』 5권 418쪽 주석 참조.

** 아마도 이 발언은 1698년 로렌 공작의 주장에 관한 생시몽의 기록과 연관이 있는 것처럼 보인다.(『소돔』, 폴리오, 603~604쪽 참조). '최고의 기독교 왕'이란 호칭은 국제적인 외교 문서에서 왕을 지칭하기 위해 사용되었던 말인데, 로렌 공작이 자신을 외국인 왕족으로 간주하고 프랑스 국왕에게 최고의 기독교 왕이라고 지칭하자, 의회가 로렌 공작은 프랑스 왕의 신하이므로 그냥 왕으로만 부르도록 명령했다는 일화에서 연유한다.

*** 원래 prince라는 말은 왕과 같은 종류의 왕족에게만 허용된 말로, 바이에른과 로렌의 왕족을 선조로 하는 게르망트 가문은 '프랑스' 왕족으로 불릴 자격이 없는 것처럼 보인다. 하지만 이 경우에는 로렌 공작도 독일 왕족에 속하므로

데피누아를 통해 로렌 가문으로부터 전해져 왔소. 그분은 내 증조모로 코메르시 귀족의 따님이었다오."* 모렐이 그의 말에 귀 기울이는 모습을 보자 샤를뤼스 씨는 자기가 그렇게 주장하는 이유를 상세히 설명하기 시작했다. "내 형에게도 지적했지만 우리 가문은 「고타 연감」의 1부가 아니라면 적어도 3부가 아닌 2부에는 기재되었어야 했소."** 하고 그는 모렐이 「고타 연감」을 모른다는 사실을 깨닫지 못하고 말했다. "하지만 이 문제는 형님의 일이오. 우리 가문의 장자니까. 그러니 형님이 지금 그대로가 좋다고 하면 나 역시 눈 감을 수밖에." "저는 브리쇼 씨에게 관심이 많습니다." 하고 나는 내 쪽으로 온 베르뒤랭 부인에게 말하면서 캉브르메르 부인의 편지를 주머니에 넣었다. "지식도 많고 충직한 사람이죠." 하고 부인은 냉정하게 대답했다. "물론 독창성이나 안목은 없지만, 놀라운 기억력을 가졌어요. 예전에는 오늘 저녁 여기 계신 분들의 '조상'인 망명 귀족***에 대해서도, 그들은 잊어버린 게 아무것도 없다고 말하곤 했어요. 물론 배운 게 하나도 없었으니 적

왕족의 자격을 부정해야 한다는 것이 샤를뤼스의 주장이다.

* 아마도 코메르시의 귀족으로, 로렌 가문의 릴본 대공 딸 엘리자베스에 대한 암시처럼 보인다고 지적된다.(『소돔』, 플레이아드 III, 1538쪽 참조.) 1691년 에피누아 대공인 믈룅의 루이 1세와 결혼했으며, 생시몽의 『회고록』에서 중요한 역할을 하는 인물이다.

** 174쪽 주석 참조.

*** 망명 귀족이란 1791년 프랑스 혁명 때 프랑스를 떠난 귀족을 가리킨다. 그 중 시골 귀족들 사이에는 배우지 못한 사람들도 많았는데, 배운 게 없으니 당연히 잊어버릴 것도 없다는 야유조의 농담이다.

어도 변명거리는 있었던 셈이죠." 하고 부인은 스완의 재담 하나를 빌려서 말했다. "그런데 브리쇼는 무엇이든 다 알고 있어서 식사 중에도 우리 머리를 향해 사전을 무더기로 던진답니다. 당신도 이제는 이런저런 도시나 마을 이름에 대해 모르는 게 없을걸요." 하고 베르뒤랭 부인이 말하는 동안 나는 그녀에게 뭔가 물어볼게 있었는데 전혀 기억이 나지 않는다고 말했다. "틀림없이 브리쇼에 대한 얘기일 겁니다." 하고 스키가 말했다. "샹트피, 프레시네, 정말로 그 사람은 당신에게 아무것도 면제해 주지 않았군요. 내 귀여운 여주인, 전 부인을 바라보고 있었습니다." "저도 당신을 보고 있었죠. 웃음이 나올 뻔했어요." 오늘 나는 베르뒤랭 부인이 그날 저녁 무슨 옷을 입었는지 말할 수 없다. 어쩌면 그 순간에도 지금과 마찬가지로 알지 못했는지 모른다. 내게는 관찰 정신이 없었으니까. 하지만 그녀의 옷차림이 수수하지 않다는 걸 느끼면서도 그녀에게 뭔가 다정한 찬미의 말을 했다. 그녀는 모든 여인들과 거의 똑같았다. 여인들은 그들에 대한 찬사가 엄밀한 의미에서 진실의 표현이며, 또 그것이 한 인간에 관계된 것이 아니라 예술품에 관계되는 공정하고도 불가항력적인 판단이라고 생각한다. 그래서 그녀가 이런 순진하고도 자만심이 가득한 질문을 했을 때 나는 위선적인 나 자신 때문에 그 진지한 어조에 얼굴을 붉히고 말았다. "마음에 드세요?" "샹트피 얘기군, 틀림없소." 하고 베르뒤랭 씨가 우리에게 다가오면서 말했다. 그 초록빛 뤼스트린과 나무 냄새를 생각하느라, 나는 브리쇼가 어원을 나열하는 동안 사람들의 웃음거리가 되었다는 걸 알아차리지 못했다. 내게서 사물에 가치를 주는 인상들은, 다른 사람들은 느끼지 못하거나 혹은 하찮다고 생각해서 억압하는 것들이었으므로 내가 그 인상들을 남에게 전달한다고 해도 이해받지 못하거나 무시받을게 뻔했으므로 나한테는 전혀 쓸모가 없었다. 더욱이 그것은 베르뒤랭 부인의 눈에 나를 어리석은 사람으로 보이게 하는 불리한 작용을 했는데, 전에 내가 아르파종 부인 댁에서 즐거웠다고 말하자 게르망트 부인이 나를 바보로 생각했던 것처럼, 베르뒤랭 부인도 내가 브리쇼의 말을 '무조건 믿는' 걸 보면서 그렇게 생각했을 것이다. 그렇지만 브리쇼에게는 또 다른 이유가 있었다. 나는 이 작은 패거리에 속한 사람이 아니었다. 그런데 사교계나 정치계나 문학계나 온갖 패거리에 속한 사람들은 대화나 공식 연설, 중편 소설이나 소네트에서 정직한 독자라면 전혀 생각도 못할 것들을 발견해 내는 그런 비뚤어진 능력을 가지고 있다. 내가 얼마나 여러 번, 달변이지만 조금은 고풍스러운 언어로 능숙하게 스토리를 전개하는 어느 한림원 회원이 쓴 콩트를 읽고 감동해서는 블로크나 게르망트 부인에게 "참으로 멋진데요!"라고 말하려 했으며, 그때마다 그들은 내가 입을 열기도 전에 각기 다른 언어로, "유익한 시간을 보내고 싶다면 모모 씨의 콩트를 읽으세요. 인간의 어리석음을 그렇게 멀리까지 다룬 글은 없으니까요."라고 외치곤 했던가! 블로크는 문체의 몇몇 효과가 매력적이기는 하나 조금은 빛바랜 문체라는 점을 들어, 또 게르망트 부인은 내가 결코 생각해 보지 못했지만 그녀가 재치 있게 유추해 낼 수 있었던, 작가의 의도와는 정반대되는 사실을 들어 그 글을 멸시했다. 그러나 브리쇼에 대해 다정한 척하는 외양 뒤에 감추어진 베르뒤랭 부부의 비웃음을 보며 나는 놀랐는데, 이는 며칠 후 페테른에서 내가 라 라스플리에르에 대해 열광적인 찬사를 보내자 캉브르메르 사람들이 "그들이 한 짓을 보고도 그런 말씀을 하시다니 진심은 아니겠죠."라고 말했을 때도 마찬가지였다. 물론 그들은 식기 세트가 아름답다고 인정했다. 그러나 그것은 창문 아래쪽만 가리는 그 보기 흉한 반 커튼처럼 내 눈에는 띄지 않았다. "여하튼 지금은 발베크에 돌아가면, 발베크가 무슨 뜻인지는 알 거요." 하고 베르뒤랭 씨가 냉소적으로 말했다. 나의 관심을 끈 것은 바로 브리쇼가 내게 가르쳐 준 것들이었다. 그의 재치라고 불리는 것으로 말하자면, 그것은 예전에 작은 패거리에서 그들을 즐겁게 해 주었던 것과 동일했다. 그는 여전히 자극적인 달변을 구사했지만, 그의 말은 더 이상 시류에 맞지 않았고, 그래서 적대적인 침묵이나 불쾌한 울림을 물리쳐야 했다. 그의 말이 달라져서가 아니라 살롱의 음향 효과와 관중의 태도가 변했기 때문이었다. "조심하세요!" 하고 베르뒤랭 부인이 브리쇼를 가리키며 낮은 소리로 말했다. 시각보다 날카로운 청각을 유지해 온 브리쇼는 재빨리 눈을 돌려 철학자의 근시 눈길을 여주인에게 던졌다. 육체의 눈은 어두웠지만, 이와 대조적으로 정신의 눈은 사물에 대해 보다 폭넓은 시각을 가지게 했다. 그는 인간의 애정으로부터 기대할 것이 너무도 적다는 사실을 깨닫고 체념했다. 물론 그는 그 일로 괴로워했다. 인간은 하룻저녁에도 보통 때는 환대를 받던 모임에서 자신이 지나치게 경박하고 유식한 체하며 세련되지 못하고 무신경한 사람 취급을 받는다고 짐작하면서 비참한 마음으로 귀가한다. 그가 남들에게 엉뚱하거나 시대에 뒤떨어진 사람으로 보이는 것은 흔히 여론이나 조직의 문제 때문이다. 흔히 그는 이런 사람들이 자신보다 가치가 없다는 걸 아주 잘 안다. 그들이 자신에 대해 하는 암묵적인 비난의 도움을 받아 그 궤변을 쉽게 분석할 수 있으며, 그래서 그들을 방문하고 편지를 쓰고 싶지만, 보다 신중한 그는 다음 주에 있을 초대를 기다리면서 아무것도 하지 않는다. 때로 이런 실총은 하룻저녁으로 끝나지 않고 여러 달 계속되기도 한다. 사교계의 불안정한 판단에서 비롯된 실총은 그 불안정성을 더욱 가중시킨다. X부인이 자신을 멸시한다는 것을 아는 사람은, Y부인 댁에서는 높은 평가를 받으리라고 생각하며, 그래서 Y 부인이 뛰어나다고 선언하고 그 부인의 살롱으로 이주하기 때문이다. 그러나 지금 이 자리는 사교 생활보다 우월한 능력을 가진 사람들이 사교 생활 밖에서는 자기실현을 할 줄 몰라 초대를 받으면 즐거워하고 무시당하면 분노하면서, 해마다 그들이 숭배하던 여주인의 결점을 발견하고 그들이 제대로 평가하지 못했던 천재를 찾아내면서, 두 번째 사랑이 주는 불편함을 참다가 첫 번째 사랑이 주는 괴로움이 조금 잊히면, 드디어는 첫 번째 사랑으로 다시 돌아가는 그런 사람들을 묘사하기 위한 곳이 아니다. 이런 짧은 실총을 통해 사람들은 브리쇼가 결정적이라고 인식하는 실총이 그에게 야기한 슬픔이 어떤 것인지 판단할 수 있었다. 그는 베르뒤랭 부인이 가끔 자신을, 자신의 불구를 공개적으로 조롱한다는 사실을 모르지 않았지만, 인간의 애정에 대해 별로 기대할 것이 없음을 알고 있었던지라 그런 사실을 받아들이고, 여주인을 자신의 가장 좋은 친구로 간주했다. 그러나 대학교수의 얼굴을 뒤덮은 홍조에 베르뒤랭 부인은 그가 자신이 한 말을 들었음을 깨닫고 저녁 동안에는 상냥하게 대하리라고 결심했다. 나는 부인이 사니에트에게 상냥하지 않다고 말하지 않을 수 없었다. "뭐라고요, 상냥하지 않다고요! 하지만 저 사람은 우리를 숭배하는데요. 아마 당신은 저 사람에게 우리가 어떤 존재인지 모를걸요. 남편이 이따금 저 사람의 어리석은 말에 짜증을 내고, 또 짜증을 낼 만한 이유가 충분하다는 것도 인정해야 하지만, 그런 순간에도 그는 왜 납작 엎드린 개 같은 표정을 짓는 대신 반항하지 않는 거죠? 솔직하지 않잖아요. 난 그런 점이 싫어요. 그래도 난 늘 남편을 달래려고 하죠. 남편이 너무 멀리 나가면, 사니에트가 다시는 돌아오지 못할 수도 있으니까요. 그렇게 되는 건 원치 않거든요. 사니에트가 무일푼이며, 또 저녁 식사를 필요로 한다는 걸 알고 있으니까요. 그러다 결국 저 사람 기분이 상해서 다시 오지 않는다면, 그건 내가 알 바 아니죠. 다른 사람의 도움이 필요하면 그렇게 바보같이 굴어서는 안 되죠." "오말 공작령이 프랑스 왕가에 들어가기 전에는 오랫동안 우리 집안 소유였소." 하고 샤를뤼스 씨가 캉브르메르 씨, 아니 깜짝 놀란 모렐 앞에서 말했다. 사실 이 모든 설교는 모렐에게 직접 하지는 않았지만 적어도 그를 대상으로 하고 있었다. "우리는 모든 외국의 왕족들보다 우위에 있었다오. 많은 예를 들 수 있소. 크루이 대공 부인*이 '므시외'의 장례식에 참석하고 싶어, 내 고조모 뒤쪽에서 무릎을 꿇으려고 하자, 고조모께서는 대공 부인에게 방석을 치우게 하고 그 일을 왕에게 알렸으며, 이에 왕은 크루이 부인에게 게르망트 부인 댁에 가서 용서를 빌도록 명했다오. 또 우리 가문은 부르고뉴 공작이, 작은 막대를 쳐든 문 당번병과 함께 집에 왔을 때 그 막대를 내리게 하는 허락을 왕으로부터 받았소.** 자기 가족의 용맹함에 대해 얘기하는 것은 썩 마음 내키는 일은 아니지만, 우리 가문이 나라가 위급한 상황에 처했을 때 항상 선봉에 섰다는 건 이미 잘 알려진 사실이오. 브라방 공작 가문의 전투 구호 사용을 그만두었을 때, 우리의 전투 구호는 '파사방'***이었소. 요컨대 우리 가문은 지난 수 세기에 걸쳐 전쟁을 통해 모든 곳에서 첫 번째가 될 권리를 요구해 왔으며, 이후 궁정에서 그 권리를 획득했다면 이는 합

---

* 크루이(Croÿ) 가문은 헝가리 왕실 가문으로 유럽의 많은 왕족들과 혼인 관계를 맺었다. 그러나 생시몽은 이 가문의 왕족 주장에 대해 비난했다고 한다.(『소돔』, 폴리오, 604쪽 참조.) 그리고 '므시외'는 루이 14세의 동생을 가리킨다.

** 부르고뉴 공작은 루이(1682~1712), 즉 프랑스의 황태자로 루이 14세의 손자이자 루이 15세의 아버지이다. 프랑스어의 huissier는 귀족들 살롱에서 큰 소리로 손님들의 도착을 알리는 안내원을 가리키지만(『잃어버린 시간을 찾아서』 2권 238쪽 주석 참조.), 궁전에서 방문을 열고 닫는 왕의 문 당번병을 가리키기도 한다. 문 당번병은 그 상징으로 검은색 흑단이나 상아로 만든 작은 막대를 들고 있었다.

*** 게르망트 가문이 브라방 가문에서 유래한다는 말은 이미 앞에서 언급된 적이 있다. '파사방', 즉 '앞으로 전진'은 게르망트 가문의 방패꼴 문장에 새겨진 전투 구호이다.(『잃어버린 시간을 찾아서』 4권 193쪽 주석 참조.)

법적인 것이오. 그렇소, 우리는 이 권리를 항상 궁정에서 인정받아 왔소. 그 증거로 나는 바덴 대공 부인*의 예를 들 수 있소. 그녀는 자기 신분을 망각하고, 내가 조금 전에 얘기한 게르망트 공작 부인과 서열을 다투었는데, 아마도 내 친척이 잠시 망설이는 동작을 하자 그 틈을 타(그럴 필요가 없었는데도) 왕 앞에 첫 번째로 들어가려고 했던 모양이오. 그러자 왕은 격한 어조로 '들어오시오, 들어오시오, 나의 사촌. 바덴 부인은 사촌에게 어떻게 대해야 할지 너무나 잘 알고 있소.'라고 소리쳤다 하오.** 게르망트 공작 부인의 위치가 그 자리라는 듯이 말이오. 비록 부인 자신의 혈통만으로도 모계 쪽으로 폴란드 왕비와 헝가리 왕비, 팔라틴 선제후이자 사부아카리냥 대공과 하노버 대공, 다음으로 영국 왕의 조카가 되는 대단한 가문 태생이긴 하지만 말이오.***" "왕족의 조상을 가진 마에케나스여!"**** 하고 브리쇼가 샤를뤼스 씨에게 말하자, 샤를

---

* 바덴 대공 부인(Louise Chrétienne de Savoie-Carignant)의 일화는 생시몽의 『회고록』에 나온다.

** 이 장면은 생시몽이 전하는 '앙리 4세의 유명한 말'에 나온다. 혈통으로 연결된 대공이 외국 대공보다 우위에 있다는 점을 강조하는 일화이다.(『소돔』, 폴리오, 605쪽 참조.)

*** 이런 가계도는 가능성이 있다고 지적된다. 하노버 대공(1660~1727)은 1698년 하노버 왕이 되었으며, 1714년에는 영국 황실의 부름을 받아 조지 1세의 이름으로 영국 왕이 되었다. 게다가 조지 1세의 어머니는 팔라틴 선제후였다.(『소돔』, 폴리오, 605쪽)

**** 호라티우스의 『오드』에 나오는 구절로 원문은 Maecenas atavis edite regibus이다. 여기서 마에케나스는 베르길리우스와 호라티우스 등 예술가들에게 지원을 아끼지 않았던 로마 제국의 정치가 마에케나스(Gaius Clinius Maecenas)를 가리키는데, 그의 프랑스어 이름 메센(Mécène)에서 예술가의 후

뤼스 씨는 이 인사에 가볍게 고개를 숙여 답했다. "뭐라고 하셨어요?" 하고 조금 전의 말을 사과하고 싶었던 베르뒤랭 부인이 브리쇼에게 물었다. "하느님께서 제 말을 용서해 주시기를. 저는 상류 사회의 꽃이었던 세련된 멋쟁이를 두고 한 말입니다.(베르뒤랭 부인은 눈살을 찌푸렸다.) 그분은 아우구스투스 시대의(이 상류 사회가 아주 먼 시절의 것임을 알고 안심한 베르뒤랭 부인은 평정을 되찾았다.) 베르길리우스와 호라티우스의 친구였는데, 이 두 사람은 그 앞에서 대놓고 그분 조상이 귀족을 넘어 왕족에 속한다고까지 아첨을 떨었죠. 한마디로 저는 호라티우스와 베르길리우스와 아우구스투스 황제의 친구였던 책벌레 마에케나스 얘기를 하고 있었습니다. 샤를뤼스 씨는 이 마에케나스가 누구인지 모든 점에서 아주 잘 아시리라 확신합니다." 베르뒤랭 부인이 모렐에게 이틀 후의 만남을 약속하는 말을 듣고 초대를 받지 못할까 봐 걱정된 샤를뤼스 씨가 옆눈으로 베르뒤랭 부인을 상냥하게 바라보면서 말했다. "마에케나스는 뭔가 고대의 베르뒤랭 부인 같은 사람이었죠." 베르뒤랭 부인은 만족스러운 미소를 완전히 억누르지 못했다. 그녀는 모렐 쪽으로 갔다. "당신 부모님의 친구는 아주 유쾌한 분이네요." 하고 그에게 말했다. "지식도 많고 교육도 잘 받고 자라신 분 같아요. 우리 작은 동아리에 아주 잘 어울리겠어요. 그런데 저분은 파리 어디에 살죠?" 모렐은 거만하게 침묵을 지키면서 그냥 카드놀이나 하자고 청했다. 베르뒤랭 부인은 그

원자를 의미하는 메세나가 나왔다.(『소돔』, 폴리오 605쪽 참조.)

전에 바이올린 연주를 해 달라고 요구했다. 모든 사람이 놀라는 가운데, 자기가 가진 뛰어난 재능에 대해 한마디도 하지 않았던 샤를뤼스 씨가, 포레의 「피아노와 바이올린을 위한 소나타」*의 마지막 부분을(불안하면서도 고뇌에 찬 슈만풍의 곡으로, 어쨌든 프랑크의 소나타보다 앞선 것이었다.) 가장 완벽한 스타일로 연주했다. 나는 샤를뤼스 씨가, 음이나 기교에서는 뛰어난 재량을 발휘하지만 교양이나 스타일은 부족한 모렐에게 그것을 채워 주려 한다고 느꼈다. 하지만 육체적인 결함과 정신적인 재능이 같은 인물 안에 결합되어 있다는 사실이 조금은 흥미롭게 생각되었다. 샤를뤼스 씨는 그의 형인 게르망트 공작과 별로 다르지 않았다. 조금 전만 해도(비록 이런 일은 드물었지만) 그는 공작과 마찬가지로 형편없는 프랑스어를 구사했다. 그는 내가 자기를 보러 오지 않는다고 비난했고(아마도 내가 보다 열렬한 말로 베르뒤랭 부인에게 모렐 얘기를 해 주기를 바라서인지), 이에 내가 신중함의 이유를 댔고 그러자 그는 이렇게 대답했다. "자네에게 부탁한 사람은 바로 나니까, 오로지 나만이 '그 일에 대해 화를 낼 수 있다네.'" 게르망트 공작도 할 만한 말이었다. 요컨대 샤를뤼스 씨는 한 사람의 게르망트에 지나지 않았다. 그러나 형인 공작처럼 여성을 사랑하는 대신, 베르길리우스의 목동이나 플라톤의 제자를 사랑할 정도로 자연

* 포레의 「바이올린과 피아노를 위한 소나타 1번」(1875)은 프랑스 실내악의 대표작으로 평가받으며, 프랑크의 소나타(1886)보다 십 년 앞선다. 포레와 프랑크는 뱅퇴유의 모델로 언급되는 음악가들이며 또 이 소나타의 4악장 알레그로는 자주 슈만의 서정적 곡조에 비유된다.(『소돔』, 폴리오, 605쪽 참조.)

이 그의 신경 조직의 균형을 충분히 깨뜨렸고, 그러자 이내 게르망트 공작에게는 찾아볼 수 없는 자질, 흔히 이런 균형감의 상실에 결부된 자질이 샤를뤼스 씨를 매력적인 피아니스트이자 안목 있는 아마추어 화가, 유창한 달변가로 만들었던 것이다. 포레의 소나타 중에서도 샤를뤼스 씨가 연주하는, 슈만을 연상시키는 부분의 그 빠르고 불안에 떠는 매력적인 스타일이, 그의 모든 육체적인 부분과 신경상의 결함에 상응한다는 것을 — 그 원인이라고까지는 감히 말할 수 없지만 — 누가 알아볼 수 있단 말인가? 우리는 나중에 이 '신경상의 결함'이란 단어와, 또 어떤 이유로 소크라테스 시대의 그리스인이나 아우구스투스 시대의 로마인이 오늘날 우리가 보는 남자-여자가 아니라, 지극히 정상적인 인간으로 남아 있으면서도 우리가 아는 그런 부류의 인간이 될 수 있는지 설명하게 될 것이다. 그의 진정한 예술 소양이 끝을 보지 못한 것과 마찬가지로, 샤를뤼스 씨는 공작보다 더 어머니를 사랑했고 아내를 사랑했으며, 그래서 그들이 죽은 지 오랜 시간이 지난 후에도 사람들이 그 얘기만 꺼내면 눈물을, 그러나 가식적인 눈물을 흘렸다. 마치 지나치게 뚱뚱한 사람의 이마가 아무것도 아닌 일에도 땀투성이가 되는 것처럼 말이다. 그 둘의 차이라면, 사람들은 땀을 흘리는 사람에게는 "더운 모양이군요!"라고 말하지만, 남이 흘리는 눈물은 보지 못한 척한다는 것이다. 여기서 사람들이란 사교계 사람들을 가리킨다. 일반 서민들은 남이 우는 모습을 보면 마치 오열이 출혈보다 더 중대한 일이라는 듯 걱정한다. 아내의 죽음에 따른 슬픔은, 샤를뤼스 씨에게서 거짓말하는 습성 덕분에 그 슬픔에 부합하지 않는 삶을 물리치게 하지는 못했다. 나중에는 아내의 장례식 중에도 성당 합창대 소년의 이름과 주소를 묻는 방법을 알아냈다는 말이 나돌 정도로 치욕을 당했다. 그리고 그 말은 어쩌면 사실인지도 몰랐다.

곡이 끝났고, 나는 프랑크의 곡을 청하려고 했지만 캉브르메르 부인에게 너무 고통을 주는 것 같아 더 이상 고집하지 않았다. "당신은 그 곡을 좋아할 수 없어요." 하고 그녀가 말했다. 그녀는 대신 드뷔시의 「축제」를 청했고, 첫 번째 음이 나오자마자 "아! 정말 대단해요!"라고 소리쳤다. 그러나 모렐은 곡의 첫 번째 소절밖에 알지 못했으므로, 속이려는 의도 없이 그저 장난으로 마이어베어*의 행진곡을 연주하기 시작했다. 불행히도 그는 한 곡에서 다른 곡으로 넘어가는 틈도 거의 없이, 또 곡명도 알리지 않았으므로, 사람들은 모두 그가 여전히 드뷔시를 연주한다고 생각했고, 그래서 그들은 "숭고해요!"라고 소리쳤다. 모렐이 곡의 지자가 「펠레아스」를 작곡한 사람이 아니라 「악마 로베르」**의 작곡자라고 고백하자 살롱 안은 곧 냉랭해졌다. 캉브르메르 부인 자신은 그 냉랭한 분위기를 느낄 틈도 없었다. 그때 막 스카르라티***의 악보를 발견했기 때문

---

* Giacomo Meyerbeer(1791~1864). 독일 태생의 작곡가로 1826년부터 프랑스 오페라계에서 활동하며 큰 자리를 차지했다.

** 「악마 로베르」는 스크리브의 가사에 마이어베어가 곡을 붙인 악극이다.(1831년 작)

*** Domenico Scarlatti(1685~1757). '근대 피아노 주법의 아버지'라고 불리는 이탈리아 작곡가로 600곡에 달하는 하프시코드 곡을 작곡했다.

이다. 그녀는 히스테리 환자처럼 충동적으로 덤벼들었다. "오! 이 곡을 연주해 주세요. 자, 여기요. 성스러운 곡이에요." 하고 외쳤다. 그렇지만 오랫동안 무시되어 오다가 최근에야 지극히 영예로운 자리에 오른 작곡가에게서 그녀가 흥분하며 성급하게 고른 곡은, 당신이 사는 층과 이웃하는 층에서 어느 인정 없는 제자가 끝없이 반복하며 잠을 방해하는 그런 악명 높은 곡이었다. 그러나 모렐이 음악에 싫증을 느껴 카드 게임을 하고 싶어 했으므로, 샤를뤼스 씨도 거기 끼기 위해 휘스트 게임*을 원했다. "저 사람은 여주인께 조금 전에 자신이 왕족이라고 말했죠." 하고 스키가 베르뒤랭 부인에게 말했다. "하지만 사실이 아닙니다. 그저 시시한 건축가들을 배출한 평범한 부르주아 가문일 겁니다." "저는 당신이 마에케나스에 대해서 한 말을 알고 싶어요. 그 말이 절 즐겁게 해 주네요. 그래요!" 하고 베르뒤랭 부인이 브리쇼에게 말했고, 브리쇼는 부인의 다정함에 취했다. 그래서 그는 여주인의 눈에, 또 어쩌면 자기 눈에 빛을 발하기 위해 이렇게 말했다. "사실을 말하자면, 부인, 마에케나스가 특히 저의 관심을 끄는 것은, 그가 오늘날 프랑스에서 브라흐마**나 그리스도보다 더 많은 신봉자를 거느린 매우 전능한 중국 신(神), 말하자면 '상관없어!'***라고 불리는 신

* 네 사람이 두 명씩 한 조를 이루어 하는 카드 게임이다.

** 고대 힌두교에서 창조의 역할을 맡은 신이다.

*** 여기서 브리쇼는 말장난을 하고 있다. '상관없어'라는 프랑스어 표현인 je m'en fouds를 조금은 중국식 이름의 표기법을 흉내내어 Je-Men-Fou라고 표기한 것이다. 모렐의 후원자(마에케나스)인 샤를뤼스 씨가 어떤 사회적 규범도 신

의 저명한 첫 번째 사도이기 때문입니다." 이런 경우 베르뒤랭 부인은 머리를 손으로 감싸는 것만으로 만족하지 않았다. 그녀는 하루살이라고 불리는 곤충처럼 갑자기 셰르바토프 대공 부인을 덮쳤다. 대공 부인이 가까이에 있으면, '여주인'은 대공 부인의 겨드랑이를 움켜잡고 거기에 손톱을 박으면서 숨바꼭질하는 아이마냥 몇 초 동안 머리를 숨기곤 했다. 가리개로 몸을 숨긴 그녀는 자신이 눈물이 날 정도로 웃는다고 생각하여, 마치 조금 긴 기도를 하는 동안 얼굴을 손안에 파묻으며 조심하는 현명한 사람처럼 아무 생각도 하지 않을 수 있었다. 베르뒤랭 부인은 베토벤의 사중주곡*을 들으면서도 그 곡을 기도문으로 간주한다는 걸 보여 주려고, 또 자신이 졸고 있다는 걸 보이지 않으려고 얼굴을 손안에 파묻는 사람들 시늉을 했다. "저는 매우 진지하게 말하고 있습니다, 부인." 하고 브리쇼가 말했다. "오늘날 너무 많은 사람들이 자신을 세계의 중심이라고 여기며 시간을 보낸다고 생각합니다. 물론 저는 우리를 위대한 '전체' 속에 녹아들게 하는 불교의 니르바나[涅槃] 같은 훌륭한 학설을 이론적으로는 전혀 반대하지 않습니다.(그 전체가 지적인 차원에서는, 뮌헨과 옥스퍼드와 마찬가지로, 파리 근교인 아니에르나 부아콜롱브보다 훨씬 파리에 가까우니까요.)** 그

경 쓰지 않는 사람임을 풍자하는 재담이다.

* 프루스트가 베토벤의 마지막 현악 사중주곡들을 좋아했다는 사실은 그가 몽테스큐에게 보낸 편지에서도 확인된다.(『소돔』, 폴리오, 606쪽 참조.)

** 비록 지적인 차원에서는 뮌헨과 옥스퍼드가 파리 근교의 아니에르나 부아콜롱브보다 훨씬 파리에 가깝다고 해도, 일본이 유럽 대륙을 침략하려고 할 때

러나 일본군이 어쩌면 우리 비잔틴 문명 바로 가까이에 있을지도 모르는 지금, 사회주의의·반군국주의자들이 자유시의 주요 가치에 대해 심각하게 토론하는 건, 훌륭한 프랑스인으로서 또는 훌륭한 유럽인으로서 적절한 행동이 아니라고 생각합니다." 하고 브리쇼가 말했다. 베르뒤랭 부인은 심하게 충격을 받은 대공 부인의 어깨를 놓아도 된다고 생각하고는 다시 자신의 얼굴을 드러냈는데, 그렇다고 눈을 닦는 척하거나 두세 번 숨을 돌리는 시늉을 하지 않은 것은 아니다. 그러나 이런 축제에 나를 끌어들이고 싶었던 브리쇼는, 자신이 누구보다도 잘 주재할 줄 아는 박사 논문 심사식에서 젊은이를 비판하거나 그 중요성을 부각하거나 또는 자신을 반동분자로 몰고 가게 하는 것보다 더 나은 칭찬이 없음을 체득하고 있었다. "나는 '젊은이의 신들'을 모독하려는 게 아니오." 하고 그는 내게 연설가가 참석한 사람들 중 누군가의 이름을 인용하며 슬쩍 그 사람을 쳐다보는 그런 은밀한 눈길을 던지면서 말했다. "나는 말라르메의 성전에서 이단자와 배교자라는 비난을 받고 싶지 않소. 거기서 우리의 새 친구는 그 나이 또래의 모든 이들처럼, 틀림없이 비의적(秘儀的)인 미사를 집전하는 일을 적어도 복사(服事)로서 도울 것이며, 또 자신이 퇴폐적인 인간 혹은 장미 십자회의 회원임을 드러낼 것이오.* 그러나 우리는 대

(러일 전쟁에 대한 암시이다.) 니르바나와 같은 사변적인 불교 학설이나 문학적인 논쟁으로 시간을 낭비하는 것과, 사회주의자들의 반군국주의 운동 같은 것은 모두가 국익에 위반되는 불필요한 짓이라는 견해이다.

* 장미 십자회는 19세기 말 펠라당을 위시한 작가와 예술가들이 주도한 지적,

문자 A로 시작되는 예술(Art)을 숭배하는 지식인들을 정말 너무 많이 보아 왔소. 그들은 졸라의 작품에 취하는 것만으로 부족해서 베를렌의 주사를 맞는다오.* 보들레르에 대한 숭배와 더불어 에테르 중독자가 된 그들은, 아편굴의 상징주의로부터 나온 그 덥고 나른하게 만드는 유해한 악취의 무거운 공기 속에서 문학의 위대한 신경증에 마비되어, 조국이 어느 날엔가 그들에게 요구하게 될 남성적인 힘을 더 이상 쓰지 못하게 될 거요." 브리쇼의 이런 바보 같은 잡다한 넋두리에 감탄하는 시늉도 할 수 없었던 나는 스키 쪽으로 돌아서서 샤를뤼스 씨 가문에 대해 그가 한 말이 완전히 틀렸다고 단언했다. 그는 자기 말이 사실이라고 대답하면서 내가 그에게 샤를뤼스 씨의 진짜 이름이 강댕, 르강댕이라고 말했다고까지 했다. "캉브르메르 부인이 르그랑댕 씨라고 불리는 엔지니어의 동생이라고 말했습니다만," 하고 나는 대답했다. "한 번도 샤를뤼스 씨에 대해서는 그렇게 말한 적이 없습니다. 그분과 캉브르메르 부인의 출신 관계는 그랑 콩데와 라신 사이만큼이나 먼데요."** "아! 나는 그렇게 믿었는데요." 하고 스키는, 몇 시간 전에 기

미학적 운동이다.(『잃어버린 시간을 찾아서』 5권 376쪽 참조.)

* 알코올 중독자를 다룬 졸라의 『목로주점』에 대한 암시이다. 그리고 베를렌의 알코올 중독도 많이 알려진 사실이다.

** 부르봉 가문의 그랑 콩데(『잃어버린 시간을 찾아서』 5권 93쪽 참조.)는 말년에 샹티이 성에서 부알로와 라신 등 많은 예술가들을 초대해 그들과의 대화로 소일했지만, 고아이자 시시한 귀족에 지나지 않던 라신과는 비교할 수 없을 만큼 고귀한 출생이었다. 평범한 시골 귀족 캉브르메르 부인과 샤를뤼스 사이에도 이처럼 뛰어넘을 수 없는 출생의 벽이 존재함을 암시하고 있다.

차를 놓치게 할 뻔했을 때와 마찬가지로, 자신이 저지른 실수를 사과하는 일 없이 적당히 넘어갔다. "이 해안에 오래 머무르실 건가요?" 하고 베르뒤랭 부인이 샤를뤼스 씨에게 물었다. 그녀는 샤를뤼스 씨가 신도가 될 것 같은 예감이 들었으므로, 그가 파리에 너무 일찍 돌아갈까 봐 불안해했다. "저런, 알 수 없는 일이죠." 하고 샤를뤼스 씨는 콧소리로 질질 끌면서 답했다. "9월 말까지는 있고 싶은데요." "잘하시는 거예요." 하고 베르뒤랭 부인이 말했다. "거센 폭풍우가 몰아치는 시기니까요." "사실을 말하자면 그 때문에 그런 결심을 한 건 아닙니다. 나의 수호성인이신 대천사 성 미카엘을 오래전부터 너무 소홀히 해서 그의 축일인 9월 29일까지 몽 수도원에 있으면서 보상하려는 거죠." "그런 일에 관심이 많으신가 봐요?" 하고 베르뒤랭 부인이 물었는데, 사십팔 시간이나 걸릴 그토록 긴 소풍으로 바이올리니스트와 남작을 '놓아주어야' 하는 걱정만 없었다면, 그 상처 받은 반교권주의자는 침묵을 지켰을지도 몰랐다. "아마도 이따금씩 귀가 잘 안 들리시는 모양입니다." 하고 샤를뤼스 씨는 거만하게 대답했다. "성 미카엘이 저의 영광스러운 수호성인 중 한 분이라고 말씀드렸을 텐데요." 그런 후 그는 관대하고도 황홀한 표정으로 미소를 지으면서 먼 곳을 응시했고, 내가 느끼기엔 미학적이라기보다는 종교적인 듯한 그런 열광에 들뜬 목소리로 말했다. "성 미카엘이 하얀 옷을 입고 제단 옆에 서서 황금 향로를 흔드는 봉헌식은 정말 아름답죠. 그렇게도 많은 향 더미와 더불어 하느님에게까지 그 향기가 올라가니까요." "우리가 그곳에 떼로 몰려갈지도 몰라요."

하고 베르뒤랭 부인은 성직자라면 끔찍이 싫어하면서도 그렇게 암시했다. "그 순간 봉헌식이 시작되자마자," 하고 샤를뤼스 씨는 이유야 다르지만 의회에서 연설하는 훌륭한 웅변가처럼, 남의 방해에도 결코 대꾸하지 않고 남의 말을 듣지 못하는 척하면서 말을 계속했다. "우리의 젊은 친구가 팔레스트리나*의 기법에 따라 바흐의 아리아까지 연주하는 모습을 보는 일은 참으로 황홀할 겁니다. 그 착한 사제 역시 매우 기뻐할 거예요. 그것은 내가 나의 수호성인에게 바칠 수 있는 가장 큰 찬미의 인사이자, 적어도 가장 커다란 공개적인 찬미의 인사가 될 겁니다. 신도들에게는 얼마나 교화가 될 만한 일인지요! 우리는 조금 후에 성 미카엘처럼 군인인 젊은 음악가 안젤리코에게 그 말을 해 줄 겁니다."**

게임에는 끼지 말고 카드를 나누어 주는 역할만 하라고 사니에트를 불렀지만, 그는 휘스트 게임은 할 줄 모른다고 선언했다. 그러자 기차 시간까지 그다지 시간이 많지 않은 걸 본 코타르가 그 즉시 모렐과 에카르테*** 게임을 시작했다. 몹시 화가 난 베르뒤랭 씨가 무서운 표정으로 사니에트를 향해 걸어

---

* 팔레스트리나(Giovanni pierluigi da Palestrina, 1525(?)~1594)는 후기 르네상스 음악의 거장으로 다성악에 기초한 교회 음악을 확립했다. 여기서 '팔레스트리나의 기법에 따라 연주하다'로 옮긴 palestriniser는 프루스트가 만든 신조어다.

** 안젤리코에 대해서는 『잃어버린 시간을 찾아서』 2권 339쪽 주석 참조. 성 미카엘은 처음에는 병을 치유하는 천사로 나타났으나 6세기부터는 주로 악에 맞서 싸우는 군대의 지휘관으로 등장했다.

*** 서른두 장의 카드를 가지고 두 사람이 하는 게임이다.

갔다. "그렇다면 당신은 아무것도 할 줄 모른단 말이오?" 하고 그는 휘스트 게임을 할 기회를 놓친 데 격분해서, 또 이 옛 고문서학자에게 욕을 퍼부을 기회를 얻은 것이 기뻐서 소리 질렀다. 겁을 먹은 사니에트는 재기 발랄한 표정을 지으며 "아뇨, 피아노는 칠 줄 아는데요."라고 말했다. 코타르와 모렐은 서로 마주 보고 앉았다. "먼저 하시지요." 하고 코타르가 말했다. "카드 게임을 하는 탁자 쪽으로 가까이 가 볼까요." 하고 코타르와 함께 있는 바이올리니스트를 보고 불안해진 샤를뤼스 씨가 캉브르메르 씨에게 말했다. "이런 예절의 문제가 우리 시대에 별 의미가 없게 된 것은 흥미로운 일이죠. 오늘날 적어도 프랑스에 유일하게 남은 왕들은 카드 게임에 나오는 왕들뿐이며, 또 제 생각에는 그 왕들이 우리의 젊은 명연주자 손으로 많이 몰려드는 것 같은데요." 하고 모렐의 카드놀이 솜씨까지도 감탄하는 그는 모렐의 비위를 맞추기 위해 또 바이올리니스트의 어깨로 몸을 기울인 자신의 동작을 설명하기 위해 그렇게 덧붙였다. " '내에가(Ié)' 으뜸 패를 냅니다."* 하고 코타르는 천박한 외국인 억양을 흉내 냈는데, 그의 이런 모습에 아이들은 폭소를 터뜨렸다.** 마치 '스승'이 중병에 걸린 환자의 병상에서 간질 환자의 무표정한 가면을 쓰고 일상적인 농담 중 하나를 던질 때면 학생들이나 전공의가 웃음을

* 여기서 '내에가'라고 옮긴 예(Ié)는 스페인어로 '나'를 의미하는 요(yo)를 흉내 낸 것이다.

** 지금까지 코타르의 아이들은 언급되지 않았는데, 아마도 이전 집필의 흔적처럼 보인다고 설명된다.(『소돔』, 폴리오, 606쪽 참조.)

터뜨리는 것처럼. "뭐를 내야 할지 모르겠는데요." 하고 모렐이 캉브르메르 씨에게 물었다. "좋을 대로 하세요, 어쨌든 질 테니까. 이걸 내든 저걸 내든 마찬가지요." "에갈(Egal)이라고요!…… 갈리마리에(Galli-Marié)?"* 하고 의사는 환심을 사려는 듯 캉브르메르 씨를 보며 호의적인 눈길을 던졌다. "우리가 진정한 디바라고 부르는 그런 가수였죠. 꿈만 같았어요. 다시는 보지 못할 카르멘 같았죠. 그 여인을 위한 역할이라고나 할까요. 저는 거기서 엔갈리마리에**의 목소리 또한 듣고 싶군요." 후작은 출생이 좋은 사람들이 남을 깔볼 때와 같은 천박한 태도로 일어섰는데, 그들은 집주인이 초대한 손님들과 교제하는 데 불확실한 태도를 보임으로써 집주인을 모욕한다는 것도 이해하지 못하며, 또 다음과 같은 건방진 표현을 쓰면서도 영국인의 습관이라고 변명한다. "카드놀이를 하는 저 신사는 누군가요? 무슨 일을 하나요? 무얼 '파나요?' 내가 누구와 함께 있는지 알고 싶군요. 아무하고나 교제하고 싶지는 않으니까요. 당신이 나를 저분에게 소개하는 영광을 베풀었을 때 이름을 듣지 못했어요." 만약 베르뒤랭 씨가 캉브르메르 씨의 이 마지막 말을 구실 삼아 실제로 그를 손님들에게 소개했다

---

* 코타르는 '마찬가지'라는 의미를 가진 프랑스어의 '에갈(égal)'로 연상되는 '갈리마리에'와 '엔갈리마리에'란 가수 이름을 가지고 말장난을 하고 있다. 갈리마리에(Célestine Galli-Marié)는 1862년 오페라코미크에서 데뷔한 가수로 특히 1875년 카르멘 역할로 커다란 성공을 거두었다.

** 오페라코미크에서 1878년 데뷔한 또 다른 가수 스페란자 엔갈리(Speranza Engally)에 대한 암시이다. 앙브루아즈 토마의 「프시케」에서 에로스 역할로 데뷔했다.

면,* 캉브르메르 씨는 매우 부적절한 처사라고 생각했을 것이다. 하지만 그는 자신이 기대했던 것과 정반대되는 일이 일어났음을 알아차리고, 착한 아이 같은 겸손한 표정을 짓는 것이 우아하며 또 위험이 없다고 생각했다. 베르뒤랭 씨가 코타르와의 친교에서 느끼는 자만심은 의사가 저명한 교수가 된 후부터 더욱 커졌다. 그러나 이런 자만심은 더 이상 예전처럼 순진한 형태로 표현되지 않았다. 코타르의 이름이 별로 알려지지 않았을 당시, 누군가가 베르뒤랭 씨에게 그의 아내의 안면 신경통에 대해 말하면, "할 일이 아무것도 없어요." 하고, 자기가 아는 사람은 모두 유명하며, 자기 딸의 노래 선생은 세상 사람들이 다 안다고 생각하는 그런 순진한 사람의 자만심으로 이렇게 말하곤 했다. "이류 의사가 맡았다면 다른 치료법을 찾았을 겁니다. 하지만 코타르라고 불리는 의사이고 보니(그는 마치 그 이름이 부샤르나 샤르코라도 되는 것처럼 발음했다.**) 더 이상 다른 곳에서 찾을 필요가 없었죠." 그러나 지금은 캉브르메르 씨가 틀림없이 저 유명한 코타르 교수에 대한 소문을 들었음을 아는지라, 베르뒤랭 씨는 이와 반대되는 방법을 써서 조금 모자란 사람의 표정을 지었다. "저분은 우리가 몹시 좋아하는 집안의 주치의로 선량한 분입니다. 우리를 위

---

* 캉브르메르 씨는 자신의 집에서(단지 베르뒤랭 부인에게 임대했을 뿐인) 손님들을 소개받는 것을 부적절한 일로 여기고 있다.

** 부샤르(Charles Bouchard, 1837~1915)는 프루스트 아버지와 마찬가지로 의학 아카데미 회원이었다. 샤르코에 대해서는 『잃어버린 시간을 찾아서』 5권 198쪽 주석 참조.

해서라면 전력을 다하시는 분이죠. 아니, 의사라기보다는 친구라고 할 수 있답니다. 나는 당신이 저분을 알거나, 저분의 이름이 당신에게 뭔가를 의미한다고 생각하지는 않지만. 어쨌든 우리에게는 매우 좋은 분, 절친한 친구의 이름이죠, 코타르는." 그토록 겸손한 표정으로 속삭이는 이름을 듣고 캉브르메르 씨는 처음에 다른 사람을 생각했다. "코타르요? 코타르 교수를 얘기하시는 건 아니겠죠?" 마침 문제의 교수 목소리가 들려왔다. 그는 자신이 낸 패가 잘못되자 당황해서 카드를 잡고 말했다. "바로 그때부터 아테네인은 좋지 못한 상황에 처했도다."* "아! 그래요, 바로 교수님이십니다." 하고 베르뒤랭 씨가 말했다. "코타르 교수라고요! 착각하신 게 아니고요! 확실히 같은 인물이란 말씀이시죠! 바크 거리에 사는 그분 말이죠!" "물론입니다. 바크 거리 43번지에 사시죠. 그분을 아세요?" "그럼요. 모든 사람이 코타르 교수님을 알죠. 최고 권위자신데요! 마치 제게 부프 드 생블레즈나 쿠르투아쉬피를 아느냐고 묻는 거나 다름없습니다.** 저분 얘기를 들으면서 보통 분이 아님을 깨닫고 그래서 물어본 건데요." "그런데 이번엔 무슨 카드를 내지? 으뜸 패를 내야 하나?" 하고 코타르는

---

* 프랑스어 원문은 C'est ici que les Athéniens s'atteignirent으로 아테네 사람들을 의미하는 '아테니앵(Athéniens)'과 '이르다', '처하다'라는 의미를 가진 '사테니르(s'atteignirent)'가 발음이 유사한 데서 나온 말장난이다. '모든 것이 그때부터 나빠지기 시작했다'라는 뜻의 이 말장난은 트로이 전쟁을 배경으로 한다.

** 가브리엘 부프 드 생블레즈(Gabriel Bouffe de Saint-Blaise)와 모리스 쿠르투아쉬피(Maurice Courtois-Suffit)는 프루스트 아버지의 집을 드나들던 의사들이었다.(『소돔』, 폴리오, 607쪽 참조.)

묻고 있었다. 그러다 갑자기, 어떤 영웅적인 상황에서도 병사가 죽음을 무시하고 친숙한 표현을 쓰면 짜증이 나는 법인데, 카드 게임이라는 별 위험도 없는 오락거리에서는 두 배나 더 어리석어 보이는 그런 천박함과 더불어 코타르는 으뜸 패를 내기로 결심했고, 그리하여 '열정적인 사람'의 어두운 표정을 지으면서, 또 위험한 일에 몸을 내맡기는 모습을 암시하며, 마치 자신이 내놓는 카드가 목숨이라도 되는 듯이 소리쳤다. "어떻게 되든 상관없어." 그러나 그것은 내서는 안 되는 패였고, 그럼에도 그는 위로를 받았다. 살롱 한복판에 놓인 커다란 안락의자에서 코타르 부인이 저항하기 힘든 식사 후 효과에 따라, 여러 번의 헛된 시도를 한 끝에 그녀를 사로잡는 가볍지만 방대한 잠에 굴복하고 있었기 때문이다. 이따금 자신을 조롱하듯, 혹은 누군가의 상냥한 말에 대답하지 못할까 봐 겁이 난다는 듯, 미소를 지으려고 몸을 일으켰지만 잔인하고도 감미로운 졸음의 병에 휩싸여 자기도 모르게 다시 쓰러지곤 했다. 그녀를 잠시나마 깨어나게 한 것은 소음이 아닌 시선으로(아침에 일어나는 시간처럼 매일 저녁 같은 장면이 벌어졌으므로, 그녀는 남편에 대한 애정에서 눈을 감고도 그 시선을 보았으며, 또 예측하고 있었다.) 교수가 거기 있는 사람들에게 아내의 졸음을 알리는 시선이었다. 처음에 그는 아내를 바라보며 미소 짓는 것으로 만족했다. 왜냐하면 의사로서는 저녁 식사 후의 수면을 비난했지만(적어도 끝에 가서는 기분이 나빠진다는 과학적인 이유를 댔으나 그에 대해서는 다양한 견해가 있으므로, 그것이 결정적인 것인지는 확신할 수 없다.) 절대 권력을 가진 짓궂은 남편으로서는 아내를 놀리고 반쯤만 깨우는 데 재미를 느꼈는데, 다시 잠들기 시작하면 재차 깨우는 즐거움이 있었기 때문이다.

이제 코타르 부인은 완전히 잠이 들었다. "저런! 레옹틴, 당신 잠들었어." 하고 교수가 소리쳤다. "전 스완 부인의 말을 듣고 있어요, 여보." 하고 코타르 부인이 가냘프게 대답하면서 다시 혼수상태에 빠졌다. "당치 않은 소리." 하고 코타르가 소리쳤다. "조금 후면 우리보고 자지 않았다고 주장할 겁니다. 진찰받으러 온 환자들이 잠을 전혀 자지 못한다고 주장하는 것처럼 말이죠." "어쩌면 그들은 그렇게 상상하는지도 모릅니다." 하고 캉브르메르 씨가 웃으면서 말했다. 그러나 깐죽대는 만큼이나 반박하기를 좋아하는 의사는, 특히 문외한이 감히 자신에게 의학에 대해 말하는 걸 허락하지 않았다. "우리는 잠을 자지 않는다고 상상할 수는 없습니다." 하고 그는 단호한 어조로 선언했다. "아!" 하고 후작은 과거에 코타르가 그랬듯이 공손히 고개를 숙이며 대답했다. "잘 알겠소." 하고 코타르가 말을 이었다 "당신도 나처럼 수면을 유발하기 위해 트리오날*을 2그램이나 주입할 필요가 없다는 걸." "사실 그렇습니다." 하고 후작은 우쭐한 표정으로 웃음을 터뜨리며 대답했다. "사실 전 트리오날도 마약도 결코 복용한 적이 없습니다. 그런 것들은 금방 효과가 사라지며, 또 위만 상하게 하니까요. 저처럼 샹트피 숲에서 밤새 사냥을 하다 보면, 잠을 자기 위

* 트리오날은 프루스트가 군대에 가던 열여덟 살부터 1910년 베로날로 바꿀 때까지 복용했던 수면제다.

해 트리오날이 필요하지 않다는 걸 맹세할 수 있습니다." "무식한 사람들이나 그렇게 말하는 겁니다." 하고 교수가 대답했다. "트리오날은 가끔 신경에 현저한 활력을 불어넣습니다. 트리오날 얘기를 하셨는데 그것이 무엇인지는 아십니까?" "하지만…… 잠을 자기 위한 약이라고 들었는데요." "제 질문에 대답하지 않으셨습니다." 하고 일주일에 세 번 의과 대학 '시험관'으로 활동하는 교수는 박사답게 자신의 말을 이어 갔다. "나는 그것이 잠을 들게 하는지 어떤지 물어본 게 아니라 무엇인지 물어보았습니다. 그 안에 아밀과 에틸*이 얼마나 들어 있는지 말할 수 있습니까?" "모릅니다." 하고 당황한 캉브르메르 씨가 대답했다. "나는 고급 브랜디나 포르토 345**를 한 잔 가득 마시는 편을 더 좋아합니다." "그것은 열 배나 더 유독하죠." 하고 교수가 말을 중단했다. "트리오날로 말하자면," 캉브르메르 씨가 무턱대고 말했다. "제 아내는 이 모든 것을 규칙적으로 복용하고 있으니 아내와 얘기하는 편이 낫겠네요." "아내분도 당신만큼의 지식을 가졌겠죠. 어쨌든 당신의 아내는 잠을 자려고 트리오날을 먹는군요. 자, 보세요, 제 아내는 그렇지 않습니다. 레옹틴, 좀 움직여 봐요. 관절이 경직될 거요. 내가 언제 식후에 자던가요? 지금 이렇게 노인네처럼 잠을 자면 예순 살이 되면 어떡할 거요? 살이 찌고 혈액 순환이 멈출 텐데. 이젠 내 말도 듣지 않는군." "이렇게 식후의 짧

* 아밀과 에틸은 알킬기(사슬 모양 포화 탄화 수소)의 일종이다.

** 잘 알려지지 않은 포르토 브랜드이다.

은 잠은 건강에 해로운 거죠, 그렇지 않나요, 의사 선생님?" 하고 캉브르메르 씨는 코타르에 대한 자신의 명예를 회복하려고 말했다. "잘 먹고 난 후에는 운동을 해야죠." "허튼소리요!" 하고 의사가 대답했다. "조용히 있던 개와 달리던 개의 위에서 동일 분량으로 먹은 음식물을 추출해 보니 첫 번째 개에서 소화가 더 많이 진행되었소." "그렇다면 수면이 소화를 방해한다는 말인가요?" "그것이 식도나 위에 관계된 소화냐 장에 관계된 소화냐에 따라 다를 거요. 의학 공부를 하지 않았으니 내가 아무리 설명을 해 봐야 소용없는 일로 당신은 아무것도 이해하지 못할 거요. 여보, 레옹틴, 자, 앞으로…… 걸으시오!* 떠날 시간이오." 그 말은 사실이 아니었다. 의사는 다만 카드 게임을 하고 싶었고, 그러나 아무리 유식한 설교를 해 봐야 그녀에게서 어떤 대답도 끌어내지 못했으므로, 그는 이 침묵을 지키는 여인의 수면을 보다 갑작스러운 방식으로 방해할 수 있기를 기대했다. 잠에 저항하려는 코타르 부인의 의지가 잠을 자는 동안에도 끈질기게 계속되었는지, 아니면 안락의자가 그녀의 머리를 받쳐 주지 않았는지, 그녀의 머리는 기계적으로 왼쪽에서 오른쪽으로, 아래에서 위로 활성이 없는 물체마냥 허공에 내던져졌고, 그리하여 코타르 부인은 이런 머리의 흔들림 때문에 때로는 음악을 듣는 듯 때로는 임종 시 고통

* 플레이아드판에는 harche로 표기되었으나(『소돔』, 플레이아드 III, 352쪽) 플라마리옹판에는 marche로 표기되었다.(『소돔』 2권, GF플라마리옹 II, 127쪽) 여기서는 아무 의미도 없는 harche 대신 marche로 간주하여 '걷다'로 옮기고자 한다.(『소돔』 2권, GF플라마리옹 127쪽)

의 마지막 단계에 들어간 듯 보였다. 점점 더 거세지던 남편의 훈계가 좌초했을 때, 어리석음에 대한 그녀 자신의 감정이 성공적인 결과를 자아냈다. "목욕물이 적당히 뜨겁네." 하고 그녀가 속삭였다. "하지만 사전(辭典) 속에 든 깃털은?" 하고 그녀는 몸을 다시 일으키면서 외쳤다. " 아! 이런 내가 얼마나 바보야! 뭐라고 하는 거지? 모자를 생각하고 있었는데. 뭔가 어리석은 말을 한 게 틀림없어. 자칫하면 잠들 뻔했어. 저 저주받을 벽난로 불 때문이야." 모두들 웃기 시작했다. 그곳에는 불이 없었기 때문이다.

"절 놀리시는군요."라고 말하면서 코타르 부인은 최면술사의 가벼운 몸짓과 머리를 매만지는 여인의 능란한 솜씨로 이마에 남아 있는 마지막 졸음의 흔적을 손으로 지우면서, 자기도 웃음을 터뜨렸다. "존경하는 베르뒤랭 부인께 변변찮은 사과의 말씀을 드리면서 아울러 진실을 알고 싶네요." 하지만 코타르 부인의 미소는 이내 서글픈 기색을 띠었다. 베르뒤랭 부인의 마음에 들려고 애쓰면서도 성공하지 못할까 봐 불안에 떤다는 걸 아는 교수가 그녀 쪽으로 와서 소리를 질렀기 때문이다. "거울 좀 보구려. 마치 여드름이 솟아오른 것처럼 얼굴이 벌겋구려. 늙은 시골 여자 같소." "아시다시피 저분은 매력적인 분이에요." 하고 베르뒤랭 부인이 말했다. "빈정거리지만 마음씨가 착하다는 좋은 점이 있어요. 그리고 의대 교수들이 모두 제 남편을 포기했을 때도, 저분은 무덤 문턱에서 남편을 다시 데려다주셨어요. 사흘 밤이나 잠자리에 들지도 않고 남편 곁에서 지내셨어요. 그러니 코타르는 제게 있어," 하고 음악적으로 흔들리는 관자놀이 양쪽에 둥글게 난 흰 머리를 향해 손을 들면서,* 마치 우리가 의사를 건드리고 싶어 하기라도 한다는 듯이, 엄숙하고도 협박하는 듯한 어조로 말했다. "성스러운 분이에요. 저분은 원하는 걸 무엇이든 요구할 수 있어요. 게다가 저는 저분을 코타르 의사가 아니라, 의신(醫神)이라고 부른답니다! 하지만 그렇게 부르면서도 여전히 저는 저분을 비난하는 셈이네요. 왜냐하면 저 신은 다른 신이 책임 져야 할 불행의 일부도 가능한 한 자신이 고치려 하거든요." "으뜸 패를 내게." 하고 샤를뤼스 씨가 모렐에게 행복한 표정으로 말했다. "으뜸 패요, 어떨지 보려고요." 하고 바이올리니스트가 말했다. "우선 자네의 킹 카드를 알려야만 했어." 하고 샤를뤼스 씨가 말했다. "주의가 산만하지만 카드를 참 잘 치는군." "자, 킹 카드 여기 있어요." 하고 모렐이 말했다. "미남이군." 하고 교수가 응답했다. "저쪽에 말뚝이 그려진 물건은 도대체 뭔가요?" 하고 베르뒤랭 부인이 캉브르메르 씨에게 벽난로 위에 조각된 화려한 방패 무늬를 가리키면서 물었다. "댁의 '문장'인가요?" 하고 그녀는 비꼬듯 경멸하는 투로 덧붙였다. "우리 가문의 문장은 아닙니다." 하고 캉브르메르 씨가 대답했다. "우리 가문의 문장은 황금색 바탕에 붉은색 요철이 양쪽으로 다섯 개 나 있고 각각의 볼록한 부분에는 금빛 클로버가 그려진 세 개의 띠로 이루어졌죠. 아닙니다. 저

* '음악적'이라는 표현은 베르뒤랭 부인이 음악을 좋아하고 자칭 음악가들의 대모로 자처한다는 사실을 풍자하는 은유이다.

건 아라슈펠 가문의 문장으로 우리와 같은 가문은 아니지만, 그 집으로부터 우리가 이 집을 물려받았고 그래서 아무것도 바꾸지 않았습니다. 아라슈펠 가문(이전에는 펠빌랭이라고 불렸던)*의 문장은 금색 바탕에 아래쪽 끝을 뾰족하게 한 붉은색 말뚝 다섯 개로 이루어졌죠. 아라슈펠이 페테른과 통합되었을 때 방패꼴 문장이 바뀌었습니다. 십자가 모양의 문양이, 아래쪽 부분을 뾰족하게 한 작은 금색 말뚝 위에, 나머지 세 부분 끝에는 다시 작은 십자가가 달린 모양으로 총 스무 개의 십자가가 사등분된 형태로 이루어졌고, 오른쪽에는 날아가는 모양의 담비가 그려졌죠."** "저런, 꼴좋게 잘도 걸려들었군!" 하고 캉브르메르 부인이 낮은 소리로 말했다. "제 증조모님은 아라슈펠 또는 라슈펠 가문이라고 하는데, 원하시는 대로 부르시죠. 고문서에 두 이름이 다 나오니까요." 하고 캉브르메르 씨는 얼굴이 심하게 빨개졌는데, 이런 말을 할 때만 아내가 자신을 존경한다는 생각이 든 데다, 또 베르뒤랭 부인이 그녀와 전혀 상관없는 말을 한다고 할까 봐 겁이 났기 때문이다.

* 일리에 주임 신부인 마르키 성주의 저술에서 영감을 받았다고 지적된다. 아라슈펠(Arrachepel)은 '뽑다'라는 의미의 arrache와 옛 프랑스어로 '말뚝'이란 의미를 가진 pel의 합성어로 '말뚝 뽑는 사람'을 뜻한다. 그리고 펠빌랭(Pelvilain)은 '말뚝'을 뜻하는 pel과 '농부'를 뜻하는 vilain의 합성어로 '말뚝 뽑는 농부' 혹은 '말뚝을 다루는 농부'를 가리킨다.(『소돔』, 폴리오, 607쪽 참조.)

** 이 두 번째 아라슈펠 문장은 역사적 사실에 근거하기보다는 프루스트의 상상력이 더 많이 작용한 것처럼 보인다고 지적된다.(『소돔』, 폴리오, 607쪽 참조.) 보통은 십자가가 증식되는 모양으로 문장이 구성되는 데 반해, 여기서는 끝이 뾰족한 말뚝에 나머지 세 부분은 십자가 모양의 문양으로 구성되어, 총 스무 개의 십자가가 다섯 개씩 사등분된 방패꼴 문장을 이루고 있다.

“11세기에 펠빌랭이라고 불리는 첫 번째 아라슈펠인 마세가 진지에서 말뚝을 뽑아내는 데 뛰어난 재주를 보였다고 역사는 전하고 있습니다. 거기서 아라슈펠이란 별명이 생겼고, 그래서 그들은 그 이름으로 귀족이 되고, 그렇게 해서 몇 세기에 걸쳐 여러분이 보는 말뚝이 그들의 문장에 남게 된 거죠. 말뚝은 적이 접근하지 못하도록 요새 앞 땅에 세우고 박고 — 이런 표현을 용서하세요. — 서로를 연결해 놓았던 거랍니다. 바로 그것이 부인께서 말뚝이라고 부르는 것인데, 우리의 훌륭한 라퐁텐에 나오는 그 ‘떠다니는 막대기’와는 무관합니다.* 단지 요새를 난공불락의 장소로 만들기 위한 것이었죠. 물론 현대식 대포와 비교한다면 웃음거리가 될 일이지만, 이것이 11세기의 이야기임을 기억해야 합니다.” “시사성이 부족하군요.” 하고 베르뒤랭 부인은 말했다. “그러나 저기 작은 종탑은 꽤 특이하네요.”** “당신에게는 기가 막힌 운이, 튀를뤼튀튀(turlututu)……가 따르는군요.” 하고 코타르는 이 말을, 몰리에르가 사용한 단어를 교묘히 피하려고 기꺼이 반복했다.*** “당신은 다이아몬드 킹이 어떻게 해서 병역을 면제받았는지 아

* 라퐁텐의 우화 「낙타와 물 위에 떠다니는 막대기」(4권)를 가리킨다.

** 모호한 표현으로, 장 미이 교수에 따르면 아마도 아라슈펠 문장에 그려진 담비가 작은 종탑처럼 보이는 것을 암시하는 듯하다고 추정된다.

*** ‘기가 막힌 운’이란 말을 프랑스어로 une veine de cocu라고 하는데, 이 ‘cocu(오쟁이 진 남편)’란 단어를 몰리에르가 「스가나렐 또는 오쟁이 진 남편」과 「여성들의 학교」에서 사용한 이래 마치 몰리에르의 전유물처럼 되었으므로, 그 말을 피하기 위해 거절이나 조소를 나타낼 때 사용되는 감탄사인 ‘튀를뤼튀튀’를 반복한다는 의미이다.

시오?" "전 기꺼이 그분을 대신하고 싶네요." 하고 군 복무가 지겨운 모렐이 말했다. "오! 이 형편없는 애국자야." 하고 샤를뤼스 씨가 외쳤다. 그는 참지 못하고 바이올리니스트의 귀를 꼬집었다. "아니, 당신은 다이아몬드 킹이 어떻게 해서 병역을 면제받았는지 모른단 말이오?"* 자기가 한 농담에 집착하는 코타르가 "애꾸눈이라서 그런 거요."라며 말을 이었다." "강적을 만나셨어요, 박사님." 하고 캉브르메르 씨는 코타르가 누구인지 안다는 걸 보여 주려고 말했다. "이 젊은이는 놀라운데요." 하고 샤를뤼스 씨는 모렐을 가리키면서 천진스럽게 말을 중단했다. "카드놀이를 하느님처럼 잘하는군요." 이 말이 의사의 마음에 들 리 없었다. 의사는 "때가 되면 알게 되리라. 교활한 놈 위에 더 교활한 놈이 있다는 것을."이라고 대답했다. "자, 퀸과 에이스요." 하고 행운이 붙은 모렐이 자신만만하게 뽐내면서 통고했다. 의사는 이런 행운을 부정할 수 없다는 듯 고개를 숙이고 감탄하면서 "대단하오."라고 인정했다. "샤를뤼스 씨와 함께 만찬을 하게 되어 대단히 기뻤어요." 하고 캉브르메르 부인이 베르뒤랭 부인에게 말했다. "그분을 모르셨나요? 꽤 유쾌하지만 특별한 분이죠. '다른 시대의' 분이라고나 할까."(그것이 어느 세기인지 물어보았다면 그녀는 조금 당황했을 것이다.) 하고 베르뒤랭 부인은 예술 애호가와 판관, 여주인으로서의 만족한 미소를 지으며 대답했다. 캉브르메르 부인은

---

* 다이아몬드 킹은 옆모습이 오른쪽을 향한 모습이어서 눈이 하나만 보이며, 따라서 불구자이므로 군대를 면제받을 수밖에 없다는 코타르의 재담이다.

내가 생루와 함께 페테른에 올 수 있는지 물었다. 나는 성관에서부터 시작되는 궁륭 모양의 참나무에 오렌지색 등잔처럼 걸린 달을 보고 감탄의 소리를 내지 않을 수 없었다. "아직은 대단치 않아요. 잠시 후에 더 높이 올라가 골짜기를 환히 비추면 천배 더 아름답죠. 페테른에서는 볼 수 없는 경치랍니다!" 하고 베르뒤랭 부인이 캉브르메르 부인에게 멸시하는 듯한 어조로 말했는데, 캉브르메르 부인은 자신의 영지를, 특히 임차인 앞에서 낮게 평가하기를 원치 않았으므로 뭐라고 대답해야 할지 몰랐다. "이 지역에 얼마 동안 더 계실 작정이십니까?" 하고 캉브르메르 씨는 코타르 부인에게 물었는데, 이런 질문은 막연하게 초대하고 싶은 의사를 비치면서도, 보다 분명한 약속은 피하게 해 주었다. "오! 물론, 전 아이들을 위해서 해마다 하는 이런 탈출에 상당히 애착을 느껴요. 사람들이 뭐라고 하든 아이들에게는 바깥 공기가 필요하니까요. 어쩌면 이 점에서는 제가 조금 원시적인지 모르지만 좋은 공기를 마시는 것보다 나은 치료법은 없다고 생각해요. 사람들이 그 반대되는 방법을 A 더하기 B 식으로 증명한다고 해도요. 그 애들의 작은 얼굴이 이미 완전히 변한걸요. 의과 대학에서는 저를 비시 온천에 보내고 싶어 했죠. 하지만 그곳은 지나치게 숨이 막히고, 또 그 큰 애들이 조금 더 자라야 내 위를 보살필 수 있을 것 같아서요. 교수님은 시험을 주관하느라 전력을 다하시고, 또 더위에도 무척 피곤해하신답니다. 그분처럼 일 년 내내 일하는 분에게는 정말 휴식이 필요하다고 생각해요. 어쨌든 우리는 한 달 남짓 더 있을 거예요." "아! 그렇다면 다시 뵙게 되겠네요."

"게다가 남편이 사부아 지방을 한 바퀴 돌러 가셔야 하기 때문에 전 남아 있어야 해요. 교수님은 보름 후에야 이곳에 정착하실 거고요." "저는 바다 쪽보다는 계곡 쪽이 더 좋아요." 하고 베르뒤랭 부인이 다시 말을 이었다. "돌아오실 때쯤이면 날씨가 무척 좋을 거예요." "오늘 저녁 꼭 발베크에 돌아가고 싶다면, 마차에 마구를 달았는지 알아봐야겠소." 하고 베르뒤랭 씨가 내게 말했다. "나를 위해서는 그럴 필요가 없으니까. 내일 아침 우리가 마차로 데려다드리죠. 틀림없이 날씨가 좋을 거요. 길도 아주 근사할 테고." 나는 그럴 수 없다고 말했다. "그러나 어쨌든 아직 떠날 시간은 아니에요." 하고 여주인이 반박했다. "그분들을 조용히 두세요. 시간이 충분하니까요. 기껏해야 한 시간 일찍 역에 도착하는 게 고작일 텐데요. 여기 있는 편이 더 나아요. 그리고 당신, 나의 모차르트." 하고 그녀는 샤를뤼스 씨에게는 감히 직접 말을 걸지 못하고 모렐에게 말했다. "여기 남지 않을래요? 바다 쪽으로 매우 아름다운 방이 있는데." "하지만 그는 그럴 수 없습니다." 하고 샤를뤼스 씨가 게임에 열중하여 아무 말도 듣지 못하는 모렐을 대신해서 대답했다. "자정까지만 휴가를 받았거든요. 말 잘 듣는 착한 아이처럼 돌아가서 자야 해요." 하고 그는 마치 이런 순결한 비유를 사용하고, 모렐에 관한 일에 지나가며 자기 목소리를 내고, 또 손으로 할 수 없으므로 말로 그를 건드리고 만지는 데서 뭔가 사디즘의 쾌락을 맛보는 듯 만족스럽고 집요하게 꾸민 듯한 목소리로 덧붙였다.

브리쇼가 내게 한 설교에 근거해 캉브르메르 씨는 내가 드레퓌스파라고 결론 내렸다. 그는 가능한 한 드레퓌스 반대파로 행동했지만, 적에 대한 예의로 내게, 슈브르니 가문의 사촌에게 늘 공정하게 대했으며, 또 사촌이 받아 마땅한 승진도 시켜 준 한 유대인 대령에 대해 찬사를 늘어놓기 시작했다. "그런데 내 사촌은 그 대령과는 정반대의 사상을 가지고 있었죠." 하고 캉브르메르 씨는 그 사상이 무엇인지는 말하기를 피했으나, 나는 그것이 그의 얼굴처럼 오래되고 잘못 형성된, 뭔가 어느 작은 마을의 가족이 오래전부터 지녀 왔을 사상임을 감지했다. "자! 당신도 아시겠지요. 나는 그것이 아주 '아름답다'고 생각해요." 하고 캉브르메르 씨가 말을 맺었다. 사실 그는 이 '아름답다'는 말을, 자기 어머니나 아내에게는 색다른 작품을, 하지만 예술 작품을 가리킬 때 사용하지만, 그런 미학적인 의미에서 사용하지 않았다. 그는 오히려 어느 세련된 인물이 약간 살이 쪘을 때 그를 칭찬하는 말로 이 형용사를 사용했다. "아! 두 달 사이에 3킬로가 찌셨다고요? 아주 아름다운 일인 거 아세요?" 음료수가 식탁 위에 준비되어 있었다. 베르뒤랭 부인은 신사들에게 직접 원하는 음료수를 고르도록 권했다. 샤를뤼스 씨는 음료수를 마시러 갔다가 금방 카드 게임을 하는 탁자로 돌아와 더 이상 움직이지 않았다. 베르뒤랭 부인이 그에게 질문했다. "저희 집 오렌지 주스 드셨어요?" 그러자 샤를뤼스 씨는 우아한 미소와 그에게서 좀처럼 듣기 힘든 크리스털처럼 맑은 목소리로, 입을 수없이 삐죽거리고 허리를 흔들면서 대답했다. "아뇨, 그 옆에 있는 게 더 좋더군요. 딸기주인 것 같은데 맛있더군요." 어떤 유의 은밀한 행동이 외적인 결과로서 그 행동을 폭로하는 말투나 몸짓을 가진다는 것은 놀라운 일이다. 한 신사가 원죄 없는 잉태나 드레퓌스의 무죄 혹은 세계의 다원성을 믿거나 믿지 않을 경우, 만일 그가 침묵을 지키기 원한다면, 우리는 그의 태도나 목소리에서 그의 생각을 알아볼 수 있는 것을 아무것도 발견하지 못하리라. 그러나 샤를뤼스 씨가 날카로운 목소리로 미소와 팔짓을 곁들이며 "아뇨, 그 옆에 있는 게 더 좋더군요. 딸기주인 것 같은데 맛있더군요."라고 말하는 것을 들은 사람은 "저런, 저 자는 남성을 좋아하는군."이라고 말했을지도 모른다. 마치 어느 판관이 죄를 고백하지 않은 죄인에게 유죄 선고를 내리고, 의사가 병에 걸린 걸 모르는 중풍 환자에게 이런저런 발음상의 오류를 보고 삼 년 안에 죽을 거라고 추정할 때와 같은 확신을 가지고 말이다. "아뇨, 그 옆에 있는 딸기주가 더 좋더군요."라고 말하는 방식에서 소위 자연에 반하는 사랑이라는 결론을 내리는 사람들에게는, 어쩌면 그렇게 많은 지식이 필요하지 않을지도 모른다. 이 경우 비밀을 폭로하는 기호와 비밀의 관계는 보다 직접적이다. 정확히 말로는 할 수 없지만, 우리는 우리에게 대답하는 그 부자연스럽게 꾸민 상대가 미소를 띤 온화한 귀부인이라고 느끼는데, 왜냐하면 상대가 남성임을 자처하지만, 남성이 그렇게 태를 부리는 모습을 보는 데 익숙하지 않기 때문이다. 오래전부터 상당수의 천사 같은 여인들이 실수로 남성에 포함되어 그곳에 유배당한 채로 남성을 향해 헛되이 날갯짓을 하지만 육체적인 혐오감만 불러일으키는데, 어쩌면 그들이 살롱을 정리하고 '실내'를 꾸밀 줄도 안다고 생각하는 편이 보다 상냥한 처사인지 모른다. 샤를뤼스 씨는 베르뒤랭 부인이 서 있는데도 개의치 않고 모렐에게 더 가까이 있으려고 안락의자에 그대로 앉아 있었다. "당신은," 하고 베르뒤랭 부인이 남작에게 말했다. "바이올린으로 우리를 현혹시킬 수 있는 사람이, 저기 에카르테 게임 탁자에 앉아 있는 게 죄가 안 된다고 생각하세요? 그처럼 바이올린을 연주할 때는요!" "저 친구는 카드 게임도 잘한답니다. 모든 걸 다 잘해요. 매우 영리하거든요." 하고 샤를뤼스 씨는 모렐에게 조언을 해 주기 위해 그의 게임하는 모습을 바라보며 말했다. 게다가 그것만이 그가 베르뒤랭 부인 앞에서 일어서지 않은 이유는 아니었다. 대귀족과 예술 애호가로서의 그의 사회적 관념을 형성하는 그 기이한 결합 덕분에, 그는 사교계 인사들과 같은 방식으로 예의 바르게 처신하지 않는 대신, 자신을 생시몽의 『회고록』에 나오는 일종의 살아 있는 초상화로 만들고 있었다. 그래서 다른 측면에서도 그의 관심을 끄는 위셀 원수*를 즐겨 흉내 냈다. 원수는 궁정에서 자기보다 지위가 높은 사람 앞에서도 나태한 표정으로 의자에서 일어나지 않을 만큼 오만했다고 한다. "그런데 샤를뤼스," 하고 그와 친숙해지기 시작한 베르뒤랭 부인이 말했다. "혹시 당신이 사는 포부르**에 내 집 문지기로 쓸 만한 늙고 파산한 귀족은 없을까요?"

---

* 본명은 니콜라 샬롱 뒤 블레(Nicolas Chalon du Blé, 1652~1730)이며, 후대에는 위셀 원수(Maréchal d'Huxelles)로 알려졌다. 이 일화는 생시몽의 『회고록』에서 발췌한 것이다.(『소돔』, 폴리오, 607쪽 참조.)

** 포부르생제르맹을 가리킨다.

"물론…… 물론 있죠." 하고 샤를뤼스 씨는 호인다운 미소를 지으면서 대답했다. "하지만 권하지는 않겠습니다." "왜죠?" "우아한 방문객들이 문지기의 처소보다 더 멀리 가지 않을 것 같아서 말이죠." 이것이 두 사람 사이에 벌어진 첫 번째 작은 충돌이었다. 베르뒤랭 부인은 그 점에 거의 유의하지 않았다. 그렇지만 파리에서는 불행하게도 더 많은 충돌이 예정되어 있었다. 샤를뤼스 씨는 계속해서 의자를 떠나지 않았다. 더욱이 그는 자신이 선호하는, 귀족의 명성과 부르주아의 비겁함에 대한 격언이 그토록 쉽게 베르뒤랭 부인을 굴복시킨 걸 보고 남몰래 미소를 짓지 않을 수 없었다. 여주인은 남작의 태도에 전혀 놀란 것처럼 보이지 않았으며, 그녀가 그의 곁을 떠난 것은 단순히 캉브르메르 씨가 나를 귀찮게 하는 걸 보고 걱정이 되었기 때문이다. 그러나 그 전에, 부인은 샤를뤼스 씨와 몰레 백작 부인의 관계에 대한 문제를 규명하고 싶었다. "당신은 몰레 백작 부인을 안다고 하셨는데, 그 댁에 가시나요?" 하고 '그 댁에 가시나요?'라는 말에 부인은 그가 몰레 부인의 초대를 받았으며, 그녀를 보러 가도 된다는 허락을 받았느냐는 의미를 부여했다. 샤를뤼스 씨는 경멸하는 듯한 억양의, 정확한 척 꾸미는 단조로운 어조로 대답했다. "그럼요, 이따금 가죠." 이 '이따금'이란 말이 베르뒤랭 부인의 의심을 샀고, 그래서 그녀가 물었다. "거기서 게르망트 공작을 만나셨나요?" "아! 기억이 나지 않는데요." "아!" 하고 베르뒤랭 부인이 말했다. "그럼 게르망트 공작을 모르세요?" "어떻게 내가 그를 모르겠습니까?" 하고 샤를뤼스 씨가 대답했는데, 미소가 입가에 물결쳤다. 비웃는 미소였다. 그러나 남작이 금니가 밖으로 보일까 봐 염려되어 나왔던 입술을 오므리자 미소는 사라졌으며, 그러자 거기에는 관대한 미소의 굴곡이 생겼다. "왜 당신은 '어떻게 내가 그를 모르겠습니까?'라고 말씀하시는 거죠?" "참, 제 형이니까요." 하고 샤를뤼스 씨가 아무렇게나 말하자, 베르뒤랭 부인은 이 손님이 그녀를 놀리는 게 아닌지, 사생아는 아닌지, 혹은 다른 결혼에서 태어난 자식은 아닌지 하고 아연실색하며 의문에 잠겼다. 게르망트 공작의 동생이 샤를뤼스 남작으로 불리리라고는 도무지 생각할 수 없었던 것이다. 부인이 내 쪽으로 왔다. "조금 전에 캉브르메르 씨가 당신을 만찬에 초대하는 걸 들었어요. 당신도 이해하시겠지만, 난 괜찮아요. 하지만 당신을 위해서는 그곳에 가지 않았으면 좋겠어요. 우선 따분한 사람들이 들끓는 곳이거든요. 아! 아무도 알지 못하는 시골 백작이나 후작들과의 만찬을 좋아하다면야 원하는 만큼 대접을 받으실 테지만." "한두 번은 가야 할 거라는 생각이 드는군요. 게다가 제게는 혼자 내버려 둘 수 없는 어린 사촌 누이가 있어서 그렇게 자유롭지 못해요.(자칭 친척 관계라고 하는 것이 알베르틴과의 외출을 위해 모든 걸 쉽게 해 주리라고 생각했다.) 게다가 캉브르메르 댁 분들에게 이미 제 사촌을 소개해 놔서……." "좋을 대로 하세요. 내가 말할 수 있는 건, 그곳이 지극히 비위생적인 곳이라는 거죠. 폐렴에 걸리거나 그 고약한 만성 류머티즘에라도 걸린다면 당신에게 무슨 득이 되겠어요?" "그러나 그곳은 아름답지 않나요?" "음…… 음, 좋으실 대로. 솔직히 고백하면 나는 이곳 계곡에서의 전망을 백배는 더 좋아해요. 우선 누가 돈을 준다 해도 다른 집에는 가지 않을 거예요. 바다 공기가 베르뒤랭 씨에게는 치명적이거든요. 당신 사촌이 신경이 예민한 사람이라면……. 게다가 내가 보기에 당신은 신경이 예민한 것 같던데…… 호흡 곤란 증세도 있고. 그렇다면 곧 알게 될 거예요. 한번 가면 일주일은 잠을 못 이룰 테니. 아뇨, 그곳은 당신에게 맞는 장소가 아니에요." 그녀는 자기가 지금 하는 말이 조금 전에 한 말과 모순된다는 것도 생각하지 않고 계속 이어 갔다. "만일 집 구경하는 걸 좋아한다면, 그 집은 그리 나쁘지 않아요. 아름답다고까지는 할 수 없지만, 어쨌든 오래된 해자(垓字)나 오래된 도개교가 재미있어요. 나도 그곳에 가서 한번은 식사를 해야 하니까. 그럼 그날 오세요. 우리 작은 그룹 사람들을 모두 데리고 갈게요. 그럼 재미있을 거예요. 모레 우리는 마차로 아랑부빌에 간답니다. 가는 길이 무척 아름답고 매우 맛있는 사과주도 있어요. 그날 오세요. 브리쇼, 당신도 오시겠죠. 그리고 스키도. 우린 야유회를 하게 될 거예요. 그렇지 않아도 남편은 이미 계획을 짰을 거예요. 남편이 누구를 초대했는지는 모르겠지만. 샤를뤼스 씨, 당신도 그 일원인가요?" 마지막 말만 들은 남작은 그것이 아랑부빌 소풍 얘기임은 알지 못하고 깜짝 놀랐다. "기이한 질문이로군." 하고 그는 빈정대는 어조로 중얼거렸는데, 그 어조가 베르뒤랭 부인을 화나게 했다. "게다가," 하고 부인이 내게 말했다. "캉브르메르 집에서의 만찬을 기다리는 동안 왜 이곳에 당신 사촌 누이를 데리고 오지 않나요? 당신 사촌은 대화를, 지적인 사람들을 좋아하나요? 재미있는 분인가요? 그렇다면 아주 잘됐네요. 함께 오세요. 이 세상에 캉브르메르네만 있는 건 아니니까요. 그들이 당신 사촌을 초대하면서 기뻐했다면, 그건 아무도 그들 집에 가지 않기 때문이랍니다. 이곳은 공기도 좋고 지적인 분들이 늘 있어요. 어쨌든 오는 수요일에 당신이 나를 버리지 않을 거라고 기대할게요. 당신이 사촌 누이와 샤를뤼스 씨와 또 내가 모르는 누군가와 함께 리브벨에서 간식을 했다는 말을 들었어요. 그 모든 것을 이곳으로 옮겨 오도록 해 보세요. 모두가 한꺼번에 도착하면 재미있을 거예요. 그곳에 가는 길만큼 쉬운 것도 없어요. 오솔길도 매력적이에요. 필요하다면 당신을 찾으러 사람을 보낼게요. 게다가 저는 왜 당신이 리브벨에 관심을 갖는지 모르겠어요. 모기가 들끓는 곳인데. 아마도 당신은 갈레트의 명성을 믿나 보죠. 내 요리사는 다른 방법으로 더 잘 만들어요. 진짜 노르망디풍의 갈레트를 드시게 해 드리죠, 그리고 사블레도.* 더 이상은 말하지 않겠어요. 아! 당신이 리브벨에서 주는 형편없는 음식을 고집한다면, 나는 그런 음식은 원치 않아요. 손님들을 죽일 수는 없어요. 설령 내가 원한다 해도 내 요리사가 이름도 붙일 수 없는 그런 형편없는 걸 만드느니 차라리 다른 집으로 갈 거예요. 그쪽 갈레트는 무엇으로 만들어지는지도 모른답니다. 난 그걸 먹고 복막염에 걸려 사흘 만

* 갈레트는 팬케이크 형태의 과자로 고기나 치즈, 샐러드, 계란을 곁들인다. 사블레는 비스킷의 일종이다.

에 목숨을 잃은 불쌍한 소녀를 알아요. 겨우 열일곱 살이었는데. 그 가련한 어머니에게는 슬픈 일이죠." 하고 베르뒤랭 부인은 경험과 고통의 무게가 실린 관자놀이의 범위 아래로 우울한 표정을 지으며 덧붙였다. "그렇지만 살갗이 벗겨지고 창밖으로 돈을 내던지는 일이 재미있다면 리브벨에 가서 간식을 드세요. 단 제발 부탁이지만, 이것은 당신을 신뢰해서 드리는 임무인데 6시 종이 치면 당신네 사람들을 모두 데리고 이곳으로 오세요. 각자 흩어져서 자기 집으로 돌아가지 않게 말이에요. 당신이 원하는 사람은 누구든 데려와도 좋아요. 저는 아무에게나 이런 말을 하지 않아요. 하지만 당신 친구라면 틀림없이 상냥한 분일 테니, 우리는 금방 서로를 이해할 거예요. 작은 동아리 사람들 외에도 수요일에는 매우 멋진 분들이 오신답니다. 저 귀여운 롱퐁 부인을 모르시죠? 아주 매력적이고 기지가 넘치고 전혀 속물도 아니고, 아마 당신도 꽤 마음에 들어 할 거예요. 그분 역시 한 무리의 친구들을 데리고 올 거고요." 하고 베르뒤랭 부인은 그 일이 좋은 취향임을 보여 주고 사례를 들어 나를 분발하게 하려는 듯 이렇게 덧붙였다. "바르브 드 롱퐁과 당신 중에 어느 쪽이 더 영향력이 있는지, 또 누가 더 사람들을 많이 데리고 오는지 알 수 있겠네요. 그리고 베르고트도 모시고 올 거예요." 하고 그녀는 위대한 작가의 건강이 가장 우려할 만한 상태임을 알린 아침 신문 기사를 통해, 그 유명 인사의 협력이 가능하지 않음을 알고 모호한 표정으로 덧붙였다. "어쨌든 보시면 알겠지만 그날은 내 수요 모임 중 가장 성공적인 모임이 될 거예요. 나는 지겨운 여자들은 원하지 않아요. 게다가 오늘 저녁 모임으로 그 모임을 판단하지 마세요. 오늘 저녁 모임은 완전히 망쳤어요. 반박하지 마세요. 당신도 나처럼 따분했을 거예요. 나 자신도 무척 지겨웠으니까요. 늘 오늘 저녁 같지는 않아요. 당신도 알겠지만요! 게다가 난 캉브르메르네 사람들 얘기를 하는 게 아니에요. 견디기 힘든 사람들이니까. 유쾌한 분들로 간주되는 사교계 인사들도 알고 있었지만, 내 작은 동아리 사람들에 비하면 존재하지 않는 거나 다름없었다고 말하는 거예요. 나는 당신이 스완을 지적인 사람으로 여긴다는 말을 들었어요. 우선 내 의견을 말씀드리자면 난 그가 너무너무 과대 평가되었다고 생각해요. 그 사람의 성격에 대해서는 말하지 않겠지만 항상 그 사람이 근본적으로 불쾌하고 교활하며 음흉하다고 생각해 왔어요. 수요 만찬에도 자주 초대했었죠. 그러니 그에 관한 얘기를 다른 사람들에게 물어볼 수 있어요. 뛰어난 인물과는 거리가 먼 그저 성실한 이류 교수로서 내가 학사원에 들어가게 한 브리쇼에 비하면, 별것 아닌 사람이죠. 그는 눈에 띄지 않는 사람이었어요!" 내가 반대 의견을 내자 그녀는 이렇게 말했다. "그래요. 그 사람은 당신 친구니까. 그에게 반대되는 얘기는 아무것도 하고 싶지 않아요. 게다가 그 사람은 당신을 아주 좋아했어요. 당신에 대해 아주 호의적으로 얘기하더군요. 하지만 여기 있는 분들에게 물어보세요. 그 사람이 우리 만찬에서 뭔가 흥미로운 얘기를 한 번이라도 한 적이 있는지. 그래도 그건 사물의 가치를 판단하는 시금석이잖아요. 그런데 이유는 모르겠지만, 스완은 우리 살롱에서 아무것도 보여 주지 않고 아무것도 해 주지 않았답니다. 그나마 조금이라도 그에게 가치가 있는 것이라곤 바로 여기서 취득한 것들이죠." 나는 그가 매우 지적이라고 단언했다. "아니에요 당신이 그 사람과 사귄 게 나보다 오래되지 않아서 그렇게 믿는 거예요. 사실 우리는 아주 단시간 안에 그에 관해 모든 걸 알게 되었죠. 그 사람은 나를 지겹게 했어요.(다른 말로 옮기면, 그 사람은 라 트레무이유나 게르망트 집에 드나들었으며, 또 내가 그곳에 가지 않는다는 걸 알았죠.) 그런데 나는 권태로운 것만 빼고는 이 모든 걸 다 참을 수 있어요!" 권태에 대한 증오는 이제 베르뒤랭 부인의 작은 모임 구성을 설명해 주는 이유가 되어 있었다. 뱃멀미 때문에 크루즈를 타지 못하듯이 그녀는 따분함 때문에 아직 공작 부인들을 초대하지 않고 있었다. 나는 베르뒤랭 부인의 말이 완전히 틀린 것은 아니며, 또 게르망트 사람들이 그들이 만난 사람 중에 브리쇼를 가장 어리석은 사람으로 선언할지도 모른다는 생각이 들었으므로, 나는 스완 자신은 아니라 해도 적어도 게르망트네의 정신을 가진 사람들, 즉 브리쇼의 현학적인 농담을 멀리하는 좋은 안목과 그런 농담에 얼굴을 붉히는 수치심을 가진 사람들보다는 그래도 브리쇼가 더 뛰어난 것은 아닌지 확신할 수 없었다. 그리하여 지성의 실체란 것이 그 문제에 관한 나 자신의 대답을 통해, 또 포르루아얄의 영향을 받은 기독교인이 은총의 문제를 제기하는 것과 같은 진지함을 가지고서야 어느 정도 규명될 수 있다는 듯이 그 점에 관해 묻고 있었다.* "당신도 알게 될 테지만," 하고 베르뒤랭 부인이 말했다. "사교계 인사들이 정말로 지적인 사람들, 즉 우리 모임 사람들과 함께 있을 때, 바로 그때 그들을 봐야 해요. 장님들의 왕국에서 가장 재치 있는 사교계 인사도 여기서는 그냥 애꾸눈에 지나지 않아요. 게다가 그들은 더 이상 신뢰감을 주지 못하는 이들을 얼어붙게 해요. 그래서 그 모든 사람들을 한데 섞어 모든 걸 망치기보다는 대신 나의 동아리를 보다 잘 즐길 수 있도록 하기 위해 따분한 사람들만을 위한 일련의 모임을 만들어야 하지 않을까 생각할 정도랍니다. 결론을 내리자면 당신 사촌과 함께 오세요. 그렇게 해요! 좋아요. 적어도 여기서는 두 분이 드실 게 충분해요. 페테른은 허기와 갈증뿐이죠. 아! 이를테면 당신이 쥐를 좋아한다면 당장 그곳에 가세요. 실컷 드실 수 있을 거예요. 그리고 그 사람들은 당신이 원하는 만큼 당신을 붙잡을 거예요. 내 말은 배가 고파 미칠 때까지란 뜻이에요. 게다가 그곳에 간다면 나는 떠나기 전에 식사를 할 거예요. 당신이 날 찾으러 오면 더 재미있을 테고요. 우리는 푸짐하게 간식을 먹고 돌아와서 야식을 들죠. 사과 파이 좋아하세요? 그래요, 그렇다면 우리 집 요리장은 누구보다 잘 만들어요. 당신이 이곳에 살기 위해 태어난 분이라고 했던 제 말이 옳다는 걸 알겠죠. 이곳에 와서 지내세요. 보는 것과 달리 이 집엔 방이

* 17세기 포르루아얄 수도원은 장세니즘의 본거지로서 인간의 자유 의지를 무시하고 신의 은총을 절대시하는 성 아우구스투스의 은총설을 믿었으며, 타락한 세계와의 타협이 불가능하다고 생각하여 칩거와 금욕적인 생활을 실천했다.

많아요. 따분한 사람들을 끌어들이지 않기 위해서 다른 사람들에게는 이런 말을 하지 않아요. 당신 사촌을 여기 데리고 와서 지내도 돼요. 아마 발베크에서와는 다른 공기를 마시게 될 거예요. 내가 이곳의 공기로 불치병에 걸린 사람들을 낫게 했다고 주장할 수 있어요. 맹세코, 내가 그들의 병을 낫게 했어요. 지금 그렇다는 건 아니고요. 예전에 내가 여기서 아주 가까운 곳에 산 적이 있거든요. 뭔가를 힘들게 찾아냈고 그래서 아주 싼 가격에 임대했는데, 저 사람들의 라 라스플리에르와는 성격이 다른 장소였어요. 산책을 하게 되면 보여 드리죠. 그러나 이곳 공기도 정말 활력을 준다는 건 인정해요. 게다가 난 이 점에 대해 지나치게 떠들어 대고 싶지 않아요. 파리지앵들이 나의 이 작은 구석을 좋아하기 시작하면 안 되니까요. 이곳은 항상 나의 행운이었어요. 여하튼 당신 사촌에게 말하세요. 계곡에 면한 아름다운 방 두 개를 드릴게요. 아침이면 안개 속의 태양을 보게 될 거예요! 당신이 말한 로베르 드 생루라는 분은 도대체 누구예요?" 하고 부인은 그를 만나러 동시에르에 가야 한다는 내 말을 듣고 혹시 그 때문에 내가 그녀를 버릴까 봐 두려워하며 불안한 표정으로 말했다. "따분한 사람이 아니라면 차라리 이곳으로 데리고 오세요. 모렐이 하는 말을 들은 적 있어요. 그의 절친한 친구 중의 하나라고 한 것 같은데."* 하고 베르뒤랭

* 생루와 모렐의 관계에 대한 암시처럼 보인다. 화자는 『사라진 알베르틴』에서 그 사실을 알게 된다.

부인은 완전히 거짓말을 했는데, 그 이유는 생루와 모렐은 서로의 존재조차 모르고 있었기 때문이다. 하지만 생루가 샤를뤼스 씨를 안다는 얘기를 듣고 그들이 바이올리니스트를 통해서 안다고 생각하고는 정통한 체하고 싶었던 것이다. "그분은 의학 공부를 하지 않나요? 아니면 문학을? 당신도 알다시피 시험 때문에 조언이 필요하다면 코타르가 모든 걸 다 할 수 있어요. 또 그분은 내가 원하는 건 뭐든지 해요. 아카데미로 말하자면, 그분이 아직 그럴 나이가 아니어서 훗날 일이 되겠지만, 저도 여러 표를 확보하고 있답니다. 당신 친구분에겐 이곳이 친숙한 고장일 테고, 어쩌면 이 집을 구경하는 걸 즐거워할지도 모르잖아요. 동시에르는 별로 재미있는 곳이 아니니까요. 어쨌든 당신 하고 싶은 대로 하세요. 가장 편한 대로요." 하고 그녀는 지나치게 귀족과 사귀고 싶어 하는 모습을 보이지 않기 위해, 또 자신이 신도들을 독제 체재하에 살게 하면서도 그것을 자유라고 주장했으므로 더 이상 우기지 않고 끝을 맺었다. "당신 거기서 뭐 해요?" 하고 그녀는, 베르뒤랭 씨가 분노로 질식할 것 같아 공기를 마셔야 하는 사람처럼 초조한 동작으로 살롱 한편에 계곡 쪽으로 펼쳐진 마루로 된 테라스로 가는 모습을 보면서 말했다. "당신을 화나게 한 사람이 이번에도 사니에트예요? 하지만 그가 바보라는 걸 아니 이제 그만 체념하고 당신을 그런 상태로 두지 말아요……. 나는 저런 걸 좋아하지 않아요." 하고 그녀가 내게 말했다. "저 사람에게 나쁘거든요. 흥분할까 봐서요. 하지만 사니에트를 견디려면 때로는 천사 같은 인내심이 필요하다는 걸 말해야 해요. 그리고 그를 받아들이는 것이 자비심에서 우러나온 행위임을 기억할 필요도 있어요. 나로서는 사니에트의 그 눈부신 어리석음이 오히려 기쁘다는 걸 고백하죠. 당신은 식사 후에 그가 '저는 휘스트 게임은 할 줄 모르지만 피아노는 칠 줄 아는데요.'라고 말하는 걸 들었죠? 멋지지 않아요? 굉장하죠! 게다가 그건 거짓말이에요. 그자는 휘스트 게임도 피아노도 칠 줄 모른답니다. 그러나 제 남편은 겉으로는 거칠지만 매우 민감하고 착한 사람이어서, 늘 자신의 행동이 불러올 효과에 신경 쓰는 사니에트의 이런 이기적인 모습을 보면 몹시 흥분한답니다……. 여보, 무슨 일이에요? 진정해요. 코타르가 그러면 간에 나쁘다고 했잖아요. 그리고 그 모든 게 다 내게로 돌아올 텐데요." 하고 베르뒤랭 부인이 말했다. "내일 사니에트는 신경 발작을 일으켜서 눈물을 터뜨릴 거예요. 가련한 사람 같으니! 그는 몹시 아파요. 하지만 그렇다고 다른 사람을 해치면 안 되죠. 그가 몹시 고통스러워하는 순간에도, 그래서 그 사람을 동정하고 싶은 생각이 드는 순간에도 그의 어리석음 때문에 그만 동정심이 생기다 만다니까요. 그는 지나치게 어리석을 뿐이에요. 이런 언쟁은 두 사람 모두를 병나게 하니 다시는 오지 말라고 아주 친절하게 말하기만 하면 돼요. 그는 그 말을 가장 무서워하니까요. 그게 그의 신경을 진정시켜 주는 효과를 가져올 거예요." 하고 베르뒤랭 부인이 남편에게 말했다.

오른쪽 창문으로 보이는 바다는 겨우 알아볼 수 있는 정도였다. 그러나 왼쪽 창문으로는 이제 하얀 달빛이 눈처럼 떨어지는 계곡이 보였다. 때때로 모렐과 코타르의 목소리가 들렸다. "으뜸 패를 가졌소?" "예스." "아! 좋은 패를 가졌군요." 하고 의사의 패에 으뜸 패가 가득한 걸 본 캉브르메르 씨가 그의 질문에 대한 답으로 모렐에게 말했다. "자, 여기 다이아몬드 퀸이 있소." 하고 의사가 말했다. "이게 으뜸 패라는 걸 아시나? 내에가(Ié) 으뜸 패를 내요. 내에가 카드들을 거둬들여요……. 더 이상 소르본 대학은 없고,"라며 의사가 캉브르메르 씨에게 말했다. "파리 대학교만 있어요."* 캉브르메르 씨는 의사가 왜 이런 말을 하는지 이해하지 못하겠다고 고백했다. "당신이 소르본(Sorbonne) 얘기를 하는 줄 알았는데요."라며 의사가 말을 이었다. "당신이 우리에게 '좋은 패를 꺼낸다'는 의미로 '소르 본(sors bonne)'이라고 말하는 줄 알았는데요." 하고 그는 그 말이 재담임을 알려 주려고 윙크하며 덧붙였다. "잠깐." 하고 의사가 상대방을 가리키면서 말했다. "나는 트라팔가르**의 일격을 준비하고 있소." 그리고 이 일격은 의사에게 무척 좋은 것이었던 듯 의사는 기쁨에 겨워 양어깨를 기분 좋

---

* "좋은 패를 가졌군요.(Vous en avez de bonnes.)"라는 캉브르메르의 말에, 코타르는 캉브르메르가 '좋은 패를 꺼내다(sors bonne)'라는 뜻에서 소르본 대학을 말하는 줄 알았다고 농담하고 있다. 소르본(Sorbonne) 대학을 sors(꺼내다)와 bonne(좋은)의 합성어로 간주하여 만든 재담이다. 또 "더 이상 소르본은 없고 파리 대학교만 있어요."라는 말은 1885년에서 1896년 사이에 일련의 교육개혁이 행해지면서 과거의 나폴레옹 식 '단과 대학(faculté)'이 폐지되고 '대학교(université)'가 설립되면서 많은 논란이 벌어졌는데, 브리쇼도 기존의 소르본을 지지하여 파리 대학교로 흡수되는 것을 반대했다.(31쪽 주석 참조.)

** 1805년 영국의 넬슨 제독이 이끄는 함대가 나폴레옹이 이끄는 프랑스-스페인의 연합군을 스페인 남서쪽 트라팔가르에서 격파한 해전이다.

게 흔들기 시작했는데, 이런 몸짓은 코타르의 집안과 코타르의 '스타일'에서 만족감을 표시하는 동물학적 특징이었다. 코타르 이전 세대에서는 비누칠하듯이 손을 비비는 동작이 이 동작의 뒤를 이었다. 코타르 자신도 처음에는 어깻짓과 손짓이라는 이중 흉내를 동시에 사용했지만, 어느 날인가 부부 관계 탓인지, 어쩌면 권위 있는 사람의 중개 탓이었는지 갑자기 손을 비비는 습관이 사라졌다. 의사는 도미노 카드놀이를 할 때도, 그에게는 가장 활기찬 기쁨을 주는, 즉 상대방에게 강제로 '카드를 뽑게 해서' 더블식스를 가지게 할 때조차* 어깨를 흔드는 것으로 만족해야 했다. 그리고 고향에 며칠 갔을 때 — 최대한 뜸하게 갔지만 — 친사촌이 여전히 손을 비비는 모습을 볼 때면, 그는 돌아와서 아내에게 "그 가련한 르네 사촌은 매우 평범하더군."이라고 말했다. "그 작은 것 중 하나를 가졌소?"** 하고 코타르가 모렐 쪽으로 고개를 돌리면서 말했다. "아니라고? 그렇다면 내가 늙은 다윗 왕***을 내겠소." "그럼 5점이니 당신이 이겼군요!" "멋진 승린데요, 박사님." 하고 후작이 말했다. "피루스의 승리죠."**** 하고 코타르는 후작을 돌아보며 코안경 너머로 그 재담이 자아낸 효과를 가늠하면

* 도미노 카드 놀이는 스물여덟 개의 골패로 하는 점수 맞추기 게임으로, 각각의 값이 6점으로, 합계가 12점이 되는 더블식스가 최고점이다.

** 반어적 표현으로 으뜸 패를 가리킨다.

*** 카드 게임에서 다윗은 스페이드 킹이다.

**** 피루스의 승리란 희생이 너무 커서 이겨도 별 의미가 없는 승리를 가리킨다. 기원전 279년 그리스 왕국의 에피루스 왕인 피루스가 로마군에 대항해 승리를 거두었지만 희생이 너무 커서 패배나 다름없다고 말한 데서 연유한다.

서 말했다. "시간이 아직 있다면," 하고 그는 모렐에게 말했다. "당신에게 복수할 기회를 드릴 텐데. 그럼 내가…… 할 차례인가? 하지만 벌써 마차가 왔군. 금요일에 다시 합시다. 당신이 자주 보지 못할 기술을 보여 주겠소." 베르뒤랭 씨 부부는 우리를 밖으로 안내했다. 여주인은 사니에트가 확실히 다음 날 돌아오도록 하려고 그에게 특별히 아양 떠는 말을 했다. "그런데 자네는 충분히 옷을 입지 않은 것 같군. 내 어린 녀석." 하고 베르뒤랭 씨가 내게 말했다. 나이가 많다는 점이 아버지가 부르는 것 같은 이런 호칭을 허용했다. "날씨가 바뀐 것 같군." 이 말은 나를 기쁨으로 가득 채웠다. 마치 그 말이 본래 내포하는 것과는 다른 수많은 배합에서 솟아오른 깊은 생명력이 다른 변화를 예고하고, 또 이 변화가 나 자신의 삶에서 일어나면서 새로운 가능성을 만들어 내는 듯했기 때문이다. 그곳을 떠나기 전 정원 쪽 문을 열기만 해도 다른 '날씨'가 조금 전부터 그 장면을 차지하는 듯 느껴졌다. 상쾌한 바람과 여름의 관능이 전나무 숲에(예전에 캉브르메르 부인이 쇼팽을 몽상했던) 일면서, 거의 미세하게 어루만지는 듯한 굽이 혹은 변화무쌍한 소용돌이로 숲의 가벼운 야상곡을 연주하기 시작했다. 다른 날 저녁 알베르틴이 거기 있을 때면 추위에 대한 걱정보다는 오히려 은밀한 쾌락을 위해 받아들이게 될 담요를 그때 나는 거절했다. 사람들이 노르웨이의 철학자를 찾았지만 헛된 일이었다. 배가 아팠던 것일까? 기차를 놓칠까 봐 겁이 났을까? 아니면 비행기가 그를 찾으러 왔을까? 하늘로 승천하도록 실어 간 것일까? 그는 언제나 신처럼 어느 누구의 눈에 띄는 일

없이 사라졌다. "잘못하신 거예요." 하고 캉브르메르 씨가 내게 말했다. "오리 같은 추윈데요."* "왜 오리죠?" 하고 의사가 물었다. "숨차지 않게 조심하세요." 하고 후작이 말을 이었다. "제 동생은 저녁에는 절대 밖에 나가지 않습니다. 하기야 요즘은 운이 나쁜 셈이죠. 어쨌든 맨머리로 다니지 말고 빨리 모자를 쓰세요." "이건 '추위로 인한(a frigore)' 호흡 곤란이 아닙니다." 하고 코타르가 거드름을 피우면서 말했다. "아! 그것이 당신 의견이라면," 하고 캉브르메르 씨가 그 말에 복종하면서 말했다. "독자에게 쓰는 일러두기 같은 거죠."** 하고 의사는 미소를 짓기 위해 코안경 밖으로 눈길을 움직이면서 말했다. 캉브르메르 씨는 웃음을 터뜨렸지만 자기가 옳다고 확신한다며 고집을 부렸다. "그렇지만," 하고 그가 말했다. "여동생이 매번 저녁에 외출할 때마다 그런 발작을 하거든요." "궤변을 늘어놔도 소용없어요." 하고 자신의 무례함을 깨닫지 못한 의사가 대답했다. "게다가 전 바닷가에서는 의사 일을 하지 않습니다. 왕진해 달라고 부탁받는 경우를 제외하고 이곳에서는 휴가를 즐기는 중이니까요." 하기야 의사는 어쩌면 자신이 원하는 것보다 바닷가에 오래 머무르고 있는지도 몰랐다. 캉브르메르

---

* 아주 추운 날씨를 프랑스어에서는 '오리 같은 추위'라고 하는데 그 기원은 오리 사냥에서 연유한다고 한다. 오리 사냥은 주로 가을이나 겨울, 호수나 연못에서 살던 오리가 몸이 얼까 봐 물이 덜 언 강이나 내로 이동할 때 행해졌으며, 또 사냥꾼은 오랜 시간 추위에 떨면서 기다려야 했기 때문이다.

** 단순한 의견(avis)이라는 말을 '독자에게 알림' 혹은 '일러두기(avertissement)'라고 말할 때의 의미로 사용한다며 말장난하고 있다.

씨가 그와 함께 마차를 타면서 말했다. "우리 집 근처에는(당신이 머무르고 있는 만(灣) 쪽이 아니라 건너편 쪽인데, 만이 아주 좁아진 곳이죠.) 의학계의 또 다른 명사인 뒤 불봉 의사가 계십니다." 코타르는 '직업 윤리상' 습관적으로 동업자에 대한 비판은 삼갔지만, 우리가 작은 카지노에 갔던 그 불길한 날처럼 내 앞에서 소리를 지르고야 말았다. "하지만 그 사람은 의사가 아니에요. 문학 의학을 하고 있어요. 그것은 환상적인 치료법으로 일종의 사기라고 할 수 있습니다. 게다가 우리는 사이가 좋아요. 만일 이곳을 떠나야 하는 날이 온다면 배를 타고 그를 보러 갈 거예요."* 그러나 캉브르메르 씨에게 뒤 불봉 얘기를 하는 코타르의 표정으로 보아, 그가 뒤 불봉을 만나기 위해 타겠다고 한 배가, 또 다른 문학가이자 의사였던 베르길리우스(살레르노의 의사들로부터 그들의 단골 환자들을 모두 빼앗은)가 발견한 온천을 파괴하기 위해 살베르노의 의사들이 빌렸으나 도중에 그들과 함께 침몰한 배와 매우 흡사하게 느껴졌다.** "그럼 잘 가세요, 사니에트. 내일 오는 것 잊지 마세요. 제 남편이 당신을 좋아하는 것 아시죠. 남편은 당신의 재치와 지성을 좋아해요. 하지만 당신도 알다시피 거칠게 구는 척하는 것도

---

* 코타르의 거짓 핑계다. 그는 베르뒤랭의 살롱을 떠나 뒤 불봉 의사를 만나러 가는 일 따위는 하지 않는다.

** 베르길리우스에 관한 중세 전통의 암시다. 베르길리우스는 기원후 52년 로마를 떠나 나폴리로 가는데, 거기서 환자들을 고치는 마술사이자 포추올리 목욕 요법을 개발한 의사로 일약 유명해졌다. 이에 화가 난 살레르노 의사들이 포추올리로 몰려가서 온천 시설을 파괴했지만, 고향으로 돌아가는 도중 폭풍우를 만나 배와 함께 침몰했다고 한다.(『소돔』, 폴리오, 608쪽 참조.)

좋아하죠. 그러나 당신을 보지 않고는 지낼 수 없어요. 남편이 하는 첫 번째 질문은 항상 '사니에트가 올까? 무척 보고 싶은데.'라는 거예요." "나는 결코 그런 말을 한 적이 없소." 하고 베르뒤랭 씨는 '여주인'의 말과 자신이 사니에트를 다루는 방식에 완벽하게 일치하는 솔직함을 거짓으로 꾸미면서 사니에트에게 말했다. 그리고 저녁나절의 습한 공기 속에서 작별 인사를 끌지 않으려고 시계를 보며 마부에게 지체하지 말고 떠나되, 내리막길에서는 조심하라고 명했으며, 또 우리가 기차보다 먼저 도착할 거라고 단언했다. 기차는 신도들을 한 명은 한 역에서, 또 한 명은 다른 역에서 내려놓을 예정이었는데, 캉브르메르네 사람들에서 시작하여 발베크만큼 멀리 가는 사람이 없었으므로 내가 맨 나중에 내릴 예정이었다. 마부들은 밤중에 라 라스플리에르까지 말들이 올라가지 않게 하려고 우리와 함께 두빌-페테른 역에서 기차를 탔다. 그들의 집에서 가장 가까운 역은, 사실 마을에서는 약간 멀고 성관에서는 더 먼 두빌-페테른 역이 아니라 라소뉴였다. 두빌-페레른 역에 도착하자, 캉브르메르 씨는 베르뒤랭 씨의 마부에게(우울한 생각에 잠긴 바로 그 다감하고도 친절한 마부였다.*) 프랑수아즈의 말처럼 '잔돈푼'을 주려고 했다.** 캉브르메르 씨는 인심이 후했는데 이런 점에서는 '어머니 쪽'이었다. 그런데 '아버지 쪽'이 개입했는지 그는 돈을 주면서도 실수를 저지른 것은 아닌

* 79쪽 참조.

** 『잃어버린 시간을 찾아서』 5권 32쪽 참조.

지 — 자신이 제대로 보지 못해 1프랑 대신 1수를 주지는 않았는지, 혹은 받는 사람이 자신이 준 선물의 크기를 깨닫지 못한 건 아닌지 — 불안감을 느꼈다. 그래서 그 점을 지적했다. "나는 분명 1프랑을 주고 있는데 그렇지 않나요?"라고 마부에게 말하면서, 신도들이 베르뒤랭 부인에게 그 말을 전할 수 있도록 빛 속에 동전을 번쩍거렸다. "그렇지 않나요? 20수요.* 짧은 거리에 지나지 않으니까." 그와 캉브르메르 부인은 라소뉴에서 우리와 헤어졌다. "내 누이에게," 하고 그가 내게 되풀이했다. "당신이 호흡 곤란 증세가 있다고 말하겠소. 틀림없이 누이의 관심을 끌 거요." 나는 그것이 그녀를 기쁘게 해 줄 거라는 의미라고 이해했다. 그의 아내는 내게 작별 인사를 하면서 두 개의 생략 어법을 사용했는데, 그 생략 어법은 편지에 쓰였다면 당시에도 내게 충격을 주었을 테지만 — 비록 그 후에는 우리가 그에 친숙해졌음에도 — , 하물며 말로 표현된 그것은 오늘날까지도 그 의도적인 소홀함과 학습으로 취득한 친숙함 때문에 뭔가 견딜 수 없는 현학적인 태도로 보였다. 그녀가 내게 "당신과 저녁을 보내게 되어 기쁨."이라고 말했던 것이다. "생루를 보면 안부 인사를." 이런 말을 하면서 캉브르메르 부인은 생루를 생루프(Saint-Loupe)라고 발음했다. 누가 그녀 앞에서 이렇게 발음했는지, 혹은 무엇이 그녀에게 그렇게 발음해야 한다고 믿게 했는지는 알 수 없다. 여하튼 몇

---

* 당시에는 100상팀 또는 20수가 1프랑이었으며(은화), 20프랑이 1루이(금화)였다.

주 동안 그녀는 줄곧 생루프라고 발음했으며, 또 그녀를 지극히 찬미하고 그녀와 하나를 이루는 남성도 마찬가지였다. 다른 사람들이 생루라고 말하면, 그들은 그 사람들을 간접적으로 가르치려고, 혹은 자기들이 그들과는 차별된다는 걸 과시하려고 고집을 부리면서 단호히 생루프라고 말했다. 그러나 아마도 캉브르메르 부인보다 더 빛나는 부인들이 그렇게 발음해서는 안 되며, 또 그녀가 독창성으로 간주하는 것이 사교계 일에 정통하지 못함을 믿게 하는 실수임을 말해 주었는지, 아니면 간접적으로 알아듣게 했는지, 그로부터 얼마 지나지 않아 캉브르메르 부인은 다시 생루라고 발음하기 시작했고, 그러자 그녀의 찬미자도 그녀에게서 질책을 받거나, 그녀가 더 이상 끝소리를 울리게 하지 않는다는 걸 깨달았는지 모든 저항을 멈추었으며, 또 이만한 가치와 정력과 야심을 가진 부인이 복종할 때는 틀림없이 타당한 이유가 있을 거라고 생각했다. 그녀의 찬미자 중에서도 최악의 인물은 남편이었다. 캉브르메르 부인은 대개는 무례한 말로 남을 놀리기 좋아했다. 그녀가 이렇게 나나 다른 사람을 공격하면, 캉브르메르 씨는 웃으면서 희생자를 바라보기 시작했다. 후작은 사팔뜨기였으므로 — 바보들의 즐거움마저 재치의 의도를 가진 것처럼 보이게 하는 — 이런 웃음은, 만약 그가 웃지 않았다면 완전히 허옇게 되었을 흰자위로 눈동자를 조금 끌어들이는 효과를 가져왔다. 마치 구름으로 속을 채운 하늘에서 잠시 날씨가 개면 푸른빛이 보이듯이 말이다. 게다가 귀중한 그림을 보호하는 유리처럼 외알 안경이 그 섬세한 작업을 담당했다. 웃음의 의도마저, 그것이 정말로 '아! 나쁜 놈, 남들이 자네를 부러워한다고 말할 수 있네. 대단히 재치 있는 여인의 총애를 받고 있으니.'라는 다정함의 의미인지, 아니면 '자, 선생, 이젠 충분히 혼나셨지. 모욕을 감수하시게.'라는 악의적인 의미인지, 아니면 '당신도 알다시피 난 항상 당신 곁에 있소. 내가 웃은 건 순전히 농담이라고 생각했기 때문이오. 하지만 당신을 함부로 대하지 못하게 할 거요.'라는 친절의 의미인지, 아니면 '참견하려는 건 아니지만, 당신도 보다시피 난 아내가 당신에게 쏟아붓는 온갖 모욕에 포복절도하고 있소. 꼽추처럼 크게 웃고 있소. 따라서 남편인 내가 동의하는 거요. 그러니 혹시라도 반항하고 싶은 생각이 든다면, 당신은 나를 상대해야 할 거요, 젊은 친구. 난 당신 양쪽 뺨을 적중해서 때릴 것이고, 그런 다음 우리는 샹트피 숲에 가서 칼싸움을 할 거요.'라는 잔인한 공모자의 의미인지 도저히 알 수 없었다.

남편의 즐거움에 대한 이 모든 다양한 해석이 무엇이든 아내의 변덕은 금방 끝이 났다. 그러자 캉브르메르 씨의 웃음도 멈췄고, 그 일시적인 동공도 사라졌으며, 또 몇 분 전부터 온통 흰자위만이 떠돌게 하던 습관도 잃어버려, 그것이 이 붉은 얼굴의 노르망디 남자에게, 후작이 이제 막 수술을 받았다는 듯이, 혹은 외알 안경 아래서 하느님에게 순교의 영예를 간청한다는 듯이, 뭔가 피를 많이 흘리면서 황홀경에 빠진 모습을 띠게 했다.

3장

샤를뤼스 씨의 슬픔 — 그의 가상 결투 —

'대서양 횡단 철도'의 역들 — 알베르틴에게 지친 나는 결별을 원한다

잠으로 쓰러질 것만 같았다. 엘리베이터 보이가 아닌 제복 입은 사팔뜨기 종업원이 내 방 층계까지 엘리베이터를 운전해서 데려다주었다. 그가 이야기를 시작했고, 자기 누나가 부자 신사와 아직 살고 있는데, 한번은 누나가 그냥 거기 얌전히 있는 대신 집으로 돌아오고 싶어 했으나, 신사가 사팔뜨기의 어머니와 운이 더 좋은 다른 자식들을 찾아왔고, 그래서 어머니가 당장 분별 없는 딸을 그 남자 친구에게 다시 돌려보냈다고 했다. "아시겠지만 제 누나는 대단한 귀부인이랍니다. 피아노도 치고 스페인어도 해요. 손님을 엘리베이터에 태워 주는 이런 시시한 종업원의 누나라곤 결코 믿지 못할 거예요. 누나는 아무것도 거절하지 않아요. 그 귀부인에게는 전담 시녀도 있어요. 어느 날 누나가 자기만의 마차를 갖는다 해도 저는 놀라지 않을 거예요. 아주 예쁘답니다. 손님도 보시면, 조

금은 도도해 보인다고 생각할지 모르지만, 정말 귀부인이구나! 하고 쉽게 납득할 겁니다. 누나는 재치가 넘쳐요. 호텔을 떠날 때면 옷장이나 서랍장 안에서 반드시 볼일을 보는데, 자기 방을 청소해야 하는 하녀에게 작은 추억거리를 남기려는 거죠. 가끔 마차 안에서도 그 짓을 하는데, 마차 삯을 치른 다음 몰래 모퉁이에 숨어서 마차를 물로 다시 씻어야 하는 마부가 투덜대는 걸 재미있다는 듯 쳐다보기도 해요. 우리 아버지 역시 제 어린 남동생에게 예전에 만났던 인도 왕자를 찾아 주는 행운을 얻었죠. 물론 그건 종류가 다르긴 하지만요. 그러나 그건 대단한 지위예요. 이 세상에 여행이란 게 없었다면 꿈에서나 일어났을 일이죠. 아직까지 어려운 처지에 있는 사람은 저뿐이랍니다. 그러나 모를 일이죠. 우리 가족에게 운이 따르고 있으니 제가 어느 날 공화국의 대통령이 될지 누가 알겠어요? 제가 손님에게 수다를 떨게 하는군요.(나는 한마디도 하지 않았고 그의 말을 들으면서 잠들기 시작하고 있었다.) 그럼 안녕히 가세요. 손님, 오! 감사합니다. 세상 사람들이 모두 손님처럼 마음씨가 착하다면, 이 세상에는 더 이상 불행한 사람이 없을 텐데. 하지만 누나의 말처럼 불행한 사람은 늘 필요한 법이죠. 그래야 제가 부자가 되었을 때, 그들을 조금은 귀찮게 굴 수 있으니까요. 이런 표현은 그냥 눈감아 주세요. 안녕히 주무세요, 손님."

어쩌면 우리는 매일 저녁 잠을 자는 동안 고뇌에 시달리는 위험을 감수하면서도, 우리가 의식하지 못한다고 믿는 수면 중에 느끼는 것이기에 아무 가치도 없는, 또 아직 일어나지 않은 일로 간주하는지도 모른다.* 사실 라 라스플리에르에서 늦게 돌아오는 저녁이면 졸음이 밀려왔다. 하지만 추위가 찾아와서 나는 바로 잠들 수 없었다. 램프 불을 켠 것처럼 벽난로의 불이 환히 비쳤기 때문이다. 하지만 그것은 타오르는 불길에 지나지 않았고, 램프 불이나 어둠이 질 때의 해처럼 지나치게 강렬한 빛도 금방 사그라졌다. 그래서 나는 우리가 사는 집을 버리고 두 번째 처소와도 같은 수면 속으로 들어가려 했다. 그 집에는 그만의 고유한 경보 장치가 있어, 요란하게 울리는 벨소리에, 분명히 귀에 들리는 소리에 잠이 깨도 벨을 누른 사람이 없을 때가 있었다. 하인들도 있고 외출하기 위해 우리를 찾으러 온 특별한 손님들도 있어서 일어날 준비를 하면 그 즉시 우리는 다른 처소, 전날 밤의 처소로 옮겨지고, 그러나 방은 텅 비고 어느 누구도 오지 않았음을 확인하게 된다. 그곳에 사는 종족은 최초의 인간이 그러했듯 남녀 양성 겸유자이다. 잠시 후 남성이 여성의 모습으로 나타난다. 그곳에서 사물은 인간으로 바뀔 수 있으며, 또 그 인간은 친구나 적으로 바뀔 수 있다. 그런 잠을 자는 동안 잠자는 사람에게 흘러가는 시간은 깨어난 사람의 삶에서 이루어지는 시간과 완전히 다르다.

---

* 이 부분은 에드몽 잘루(Edmond Jaloux)에 따르면 불면증과 마취제에 대해 프루스트와 베르그손이 1920년에 나눈 대화, 혹은 베르그손이 1901년에 강연한 「꿈」의 울림으로 간주된다고 지적된다. 하지만 "우리는 실제의 감각을 가지고 꿈을 만들어 낸다."라는 베르그손의 정의는 꿈의 구성 요소가 현재 우리가 느끼는 시각이나 청각, 후각의 산물임을 의미하는 것으로서 프루스트의 꿈과는 대립된다고 설명된다.(『소돔』, 폴리오, 608~609쪽 참조.)

때로는 그 흐름이 너무 빨라 십오 분이 하루 같기도 하고, 때로는 그보다 훨씬 길어 가벼운 잠을 잤거니 생각하지만 하루 종일 잔 것이기도 했다. 그때 우리는 깊은 곳으로 잠의 마차를 타고 내려가는데, 추억이 더 이상 마차를 따라오지 못해 정신은 그곳에 가기도 전에 가던 길을 되돌아가야 했다. 잠을 이끄는 말은 마치 태양을 이끄는 말처럼 고른 걸음으로 대기 속을 걸어가 어떤 저항의 몸짓 앞에서도 멈추지 않으며, 이런 한결 같은 수면에 영향을 미치기 위해서는(그렇지 않다면 멈출 이유가 전혀 없는 잠은 이 세기에서 저 세기로 동일한 움직임을 이어갈 것이기에), 또 마차의 갑작스러운 선회와 더불어 잠을 현실 세계로 돌아오게 하고 여러 단계를 뛰어넘어 삶의 인접 지대를 관통하면서 — 잠자는 사람은 이내 우리 삶에서 오는 아직은 희미하나 이미 지각할 수 있는 웅성거림을, 비록 변형된 형태로나마 듣게 될 것이다. — 돌연 깨어남의 순간에 착륙하기 위해서는, 작은 운석 같은 뭔가 낯선 것이 필요하다.(어느 미지의 인간이 창공에 던진?) 그때 깊은 잠으로부터 여명의 빛에 깨어난 우리는 자신이 누구인지 알지 못하며, 어느 누구도 아닌 새로운 존재로서 무엇이든지 할 준비가 되어 있으며, 머리는 지금까지 그 삶이었던 과거로부터도 텅 비워진다. 그리고 그것은 어쩌면 깨어남의 착륙이 갑작스레 이루어져, 망각의 법의로 가려진 잠의 상념들이 잠이 끝나기 전에 조금씩 돌아올 시간을 가지지 못할 때면, 더 아름답게 보일지도 모른다. 그때 우리가 통과한 것처럼 보이는 그 어두운 폭풍우로부터(하지만 '우리'라는 말조차 하지 못하는) 아무 생각도 없이 누워만 있는,

다시 말해 어떤 내용물도 없는 '우리'가 솟아오른다. 거기 있는 사람이나 사물은 도대체 어떤 망치로 얻어맞았기에, 마침내 기억이 달려와서 우리의 의식이나 인성을 회복시켜 줄 때까지 아무것도 알지 못한 채 이토록 얼이 빠져 있는 것일까? 게다가 이런 두 종류의 깨어남*을 알기 위해서는 습관의 법칙 아래 잠드는 것을, 더욱이 깊이 잠드는 것을 피해야 한다. 습관은 모든 것을 그것의 망 속에 가두고 감시하므로, 우리는 이런 습관으로부터 빠져나와, 잠에 대한 생각이 아닌 다른 일을 한다고 생각할 때 잠들어야 한다. 한마디로 세심한 주의력의 보호를 받지 않는, 비록 은폐된 것이라 할지라도 어떤 성찰도 동반하지 않는 그런 잠을 자야 한다. 적어도 내가 지금 막 묘사한 깨어남은, 전날 라 라스플리에르에서 만찬을 들던 날 내가 대부분 체험했던 것으로, 모든 것은 그런 식으로 전개되었다. 그리고 죽음이 해방시켜 줄 때까지 덧문을 닫고 살며 세상에 대해 아무것도 알지 못한 채로, 부엉이처럼 꼼짝하지 않고 또 부엉이처럼 어둠 속에서만 조금 더 뚜렷이 볼 수 있는 기이한 인간인 나는 그 사실을 증명해 보일 수 있다. 모든 것은 그런 식으로 전개되지만, 어쩌면 삼실 뭉치의 단 하나의 켜가 잠든 사람 귀에, 추억의 내적 대화와 잠자는 동안의 그 그칠 줄 모르는 수다를 들리지 않게 하는지도 모른다. 왜냐하면(그리고 이런 사실은 첫 번째 깨어남뿐만 아니라, 보다 광대하고 신비로운

* 여기서 말하는 두 종류의 깨어남이란 각각 앞에서 말한, 짧은 잠과 긴 잠을 자고 난 후의 깨어남을 가리킨다.

별의 세계에 속하는 깨어남에 의해서도 쉽게 설명될 수 있다.) 잠에서 깨어나는 순간 잠든 사람은, "오늘 저녁 만찬에 올 건가, 친구? 즐거울 텐데!"라는 소리에 "그럼, 즐거울 테지. 가겠네."라고 생각하는 내면의 목소리를 듣기 때문이다. 그러다가 잠에서 점차 깨어나면서, 그는 갑자기 "의사가, 할머니께서 몇 주밖에 못 사신다고 했는데."라는 사실을 기억해 낸다. 벨을 누르고, 그러나 예전처럼 할머니, 죽어 가는 할머니가 오시지 않고 무관심한 시종이 대답하러 올 것이라는 생각에 울음을 터뜨린다. 더욱이 잠이 그를 추억과 상념이 거주하는 세계를 떠나, 그가 홀로 있는, 아니 홀로 있는 것보다 더한, 즉 자아라는 동반자를 지각하지 못하는 에테르* 지대 너머로 데려갔을 때, 그는 시간과 시간이 측정하는 세계 밖에 있었다. 시종이 들어오는데도 그는 감히 시간을 묻지 못한다. 자신이 잠을 잤는지, 몇 시간이나 잤는지 모르기 때문이다.(혹시 며칠 동안 잠을 잔 것은 아닌지 물어보기도 한다. 그토록 몸은 피로하지만 정신은 맑고 마음은 향수에 젖어, 그렇게 오래는 아니지만 아주 먼 곳으로 여행을 다녀온 것 같은 기분을 느낀다.) 물론 하루라고 생각했던 시간이 시계를 보자 십오 분밖에 되지 않았다는 하찮은 이유로도 시간은 단 하나만이 존재한다고 주장하는 사람도 있다. 그러나 그런 사실을 확인하는 순간 그는 깨어난 인간이며, 깨어난 사

* 지상의 대기 밖을 채우는 "빛, 열, 전자기파를 전달하는 매체"를 가리키는데 "어원적으로는 상공의 대기, 하늘에 넘치는 영기(靈氣)"를 의미한다.([네이버 지식백과] 에테르(ether, Äther), 『화학 대사전』에서 인용.)

람들의 시간 속에 잠겨 다른 시간을 방치했다. 어쩌면 그것은 다른 시간 이상의 것, 다른 삶이라고 해야 할지도 모른다. 잠을 자는 동안 느끼는 즐거움을, 우리는 살아오면서 느꼈던 즐거움의 수에 포함시키지 않는다. 이 모든 즐거움 중 가장 속되고 관능적인 즐거움에 대해서만 말한다 해도, 우리 가운데 어느 누가 몸을 그렇게 혹사시키는 것만 아니라면 무한히 반복하고 싶은 즐거움을, 잠에서 깨어나면서 반복할 수 없다는 생각에 기분 나빠하지 않을 수 있단 말인가? 그것은 재산을 잃었을 때의 느낌과도 같다. 우리는 우리의 삶이 아닌 다른 삶에서 즐거움을 느꼈던 것이다. 꿈의 괴로움과 즐거움을(보통 잠에서 깨어나는 순간 매우 빨리 사라져 버리는) 뭔가 예산서 같은 데다 표기해야 한다면, 그것은 틀림없이 일상생활에 관한 예산서는 아닐 것이다.

나는 두 개의 시간이라고 말했다. 어쩌면 시간은 단 하나뿐이라고 말해야 할지도 모른다. 깨어난 사람의 시간이 잠든 사람에게도 유효해서가 아니라, 우리가 잠을 자면서 사는 다른 삶이 — 그 심오한 부분에서는 — 어쩌면 시간의 범주에 따르지 않기 때문인지도 모른다. 내가 완전히 잠들었다고 생각했던 라 라스플리에르에서의 만찬 다음 날이면, 나는 시간을 그렇게 상상했다. 이유는 다음과 같다. 잠자리에서 깨어나면서 열 번이나 벨을 눌렀는데도 시종이 오지 않은 걸 보고 나는 절망하기 시작했다. 그는 열한 번째 벨소리에 들어왔다. 그러나 그것은 첫 번째 벨소리였을 뿐이다. 다른 열 번의 소리는 내가 계속 잠을 자면서 누르고 싶어 했던 미완의 몸짓에 지나지 않았다. 내 마비된 손은 꼼짝도 하지 않았다. 그런데 그런 아침이면(잠이 어쩌면 시간의 법칙을 모른다고 내게 말하게 하는) 잠에서 깨어나려는 나의 노력은, 특히 내가 지금 막 체험한 잠이라는 그 모호하고 정의되지 않은 덩어리를 시간이란 틀 속에 들여보내는 것이었다. 쉬운 일은 아니다. 두 시간을 잤는지, 이틀을 잤는지도 알지 못하는 잠은, 우리에게 어떤 지표도 제공해 주지 못한다. 우리가 그런 지표를 외부에서 발견하지 못하고, 시간 속에 다시 들어가는 데도 성공하지 못한다면, 우리는 다시 오 분 동안 잠이 들고, 이 오 분은 우리에게 세 시간처럼 느껴진다.

나는 늘 가장 강력한 수면제는 잠이라고 말해 왔으며, 또 그 사실을 직접 체험했다. 두 시간 동안 깊은 잠을 자고 수많은 거인과 싸우고 그래서 그들과 영원한 우정을 맺은 후에는, 몇 그램의 베로날*을 먹은 후보다 더 잠에서 깨어나기가 힘들다. 그래서 이런저런 사실을 추론하던 중, 나는 노르웨이 철학자가 "그의 저명한 동료, 아니 그의 동업자"인 부트루 씨로부터 들었다는 얘기를 통해, 수면제 때문에 생기는 기억의 특별한 왜곡 현상에 대한 베르그손 씨의 생각을 알고 깜짝 놀랐다.** 노르웨이 철학자의 말을 믿는다면 "물론," 하고 베르그손

---

* 최면 작용이 강력한 바르비탈계의 약품으로 수면제나 진통제, 진정제 등에 쓰인다.

** 노르웨이 철학자(베르그손을 번역한)에 대해서는 140쪽 참조. 그의 동료인 프랑스 철학자 부트루에 대해서는 141쪽 주석 참조. 부트루는 또한 블뤼망탈 상의 심사 위원이었는데, 1920년의 한 회의에서 프루스트와 베르그손이 잠에 대

씨는 부트루 씨에게 말했다고 한다. "가끔 적은 양의 수면제를 먹는 행위는, 일상생활에 단단히 뿌리 내린 우리의 기억에는 별 영향을 끼치지 않습니다. 그러나 우리에게는 다른 종류의 기억, 보다 상위의, 또한 보다 불안정한 기억이 있습니다. 내 동료 중에 고대사 강의를 하는 사람이 있습니다. 그가 전날 잠을 자려고 수면제 한 알을 먹었는데, 강의 중에 필요한 그리스 인용문을 기억해 내는 데 무척 애를 먹었다는군요. 그 약을 추천했던 의사는 당연히 그 약이 기억력에 아무 영향도 미치지 않았다고 주장했죠. 그러자 그 역사학자는, '아마도 당신은 그리스 인용문을 말할 필요가 없었겠죠.'라고 의사에게 냉소적인 말투로 오만하게 대답했다고 하더군요."

나는 베르그손 씨와 부트루 씨 사이에 오갔다는 이 대화가 정확한지 어떤지 잘 알지 못한다. 그렇지만 노르웨이 철학자가 그렇게 심오하고 명철하며 열정적으로 주의 깊게 들었다 해도 잘못 이해할 수는 있다. 개인적으로 나의 경험은 이와 반대되는 결과를 가져왔다. 몇몇 마취제를 삼키고 난 후 다음 날 이어지는 망각의 순간은, 자연스럽게 깊은 잠에 들었을 때 지배하는 망각과 부분적으로나마 당혹스러운 유사성이 있다. 이 두 경우 나는 "팀파논 소리처럼"* 나를 지치게 하는 보들

한 의견을 교환한 것처럼 보인다고 지적했다.(『소돔』, 폴리오, 609쪽 참조.)

* 보들레르의 『악의 꽃』 XXXIX의 인용이다. "불확실한 이야기와도 흡사한 너의 기억은 팀파논 소리처럼 독자를 지치게 한다." 팀파논은 고대 그리스 로마 시대의 타악기로서 가죽을 수평으로 해서 테로 고정시킨 현대식 드럼의 일종이다.

레르의 시구나, 앞에서 인용한 철학자의 개념은 망각하지 않고, 잠이 들면 나를 둘러싸고 있는 일상적인 사물의 실재 자체를 망각하며, 또 그 사물에 대한 몰인식이 나를 미치광이로 만든다. 내가 망각한 것은 — 잠에서 깨어나 인위적인 수면에서 빠져나올 때면 — 다른 날에도 얼마든지 토론할 수 있는 포르피리우스나 플로티노스의 학설이 아니라,* 어느 초대에 관해 내가 하기로 약속했던 대답이었으며, 텅 빈 여백이 그 기억을 대신했던 것이다. 고귀한 개념은 제자리에 그대로 있었다. 최면제가 쓸모없게 만든 것은 하찮은 일이나, 나날의 삶에 대한 기억을 제때에 되찾고 포착하는 데 필요한 모든 활동에서의 행동 능력이다. 뇌가 파괴되고 난 후에 살아남은 것들에 대한 온갖 얘기에도 불구하고 나는 우리의 뇌 손상에는 한 조각 죽음이 상응한다는 점을 지적하고자 한다. 베르그손에 이어 그 노르웨이 철학자는 추억을 회상하는 능력은 아니라고 해도 우리 모두에게는 추억이 있다고 말한다.** 내 얘기를 너무 지체하지 않기 위해 그의 언어를 그대로 모방하려고 하지는 않았다. 추억을 회상하는 능력은 아니라니. 그렇다면 우리가 회

---

* 포르피리우스(Porphyrius, 232년경~303년경)는 이교도 출신의 신플라톤학파 철학자다. 262년 로마에서 신플라톤학파를 주창한 플로티누스(Plotinus)를 만나 그의 제자가 되었다. 플로티누스는 베르그손의 「꿈」 강연에서 환기되었다.(『소돔』, 폴리오, 609쪽 참조.)

** 바로 이것이 베르그손의 견해이다. "우리의 지나간 삶은 지극히 세부적인 것까지도 모두 간직된 채 거기 있으며, 우리는 아무것도 망각하지 않는다."(『전집』, PUF, 1959, 886쪽; 『소돔』, 폴리오, 609쪽에서 재인용.) 꿈은 이런 지워진 과거의 부활로 인식된다.

상하지 못하는 추억은 무엇이란 말인가? 좀 더 나아가 보자. 우리는 최근 삼십 년간의 추억을 모두 회상하지 못한다. 그러나 그 추억들은 우리를 완전히 적시고 있다. 그렇다면 왜 삼십 년에 한정하는 것일까? 왜 우리는 이런 예전의 삶을 탄생 너머로까지 연장하지 못하는 것일까? 내 뒤에 있는 추억의 어느 부분 전체를 알지 못하고, 그 추억들이 내 눈에 보이지 않으며, 내게로 그 추억을 소환할 능력이 없다고 해서, 누가 그 미지의 덩어리 속에서 인간으로서의 나의 삶 이전까지 거슬러 올라가는 추억이 없다고 말할 수 있단 말인가? 내 몸속이나 주위에 내가 기억하지 못하는 추억이 수없이 많다면, 이 망각은(내게는 아무것도 볼 능력이 없으므로 그것은 적어도 사실상의 망각이다.) 내가 다른 사람의 몸으로 산 삶이나, 다른 유성에서 살았던 삶에 대해서도 영향을 미칠 수 있다. 동일한 망각이 모든 것을 지워 버린다. 그러나 그렇다면 노르웨이 철학자가 그 실재를 단언한 영혼의 불멸성이란 과연 무엇을 의미하는 걸까?* 죽은 후에 태어날 나란 존재는 마치 현재의 내가 탄생 이전의 인간을 기억하지 못하듯이, 탄생 이후의 인간을 기억할 까닭이 없다.

객실 담당 종업원이 들어왔다. 나는 여러 번 벨을 눌렀다고

---

* "영혼의 불멸에 대한 가정은 우리가 회상하지 못하는 추억을 가지고 있다는 사실에서 연유한다. 이것은 우리의 정신적 삶이 뇌의 수명보다 더 큰 확장력을 가지고 있으며, 그리하여 뇌의 수명에 대해 정신의 존속 가능성을 상정하기 때문이다."(베르그손, 「영혼과 육체」, 『전집』, 859쪽; 『소돔』, 폴리오, 609쪽에서 재인용.)

말하지 않았다. 지금까지 벨이 울리는 꿈만 꾸었다는 걸 깨달았기 때문이다. 그렇지만 그 꿈은 겁이 날 정도로 너무도 선명한 인식에 닿아 있었다. 그런 인식이 역으로 꿈의 비현실성을 말해 주는 것은 아닐까?

대신 나는 그에게 누가 그날 밤 여러 번 벨이 울렸느냐고 물었다. 그러자 그는 '어느 누구도' 누르지 않았으며 그 사실을 입증해 보일 수 있다고 했다. 벨이 울리면 경보 장치 '판'에 표시된다는 것이었다. 그렇지만 내게는 거의 미친 듯이 울려 대는 소리가 반복해서 들린 듯했고, 그 소리는 여전히 내 귀에 울렸으며 앞으로도 며칠 동안 더 감지될 것 같았다. 그렇지만 우리의 깨어 있는 삶에서 잠이 잠과 함께 끝나지 않는 추억을 던지는 일은 매우 드물다. 그런 운석은 수를 셀 수 있을 정도다. 만일 잠이 주조해 낸 것이 관념이라면, 그 관념은 되찾을 수 없는 미세한 조각으로 재빨리 분해된다. 그러나 나의 경우엔 잠이 소리를 만들어 냈다. 보다 물질적이고 보다 단순한 소리는 더 오래 지속되었다. 나는 객실 담당 종업원이 말한 시각이 비교적 이른 아침임을 알고 깜짝 놀랐다. 그래도 푹 쉰 느낌이 들었다. 가벼운 잠이 긴 지속감을 준다. 왜냐하면 전날 밤의 깨어 있는 상태와 잠든 상태에 위치하는 가벼운 잠에서는, 깨어 있는 상태의 생각이 조금은 흐릿하지만 지속적인 형태로 간직되어 있어, 우리가 휴식을 취했다는 느낌을 가지려면 깊은 잠보다 훨씬 많은 시간을 필요로 하기 때문이다. 깊은 잠은 오히려 짧게 느껴질 수 있다. 나는 또 다른 이유로 마음이 편했다. 피로했다는 사실을 상기하기만 해도 피로가 힘들게 느껴진다면, "잘 쉬었네."라는 말만으로도 충분히 휴식감을 느낄 수 있다. 그런데 나는 샤를뤼스 씨가 백열 살이고, 이제 막 자기 어머니 베르뒤랭 부인이 바이올렛 한 다발을 50억이나 주고 샀다면서 그녀의 양쪽 빰을 때리는 꿈을 꾸었다. 그러므로 나는 깊은 잠을 잤으며, 또 전날 밤 내가 가졌던 관념이나 내 일상생활의 온갖 가능성과는 반대되는 꿈을 꾸었음을 확인할 수 있었다. 그것만으로도 나는 휴식을 취했다고 느꼈다.

어머니는 샤를뤼스 씨가 베르뒤랭 집에 왜 그렇게 열심히 드나드는지 이해하지 못했는데, 그런 어머니께 그가 발베크의 그랜드 호텔 살롱으로 누구와 함께 저녁 식사를 하러 왔는지를 얘기했다면 틀림없이 놀랐을 것이다.(그날은 바로 내가 알베르틴의 토크 모자*를 주문한 날로, 나는 어머니가 놀랄까 봐 아무 말도 하지 않았다.) 샤를뤼스 씨가 초대한 손님은 바로 캉브르메르네 사촌 누이의 하인이었다. 하인은 매우 우아한 옷차림을 하고 있었는데, 호텔 로비를 남작과 함께 지나가는 그의 모습은 관광객들의 눈에, 생루의 말마따나 "사교계 인사인 척하는 듯" 보였다. 그때는 교대 시간이었으므로 성전의 계단을 무리 지어 내려오던 젊은 제복 입은 종업원인 '신관들'은 새로 도착한 두 사람에게 주의를 기울이지 않았고, 도착한 사람 가운데 하나인 샤를뤼스 씨도 그들에게 별 관심이 없음을 보여주기 위해 눈길을 내리고 있었다. 그는 종업원들 한가운데로

---

* 원래는 테가 없는 작고 둥근 여성용 모자를 가리켰으나 시간이 지나면서 여러 모양으로 변형되어 작은 테가 붙은 모자도 발견된다.

길을 내며 나아가는 것 같았다. "번창하라, 신성한 민족의 소중한 희망이여!"*라고 그는 자신이 기억하는 라신의 시구를 전혀 다른 의미로 인용하면서 말했다. "죄송하지만 뭐라고 하셨죠?" 하고 고전에 별로 정통하지 못한 하인이 물었다. 샤를뤼스 씨는 대답하지 않았다. 그는 마치 호텔에 다른 손님은 없다는 듯, 이 세상에 자기밖에, 오로지 샤를뤼스 남작밖에 존재하지 않는다는 듯, 다른 사람의 질문에 아랑곳하지 않고 앞을 보고 똑바로 걷는 것을 자랑스럽게 여기는 것 같았다. 그러나 그는 "오너라. 오너라. 내 딸들이여!"**라는 조자베트의 말을 계속 읊으면서 혐오감을 느꼈는지, 조자베트처럼 "딸들을 불러와라."라는 말은 덧붙이지 않았다. 그 어린아이들은, 아직 성별이 완전히 형성되어 샤를뤼스 씨의 마음에 드는 나이에 이르지 못했기 때문이다. 게다가 그가 슈브르니 부인의 하인에게 편지를 보낸 것은 그 온순함을 의심치 않았고, 또 하인이 보다 남성적일 것으로 기대했기 때문이다. 그러나 막상 만나고 보니 자신이 바란 것보다 훨씬 여성적이라는 사실을 알게 되었다. 그는 하인에게 자신이 다른 사람에게 용무가 있었던 것 같다고 말했는데, 사실 슈브르니 부인의 마차에서 주목했

* 라신의 「에스테르」 1막 2장에 나오는 구절로 엘리즈가 합창대에게 말하는 부분이다. 그러나 프루스트는 이 구절을 「아탈리」의 조자베트가 말한 것으로 돌리고 있다. 「아탈리」에 대해서는 『잃어버린 시간을 찾아서』 4권 445쪽, 7권 425쪽 주석 참조.

** 「에스테르」 1막 1장에 나오는 구절이다. 에스테르가 합창대에게 말한 부분이나 프루스트는 이 구절을 조자베트가 말한 것처럼 쓰고 있다.

던 또 다른 하인과 안면이 있었다. 그는 매우 투박한 시골 농부 같은 녀석으로, 지금의 하인과는 정반대되는 타입이었다. 이 하인은 짐짓 아양 떠는 모양이 탁월함의 증거라고 여기고 이런 사교계 인사로서의 특징이 샤를뤼스 씨를 매료시킨다고 믿어 의심치 않았지만, 남작이 누구에 대해 말하는지도 이해하지 못했다. "하지만 제게는 나리께서 결코 곁눈질할 수 없는 녀석 하나를 제외하고는 다른 동료가 없는데요. 아주 끔찍하고 뚱뚱한 촌놈 같은 녀석입니다." 그리고 어쩌면 남작이 그 촌놈을 보았을지도 모른다는 생각에 자존심이 상하는 걸 느꼈다. 남작은 그 사실을 알아차리고 자신의 조사 대상을 확대하면서 "하지만 특별히 슈브르니 부인네 녀석들만 알고 싶다는 소망을 표명한 건 아닐세."라고 말했다. "자네는 금방 떠날 테니 이곳이나 파리에서 이런저런 집에 일하는 동료들을 내게 많이 소개해 주지 않겠나?" "오! 안됩니다!" 하고 하인이 대답했다. "저는 결코 저와 같은 계층의 사람과는 사귀지 않습니다. 그들과는 일에 대해서만 말하죠. 하지만 나리께는 아주 훌륭한 분을 소개해 드릴 수 있습니다." "누구요?" 하고 남작이 물었다. "게르망트 대공입니다." 샤를뤼스 씨는 그가 그런 나이의 남자만을 제안한 것에 화가 났는데, 더욱이 게르망트 대공이라면 하인의 추천을 받을 필요도 없었다. 그래서 그는 그 제안을 냉정한 어조로 거절했고, 하인의 사교적 허세에 낙담하지 않고 자기가 원하는 유형이나 타입, 어쩌면 마부 등등을 설명하기 시작했다. 그 순간 옆을 지나가던 공증인이 자기 말을 들었을까 봐 걱정이 된 샤를뤼스 씨는, 남이 상상하는 얘기와는 전혀 다른 얘기를 하는 듯 보이는 편이 보다 능란한 처사라고 생각하고는 그 얘기를 끈질기게 높은 소리로 말하면서 대화를 계속하는 척했다. "그래, 이 나이에도 작은 장식품을 수집하거나 멋진 골동품을 취미로 간직하고 있다네. 오래된 브론즈나 오래된 샹들리에를 구입하는 데 엄청난 돈을 쓰지. 나는 '아름다움'을 숭배한다네." 그러나 그토록 재빨리 변경한 화제를 하인에게 이해시키려고 샤를뤼스 씨가 얼마나 단어 하나하나에 힘을 주면서, 더욱이 공증인의 귀에 들리라고 얼마나 큰 소리로 외쳤던지, 그 모든 연극적인 유희는 이 법원 부속 관리보다 예민한 사람의 귀에는 감추려는 의도가 금방 폭로되었을 것이다. 그런데 그는 호텔의 다른 손님과 마찬가지로 아무것도 의심하지 않았고, 멋지게 차려입은 하인에게서 어느 멋쟁이 외국인만을 보았다. 이렇듯 사교계 인사들이 하인을 멋쟁이 아메리카인으로 오인했다면, 반면 호텔 종업원들은 하인이 자기들 앞에 나타나자마자 금방 누구인지 알아챘는데, 이는 마치 노역형에 처해진 죄수가 다른 죄수를, 아니 그보다 훨씬 빨리 멀리서도 여느 동물의 냄새가 몇몇 동물들에 의해 포착되는 것과도 같다. 식당 근무조의 조장들은 눈을 들었다. 에메는 의혹이 담긴 시선을 던졌다. 와인 담당자는 어깨를 으쓱하면서 그렇게 하는 것이 예의라는 듯 손으로 입을 가리고는 모든 사람이 알아들을 수 있도록 무례한 말 한마디를 했다. 그리고 그때 마침 시력이 약해진 우리의 늙은 프랑수아즈가 '하인들 방'에서 저녁을 먹기 위해 계단 밑을 지나가다가 고개를 들고, 호텔 손님들은 전혀 의심도 하지 않는 바로 거기에서 — 마치 늙은 유모 에우리클레이아* 가 잔치에 참석한 구혼자들보다 먼저 오디세우스를 알아보았던 것처럼 — 하인을 알아보았으며, 또 그와 함께 친숙하게 걷는 샤를뤼스 씨를 보면서, 지금까지 그녀가 들어 왔지만 믿지 않았던 사악한 짓들이 갑자기 자기 눈에 가슴 아픈 사실로 드러난다는 듯 낙담한 표정을 지었다. 그녀는 이 사건에 대해 나나 다른 사람에게 아무 말도 하지 않았지만, 이 사건이 그녀의 머릿속에서 얼마나 크게 작용했던지, 그 후 파리에서 '쥘리앵'**을 볼 기회가 있을 때마다, 그때까지 그토록 좋아하던 쥘리앵에게도 조금은 냉담하고, 언제나 상당한 정도의 신중함을 덧붙이면서 예의 바른 태도를 취했다. 이 동일한 사건이 반대로 다른 사람에게는 내게 속내를 털어놓는 기회가 되었는데, 바로 에메였다. 나와 마주쳤을 때, 그곳에서 나를 만나리라고 생각하지 않았던 샤를뤼스 씨는 손을 들어 내게 "안녕!"이라 말하고는, 모든 것이 허용된다고 믿으며, 또 자신을 숨기지 않는 편이 보다 능란하다고 여기는 대귀족의 무관심한 태도로, 적어도 겉보기에는 그런 태도로 내게 외쳤다. 그런데 그때 샤를뤼스 씨를 경계하는 눈초리로 관찰하던 에메는, 자신이 하인이라고 확신하는 자를 동반한 사람에게

* 호메로스의 『오디세이아』에 나오는 오디세우스의 유모이다. 오디세우스의 발을 씻기다가 멧돼지에 찔린 상처를 알아보고, 오디세우스의 귀환을 맨 처음 아내 페넬로페에게 알린 충직한 인물이다.

** 쥐피앵을 쥘리앵으로 부르는 프랑수아즈의 습관에 대해서는 『잃어버린 시간을 찾아서』 5권 33쪽 참조.

내가 인사하는 걸 보고 바로 그날 저녁으로 그 사람이 누구인지 물었다. 얼마 전부터 에메는 나와 얘기하기를, 아니 그의 말을 따르자면, 아마도 그런 담소의 철학적인 성격을 강조하려고 했는지 나와 '토론하기'를 좋아했다. 그리고 저녁을 먹는 동안 앉아서 식사를 함께 나누는 대신, 내 곁에 서 있는 것이 불편하다고 내가 여러 번 말해서 그랬는지, 그는 "그렇게 바른 성찰"을 하는 손님은 본 적이 없다고 선언했다. 그때 그는 종업원 두 명과 이야기를 나누고 있었다. 그들은 내게 인사했고 나는 그 이유를 알지 못했다. 얼굴은 낯설었으나, 그들의 대화는 내게 전혀 새롭지 않은 소문으로 시끄러웠다. 에메는 그들이 자신이 인정하지 않는 약혼을 했다는 이유로 두 사람 모두를 질책하는 중이었다. 그는 나를 증인으로 삼았고, 나는 두 사람을 알지 못하므로 의견이 있을 수 없다고 말했다. 그들은 각자의 이름과 리브벨에서 여러 번 내 시중을 들었던 일을 환기했다. 그러나 한 사람은 콧수염을 기르고, 다른 한 사람은 콧수염을 면도하고 머리를 짧게 깎은 상태였다. 바로 그런 까닭에 그들의 어깨 위에는 예전과 같은 머리가 놓여 있었지만(노트르담 대성당의 잘못된 복원 작업에서처럼 다른 머리가 놓이지 않고*), 마치 온갖 수색을 빠져나간 물건이 모든 사람이 볼 수 있는 벽난로 위에 아무렇게나 굴러다니고 있어 어느 누구도 주목하지 않듯이 내 눈에도 띄지 않았던 것이

* 비올레르뒤크에 의한 노트르담 성당(프랑스 혁명 동안 조각상의 머리가 훼손된)의 복원 작업에 대한 암시이다. 프루스트는 이 복원 작업에 상당히 부정적인 견해를 표명했다.(『잃어버린 시간을 찾아서』 1권 287쪽 참조.)

다.* 그들의 이름을 듣는 순간 나는 목소리의 불분명한 음악을 정확히 알아보았는데, 그 목소리를 결정했던 과거의 얼굴이 떠올랐기 때문이다. "저들은 결혼하고 싶어 하지만 영어도 모른답니다." 하고 에메는 내가 호텔 직업에 대해 잘 알지 못하며, 또 외국어를 모르면 일자리도 기대할 수 없는 사정을 내가 잘 이해하지 못한다는 것도 생각하지 않고 말했다. 한편 나는 에메가 그 새로운 저녁 식사 손님이 샤를뤼스 씨임을 쉽게 알아볼 것이며, 또 내가 처음 발베크에 머무는 동안 남작이 빌파리지 부인을 만나러 왔을 때 식당에서 남작에게 음식 시중을 든 적이 있으므로 틀림없이 남작을 기억하리라 생각하면서 그의 이름을 말했다. 그런데 에메는 샤를뤼스 남작을 기억하지 못했으며, 뿐만 아니라 그 이름에 깊은 인상을 받은 듯했다. 그는 내게 다음 날 자신의 소지품에서 한 통의 편지를 찾아보려고 하는데, 어쩌면 내가 그 편지를 설명해 줄 수 있을지도 모르겠다고 말했다. 발베크에서의 첫해 샤를뤼스 씨가 내게 베르고트의 책을 주려고 했을 때, 그는 특별히 그 일을 에메에게 부탁하게 했고,** 다음으로 내가 생루와 그 애인과 함께 점심을 먹었던 파리의 레스토랑으로 샤를뤼스 씨가 염탐하러 왔을 때 에메를 만났을 것이므로*** 나는 더더욱 놀랐다.

---

* 에드거 앨런 포의 「도둑맞은 편지」에 대한 암시처럼 보인다. 프루스트는 1911년 스트로스 부인에게 보낸 편지에서 이 글을 환기한 적이 있다.(『소돔』, 폴리오, 610쪽 참조.)

** 『잃어버린 시간을 찾아서』 4권 213쪽 참조

*** 『잃어버린 시간을 찾아서』 5권 272쪽 참조

물론 첫 번째 경우에는 에메가 이미 잠자리에 든 후였고, 두 번째 경우에는 다른 손님들 시중을 들고 있었으므로 그 임무를 본인이 직접 할 수 없었던 것도 사실이다. 그렇지만 그가 샤를뤼스 씨를 모른다고 주장했을 때, 나는 그의 진정성에 큰 의혹을 품었다. 한편 그는 틀림없이 남작의 취향에 잘 맞을 사람이었다. 발베크 호텔의 층 책임자들이나 게르망트 대공의 여러 시종들처럼, 에메는 대공의 혈통보다 더 오래된, 따라서 더 고귀한 혈통에 속했다. 특별실을 부탁할 때 우리는 그 방에 우리만 있다고 생각했다. 그러나 곧 식기실에서 조각 같은 얼굴의 식당 책임자를, 에메가 그 전형인 붉은 머리의 에트루리아인을 보았는데, 그는 샴페인을 너무 마셔 조금 늙고 콩트렉세빌* 광천수가 필요한 시간이 다가오는 걸 보고 있었다. 손님들은 모두 그에게 시중드는 일만 부탁하지 않았다. 젊고 세심하고 바쁘고 시내에서 애인이 기다리는 보조 요리사들은 모두 빠져나갔다. 그래서 에메는 성실하지 않다며 그들을 나무랐다. 그에게는 그럴 권리가 있었다. 그는 성실 그 자체였으니까. 그에게는 아내와 자식이 있고, 그들을 위한 야심도 있었다. 그래서 낯선 사람이, 남성이나 여성이 그에게 제안을 해오면 설령 밤새도록 남아 있어야 한다 해도 그 제안을 거절하지 않았다. 다른 무엇보다도 일이 중요했기 때문이다. 에메는 그렇듯 샤를뤼스 씨의 마음에 들 만한 유형이었고, 그래서 샤를뤼스 씨를 알지 못한다고 말했을 때 나는 그가 거짓말을 한

* 보주 데파르트망의 유명한 온천지로 거기서 끌어 올린 광천수를 말한다.

다고 의심했다. 그러나 내 생각이 틀렸다. 종업원이 샤를뤼스 씨에게 에메가 잠들었다고(혹은 외출했다고) 한 것과(다음 날로 에메가 종업원을 꾸짖은), 그다음으로 손님들의 시중을 든다고 한 것은 모두 사실이었다. 그러나 상상력은 현실 너머의 것을 그려 보게 한다. 종업원의 당황한 모습이 아마도 샤를뤼스 씨의 마음에 그 변명의 진정성을 의심하게 했고, 또 이 의심이 에메로서는 생각조차 하지 못한 감정에 상처를 주었던 모양이다. 앞에서도 보았지만, 생루는 에메가 샤를뤼스 씨의 마차에 가는 걸 막았으며, 그때 샤를뤼스 씨가, 어떤 방법으로 그렇게 할 수 있었는지는 나도 모르겠지만, 식당 책임자의 새 주소를 알아냈고 그 결과 또다시 환멸을 맛보았던 것이다. 그런 사실을 알지 못한 에메가, 생루와 그 애인과 함께 내가 점심 식사를 한 바로 그날 저녁, 게르망트의 문장으로 봉인된 한 통의 편지를 받고 얼마나 놀랐을지는 가히 상상이 되는 일이었다. 나는 지적인 남자가 어느 분별력 있는 바보에게 보내는 일방적인 광기의 사례로서, 여기 그 편지의 몇 구절을 인용하고자 한다.* "므시외, 내게 초대받기 위해 인사를 하며 부질없는 노력을 기울이는 사람들이 안다면 정말 놀랄 만한 노력을 했음에도 불구하고, 당신이 내게 청하지는 않았지만, 내가 제안

* 이 편지는 프루스트가 1908년 마르셀 플랑트비뉴에게 보낸 편지를 연상시킨다. 플랑트비뉴는 카부르에서 프루스트와 만난 지 얼마 되지 않아 프루스트로부터 한 통의 편지를 받고, 아무것도 이해하지 못한 채 편지를 부친에게 보여 주었으며, 이로 인해 프루스트와 그의 부친 사이에 결투가 벌어질 뻔했다고 회고한다.(플랑트비뉴, 『프루스트와 함께』, 니제, 1966; 『소돔』, 폴리오, 611쪽 참조.)

하는 편이 나의 품위나 당신의 품위에 어울린다고 생각되는 몇 가지 일에 대해 당신의 의견을 들어 보려고 했지만 성공하지 못했구려. 구두로 얘기하는 것이 더 이상 여의치 않으므로 이렇게 편지를 쓰게 되었소. 처음 발베크에서 만났을 때, 당신의 얼굴이 솔직히 내게 불쾌감을 야기했음은 감추지 않겠소." 다음으로는 죽은 친구와의 닮은 모습에 대한 성찰이 이어졌는데 — 두 번째 날에야 비로소 그 점을 알아본 — 샤를뤼스 씨는 그 친구에게 큰 애정을 품고 있었다. "그때 나는 당신의 직업을 방해하는 일 없이, 죽은 친구가 그 쾌활함으로 나의 슬픔을 사라지게 해 주었던 카드놀이를 당신이 내 방에 와서 함께 한다면, 친구가 죽지 않았다는 환상을 당신이 내게 심어 줄 수 있지 않을까 잠시 생각해 보았다오. 그리고 내가 시중꾼을 시켜(그는 시중을 들려고 하지 않았으므로 이런 이름을 받을 자격이 없지만) 당신에게 책을 가져오라고 했을 때, 아마도 당신이 했을지도 모르는 조금은 어리석은 가정, 그토록 고결한 감정을 이해한 데서 우러나오기보다는 시중꾼의 영향력이 미치는 범위에서 당신이 했을지도 모르는 추측, 그 추측의 성질이 어떤 것이든 조금은 어리석은 것처럼 보이지만, 그때 당신은 내가 누구이며 어떤 사람인지도 알지 못하고, 내가 책을 부탁할 때 이미 잠자리에 들었다고 대답하게 함으로써 아마도 당신을 중요한 사람으로 보이게 한다고 생각했던 모양이오. 그런데 무례한 행동이 자신의 매력을 돋보이게 한다고 믿는 것은 그릇된 생각이며, 당신에게는 게다가 그런 매력이 전혀 없다오. 다음 날 아침 우연히도 당신에게 말을 걸 기회가 없었다면, 나는 아마도 거기서 중단했을 거요. 당신이 내 가련한 친구와 얼마나 닮았던지, 그 참기 힘든 튀어나온 턱 모양도 사라졌으며, 바로 그 순간 나는 망자가 당신에게, 나를 붙들고 당신에게 제공된 그 유일한 기회를 놓치지 않게 하려고 그의 표정을 친절하게도 당신에게 빌려주었다는 걸 깨달았소. 여하튼 이 모든 것이 이제는 더 이상 대상이 없으며, 또 나도 이번 인생에서는 더 이상 당신을 만날 기회가 없으므로, 이 모든 것에 느닷없이 이해타산적인 문제를 섞고 싶지는 않지만, 망자의 기도에 복종해서(이는 내가 성인들의 통공*과 산자의 운명에 개입하려는 그들의 의도를 믿기 때문이라오.) 망자에게 했듯이 당신에게도 그렇게 할 수만 있다면, 대단히 행복할 것 같소. 망자에게는 그만의 마차와 하인이 있었으며, 내가 그를 아들처럼 사랑했으므로 내 소득의 대부분을 그에게 바친 것은 지극히 당연한 일이었다오. 그런데 당신의 결정은 달랐소. 책을 가져다달라는 나의 부탁에 당신은 외출해야 한다는 대답을 전해 왔소. 또 오늘 아침 나의 마차까지 와 달라는 부탁에도, 이런 말이 신성 모독은 아닐지 모르겠소만, 당신은 나를 세 번째로 부인했다오.** 이 봉투 안에 내가 발베크에서 당신에게 주려고 했던 고액의 사례금을 넣지 않은 걸 용서하시오. 모든 걸 공유할 수 있다고 믿었던 사람에게 사례금을 주

* 세상과 연옥과 천당에 있는 모든 성도들이 그리스도 안에서 서로 하나를 이룬다는 교리이다.

** 여기서 신성 모독이란 표현은 예수님이 잡혀간 날 베드로가 예수님을 세 번 부인한 사실을 암시하는 것처럼 보인다.

는 정도로 그친다면, 나로서는 너무도 고통스러울 것 같소. 적어도 당신의 레스토랑에서 네 번째 헛된 시도를 하는 일은 면하게 해 주구려. 내 인내심이 거기까지는 미치지 못한다오.(그리고 여기서 샤를뤼스 씨는 자기 집 주소와 그와 만날 수 있는 시간 등등을 표시해 넣었다.) 그럼 잘 있으시오. 당신은 내 죽은 친구와 그토록 닮았으니 그렇게 어리석은 사람은 아닐 거요. 그렇지 않다면 관상학이란 가짜 과학이겠지. 나는 언젠가 당신이 이 일을 다시 생각하면서 조금은 후회나 회한을 느낄 거라고 확신하오. 나로 말하자면, 내가 진심으로 당신에 대해 어떤 원한도 간직하고 있지 않다는 걸 믿어 주시오. 물론 이 세 번째 헛된 시도보다는 덜 불행한 추억과 더불어 헤어지는 편이 나았을 거요. 그러나 이런 시도도 곧 잊힐 거요. 우리는 당신이 발베크로부터 가끔 본 적 있는, 어느 한순간 마주치는 배와도 같은 존재라오. 배들이 멈추면 서로에게 이득이 되지만, 어느 한쪽이 달리 판단한다면, 그 배들은 둘 다 수평선에서 서로의 모습도 보지 못하고, 그들의 만남도 지워질 거요. 그러나 그런 결정적인 헤어짐에 앞서 각자는 서로 인사를 한다오. 지금 여기서 내가 하는 것처럼 말이오. 행운을 빌겠소. 샤를뤼스 남작."

에메는 아무것도 이해하지 못하고 속임수도 경계했으므로 이 편지를 끝까지 읽지도 않았다. 내가 남작이 누구인지 설명해 주자 그는 조금은 꿈꾸는 듯, 샤를뤼스 씨가 그에게 예언했던 후회의 감정을 느끼는 듯했다. 나는 자기 친구들에게 마차를 주는 사람에게 에메가 사과의 편지를 쓰지 않았다고는 단언하지 못하겠다. 그러나 그동안 샤를뤼스 씨는 모렐을 알게 되었다. 어쩌면 모렐과의 관계는 정신적인 것에 불과했으며, 샤를뤼스 씨는 내가 지금 막 호텔 로비에서 함께 있는 모습을 보았던 동반자와 마찬가지로, 이따금 하룻밤의 동반자를 다른 곳에서 찾았는지도 모른다. 그러나 그는 더 이상 그 격렬한 감정을 모렐에게서 다른 데로 돌릴 수 없었다. 몇 해 전만 해도 그 감정은 자유로웠으므로 에메에게 고정되기만을 바라는 마음에서, 식당 책임자가 내게 보여 준, 또 내가 샤를뤼스 씨에 대해 뭔가 거북함을 느꼈던 그 편지를 받아쓰게 했던 것이다. 샤를뤼스 씨의 사랑이 보여 주는 사랑의 반사회적인 성격 때문에 그 편지는 정념의 흐름이 표출하는, 지각할 수는 없지만 강력한 힘의 놀라운 사례였으며, 이런 흐름을 통해 사랑하는 연인은 헤엄치는 사람이 그러하듯 보지도 못하는 사이에 물결에 떠밀려 내려가 순식간에 시야에서 육지를 놓친다. 아마도 정상인의 사랑 또한 사랑하는 사람이 자기 욕망이나 후회, 환멸, 계획 따위를 계속 지어내면서 모르는 여인에 관해 온통 소설로 엮어낼 때면, 그 사랑은 컴퍼스 두 쪽 사이에 벌어진 간격이 얼마나 큰 것인지 헤아리게 해 준다. 그렇지만 이 거리감은 보편적으로 공유되지 않은 정념의 성격과, 샤를뤼스 씨와 에메 사이에 놓인 신분의 차이로 인해 특별히 더 확대되었다.

날마다 나는 알베르틴과 함께 밖으로 나갔다. 그녀는 그림을 다시 그리기로 결심했고, 그래서 우선 연습 삼아 생장들라에즈 성당을 택했다. 아무도 드나들지 않는 그 성당은 극소수의 사람들에게만 알려진 곳이어서 위치를 알려 주기가 매우 힘들었고, 안내를 받지 않고는 찾기가 불가능할 만큼 외따로 떨어져 있어서 가는 데 시간이 오래 걸렸는데, 에프르빌 역에서 삼십 분 이상, 케톨므 마을의 마지막 집을 통과하고도 한참을 더 가는 그런 곳이었다. 에프르빌이란 이름에 관해 나는 우선 주임 신부의 책과 브리쇼가 주는 정보가 일치하지 않는다는 걸 발견했다. 한 사람은 에프르빌이 예전의 '스프레빌라'라고 했고, 다른 사람은 그 어원이 '아프리빌라'라고 했다.* 우리는 처음으로 페테른과 반대 방향으로, 다시 말해 그라트바스트로 가는 작은 열차를 탔다. 하지만 때는 한여름이었고, 점심 식사 후에 바로 출발하는 건 무척 고통스러웠다. 좀 더 늦게 외출하는 게 좋았을 것이다. 이글이글 타오르는 그 빛나는 공기가 나른함과 시원한 음료수를 생각나게 했다. 공기는 목욕 요법을 하는 방처럼 햇빛에 노출되는 정도에 따라 고르지 않은 온도로 어머니 방과 내 방을 가득 채웠다. 햇빛에 의해 눈부신 무어풍의 하얀빛 꽃줄처럼 장식된 어머니의 욕실은, 그 빛이 비추는 사면의 회벽 때문에 마치 우물 깊숙이 잠긴 것 같았고, 한편 맨 위쪽 텅 빈 네모꼴 안의 하늘은, 부드러운 구름 물결이 포개지면서 겹겹이 미끄러지는 모양이(우리가 품은 욕망 때문인지는 모르지만), 마치 목욕 재개를 위해 테라스에 마련된(혹은 창문에 걸린 어느 거울을 통해 그 상

---

* 이 문단은 나중에 추가된 것으로, 에프르빌(노르망디에 위치하는)에 관한 이 두 어원은 우리가 앞에서 언급한 책들로부터 직접적인 영향은 받지 않은 듯하다고 지적된다.(『소돔』, 플레이아드 III, 1564쪽 참조.)

이 거꾸로 보이는) 푸른 물로 가득 채워진 풀장 같았다.* 이렇게 몹시 뜨거운 기온에도 우리는 1시 기차를 타러 갔다. 그러나 알베르틴은 기차 안에서 매우 더워했고 긴 도보 여정에서는 더 더워했으므로, 나는 그녀가 햇빛이 미치지 않는 움푹 팬 습지에서 꼼짝 않고 있다가 감기에 걸리지나 않을까 걱정이 되었다. 한편 함께 엘스티르를 처음 방문했을 때부터 나는 그녀가 사치를 즐길 뿐만 아니라, 돈이 없어서 누리지는 못하지만 어떤 종류의 안락함도 좋아한다는 걸 알아차렸으므로, 매일 우리에게 마차를 보내도록 발베크의 마차 임대업자와 합의를 했다. 더위를 조금이라도 덜 느끼기 위해 우리는 샹트피 숲으로 가는 길로 들어섰다. 바로 옆에 있는 나무에서 응답하는 헤아릴 수 없을 정도로 많은 새들의 불가시성이 — 그 중에는 거의 바닷새처럼 생각되는 것도 있었다. — 마치 눈을 감고 있을 때와 같은 휴식의 느낌을 주었다. 마차 깊숙이 알베르틴 옆에서 그녀의 팔에 묶인 채로 나는 이런 오케아니데스**의 노래를 듣고 있었다. 그러다 우연히 이 음악가들 중 하나가 한 잎에서 다른 잎 아래로 지나가는 모습을 보았는데,

* 어머니의 욕실에 대한 이 긴 묘사는 실은 초고에서는 발베크의 첫 번째 체류 시 할머니 방에 대한 묘사였다. 그러나 프루스트는 이 부분을 『소녀들』에서 삭제하고 할머니에서 어머니로 대체하여 화자의 두 번째 발베크 체류를 다룬 『소돔』으로 옮겼다.(『소돔』, 플레이아드 III, 1565쪽 참조.)

** 이 부분은 『잃어버린 시간을 찾아서』 4권 136쪽의 샹트렌 숲을 통과할 때의 묘사와 거의 비슷하다. 오케아니데스는 아이스킬로스의 「포박된 프로메테우스」에서 합창대를 만들어 프로메테우스의 고통을 동정하고 제우스의 부당한 행위를 노래하는 오케아노스의 딸들이다.

음악가와 노래 사이에는 별 뚜렷한 관계가 없었으므로, 노래의 원인이 놀라서 파드득 날아가며 우리에게 눈길을 주지 않는 그 보잘것없는 작은 몸에 있다는 것이 도저히 믿어지지 않았다. 마차는 성당까지 우리를 데려갈 수 없었다. 그래서 나는 케톨므를 나오자 마차를 멈추게 했고, 알베르틴과 작별 인사를 했다. 그녀가 이 성당이나 다른 기념물, 몇몇 그림에 대해 "당신과 함께 볼 수 있다면 얼마나 즐거울까요!"라고 말하면서 나를 두렵게 했기 때문이다. 그런 즐거움은 줄 수 있을 것 같지 않다고 느꼈다. 나는 아름다운 것 앞에 홀로 있을 때라야, 아니 혼자 있다고 상상하면서 침묵을 지킬 때라야 기쁨을 느꼈기 때문이다. 그녀는 나의 도움을 받으면 예술에 대한 감각을 키울수 있다고 믿었지만, 그 감각은 그렇게 전달될 수 있는 것이 아니므로 잠시 그녀와 헤어졌다가 오후 끝자락에 찾으러 오겠다고 말하는 편이 더 신중하다고 생각했다. 나는 그녀에게 그 시간 동안 마차를 타고 돌아가 베르뒤랭 부인이나 캉브르메르네를 방문하든가, 아니면 엄마와 함께 발베크에서 한 시간 보내든가 하겠지만, 그러나 결코 더 멀리는 가지 않겠다고 말했다. 적어도 처음에는 그랬다. 알베르틴이 한번은 충동적인 기분에서 "자연이 이 모든 걸 너무 잘못 만들었어요. 한쪽에는 생장들라에즈가, 다른 한쪽에는 라 라스플리에르가 있어 우리가 택한 장소에 하루 종일 갇혀 있어야 하다니 정말 지겨워요."라고 말했으므로, 나는 내가 주문한 토크 모자와 베일을 받자마자, 내게는 불행한 일이었지만, 생파르조(그 어원이 주임 신부의 책에 따르면 '상투스 페레올루스'*인)에서 자동차 한 대를 주문했다. 내가 알려 주지 않아 아무것도 모르던 알베르틴이 나를 찾으러 왔다. 호텔 앞에서 엔진이 붕붕거리는 소리를 듣고 놀랐다가 그 자동차가 우리를 위해 온 것임을 알고 그녀는 무척 기뻐했다. 나는 잠시 그녀를 데리고 내 방으로 올라갔다. 그녀는 기뻐서 펄쩍펄쩍 뛰었다. "베르뒤랭네를 방문하러 가는 거죠?" "그래요. 하지만 이런 차림으로는 가지 않는 게 좋겠어요. 당신에게는 이제 당신 자동차가 있는 셈이니까요. 자, 이걸 쓰세요. 이편이 나을 거예요." 하고 나는 감춰 놓았던 토크 모자와 베일을 꺼냈다. "내 거예요? 오! 당신은 정말 친절해요!" 하고 그녀는 내 목에 달려들며 외쳤다. 계단에서 우리를 만난 에메는 알베르틴의 우아함과 우리의 교통 수단을 자랑스러워했다. 발베크에서는 아직 보기 드문 자동차였으므로, 그는 우리 뒤를 따라 내려오며 자신도 즐거움을 만끽했다. 알베르틴은 새 옷을 입은 자신의 차림을 조금은 남들에게 보여 주고 싶은 생각에 자동차 덮개를 걷어 달라고 부탁했고, 나중에 우리가 함께 보다 자유로운 자세를 취하고 싶을 때는 내려도 된다고 했다. 게다가 에메는 "여보게." 하고 알지도 못하는 기술자**에게 말을 걸었지만, 기술자는 꼼짝도 하지 않았다. "덮개를 걷

* 이 어원은 브리쇼가 이미 앞에서 말한 적 있다.(142쪽 주석 참조.)

** 여기서 기술자로 옮긴 mécanicien은 운전사를 가리킨다. 초기에는 자동차 고장이 많아 운전사가 흔히 자동차 정비를 담당하는 경우가 많았으므로 이런 용어와 혼들림이 있었다고 미이 교수는 설명한다. 그럼에도 운전사를 지칭하는 chauffeur란 단어 사용과 구별하기 위해 기술자로 칭하고자 한다.

어 달라는 말이 들리지 않는가?" 호텔 생활을 통해 세상 물정에 환하고 지위도 꽤 높았던 에메는 프랑수아즈를 '귀부인'으로 여기는 삯마차 마부만큼 소심하지는 않았다. 그래서 사전 소개가 없는데도 처음 보는 평민에게 말을 놓았는데, 그것이 귀족의 경멸에서 나온 것인지, 아니면 민중에 대한 우애에서 나온 것인지는 알 수 없었다. "제게는 이미 손님이 있습니다." 하고 나를 알지 못하는 운전사가 대답했다. "시모네 양을 모셔 달라는 부탁을 받았거든요. 그러니 손님을 태울 수 없습니다." 에메가 웃음을 터뜨렸다. "이런, 진짜 얼간이 같은 친구구먼!" 하고 그는 기술자에게 대답했고 이내 그를 설득했다. "바로 이분이 시모네 양이라네. 덮개를 걷어 달라고 주문한 분은 바로 자네 주인이고." 그리고 알베르트에 대해 개인적인 호감은 없었지만, 나 때문에 그녀의 옷차림을 자랑스럽게 여긴 에메는 운전사에게 넌지시 말했다. "할 수만 있다면 매일같이 이런 공주님을 모시려고 할걸!" 처음으로 나는 알베르틴이 그림을 그리는 동안, 다른 날처럼 혼자 라 라스플리에르에 가지 않아도 되었다. 그녀는 나와 함께 가고 싶어 했다. 그녀는 길을 가는 도중에 여기저기 멈출 수 있다고 생각했지만 생장들라에즈에 가는 일부터 시작하기란, 즉 다른 방향으로 가는 건 불가능하며, 또 그곳으로의 산책은 다른 날 해야 한다고 생각했다. 그런데 반대로 그 기술자는 그녀에게 생장에 가는 것보다 쉬운 일은 없으며 — 이십 분이면 갈 수 있으므로 — 우리가 원한다면 몇 시간이고 거기서 머무를 수 있고 혹은 더 멀리도 갈 수 있다고 말했다. 케톨므에서 라 라스플리에르까지는 삼

십오 분이면 갈 수 있기 때문이었다. 자동차가 돌진하면서 단 한 번의 도약으로 준마의 20보를 넘어서는 걸 보고, 우리는 그 사실을 이해했다.* 거리란 공간과 시간의 관계에 지나지 않으며, 또 그 관계에 따라 변한다. 우리는 어느 한 장소에 가야 하는 어려움을 리(里)나 킬로미터의 체계로 표현하지만, 어려움이 줄어드는 순간 그 체계는 틀린 것이 된다. 이런저런 마을에서 보면 다른 세계에 있는 것처럼 보였던 마을도 크기가 변한 풍경에서는 바로 이웃 마을이 되므로, 예술 또한 거리감으로 인해 변모한다. 여하튼 2 더하기 2가 5가 되고, 두 지점 사이의 가장 짧은 거리가 일직선이 아닌 세계가 어쩌면 존재할지도 모른다는 것을 터득하기보다는, 같은 날 오후에 생장과 라라스플리에르, 두빌과 케톨므, 생마르스르비외와 생마르스르베튀, 구르빌과 발베크르비외, 투르빌과 페테른으로 가는 것이 무척 쉬운 일이라는 기술자의 말을 듣는 게 아마도 알베르틴으로서는 더욱 놀라운 일이었으리라. 예전에 메제글리즈와 게르망트 쪽이 그러했던 것처럼, 지금까지는 다른 날이라는 감옥 속에 완벽하게 갇혀 있어** 같은 날 오후에 같은 눈으로 보는 것이 불가능했던 그 마을들이, 이제는 70리를 갈 수 있는

---

* 공간 한가운데 자동차가 가져오는 변화에 대해 프루스트는 1907년 아고스티넬리가 운전하는 자동차를 타고 노르망디를 산책한 후 《르 피가로》에 「자동차를 타고 본 길의 인상」을 발표했다.(『잃어버린 시간을 찾아서』 1권 311쪽 주석 참조.)

** 메제글리즈 쪽과 게르망트 쪽이 서로 연결될 수 있음을(『사라진 알베르틴』에서) 시사하는 대목이다.

장화 신은 거인*에 의해 해방되어 우리의 간식 시간 주위에 종탑과 탑들과 오래된 정원들을 한데 모으러 왔고, 이웃에 있는 숲은 그것들을 서둘러 드러내 보였다.

절벽 가 도로 아래에 도착하자, 자동차는 칼 가는 소리 같은 연속적인 소음을 내면서 단번에 올라갔는데, 낮아진 바다가 우리 아래로 넓게 펼쳐졌다. 몽쉬르방의 오래된 시골집들은 포도나무 혹은 장미나무를 가슴에 껴안고 달려왔다. 저녁 바람이 불 때면 한층 더 동요하는 라 라스플리에르의 전나무들은 우리를 피하기 위해 모든 방향으로 달렸고, 처음 보는 새 하인이 우리에게 문을 열어 주러 현관 층계에 나타났으며, 그동안 정원사의 아들은 조숙한 성향을 드러내면서 자동차 모터의 위치를 뚫어지게 바라보았다. 그날은 월요일이 아니어서 베르뒤랭 부인을 만날 수 있을지 확신할 수 없었다. 그녀가 손님을 맞는 날 외에 이렇게 갑자기 방문하는 것은 신중하지 못한 처사였다. 물론 부인은 '원칙적으로는' 자기 집에 있을 테지만, 이 표현을 — 스완 부인 역시 자신의 패거리를 만들고 싶어 집에서 꼼짝하지 않고 손님들을 유인하던 시절, 비록 자신이 원하는 손님들을 모두 유인하는 데는 성공하지 못했지만, 자주 사용했던 표현이다. — '정해진 규칙에 따라서'로 잘못 해석하여 '대개의 경우'를 뜻하는 의미로만 사용했는데, 즉 거기에는 많은 예외가 있다는 의미였다.** 왜냐하면 베르뒤

* 샤를 페로의 「엄지 동자」에 나오는 거인이다.

** 프랑스어의 en principe(원칙적으로 이론상으로)와 par principe(정해진 규칙이나 관습에 따라서)의 차이를 베르뒤랭 부인이 제대로 이해하지 못함을 보

랭 부인은 외출하기를 좋아했으며, 뿐만 아니라 여주인으로서의 임무도 멀리까지 밀고 나갔으므로, 점심 식사에 손님을 초대할 때도 커피와 리쾨르와 담배가 끝나자마자(손님들은 더위와 소화로 인한 초반의 무기력 상태에서는 테라스 나뭇잎들 사이로, 에나멜을 바른 듯한 바다에서 저지 섬* 여객선이 지나가는 모습을 바라보는 걸 더 좋아했을 테지만) 그녀의 프로그램에 일련의 산책을 포함시켰고, 이런 산책 중에 손님들은 강제로 마차에 태워져 두빌 주위에 넘쳐 나는 그 전망 좋은 곳으로 여기저기 끌려다녔다. 이러한 축제의 2부는(자리에서 일어나 마차에 올라타는 노력이 이루어지고 나면) 그래도 손님들을 즐겁게 해 주었으며, 그들은 맛있는 요리와 고급 포도주와 거품 이는 사과주로도 쉽게 미풍의 순수함과 장엄한 경관에 취할 준비를 마쳤다. 베르뒤랭 부인은 그곳이 마치 자기 소유지의 부속물인 양 낯선 이들을 방문하게 했으며(조금 멀리 떨어져 있긴 했지만), 그녀의 집에 식사하러 온 손님들은 그곳에 가지 않을 수 없었다. 역으로 말해, 여주인의 집에 초대받지 않았다면 그들이 그곳을 알 리 없었다. 모렐의 연주와 예전에는 데샹브르의 연주에 대해 그랬듯이, 산책에 대한 권리를 독점하고, 그 풍경이 작은 패거리에 속한다고 강요하는 이런 주장은, 그렇지만 처음 보기와 달리 그렇게 엉뚱한 것만은 아니었다. 베르뒤랭 부인은 라 라스플리에르의 가구와 정원의 배치뿐 아니라, 캉브

여 주는 대목이다.

* 영국 최남단에 있는 영국령의 섬으로 프랑스의 노르망디에서 24킬로미터 떨어진 해상에 있다.

르메르 사람들이 그 근방에서 하는, 혹은 다른 사람들에게 하도록 하는 산책에서도 그 안목 없음을 비웃었다. 부인에 따르면 라 라스플리에르는 작은 동아리의 은신처가 되고 나서야 비로소 흥미로운 장소가 되었으며, 마찬가지로 부인은 캉브르메르네 사람들이 지속적으로 사륜마차를 타고 해변의 철길을 따라 그 근방에 있는 유일한 형편없는 길을 왔다 갔다 하는 것으로 미루어, 늘 이 고장에 살아왔으면서도 고장을 모르는 것 같다고 주장했다. 이런 주장에는 진실이 포함되어 있었다. 캉브르메르네 사람들은 판에 박힌 생활과 상상력의 결핍, 또 그들과 너무 가까이 있어 진부해 보이는 지역에 대한 호기심의 부재로, 언제나 같은 장소에 같은 길을 통해서만 가려고 집을 나섰다. 물론 그들은 자기 고장을 가르쳐 준다는 베르뒤랭네의 주장에 웃음을 터뜨렸다. 그러나 캉브르메르 사람들은 또 그들의 마부조차도, 우리가 위기에 처했을 때 조금은 비밀스러운 그런 찬란한 장소로 결코 안내하지 못했을 테지만, 베르뒤랭 씨는 다른 사람 같으면 결코 모험할 엄두도 내지 못할 그런 방치된 사유지의 울타리를 치우게 하거나, 아니면 마차가 다닐 수 없는 길에서는 마차에서 내려 그 길을 따라가게 하면서 우리를 인도했고, 그 확실한 대가로 우리는 경이로운 풍경을 접할 수 있었다. 게다가 라 라스플리에르 정원은 근방의 몇 킬로미터 내에서 할 수 있는 온갖 산책의 축소판 같았다. 우선 전망이 좋은 위치 덕분에 한쪽은 계곡을, 다른 한쪽은 바다를 보고 있어서, 바다 쪽만 예로 들어도 나무들 한가운데로 빈 공간이 뚫려 이쪽에는 이 수평선이, 저쪽에는 다른 수평선이 보였다. 이런 전망대마다 의자가 놓여 있었다. 사람들은 차례로 의자에 앉아 발베크나 파르빌 혹은 두빌을 바라보았다. 같은 방향에서도 의자들은 조금은 절벽과 수직으로, 조금은 뒤쪽에 놓였다. 뒤쪽에 놓인 의자에서도 초록빛 바다 전경과, 이미 지극히 광대해 보이는 수평선이 보였지만, 작은 오솔길을 따라가자 수평선은 무한히 확대되어 다음 의자에 이르렀을 때는 바다의 원형 경기장 전부가 한눈에 들어왔다. 우리는 거기서 정원의 가장 깊숙한 부분까지 도달하지 않았던, 파도치는 모습은 보이지만 소리는 들리지 않던 정원과 반대로, 파도 소리를 분명히 지각할 수 있었다. 이러한 휴식처가 라 라스플리에르의 집주인들에게는 '전망'이란 이름으로 불렸다. 사실 그 전망들은 먼 거리로 인해 아주 작게 보이는 이웃 마을과 해변과 숲의 가장 아름다운 '전망'을 성관 주위에 집결하고 있었는데, 이는 마치 하드리아누스가 여러 지방의 가장 유명 기념물 축소 모형을 자신의 별장 안에 모아 놓았던 것과도 같다.* '전망'이라는 단어를 동반하는 이름은 반드시 해안의 지명만이 아닌 대개는 만(灣)의 반대쪽 지명으로, 그것은 파노라마의 전개에도 어떤 뚜렷한 기복을 간직하고 있어 멀리 보였다. 베르뒤랭 씨의 서재에서 책 한 권을 꺼내 '발베크 전망대'로 읽으러 가거나, 날씨가 맑은 날

* 로마 황제 하드리아누스(Publius Aelius Hadrianus)는 여행하는 동안 강한 인상을 받았던 미술품과 건축물 들을 그의 티볼리 별장에 남긴 것으로 유명하다. 이 수집품들은 그의 바로크적 취향과 고전주의 취향을 드러내는 것으로 평가받는다.

이면 '리브벨의 전망대'로 리쾨르를 마시러 가거나 할 수 있었지만, 거기에는 바람이 너무 불지 않아야 한다는 조건이 붙었다. 양쪽 가장자리에 나무가 심겼지만 그곳의 바람이 매서웠기 때문이다. 베르뒤랭 부인이 오후에 주최하는 마차 산책 이야기로 돌아가 보면, 여주인은 산책에서 돌아왔을 때, 이 '해안을 지나가는' 어느 사교계 인사의 명함을 발견하면 매우 기뻐하는 척하며 그 방문을 놓친 것을 무척 아쉬워했고(비록 '집을' 보러 왔거나, 아니면 예술가들의 살롱으로 알려졌으나 파리에서는 교제할 수 없는 그런 살롱의 여인과 하루 동안 만나러 온 게 전부였음에도), 그리하여 베르뒤랭 씨를 시켜 금방 다음번 수요 만찬에 초대하게 했다. 그러나 흔히 관광객은 그 전에 떠나야 하거나 혹은 늦은 귀가를 두려워했으므로, 베르뒤랭 부인은 토요일*이면 언제나 간식 시간에 집에 있기로 결정했다. 이런 다과회에는 사람이 그리 많지 않았고, 나는 그보다 더 화려한 다과회를 파리의 게르망트 대공 부인 댁이나 갈리페 부인 또는 아르파종 부인 댁에서 본 적이 있었다. 그러나 이곳은 파리가 아니었으며, 또 주변의 아름다움이 모임의 쾌적함뿐 아니라 방문객의 자질에도 영향을 미쳤다. 이를테면 어느 사교계 인사와의 만남도 파리에서라면 전혀 기쁘지 않았을 테지만, 라 라스플리에르에서는 그가 멀리 페테른이나 샹트피 숲에서 왔다는 이유만으로도, 그 사람의 성격이나 중요

* 월요일로 읽어야 한다고 지적된다. 앞에서(262쪽) 월요일로 명시되었기 때문이다.

성마저 다르게 생각되어 내게는 즐거운 사건이 되었다. 그중에는 때로 내가 아주 잘 아는 지인으로, 스완 씨네 집에서 만나기 위해서라면 한 발짝도 움직이지 않았을 사람도 있었다. 그러나 그런 지인의 이름도 이 절벽에서는 그 울림이 달랐는데, 이는 마치 극장에서 자주 듣는 배우의 이름이 특별 공연과 갈라를 알리는 포스터에 다른 빛깔로 인쇄되면 그 명성이 갑자기 예기치 않은 배경 덕에 증폭되는 것과도 비슷하다. 시골에서는 사람들이 격식을 차리지 않는 법이므로, 사교계 인사는 자주 그가 머무는 집의 친구들을 데리고 와서 베르뒤랭 부인에게 그들을 버리고 올 수 없었다고 낮은 소리로 변명 삼아 강조했고, 반대로 자기가 데리고 온 손님들에게는 재치 있는 사람들 모임에 가고, 멋진 처소를 방문하고, 맛있는 간식을 맛보게 하는 오락거리를 알려 줌으로써 그들의 단조로운 바닷가 생활에 조금은 예의를 베푸는 척했다. 그리하여 그것은 금방 몇몇 시시한 인간들의 모임을 구성했다. 시골에서라면 초라하게 보였을 몇 그루의 나무가 있는 작은 정원이, 대부호만이 즐길 수 있는 파리의 가브리엘 대로나 몽소 거리에서는 엄청난 매력을 발휘하듯이, 반대로 파리의 파티에서는 이류 귀족들로 간주되었을 사람들이 라 라스플리에르에서는 월요일 오후마다 그 진가를 발휘했다. 붉은색 수가 놓인 식탁보로 덮인 식탁에 앉자마자, 점점 색깔이 흐려지는 벽걸이 장식 거울 아래, 갈레트와 노르망디의 푀유테,* 산호 진주처럼 버찌

* 여러 겹의 껍질로 이루어진 과자.

로 채워진 배 모양의 파이와 '디플로마트'* 과자가 나왔으며, 열린 창문을 통해 우묵한 그릇 모양의 푸른빛 바다와 하늘이 가까이 다가오자 사람들은 그것을 바라보는 눈길로 손님들을 바라보지 않을 수 없었고, 그러자 손님들은 곧 어떤 변화를, 아니 보다 심오한 변환 작업을 통해 지극히 소중한 존재가 되었다. 게다가 이런 손님들을 만나기 전부터, 월요일 베르뒤랭 부인의 별장을 찾아오는 사람들은, 파리에서라면 호화로운 저택 앞에 서 있는 우아한 마구를 단 말들을 보아도 그저 습관에 지친 눈길을 보냈지만, 라 라스플리에르 앞에서는 커다란 전나무 아래 멈춰 선 형편없는 유람 마차 두세 대만 보아도 가슴이 뛰는 것을 느꼈다. 아마도 시골이란 환경이 다르고, 또 이렇게 바뀐 장소 덕분에 사교계에 대한 인상도 새로워진 탓이리라. 또 베르뒤랭 부인을 보러 가려고 탄 형편없는 마차가 아름다운 산책과, 하루 대절 비용으로 '그토록' 많은 돈을 요구한 마부와 체결한, 그 비싼 '도급 금액'을 상기시켰기 때문인지도 몰랐다. 그러나 아직도 식별하기 힘든, 이 고장에 새로 도착한 사람들에 대한 가벼운 호기심은, "저 사람은 도대체 누구지?"라고 묻는 질문에 대답할 수 없다는 어려움에서도 기인했는데, 캉브르메르네 집이나 다른 곳에 일주일 정도를 묵으러 온 사람이 누구인지 알지 못하고, 시골의 쓸쓸한 삶에서 사람들은 언제나 그런 질문을 하기 좋아하며, 또 오래 보지 못한 사람과의 만남이나 모르는 사람을 소개받는

---

* 과일 조림과 크림을 가지고 만든 과자. '외교관'이란 의미이다.

일도 파리에서 생활할 때처럼 따분하지 않고, 외따로 떨어진 삶의 텅 빈 공간을 기분 좋게 멈추게 해 주어, 우편배달부가 오는 시간마저 즐겁게 느껴지기 때문이다. 그리고 우리가 자동차로 라 라스플리에르에 간 날이 월요일이 아니어서 그랬는지, 베르뒤랭 부부는 남자와 여자를 불안하게 만들고, 가족으로부터 멀리 떨어져 격리 치료를 받는 환자에게는 창문으로 몸을 던지고 싶을 정도로 사람을 보고 싶은 욕구에 시달렸던 모양이다. 왜냐하면 걸음이 빠른 새로 온 하인이 "외출하신 게 아니라면 마님은 '두빌 전망대'에 계실 테니 제가 가 보고 오겠습니다."라는 표현에 이미 익숙해졌는지 그렇게 대답하고 나서는 곧 돌아와서 부인이 우리를 만나겠다는 말을 전했기 때문이다. 부인의 머리칼은 조금 흐트러져 있었는데, 아마도 암탉과 공작에게 모이를 주고, 달걀을 줍고, 또 '식탁 위에 길게 까는 천'*을 장식할 목적에서 과일과 꽃을 따려고 정원과 가금 사육장과 채소밭을 다녀온 듯했다. 이 '식탁 위의 길'은 정원에 난 오솔길의 축소된 형태를 연상시켰지만, 식탁에서 먹기에 유용하고 맛있는 것만을 내놓지 않는다는 특별함이 있었다. 왜냐하면 배라든가, 눈처럼 하얗게 거품을 내는 달걀처럼 정원에서 온 다른 선물들 주위에는 지치과의 식물과 카네이션과 장미꽃과 기생초의 긴 줄기가 솟아 있었으며, 그 사이로 먼바다의 배가 마치 꽃핀 표지판 사이를 가듯 움직

* 식탁 위에 길게 까는 천을 표현하는 chemin de table에서 chemin은 길을 의미하므로 '식탁 위의 길'이란 표현도 같이 사용하고자 한다.

이는 모습이 창문의 유리를 통해 보였기 때문이다. 베르뒤랭 부부가 하인이 알린 방문객을 맞으려고 꽃을 정리하다가 잠시 중단하고, 그 방문객이 나와 알베르틴임을 알고 놀라는 모습에서, 나는 새로 온 하인이 열심히 하긴 하지만 아직 이름에 익숙하지 않아 부인에게 이름을 잘못 전했으며, 베르뒤랭 부인은 모르는 이름이지만 어느 누구라도 만나고 싶은 욕구에서 나를 들여보내게 했음을 알게 되었다. 새로 온 하인은 우리가 이 집에서 하는 역할을 이해하려고 문에서 이 광경을 주시했다. 그러다가 큰 걸음으로 내달으며 멀어졌는데, 그는 겨우 전날 고용되었던 것이다. 알베르틴은 베르뒤랭 부부에게 자신의 토크 모자와 베일을 보여 주고는, 아직도 우리가 하고 싶은 일을 하기에 시간이 많지 않음을 환기하려고 내게 눈짓을 보냈다. 베르뒤랭 부인은 간식 시간까지 기다려 주기를 바랐지만 우리는 거절했다. 그러나 그때 갑자기 내가 알베르틴과의 산책에서 기대했던 온갖 즐거움을 무산시켜 버릴지도 모르는 계획 하나가 모습을 드러냈다. 여주인은 우리와 헤어질 결심이, 아니 어쩌면 새로운 오락거리를 놓칠 결심이 서지 않았던지, 우리와 산책을 함께 하고 싶어 했다. 다만 자기 쪽에서의 이런 제안이 사람들을 기쁘게 하지 않는다는 사실을 오래전에 체득한 그녀는, 이번에도 자신의 제안이 우리에게 기쁨을 줄지 어떨지를 확신하지 못했으므로 오히려 자신감은 과장하고 소심함은 감추면서, 우리 대답에 의심이 있을 수 있다는 가정은 하지 않는 듯한 표정으로 질문도 하지 않고, 마치 호의를 베풀듯 나와 알베르틴에 대해 얘기하면서 남편에게

"저 사람들을 데려다주겠어요, 내가!"라고 말했다. 동시에 그녀의 입술에는, 그녀 고유의 것이 아닌, 몇몇 사람들이 베르고트에게 교활한 표정으로 "저도 당신 책을 샀습니다. 대단하더군요."라고 말할 때 이미 본 적이 있는 그런 미소가 떠올랐다. 그것은 개인이 필요한 경우에 빌리는 보편적이고 집단적인 미소로서 — 이를테면 철도와 이삿짐 운송차를 이용할 때처럼 — 스완과 샤를뤼스 씨 같은 지극히 세련된 몇몇 사람들만을 예외로 두었는데, 나는 그들의 입술에서 그런 미소가 떠오르는 모습을 한 번도 본 적이 없었다. 그때부터 나의 방문은 오염되었다. 나는 부인의 말을 이해하지 못하는 척했다. 잠시 후면 베르뒤랭 씨가 그 즐거운 일에 끼어들 것이 분명했다. "베르뒤랭 씨는 너무 오래 걸린다고 생각하실 텐데요." 하고 내가 말했다. "아뇨, 그렇지 않아요." 하고 베르뒤랭 부인이 거만하고도 쾌활한 표정으로 대답했다. "예전에 그렇게 많이 다녔던 길을 젊은이들과 함께 다시 가는 게 무척 즐거울 거라고 했어요. 필요하다면 운전사(wattman)* 옆에 타실 거예요. 무서워하지 않거든요. 그리고 우린 사이좋은 부부처럼 기차로 얌전하게 돌아올 테고요. 저기 보세요. 매우 만족해하시잖아요." 그녀는 마치 순진하기만 한 어느 나이 든 대화가가, 아이들보다 더 어리다고 할 수 있는 화가가 손자들을 웃기려고 그림을 되는대로 그리면서 즐거워하는 것처럼 말했다. 나를

* wattman은 잘못된 영어 사용이다. 프랑스의 전차 운전사를 의미하는 이 단어를 자동차 운전사를 지칭하기 위해 사용하고 있다.

더욱 슬프게 한 것은, 알베르틴이 이 슬픔을 공유하지 않는 듯이, 베르뒤랭 부부와 온 고장을 돌아다니는 게 썩 즐겁다고 생각하는 듯이 보였다는 점이다. 나로서는 그녀와 함께 누리기를 기대했던 쾌락이 지극히 절박했으므로, 여주인이 그것을 망치게 두고 싶지 않았다. 그래서 나는 베르뒤랭 부인의 짜증나는 협박에 맞서 변명거리가 될 만한 거짓말을 지어냈다. 하지만 이번에는 슬프게도! 알베르틴이 반박했다. "실은 방문할 데가 있어서요." 하고 내가 말했다. "어떤 방문요?" 하고 알베르틴이 물었다. "나중에 설명할게요. 꼭 가야 해요." "그렇다면 우리가 당신들을 기다리죠." 하고 모든 걸 감수하기로 한 베르뒤랭 부인이 말했다. 마지막 순간에 임박해서야 그토록 열망하던 행복을 빼앗길지도 모른다고 느끼는 고뇌가 내게 무례한 행동을 할 용기를 주었다. 나는 베르뒤랭 부인의 귀에다 대고, 알베르틴이 어떤 슬픈 일 때문에 나와 의논하고 싶어 하므로, 반드시 그녀와 단둘이 있어야 한다고 주장하면서 거절했다. 여주인은 몹시 격노한 것 같았다. "좋아요. 가지 않겠어요." 하고 그녀는 분노에 차 떨리는 목소리로 말했다. 나는 그녀가 몹시 화가 났다는 걸 감지하고 조금 양보하는 표정으로 말했다. "하지만 어쩌면 ……할 수 있을지도." "아뇨." 하고 더욱 분노한 부인이 말을 이었다. "내가 아니라고 말할 때는 아닌 거예요." 나는 부인과의 사이가 틀어졌다고 생각했지만, 그녀는 문에서 다음 수요일에는 '자기를 버리지 말아 달라'고, 밤에는 위험하니까 저런 것은 타지 말고 기차로 작은 그룹 사람들과 함께 오라고 당부했으며, 또 우리를 위해 포장해 놓은 파이 한 조각과 사블레를 새로 온 하인이 자동차에 싣는 걸 잊어버렸다면서 이미 정원의 비탈길을 내려오기 시작한 자동차를 멈추게 했다. 우리는 다시 출발했으며, 한순간 꽃들과 함께 달려오는 작은 집들에 둘러싸였다. 고장의 모습이 몹시 달라 보였다. 각각의 고장에 대해 우리가 상상하는 지형학적 이미지에서, 공간의 개념은 그렇게 큰 역할을 하지 않는다. 시간의 개념이 그 고장들을 보다 멀어지게 한다는 것은 이미 앞에서 얘기했다. 게다가 시간의 개념만 그런 것은 아니었다. 우리에게서 언제나 외따로 떨어진 듯 보이는 몇몇 장소는 나머지 다른 장소와는 어떤 공통된 척도도 없이 거의 세상 밖에 존재하는 듯 보이는데, 이는 흡사 우리 삶의 어느 특별한 시기, 군대나 유년 시절에 알았지만 지금은 그 어떤 것으로도 연결되지 않는 사람들과도 같다. 내가 발베크에서 보낸 첫해에 빌파리지 부인은, 바다와 숲밖에 보이지 않는 곳이라며 보몽이라고 불리는 고지로 우리를 안내하기 좋아했다.* 그곳에 가려고 접어든 길은 — 오래된 나무들 때문에 부인이 매우 멋지다고 생각한 길은 — 내내 오르막길이어서 마차는 서행해야 했고, 그래서 시간이 아주 오래 걸렸다. 꼭대기에 도착하면 우리는 마차에서 내려 잠시 산책했고, 다시 마차에 올라타 같은 길로 내려왔으며 중간에 어떤 마을이나 성(城)도 만나지 못했다. 그래서 나는 보몽이 매우 신기하고, 아주 멀리 아주 높

* 트루빌에 있는 스트로스 부인의 별장과 가까운 보몽엉오주를 가리킨다고 지적된다.(『소돔』, 폴리오, 612쪽 참조.) 보몽은 '아름다운 산'이란 뜻이다.

은 곳에 있는 줄 알았고, 다른 곳에 가기 위해 보몽으로 가는 길을 택한 적이 한 번도 없었으므로, 보몽이 어느 방향에 위치하는지도 전혀 알지 못했다. 게다가 마차로 가려면 시간이 많이 걸렸다. 그곳은 물론 발베크와 같은 데파르트망(혹은 같은 지방)에 속했지만, 내 눈에는 다른 도면에 위치하는, 뭔가 치외 법권의 특혜를 누리는 곳처럼 생각되었다. 그러나 어떤 신비로움도 존중하지 않는 자동차가, 내 눈에 여전히 집들이 보이는 앵카르빌을 통과하고 나서 파르빌(파테르니 빌라)*에 이르는 해안의 지름길을 내려가고 있을 때, 우리가 있는 평지에서 바다가 보이자 나는 운전사에게 그곳의 지명을 물어보았고, 운전사가 대답도 하기 전에 그곳이 보몽이라는 걸 깨달았다. 작은 열차를 탈 때마다 그 옆을 아무 생각 없이 스쳐 갔는데, 파르빌에서 이 분밖에 걸리지 않는 곳이었다. 명문 태생으로 보기에는 지나치게 관대하고 소박하지만, 단순한 명문이 아닌 매우 고귀한 귀족 가문 태생으로 보기에는 지나치게 거리감이 있고 신비스러워 내게는 특별한 존재처럼 생각되던 연대의 한 장교가, 시내에서 내가 함께 식사한 적 있는 이런저런 사람의 처남이자 사촌임을 알게 되었을 때처럼, 여느 장소들과는 다르다고 믿었던 보몽이 갑자기 이런 장소들과 연결되면서 신비로움을 상실하고 그 지역 안에 있는 자기 자리를 차지하자, 보바리 부인과 산세베리나** 부인 역시 소설의 닫힌

* '아버지의 영지'란 뜻이다.

** 스탕달의 『파르마의 수도원』에 나오는 인물로 『잃어버린 시간을 찾아서』 5권 169쪽 참조.

분위기가 아닌 다른 곳에서 만났다면, 여느 사람들과 비슷하게 보였을지도 모른다는 끔찍한 생각이 들었다. 기차로 하는 마술적인 여행에 대한 나의 사랑이, 알베르틴이 자동차 앞에서 느끼는 매혹을 공유하지 못하게 가로막았는지도 모른다. 자동차는 아픈 사람도 그가 원하는 곳까지 데려다주어, 그 장소를 개별적인 기호 혹은 대용품이 없는 변치 않는 아름다움의 본질로 여기는 것을 — 내가 이제껏 그래 왔던 것처럼 — 방해한다. 또 자동차는 아마도 내가 예전에 파리에서 발베크에 갈 때 탔던 기차처럼, 그곳을 일상적인 삶의 우연성에서 벗어난 목적지, 우리가 출발할 때면 거의 이상적으로 보이고 도착할 때도 여전히 그렇게 남아 있는 목적지로 만들어 주지 못했다. 즉 어느 누구도 살지 않고 그저 도시의 이름만이 붙어 있는 대저택에 도착할 때면, 기차역이 그 이름을 물질화하여 접근 가능성을 약속해 주는 그런 목적지로. 자동차는 우선 이름이 요약하는 전체 속에서 보던 도시에, 또 극장의 객석에 앉은 관객의 환상과 더불어 보던 도시에, 그렇게 마술적으로 데려다주지 않았다. 자동차는 우리를 거리의 무대 뒤로 들어가게 했으며, 그곳에 사는 사람들에게 길을 물어보려고 멈추기도 했다. 하지만 그토록 내밀한 진입을 보상하기라도 하듯, 자기가 가는 길에 자신이 없었던 운전사는 길을 찾아 헤매다가 가던 길로 되돌아가기도 하고, 이런 전경의 엇갈린 교차 덕분에 성관은 언덕과 성당과 바다와 더불어 구석 차지 놀이를 하면서 고목 아래로 몸을 숨기려고 애썼지만 아무 소용도 없이 우리는 그 성관에 다가간다. 이렇게 자동차는 그것을 피해 전 방향으로 도주하는 도시를 매혹하며 도시 주위에 그리는 원을 점점 좁혀 가다가 드디어 골짜기 깊은 곳을 향해 수직으로 돌진하더니 땅바닥에 납작 드러눕는다. 그리하여 급행열차를 타고 갈 때 그 유일한 지점인 목적지로부터 신비로움을 박탈한 듯 보이는 자동차는, 오히려 반대로 우리 스스로가 컴퍼스를 가지고 구획을 정하면서 그 장소를 발견한다는 인상, 지극히 사랑스러운 탐험가의 손길로 섬세하고도 정확하게 측정하는 진정한 기하학을, 아름다운 "토지 측량"*을 느끼도록 도와준다는 인상을 준다.

불행하게도 당시에는 알지 못했지만, 이 년 이상이 지난 후에야 알게 된 사실은, 운전사의 단골 고객이 샤를뤼스 씨였으며, 운전사에게 요금을 지불하는 책임을 맡은 모렐이 그 돈의 일부를 취했으며(운전사에게 킬로미터의 숫자를 세 배나 다섯 배로 늘리면서), 운전사와도 매우 친밀한 관계였으므로(사람들 앞에서는 모르는 척하면서) 먼 곳으로 갈 때면 그의 자동차를 이용했다는 것이다. 만일 내가 그때 그 사실을 알았다면, 또 얼마 안 가서 베르뒤랭 부부가 그 운전사에 대해 가진 신뢰가 본의 아니게 바로 그런 이유 때문이란 걸 알았다면, 다음 해 파리에서 내 삶의 많은 슬픔을, 알베르틴과 관계된 많은 불행한 일들을 피할 수도 있었겠지만, 그러나 그때는 그 사실을 전혀 짐작하지 못했다. 샤를뤼스 씨가 모렐과 함께 하는 산책도

* 토지 측량이란 말은 기하학의 그리스어 어원인 geometria를 그대로 옮긴 것이다.

그 자체로서는 내게 직접적인 관심거리가 되지 않았다. 게다가 그 산책은 대개 해안에 있는 레스토랑에서의 점심이나 저녁에 국한되었고, 그곳에서 샤를뤼스 씨는 몰락한 늙은 하인으로, 돈을 계산하는 임무를 맡은 모렐은 지나치게 관대한 귀족으로 통했다. 그런 식사가 어떤 종류의 것이었는지 짐작하게 해 줄 사례를 하나 얘기하고자 한다. 생마르스르베튀에 있는 어느 기다란 모양의 레스토랑에서 일어난 일이었다. "이것 좀 치울 수 없을까?" 하고 샤를뤼스 씨는 어느 중개인에게 말하듯, 또 웨이터에게 직접 말을 걸지 않으려고 모렐에게 물었다. 그가 '이것'이란 말로 가리킨 것은, 식당 책임자가 좋은 의도로 식탁을 장식하려고 놓은 시든 장미꽃 세 송이였다. "그래요……." 하고 모렐이 난처해하면서 말했다. "장미를 싫어하세요?" "아니, 내가 장미를 좋아한다는 사실을, 바로 그 요구로 증명해 보이려는 걸세. 이곳에는 장미가 없지 않은가.(모렐은 놀란 것 같았다.) 그러나 사실인즉 장미를 그렇게 좋아하지는 않네. 나는 이름에 꽤 민감한 편인데, 장미꽃이 조금이라도 아름답기만 하면 '로칠드 남작 부인' 또는 '니엘 원수 부인'이라고 불리는데,* 그 점이 불쾌하다네. 자네는 이름을 좋아하나? 자네 연주회에서 연주할 소품들에 대한 근사한 제목이라도 찾아냈는가?" "그중에는 「슬픈 시」라고 하는 게 있습니다." "끔찍하군." 하고 샤를뤼스 씨는 따귀 때리는 소리처럼 날카

* 새로운 장미 품종에 붙인 이름들로 '로칠드 남작 부인 장미'는 1868년에, '니엘 원수 장미'(이 글이 말하듯 니엘 원수 부인이 아니라)는 1864년에 각각 붙여졌다.(『소돔』, 폴리오, 612쪽 참조.)

롭고도 깨지는 소리로 말했다. “하지만 샴페인을 주문했을 텐데?” 하고 그는 두 손님 앞에 거품 이는 포도주로 채운 잔 두 개를 놓으며 샴페인을 가져왔다고 생각한 식당 책임자에게 말했다. “하지만 므시외…….” “제일 형편없는 샴페인하고도 비교가 안 되는 이런 쓰레기 같은 걸 당장 치우시오. 보통은 식초와 탄산수의 혼합물에 썩은 딸기 세 개가 굴러다니는 ‘컵(cup)’*으로 불리는 토사제 같은 것이니. 그래…….” 하고 그는 모렐 쪽으로 고개를 돌리면서 계속했다 “자네는 제목이란 게 뭔지 모르는 모양이군. 아니, 자네가 가장 잘 연주하는 곡의 해석에서도 사물의 영매적 측면은 전혀 이해하지 못하는 것 같군.” “당신 말씀은?” 하고 남작의 말을 전혀 이해하지 못한 모렐은, 점심 식사의 초대와 같은 유용한 정보를 놓칠까 봐 걱정이 되어 물었다. 샤를뤼스 씨가 “당신 말씀은?”이라는 모렐의 말을 질문으로 간주하기를 소홀히 했고, 따라서 대답을 듣지 못한 모렐은 화제를 바꾸어 그 대화에 관능적인 표현을 부여해야 한다고 생각했다. “저기, 당신이 좋아하지 않는 꽃을 파는 금발 소녀를 보세요. 틀림없이 여자 친구를 둔 여자 중 하나일 겁니다. 그리고 저기 구석 식탁에서 식사를 하는 늙은 여자도 마찬가지고요.” “그렇지만 어떻게 그걸 다 알지?” 하고 모렐의 통찰력에 감탄한 샤를뤼스 씨가 물었다. “오! 저는 그런 여자들은 일 초 만에 간파하죠. 군중 속을 걷다 보면 제가 결코 틀리지 않는다는 걸 알게 되실 겁니다.” 그리고 그때 남

* 샴페인이나 거품 이는 포도주에 과일을 섞은 음료수다.

성적인 아름다움 한가운데 소녀 같은 표정을 짓고 있는 모렐을 바라본 사람이라면 누구든지, 몇몇 여자들을 그의 눈에 띄게 하는 것 못지않게, 그를 몇몇 여자들의 눈에 띄게 하는 그런 어렴풋한 예지력을 감지했을 것이다. 모렐은 재봉사가 남작으로부터 갈취한다고 생각되는 수입을 자신의 '고정 수입'에 추가하고 싶은 막연한 소망에서 쥐피앵을 밀어내고 그 자리를 차지하고 싶었다. "그리고 제비족들로 말하자면, 그 점에는 제가 더 정통하니 실수하는 일이 없도록 해 드리죠. 얼마 안 있으면 발베크에 장이 설 텐데, 우리는 많은 걸 보게 될 겁니다. 또 파리에서도요! 재미 좀 보실걸요." 그러나 대를 이어 전해지는 하인의 신중함은 그에게 이미 시작한 얘기에 다른 양상을 부여하도록 했다. 그래서 샤를뤼스 씨는 여전히 그것이 소녀들 얘기라고 생각했다. "아시겠어요?" 하고 모렐은 자신에게 덜 위험하다고 생각되는 방법(실제로는 더 부도덕한 방법이었지만)을 써서 남작의 감각을 자극하고 싶었다. "제 꿈은 대단히 순결한 소녀를 만나 그녀로부터 사랑을 받고 동정을 강탈하는 거랍니다." 샤를뤼스 씨는 더 이상 참지 못하고 모렐의 귀를 다정하게 꼬집었지만, 순진하게도 이런 말을 덧붙였다. "그래 봐야 무슨 이득이 있지? 동정을 빼앗으면 결혼해야 할 텐데." "결혼이라고요?" 모렐은 남작이 술에 취했거나, 아니면 남작과 얘기하는 남자, 요컨대 남작이 생각하는 것보다 훨씬 신중한 자신에게 남작이 전혀 주목하지 않는다고 느끼면서 소리쳤다. "결혼이라뇨? 어림없는 소립니다. 약속은 하겠지만, 그 작은 일이 잘 끝나면 그날 저녁으로 차 버리는 거죠." 샤를뤼스 씨는 어떤 허구적인 일이 일시적으로나마 그에게 관능적 쾌락을 초래할 경우, 그 허구에 동의하고 잠시 후 쾌락이 소진되면 자신의 동의를 전적으로 취소하는 습관이 있었다. "정말 그렇게 할 수 있어?" 하고 웃음을 터뜨린 뒤 그는 모렐을 더욱 바싹 껴안으면서 말했다. "그럼요!" 하고 모렐은 실제로 자신이 욕망하는 것들 가운데 하나를 계속 진지하게 설명해도, 남작이 불쾌해하지 않는 걸 보고 그렇게 말했다. "위험할 텐데." 하고 샤를뤼스 씨가 말했다. "미리 가방을 싸 놓고 주소도 남기지 않은 채 꺼져 버리죠, 뭐." "그럼 나는?" 하고 샤를뤼스 씨가 물었다. "물론 당신은 모시고 가야죠." 남작에 대해서는 조금도 신경 쓰지 않았으므로, 그가 어떻게 될까는 생각조차 해 보지 않았던 모렐은 서둘러 말했다. "저기, 그 일을 위해 제 마음에 꼭 드는 여자아이가 있어요. 공작님 저택에서 가게를 가지고 있는 어린 양재사 말이지요." "쥐피앵의 딸을!"* 하고 남작이 소리쳤고 그사이 와인 담당자가 들어왔다. "오! 그 애는 절대 안 되네." 하고 남작은 제삼자의 출현이 열기를 냉각시켰던지, 아니면 가장 성스러운 것마저 더럽히는 데 만족을 느끼는 이런 종류의 검은 미사**에 자신이 우정을 느끼는 사람들마저 끌어들일 결심이 서지 않았던지 그렇게 덧붙였다. "쥐피앵

* 쥐피앵의 딸이 아니라 조카딸이다.(『잃어버린 시간을 찾아서』 5권 33~34쪽 참조.) 프루스트의 습작 노트에서도 딸과 조카딸 사이에서의 이런 흔들림을 찾아볼 수 있다. 모렐이 조카딸에게 관심을 가진 장면에 대해서는 『잃어버린 시간을 찾아서』 5권 443쪽 참조.

** 악마를 숭배하는 반기독교적 의식으로 난교 장면도 연출했다.

은 선량한 사람이네. 여자아이도 매력적이고. 그들에게 슬픔을 안기는 건 끔찍한 일이네." 자기가 너무 멀리 갔다고 느낀 모렐은 입을 다물었고, 하지만 그의 시선은 허공 속에서 계속 그 소녀에게 머물렀는데, 자신이 조끼를 주문한 소녀 앞에서 어느 날인가 내가 자기를 '위대한 예술가'로 불러 주기를 열망하고 있었다. 한편 매우 부지런한 소녀는 휴가를 떠나지 않았지만, 바이올리니스트가 발베크 근교에 있다는 소식을 들은 후부터는 그 고귀하고도 잘생긴 얼굴을 계속해서 생각한다는 걸 나는 알고 있었는데, 나와 함께 있던 모렐을 보고 '신사'로 착각했던 것이다.

"나는 쇼팽의 연주를 한 번도 들어 본 적이 없네." 하고 남작이 말했다. "연주를 들을 기회는 있었지. 내가 스타마티*로부터 레슨을 받을 때였는데, 그분이 내게 시메** 아주머니 댁에서 「야상곡」의 대가가 연주하는 걸 듣지 못하게 했네." "얼마나 바보 같은 짓이에요!" 하고 모렐이 외쳤다. "반대로," 하고 샤를뤼스 씨가 날카로운 목소리로 격하게 대꾸했다. "그의 지성을 증명해 준다네. 내가 '자연 그대로'의 사람인지라 쇼팽의 영향을 받게 될 것을 알아챈 거지. 하지만 아주 젊은 나이에 다른 모든 것도 마찬가지지만 음악을 포기했으니 나와는 상관없는 일이지만. 게다가 조금은 상상할 수 있을 걸세."라고

* Camille Stamati(1811~1871). 프랑스로 귀화한 그리스 태생의 작곡가이자 피아니스트이다.

** 『잃어버린 시간을 찾아서』 4권 210쪽 참조.(샤를뤼스의 사촌 형수인 시메 공주는 바이올리니스트와 도주했다.)

그는 느리게 질질 끄는 콧소리로 말했다. "음악을 듣고 그것이 어떤 것인지 알려 줄 사람은 항상 있다는 것을. 어쨌든 쇼팽은 자네가 소홀히 하는 그 영매적 측면으로 돌아가기 위한 구실일 뿐이었네."

이렇게 저속한 말을 끼워 넣은 후에 샤를뤼스 씨의 언어가 돌연 여느 때처럼 다시 더없이 세련되고 거만해졌음을 우리는 주목할 것이다. 젊은 여자를 강간한 다음 아무 죄책감 없이 '차 버리겠다'는 모렐의 발상이 갑자기 샤를뤼스 씨에게 완벽한 쾌락을 주었기 때문이다. 그리하여 그의 감각은 진정되었고, 또 얼마 동안 샤를뤼스 씨를 대신했던 가학적인 인간이(정말로 영매적인 인간이) 도주하면서 예술적인 세련됨과 감수성과 선량함이 넘치는 진짜 샤를뤼스가 말할 권리를 되찾았다. "요전 날 자네는 사중주곡 15번을 피아노로 편곡한 곡을 연주했는데, 이미 그 사실만으로도 더없이 우스웠네. 피아노 연주에 그렇게 적합하지 않은 곡도 없으니 말이야.* 그 편곡은 영광스러운 '귀머거리'의 지나치게 팽팽한 현이 귀를 아프게 하는 사람들을 위해 만들어졌거든. 그런데 그 곡의 날카로운 신비주의가 오히려 숭고한 점이라네. 어쨌든 자네는 그 곡의 모

---

* 프루스트는 실제로 베토벤의 현악 사중주곡 15번에 깊은 애정을 갖고 있었으며 이 곡을 피아노로 편곡하려고 시도한 적도 있다고 지적된다.(『소돔』, 폴리오, 613쪽 참조.) 또 바이올리니스트인 모렐이 여기서는 피아니스트로 등장하는데, 이런 흔들림은 『잃어버린 시간』의 초고에는 모렐이 바이올리니스트이기 전에 피아니스트였다는 사실에서 연유한다. 그리고 영광스러운 귀머거리는 물론 베토벤을 가리킨다.

든 박자를 바꾸면서 매우 형편없이 연주했네. 그런 곡은 작곡하듯이 연주해야 하지. 즉 일시적인 귀먹음과 존재하지 않는 재능에 가슴 아픈 젊은 모렐은 잠시 꼼짝하지 않는다, 그러다 성스러운 광기에 사로잡힌 듯, 작곡가가 첫 소절을 쓰는 노력을 느끼게 하면서 연주한다, 도입부를 쓰느라 기진맥진한 그는 피로로 쓰러지고, 베르뒤랭 부인을 기쁘게 하려고 근사한 앞 머리를 떨어뜨리면서, 피티아 무녀의 영감을 표현하기 위해 추출했던 엄청난 양의 잿빛 실체, 즉 두뇌의 기력을 회복할 시간을 갖는다, 그리하여 힘을 되찾은 그는 새로운 탁월한 영감에 사로잡혀 베를린의 명연주자(우리는 샤를뤼스 씨가 멘델스존을 이렇게 지칭한다고 생각한다.)가 지치지 않고 모방했을 그 숭고하고도 고갈되지 않은 악절을 향해 뛰어든다.* 바로 이런 방법으로, 진정 초월적이고 생동감 넘치는 유일한 방법으로, 나는 자네를 파리에서 연주하게 할 걸세." 샤를뤼스 씨가 이런 조언을 하는 동안, 모렐은 식당 책임자가 그 퇴짜 맞은 장미꽃과 '컵'을 다시 가져가는 걸 보았을 때보다 훨씬 더 불안해했는데, 샤를뤼스 씨의 조언이 그의 '학교 친구들'에게 어떤 효과를 자아낼지 근심스러웠기 때문이다. 하지만 언제까지나 그런 생각에 빠져 있을 수는 없었다. 샤를뤼스 씨가 명령조로 "식당 책임자에게 착한 기독교 신자**가 있는지 물어보게나." 라고 말했기 때문이다. "착한 기독교 신자라뇨? 무슨 말씀인

* 프루스트는 이 단락에서 음악 평론가의 문체를 모작하고 있다.

** 봉 크레티앵(bon chrétien)이라고 불리는 이 배는 노란 껍질에 과육이 풍부하고 달콤하여 세계에서 가장 많이 재배되는 품종이다.

지 모르겠는데요." "지금이 과일 먹을 순서임을 잘 알지 않는가? 배의 품종이라네. 캉브르메르 부인 댁에는 틀림없이 있을 걸세. 캉브르메르 부인과 다름없는 에스카르바냐스* 백작 부인도 갖고 있었으니까. 티보디에가 백작 부인에게 그 배를 보냈을 때 부인은 '아주 잘생긴 착한 기독교 신자네요.'라고 말했다네." "아뇨, 전 몰랐는데요." "하기야 아무것도 모른다는 건 알겠네. 몰리에르조차 읽지 않았다면……." "그럼 다른 것과 마찬가지로 어떻게 주문해야 할 줄도 모를 테니, 단지 이 근처에서 수확하는 배, 아브랑슈의 착한 루이즈**나 달라고 하게." "뭐라고요?" "잠깐, 자네가 그렇게 서투르니, 좋아하는 것들은 내가 직접 주문하도록 하지." "식당 책임자 양반, 선거단의 수석 사제*** 라는 배가 있소? 샤를리, 자네는 에밀리 드 클레르몽토네르**** 공작 부인이 이 배에 관해 쓴 멋진 글을

---

* 몰리에르의 「에스카르바냐스 백작 부인」(1671)이란 발레 희극을 대략적으로 인용한 부분이다. 백작 부인을 사랑하는 티보디에는 '봉 크레티앵'이라는 이름 때문에 부인에게 이 배를 보내면서 "부인, 저는 착한 기독교 신자라는 이름을 가진 이 배를, 당신의 잔인한 마음이 매일 삼키게 했던 고뇌의 배로 소개합니다."라고 말했다.(『소돔』, 폴리오, 613쪽 참조.) 에스카르바냐스 부인과 캉브르메르 부인은 시골 귀족으로 파리에서 회화적인 인물이 된다는 공통점이 있다.

** 라 루이즈본 다브랑슈(la louise-bonne d'avranches)라고 불리는 이 배는 1770년경 아브랑슈의 롱그발이 개발해서 자기 아내의 이름을 붙인 것이다.

*** 두아이네 데 코미스(doyenné des comices) 혹은 두아이네 뒤 코미스(doyenné du comice)라고 불리는 이 배는 껍질이 두껍고 회색 점이 있으며 맛이 부드럽다.

**** 프루스트는 이런 다양한 배의 명칭을 그와 몽테스큐의 친구인 엘리자베스 드 클레르몽토네르의 저술에서(Elisabeth de Clermont-Tonnerre, *Almanach de bonnes choses de France*, 1920) 빌렸다고 한다.(『소돔』, 폴리오, 613쪽 참조.)

읽어야 하네." "그 배는 없습니다." "그렇다면 조두아뉴의 승리는?" "없습니다." "그렇다면 비르지니달레는? 파스콜마르는? 없다고? 그렇다면 이곳에는 아무것도 없으니 그냥 가야겠군. 앙굴렘 공작 부인도 아직 익지 않았을 테고? 샤를리, 자, 가세."* 불행하게도 샤를뤼스 씨에게서 상식적인 것의 부재와 어쩌면 모렐과 유지했던 순결한 관계는, 그로 하여금 이 시기에 바이올리니스트를 기이한 언행의 호의로 충족시켜 주려고 무척이나 애쓰게 했고, 한편 모렐은 그런 호의를 전혀 이해하지 못했으며, 또 나름대로 광적이고 배은망덕하며 치사한 그의 기질이 샤를뤼스 씨의 호의에, 날로 더해 가는 냉담함과 난폭함으로밖에 대답할 줄 모르게 하여, 샤를뤼스 씨를 — 전에는 그토록 오만했지만 지금은 매우 소심하기만 한 — 진정한 절망의 폭발 상태로 몰아넣었다. 우리는 나중에 샤를뤼스 씨 같은 사람보다 자신이 천배나 더 중요한 사람이 되었다고 믿은 모렐이 귀족에 관한 남작의 오만한 가르침을 지극히 사소한 일에도 문자 그대로 적용하는 모습을 통해 얼마나 부정확하게 이해하고 있었는지를 보게 될 것이다. 알베르틴이 생장

* 조두아뉴의 승리라고 불리는 배는 1830년 벨기에 조두아뉴 시장인 부비에(Bouvier)가 개발한 품종으로 크고 껍질이 울퉁불퉁한 배이며, 비르지니달레는 앞에서 언급한 클레르몽토네르 백작 부인의 저술에서는 '비르지니발레(Virginie-Ballet)'로 표기되었는데 유명한 원예가이자 배나무 재배에 관해 많은 책을 저술한 샤를 발테(Charles Baltet)에서 연유하며, 파스콜마르는 그 전에 재배되던 콜마르 배를 뛰어넘는다는 의미로 벨기에 몽스의 아르덩퐁(Hardenpont)이 1758년에 개발한 품종이며, 앙굴렘 공작 부인은 고지에서 자라는 둥근 모양의 큰 배다.

들라에즈에서 나를 기다리고 있으므로 지금으로서는 이 정도 만 말하고자 한다. 모렐이 귀족 계급보다 높게 평가하는 것이 있다면(특히 운전사와 함께 어느 누구의 눈에 띄거나 알려지지 않은 채로 어린 소녀들에게서 쾌락을 찾는 사람으로서는 원칙적으로 고결하다고 할 수 있는), 그것은 바로 예술가로서의 명성과 바이올린을 함께 공부한 학교 친구들이 그를 어떻게 생각할까 하는 것이었다. 아마 그는 샤를뤼스 씨가 온전히 자기 것이 되었다고 느끼자, 내가 나의 작은할아버지 댁에서 그의 아버지가 했던 일을 비밀로 하겠다고 약속하자마자 나를 깔보던 것과 같은 방식으로 샤를뤼스 씨를 부정하고 조롱했는데, 이런 모습은 추해 보였다. 그러나 다른 한편으로 콩세르바투아를 졸업한 예술가로서의 모렐이란 이름을 그는 그 어떤 '이름'보다 월등하게 생각했다. 그래서 샤를뤼스 씨가 플라토닉한 사랑의 몽상 속에서 자기 가문의 작위 하나를 주려고 했을 때 이를 단호하게 거부했던 것이다.

알베르틴이 생장들라에즈에 남아 그림을 그리는 편이 보다 현명하다고 생각할 때면, 나는 자동차를 타고 구르빌과 페테른뿐 아니라 생마르스르비외, 때로는 크리토까지도 그녀를 찾으러 가기 전에 잠시 들를 수 있었다. 그녀 외의 것에 몰두하며, 다른 즐거움을 위해 그녀를 버려야 하는 시늉을 하면서도 나는 오로지 그녀만을 생각했다. 대개는 구르빌이 내려다보이는 광대한 평원보다 멀리 가지 않았다. 그곳은 콩브레에서 시작하여 메제글리즈 방향으로 나 있던 평원과도 흡사해서, 비록 알베르틴과 조금은 멀리 있어 내 눈길이 그녀에게까지 이르지는 못하지만, 지금 내 곁을 스치는 이 부드럽고도 강력한 바람이 나의 눈길보다 훨씬 멀리 가서 도중에 어떤 것으로도 끊기는 일 없이 케톨므까지 급히 내려가 생장들라에즈를 무성한 잎으로 덮고 있는 나뭇가지들을 흔들면서 내 여자 친구의 얼굴을 어루만지고, 그렇게 해서 이 무한대로 커져가는, 그러나 안전한 은신처 안으로 그녀와 나 사이에 이중의 연결고리를 던져 준다고 생각하면 기쁨이 솟구쳐 올랐다. 마치 어린아이 둘이 이따금 목소리도 들리지 않고 얼굴도 보이지 않는 곳에 멀리 떨어져 있으면서도 서로가 연결되어 있다고 느끼는 놀이에서처럼 말이다. 예전에 나는 바다가 나뭇가지 사이로 나타나기 전에 이제 내가 보려고 하는 것이 아직 생명체가 존재하지 않던 시절처럼 아득히 먼 옛날의 그 미친 듯한 소요를 계속하는 저 애처로운 대지의 조상임을 생각하기 위해 눈을 감았던 그 바다가 보이는 길로 되돌아오곤 했다. 그러나 지금은 그 길들이 알베르틴에게 가기 위한 수단에 지나지 않았다. 길이 어디까지 똑바로 나 있으며, 어디서 구부러지는지도 알아서 모든 길이 다 비슷하다는 사실을 깨달을 때면, 나는 예전에 스테르마리아 양을 생각하면서 그 길을 쫓아갔던 일과, 파리에서 게르망트 부인이 지나가던 길을 내려가면서 알베르틴을 만나려고 똑같이 서둘렀던 일을 떠올렸다. 그러자 그 길들은 내 기질이 쫓아가는 일종의 노선과도 같은, 심오한 단조로움과 도덕적 의미를 띠었다. 그것은 자연스러웠고 그렇지만 내 관심을 끌지 않은 것은 아니었다. 그 길들은 내 운명이 환영을 쫓는 데, 그 현실이 대부분 내 상상 속에서만 존재하는 이들을 좇는 데 지나지 않는다는 걸 환기했다. 사실 몇몇 사람들은 — 내 경우에는 유년 시절부터 그러했지만 — 타인이 쉽게 알아볼 수 있는 고정된 가치를 가진 온갖 것들, 즉 재산이며 성공이며 높은 지위를 전혀 고려하지 않는다. 그들에게 필요한 것은 환영이다. 그들은 이런저런 환영을 만나기 위해 모든 걸 실행하고 이용하면서 나머지는 희생한다. 그러나 환영은 지체하지 않고 곧 사라진다. 그러면 우리는 비록 첫 번째 환영으로 다시 돌아가는 일이 있을지언정 다른 환영을 좇아 나선다. 내가 알베르틴을, 첫해 바다 앞에서 보았던 소녀를 좇아다니는 것은 이번이 처음이 아니었다. 사실 내가 처음 사랑했던 알베르틴과, 지금 내가 거의 그 곁을 떠나지 않는 알베르틴 사이에는 다른 여인들이 끼어 있었다. 다른 여인들, 특히 게르망트 공작 부인이. 그러나 사람들은 이렇게 말할 것이다. 게르망트 부인의 친구가 된 것이 더 이상 부인을 생각하지 않고 오로지 알베르틴을 생각하기 위해서라면, 왜 그토록 질베르트 때문에 걱정하고, 왜 그토록 게르망트 부인 때문에 괴로워한단 말인가? 환영의 애호가였던 스완이라면 죽기 전에 이런 질문에 대답할 수 있을지도 모른다. 때로는 단 한 번의 만남을 위해, 또 금방 도주해 버리는 비현실적인 삶을 만져 보기 위해, 우리가 추구하고 망각하고 다시 찾는 환영들, 발베크의 길들은 이런 환영들로 가득했다. 그 길의 나무들, 즉 배나무며 사과나무며 타마레스크가 나보다 오래 살아남으리라는 생각이 들자, 나는 그 나무들로부터 아직 영원한 휴식의 시각을 알리는 종이 울리기 전에 마침내 일을 시작해야 한다는 충고를 들은 것 같았다.

케톨므에서는 자동차에서 내려 가파르게 움푹 팬 길을 달려가 나무판자를 걸쳐 놓은 시내를 건너면, 온통 작은 종탑들로 둘러싸여 마치 가시가 많고 붉은색을 띤 장미나무가 만발한 듯 보이는 성당 앞에서 그림을 그리고 있는 알베르틴이 보였다. 매끄러운 것은 성당의 팀파눔*뿐이었다. 그리고 웃음 띤 돌의 표면에는 천사들이 손에 촛불을 들고 스쳐 가면서 우리 20세기의 커플 앞에 13세기의 의식을 계속 거행하고 있었다. 준비한 화폭 위에 알베르틴이 그리려고 했던 것은 바로 이런 천사들의 초상화로, 그녀는 엘스티르를 모방하여 힘차게 붓질을 하면서 대가가 그녀에게 말해 준 것, 즉 그 천사들을 그가 알고 있는 다른 모든 천사들과 구별 짓게 하는 그 고결한 리듬을 쫓아가려고 애썼다. 그런 후에 그녀는 소지품을 챙겼다. 우리를 본 적 없다는 듯 끊임없이 흐르는 시냇물 소리에 고요히 귀 기울이는 성당을 뒤로하고, 우리는 서로의 몸에 기댄 채로 움푹 팬 길을 다시 올라갔다. 곧 자동차가 달리기 시작했고, 귀로에는 올 때와 다른 길로 접어들었다. '오만한 마르쿠빌'** 앞을 지나갔다. 절반은 새롭고 절반은 복원된 성당 위로 기우는 태양은, 수세기나 되는 고색인 양 그렇게 아름다운 빛을 펼쳤다. 그런 고색을 통해 성당의 커다란 부조는 반은 액체이고 반은 빛이 흐르는 유동층 아래서만 보이는 듯했다.

---

* 성당 정문 위쪽의 반원형 부분을 가리킨다.
** 『잃어버린 시간을 찾아서』 4권 111쪽 참조.

성모 마리아와 성녀 엘리자베스, 성 요아킴*은 미세하고도 거의 메마른 소용돌이 속에 수면 혹은 햇빛 면에 보일 듯 말 듯 떠 있었다. 뜨거운 먼지 속에서 불쑥 나타나는 수많은 현대적 조각상들은 기둥 위에, 석양의 금빛 베일 중간 높이까지 우뚝 솟아 올랐다. 성당 앞 키 큰 사이프러스 나무는 일종의 축성된 울타리 안에 서 있는 것 같았다. 우리는 잠시 그 나무를 바라보려고 자동차에서 내려 몇 걸음 걸었다. 알베르틴은 그녀의 팔다리와 마찬가지로, 이탈리아산 밀짚 토크 모자와 실크 스카프를(그녀가 매우 미세한 행복감을 느끼는 지점이기도 한) 의식하는 듯했고, 성당을 한 바퀴 돌면서는 그것으로부터 다른 종류의 충동적인 생각을 받아 별 생기 없는 동의의 몸짓을 했는데, 내 눈에는 그조차 우아해 보였다. 스카프와 토크 모자는 내 여자 친구가 최근에 우연히 가지게 된 한 부분에 지나지 않았지만, 내게는 이미 소중한 존재가 되어 있었고, 그리하여 내 눈은 어느덧 사이프러스 나무를 따라 대기 속에서 그것이 그리는 자취를 쫓아가고 있었다. 그녀는 스카프와 모자의 우아함이 자신에게 얼마나 잘 어울리는지 볼 수 없었지만, 그래도 그 사실을 짐작했던지 자신의 머리 스타일을 보완해 주는 모자를 머리 모양에 맞게 고쳐 쓰면서 내게 미소를 지었다. "성당이 마음에 안 들어요. 복원되었어요." 하며 그녀는 성당을 가리키면서, 오래된 돌들이 갖는 그 모방할 수 없는 소중한 아름다움에 관한 엘스티르의 말을 떠올렸다. 알베르틴은 복원

---

* 성모마리아의 아버지.

된 건물을 금방 구별할 줄 알았다. 음악에 관해서는 전혀 조예가 없는 그녀가, 건축에 있어서는 이미 확실한 안목을 가지고 있다는 게 놀라웠다. 엘스티르와 마찬가지로 나는 그 성당을 별로 좋아하지 않았으며, 또 해가 비치는 성당 정면이 눈앞에 놓이는 걸 보면서도 기쁨을 느끼지 못했는데, 그러면서도 그걸 보려고 차에서 내린 것은 순전히 알베르틴을 기쁘게 하기 위해서였다. 그렇지만 위대한 인상파 화가도 자신이 한 말과 모순될 수 있다고 생각했다. 왜 석양빛을 받은 성당의 변신은 고려하지 않고, 건축의 객관적 가치만을 물신 숭배한단 말인가? "정말로," 하고 알베르틴이 내게 말했다. "이 성당이 싫어요. '오만한'이란 이름은 마음에 들지만요. 그런데 브리쇼에게 생마르스가 왜 '르베튀', 즉 옷을 입은 자라고 불리는지 질문해야 한다는 걸 기억해야 해요.* 다음엔 그곳에 갈 거죠?" 하고 예전에는 폴로 모자를, 지금은 토크 모자를 내려쓴 검은 눈동자로 나를 바라보면서 말했다. 모자에 달린 베일이 바람에 나부꼈다. 다음 날 함께 생마르스에 갈 생각에 나는 행복한 마음으로 차에 올랐다. 모두들 해수욕만 떠올리는 이 무더운 날씨에, 마름모꼴 기와로 덮인 분홍색 연어 빛의 오래된 종탑이 가볍게 기울어진 채로 파닥거리는 모습이, 마치 비늘로 뒤얽힌 이끼 낀 적갈색의 뾰족한 늙은 물고기가 움직이는 기척 없이 투명한 푸른 물에서 솟아오르는 것과도 흡사했다. 마르쿠

* 생마르스르베튀(Saint-Mars le Vêtu)에서 생마르스는 성 마르스를 의미하는 고유 명사지만, le vêtu는 '옷을 입은 사람'이란 뜻의 보통 명사로, 이 이름을 직역하면 '옷을 입은 성 마르스'이다.

빌을 떠나면서 우리는 지름길로 가기 위해 교차로에서 농가가 있는 방향으로 길을 틀었다. 이따금 알베르틴은 농가에서 차를 세우게 하고 차 안에서 그녀가 마실 칼바도스*나 사과주를 나 혼자 가서 구해 오라고 청했고, 농가 주인이 거품이 나지 않는다고 장담했음에도 불구하고 사과주는 온통 우리 몸을 적시곤 했다. 우리는 서로를 꼭 껴안았다. 농가 사람들은 덮개를 내린 차 안에 있는 알베르틴의 모습은 거의 보지 못했는데, 내가 그들에게 병을 돌려주었다. 우리는 둘만의 삶을 계속한다는 듯 다시 출발했으며, 사람들은 우리가 연인의 삶을 누린다고 생각하고 이런 삶에서 음료수를 마시려고 길을 멈추는 따위는 별 의미 없는 순간에 지나지 않는다고 상상했을 것이다. 알베르틴이 사과주를 마신 후에 우리 모습을 보았다면 그 생각은 더욱 사실처럼 보였으리라. 실제로 그런 순간이면 알베르틴은 보통 때는 거북하게 느끼지 않았던 나와 그녀의 거리를 더 이상 견딜 수 없어 하는 것처럼 보였다. 리넨 스커트 아래로 그녀의 다리가 내 다리에 달라붙었고, 창백했던 뺨은 광대뼈 주위에서만 붉게 달아올라, 뭔가 타오르다 시들어 버리는 변두리 창녀들의 뺨처럼 보였다. 그 순간엔 그녀의 인격만큼이나 그녀의 목소리도 빨리 변했으며, 그녀는 자신의 목소리를 잃고 다른 목소리, 대담하고 거의 외설적으로 들리기까지 하는 쉰 목소리를 냈다. 어둠이 내렸다. 사랑하는 사람과의 만남이 언제나 이렇게 옆에 있는 것임을 떠올리며, 스

* 노르망디 지방에서 생산되는 사과를 주원료로 만든 브랜디의 일종이다.

카프와 토크 모자와 더불어 내 몸에 밀착한 그녀를 느끼는 것이 얼마나 큰 기쁨이었는지! 어쩌면 나는 알베르틴를 사랑하는 건지도 몰랐다. 그러나 그 사랑을 그녀가 알아차리도록 내버려 둘 용기는 없었다. 설령 그 사랑이 내 마음속에 존재한다 해도, 경험에 의해 검증되지 않는 한 그것은 가치 없는 진리가 될 수밖에 없었다. 그런데 사랑이란 내게 실현될 수 없으며 삶의 영역 밖에 존재하는 것으로 보였다. 나의 질투로 말하자면, 내가 알베르틴과 영원히 결별할 때라야 거기서 완전히 회복될 수 있음에도, 이런 질투심이 오히려 가능한 한 그녀 곁에서 떨어져 있지 않도록 부추겼다. 나는 그녀 옆에서도 질투를 느낄 수 있었지만, 그 질투를 내 마음속에 다시 깨어나게 하는 상황이 재개되지 않도록 조처했다. 이렇게 해서 우리는 어느 화창한 날 리브벨로 점심 식사를 하러 갔다. 식당의 커다란 유리문과 차를 마시는 복도 모양 홀의 유리문이, 햇빛을 받아 금빛으로 물든 잔디밭과 동일 평면에 열려 있었으므로, 그 빛나는 거대한 레스토랑은 잔디밭의 일부를 이루는 듯했다. 분홍빛 얼굴에 검은 머리칼이 불꽃처럼 꼬인 한 종업원이 더 이상 보조 요리사가 아닌 근무조의 조장인 탓에, 전보다 빠르지 않은 걸음으로 넓게 트인 그곳에 달려들었다. 그래도 그는 타고난 활기 덕에 때로는 식당 안 멀리, 때로는 가까이, 하지만 정원에서 식사하기를 좋아하는 손님들의 시중을 들며 밖에서, 이리저리 뛰어다니곤 했는데, 그 모습이 마치 달리는 어느 젊은 신을 묘사한 일련의 조각상들처럼, 어떤 조각상은 녹색 잔디밭으로까지 뻗은 건물의 불이 환히 켜진 실내에, 또 다른 조각상은 우거진 나뭇잎 아래나 야외 생활의 밝은 빛 아래서 보였다. 그런 그가 한순간 우리 옆에 있었다. 알베르틴은 내가 하는 말에 멍하니 대답했다. 그녀는 눈을 크게 뜨고 그를 응시했다. 잠시 나는 사랑하는 사람의 곁에 있으면서도 그 사람을 가질 수 없는 느낌을 받았다. 내 눈에 그들은 둘만의 신비로운 밀담을 나누는 듯 보였으며, 내가 옆에 있어서 침묵을 지키는, 또 어쩌면 내가 모르는 예전 만남의 연장이거나, 아니면 그가 그녀에게 던진 시선의 연장에 지나지 않을 뿐인지 모르지만, 나는 거기서 상대가 감추려 하는 것을 방해하는 제삼자였다. 사납게 부르는 지배인의 소리에 그가 물러간 후에도, 알베르틴은 여전히 점심을 계속하면서 레스토랑과 정원을, 마치 그 검은 머리칼의 달리기 신이 여기저기 다양한 장식 속에 나타났던 환하게 조명된 경주로로 여기는 것 같았다. 한순간 그녀가 그를 쫓아가기 위해 나를 식탁에 홀로 둘지도 모른다는 생각이 들었다. 그러나 다음 날부터 나는 그 고통스러운 인상을 영원히 잊기 시작했는데, 나 스스로는 결코 리브벨로 돌아가지 않겠다고 결심했으며, 또 그곳에 처음 왔다고 단언하는 알베르틴에게서도 그곳에 다시는 가지 않겠다는 약속을 받아냈기 때문이다. 또 내가 동반한 것 때문에 즐거움을 빼앗겼다고 믿지 않게 하려고, 나는 그 날렵한 다리의 종업원이 그녀 외에 다른 사람은 쳐다보지 않았다는 사실도 부인했다. 이따금 리브벨에 돌아가는 일이 있었지만, 예전에 이미 그랬던 것처럼 홀로 술을 많이 마셨다. 마지막 잔을 비우면서도 하얀 벽에 그려진 장미 문양의 로자스*를 바라보았고, 내가 느끼는 즐거울을 거기에 갖다 놓았다. 이 세상에 나를 위해 존재하는 것은 그 로자스뿐인 듯했다. 나는 나의 도주하는 눈길로 번갈아 로자스를 뒤쫓고 만지고 잃어버렸으며, 또 그 로자스에만 만족하면서 나의 미래에는 관심을 두지 않았다. 마치 저기 앉아 있는 나비 주위를 빙빙 돌면서 그와 더불어 최상의 쾌락을 맛보는 행위 중에 삶을 마감하려는 한 마리 나비처럼, 평소에는 별로 주의하지 않지만 아주 작은 예기치 못한 피할 수 없는 사고만 일어나도 지극히 심각한 상태가 되는 그런 습관적인 병적 상태와도 흡사한 악이, 비록 가벼운 형태일지언정 내 몸 안에 자리 잡게 내버려 두는 것이 위험하다는 생각이 들었다. 이 순간은 어쩌면 최근의 어떤 격심한 고통도 내게서 그 고통을 야기한 여인들이 가지고 있는 진통제를 필요로 하지 않았으므로 한 여인을 단념하기에 특별히 선택된 순간이었는지도 모른다. 내 마음은 이런 산책들만으로도 진정되었고, 그 산책은 비록 뭔가 내일에 대한 기다림으로만 — 내일이란 그것이 불러일으키는 욕망에도 불구하고 전날과 다르지 않기에 — 생각되었지만, 그때까지 알베르틴이 머물렀으나 내가 그녀와 함께 있지 않은 장소인 그녀 아주머니의 집이나 친구들의 집에서 그녀를 끌어낸다는 매력을 가지고 있었다. 긍정적인 기쁨이 아닌 그저 불안을 진정시켜 주는 데서 오는 매력이었지만, 그래도 그것은 강력한 매력이었다. 왜냐하면 며칠

* 원형의 중심에서 대개는 장미꽃 모양의 문양이 방사형으로 펼쳐지는 로자스는 사랑하는 사람의 은유이다.

간의 거리를 두고 우리가 그 앞에서 사과주를 마셨던 농가나, 알베르틴이 토크 모자를 쓰고 내 옆을 걷던 일을 떠올리며 생마르스르베튀 앞에서 걸었던 몇 발짝을 다시 생각할 때면, 그녀의 존재감이 새로 복원된 성당이 가진 그 차디찬 이미지에 돌연 얼마나 큰 힘을 주었던지, 햇빛을 받은 성당 정면이 내 추억 속에 스스로 자리하러 오는 순간이면, 마치 사람들이 내 가슴에 통증을 가라앉히는 커다란 습포제를 붙여 주는 것 같았다. 나는 알베르틴을, 저녁에 다시 만나 어둠 속 모래사장에서 그녀 옆에 드러눕기 위해 파르빌에서 내려주었다. 물론 그녀와 매일 만나지는 않았지만, '그녀가 자신의 시간을, 자신의 삶을 어떻게 보내는지 얘기한다면, 그래도 거기서 가장 큰 자리를 차지하는 사람은 바로 나일 거야.'라고 생각할 수도 있었다. 그리고 우리는 연이어 함께 오랜 시간을 보냈으며, 그런 시간들이 나의 나날 속에 얼마나 감미로운 도취감을 불러일으켰던지, 파르빌에 도착해서 그녀가 자동차에서 뛰어내릴 때에도 — 한 시간 후에 다시 내가 그녀에게 보낼 — 마치 그녀가 떠나기 전에 차 안에 꽃이라도 남겨 놓은 듯, 더 이상 혼자라는 느낌이 들지 않았다. 나는 날마다 그녀를 보지 않고도 지낼 수 있을 것 같았다. 행복한 감정으로 그녀를 떠날 수 있으며, 이런 행복의 진정 효과가 며칠 지속될 듯이 느껴졌다. 그러나 그때 알베르틴이 나와 헤어지면서, 그녀의 아주머니 혹은 여자 친구에게 하는 말이 들려왔다. "그럼 내일 8시 30분이야. 늦으면 안 돼. 그 사람들은 8시 15분이면 준비를 마치고 있을 테니까." 사랑하는 여인의 대화는 마치 위험한 지하수를 덮고 있는 땅과도 흡사하다. 우리는 매 순간 그 말 뒤에서 눈에 보이지 않은 수면(水面)의 현존과 뼛속까지 파고드는 추위를 느낀다. 여기저기서 물의 해로운 스며듦이 보이지만, 수면 자체는 감추어져 있다. 알베르틴의 말이 내 귀에 들리는 순간 나의 평온하던 마음은 깨지고 말았다. 나는 그녀가 내 앞에서 우회적인 말로만 했던 그 8시 30분의 신비로운 만남에 가는 일을 방해하기 위해, 다음 날 아침에 그녀와의 만남을 청하고 싶었다. 아마도 처음엔 그녀도 자신의 계획을 포기해야 하는 걸 안타까워하면서도 내 말에 따를 것이다. 그러다가 자신의 계획을 방해하려 하는 나의 지속적인 욕구를 알아차리겠지. 그러다 보면 그녀는 내 앞에서 모든 것을 숨기게 될 테고. 게다가 내가 배제된 축제들은 틀림없이 아무것도 아닌 아주 하찮은 것들로 구성될 터였다. 그녀가 나를 초대하지 않은 건, 어쩌면 내가 이런저런 여자 손님들을 나와는 어울리지 않는다고, 천박하거나 따분하다고 여길까 봐 겁을 냈기 때문인지도 몰랐다. 불행하게도 알베르틴의 삶에 그토록 섞여 있는 이 삶은 나 자신에게만 영향을 미친 것이 아니었다. 이 삶은 내게 평온함을 주었지만 어머니에겐 걱정거리를 안겨 주었고, 어머니가 그런 사실을 털어놓으면서 나의 평온함도 깨지고 말았다. 그 삶을 끝내는 것이 오로지 내 의지에 달렸다고 믿으면서, 이제나저제나 끝내야겠다는 결심을 하며 만족한 마음으로 돌아왔을 때, 내가 사람을 시켜 운전사에게 저녁 식사 후에 알베르틴을 데려오라고 말하는 것을 들은 어머니는 이렇게 말했다. "돈을 너무 낭비하는구나.(프랑수아즈라면 특유의 단순하면서도 의미심장한 언어로 보다 힘을 주며 "돈이 새어 나가는구나."라고 했을 것이다.) 샤를 드 세비네처럼 되지 않게 노력하거라." 하고 어머니는 말을 계속했다. "'그 애 손은 돈이 녹아드는 도가니란다.'라고 그의 어머니가 말했었지.* 그리고 정말로 넌 알베르틴과 외출을 많이 하는구나. 단언하지만 너무 지나치다. 알베르틴도 우습게 볼 거다. 그 애와 외출하는 일이 네 기분을 바꾸어 준다고 생각해서 기뻐했지만. 그 애를 더 이상 만나지 말라는 말은 아니다. 어쨌든 꼭 붙어 다니는 모습으로만 너희를 만나는 일이 없도록 해 달라는 말이다." 알베르틴과 함께 지내는 삶에 큰 즐거움은 — 적어도 내가 지각할 수 있는 큰 즐거움은 — 없었지만, 이 날이나 저 날 내가 바꾸기를 기대했던 이 삶이, 어느 평온한 시간을 택하여 어머니의 이런 말로 위협을 받자, 갑자기 다시 필연적인 시간이 되었다. 나는 어머니의 이 말이 그녀가 요구하는 결정을 두 달이나 늦추게 했으며, 또 어머니의 말이 없었다면 아마도 이번 주말 안에는 결정을 했을지도 모른다고 말했다. 어머니는 자신의 말이 즉각적으로 자아낸 효과에 웃음을 터뜨렸고(나를 슬프게 하지 않으려고), 나의 좋은 의도가 다시 생기는 걸 방해하지 않도록 다시는 그런 말을 하지 않겠다고 약속했다. 그러나 할머니가 돌아가신 후부터 어머니가 웃음을 터뜨릴 때마다, 그 웃음은 시작하자마자 갑자기 멈추면서 한순간 자신의 끔찍한 걱

* 샤를 드 세비네는 세비네 부인의 아들로, 이 구절은 세비네 부인이 1689년 딸에게 보낸 편지에 나오는 구절을 약간 수정한 것이다.

정거리를 망각한 데서 오는 후회나, 혹은 그렇게도 짧은 순간의 망각이 자신의 걱정을 되살아나게 한다는 재발의 우려 때문이었는지, 거의 괴로움에 흐느끼는 표정으로 마무리되곤 했다. 어머니의 마음속에 고정 관념처럼 자리 잡은 할머니의 추억이 그녀에게 유발하는 걱정거리에, 이번에는 나와 관련된, 알베르틴과의 내밀한 관계의 파장을 두려워하는 또 다른 걱정거리가 덧붙여지는 걸 느꼈다. 내가 방금 한 말 때문에, 어머니는 감히 이 내밀한 관계를 방해하지 못했다. 그러나 어머니는 내 생각이 틀렸다고 확신하는 것 같았다. 할머니와 어머니가 얼마나 오랫동안 내 일과보다 건강한 생활 규칙에 대해 더 이상 말하지 않게 되었는지 어머니는 기억했고, 나는 그들의 충고가 야기하는 동요 때문에, 그들이 내 말에 따라 침묵을 지키는데도, 그런 생활 규칙을 시작조차 하지 못했다. 저녁 식사 후 자동차가 알베르틴을 데려왔다. 아직은 해가 지지 않은 시간이었다. 낮보다는 덜 더웠지만, 타는 듯한 날을 보낸 후여서 그런지 우리 두 사람은 미지의 상쾌함을 꿈꾸었다. 그때 우리의 열띤 눈에 처음에는 얇고 가느다란 껍질 같은 달(내가 게르망트 대공 부인 댁에 갔던 날, 또 알베르틴이 내게 전화를 걸었던 저녁처럼)이, 다음으로는 하늘에서 눈에 보이지 않는 칼로 껍질을 벗기기 시작하여 사등분한 싱싱한 과일 조각 같은 달이 나타났다. 때로는 내가 여자 친구를 주로 늦은 시각에 찾으러 가기도 했다. 그녀는 멘빌 시장의 아케이드 앞에서 나를 기다릴 예정이었다. 첫 순간 나는 그녀를 알아보지 못했다. 나는 그녀가 오지 않은 게 아닌지, 그녀가 잘못 알아들은 게 아닌지 벌써부터 걱정하고 있었다. 그때 푸른 물방울무늬가 그려진 하얀 블라우스를 입은 모습이 보였고, 그녀는 차 안의 내 옆으로, 소녀라기보다는 어린 동물처럼 가볍게 펄쩍 뛰어 올랐다. 그리고 또다시 암캉아지처럼 금방 나를 끝없이 애무하기 시작했다. 어둠이 완전히 깊어지고, 호텔 지배인의 말마따나 하늘이 온통 별의 양피지처럼 될 때면,* 샴페인 한 병을 들고 숲속으로 산책하러 가지 않는 날에는, 희미한 불빛이 보이는 방파제 위를 산책하는 사람들도 아랑곳하지 않고 — 그들은 캄캄한 모래사장에서 두 걸음 앞에 있는 것도 전혀 분간하지 못할 테지만 — 우리는 모래 언덕보다 낮은 곳에 드러누웠다. 물결 이는 수평선 앞에서 지나가는 모습을 처음 보았던 소녀들과 마찬가지로 바다와 스포츠와 여성적인 우아함이 온통 살아 있는 그 유연한 육체를, 나는 흔들리는 빛이 가르는 그 부동의 바닷가 한쪽 구석에서 그녀와 같은 담요를 뒤집어쓴 채로 내 몸에 꼭 껴안고 있었다. 그리하여 우리는 지루한 줄 모르고 바닷소리에 귀를 기울였고, 바다가 숨을 죽여 썰물이 멈추었다고 믿을 만큼 오래 정지할 때나, 아니면 우리 발밑에서 그 기다리고 지체된 속삭임을 내뿜을 때에도 같은 기쁨을 느꼈다. 그러다 마침내는 알베르틴을 파르빌로 데려다주었다. 그녀의 집 앞에 도착하면 남이 볼까 두려워 입맞춤을 중단해야 했다. 그녀는 자고 싶어 하지 않았으므로 다시 나와 함께

* 호텔 지배인의 잘못된 어법으로, 하늘이 온통 별로 '뿌려져 있다(parsemer)'란 말 대신에 하늘이 온통 별의 '양피지처럼 되다(parcheminer)'라고 잘못 표현했다.

발베크로 돌아왔고, 거기서 나는 마지막으로 다시 그녀를 파르빌에 데려다주었다. 초창기의 자동차 운전사들은 시간을 가리지 않고 아무 때나 잠을 잤다. 사실 나는 습기 찬 공기가 내리는 새벽이 되어서야 발베크로 돌아왔는데, 이번에는 혼자였지만 온통 내 여자 친구의 현존에 감싸여, 고갈되기까지 오랜 시간이 걸리는 입맞춤의 비축품으로 가득 채워져 있었다. 책상 위에는 전보나 우편엽서가 있었다. 또다시 알베르틴으로부터 온 것이었다! 그녀는 케톨므에서 내가 혼자 자동차로 떠나는 동안, 내 생각을 했다는 걸 말하기 위해 편지를 썼다. 나는 편지를 다시 읽으며 잠자리에 들었다. 그때 커튼 위로 날이 환히 밝았음을 알리는 줄무늬가 보였고, 나는 키스를 하면서 밤을 보냈으므로 서로 사랑하는 사이가 분명하다고 중얼거렸다. 다음 날 아침 방파제에서 알베르틴을 만났을 때, 나는 그녀가 그날은 시간이 없어서 함께 산책하자는 내 부탁을 승낙하지 못하겠다고 대답할까 봐 겁이 나서 그 부탁을 최대한 천천히 입 밖에 냈다. 그녀가 냉담하고 뭔가에 정신이 팔린 듯한 표정을 짓고 있어 더욱 불안했다. 그녀와 아는 사람들이 지나갔다. 아마도 내가 배제된 여러 계획을 오후에 세운 모양이었다. 나는 그녀를 바라보았다. 그녀의 수수께끼 같은 의도를, 내 오후의 행복 또는 불행을 만들 그 미지의 결정을 내 앞에 쳐들고 있는 알베르틴의 멋진 몸과 장밋빛 얼굴을 바라보았다. 내 앞에 한 소녀의 운명적이고 우의적인 모습을 통해 드러난 것은 바로 나의 모든 마음의 상태이자 미래의 삶이었다. 나는 드디어 결심했고, 될 수 있는 한 가장 무관심한 표정으로 물었다. "잠시 후에, 그리고 오늘 저녁에 함께 산책하러 갈까요?" 그녀는 "그럼요, 기꺼이 가죠."라고 대답했다. 그러자 나의 긴 불안은 그녀의 장밋빛 얼굴에서 갑자기 감미로운 평온함으로 바뀌었고, 내게 지속적으로 폭풍우가 분 다음의 행복감과 안도감을 느끼게 해 주는 그 모습은 보다 소중한 것이 되었다. "얼마나 상냥하며, 얼마나 사랑스러운 존재인가!" 하고 나는 취기에 의한 열광보다는 덜 풍요롭고 우정보다는 깊지 않지만, 사교 생활보다는 월등한 그런 열광 속에서 그 말을 되풀이했다. 우리는 베르뒤랭네에서 만찬이 있는 날과 알베르틴이 나와 함께 자유롭게 외출할 수 없는 날이면 자동차 대절을 취소했고, 그런 날이면 나를 보고 싶어 하는 사람들에게 내가 발베크에 있을 거라고 알려 주었다. 나는 생루에게 그런 날, 단지 그런 날에만 나를 보러 오도록 허락했다. 왜냐하면 한번은 그가 느닷없이 도착한 적이 있는데, 그를 알베르틴과 만나게 해서 얼마 전부터 내가 맛보는 이 행복한 평온함의 상태를 위태롭게 하고 내 질투심을 되살아나게 하기보다는, 차라리 내가 알베르틴과의 만남을 포기하는 편이 낫다고 생각했기 때문이다. 나는 생루가 떠난 후에야 겨우 마음을 진정했다. 그래서 그는 섭섭해하면서도 조심스럽게 내 쪽에서 부르지 않으면 결코 발베크에 오지 않으려고 애썼다. 예전에는 게르망트 부인이 그와 함께 보내는 시간을 부러워하면서 그와의 만남에 그토록 중요성을 부여했건만! 인간이란 우리 자신과 관련하여 끊임없이 자리를 이동하는 법이다. 눈에 보이지는 않지만 세계의 영원한 진행 과정에서, 우리는 인간을, 어느 한순간의 시각, 그 인간을 끌고 가는 운동을 지각하기에는 지나치게 짧은 순간에 고정된 부동의 존재로 간주한다. 그러나 우리의 기억이 각각 상이한 두 순간의 이미지를, 그 자체로는 변하지 않는, 적어도 주목할 만한 변화가 있다고 생각되지 않을 정도의 충분히 가까운 시간에서 포착한 두 순간의 이미지를 골라내기만 하면, 이 두 이미지의 차이는 우리와의 관계에 따라 그 인간들이 이룬 변화를 측정하게 해 준다. 생루는 베르뒤랭네에 대해 얘기하면서 나를 무섭도록 불안하게 했다. 그가 나에게 그곳에 초대받았는지 물어볼까 겁이 났는데, 그것은 내가 끊임없이 느끼는 질투심 때문에 거기서 알베르틴과 함께 맛보던 온갖 기쁨을 망치기에 충분했다. 그러나 다행스럽게도 로베르는 오히려, 특히 그런 종류의 사람들과는 사귀고 싶지 않다고 고백했다. "아니," 하고 그는 내게 말했다. "그런 종류의 '성직자' 모임은 정말 짜증 나." 처음에 나는 베르뒤랭네 사람들에게 붙인 이 '성직자'라는 수식어를 이해할 수 없었지만, 생루의 말을 끝까지 듣고 나자, 그것이 지적인 사람들이 항용 사용하는 걸 보면서 우리가 놀라는, 그런 언어 유행에 대한 그의 생각이자 타협임을 알게 되었다. "그런 모임은," 하고 그가 말했다. "각자가 자신의 패거리를 만들고 종교 단체나 당파를 만드는 곳이야. 너도 그것이 작은 분파가 아니라고는 말하지 못할 거야. 같은 그룹에 속하는 사람들에게는 갖은 애교를 떨지만, 거기 속하지 않는 사람에게는 온갖 경멸을 보내는 곳이니까. 햄릿에게서처럼 존재하느냐 존재하지 않느냐가 문제가 아니라, 거기 속하느냐 속하지 않느냐가

문제지. 네가 거기 속하고 나의 샤를뤼스 아저씨도 그런데 뭘 더 바라겠나? 나는 그런 걸 결코 좋아한 적이 없으며, 그건 내 잘못이 아냐."

물론 내가 부를 때만 보러 오라는 생루에게 부과한 규칙을, 나는 라 라스플리에르, 페테른, 몽쉬르방, 그 밖의 다른 곳에서 내가 조금씩 친교를 맺기 시작한 사람들 모두에게 엄격하게 적용했다. 호텔에서 3시 기차의 연기가 파르빌 절벽 기복에 지속적으로 피어올라 비탈진 녹색 언덕 허리에 오래 걸려 있는 모습이 보일 때면, 나와 함께 간식을 들러 오는 방문객이 비록 어느 신(神)처럼 그 작은 구름 뒤로 아직 자취를 감추고 있어도, 나는 그 존재에 대해 조금도 의심하지 않았다. 그러나 내가 사전에 방문을 허락한 사람이 사니에트가 아니었음은 고백해야겠다. 이 점에 대해서 나는 여러 번 자책했다. 그러나 사니에트가 남을 따분하게 한다는 의식 때문에(물론 말할 때보다 방문할 때 더욱 그러했지만), 비록 그가 다른 사람들보다 더 많은 교육을 받고 더 지적이며 더 훌륭한 사람이라고 할지라도, 나는 그 옆에서 즐거움은커녕, 오후를 망치게 하는 그 참기 힘든 우울한 감정 외에는 아무것도 느낄 수 없었다. 자신이 유발할지도 모른다고 염려하는 그 권태감을 사니에트가 솔직하게 고백했다면, 아마도 그의 방문을 그렇게까지 싫어하지는 않았을 것이다. 권태란 우리가 견뎌야 하는 악(惡) 가운데서 가장 견디기 쉬운 것으로, 그의 권태란 것도 어쩌면 타인들의 상상 속에서만 존재하는, 혹은 타인들의 암시 덕분에 주입되어 그의 호감 가는 겸손함에 영향을 미쳤는지 모른다. 그러나 그는 자신이 인기가 없다는 걸 남에게 보이고 싶어 하지 않았으므로, 감히 스스로 나서지도 못했다. 물론 그가 공공장소에서 인사하며 만족하는 사람들처럼 행동하지 않은 것은 잘한 일이었다. 그들은 오랫동안 당신을 만나지 못하다가 자신들이 모르는 찬란한 사람들과 함께 칸막이 좌석에 있는 당신의 모습을 보면, 당신을 만나서 느낀 즐거움과 감동 때문이라고 변명하면서, 또 당신이 예전의 즐거움을 되찾아 안색이 좋다는 등등을 확인하면서, 당신에게 재빨리 요란한 인사말을 던진다. 그러나 사니에트에게는 그와 반대로 지나치게 대담함이 부족했다. 그는 내게 방해만 되지 않는다면, 발베크로 나를 만나러 오는 일이 커다란 기쁨이었을 거라고 베르뒤랭 부인 댁이나 작은 열차에서 말하고 싶었으리라. 그리고 나는 그런 제안에 놀라지 않았을 것이다. 그러나 그는 아무것도 제안하지 않았고, 지극히 괴로워 보이는 얼굴과 구운 유약을 바른 듯 흔들리지 않는 눈길을 보였고, 그 눈길의 구성 성분에는 당신을 보고 싶은 숨 막힐 듯한 욕망과 더불어 — 적어도 누군가 더 재미있는 사람을 발견하지 않는 한 — 그 욕망을 보이지 않으려는 의지가 깃들어 있었다. 그는 내게 초연한 표정으로 말했다. "요즘 일과가 어떻게 되나요? 내가 아마도 발베크 근방에 가게 될 것 같아서요. 괜찮습니다. 아무것도 아니에요. 그냥 한번 물어봤어요." 이런 표정은 잘못 생각할 수 없으며, 또 반대되는 요소의 도움을 받아 우리 감정을 표현하는 역기호는 그토록 해석이 분명하므로, 우리는 예를 들어 자신이 초대받지 않았다는 걸 감추려고 "너무 많은 초대를 받아서 어쩔 줄 모르겠어요."라고 말하는 사람들이 어떻게 아직도 존재할 수 있는지 묻지 않을 수 없다. 하지만 게다가 이렇듯 초연한 태도는, 아마도 그것의 모호한 구성 성분에 들어 있는 요소 때문에, 단순히 권태에 대한 두려움이나 당신을 만나고 싶은 욕망을 솔직히 고백했다면 결코 느끼지 못했을 그런 종류의 거북함이나 혐오감을 야기했다. 단순한 사회적 예의 관계의 범주 안에서 이런 거북함이나 혐오감은, 마치 사랑의 관계에서 연인이 자신을 사랑하지 않는 여인에게 별로 만나고 싶지 않다고 고집하면서도 다음 날 만나자고 가식적인 제안을 하거나, 아니면 그런 제안도 아닌 단지 거짓으로 무관심한 척 꾸미는 태도와도 같은 것이다. 즉시 사니에트란 인간에게서 정확히 모르겠지만 뭔가가 발산되었고 그래서 나는 세상에서 가장 다정한 태도로 그에게 대답하지 않을 수 없었다. "불행하게도 이번 주는 안 될 것 같네요. 설명을 드리자면……." 그런 다음 나는 대신 다른 사람들을 오게 했고, 그들은 사니에트와는 비교도 되지 않았지만, 그들의 눈길엔 사니에트처럼 우울함이 서려 있지 않았고, 그들의 입도 자기가 바라는 방문을 이런저런 사람에게 말하고 싶지만 침묵을 지키는 쓰라림으로 일그러져 있지 않았다. 불행하게도 사니에트가 그 꼬불꼬불한 지방 열차 안에서 나를 만나러 오는 손님과 마주치지 않는 일은 드물었다. 손님은 베르뒤랭네 집에서 "목요일에 보러 갈 테니 잊지 마십시오."라고 말하지 않았는데도 나를 보러 왔고, 그날은 바로 내가 사니에트에게 시간이 없다고 말한 날이었다. 그리하여 그는 마침내 삶이 그에게 적대적이지는 않지만, 적어도 자기가 모르는 사이에 마련된 오락거리로 가득 채워져 있다고 상상하게 되었다. 한편 우리는 결코 단일한 인간이 아니므로, 이 지나친 신중함이 때로 병적인 무례함을 초래하기도 했다. 단 한 번 그가 내 뜻에 반해 무턱대고 찾아온 적이 있었는데, 그때 누구에게서 왔는지 모르는 편지 한 통이 내 책상 위에서 뒹굴고 있었다. 잠시 후 나는 그가 내 말을 건성으로 듣는 걸 보았다. 어디서 왔는지 알 수 없는 편지가 그를 매혹했고, 내 눈에는 유약을 바른 듯한 그의 눈동자가 그 별것 아닌 편지, 하지만 호기심으로 인해 자기를 띠게 된 편지에 도달하려고 매 순간 눈구멍에서 떨어져 나올 것처럼 보였다. 마치 한 마리 새가 운명적으로 뱀을 덮치려고 하는 것 같았다. 마침내 그는 더 이상 참을 수 없었던지, 내 방을 정리하는 척하며 먼저 편지의 위치를 바꾸었다. 그것으로도 충분치 않자, 그는 편지를 잡고 기계적으로 그러는 양 돌리고 또 돌렸다. 그의 또 다른 무례함의 형태는 한번 들러붙으면 더 이상 떠나려 하지 않는다는 것이었다. 그날 나는 몸이 아팠으므로, 그에게 다음 열차를 타고 삼십 분 안으로 떠나 달라고 부탁했다. 그는 내가 아프다는 사실을 의심하지 않았으나, "한 시간 십오 분 있다가 떠나겠습니다."라고 말했다. 그 후에도 나는 그렇게 할 수 있음에도 오라고 말하지 않은 것 때문에 괴로워했다. 누가 알겠는가? 어쩌면 내가 그의 악운을 쫓아 주어 다른 사람들이 그를 초대하고 이런 그들을 위해 그가 즉시 나를 버려, 그리하여 나의 초대가 그에게 기쁨을 주는 동시에, 또 그에게서 나를 벗어나게 하는 그런 이중의 이득을 가져다주었을지.

손님들을 맞은 다음 날에는 당연히 방문을 기다리지 않았고, 자동차가 알베르틴과 나를 데리러 왔다. 또 우리가 돌아올 때면, 에메는 호텔의 첫 번째 계단에서 열정적이고 호기심이 가득 담긴 탐욕스러운 눈으로 내가 운전사에게 팁을 얼마나 주는지 기어이 바라보았다. 내가 아무리 손안에 동전이나 지폐를 쥐고 있어도, 에메의 시선은 내 손가락을 벌리고야 말았다. 그러다 그는 일 초 후에 다른 곳으로 고개를 돌렸는데, 신중하고도 예의 바르고, 비교적 적은 수입에도 만족할 줄 알았기 때문이다. 그러나 다른 사람이 받는 돈은 그에게 억누를 수 없는 호기심을 부추겼고, 입에 군침을 돌게 했다. 그런 짧은 순간 동안 그는 쥘 베른*의 소설을 읽는 아이처럼, 혹은 레스토랑에서 당신으로부터 멀지 않은 곳에 앉아 자신은 주문할 수 없거나 혹은 주문하기를 원치 않는 꿩 요리를 잘라 주는 걸 보면서, 잠시 자신이 빠져 있던 진지한 상념을 버리고 그 가금류에 대한 애정과 부러움으로 미소 지으며 뚫어지게 쳐다보는 식사 손님처럼, 주의 깊고 열띤 표정을 지었다.

그렇게 날마다 자동차 산책이 이어졌다. 그런데 한번은 내가 승강기를 타고 올라가는데 엘리베이터 보이가 말했다. "그분이 오셔서 제게 손님께 말씀을 전해 달라고 하셨습니다." 엘리베이터 보이는 그 말을 완전히 쉰 목소리로 했고, 기침을 하

* 온갖 기술 발명과 놀라운 상상력의 모험 때문에 프루스트는 쥘 베른에게 매혹되었으며(『잃어버린 시간을 찾아서』 6권 276쪽 참조.), 그는 이런 사실을 프랑수아 모리악에게 1921년 보낸 편지에서 고백했다.(『마르셀 프루스트 사전』, 오노레 샹피옹, 1038쪽 참조.)

면서 내 얼굴에 침을 튀겼다. "감기가 얼마나 심한지!" 하고 그는 마치 내가 혼자서는 그 사실을 알아차리지 못한다는 듯이 덧붙였다. "의사가 백일해라고 하는군요."라고 말하며 내게 다시 기침과 침을 뱉기 시작했다. "말하느라고 힘 빼지 마세요." 나는 선의의 표정으로 그렇게 말했지만, 사실 그것은 가식이었다. 오히려 백일해에 옮을까 봐 겁이 났는데, 그것이 나의 호흡 곤란 증세에 더해지면 매우 고통스러울 것이었기 때문이다. 그러나 그는 몸이 아파도 실려 나가기를 거부하는 명연주자처럼, 줄곧 자랑스럽게 말을 이으며 침을 튀겼다. "아뇨, 이 정도는 괜찮습니다.('당신에게는 그럴지 모르지만 내게는 그렇지 않은데요.'라고 나는 생각했다.) 게다가 전 금방 파리로 돌아갑니다.('잘됐군요. 그 전에 내게 병을 옮기지 않기를 바랄 뿐입니다.') 파리는," 하고 그는 말을 계속 이었다. "더할 나위 없이 근사한가 봐요. 이곳이나 몬테카를로보다 훨씬 더요. 비록 제복 입은 종업원들이나 손님들조차, 또 시즌이 되면 몬테카를로에 가는 식당 책임자들까지 파리가 몬테카를로보다는 멋지지 않다고 자주들 말하지만요. 아마 그들이 잘못 생각하는 것 같아요. 그렇지만 식당 책임자가 되기 위해서는 멍청하면 안 되죠. 온갖 주문을 받고 테이블을 미리 잡아 두려면 머리가 필요하거든요! 연극 각본이나 책을 쓰는 일보다 더 끔찍하다고 누가 그러더군요." 내 방이 있는 층에 거의 다다랐을 때, 엘리베이터 보이는 버튼이 잘 작동되지 않는다고 나를 아래층까지 다시 내려가게 했으며, 그러고는 눈 깜짝할 사이에 버튼을 고쳤다. 나는 걸어서 올라가는 게 더 좋다고 말했는데, 그 말에는 백일해에 걸리지 않는 쪽을 더 선호한다는 뜻이 감추어져 있었다. 그러나 엘리베이터 보이는 손님을 환대하고 전염시키는 기침을 연이어 해 대면서 나를 승강기 안으로 밀어 넣었다. "이제는 위험하지 않습니다. 제가 버튼을 고쳤거든요." 나는 발베크와 파리와 몬테카를로의 아름다움을 비교하는 그의 말을 듣기보다는, 나를 방문한 사람의 이름과 그 사람이 남긴 메시지를 더 듣고 싶어 이렇게 말했다.(뱅자맹 고다르*의 곡을 가지고 당신을 지치게 하는 어느 테너 가수에게 "대신 드뷔시 곡을 불러 주세요."라고 말하듯.) "나를 보러 온 사람이 누구죠?" "어제 손님과 함께 외출한 신사분입니다. 호텔 안내원에게서 그분 명함을 받아 오겠습니다." 전날 알베르틴을 찾으러 가기 전에 로베르 드 생루를 동시에르 역에서 내려 주었으므로, 나는 엘리베이터 보이가 생루를 얘기하는 줄 알았는데, 실제로 그가 가리킨 사람은 운전사였다. "어제 손님과 함께 외출한 신사분입니다."라는 말로 그는 운전사를 가리키면서, 동시에 노동자도 사교계 인사와 마찬가지로 신사라는 사실을 내게 가르쳐 주었다. 그러나 그것은 말의 가르침일 뿐이었다. 왜냐하면 실제로 나는 결코 계급을 구별한 적이 없었기 때문이다. 그가 운전사를 신사라고 부르는 소리를 들었을 때 나는, 백작이 된 지 일주일밖에 안 되는 X 백작에게 "백작 부인께서 피곤하신 모양입니다."라고 말하면, 백작이 누구 얘기를 하는지 보려

* Benjamin Godard(1849~1895). 대중적인 오페라 작곡가로, 1888년에 작곡한 「조슬랭」의 자장가가 유명하다.

고 고개를 돌릴 때와 같은 놀라움을 느꼈는데, 그것은 다만 내게 그런 어휘 습관이 없었기 때문이다. 나는 한 번도 노동자와 부르주아와 대귀족 사이에 차이를 둔 적이 없었으며, 또 그들을 구별하는 일 없이 친구로 삼았을 것이다. 하지만 노동자를 친구로 삼는 편을 조금 더 선호하고, 대귀족은 그다음으로 좋아했을 것이다. 이는 취향의 문제가 아니라, 대귀족이 부르주아들처럼 노동자를 멸시하지 않으며, 혹은 누구에게나 기꺼이 예의 바르게 대하므로 노동자에 대한 예의를 부르주아들보다는 대귀족에게서 더 많이 요구할 수 있다고 여겼기 때문이다. 마치 아름다운 여인들이 그토록 기쁘게 환대받는다는 걸 알고 미소를 지으며 행복해하는 것과도 같은 이치이다. 서민들을 사교계 인사들과 동등하게 대하는 나의 이 같은 방식을 사교계 인사들은 기꺼이 인정했지만, 반면 어머니는 이 점에 대해 언제나 완전히 만족하지는 않으셨다. 어머니가 인간적으로 사람들 사이에 어떤 차이를 두어서가 아니다. 어머니는 프랑수아즈가 슬퍼하거나 아프거나 하면 가장 친한 친구를 대할 때와 같은 우정과 헌신을 기울여 프랑수아즈를 위로하거나 간호했다. 하지만 사회적 카스트*를 차별하지 않기에는 지나치게 할아버지의 딸로 남아 있었다. 아무리 콩브레 사람들이 선의와 감성을 가지고, 인간 평등에 대해 더없이 훌륭한 이론을 체득했다 해도 소용없는 일이었다. 어머니는 어느 자유

* 콩브레 사람들의 카스트 제도의 존중에 대해서는 『잃어버린 시간을 찾아서』 1권 47쪽 참조.

분방한 시종이 한번은 나를 '당신'이라고 불렀다가, 서서히 눈에 띄지 않게 더 이상 삼인칭의 도련님이라는 호칭으로 부르지 않는 걸 보고, 이런 찬탈에 대해 마치 생시몽의 『회고록』에서 한 귀족이 '전하'라는 칭호를 쓸 권리가 없는데도 어느 공증 증서에 그 칭호를 쓸 기회를 포착하거나, 또는 공작들에게 당연히 표해야 할 예의를 표하지 않고 점점 거기서 자신을 제외시키는 모습을 볼 때마다 폭발하는 것과 동일한 불만을 느꼈다. '콩브레의 정신'에는 그토록 완강하게 저항하는 측면이 있어, 그것을 녹이려면 수세기에 걸친 선의(내 어머니의 선의는 끝이 없었다.)와 평등 이론이 필요했다. 어머니의 마음속에서 이런 정신의 몇몇 부스러기들마저 다 녹았다고 할 수는 없다. 어머니에게는 시종에게 손을 내미는 일이 10프랑을 쉽게 내주는 일만큼이나 어려웠을 것이다.(하기야 10프랑이 훨씬 내 시종을 기쁘게 했을 테지만.) 어머니에게는 — 그 사실을 고백하든 고백하지 않든 — 주인은 주인이고, 하인은 부엌에서 밥을 먹는 사람이었다. 자동차 운전사가 나하고 함께 식당에서 식사하는 걸 본 어머니는 전혀 만족하지 못하셨고, 그래서 내게 "기술자보다는 나은 친구를 둘 수도 있었을 텐데."라고 말씀하셨다. 만일 그것이 결혼에 관계된 얘기였다면, "이보다는 나은 상대를 만날 수도 있었을 텐데."라고 말했을 것이다. 운전사는(다행스럽게도 나는 그 사람을 초대할 생각은 결코 하지 못했다.) 발베크에 시즌 동안 파견했던 자동차 회사가 바로 다음 날로 그에게 파리에 합류하라는 말을 했다고 내게 전하러 왔다. 그 이유는, 운전사가 매력적이고 늘 우리가 복음서의 말씀

같다고 할 만큼 자신의 생각을 단순하게 표현했으므로, 보다 진실에 부합하는 듯 보였다. 그러나 그것은 절반의 진실일 뿐이었다. 사실 발베크에는 그가 할 일이 더 이상 없었다. 그리고 어쨌든 회사는 성체 십자가 모양의 핸들에 기댄 그 젊은 복음 전도사가 될 수 있는 한 빨리 파리에 돌아오기를 바라고 있었다.* 사실 이 젊은 사도로 말하자면, 샤를뤼스 씨에게 계산할 때는 기적적인 곱셈으로 주행 거리의 킬로미터를 늘렸지만, 반대로 회사에 보고할 때는 자기가 번 돈을 여섯으로 나누었다. 그 결과 회사 측은 발베크에서는 더 이상 자동차로 산책을 하지 않거나(이것은 계절에 비추어 사실처럼 보였다.) 또는 그가 돈을 훔쳤다고 추측했는데, 두 경우 모두 최선의 방법은 그를 파리로 소환하는 것이라 판단했다. 하지만 파리에는 그가 할 일이 별로 많지 않았다. 그래서 운전사는 가능하면 한가한 시기를 피해서 가기를 소망했다. 앞에서도 말했듯이 그는 모렐과 매우 친한 사이였다.(다른 사람들 앞에서는 자신들이 서로 아는 사이임을 전혀 내색하지 않았지만.) 그때 나는 그 사실을 알지

---

* 성체 십자가 모양의 핸들이라고 옮긴 la roue de consécration은 『갇힌 여인』에서 보다 상세히 묘사되고 있다.("그 사도 같은 매력적인 기술자는 성체 십자가 모양의 살이 부착된 둥근 핸들에 손을 기대고 교활하게 웃고 있었다.")(『갇힌 여인』, 플레이아드 III, 640쪽) 1907년 카부르에서 프루스트의 택시 운전사였던 아고스티넬리가 몰던 당시의 자동차 핸들은, 둥근 원반형 핸들 안에 살이 네 개 달려 있었는데(『갇힌 여인』, 플레이아드 III, 1729쪽 참조.) 이것이 성체 십자가나 사도, 복음서와 같은 종교적 은유를 끌어들이고 있는 것이다. 성체 십자가란 십자가의 각 끝에 또다시 십자가가 달려 총 열두 개의 끝으로 이루어진 십자가를 가리킨다. 열두 명의 사도를 기리는 형태의 십자가로, 미사 중 성체 성사 때 성당 제단이나 벽에 배열된다.

못했는데, 만일 알았다면 많은 가슴 아픈 일들을 피할 수 있었을 것이다. 파리로 떠나지 않아도 되는 방법이 있음을 여전히 알지 못한 채로 그가 파리에 소환되어 떠난 날부터, 우리는 마차를 빌려 산책하는 걸로 만족해야 했으며, 가끔은 알베르틴의 기분을 풀어 주려고 승마를 좋아하는 그녀를 위해 안장 얹은 말을 빌리기도 했다. 마차는 형편없었다. 알베르틴은 "지독하게 낡은 마차네요!"라고 말했다. 게다가 나는 자주 혼자 있고 싶었다. 스스로 나의 일뿐 아니라 기쁨도 포기하게 만든다고 비난해 온 이 삶이 끝나기를 바라면서도, 나는 그날을 정하고 싶지 않았다. 그렇지만 가끔은 나를 사로잡는 습관이 갑자기 파기되는 경우도 있었는데, 대부분의 경우 환희에 찬 삶을 살고 싶은 욕망으로 가득한 옛 자아가, 현재의 자아를 잠시 대체할 때였다. 특히 어느 날 알베르틴을 잠시 그녀의 아주머니 댁에 둔 채로 말을 타고 베르뒤랭 부부를 만나러 갔다가 베르뒤랭 부부가 아름답다고 자랑하던 숲에서 어떤 황량한 길로 접어들었을 때, 이런 탈주의 욕망을 느꼈다. 절벽의 형태를 그대로 따르는 길은 번갈아 오르막길로 올라가다가 작고 무성한 나무숲으로 에워싸이더니 이내 야생의 협곡으로 빠져들었다. 한순간 나를 둘러싼 헐벗은 바위들과 틈 사이로 보이는 바다가, 마치 다른 세계의 편린들처럼 내 눈앞에서 떠다녔다. 나는 그 산과 바다 풍경을 알아보았다. 그것은 엘스티르가 「뮤즈와 만난 시인」과 「켄타우로스와 만난 젊은이」라는 경이로운 수채화 두 편의 배경으로 삼았던 풍경이었는데, 나는 그 수채화들을 게르망트 공작 부인 댁에서 본 적이 있었다.* 그림에 대한 추억이 지금 내가 있는 장소를 현세 밖에 재배치했으므로, 나는 엘스티르가 그린 그 선사 시대의 젊은이처럼, 만일 산책 중에 어느 신화적 인물과 마주친다 해도 전혀 놀라지 않았을 것이다. 갑자기 내가 탄 말이 뒷발로 일어섰다. 뭔가 이상한 소리를 들었던 모양이다. 나는 말을 제어하고 땅에 떨어지지 않으려고 애를 먹었으며, 그러다가 소리가 들려오는 것처럼 보이는 지점을 향해 눈물 가득한 눈을 쳐들었고, 햇빛 속 머리 위 약 50미터쯤 되는 곳에서 별로 분명하지는 않지만 뭔가 인간의 얼굴과도 흡사한 존재를 실은 두 개의 반짝거리는 커다란 강철 날개를 보았다. 처음으로 반인반신을 본 그리스인처럼 나 또한 감동했다. 눈물도 흘렸다. 소음이 바로 내 머리 위에서 왔다는 걸 인지한 순간 — 비행기가 아직 드물 때였다. — 내가 처음으로 보려고 하는 것이 비행기라는 생각에 눈물을 흘릴 준비가 되어 있었기 때문이다. 그때 나는 신문에서 감동적인 말을 기대할 때처럼, 울음을 터뜨리기 위해 비행기의 모습이 보이기만을 기다렸다. 그렇지만 비행사는 가는 길을 망설이는 것 같았다. 나는 그 앞에 — 습관이 나를 포로로 하지 않는다면 내 앞에도 — 모든 공간의 길, 삶의 길이 열려 있음을 느꼈다. 그는 조금 더 멀리 날더니 몇 초 동안 바다 위를 활주하면서 갑자기 결심한 듯, 중력과는 반대되는 어떤 힘에 끌린 듯, 마치 자기 나라에 돌아가려는 듯, 금빛 날개를

* 이 두 수채화는 귀스타브 모로가 그린 「헤시오도스와 뮤즈들」(1891)과 「켄타우로스가 안고 가는 죽은 시인」(1891)에 대한 암시이다. 엘스티르의 신화적 주제의 그림에 대해서는 『잃어버린 시간을 찾아서』 6권 183~184쪽 참조.

가볍게 움직이면서 하늘을 향해 곧바로 돌진했다.

기술자 얘기로 돌아가 보면, 그는 모렐에게 부탁해서 베르뒤랭 부부에게 그들의 사륜마차를 자동차로 바꾸게 했을 뿐만 아니라(신도들에 대한 베르뒤랭 부부의 관대함을 고려하면 비교적 쉬운 일인), 조금은 더 불편한 일이지만, 우두머리 마부인 예민하고 곧잘 비관적인 생각에 사로잡히던 그 젊은이를 자기로, 즉 운전사로 교체하게 했다. 그 일은 며칠에 걸쳐 다음과 같은 방법으로 실행되었다. 모렐은 우선 처음에는 마차에 말을 매는 데 필요한 모든 것을 마부에게서 훔치게 했다. 어느 날은 재갈이, 어느 날은 재갈 사슬이 없어졌다. 다른 때는 그의 마부 방석이, 그의 채찍까지 사라졌으며, 그의 담요며 말의 가슴걸이며 스펀지며 샤무아 가죽*이 사라졌다. 하지만 그는 늘 이웃 사람들과 함께 잘 처리했다. 단지 너무 늦게 돌아온 탓에 베르뒤랭 씨를 화나게 했고, 그것이 마부를 슬픔과 비관적인 생각에 잠기게 했다. 운전사는 그 집에 빨리 들어가고 싶어, 모렐에게 곧 파리에 돌아갈 거라고 알렸다. 승부수를 던져야 했다. 모렐은 베르뒤랭 씨의 하인들에게 그 젊은 마부가 그들 모두를 함정에 빠뜨릴 것이며, 또 그들 여섯을 모두 이길 자신이 있음을 장담했다고 설득하면서, 그런 짓을 하게 내버려 둘 수는 없지 않느냐고 말했다. 한편 자기는 그런 일에 끼어들 수 없지만, 그들이 선수를 칠 수 있도록 미리 알려 주는

* 염소나 양의 가죽을 가공해서 만든 부드러운 가죽으로 유리와 차의 광택을 내는 데 사용된다.

것이라고 했다. 그래서 베르뒤랭 부부와 친구들이 산책을 나간 동안, 그들은 모두 마구간에서 그 젊은이에게 달려들기로 결정했다. 비록 이 사건은 다음에 일어날 일의 빌미에 지나지 않았지만, 그에 관련된 인물들이 훗날 나의 관심을 끌었기에 여기 덧붙이고자 한다. 그날 베르뒤랭 댁에는 한 친구가 피서객으로 와 있었는데, 바로 그날 저녁 떠날 예정이어서 베르뒤랭 부부는 그의 출발 전에 걸어서 함께 산책하기를 바랐다.

모두가 산책하러 떠났을 때, 그날 도보로 하는 산책에 우리와 함께 와서 나무들 속에서 바이올린을 연주할 예정이던 모렐이 이런 말로 나를 몹시 놀라게 했다. "제가 팔이 아파요. 베르뒤랭 부인에게는 그 사실을 말하고 싶지 않으니, 제발 하인 중 하나를, 이를테면 하우슬러를 데려가게 해 달라고 부탁 좀 해 주세요. 제 악기를 들고 가도록요." "다른 하인을 선택하는 게 낫지 않을까요." 하고 나는 대답했다. "저녁 식사 때문에 그가 필요할 텐데요." 모렐의 얼굴에 분노의 표정이 스쳐 갔다. "아뇨, 저는 제 바이올린을 아무에게나 맡기고 싶지 않아요." 나는 이런 선호의 이유를 나중에 알게 되었다. 하우슬러는 젊은 마부가 매우 사랑하는 형이었고, 만일 그가 집에 남았다면 마부를 도왔을 터였다. 산책하는 도중 형인 하우슬러가 우리가 하는 말을 듣지 못할 만큼 충분히 낮은 소리로 "참 좋은 녀석이에요."라고 모렐이 말했다. "게다가 그의 동생도 마찬가지고요. 술을 마시는 그 치명적인 습관만 없다면 말이죠." "뭐라고요, 술을 마신다고요?" 하고 베르뒤랭 부인이 술을 마시는 마부를 두었다는 생각에 얼굴이 창백해졌다. "부인께서는 알아차리지 못하셨군요. 전 늘 그 녀석이 당신들을 태운 동안 사고가 일어나지 않은 건 정말 기적이라고 생각해 왔어요." "그렇다면 그가 다른 사람도 태웠나요?" "그가 마차를 몇 번이나 넘어뜨렸는지를 보시기만 해도 아실 텐데요. 오늘도 얼굴이 멍투성이잖아요. 어떻게 죽지 않았는지 모르겠어요. 마차를 말에 메는 끌채를 부러뜨렸는데." "오늘은 보지 못했어요." 하고 베르뒤랭 부인은 그 일이 자신에게 일어났을지도 모른다는 생각에 몸을 벌벌 떨며 말했다. "당신이 내 가슴을 매우 아프게 하네요." 부인은 산책을 단축하고 돌아가려 했지만, 모렐은 산책이 더 오래 지속되도록 끝없는 변주가 이어지는 바흐의 아리아 하나를 택했다. 부인은 집에 돌아가자마자 마차 보관소에 갔으며 거기서 새 끌채와 피투성이가 된 하우슬러를 보았다. 부인은 그에게 어떤 지적도 하지 않은 채 이제는 마부가 필요 없다고 말하고 돈을 주려 했지만, 마부 스스로 그 모든 안장을 매일 훔쳐 간 것이 동료들의 원한 탓임을 나중에 알고는, 그런 그들을 비난하기보다는, 참고 견디어 봐야 어차피 자신은 죽은 사람으로 간주되어 내버려질 것임을 알고는 떠나겠다고 청했으며, 그래서 모든 일이 해결되었다. 다음 날로 운전사가 들어왔고, 그 후 베르뒤랭 부인은(다른 사람을 고용해야 했던) 이 운전사에 무척 만족해서 절대적으로 신뢰할 만한 사람이라고 내게 추천했다. 이 모든 사실을 알지 못했던 나는 그를 일당으로 고용했다. 그러나 이런 이야기는 너무 앞선 것이고, 훗날 알베르틴에 관한 이야기에서 모든 것을 알게 될 것이다. 지금 우리는 라 라스플리에르에 있으며, 나는 그곳에 처음 내 여자 친구와 함께 만찬을 들러 왔고, 샤를뤼스 씨는 한 해에 고정 수입으로 3만 프랑을 벌고 마차가 있고 여러 명의 부하 집사와 정원사들과 재산관리 담당자들과 소작인들을 두고 있는, '관리인'의 아들로 추정되는 모렐과 함께 와 있었다. 그러나 나는 너무 앞선 이야기로 독자에게 모렐이 지극히 사악한 사람이라는 인상을 남기고 싶지 않다. 그는 오히려 모순이 가득한 인간으로, 어떤 날은 진심으로 상냥한 행동을 할 줄도 알았다.

나는 물론 마부가 해고된 것을 알고 놀랐으며, 아니 그보다 알베르틴과 나를 여기저기 데려다준 운전사가 그의 후임자라는 사실을 알고 더 놀랐다. 운전사는 내게 아주 복잡한 이야기를 해 댔고, 그 이야기에 따르면 그는 파리에 돌아간 것으로 추정되며, 거기서 베르뒤랭네를 위해 일해 달라는 요청을 받았다는데, 나는 이 말을 한순간도 의심하지 않았다. 마부의 해고는 모렐이 그 충직한 녀석의 떠남과 관련된 자신의 슬픔을 표현하기 위해 잠시 나와 함께 얘기하는 계기가 되었다. 더욱이 내가 혼자 있고, 자신이 기쁨을 토로하면서 문자 그대로 내게 달려드는 순간을 제외하고는, 모든 사람이 라 라스플리에르에서 나를 환대하는 모습을 본 모렐은, 나를 함정에 빠뜨려 자신에 대해 보호자인 척 행세하려는(나는 그렇게 하고 싶은 생각이 추호도 없었다.) 온갖 가능성을 이미 차단해 놓았으므로, 자신을 전혀 위태롭게 하지 않을 사람과의 교제를 제멋대로 배제했다고 느꼈는지 나를 멀리하던 일을 멈추었다. 나는 그의 이런 태도 변화 뒤에 샤를뤼스 씨의 영향이 있다고 생각했으며, 사실 그 영향은 어떤 점에서는 그를 편협하지 않은 사람으로, 보다 예술가답게 만들었지만, 다른 점에서는 그가 스승의 웅변적이고 기만적이며 게다가 일시적인 말투를 문자 그대로 실행했으므로 그를 더 바보스럽게 만들었다. 샤를뤼스 씨가 그에게 얘기했을 것이라는 가정은 실제로 내가 유일하게 상상할 수 있는 것이었다. 사람들이 나중에 얘기한 것이 (알베르틴에 관한 앙드레의 모든 주장은 늘 많은 주의를 요하는 듯 보였으므로, 특히 나중에는 더 그랬지만, 나는 도저히 믿을 수 없었다. 그 이유는 앞에서도 보았지만 앙드레는 진심으로 내 여자 친구를 좋아한다기보다는 질투하고 있었기 때문이다.) 어쨌든 진실이라고 한다 해도, 두 사람이 놀랄 만큼 잘 숨긴 사실을, 즉 알베르틴이 모렐을 매우 잘 안다는 사실을, 그때의 내가 어떻게 짐작이나 했겠는가? 마부를 해고할 무렵 모렐이 내게 보여 준 이 새로운 태도는, 그에 대한 나의 견해에 변화를 가져왔다. 나는 이 젊은이의 성격에 대해, 그가 나를 필요로 할 때면 보여 주는 비열한 태도와, 도움을 받고 나면 그 즉시 나를 못 본 척할 정도로 멸시하는 태도 때문에 생겨난 좋지 않은 의견을 가지고 있었다. 이런 사실에다가, 샤를뤼스 씨와 그의 관계가 돈으로 맺어진, 또한 동물적인 본능으로 맺어진 연속성이 없는 관계라는 명백한 사실을 덧붙여야 하는데, 그 본능이 충족되지 않거나(그런 일이 있을 때) 그들의 관계에 문제가 생기거나 하면, 그것이 모렐에게 슬픔을 야기했다. 그러나 모렐의 성격이 한결같이 지저분했던 것만은 아니며, 오히려 모순으로 가득했다. 그의 성격은 오류와 비합리적 전통, 외설적인 것으로 가득한 중세의 어느 오래된 책과도 흡사했으며, 놀랄 만큼 복합적이었다. 처음에 나는 진짜 거장으로 통하는 그의 예술이, 그에게 연주자의 기교를 넘어서는 탁월함을 부여한다고 믿었다. 한번은 내가 일을 시작하고 싶은 욕망을 입 밖에 내자, 그는 "일하시오, 유명해지시오."라고 말했다. "누가 한 말이죠?" 하고 내가 물었다. "퐁탄이 샤토브리앙에게 한 말입니다."* 그는 또 나폴레옹의 연애 편지도 알고 있었다.** 그래, 저 친구는 문학가구나, 하고 나는 생각했다. 그러나 어디서 읽었는지 모르는 이 문장은, 아마도 모든 고전과 현대 문학을 통틀어 그가 아는 유일한 문장인 듯, 그는 내게 매일 저녁 같은 말을 되풀이했다. 또 다른 문장은, 내가 자신에 대해 누구에게도 말하지 못하게 하려고 그가 더 자주 반복한 것이었는데, 그 자신은 여전히 문학적인 문장이라고 믿었지만, 겨우 프랑스어로 표현된 것에 지나지 않는다고 말할 수 있는, 혹은 적어도 숨기기를 좋아하는 하인을 제외하고는 아무 의미도 없는, "의심 많은 사람들을 경계하시오."라는 구절이었다. 요컨대 이 바보 같은 격언으로부터 퐁탄이 샤토브리앙에게 한 말에 이르기까지, 우리는 다양하면서도 처음 보는 것보다 모순이 적은 모렐의 성

---

* "일하시오, 일하시오, 내 친애하는 친구여, 유명해지시오. 그대는 할 수 있습니다. 미래는 그대의 것입니다." 퐁탄이 샤토브리앙에게 1798년에 보낸 편지의 한 구절로, 샤토브리앙이 『무덤 너머의 회고록』에서 인용했다. 퐁탄(Louis de Fontanes, 1757~1821) 후작은 미미한 작가로, 공포 정치 후 런던에서의 망명 시절 동안 샤토브리앙과 친교를 나누었다.(『소돔』, 폴리오, 615쪽 참조.)

** 아마도 나폴레옹이 조제핀에게 보낸 편지를 암시하는 듯하다고 지적된다.(『소돔』, 폴리오, 615쪽 참조.)

격 일면을 모두 살펴볼 수 있었다. 이 젊은이는 조금이라도 돈이 생기는 일이면, 무슨 일이든지 양심의 가책을 느끼는 일 없이 — 어쩌면 일종의 과도한 신경 흥분 상태까지 이르는 그런 이상한 대조를 보이지 않은 것은 아니지만. 그러나 이런 흥분 상태에 양심의 가책이란 말은 어울리지 않을 것이다. — 자기에게 이득이 되는 일이라면 뭐든지, 온 가족을 형벌이나 더 나아가 죽음으로까지 몰고 갔을 것이다. 다른 무엇보다도 돈을 중시하며, 선의는 말할 것도 없거니와 가장 자연스럽고 소박한 인간적인 감정보다도 돈을 더 중시하는 그 동일한 젊은이가, 그렇지만 콩세르바투아르의 일등 졸업장과, 플루트나 대위법 교실에서 자기를 비방하는 말을 하지 않을까 하는 문제만은 돈보다 우선시했다. 그리하여 그의 가장 큰 분노, 그의 가장 어둡고 정당화될 수 없는 불쾌감의 폭발은, 그가 보편적 사기(아마도 그가 사악한 인간을 만난 특별한 경우를 일반화한 데 지나지 않는지도 모르지만)라고 부르는 것에서 비롯했다. 그는 어느 누구와도 얘기하지 않고, 자신의 패를 숨기고, 모든 사람을 의심하면서, 거기서 빠져나올 수 있다고 자랑했다.(불행하게도 그 일은 내가 파리에 돌아온 다음에 일어났으므로, 그의 의심은 발베크의 운전사에 대해서는 '작동하지' 않았는데, 아마도 그는 운전사에게서 자신과 같은 부류의 인간을, 다시 말해 그의 격언과는 반대로 좋은 의미에서의 의심 많은 인간, 예의 바른 사람 앞에서는 완강하게 침묵을 지키고, 사기꾼하고는 금방 결탁하는 그런 의심 많은 인간을 알아보았는지도 모른다.) 이런 의심이 언제나 그로 하여금 시의적절하게 손을 떼게 하고, 가장 위험한 모험 속에 끼어들면서도 붙잡히지 않게 하여, 베르제르 거리*의 학교에서는 그의 불리한 점을 입증하기는커녕 주장할 수조차 없었다. 그는 열심히 노력하고 유명해지고, 어쩌면 어느 날인가는 흠 없는 관록으로 저 명망 높은 콩세르바투아르 바이올린 공쿠르의 심사 위원장이 될지도 몰랐다.

그러나 모렐의 머릿속 모순을 차례로 끄집어내는 일은, 어쩌면 거기에 지나치게 많은 논리를 부여하는 일일지도 모른다. 사실 그의 기질은 진짜, 모든 방향으로 지나치게 많은 주름이 잡혀 있는 한 장의 종이와도 같아서, 뭐가 뭔지 갈피를 잡을 수 없었다. 그는 꽤 고결한 원칙을 가진 듯 보였으며, 또 멋진 필체지만 가장 조잡한 철자법의 오류로 미관을 해치는 그런 필체로 몇 시간이나 편지를 썼는데, 형에게는 형이 여동생들에게 잘못 행동했으며, 형이 그들의 장남이자 그들의 버팀목이라는 편지를, 또 여동생들에게는 오빠에게 무례하게 굴었다는 편지를 썼다.

이내 여름도 가서, 기차에서 두빌에 내릴 때면 안개로 빛이 약해진 태양은 단조로운 보랏빛 하늘에 하나의 붉은 덩어리로서만 자리했다. 저녁마다 이 무성하고 소금기 많은 초원에 내리는 그 거대한 평화로움이, 많은 파리지앵들에게, 대부분 화가들이었지만, 두빌로의 피서를 권했고, 이런 평화로움에 습기가 더해지면 일찍부터 그들은 자신들의 작은 별장으

---

* 1911년 마드리드 거리로 옮길 때까지 콩세르바투아르가 있던 곳이다. 파리 9구에 위치한다.

로 돌아가곤 했다. 이런 별장들 중 여러 개에 이미 불이 켜졌다. 암소 몇 마리만이 울음소리를 내며 바다를 바라보기 위해 밖에 남아 있었고, 몇몇 소들은 인간에게 더 관심이 있는지 우리가 탄 마차 쪽으로 주의를 돌렸다. 어느 화가만이 좁은 언덕 위에 이젤을 세우고 이 거대한 고요와 가라앉은 빛을 표현하려고 애쓰고 있었다. 어쩌면 암소들은 무의식적으로, 또 무보수로 화가의 모델로 쓰이고 있는지도 모른다. 왜냐하면 인간들이 귀가한 후에도, 그들의 관조하는 모습과 고독한 존재감이 그 나름대로 저녁이 발산하는 강력한 휴식의 느낌을 주는 데 기여했으니 말이다. 그러다 몇 주일 지나 성큼 다가온 가을과 더불어 계절의 변화 역시 상쾌했는데, 낮이 많이 짧아져 우리는 어둠 속에서 여행해야 했다. 오후에 한 바퀴 산책하기를 원한다면, 늦어도 5시에는 호텔로 돌아와서 옷을 입어야 했고, 이제 둥글고 붉은 태양은 내가 예전에 그토록 싫어했던 그 비스듬한 거울* 한가운데까지 이미 내려와 있어 그리스 연초**처럼 내 모든 책장 유리문 속의 바다를 타오르게 했다. 내가 디너 재킷을 걸치는 동안 어느 주술사의 몸짓이, 생루와 함께 리브벨에 저녁 식사하러 갈 때와 내가 스테르마리아 양을 데리고 불로뉴 숲의 섬에 저녁 식사하러 간다고 믿었을 때의 내 모습이었던 그 민첩하고도 경박한 자아를 불러왔으므로, 나는 그때 부르던 것과 똑같은 곡을 무의식적으로 흥얼거

* 『잃어버린 시간을 찾아서』 4권 51쪽 참조.
** 적의 함대에 불을 지르기 위해 그리스인들이 사용하던 일종의 화약이다.

렸다. 오로지 그런 사실을 깨달으면서만 나는 내 몸 안에 있는 그 간헐적인 가수를 노래로 알아보았는데, 사실 그는 그 노래 말고 다른 노래는 알지 못했다. 그 노래를 처음 불렀을 때 나는 알베르틴을 사랑하기 시작했고, 하지만 그녀를 알게 되리라고는 결코 생각하지 못했다. 훗날 파리에서 그녀를 처음 소유하고 나서 며칠이 지난 후 그녀를 사랑하기를 멈추었을 때도 나는 그 노래를 불렀다. 그리고 이제 그녀를 다시 사랑하면서, 지배인이 무척 섭섭해하는데도 그녀와 함께 만찬을 들러 가면서 그 노래를 다시 부르고 있었다. 지배인은 내가 결국 라 라스플리에르에서 머무르게 되어 그의 호텔을 버릴 거라고 생각했는지, 르베크의 늪과 거기 '웅크린'* 물 때문에 그쪽에 열병이 유행한다는 말을 들었다고 단언했다. 나는 내 삶이 이렇게 세 개의 도면 위에 펼쳐지는 모습을 보면서 그 다중적인 양상에 행복을 느꼈다. 그리고 우리가 한순간 과거의 인간이 될 때, 다시 말해 오래전부터 자신의 모습인 자아와는 다른 인간이 될 때, 우리의 감수성은 더 이상 습관에 의해 약해지지 않고, 아주 작은 충격에도 강렬한 인상을 받으면서 이전의 인상들을 모두 희미하게 만들며, 또 그런 강렬함 때문에 술에 취한 사람이 느끼는 일시적인 흥분과 더불어 그 인상들에 빠져든다. 작은 열차를 타도록 역에 데려다주는 합승 마차나 마차에 오를 때면 이미 어둠이 내려 있었다. 호텔 로비에서 법원장

* 지배인의 잘못된 언어 사용으로 '고인(croupies)' 물이란 표현 대신에 '웅크린(accroupies)'이란 표현을 썼다.

이 말했다. "아! 라 라스플리에르에 가는군요! 제기랄, 베르뒤랭 부인은 참 뻔뻔해요. 저녁 식사 하나 때문에 이런 밤중에 한 시간이나 기차를 타게 하다니, 그리고 밤 10시가 되면 미친 듯이 날뛰는 바람 속에 똑같은 여정을 되풀이할 테고. 얼마나 할 일이 없는지 잘 알겠네요." 하고 그는 손을 비비면서 덧붙였다. 아마도 그는 초대를 받지 못한 불만과, 지극히 바보 같은 일일망정 그런 일로 '바쁜' 사람들이 하는 짓 따위는 '할 틈이 없다'는 만족감 때문에 그렇게 말했는지도 모른다.

물론 보고서를 작성하고 숫자를 나열하고 업무용 편지에 답하고 증권 거래소의 주식 시세를 좇는 인간이, "당신같이 할 일 없는 사람에게는 좋은 일이군요."라고 냉소적으로 말하면서 기분 좋은 우월감을 느끼는 것은 당연한 일이다. 그러나 이런 우월감도 실은 오만함에 불과한 것으로 당신의 취미가 『햄릿』을 쓰거나 단지 그 책을 읽는 것임을 알게 될 때면 보다 심하게 나타난다.(왜냐하면 바쁜 사람도 사교적인 만찬에는 참석하므로.) 이런 점에서 바쁜 사람들은 성찰력이 부족하다. 그들은 자기 눈에 한가한 사람들의 희극적인 취미 생활로 보이는 그 사심 없는 교양을, 누군가가 실천하는 걸 보면 놀라워하지만, 그것이 그들 자신의 직업에서, 어쩌면 그들보다 훌륭하지 않은 법관이나 행정관을 예외적인 특별한 존재로 간주하고 그 빠른 승진에 굴복하면서 "그분은 뛰어난 학식을 가진 매우 훌륭한 분입니다."라고 말할 때와 동일한 교양이라는 사실을 생각해 봐야 한다. 그러나 법원장은 라 라스플리에르의 만찬에서 나를 기쁘게 한 것이 그 만찬들이 — 비록 그는 비판하기 위해 한 말이었지만 적절한 표현이었다. — '진정한 의미에서의 여행을 구현한다'는 데 있음을 이해하지 못했다. 여행 자체가 목적이 아니며, 또 여행에서 어떤 즐거움도 추구하지 않고, 그 즐거움이 단지 우리가 가는 모임에 의해서만 영향을 받으며, 또 모임을 둘러싼 분위기에 의해서만 온통 달라지는 만큼 그 매력이 더욱 강렬하게 느껴지는 그런 여행이었다. 내가 호텔의 열기를 — 이미 내 집이나 다름없는 호텔 — 기차의 열기로 대체할 즈음이면 이미 깜깜한 밤이 되어 있었고, 내가 알베르틴과 함께 오른 객차의 유리창에 반사하는 가로등 불빛이, 힘없이 털털거리는 작은 열차가 멈출 때마다 우리가 어떤 역에 도착했는지 가르쳐 주었다. 코타르가 우리를 보지 못하는 일이 없도록, 또 역 이름을 외치는 소리가 들리지 않았기에 나는 문을 열었고, 그러나 그때 객차 안으로 달려든 것은 신도들이 아닌, 바람과 비와 추위였다. 나는 어둠 속에서도 들판을 알아보고 바다 소리를 들을 수 있었는데, 우리는 평원을 지나고 있었다. 알베르틴은 작은 동아리에 합류하기에 앞서 그녀가 가져온 작은 금빛 손가방에서 작은 거울을 꺼내 얼굴을 들여다보았다. 사실 처음에는 만찬 전에 얼굴을 만질 수 있도록 베르뒤랭 부인이 알베르틴을 자기 화장실에 올려 보냈는데, 계단 발치에서 알베르틴을 두고 떠나야 할 때면 내가 얼마 전부터 느끼고 있는 내면의 평온함 한가운데서 어떤 불안과 질투의 작은 움직임을 감지했고, 또 작은 동아리와 함께 혼자 살롱에 있을 때면 내 여자 친구가 위층에서 뭘 하는지 물으면서 불안해했다. 다음 날 나는 샤를뤼스 씨에게 편지를 보내 가장 우아하게 보이는 것이 무엇인지 자문을 구하고는, 카르티에 상점에 알베르틴의 기쁨이자 내 기쁨이기도 한 가방을 주문했다. 그 가방은 내 평온한 마음의 증거, 또한 여자 친구에 대한 내 청원의 증거이기도 했다. 그녀는 틀림없이 베르뒤랭 부인 집에 나 없이 혼자 있는 걸 내가 싫어한다는 사실을 짐작했는지, 만찬 전에 필요한 몸단장을 모두 기차에서 하도록 조치했다.

베르뒤랭 부인은 이제 살롱의 단골손님들 중 가장 충실한 사람으로 몇 달 전부터 샤를뤼스를 꼽고 있었다. 일주일에 세 번 규칙적으로 서(西)동시에르 역 대합실이나 플랫폼에 정차하는 여행객들은, 회색 머리털에 검은 콧수염을 기른, 입술을 붉게 칠한 뚱뚱한 남자가 지나가는 모습을 볼 수 있었다. 계절의 끝자락이어서인지 그의 입술에 바른 루주는, 대낮의 햇빛이 진하게 만들고 더위로 반쯤 액체가 되는 한여름보다는 눈에 덜 띄었다. 그는 작은 열차 쪽으로 가면서 동시에 심문하는 듯하면서도 겁먹은 눈길을 은밀하게 막노동꾼이나 군인과 테니스복 차림의 젊은이들에게 던지지 않고는 못 배겼으며(이는 다만 감식가로서의 그의 습관 탓이었는데, 이제 그는 자신을 순결한 사람 혹은 적어도 대부분의 시간 동안 그를 충실한 사람으로 남아 있게 하는 그런 감정을 품고 있었다.) 그런 시선을 던진 후에는 곧바로 묵주 신공을 바치는 성직자의 경건함과 단 한 번의 사랑에 몸을 바친 아내, 혹은 교육을 잘 받고 자란 소녀의 신중함과 더불어 거의 감긴 두 눈 위로 눈꺼풀을 내리는 것이었다. 신도들은 그의 모습을 보지 않아도 그가 그들과 다른 객실에 타고 있음을(셰르바토프 대공 부인이 자주 그랬듯이), 그들과 함께 있는 모습을 보여 주는 데 만족하는지 아닌지를 모르는 인간으로서, 또 상대에게 원하면 보러 오라는 선택권을 부여하는 인간으로서 타고 있음을 확신했다. 코타르 의사는 초기에 이런 선택권을 인정하려 하지 않았고, 그래서 우리가 그를 그의 객실에 혼자 두기 바랐다. 의학계에서 높은 위치를 차지한 이래 그 망설이는 성격을 미덕으로 만든 그는, 이제 미소를 지으며 몸을 뒤로 젖히고 스키를 코안경 위로 쳐다보면서, 간교함에서 혹은 동료들의 의견을 간접적으로 간파하려는 목적에서 이렇게 말했다. "이해하시나, 내가 혼자이거나 독신남이라면……. 하지만 내 아내 때문에, 당신이 그런 얘기를 한 후에도 그를 우리와 함께 여행하게 내버려 두어도 괜찮은지 묻고 있소." 하고 의사가 속삭였다. "뭐라고 하셨어요?" 하고 코타르 부인이 물었다. "아무것도 아니오. 당신이 상관할 일이 아니오. 여성을 위한 얘기가 아니오." 하고 의사는 학생과 환자들 앞에서 보이던 웃지도 않고 농담하는 태도와, 예전에 베르뒤랭네에서 재담할 때 동반하던 그 불안한 표정의 중간 입장을 취하는, 그런 자신에 대한 당당한 만족감에서 윙크를 하며 대답했고 또 낮은 소리로 말을 이어 갔다. 코타르 부인이 그의 말에서 알아들은 것은 '부류와 타페트'*라는 말뿐이었는데, 의사의 언어에서 전자는 유대인종을, 후자는 매우 수다스러

* '수다쟁이'라는 뜻이지만, 속어로는 동성애자의 여자 역을 가리키기도 한다. '아줌마(tante)'의 동의어다.

운 사람을 가리켰으므로, 코타르 부인은 샤를뤼스 씨를 수다쟁이 이스라엘인으로 결론 내렸다. 그러나 그녀는 그런 점 때문에 남작을 따돌리는 걸 이해할 수 없었고, 그래서 그를 혼자 있게 해서는 안 된다고 요구하는 것이 패거리의 연장자인 자신의 의무라고 생각했으므로, 우리 모두는 여전히 난처해하는 코타르의 안내를 받으며 샤를뤼스 씨가 탄 객실로 향했다. 구석에서 발자크의 소설을 읽고 있던 샤를뤼스 씨는 이런 망설임을 감지했지만 눈을 들지 않았다. 그러나 귀먹은 벙어리들이 다른 사람은 느끼지 못하는 한 줄기 바람에도 그들 뒤에 누가 온 것을 알아채듯이, 샤를뤼스 씨에게도 자신에 대한 타인의 냉대를 미리 알아차릴 만큼의 지극히 과민한 감각이 있었다. 이런 과민성은 모든 분야에서 습관적으로 작용하는 법이라, 샤를뤼스 씨의 마음에도 온갖 종류의 상상적 고뇌를 야기했다. 가벼운 냉기를 느끼기만 해도 위층 창문이 열려 있는 게 틀림없다고 가정하고 화를 내며 재채기를 시작하는 신경증 환자처럼, 샤를뤼스 씨는 누군가가 그 앞에서 뭔가에 몰두하는 모습만 보여도, 자기가 그 사람에 대해 한 말을 남이 전했다고 결론 내렸다. 그렇지만 그가 그렇게 하는 데에는 방심한 표정이나 어두운 또는 웃는 표정조차 지을 필요가 없었는데, 그 자신이 그 모든 걸 꾸며냈기 때문이다. 반면 다정한 표정은 그가 알지 못하는 험담을 쉽게 가려 주었다. 코타르의 망설이는 모습을 처음 간파한 샤를뤼스 씨는, 눈길을 떨구고 책을 읽고 있다고 생각하던 신도들에게는 그들이 적당한 거리에 이르자 손을 내밀어 무척 놀라게 했지만, 코타르 의사에게는 의사가 내민 손을 스웨덴산 가죽 장갑 아래로 잡지도 않은 채, 온몸을 기울였다 다시 세차게 일으키는 걸로 만족했다. "우리는 정말 선생님과 함께 여행하기를 바랐고, 또 이렇게 구석에서 혼자 계시게 하고 싶지 않았어요. 우리에겐 큰 기쁨이에요." 하고 코타르 부인은 선의를 가지고 남작에게 말했다. "매우 영광입니다." 하고 남작은 냉담한 표정으로 몸을 기울이며 읊었다. "저는 선생님께서 마침내 이 고장을 택하셨다는 말을 듣고 무척 기뻤어요, 선생님의 장……을 설치하기 위해." 그녀는 장막*이라고 말하려 했으나, 이 단어가 그녀에게는 히브리적인 말로 비쳤고, 그래서 유대인이 거기서 어떤 암시를 보고 마음이 상할지도 모른다고 생각했다. 그리하여 그녀는 자신에게 친숙한 표현 중의 하나인, 다시 말해 경건한 표현을 말하려고 다시 말을 이었다. "제 말은 '당신의 수호신'을 머무르게 할 곳이란 뜻이에요.(물론 이런 신은 기독교에 속하지는 않고, 아주 오래전에 죽어서 마음을 상하게 할까 봐 두려워할 신도도 더 이상 없는 그런 종교에 속한다.) 불행하게도 신학기가 시작되고 박사님이 병원에 근무하다 보니 우리는 같은 장소에 오래 거처를 정할 수 없답니다." 그러고는 그에게 자신의 커다란 명함 지갑을 보여 주면서, "게다가 우리네 여성들은 남성보다 얼마나 불행한지 몰라요. 우리의 친구 베르뒤랭네 집처럼 그렇게 가까운 곳에 가는데도 온갖 종류의 거추장스러운

* 이집트를 탈출한 이스라엘인들은 사십 년 동안 광야에서 장막을 치고 생활했는데 이것을 기념하는 명절이 초막제다. 대개 농사가 끝나는 시기에 이루어지며 추수 감사절의 성격을 띤다.

물건들을 가지고 다녀야 하니 말이에요." 그사이 나는 남작이 손에 들고 있는 발자크의 책을 바라보았다. 그 책은 첫해에 그가 내게 빌려주었던 베르고트의 책처럼 그저 우연히 구입한 종이 표지의 책이 아니었다. 그 책은 그의 장서 중 하나로 "나는 샤를뤼스 남작에게 속하느니."란 명구나, 때로는 그런 명구 대신 게르망트의 학구적인 취향을 보여 주기 위해 "우리가 항상 전쟁만 하는 것은 아니다.(In proeliis non semper.)", "노력 없이는 아무것도 얻지 못한다.(Non sine labore.)" 같은 명구가 쓰여 있었다.* 그러나 우리는 곧 모렐을 기쁘게 하기 위해 이 명구가 다른 명구로 바뀌는 것을 보게 될 것이다. 잠시 후 코타르 부인은 남작에게 좀 더 개인적이라고 생각되는 화제를 꺼냈다. "제 의견과 같으신지는 잘 모르겠지만, 선생님." 하고 그녀는 잠시 후 남작에게 말했다. "저는 매우 폭넓은 생각을 가지고 있어요. 그래서 제 생각에는 성실히 믿기만 한다면 어떤 종교라도 좋다고 생각해요. 저는 프로테스탄트 신자만 봐도 광견병에 걸린 환자처럼 경련을 일으키는 사람들하고는 다르답니다.", "제 종교는 진실하다고 배웠습니다." 하고 샤를뤼스 씨가 대답했다. '이분은 광신도야.'라고 코타르 부인은 생각했

* 샤를뤼스의 책에 적힌 명구는 기가르(Joannis Guigard)의 『서적 애호가의 신문장(紋章) 총람. 문장 장식의 애서가를 위한 안내서』(1890)를 참조한 것으로, 프루스트는 이 책을 마르셀 플랑트비뉴에게서 빌렸다고 한다. 첫 번째 라틴어 명구와 가장 유사한 표현은 뤼베르사크(Lubersac) 가문에서 찾아볼 수 있으며, 두 번째 명구는 레츠 추기경이 말한 것으로 추정된다고 지적된다.(『소돔』, 폴리오, 615~616쪽 참조.)

다. '말년을 제외하면 스완은 더 관대했어. 사실 그는 개종했지만.' 그런데 이와 반대로 남작은 알다시피 기독교 신자였을 뿐만 아니라, 중세풍의 매우 독실한 신자였다. 그에게서, 또 13세기 조각가들에게서도 마찬가지였지만, 기독교 성당이란 이 단어의 현재 쓰이는 의미에서, 완전히 실재한다고 믿어지는 수많은 인물들, 즉 예언자들이며 사도들이며 천사들이며, 육화된 '말씀'과 그 어머니와 그 남편인 '영원한 아버지'를 둘러싼 온갖 종류의 성스러운 인물들이며, 온갖 순교자들과 박사들이며, 고부조(高浮彫)*로 대성당 정문에 붐비거나 내부를 가득 메우고 있는 그런 종족이 살고 있는 곳이었다. 이 모든 이들 중에서도 샤를뤼스 씨는 자신의 수호신이자 중개자로, 대천사 미카엘과 가브리엘과 라파엘을 택했고, '영원한 아버지'의 왕좌 앞에 서 있는 그들이 아버지에게 자신의 기도를 전해 주도록 자주 그들과 대담을 나눴다. 그러므로 코타르 부인의 실수는 나를 무척 즐겁게 했다.

종교적인 화제로부터 벗어나기 위해 한마디 해 본다면, 농사꾼 어머니의 초라한 충고 보따리를 들고 파리에 상경한 의사는, 의학도의 경력을 더욱 멀리 밀고 나가기 원하는 사람들이 여러 해 동안 온몸을 바쳐야 하는 그런 순전히 물리적인 연구에만 몰두했으므로, 교양을 쌓을 틈이 전혀 없었다. 권위는 꽤 획득했지만 경험이 부족했다. 그래서 그는 샤를뤼스의 "영

* 부조의 돌출된 부분이 다른 부분보다 두 배 이상 큰 것으로 거의 별도의 작품으로 분리될 수 있는 조각상을 가리킨다.

광입니다."란 말을 듣고는 문자 그대로 받아들여 만족했으나 (그는 허영심이 강했다.) 동시에 마음이 아팠다.(그는 착한 사람이었다.) "가련한 샤를뤼스가" 하고 그는 저녁에 아내에게 말했다. "우리와 함께 여행을 하게 돼서 영광이라고 말했을 때는 마음이 다 아프더군. 가련한 녀석이 교제하는 사람도 없고 비굴하게 구는 게 느껴져서 말이지."

그러나 신도들은 곧 인자한 코타르 부인의 안내를 받을 필요 없이 샤를뤼스 씨의 옆에서 처음 그들이 느꼈던 거북함을 억누르는 데 조금은 성공했다. 물론 그와 마주하면 스키의 폭로에 대한 기억과, 여행 동반자의 몸 안에 들어 있는 성적 기이함에 대한 생각이 끊임없이 머리에 떠올랐다. 그러나 이런 기이함조차 그들에게는 어떤 매력으로 작용했다. 그 기이함은 남작의 대화에, 게다가 주목할 만하지만 그들이 거의 음미할 수 없는 부분에서는 어떤 풍미마저 더했는데, 다른 사람들의 대화, 이를테면 브리쇼의 대화 같은 가장 흥미로운 대화도 그에 비하면 조금은 싱거워 보일 정도였다. 게다가 처음부터 그들은 그가 지적인 사람임을 알아보고 호감을 느꼈다. "천재는 광기와 가까운 사람이니."라고 의사는 말했다. 배움에 굶주린 대공 부인이 아무리 우겨 봐야 의사는 더 이상 아무 말도 하지 않았는데, 이 명제가 그가 천재에 대해 아는 전부였고, 게다가 그것은 장티푸스와 관절염과 관계된 모든 사실만큼이나 그에게는 증명되지 않은 것처럼 보였다. 그리고 지금은 대단한 사람이 되었지만, 여전히 버릇 없이 자란 아이로 남아 있었다. "질문은 안 됩니다, 대공 부인. 제게 묻지 마세요.

제가 바닷가에 온 것은 휴식을 취하기 위해서니까요. 게다가 무슨 말인지 이해하시지 못할 겁니다. 의학을 모르시니." 이 말에 대공 부인은 미안하다고 사과하면서 입을 다물었으나, 코타르를 매력적인 남자라 여겼고, 저명인사란 언제나 접근하기가 쉽지 않다고 생각했다. 이처럼 초기에는 샤를뤼스 씨를 그의 악덕에도 불구하고(혹은 사람들이 일반적으로 그렇게 부르는) 결국은 지적인 사람으로 생각했다. 지금은 그런 악습 때문에, 그 사실을 의식하지 못한 채로 그를 오히려 다른 사람보다 지적이라고 여겼다. 대학교수나 조각가의 능란한 부추김에 의해, 샤를뤼스 씨가 자신의 특이하고도 은밀하며 세련되고 괴물 같은 경험에서 길어 올린 그 사랑과 질투와 미에 관한 간단한 격언은, 신도들에게 우리 희곡 문학이 늘 제공하는 것과 유사한 심리 묘사가 러시아나 일본 연극에서 그곳 배우들의 연기로 표현될 때와 같은 그런 낯설음의 매력을 선사했다. 샤를뤼스 씨가 그들의 말을 듣고 있지 않을 때면, 그들은 여전히 위험을 무릅쓰고 악의적인 농담을 던졌다. "오!" 하고 조각가는, 샤를뤼스 씨가 뚫어지게 쳐다보지 않을 수 없는, 인도의 무희처럼 긴 속눈썹을 붙인 젊은 역무원을 쳐다보면서 속삭였다. "남작이 검표원에게 윙크하기 시작하면, 우리는 도착할 준비도 하지 못하겠는걸요. 열차가 뒷걸음으로 갈 테니까요. 남작이 어떤 식으로 검표원을 바라보는지 좀 보세요. 마치 작은 열차가 아니라 '케이블 열차'*를 탄 것 같다니까요." 그러

* 케이블 열차란 정확한 번역어가 아니다. 높은 곳을 밧줄로 연결해서 올라

나 사실은 샤를뤼스 씨가 오지 않으면, 자기 옆에 짙게 화장하고 배가 나오고 폐쇄적인 인물, 뭔가 이상한 과일 냄새가 풍겨 그걸 맛볼 생각만 해도 구역질이 나는 그런 이국적이고 수상쩍은 과일 상자와도 같은 인물도 없이 모든 사람과 똑같은 사람들하고만 여행해야 한다는 사실에 실망하는 것이었다. 이런 관점에서 보면 남성이란 성을 가진 신도들은, 샤를뤼스 씨가 기차를 타는 생마르탱뒤셴과 모렐이 그들과 합류하는 동시에르 역 사이의 그 짧은 여정에서, 보다 생생한 만족감을 느꼈다. 왜냐하면 바이올리니스트가 없을 때면(또 부인네들과 알베르틴이 남자들의 대화를 방해하지 않으려고 그녀들끼리만 무리 지어 있을 때면), 샤를뤼스 씨는 어떤 주제에 대해서도 기피하는 기색 없이, 또 "사람들이 나쁜 품행이라고 부르기로 정한 것"을 말할 때에도 전혀 거북해하지 않았기 때문이다. 알베르틴은 자신의 존재로 인해 대화의 자유가 제한되지 않기를 원하는 젊은 아가씨의 미덕과 더불어, 늘 부인들과 함께 있었으므로 샤를뤼스 씨에게 방해가 되지 않았다. 나와 같은 객차에 타기만 하면, 나는 그녀가 내 곁에 없어도 쉽게 견뎌 낼 수 있었다. 더 이상 그녀에게 질투나 사랑을 느끼지 않는 나는 그녀를 만나지 않는 날에는 그녀가 무엇을 하는지 생각하지 않았지만, 반면 내가 거기 있을 때에는, 부득이한 경우 그녀의 배

가는 열차, 즉 케이블 열차(funiculaire)를 조각가가 funiculeur란 신조어를 사용하여 동성애자라는 함의를 담았기 때문이다. 이 신조어는 케이블 열차의 어원인 작은 밧줄을 의미하는 funiculus의 funi란 어간에, 남색가를 의미하는 enculeur의 culeur를 더해서 만들어졌다.

신을 감출 수 있다고 여겨지는 어떤 간단한 칸막이만 있어도 견디기 힘들었고, 그래서 그녀가 부인들과 함께 옆 객실에만 가도, 더 이상 자리에 있을 수 없어, 말하는 사람이 브리쇼든 코타르나 샤를뤼스든 그들의 기분을 상하게 할 위험도 무릅쓰고, 또 그들에게 내가 도망치는 이유를 설명하지도 못한 채로 자리에서 일어나 그들을 그대로 내버려 두고, 뭔가 보통 때와 다른 일이 일어나지 않았는지 보기 위해 옆방으로 가곤 했다. 그리고 동시에르까지 샤를뤼스 씨는 다른 사람에게 충격을 줄 수 있다는 걱정도 접은 채, 때로는 아주 노골적으로 품행 얘기를 꺼내면서, 자기로서는 품행이 특별히 좋다거나 나쁘다고 생각하지 않는다고 선언했다. 그는 자신의 품행이 신도들의 머릿속에 어떤 의혹도 일으키지 않는다고 확신했으며, 따라서 자신의 폭넓은 정신을 보여 주기 위해 아주 능란한 솜씨로 얘기를 이어 갔다. 나중에 그에게 친숙하게 된 표현에 따르면, 이 세상에는 "그에 관해 어떤 의심도 하지 않는" 몇 명의 사람들이 존재한다고 믿었다. 그러나 그런 사람의 수는 서너 명을 넘지 않으며, 노르망디 해안에는 단 한 명도 없다고 상상했다. 이런 환상은 그렇게 예리하면서도 그렇게 불안해하는 사람으로서는 놀라운 일이라 하겠다. 이 방면에 조금은 정통하다고 생각되는 사람들에 대해서도, 그는 그들의 지식이 막연하다고 우쭐댔으며, 자신이 하는 얘기에 따라 이런저런 사람을 대화 상대자의 추측에서 제외시킬 수 있다고 주장했지만, 상대자는 예의상 그의 말에 수긍하는 척했을 뿐이다. 그는 내가 자신에 관해 알거나 추측하고 있을지도 모른다고 짐작하면서도, 그것은 현재 내가 가진 의견보다 훨씬 오래된, 그저 일반론에 지나지 않으므로, 자기 말을 믿게 하려면 세부적인 것 몇 가지만 부인해도 충분하다고 생각했다. 하지만 반대로, 전체에 대한 지식이 세부적인 지식보다 늘 앞선다고 해도, 그 전체적인 지식은 세부적인 것의 조사를 매우 용이하게 하며, 또 눈에 보이지 않는 힘마저 파괴하여 그런 사실을 감추고자 하는 이에게는 더 이상 자기가 원하는 것을 감추지 못하게 하는 법이다. 물론 샤를뤼스 씨가 어느 만찬에 이런저런 신도나 그 신도들의 친구로부터 초대를 받아, 가장 복잡한 우회 경로를 거쳐 그가 인용하는 열 명의 사람들 가운데 모렐의 이름을 인용하는 경우, 그날 저녁 모렐과 함께 초대를 받으면서 느낄 기쁨이나 편리함에 대해 언제나 다른 이유를 댔지만, 초대한 사람은 그가 말하는 이런 이유를 절대적으로 믿는 척하면서도 항상 똑같은 단 하나의 이유, 그가 그들은 모른다고 생각하는 이유, 다시 말해 모렐에 대한 사랑이라는 이유로 바꾸어서 생각한다는 것을 그는 조금도 알지 못했다. 마찬가지로 베르뒤랭 부인은 샤를뤼스 씨가 모렐에게 기울이는 관심의 동기가 언제나 반은 예술적이고 반은 인도주의적인 동기임을 전적으로 인정하는 듯했으며, 그녀는 바이올리니스트에 대한 남작의 눈물겨운 호의에(그녀의 말에 따르면) 정말 감동해서는 감사 인사를 멈추지 않았다. 샤를뤼스 씨가 어느 날 모렐과 기차로 오지 않고 지각했던 날, "이제는 젊은 숙녀들만 기다리면 되네요."라는 여주인의 말을 들었다면 얼마나 놀랐을까! 남작은 라 라스플리에르에서 거의 움직이지 않았고, 거기서 그곳

성당의 전속 신부나 연극의 레퍼토리에 나오는 사제 같은 얼굴을 하고, 이따금(모렐이 사십팔 시간 휴가를 받으면) 이틀 밤을 연달아 그곳에서 밤을 보내기도 했으므로 그 말을 들었다면 더더욱 놀랐을 것이다. 베르뒤랭 부인은 그들에게 연결되는 방 두 개를 주었으며, 그들을 편하게 해 주려고 "음악을 하고 싶다면 어려워 마세요. 벽은 요새의 벽 같고, 당신 층에는 당신들밖에 없으며, 또 제 남편은 납덩이처럼 깊은 잠에 빠지니까요."라고 말했다. 그런 날이면 샤를뤼스 씨는 대공 부인과 교대하여 역으로 신참들을 맞이하러 갔고, 베르뒤랭 부인이 건강 상태 때문에 마중 나오지 못했다고 사과하면서 부인의 상태를 얼마나 잘 묘사했던지 손님들은 그에 합당한 미소를 지으며 살롱 안으로 들어가다가, 여주인이 가슴을 반쯤 드러낸 옷차림과 활기찬 모습으로 서 있는 걸 보고는 깜짝 놀라 소리를 지르곤 했다.

왜냐하면 샤를뤼스 씨가 일시적으로 베르뒤랭 부인에게서 신도 중의 신도, 제2의 셰르바토프 대공 부인이 되었기 때문이다. 사교계에서 샤를뤼스 씨의 지위에 대해, 베르뒤랭 부인은 대공 부인의 그것보다 확신하지 못하고 있었으며, 대공 부인이 작은 동아리만 방문하고 싶어 하는 것도 다른 이들을 경멸하고 자기들 동아리만을 편애하기 때문이라고 상상했다. 이런 꾸밈은 자기들이 사귈 수 없는 사람은 모두 따분한 인간으로 취급하는 베르뒤랭네의 속성이었으므로, 베르뒤랭 부인이 대공 부인을 멋을 증오하는 강철 같은 영혼의 소유자라고 믿는다는 것은 있을 수 없는 일이었다. 하지만 베르뒤랭 부인은 자신의 의견을 굽히지 않았고, 러시아 귀부인이 따분한 사람들과 교제하지 않는 것은 그녀가 진심으로 자신의 지적 취향을 따른 것이라고 확신했다. 게다가 베르뒤랭네의 관점에서 따분한 사람들의 수도 점점 줄어들었다. 파리에서는 그런 사람들을 소개받으면 앞날에 대한 영향 때문에 두려워했을 테지만, 해수욕장에서의 삶은 그런 두려움을 제거해 주었다. 아내 없이 혼자 발베크에 온 명사들은 — 이런 행동은 만사를 쉽게 해 주는 법이다. — 먼저 라 라스플리에르에 접근했고, 그리하여 따분한 사람들은 멋진 사람이 되었다. 게르망트 대공이 그 경우에 해당했다. 그렇지만 아무리 게르망트 대공 부인이 옆에 없다 해도 드레퓌스주의란 자석(磁石)이 라 라스플리에르에 이르는 비탈길을 단숨에 올라가게 할 정도로 강력하지 않았다면, 그는 차마 베르뒤랭네 집에 '독신남'으로 가려고 마음먹지 못했을 것이다. 그날은 불행하게도 베르뒤랭 부인이 외출한 날이었다. 게다가 베르뒤랭 부인은 그와 샤를뤼스 씨가 같은 세계에서 온 사람임을 확신하지 못했다. 남작은 게르망트 공작이 자기 형이라고 말했지만, 그것은 어쩌면 어느 건달의 거짓말일지도 몰랐다. 샤를뤼스 씨가 그처럼 우아하고, 베르뒤랭네에 대해서 그처럼 다정하고 '충직한' 모습으로 나타나도, 여주인은 게르망트 대공과 함께 초대하기를 거의 머뭇거렸다. 부인은 스키와 코타르와 상의했다. "남작과 게르망트 대공이 괜찮을까요?" "하느님 맙소사, 그들 중 하나에 대해서는 ……라고 할 수 있는데요." "그들 중 하나라니, 그게 나와 무슨 상관이죠?" 하고 화가 난 베르뒤랭 부인이 말을 이었다. "그들이 함께 잘 지낼지를 물었는데요." "아! 부인, 그런 일은 정말 알기 힘든 법입니다." 베르뒤랭 부인은 이 점에 대해 어떤 악의도 갖고 있지 않았다. 그녀는 남작의 품행에 대해서는 확신했지만, 그녀가 그렇게 표현했을 때는 그런 사실은 전혀 염두에 두지 않고 대공과 샤를뤼스 씨를 함께 초대할 수 있을지, 그들이 사이좋게 지낼지(corder)*를 알고 싶었을 뿐이다. 그녀는 예술적 모임인 '작은 패거리'가 쓰는 이런 관용적인 표현을 어떤 악의도 없이 사용했다. 게르망트 씨를 과시하기 위해, 그녀는 오찬이 있던 다음 날 오후 해변의 뱃사람들이 출항 준비를 하는 모습을 보여 주는 자선 파티에 그를 데려가고 싶었다. 그러나 모든 일을 살필 시간이 없었던지라 자신의 임무를 신도 중의 신도인 남작에게 맡겼다. "아시겠죠. 그들이 홍합**처럼 꼼짝하지 않고 있으면 안 돼요. 가고 오고 출항 준비하는 모습을 보여 주어야 해요. 그 모든 걸 뭐라고 부르는지는 잘 모르겠지만. 그러나 당신은 '발베크 해변'에 있는 항구에 자주 가시니, 지치는 일 없이 그들을 훈련시킬 수 있을 거예요. 젊은 뱃사람들을 움직이게 하는 일도 저보다 훨씬 더 잘할 거예요. 하지만 어쨌든 우리는 게르망트 씨 때문에 꽤 애를 먹을 거예요. 어쩌면 조키 클럽의 바보인지도 모르거든요. 오! 하느님 맙소사! 내가 조키 클럽을 나쁘게 말하다니! 기억하기

* 리트레 사전에 따르면 서민들 사이에서 흔히 쓰이는 표현인 corder는 '사이좋게 지내다' 혹은 '마음이 맞다'를 뜻하는데, '어울리다', '일치하다'란 의미를 가진 accorder의 축약 형태처럼 보인다고 지적된다.(『소돔』, 폴리오, 616쪽 참조.)

** '무기력한 사람' 혹은 '멍청이'의 비유적 표현이다.

로 당신도 그중 한 사람인 것 같은데요. 이봐요! 남작, 당신은 제 말에 대답하지 않았어요. 당신도 그중 한 사람인가요? 우리와 함께 가시겠어요? 자, 보세요. 여기 제가 받은 책이 있어요. 당신도 관심을 가질 거라고 생각해요. 루종*의 책이죠. 제목이 근사해요. 『남자들 사이에서』라니."

나로서는 샤를뤼스 씨가 셰르바토프 대공 부인을 자주 대신하게 된 것이 무척 다행스러웠는데, 어떤 시시하지만 심각하기도 한 이유로 해서 나와 대공 부인의 사이가 나빠졌기 때문에 더욱 그러했다. 어느 날 작은 열차 안에서 언제나 그렇듯이 친절한 언사로 셰르바토프 대공 부인을 기쁘게 하던 중, 나는 빌파리지 부인이 열차에 타는 모습을 보았다. 사실 빌파리지 부인은 뤽상부르 대공 부인 댁에 몇 주일 지내러 와 있었지만, 알베르틴을 매일 만나야 하는 일상적인 필요에 얽매인 나는, 후작 부인과 그 왕족 출신의 여주인으로부터 초대가 급증하는데도 한 번도 응하지 않았다. 그런데 이런 할머니의 친구를 보자 그 일이 후회된 데다 또 단순한 의무감에서 나는(셰르바토프 대공 부인의 곁을 떠나지 않은 채로) 후작 부인과 꽤 오래 담소를 나누었다. 그렇지만 빌파리지 부인이 내 옆에 앉은 사람이 누구인지는 아주 잘 알았으나 사귀고 싶은 마음이 없다는 것은 전혀 알지 못했다. 다음 역에서 빌파리지 부인은 객차를 떠났고, 나는 부인의 하차를 도와주지 않은 걸 후회하기까

---

* Henri Roujon(1853~1914). 작가이자 문학 비평가로, 미술 대학 학장(1891)을 지냈으며, 1913년부터 한림원 회원이었다. 책의 정확한 제목은 『남자들 가운데서』(1906)로 에세이 모음집이다.

지 했다. 나는 대공 부인 옆에 앉으려고 갔다. 그러나 신분이 확실치 않고 자신에 대한 험담을 듣게 되지 않을까, 혹은 사람들이 그들을 멸시하지나 않을까 두려워하는 사람들에게서 흔한 대변동이, 그런 급격한 변화가 일어난 것만 같았다.《르뷔 데 되 몽드》에 몰두하던 셰르바토프 부인이 입술 끝으로 겨우 내 물음에 답할까 말까 하다가, 마침내 나 때문에 두통이 온다고 했다. 나는 내 죄가 무엇인지 전혀 이해하지 못했다. 내가 대공 부인에게 작별 인사를 했지만 그녀의 얼굴에는 여느 때와 같은 미소가 비치지 않았다. 그녀는 턱을 아래로 내리는 단순한 목례 외에는 내게 손도 내밀지 않았고, 그 후로는 말을 다시 걸지도 않았다. 하지만 베르뒤랭 부부에게는 그 얘기를 했던 모양이다.(어떻게 말했는지는 모르겠지만.) 왜냐하면 내가 셰르바토프 부인에게 인사하는 편이 낫지 않을까 하고 질문하자, 그들은 일제히 서둘러 "안 돼요. 특히 그런 짓은 하지 말아요. 부인은 예의상 하는 말을 싫어해요."라고 대답했기 때문이다. 나와 대공 부인의 사이를 갈라놓기 위해서 한 말은 아니었지만 이 말은, 그녀가 친절한 배려에는 무감각하고 세상의 덧없음에는 접근하기 힘든 영혼임을 깨닫게 했다. 완고한 사람이란 어느 누구도 원하지 않는 나약한 자이며, 강한 사람은 남이 원하건 원하지 않건 거의 신경 쓰지 않고 평범한 사람들이 나약함으로 여기는 온유함을 가진 유일한 존재라는 사실이 인간 사회의 법칙임을 이해하기 위해서는 — 물론 거기에는 예외가 있지만 — , 정치인이 권력을 잡은 후에는 모든 면에서 가장 타협을 모르고 가장 접근하기 힘든 사람으로 통하다가 실각하면 연인처럼 빛나는 미소를 머금고 수줍게 신문 기자의 거만한 인사를 구걸하는 모습을 보아야 하며, 코타르가 몸을 똑바로 세우는 것도 보아야 하며(그를 처음 본 환자들이 어떤 일에도 굴하지 않는 강철 막대로 간주하는), 그리고 셰르바토프 대공 부인의 오만한 겉모습과 보편적으로 인정된 반속물주의가 어떤 사랑으로 생긴 원한과 속물근성의 실패에서 비롯하는지도 보아야 했다.

게다가 셰르바토프 대공 부인을 지나치게 엄격하게 비판해서는 안 된다. 그녀는 아주 흔한 경우다! 어느 날 게르망트네 사람의 장례식에서 내 옆에 있는 훌륭한 분이 체격이 날씬하고 얼굴이 잘생긴 한 신사를 가리켰다. "모든 게르망트 사람들 중에서도," 하고 내 옆 사람이 말했다. "저분이 가장 놀랍고 가장 특이하답니다. 공작의 동생이죠." 나는 경솔하게도 그가 틀렸으며, 그 신사는 게르망트와는 어떤 친척 관계도 없는 푸르니에사를로베즈*라고 불리는 사람이라고 대답했다. 그 훌륭한 분은 등을 돌렸고 그 후론 내게 인사도 하지 않았다.

아카데미 회원이며 고위 관리이자 스키의 지인인 위대한 음악가**가 그의 조카딸이 살고 있는 아랑부빌에 들렀다가 베르뒤랭네의 수요 모임에 참석했다. 샤를뤼스 씨는 그에게 매

---

* Joseph-Raymond Fournier-Sarlovèze(1836~1916). 행정 관료로 도지사를 지냈으며 '아마추어 예술 협회'를 창설했다.

** 1909년 아카데미 회원으로 선출되고, 1905년부터 1920년까지 콩세르바투아르 원장을 지낸 작곡가 가브리엘 포레(Gabriel Fauré, 1845~1924)를 가리키는 것처럼 보인다고 지적된다.(『소돔』, 폴리오, 616쪽 참조.)

우 상냥하게 대했는데(모렐의 부탁에 따라), 그가 파리에 돌아가서 모렐이 연주하는 각종 비공개 음악회나 연습 등에 자신이 참석할 수 있도록 부탁하기 위해서였다. 상냥한 대접을 받자 기분이 우쭐해진 아카데미 회원은, 게다가 매력적인 사람인지라 그렇게 하겠다고 약속했으며, 또 약속을 지켰다. 남작은 그 인물이(그로 말할 것 같으면 오로지 여성만을 깊이 사랑하는 사람이었다.) 자신에게 보여 준 온갖 친절과, 보통 사람은 들어가지도 못하는 공적 장소에서 모렐을 만날 수 있도록 온갖 편의를 제공하고, 또 같은 재능을 가진 다른 많은 이들 중에서도 이 젊은 명연주자를 지명하여 특별한 반향을 일으킬 것이 확실한 음악회에서 연주를 하고 이름을 알릴 수 있도록 온갖 기회를 제공해 준 데 대해 무척 감동했다. 그러나 샤를뤼스 씨는, 이 거장이 바이올리니스트와 고상한 후원자의 관계를 아주 잘 알고 있는 탓에 두 배로 감사의 표시를 받아야 마땅하며, 혹은 더 적절히 말하자면 자신이 두 배로 그에게 죄를 짓고 있으므로, 더 고맙게 생각해야 한다는 것을 짐작조차 하지 못했다. 그는 그들의 관계에 대해 별다른 호감 없이, 여성 외에 다른 사랑은 이해하지 못하고 여성과의 사랑만이 자신의 음악에 영감을 주었으므로, 그저 도덕적 무관심이나 직업상의 만족과 봉사 정신, 사교적인 상냥함과 속물근성에서 그들의 관계를 도와주었던 것이다. 그 관계의 성격에 대해서는 거의 의문의 여지가 없었으므로, 라 라스플리에르의 첫 만찬에서 음악가는 샤를뤼스 씨와 모렐에 대해 얘기하면서, 스키에게 마치 한 남자와 정부에 대해 얘기하듯 질문했다. "그들이 함께한 지가 오래됐나요?" 그러나 그 일에 관계된 사람들에게 자신의 생각을 드러내기에 그는 지나치게 사교적이었으므로, 모렐의 동급생들 가운데서 그를 비방하는 소문이 돌면 그걸 곧 저지하고, 모렐에게 "오늘날에는 누구에게나 다 그런 비방을 한다네."라고 아버지처럼 안심시킬 준비가 되어 있었는데, 남작에게도 끊임없이 친절을 베풀어 남작은 그를 매력적이라고 생각했으며, 그러나 유명한 거장의 마음에 그토록 많은 악덕 혹은 미덕이 있으리라고는 상상하지 못했으므로 그것을 자연스럽게 여겼다. 샤를뤼스 씨가 없을 때 남들이 하는 말들, 즉 모렐에 관한 '대략적인' 말들을 샤를뤼스 씨에게 전할 만큼 그렇게 비열한 영혼을 가진 사람은 없었으니 말이다. 하지만 이런 단순한 상황에서도 사람들이 보편적으로 비난하는, 어디에서도 그 비난을 옹호하는 사람이 없는 '잡담'은 생겨나기 마련인데, 그것은 우리를 대상으로 하여 특별히 불쾌하든가, 아니면 우리가 모르는 제삼자에 관한 뭔가를 알려 주든가 하면서 나름대로 심리적 가치를 갖는다. 잡담은 우리가 사물의 현실이라고 믿지만, 실은 그 외관에 지나지 않는 거짓된 시각에 대해 우리 정신이 잠들지 못하도록 방해한다. 잡담은 이상주의 철학자가 가진 마술적인 능란한 솜씨를 통해 이런 외관을 뒤집고 직물의 안감이라는 예기치 못한 구석을 재빨리 드러낸다. 샤를뤼스 씨는 어느 다정한 여자 친척이 "어떻게 메메가 나를 사랑하기를 바랄 수 있나요? 내가 여자라는 걸 잊으셨나요?"라고 얘기하는 것을 상상이나 할 수 있었을까. 그렇지만 그녀는 샤를뤼스 씨에게 깊고 진실한 애정을 품고 있었다. 그런데 애정과 선의에 대한 어떤 기대도 품을 권리가 없는 베르뒤랭네 사람들에게서, 그가 없는 자리에서 그들이 하는 말이 그가 상상하던 것과 아주 다르다고 해서(우리는 단지 말만 달랐던 것이 아님을 나중에 보게 될 것이다.), 다시 말해 자신이 있을 때 들었던 말의 단순한 반영과는 다르다고 해서 어떻게 놀랄 수 있단 말인가? 이따금 혼자 몽상에 잠기기 위해 찾아가는 그 완벽한 정원에서, 잠시 베르뒤랭네 사람들이 자신에 대해 어떻게 생각하는지 상상할 때면, 그 작은 정자를 다정한 비문으로 장식해 주는 것은 바로 그가 있을 때 들었던 이런 말들뿐이었다. 그곳의 분위기는 그토록 호의적이고 다정했으며 거기서 취하는 휴식도 얼마나 위안이 되었던지, 샤를뤼스 씨가 잠들기 전 잠시 걱정거리로부터 벗어나기 위해 그곳에 찾아갔다가 미소를 짓지 않고 나오는 일은 한 번도 없었다. 그러나 우리 각자에게서 이런 종류의 정자는 이중적이다. 우리가 유일하다고 믿는 정자 앞에 평소 눈에 띄지 않는 다른 정자, 우리가 아는 것과 조화를 이루지만 전혀 다른 또 진짜 정자가 있으며, 우리가 보기를 기대하는 것은 아무것도 알아보지 못하는 그 정자의 장식은, 예기치 못한 적대감의 추악한 상징으로 만들어져 있어 우리를 소름 끼치게 할 수도 있다. 만일 샤를뤼스 씨가 어떤 잡담 덕분에 이런 적대적인 정자 중의 하나에 들어간다면, 마치 불만에 찬 출입 상인이나 해고된 하인이 방문 앞에 숯으로 음란한 낙서를 해 놓은 적대적 장소에 하인 전용 계단을 통해 들어갈 때처럼 얼마나 놀라겠는가! 우리에게는 몇몇 새들에게 있는 방향 감각이 없는 것과 마찬가지로 거리감과 시정감(視程感)도 부족하여 우리 생각은 전혀 하지도 않는 이해 당사자의 관심을 그들과는 반대로 매우 가깝게 상상하며, 또 그런 시간 동안 우리가 오히려 다른 이들의 걱정거리가 되고 있음은 짐작하지 못한다. 이렇게 샤를뤼스 씨는, 자신이 헤엄치는 모습을 반사하는 물이 어항 유리 너머로까지 펼쳐져 있다고 믿는 물고기처럼 착각 속에 살고 있었다. 그런데 물고기는 옆 그늘에서 자신의 뛰노는 모습을 좇으며 즐거워하는 산책자나, 예기치 못한 운명의 순간에 — 지금 남작에게는 훗날로 미뤄진 — 자신이 좋아하던 그곳에서 무자비하게 끄집어내어 다른 곳으로 내던질 그 전능한 양어가(養魚家)(파리에서 이 양어가는 베르뒤랭 부인일 것이다.)의 모습은 보지 못한다. 게다가 민족이란 것이 단순한 개인의 집합에 지나지 않는 경우, 그것은 이런 뿌리 깊고 집요하며 당혹스러운 눈멂에 대한 보다 광범위하고도, 그러나 각각의 부분에서는 동일한 사례를 제공할 수 있다. 지금까지는 이런 눈멂 때문에 샤를뤼스 씨가 그 작은 패거리에게 불필요한 달변을 늘어놓거나 지나치게 대담한 얘기를 해서 남몰래 사람들을 웃게 만들었지만, 그것은 아직까지는 그렇게 심각한 지장을 초래하지 않았고, 또 그런 일은 발베크에서는 일어날 수도 없었다. 약간의 알부민과 당(糖)과 심장 부정맥은 그것이 있다는 걸 알아차리지 못하는 사람에게는 정상적인 삶을 영위하는 데 방해가 되지 않으며, 의사만이 거기서 치명적인 병의 전조를 알아본다. 현재로서는 모렐에 대한 샤를뤼스 씨의 취향은 — 정신적이든 그렇지 않든 간에 — 모렐이 없을 때에만 그를 매우 미남으로 생각한다고 흔쾌히 말하게 하는 정도에 그쳤으며, 남작은 남들이 이 말을 지극히 순수하게 들을 거라고 생각했다. 마치 법정에 증언하기 위해 소환된 사람이 겉으로 보기에는 자신에게 불리한 듯 보이지만, 바로 그런 점 때문에 연극에 나오는 피고인의 관례적인 항의보다 더욱 자연스럽고 천박함이 덜하다고 생각하여 세부적인 내용으로 들어가기를 두려워하지 않는 그런 교활한 사람처럼 행동했다. 이처럼 자유롭게, 언제나 서(西)동시에르와 생마르탱뒤셴 사이에서 — 귀로는 그 반대였지만 — 샤를뤼스 씨는 지극히 기이한 품행의 소유자로 보이는 사람들 얘기를 기꺼이 해 댔고, "어쨌든 기이하다고 말은 했지만, 나는 그 이유를 모르겠습니다. 전혀 기이한 게 아니니까요."라고 덧붙이면서 자신의 말을 듣는 청중과 스스로에게, 자신이 얼마나 편하게 느끼는지를 보여 주려 했다. 사실 그는 작전의 주도권을 자신이 쥐고 있고, 말을 듣는 청중이 입을 다물고 미소를 지으면서 자기 말을 쉽게 믿거나 혹은 좋은 가정 교육에 의해 무장해제되었음을 아는 조건에서는 청중을 편하게 느꼈다.

샤를뤼스 씨가 모렐의 아름다움에 대해 찬사를 늘어놓지 않을 때면, 그는 그 찬사가 취향 — 악덕이라고 불리는 — 의 문제와는 별개라는 듯, 그 악덕이 자기와는 전혀 무관하다는 듯, 악덕의 문제를 다루었다. 때로는 악덕이라고 직접 거명하는 것조차 주저하지 않았다. 그가 소장하는 아름다운 발자크 장정을 바라본 후, 내가 『인간 희극』에서 가장 좋아하는 작품이 무엇이냐고 묻자, 그는 자신의 생각을 어떤 고정 관념으로 끌고 가면서 이렇게 대답했다. "둘 중의 하나지. 「투르의 신부」나 「버림받은 여인」 같은 지극히 작은 세밀화나, 아니면 『잃어버린 환상』 같은 대벽화라네.* 뭐라고! 『잃어버린 환상』**을 모른다고? 카를로스 에레라가 탄 마차가 어느 성 앞을 지나갈 때, 그 성 이름이 무엇인지 묻고, 그것이 예전에 자기가 사랑했던 라스티냐크의 성이라는 걸 알아차리는 순간은 얼마나 아름다운가!*** 그때 에레라 사제는 몽상에 잠겼고, 스완은 그것을 매우 재치 있게 남색(男色)에 관한 「올랭피오의 슬픔」****이라고 지칭했다네. 그리고 뤼시앵의 죽음은! 어느

---

* 프루스트는 1917년 부알레브(Boylesve)에게 보낸 편지에서, "나는 『잃어버린 환상』과 『화류계 여인의 영광과 비참』 같은 거대한 벽화를 찬미하지만, 그렇다고 해서 적어도 「투르의 신부」나 「노처녀」 혹은 「금빛 눈의 소녀」를 높이 평가하지 않거나, 이런 세밀화의 예술을 벽화와 동등하게 취급하지 않는 것은 아닙니다."라고 썼다.(『소돔』, 폴리오, 616쪽에서 인용.)

** 발자크의 『인간 희극』(1843) 중에서도 핵심이라 할 수 있는 이 작품은, 시골에 사는 두 청년 뤼시앵 드 뤼방프레와 다비드 세샤르가 파리에 상경하여 문학과 귀족과 돈에 대한 열망으로 좌절과 환멸을 맛보는 이야기이다.

*** 샤를뤼스는 『잃어버린 환상』(1843)의 후속편이라 할 수 있는 『화류계 여인의 영광과 비참』(1847)을 끌어들이기 위해, 『잃어버린 환상』의 끝부분에서 뤼시앵 드 뤼방프레와 카를로스 에레라(일명 보트랭)의 만남을 환기한다. 뤼시앵이 강에 몸을 던지려 하는 순간, 자칭 스페인 사제라는 카를로스 에레라가 나타나 그를 구해 주고, 같이 마차에 타서 파리로 가던 중, 마차가 어느 성 앞을 지나가자 뤼시앵은 그 성이 예전에 보케르 하숙집에서 알던 라스티냐크의 성이라고 말한다. 이에 보트랭은 예전에는 라스티냐크에게 관심을 가졌지만, 이제 자신이 사랑할 사람은 뤼시앵임을 깨닫는데, 이런 보트랭과 뤼시앵의 관계는 샤를뤼스와 모렐의 관계를 암시하는 것으로 화자는 샤를뤼스를 악의 화신인 보트랭에 비유하고 있다.

**** 빅토르 위고의 『빛과 그림자』(1840)에 수록된, 비교적 많이 알려진 작품이다. 올림푸스 산의 제우스를 연상시키는 그의 시적 분신 올랭피오를 통해,

취미가 고상한 사람이 대답했는지는 잘 기억나지 않지만, 그는 자신의 삶에서 가장 슬펐던 사건이 무엇이냐고 묻는 질문에 '『화류계 여인의 영광과 비참』에 나오는 뤼시앵 드 뤼방프레의 죽음입니다.'*라고 대답했다네." "금년에는 발자크가 대유행임을 압니다. 작년에 비관주의가 그랬던 것처럼." 하고 브리쇼가 말을 끊었다. "하지만 발자크에게 경의를 표하려고 애쓰는 이들의 가슴을 아프게 할 위험을 무릅쓰고 감히 말씀드리자면, 문학 감독관 역할을 한다고 자처하거나 문법 오류에 대한 보고서를 작성할 의도는 전혀 없이, 다만 그의 끔찍한 노작들을 당신이 유별나게 과대평가하는 것처럼 보이는 그 방대한 양의 즉흥 작가가, 제 눈에는 늘 뭔가 충분히 세밀하지 못한 필경사로 보였습니다. 당신이 우리에게 말하는 그

위고는 쥘리에트 드루에와의 사랑이 태동했던 자연의 관조를 노래한다. 프루스트는 『생트뵈브에 반하여』에서 "『잃어버린 환상』의 가장 아름다운 장면은 명백히 두 여행자가 라스티냐크의 폐허가 된 성 앞을 지나가는 장면으로, 나는 그것을 동성애에 관한 '올랭피오의 슬픔'이라고 부른다."라고 썼다.(『소돔』, 폴리오, 616~617쪽 참조.)

* 여기서 어느 취미가 고상한 사람이란 바로 오스카 와일드를 가리킨다. 그는 『거짓의 쇠락』(1841)에서 "내 삶의 가장 큰 비극은 뤼시앵 드 뤼방프레의 죽음이다."라고 표명했다. 이 문단의 이해를 위해 『화류계 여인의 영광과 비참』의 줄거리를 살펴보면, 뤼시앵과 보트랭은 기이한 계약을 하고, 이 계약은 뤼시앵에게 그가 갖지 못했던 온갖 부와 명성을 안겨 준다. 그러나 뤼시앵의 사회적 지위를 보다 공고히 하기 위해 보트랭은 유대인 창녀 에스테르에게 뉘싱겐 남작의 정부가 될 것을 제안한다. 뤼시앵을 사랑하는 에스테르는 보트랭의 제안을 받아들이지만, 남작과 잠자리를 하기 직전 자살한다. 이들의 계략이 알려지면서 뤼시앵은 보트랭의 진짜 정체와 진실을 밝히고 자살하며, 이에 충격과 회한에 사로잡힌 보트랭은 칩거한다.

『잃어버린 환상』을 남작, 저도 입문한 사람의 열정에 도달하기 위해 자신을 고문해 가면서 읽었습니다만, 솔직히 고백하면 은어 혹은 이중 삼중의 횡설수설로 집필된("행복한 에스테르", "나쁜 길은 어디로 인도하는가?", "얼마의 대가를 지불하면 늙은이에게도 사랑은 돌아오는가?"*) 그 신문 연재소설이 제가 보기엔 언제나, 설명할 수 없는 인기로 한때 걸작의 위치에 잠시나마 오른 적이 있던 로캉볼**의 수수께끼와도 같은 효과를 자아내는 것 같았습니다." "인생을 몰라서 그런 말을 하는 겁니다." 하고 짜증이 배가된 샤를뤼스 씨가 대답했다. 그는 브리쇼가 그의 예술가로서의 이유와 또 다른 이유도 이해하지 못한다고 느꼈다. "물론," 하고 브리쇼가 대답했다. "우리의 스승이신 프랑수아 라블레처럼 말해 본다면, 당신은 저를 매우 '소르본적인, 소르본다운, 소르본의 틀에 박힌' 사람이라고 하시겠죠.*** 저나 제 동료들도 마찬가지지만, 진실함과

---

* 1844년판의 『화류계 여인의 영광과 비참』에는 1장 제목이 "행복한 에스테르"였지만, 최종본에서는 "어떻게 여자들은 사랑하는가?"로 바뀐다. "얼마의 대가를 지불하면 늙은이에게도 사랑은 돌아오는가?"와 "나쁜 길은 어디로 인도하는가?"는 각각 2장과 3장의 제목이며, 마지막 4장의 제목은 "보트랭의 최후의 화신"이다.

** 로캉볼은 퐁송 뒤 테라유(Ponson du Terrail, 1829~1971)가 쓴 30여 편의 소설에 등장하는 주인공이다. 사실 같지 않은 믿기 어려운 모험 소설에 등장하는 인물의 전형이다. '기상천외한'을 뜻하는 로캉볼레스크(rocambolesque)란 표현이 바로 여기에서 연유한다.(『소돔』, 폴리오, 617쪽 참조.)

*** 프랑수아 라블레의 『팡타그뤼엘』(1532)과 『가르강튀아』(1534)에 나오는 단어들로 원문에는 sorbonagre, sorbonicole, soboniforme라고 쓰여 있다. 이 단어들은 별 차이 없이 소르본 대학의 교수나 학생의 현학적인 태도를 풍자하는 표현으로, 역자가 임의적으로 조금씩 차이를 두어 옮겼다.

삶의 느낌을 주는 책을 좋아합니다. 저는 그런 지식 서사는 아닙니다……." "라블레의 십오 분이군요."* 하고 코타르 의사는 조금도 의심하는 기색 없이 자신의 재치를 확신하며 대답했다. "기교의 대가인 샤토브리앙 자작의 가르침 속에 아베오부아**의 규칙에 복종하면서, 인문학자의 엄격한 규칙에 따라 문학에 서원하는 사람들 말입니다. 샤토브리앙 자작님은……." "감자를 곁들인 샤토브리앙 스테이크요?"*** 하고 코타르가 끼어들었다. "그가 바로 그 부류의 우두머리죠." 하고 브리쇼는 의사의 농담에 대꾸하지 않고 말을 계속했으며, 반면 의사는 브리쇼 교수의 말에 깜짝 놀라 샤를뤼스 씨를 불안한 기색으로 바라보았다. 코타르의 눈에는 브리쇼가 요령이 부족한 것처럼 보였고, 이런 코타르의 농담에 셰르바토프의 대공 부인 입술에는 엷은 미소가 떠올랐다. "교수님에게선 완벽한 회의주의자의 신랄한 아이러니도 결코 그 당위성을 잃지 않는군요." 하고 대공 부인은 상냥한 태도로, 또 의사의 '말'을 놓치지 않았다는 걸 보여 주기 위해 말했다. "현자는 필

---

* 이 재담에 대해서는 『잃어버린 시간을 찾아서』 2권 31쪽 참조. 코타르가 처음 이 관용구를 사용했을 때는 그 정확한 의미를 몰라 망설였지만, 이제는 완벽하게 습득해서 자신에 차 있다는 의미다.

** 44쪽 주석 참조. 샤토브리앙의 정부 레카미에 부인이 살던 곳으로, 이곳을 드나들던 문인들은 표현력이 풍부하고 유려한 기교파 대가인 샤토브리앙의 가르침을 준수했다.

*** 샤토브리앙 스테이크는 최상급 안심 스테이크로 보통은 베아르네즈 소스와 감자 수플레를 곁들이는데, 여기서는 약칭해서 표기되었다. 이 요리명은 샤토브리앙의 요리사였던 몽미레유(Montmireil)가 처음 고안한 데서 유래했다는 설이 있다.

연적으로 회의주의자가 될 수밖에 없습니다." 하고 의사가 대답했다. "나는 무엇을 알고 있는가?(Que sais-je?) 소크라테스는 '그노티 세아우톤'이라고 말했죠.* 맞는 말입니다. 모든 일에서 지나침은 결점입니다. 그러나 이 말이 소크라테스의 이름을 오늘날까지도 살아남게 했다고 생각하면 얼마나 놀라운지 제 낯빛이 다 변할 지경입니다. 그런 철학 속에 무엇이 있단 말입니까? 결국 거의 아무것도 없습니다. 그런데 샤르코와 여타 사람들은 그보다 천배는 더 훌륭한 작업을 했으며, 또 그 작업은 적어도 뭔가에, 이를테면 전신 마비의 증후군처럼 눈동자의 반사 작용 정지 같은 것에 의존하는데도 그들이 거의 잊혔다는 걸 생각하면! 요컨대 소크라테스는 그렇게 대단한 사람이 아닙니다. 그들은 그저 할 일 없이 산책하거나 토론을 하면서 온종일을 보냈던 사람들입니다. 예수 그리스도가 '서로 사랑하라.'라고 말한 것과도 같죠. 얼마나 근사한 말입니까!" "여보," 하고 코타르 부인이 간청했다. "물론 제 아내는 반박하죠. 여자들이란 모두 신경증 환자들이니까요." "하지만 의사 선생님, 전 신경증 환자가 아닌데요." "뭐라고? 신경증 환자가 아니라고? 아들이 아프면 불면증 증상을 보이는데도? 하지만 결국 저는 소크라테스와 그 밖의 사람들이 탁월한 교양을 위해서나, 자신이 아는 걸 설명하는 재능을 얻기 위해 필요하다는 걸 인정합니다. 저는 항상 첫 번째 강의에는 학생

* "나는 무엇을 알고 있는가?" 즉 "크세주?(Que sais-je?)"는 몽테뉴의 명구로 『레몽 스봉의 변호』(1588)의 부록에서 설명된다. 그리고 소크라테스의 '너 자신을 알라'는 델포이의 아폴론 신전 정면에 새겨져 있다.

들에게 '그노티 세아우톤'이란 말을 인용합니다. 그걸 안 부샤르 영감께서도 칭찬해 주시더군요." "저는 시를 읽으면서 풍부한 운율을 수집하지 않는 것과 마찬가지로, 형식을 위한 형식의 주창자가 아닙니다." 하고 브리쇼가 말을 이었다. "하지만 그래도 『인간 희극』(전혀 인간적이라고 할 수 없는)은 그 고약한 비평가의 말처럼 오비디우스가 말한, 예술이 내용을 넘어서는 작품들과는 상반되는 작품이죠.* 그리고 우리에게 허용된 것은 르네가 엄격한 주교직 임무를 멋지게 수행했던 발레오루와, 집달리의 입회인에게 시달리던 오노레 드 발자크가 횡설수설의 열성적인 사도로서 폴란드 여인을 위해 계속 틀린 글자로 써 대던 레자르디로부터 거의 같은 거리에 있는, 뫼동의 사제관이나 페르네의 은거지에 이르는 중간 길을 택하는 것입니다."** "샤토브리앙은 당신이 말하는 것보다 오늘

* '예술이나 형식이 소재나 내용을 지배한다', '작업이 내용을 초과한다' 혹은 '문체가 사상을 지배한다' 등으로 풀이될 수 있는 라틴어 Materiam superabat opus는 오비디우스의 『변신 이야기』(II, 5)에 나오는 명구이다. 그런데 폴 수데(Paul Souday)는 1913년 《르 탕》에 실린 『스완』의 서평에서 프루스트의 프랑스어 오류를 지적하기 위해, 호라티우스에서 빌린 것이라며 이 구절을 인용했고, 이에 프루스트는 이 말은 호라티우스가 아니라 오비디우스가 한 말이며, 더 나아가 오비디우스는 이 말을 비난이 아닌 긍정의 의미로 사용했다고 반박했다.(『소돔』, 폴리오, 617~618쪽 참조.)

** 발레오루는 샤토브리앙(프랑수아 르네 드 샤토브리앙)이 말년에 『무덤 너머의 회고록』을 집필하던 곳으로, 브리쇼는 정통 가톨릭 신도였던 샤토브리앙을 '주교직 임무'를 성실히 수행하는 사람에 빗대고 있다. 레자르디는 빌다브레 소재의 발자크 집을 가리키는데, 발자크가 빚에 쪼들리면서도 사랑하는 폴란드 여인 한스카 부인과의 결혼을 위해 서둘러서 글을 썼던 곳이다. 라블레는 뫼동의 사제로 불렸으며, 페르네는 볼테르의 은거지였다. 예술을 지나치게 강조하는

날까지 큰 영향력을 미치는 작가이며, 또 발자크는 이 모든 것에도 불구하고 위대한 작가입니다." 하고 브리쇼의 말에 화를 내지 않기에는 지나치게 스완의 취향에 젖어 있는 샤를뤼스 씨가 대답했다. "그리고 발자크는 모두가 알지 못하는, 혹은 열정을 시들게 하기 위해서만 연구하는 그런 열정까지도 알고 있었습니다. 불멸의 작품인 『잃어버린 환상』과 「사라진」, 「금빛 눈의 소녀」, 「사막에서의 열정」은 두말할 필요도 없거니와, 꽤 수수께끼 같은 「가짜 정부」만 해도 제 주장을 뒷받침해 줍니다.* 스완에게 '자연을 벗어난' 발자크의 이런 측면에 대해 얘기를 한 적이 있는데, 그러자 그는 '자네는 이폴리트 텐과 견해가 같군.'이라고 말하더군요. 이폴리트 텐 씨를 아는 영광은 갖지 못했습니다만." 하고 샤를뤼스는 덧붙였다.(그에게는 사교계 인사들의 그 불필요하고도 짜증 나는 습관인, 위대한 작가에게 '씨'라는 존칭을 붙이며 부르는 습관이 있었는데, 사교계 인사들은 위대한 작가에게 '씨'라는 존칭을 붙임으로써 경의를 표하거나 어쩌면 거리감을 유지한다고, 또 그와 아는 사이가 아님을 알려준다고 믿는 것 같았다.) 실상 이런 우스꽝스러운 사교계 습관에

샤토브리앙과 문체를 무시하고 이야기만을 나열하는 발자크와 같은 극단적인 작가들보다 라블레나 볼테르 같은 중용의 미학을 실천하는 작가를 더 좋아한다는 의미이다.

* 「사라진」(1830)은 거세된 가수를 사랑하는 조각가의 이야기이며, 「금빛 눈의 소녀」(1835)는 두 여인 간의 사랑을, 「사막에서의 열정」(1830)은 이집트 원정대에 참여한 한 병사와 표범의 사랑을 다룬 이야기이며, 「가짜 정부」(1841)는 자신의 목숨을 구해 준 친구와 친구의 애인을 사랑하는 남자가, 그 사실을 은폐하기 위해 마치 자신에게 정부가 있는 것처럼 꾸미는 이야기다.

도 불구하고 샤를뤼스 씨는 매우 지적인 사람이었고, 혹시라도 예전에 어떤 혼인으로 인해 그의 가문과 발자크의 가문이 친척 관계로 맺어졌다면, 그는 틀림없이 만족감을 느꼈을 것이며(그 점에서는 발자크 못지않게), 하지만 감탄할 만한 겸손의 표시인 양 스스로를 과시하지 않고는 못 배겼을 것이다.

이따금 생마르탱뒤셴 다음 역에서 젊은이들이 기차에 탔고, 샤를뤼스 씨는 그들을 바라보지 않을 수 없었지만 그들에 대한 관심을 축소하고 은폐했으므로, 그것이 뭔가 비밀을 감추는 듯, 진짜 비밀보다 더 특별한 비밀을 감추는 듯한 모양을 띠었다. 마치 그가 그들을 알지만 우리 쪽으로 고개를 돌리기 전에 그들을 모르는 체하는 희생을 감수하고, 그 후에는 그런 사실을 자기도 모르게 보여 주는 것 같았다. 마치 부모들 간의 불화로 학교 친구에게 인사하는 것도 금지당한 아이들이, 그 친구들을 만났을 때 잠시 머리를 들 수밖에 없으나 가정 교사의 엄한 감시 때문에 이내 머리를 다시 떨구는 것처럼 말이다.

발자크를 얘기하며 샤를뤼스 씨가 『화류계 여인의 영광과 비참』을 「올랭피오의 슬픔」에 비유하면서 그리스어에 기원을 둔 단어를 말했을 때,* 스키와 브리쇼와 코타르는 냉소적이라

---

* 『화류계 여인의 영광과 비참』이 아니라 『잃어버린 환상』에서 뤼시앵과 보트랭이 라스티냐크의 성관 앞을 지나갈 때 스완이 한 말, 즉 "남색(男色)에 관한 「올랭피오의 슬픔」이라고 지칭했다네."라는 구절에서 사용된 '남색'이란 단어를 가리킨다. 여기서 남색이라고 옮긴 pédérastie의 그리스어 어원은 paîs(소년)와 erastès(연인)의 합성어로서 정확히는 '소년애'를 의미하며, 이는 성인 남자와 어린 소년의 특별한 관계 위에 구축된 고대 그리스의 도덕적, 교육적 제도에서 연유한다. 그러나 19세기에 들어오면서 이 단어는 일반적으로 소년애보다는 남성

기보다는 만족감에 젖은 미소로 서로를 바라보았는데, 그 미소는 마치 드레퓌스에게 스스로의 사건에 관해, 혹은 황후* 에게 그녀의 통치에 관해 얘기하게 하는 데 성공했을 때 손님들이 지었을 법한 미소였다. 사람들은 샤를뤼스 씨가 이 주제에 관해 좀 더 얘기하도록 부추기고 싶었지만, 기차가 벌써 모렐이 합류하는 동시에르에 도착했다. 모렐 앞에서 샤를뤼스 씨는 자신이 하는 말을 조심스럽게 살폈고, 스키가 뤼시앵 드 뤼방프레에 대한 카를로스 에레라의 사랑 이야기로 남작을 유도하려고 하자, 뭔가 거북하고 신비스러운 표정을 짓다가, 마침내는(그들이 자신의 말을 듣지 않는 걸 보고) 딸 앞에서 야한 얘기를 듣는 아버지의, 판관과도 같은 엄격한 표정을 지었다. 스키가 자기주장을 조금은 집요하게 밀고 나가자, 샤를뤼스 씨는 튀어나올 듯한 눈으로 목소리를 높이고 알베르틴을 가리키면서, 의미 있는 어조와 버릇없는 인간을 훈계하려는 이중의 의미를 지닌 어조로 "저 아가씨의 관심을 끌 만한 얘기를 할 때가 온 것 같은데요."라고 말했다. 알베르틴은 코타르 부인과 셰르바토프 대공 부인과의 담소에 열중하느라 우리 말

끼리의 성적 관계를 지칭하는 말이 되었으며, 그리하여 곧 독일에서 들어온 동성애란 말로 대체된다. 앙드레 지드가 『코리동』에서 그리스 어원에 보다 충실한 의미를 이 단어에 부여하면서, 다시 소년애라는 의미가 복원되는 계기가 되기도 했지만, 프루스트 자신이 다른 곳에서(351쪽 주석 참조.) 이 장면에 대해 "동성애에 관한 '올랭피오의 슬픔'"이라고 정의하고 있으므로 여기서는 보다 일반적인 '남색'으로 옮기고자 한다.(『소돔』, 폴리오, 616~617쪽 참조.)

* 외제니 황후에 대한 암시처럼 보인다고 지적된다.(『소돔』, 폴리오, 618쪽 참조. 외제니 황후에 대해서는 『잃어버린 시간을 찾아서』 7권 194쪽 주석 참조.)

을 들을 수 없었다. 하지만 나는 곧 샤를뤼스 씨에게 아가씨는 알베르틴이 아닌 모렐임을 깨달았다. 게다가 조금 후에 그가 모렐 앞에서 더 이상 그런 대화를 하지 말자고 부탁했을 때 사용한 표현이 내 해석의 정확함을 증명해 주었다. "자네도 알지만," 하고 그는 내게 바이올리니스트에 관해 말했다. "그는 자네가 생각하는 것과 같은 아이가 전혀 아닐세. 매우 충실한 아이로 언제나 얌전하고 단정하다네." 사람들은 이 말에, 샤를뤼스 씨가 젊은이들의 성도착을 여인들의 매춘만큼이나 절박한 위험으로 간주하고 있으며, 또 모렐에 대해 사용한 '단정한'이라는 형용사가 젊은 여공을 상대로 할 때와 같은 의미라는 걸 느낄 수 있었다. 그때 브리쇼가 화제를 바꾸려고 내게 앵카르빌에 더 오래 머무를 예정이냐고 물었다. 나는 앵카르빌이 아니라 발베크에 머무른다고 그에게 여러 번 말했지만 전혀 소용이 없었다. 그는 이 연안 지대를 앵카르빌 또는 발베크앵카르빌이라는 이름으로 지칭하면서, 늘 같은 오류를 범했다. 이처럼 같은 것을 말하면서도 조금은 다른 이름으로 부르는 사람들이 있다. 포부르생제르맹의 한 귀부인은 게르망트 공작 부인에 대해 얘기하면서, 늘 내게 제나이드* 혹은 오리안제나이드를 만난 지 오래됐느냐고 묻곤 했는데, 처음 순간에는 무슨 말인지 전혀 이해할 수 없었다. 아마도 게르망트 부인의 한 친척이 오리안이어서 혼동을 피하려고 게르망트 부인을 오

* 제나이드 혹은 러시아어로 '지나이다'라고 불리는 이 이름은 '제우스 가문' 혹은 '신의 딸'이란 의미로 19세기에 유행했던 이름이다. 『잃어버린 시간을 찾아서』 6권 293쪽을 보면 외디쿠르 부인의 이름이 제나이드이다.

리안제나이드라고 불렀던 때가 있었는지도 모르겠다. 마찬가지로 어쩌면 처음에는 앵카르빌 역만 있고 거기서 마차로 발베크에 갔었는지도 모른다. "그런데 무슨 얘기를 하고 계셨나요?" 하고 알베르틴은 샤를뤼스 씨가 부당하게 차지한 가장의 엄숙한 어조에 놀라 말을 걸었다. "발자크에 관해서요." 하고 남작이 서둘러 대답했다. "아가씨는 마침 오늘 저녁 카디냥 대공 부인과 같은 옷차림을 하고 있네요.* 그녀가 만찬 때 입었던 첫 번째 옷차림이 아니라 두 번째 옷차림 말이에요." 이런 만남은 내가 알베르틴의 옷을 고르는 데 있어, 엘스티르 덕분에 그녀가 갖게 된 옷의 취향으로부터 영감을 받았기 때문이다. 엘스티르는 절제된 의상을 높이 평가했는데, 부드러움이나 프랑스풍의 유연함이 더 많이 동반되지 않는다면 영국풍이라고 불릴 만한 것이었다. 엘스티르는 대개 디안 드 카디냥의 옷처럼 회색빛이 조화롭게 어우러진 옷을 선호했다. 알베르틴의 옷차림이 가진 진정한 가치를 음미할 줄 아는 사람은 샤를뤼스 씨뿐이었다. 그의 눈은 알베르틴의 옷이 창출하는

---

* 「카디냥 대공 부인의 비밀」(1839)에서 발자크는 아르테즈와의 두 번째 만남에서 카디냥 대공 부인이 입었던 옷을 이렇게 묘사하고 있다. "그녀는 뭔가 반쯤은 상복과도 같은, 버려진 우아함으로 가득한 회색빛이 조화롭게 어우러진 옷을 우리 눈에 제공했는데, 그것은 어쩌면 몇몇 자연스러운 관계, 자식에 대한 애착 외에는 더 이상 삶에 미련이 없는 권태로운 여인의 옷차림이었다." 프루스트는 러스킨의 『아미앵의 성서』 서문에서 러스킨의 인용에 대한 취향과, 비록 이름은 지칭하지 않았지만 당시에 가장 유명했던 몽테스큐의 물신 숭배를 비교하면서, 그가 여자 친구의 옷차림에서 "카디냥 대공 부인이 아르테즈를 처음 만났던 날 입었던 그런 옷차림을 발견하기를 좋아했다."라고 적고 있다.(『소돔』, 폴리오, 618쪽에서 재인용.)

희귀성과 가치를 금방 포착했다. 옷감 명도 다른 이름을 대는 적이 없었으며 그걸 제조한 사람의 이름도 알았다. 다만 샤를뤼스 씨는 — 여인들에 대해서는 — 엘스티르가 허용하는 것보다 조금 더 화려하고 색깔이 있는 옷을 좋아했다. 게다가 그날 저녁 알베르틴은 암고양이 같은 그 분홍빛 코를 찡긋하면서 반쯤은 미소를 띠고, 반쯤은 불안한 눈길을 던지고 있었다. 사실 중국산 크레이프 회색 스커트 위에 체비엇 양털*의 회색 재킷을 걸친 알베르틴은 온통 회색빛 느낌을 풍겼다. 그러나 재킷을 입거나 벗거나 하면서, 부푼 소매를 납작하게 만들거나 치켜올릴 필요가 있을 때면 그녀는 내게 도와달라는 신호를 보내며 그 재킷을 벗었고, 그러면 아주 부드러운, 분홍빛과 연푸른빛과 초록빛과 비둘기 목털 빛의 스코틀랜드 체크무늬가 회색 하늘에 무지개를 만드는 것처럼 보였다. 그녀는 그것이 샤를뤼스 씨의 마음에 드는지 궁금해했다. "아!" 하고 그는 황홀한 표정으로 대답했다. "광선이, 빛의 프리즘이 여기 있군요. 나의 모든 찬사를 보냅니다." "그걸 받을 자격이 있는 건 이 사람뿐이에요." 하고 알베르틴은 나를 가리키면서 상냥하게 대답했는데, 그녀는 나로부터 온 것은 모두 보여 주고 싶어 했다. "옷을 입을 줄 모르는 여인들만이 색깔을 두려워하는 법이죠." 하고 샤를뤼스 씨가 말을 이었다 "화려한 빛깔의 옷을 입고도 천박해 보이지 않고, 부드러운 빛깔의 옷을 입고도 흐릿해 보이지 않을 수 있으니까요. 게다가 아가씨에게는 카디

* 영국 잉글랜드 북쪽의 체비엇 구릉지에서 나는 양털을 가리킨다.

냥 부인처럼 삶에 대해 초연한 듯 보이고 싶어 할 이유가 없을 테니까요. 카디냥 부인이 이 회색 옷을 입으면서 아르테즈에게 주입하고 싶어 했던 것이 바로 그런 생각이었죠." 옷의 이런 말 없는 언어에 관심이 많았던 알베르틴이 샤를뤼스 씨에게 카디냥 대공 부인에 대해 물었다. "아주 멋진 중편 소설이에요."* 하고 남작은 꿈꾸는 듯한 어조로 말했다. "나는 디안 드 카디냥이 에스파르 부인과 함께 산책했던 작은 정원을 알고 있어요. 내 사촌 가운데 한 분의 정원이거든요."** "사촌의 정원에 관한 이 모든 문제는," 하고 브리쇼가 코타르에게 속삭였다. "족보와 마찬가지로 이 훌륭한 남작에게는 가치가 있을 거요. 하지만 그곳을 산책할 특권도 없고, 그 귀부인도 알지 못하고, 귀족의 작위도 소유하지 못한 우리에게야 도대체 무슨 관심거리가 된단 말이오?" 브리쇼는 우리가 옷과 정원에 대해서도 예술 작품과 같은 관심을 가질 수 있으며, 또 샤를뤼스 씨가 마치 발자크의 세계에 있는 것처럼, 카디냥 부인의 작은 정원 오솔길을 그려 본다는 것은 전혀 상상할 수 없었던 것

---

* 젊은 나이에 사교계에서 은퇴한 디안 드 카디냥 부인은 친구인 에스파르 후작 부인에게 자신에게 열세 명의 정부가 있었지만, 실은 단 한 번도 진정한 사랑은 해 보지 못했다고 고백한다. 이에 에스파르 후작 부인이 작가인 아르테즈를 소개하고, 카디냥 대공 부인이 매우 순결하고 진지한 여인임을 알게 된 아르테즈는 그녀의 거짓과 음모에도, 그녀를 변호하며 사랑한다는 이야기이다. 발자크의 소설에서 사랑이 유일하게 긍정적으로 묘사된 작품이라는 평을 받는다.

** 사실 발자크의 작품에 나오는 인물과 프루스트의 작품에 나오는 인물 사이에는 관계가 있다. 이를테면 카디냥 대공 부인의 실제 모델은 코르델리아 카스텔란으로 그 딸이 볼랭쿠르 부인이며, 이 볼랭쿠르 부인은 샤를뤼스의 고모인 빌파리지 부인의 모델이 되었다고 지적된다.(『소돔』, 폴리오, 618쪽 참조.)

이다. 남작이 말을 이었다. "하지만 자네도 그분을 알 텐데." 하고 샤를뤼스 씨는 내게 사촌의 얘기를 하면서, 자기 세계의 사람은 아니지만 적어도 자기 세계를 드나드는 사람으로 작은 패거리에 유배되어 온 누군가에게 말을 건다는 듯, 내게 말을 걸며 기쁘게 해 주려 하는 것 같았다. "어쨌든 자네는 빌파리지 부인 댁에서 그분을 틀림없이 만났을 텐데." "보크뢰 성관을 소유하신 빌파리지 후작 부인 말인가요?" 하고 브리쇼가 매혹된 표정으로 물었다. "그렇소, 아시오?" 하고 샤를뤼스 씨가 짧게 대답했다. "전혀 알지 못합니다." 하고 브리쇼가 대답했다. "하지만 제 동료인 노르푸아가 해마다 휴가의 일부를 보크뢰에서 보낸답니다. 그곳으로 편지를 보낸 적이 있죠." 나는 모렐의 관심을 끌지도 모른다고 생각하며, 그에게 노르푸아 씨가 내 아버지의 친구라고 말했다. 그러나 그의 얼굴에는 내 말을 들었음을 증명하는 어떤 움직임도 없었는데, 그는 내 부모를, 그의 아버지가 시종으로 일했던 나의 작은할아버지에게는 결코 가까이 갈 수 없는 매우 가난한 사람들로 취급하고 있었다. 게다가 작은할아버지는 집안의 여느 사람들과는 달리 꽤 '과시하기를' 좋아했으므로 하인들에게 눈부신 추억을 남겨 놓았다. "빌파리지 부인은 탁월한 여인처럼 보입니다만, 저 스스로 그 점을 판단하도록 허락받지는 못했습니다. 제 동료들도 마찬가지지만요. 노르푸아는 학사원에서 매우 예의 바르고 다정하지만, 우리 중 어느 누구도 후작 부인께 소개해 주지 않았거든요. 제가 아는 사람 가운데 부인의 초대를 받은 사람으로는 부인의 가족과 예전에 관계가 있던 우리 친구

튀로당쟁과, 특별히 부인의 관심을 끈 연구 때문에 부인이 만나 보고 싶어 했던 가스통 부아시에뿐입니다.* 부아시에는 부인 댁에서 한 번 식사하고는 흠뻑 빠져서 돌아왔습니다. 비록 부아시에 부인은 초대받지 못했지만요." 이런 이름들에 모렐은 감동의 미소를 지었다. "아! 튀로당쟁," 하고 그는 노르푸아 후작과 내 아버지에 관한 얘기를 들으면서 무관심했던 것만큼이나, 이번에는 관심이 가는 표정을 지으며 내게 말했다. "튀로당쟁은 당신의 작은할아버지와 단짝이었어요. 귀부인 한 분이 한림원 입회식에서 가운데 좌석에 앉기를 원하자, 작은할아버지는 '튀로당쟁에게 편지를 쓰겠소.'라고 말씀하셨죠. 물론 부인이 부탁한 좌석표는 금방 보내졌어요. 튀로당쟁 씨는 보복당할까 두려워 당신 작은할아버지의 부탁은 아무것도 거절하지 못했으니까요. 부아시에란 이름을 듣는 것도 재미있군요.** 당신의 작은할아버지께서는 새해 첫날 귀부인들에게 보낼 온갖 물건들을 사러 그곳에 사람을 보내셨거든요. 전 그걸 알죠. 심부름한 사람을 알거든요." 아는 정도가 아니라, 그 심부름을 한 사람이 바로 그의 아버지였다. 작은할아버지의 기억에 대한 모렐의 이런 다정한 암시 중 몇몇은, 할머니

* 튀로당쟁(Paul Thureau-Dangin, 1837~1913)은 신문 기자이자 사학자로 1892년 아카데미 회원이 되었으며, 가스통 부아시에(Gaston Boissier, 1823~1908)는 라틴 문학과 고고학에 대한 저술로 1876년 아카데미 회원이 되었다.

** 부아시에는 파리 오페라 근처 카퓌신 대로 7번지에 위치하는 과자 가게 이름이기도 하다.

때문에 살러 온 게르망트 저택에 우리가 언제까지나 머무르지는 않으리라는 사실과 관련이 있었다. 이따금 집에서는 이사 가능성에 대한 얘기가 나왔다. 그런데 이 문제에 관해 샤를 모렐이 내게 한 충고를 이해하려면, 예전에 작은할아버지가 말레제르브* 대로 40의 2번지에 살았던 일을 알아야 한다. 내가 그 분홍빛 드레스의 여인 이야기를 함으로써 우리 부모님과 아돌프 할아버지 사이를 틀어지게 했던 그 운명의 날이 올 때까지 우리는 자주 작은할아버지 댁에 갔으며, 그로 인해 우리는 작은할아버지 댁이라고 말하는 대신 40의 2번지라고 말했었다. 어머니의 사촌들은 가장 자연스러운 투로 "이번 일요일에는 당신네들을 초대할 수 없겠네요. 40의 2번지에서 식사할 테니."라고 했다. 내가 어느 친척 부인을 뵈러 가려고 하면, 가족들은 우선 40의 2번지에 가 볼 것을 권했다. 작은할아버지가 자기 집부터 시작하지 않은 일로 기분이 상하지 않도록 말이다. 작은할아버지는 그 집의 소유주였으며, 사실을 말하자면 세입자를 선택할 때도 매우 까다로웠고, 그래서 세입자들은 모두 작은할아버지의 친구이거나, 아니면 친구가 되었다. 바트리 남작 대령은 수리비를 쉽게 타려고 매일같이 작은할아버지와 시가를 피우러 왔다. 대문은 항상 닫혀 있었다. 어느 집 창문 하나에 세탁물이나 양탄자라도 걸려 있는 날이면 작은할아버지는 몹시 화를 냈고, 그래서 오늘날 경찰보다 더

* 프루스트는 1900년까지 마들렌 성당 근처 파리 8구 말레제르브 대로 9번지에 살았다. 외조부모는 파리 10구 포부르푸아소니에르 40의 2번지에 살았다.

빨리 그 물건들을 치우게 했다. 그렇지만 건물 일부를 세주지 않을 수 없었고, 자신은 두 개 층과 마구간만을 사용했다. 그럼에도 건물의 유지 상태가 양호하다고 칭찬하면 작은할아버지가 기뻐한다는 걸 알기에, 사람들은 마치 작은할아버지가 유일한 거주자라도 되는 듯, 그 '작은 저택'의 안락함을 칭찬했고, 단호하게 그 사실을 부인해야 함에도 작은할아버지는 그렇게 말하도록 내버려 두었다. 물론 그 '작은 저택'은 안락했다.(작은할아버지는 당시의 온갖 새로운 발명품들을 그곳에 갖다 놓았다.) 그러나 전혀 대단한 것은 아니었다. 작은할아버지만이 겸손한 체하며 "내 누추한 집"이라고 말했지만, 안락함이나 사치스러움과 쾌적함이란 측면에서 그 작은 저택과 비교할 만한 것은 파리에 존재하지 않는다고 확신했으며, 혹은 어쨌든 그런 생각을 그의 시종이나 시종의 아내, 마부와 요리사에게 주입시켰다. 샤를 모렐은 이런 믿음 속에서 자랐다. 그리고 거기 그대로 머물러 있었다. 그래서 내게 얘기하지 않은 날에도, 만일 내가 기차 안에서 누군가에게 이사 갈지도 모른다고 말하면, 이내 사정을 다 안다는 듯이 미소를 지으면서 윙크했다. "당신 가족에게 필요한 건 40의 2번지 같은 곳이죠. 그런 데라면 정말 편하실 텐데! 당신 할아버지께서는 그런 문제에 관해서는 정통한 분이라고 할 수 있죠. 온 파리를 찾아봐야 40의 2번지만 한 곳은 존재하지 않는다고 확신해요."

샤를뤼스 씨가 카디냥 대공 부인 얘기를 하면서 짓는 우울한 표정에, 나는 그 중편 소설이 그에게 별 관심 없는 사촌의 작은 정원만 떠올리게 한 것은 아님을 느꼈다. 그는 깊은 몽상에 잠겼다가 마치 스스로에게 말하듯 "「카디냥 대공 부인의 비밀」!" 하고 소리쳤다. "대단한 걸작이야! 얼마나 심오하고 얼마나 고통스러우냐 말이야! 사랑하는 남자가 자신에 대한 나쁜 소문을 듣게 될까 봐 그토록 두려워하는 디안! 얼마나 영원한 진리이며, 보기보다 얼마나 보편적이며 심오한 진리인가!" 샤를뤼스 씨는 이 말을 조금은 서글프게 발음했지만, 그 말에서 약간의 매력을 느끼지 않은 건 아닌 듯했다. 물론 샤를뤼스 씨는 자신의 품행이 정확히 어느 정도나 알려져 있는지, 혹은 알려져 있지 않은지 몰랐으므로, 얼마 전부터 자신이 파리에 돌아가 모렐과 함께 있는 모습을 사람들이 보면, 모렐의 가족이 끼어들어 자신의 행복을 위태롭게 할지도 모른다고 생각하며 떨고 있었다. 이런 가능성은 아마도 지금까지는 뭔가 지극히 불쾌하고 고통스러운 일로만 보였을지도 모른다. 하지만 남작은 대단한 예술가였다. 그리하여 조금 전부터 자신의 상황을, 발자크가 묘사한 상황과 혼동하면서 어떻게 보면 소설 속으로 도피했고, 어쩌면 자신을 위협하고 어쨌든 두렵게 할 수밖에 없는 불운에 대해서도, 스완이나 생루라면 틀림없이 "지극히 발자크적인 요소"라고 불렀을 그런 것을 자신의 고뇌에서 찾아내며 위안으로 삼았다. 이런 카디냥 대공 부인과의 동일시는 그에게 습관이 되다시피 한, 또 그가 이미 몇 가지 사례를 보여 준 적이 있는 어떤 정신적 전환 덕분에 용이했다. 게다가 이 전환은 사랑의 대상으로서의 여인을 젊은 남자로 바꾸기만 해도, 통상적 관계 주위에 전개되는 모든 복잡한 사회 문제들을 젊은이 주위에 유발하기에 충분했다. 우리가 이런저런 이유로 달력이나 시간표에 어떤 변경 사항을 최종적으로 도입하면, 한 해를 몇 주일 늦게 시작하거나, 자정을 십오 분 빨리 울리게 해도 하루는 여전히 스물네 시간이며 한 달은 삼십 일이므로, 시간 측정의 결과는 동일할 것이다. 숫자 사이의 관계가 항상 동일하므로 모든 것은 어떤 혼란도 일으키지 않고 변경될 수 있다. 이처럼 '중부 유럽'의 시간을 택하는 삶이나 동방의 달력을 택하는 삶도 마찬가지다.* 여배우를 부양할 때와 같은 자만심이 이런 관계에서는 한 역할을 하는 것처럼 보인다. 첫날부터 샤를뤼스 씨는 모렐이 누구인지 조사했고, 물론 그가 하층 계급 출신임을 알았다. 하지만 자신이 사랑하는 화류계 여자가 가난한 사람의 딸이라고 해서 그 매력이 상실되는 것은 아니다. 반면 샤를뤼스 씨의 편지를 받은 저명한 음악가들은 — 스완을 오데트에게 소개한 친구들이 실제 오데트보다 훨씬 까다롭고 인기 있는 여자로 스완에게 묘사했듯이 어떤 이해관계에 의해서가 아니라 — 그저 신인을 과장해서 칭찬하는 평범한 인간으로서 남작에게 이렇게 대답했다. "아! 대단한 재능과 상당한 위치를 가진 친구죠. 물론 젊고 전문가들로부터 높은 평가를 받고 있으니 곧 성공할 겁니다." 그리고 성도착을 모르는 인간들이 남성의 아름다움

* 중부 유럽의 시간은 대략적으로 '시차'를 의미하며, 동방의 달력은 '유대인의 달력'이나 '아랍의 달력'을 의미한다고 할 수 있다. 즉 이 모든 시차나 달력의 차이에도 불구하고 동일한 삶을 유지한다는 말은, 남자-여자의 관계가 단순히 남자-남자, 혹은 여자-여자의 관계로 전환된 것이 동성애임을 암시하기 위한 은유적 표현이다.

에 대해 얘기하는 기벽으로 이렇게 말하기도 했다. "또 연주하는 모습은 얼마나 아름다운지 모릅니다. 연주회에도 어느 누구보다 잘 어울리죠. 아름다운 머리칼이며 기품 있는 자세며 매력적인 얼굴이며, 마치 초상화에 나오는 바이올리니스트 같아요." 게다가 자신이 얼마나 많은 제의를 받는 대상인지 알려 주기를 결코 소홀히 하지 않는 모렐로 인해 과도하게 흥분한 샤를뤼스 씨는, 함께 파리로 데리고 가서 그에게 비둘기 집을 지어 주고 자주 그곳으로 그를 만나러 갈 생각에 매우 기분이 좋았다. 그 밖의 시간에는 모렐이 자유롭기를 바랐는데, 이는 모렐의 경력을 위해서도 필요하거니와, 샤를뤼스 씨 자신이 모렐에게 아무리 많은 돈을 준다고 해도, 인간은 뭔가를 해야 하며, 또 인간은 자신의 재능에 의해서만 가치가 있고, 귀족이나 돈은 단지 가치를 증식시키기 위한 출발점에 불과하다는 지극히 게르망트적인 사고에서, 혹은 바이올리니스트가 항상 한가로이 자기 곁에 있다 보면 권태를 느끼지 않을까 하는 두려움에서, 모렐이 계속해서 자신의 경력을 쌓아 나가기를 바랐기 때문이다. 마지막으로 그는 몇몇 큰 연주회에서 '지금 사람들의 박수와 환호를 받는 이 젊은이가 오늘 밤 내 집에 있겠지.'라고 중얼거리는 기쁨도 포기하고 싶지 않았다. 우아한 사람들은 어떤 방식으로든 자신이 사랑에 빠질 때면, 자신의 자만심을 충족시켜 주었던 과거의 이점들을 파기하는 것을 오히려 자랑스럽게 생각한다.

모렐은 내가 그에 대해 어떤 악의도 없으며, 샤를뤼스 씨에게 진심으로 충실하며, 또 그 두 사람에 대해서도 육체적으로 완전히 무관심하다는 걸 깨닫고는, 마치 화류계 여자가 당신이 그녀를 욕망하지 않은 걸 알고, 또 그녀의 정부가 당신에게서 그들 사이에 어떤 불화도 일으키지 않을 순수한 친구임을 알았을 때와 같은 그런 따뜻한 호감을 표명했다. 그는 정확히 예전에 생루의 애인이었던 라셸처럼 말했으며, 뿐만 아니라 샤를뤼스 씨가 내게 전한 바에 따르면, 모렐은 나에 관해 내가 없는 자리에서 예전에 라셸이 생루에게 했던 것과 똑같은 말을 되풀이했다고 한다. 드디어 샤를뤼스 씨는 "그녀는 널 무척 좋아해."라던 로베르처럼 "그는 자네를 무척 좋아한다네."라고 말했다. 그리고 조카가 애인의 부탁으로 그랬듯이, 그의 아저씨도 모렐의 부탁으로 자주 내게 그들과 함께 식사를 하러 오도록 청했다. 게다가 그들 사이에는 로베르와 라셸 못지않은 폭풍우도 있었다. 물론 샤를리(모렐)가 떠날 때면, 샤를뤼스 씨는 바이올리니스트가 그에게 얼마나 착하게 구는지 자랑스럽게 되뇌면서 침이 마르도록 그를 칭찬해 댔다. 그러나 샤를리는 남작이 바라듯이 언제나 행복하고 순종하는 모습을 보이는 대신, 신도들 앞에서도 역력히 화난 표정을 자주 드러냈다. 이런 표정은 모렐의 무례한 태도를 용서해 준 샤를뤼스 씨의 나약함의 결과로, 바이올리니스트는 점점 더 그런 표정을 감추려 하지 않았고 오히려 그렇게 보이려고 꾸미기까지 했다. 나는 샤를리가 군인 친구들과 함께 있는 객차로 샤를뤼스 씨가 들어가는 모습을 본 적이 있는데, 음악가는 친구들에게 눈짓을 보내며 어깨를 으쓱하고 그를 맞이했다. 아니면 샤를뤼스 씨의 도착이 자신을 권태로움으로 기진맥진하게 한다는 듯 잠자는 시늉을 하기도 했다. 혹은 기침을 시작했고, 그러면 다른 사람들은 모두 웃음을 터뜨리면서 샤를뤼스 씨 같은 사람들이 사용하는 꾸민 말투를 흉내 내는 척 조롱하면서 샤를리를 구석으로 끌어당겼는데, 결국은 샤를리가 어쩔 수 없다는 듯 샤를뤼스 씨 옆으로 다시 돌아왔지만 그때 샤를뤼스 씨의 가슴은 그 모든 화살로 인해 찢어지는 듯했다. 그가 얼마나 그런 화살을 견뎌 왔는지는 상상도 할 수 없을 정도다. 그리고 매번 다른 형태로 나타나는 이 아픔은, 샤를뤼스 씨에게 다시 한번 행복의 문제를 제기하면서 더 많은 것을 요구하게 했고, 뿐만 아니라 이전의 합의를 끔찍한 추억으로 오염시키면서 뭔가 다른 것을 욕망하게 했다. 그렇지만 비록 이런 장면이 나중에는 지극히 고통스러워질지라도, 처음 단계에서는 이 서민 출신 프랑스 남자의 재능이, 모렐에게 단순하고 솔직한 외양, 비타산적인 감정으로 고무된 듯한 독립적인 자긍심마저 깃든 매력적인 모습을 그려 보이고 띠게 했음도 인정해야 한다. 그것은 거짓이었지만, 그런 태도의 이점은 모렐에게 그만큼 유리하다고 할 수밖에 없었는데, 그 이유는 사랑하는 사람은 언제나 뭔가를 얻기 위해 집요하게 요구하고 값을 올려 부를 수밖에 없는 데 반해, 사랑하지 않는 사람은 바르고 휘어지지 않는 우아한 선(線)을 편히 따라가기 때문이다. 그 선은 모렐의 얼굴에 인종적인 특권으로 존재했으며, 모렐의 마음은 그토록 닫혔지만, 그의 얼굴은 얼마나 개방적이었던지, 샹파뉴 지방의 대성당에 꽃핀 네오 헬레니즘의 우아함으로 장식되었다.* 그의 거짓 자긍심에도 불구하고 예기치 않은 순간에 샤를뤼스 씨의 눈길과 마주치기라도 하면, 모렐은 작은 패거리 사람들 때문에 거북해하면서, 얼굴을 붉히며 눈길을 떨구었는데, 남작은 그런 모습에서 온갖 소설을 상상하며 황홀해했다. 그러나 그것은 단순한 분노와 수치심의 기호였다. 가끔 이런 분노가 말로 표현되기도 했다. 비록 평소에는 모렐의 태도가 온건하고 공손했으나, 그것은 스스로 거짓이라고 부인하기 마련이었다. 때로는 남작이 한 말에 대해서조차 모렐 쪽에서 거친 어조의 건방진 대꾸가 터져 나와 그곳에 모인 사람들이 모두 충격을 받기도 했다. 샤를뤼스 씨는 슬픈 표정으로 고개를 숙이고 아무 대답도 하지 않았으며, 또 자식을 지나치게 떠받드는 아버지들이 자식의 냉담함이나 잔인함이 전혀 눈에 띄지 않는다고 믿는 그런 능력과 더불어 여전히 바이올리니스트에 대한 찬미의 노래를 이어 갔다. 샤를뤼스 씨도 늘 온순하기만 한 것은 아니었지만, 그의 반항은 보통 목적을 이루지 못했다. 특히 사교계 인사들과 함께 자신이 일으킬 반응을 계산하며 살아온 탓인지, 상대에게서 선천적인 비굴함이 아니라면, 적어도 교육에 의해 습득한 비굴함을 고려하지 않을 수 없었기 때문이다. 그런데 그는 모렐에게서 이런 비굴함 대신 뭔가 평민 계급이 갖는, 일시적인 무관심의 흔적 같은 것을 인지했다. 샤를뤼스 씨는 불행하게도 모렐에게서 콩세르바투아르와 그곳에서의 좋은 평판이 문제 될 때면

---

* 샹파뉴아르덴 지방에 있는 랭스 대성당 현관 정면의 조각에 대한 암시처럼 보인다. 프루스트의 화자는 『되찾은 시간』에서 1차 세계 대전 중 랭스 대성당이 파괴된 것을 몹시 슬퍼한다.

(보다 심각한 문제가 될 테지만 지금으로서는 제기되지 않은), 다른 것은 모두 사라지고 만다는 사실을 이해하지 못했다. 이렇게 해서 이를테면 부르주아들은 허영심에서, 대귀족들은 그것이 주는 이점 때문에 쉽게 이름을 바꾼다. 그러나 반대로 젊은 바이올리니스트에게 모렐이란 이름은, 그의 바이올린 일등상과 밀접하게 결부되어 있었고, 따라서 이름을 바꾸는 것은 불가능했다. 그런데 샤를뤼스 씨는 모렐이 자기로부터 모든 것을, 이름까지도 받기를 원했다. 모렐의 세례명이 샤를이어서 샤를뤼스와도 비슷하고, 그들이 자주 만나는 소유지의 이름도 '샤름'이란 점을 참작해서, 그는 부르기도 좋고, 아름다운 이름이 예술가 명성의 절반을 차지하는 법이므로, 명연주자는 주저하지 말고 그들 만남의 장소를 은밀히 암시하는 '샤르멜'이란 이름을 가져야 한다고 설득하고 싶었다. 모렐은 어깨를 으쓱했다. 그러자 그를 설득하기 위한 마지막 수단으로서, 불행하게도 샤를뤼스 씨는 자기 시종 중에 그런 이름을 가진 자가 있다는 말을 덧붙이고 말았다.* 이 말은 젊은이의 분노만을 더욱 격앙시켰다. "예전에 우리 조상이 시종이란 호칭을, 왕의 집사란 호칭을 자랑스럽게 여겼던 때도 있었네."** "다른 시대도 있었죠." 하고 모렐이 거만하게 대답했다. "우리 조상이 당신네 조상의 목을 자르게 했던." 그런데 샤르멜이란 이름을 붙이는 데 실패한 샤를뤼스 씨가 체념하고 모렐을 양자로 받아

---

* 샤름(charme)이란 '매혹'을 뜻한다. 샤르멜(Charmel)이란 시종에 대해서는 『잃어버린 시간을 찾아서』 6권 421쪽 참조.

** 예전에 왕의 시종은 대귀족 가운데서 선택되었다.

들여, 자기가 소유한 게르망트 가문의 작위 중 하나를 준다고 해도 — 나중에 알게 되겠지만 그는 여러 상황 때문에 그렇게 할 수 없었다. — 모렐이란 이름에 붙은 예술가의 명성과 '학교 친구들' 사이에서 입에 오르내릴 온갖 비난을 생각해서 모렐이 거절했을 수도 있다고 상상했다면 샤를뤼스 씨는 정말 놀랐을 것이다. 모렐은 그 정도로 베르제르 거리*를 포부르생제르맹보다 높이 평가했다! 그래서 하는 수 없이 샤를뤼스 씨는 지금으로서는 모렐에게 "플루스 울트라 카롤스(Plus Ultra Carol's)"**란 고대 명구를 새긴 상징적 반지를 만들어 주는 것으로 만족해야 했다. 물론 샤를뤼스 씨는 자신이 만나 보지 못한 종류의 적과 마주쳐 전략을 변경해야만 했을 것이다. 그러나 누가 그런 능력을 가졌단 말인가? 게다가 샤를뤼스 씨가 그런 싸움에서 서투르다면, 모렐 또한 마찬가지였다. 그들의 결별을 초래한 상황보다 샤를뤼스 씨에게서 모렐의 위상을 더 떨어뜨린 것은, 적어도 잠정적으로나마(이 잠정적인 것이 이내 결정적인 것이 되었지만) 모렐에게 엄격하게 대하면 납작 엎드리고, 부드럽게 대하면 무례하게 구는 그런 비열함 때문만은 아니었다. 이런 선천적인 비열함과 병행해서 모렐에게는 잘못 받은 교육에서 오는 어떤 복합적인 신경 쇠약 증세가 있었고,

* 321쪽 주석 참조.

** 프루스트는 기가르가 인용한 신성 로마 제국 군주인 카를 5세의 명구에서 영감을 받았다.(『소돔』, 폴리오, 619쪽) 플루스 울트라는 '더 멀리 나아가라'란 의미이며, 여기에 카를은 프랑스어로 샤를이므로 '더 멀리 나아가라, 샤를'이란 의미이다.

이 증세는 그가 실수를 하거나 책임을 져야 할 상황이면 표출되어, 남작의 기분을 누그러뜨리기 위해 온갖 상냥함과 부드러움과 쾌활함이 필요한 바로 그 순간에 침울하고도 심술궂은 사람이 되어, 상대가 자기 의견에 동의하지 않을 줄 뻔히 아는 논쟁을 시작하고 빈약한 이유를 대면서, 또 그 빈약함을 증폭시키는 그런 날카롭고도 격렬한 어조로 자신의 적대적 관점을 주장했다. 그러다가 시빗거리가 고갈되면, 금방 또 다른 시빗거리를 만들어 냈고 그 안에서 무지와 어리석음의 모든 양상을 펼쳤다. 이런 무지와 어리석음은 그가 다정한 태도를 취하고 상대방의 마음에 들려고 애를 쓸 때는 거의 눈에 띄지 않았다. 반대로 그의 침울한 기분이 폭발할 때면 그런 결점 외에 다른 것은 보이지 않았고, 그래서 별로 대수롭지 않던 것이 혐오스러운 것이 되었다. 그럴 때면 샤를뤼스 씨는 진이 다 빠져서 더 나은 내일에 희망을 걸었고, 모렐은 남작이 그에게 사치스러운 생활을 하게 해 준다는 사실도 망각하고, 오만한 동정심에서 우러나는 냉소적인 미소를 지으면서 "나는 어느 누구로부터도 아무것도 받지 않았어요. 따라서 단 한마디라도 감사 인사를 해야 할 사람이 없다고요."라고 말했다.

그동안 샤를뤼스 씨는 마치 사교계 인사를 대하듯, 진짜인지 가짜인지 모를 분노를 계속 터뜨렸지만 이는 소용없는 짓이었다. 그렇지만 반드시 그런 것만도 아니었다.* 이처럼 어느

* 샤를뤼스의 이 허구적인 결투는 프루스트가 플랑트비뉴의 부친과 카부르에서 가질 뻔했던 결투와 무관하지 않다.(249쪽 주석 참조.)

날(사실은 이 첫 번째 시기가 끝난 후에 속하는) 베르뒤랭네에서 오찬을 하고 샤를리와 함께 돌아오면서, 남작은 그날 오후 끝자락과 저녁을 바이올리니스트와 함께 동시에르에서 보내려고 생각하고 있었다. 그런데 기차에서 내리자마자, 샤를리는 "아뇨, 전 할 일이 있어요."라고 대답하며 작별 인사를 했고, 그의 이런 인사에 샤를뤼스 씨는 너무도 깊이 실망하여 그 불행한 일을 선의로 받아들이려고 애쓰면서도 멍하니 기차 앞에 서 있었고, 나는 그의 속눈썹에 칠해진 가루가 눈물에 녹는 모습을 보았다. 그 아픔이 얼마나 커 보였던지, 나와 알베르틴은 그날 오후를 동시에르에서 보낼 예정이었지만, 나는 알베르틴의 귀에 대고 샤를뤼스 씨가 무슨 일 때문에 슬퍼하는지는 모르겠지만, 그를 혼자 내버려 두지 않는 게 좋겠다고 말했다. 나의 귀여운 아가씨도 선뜻 동의해 주었다. 그래서 나는 샤를뤼스 씨에게 잠시 동행해도 괜찮겠느냐고 물었다. 그 또한 승낙했지만, 그래도 그 때문에 내 사촌을 방해하고 싶지는 않다고 거절했다. 나는 알베르틴에게 마치 그녀가 내 아내라도 되는 듯, "먼저 돌아가요. 오늘 저녁 다시 만날 테니까."라고 부드럽게 명령하면서, 또 그녀가 내 아내라도 되는 듯 원하는 대로 하라고 하는 말을, 자신이 좋아하는 샤를뤼스 씨가 나를 필요로 한다면 그의 뜻을 따라도 좋다고 허락하는 말을 들으면서 어떤 감미로움을 느꼈다.(그리고 그녀와 헤어지기로 결심했으므로 어쩌면 마지막으로.) 남작과 나는 함께 걸었다. 남작은 예수회도* 같은 눈을 내리깔고 뚱뚱한 몸을 좌우로 흔들면서, 또 나는 이런 그의 뒤를 쫓아가면서 우리는 어느 카페까지 갔고, 거기서는 종업원이 맥주를 가져왔다. 나는 샤를뤼스 씨의 불안한 눈길에서 그가 어떤 계획에 몰두하고 있음을 느꼈다. 돌연 그가 종이와 잉크를 부탁하더니 유별나게 빠른 속도로 글을 쓰기 시작했다. 한 장 한 장을 채워 가는 동안 그의 눈은 분노 어린 공상으로 반짝거렸다. 여덟 장쯤 썼을 때 그는 내게 "자네에게 중요한 부탁을 해도 될까?"라고 말했다. "이 편지를 봉한 걸 용서해 주게. 하지만 그래야만 하네. 마차를 타게. 아니, 더 빨리 가기 위해 가능하면 자동차를 타고 가게. 모렐이 옷을 갈아입으러 갔을 테니 아직 틀림없이 자기 방에 있을 걸세. 불쌍한 녀석, 우리와 헤어질 때 허세를 부리려 했지만 그의 마음은 나보다 더 아팠을 걸세. 이 쪽지를 전해 주게. 그리고 어디서 날 만났는지 묻거든, 로베르를 보려고(어쩌면 사실이 아닐지는 모르지만) 동시에르에서 내렸는데(게다가 사실인) 거기서 자네가 모르는 사람과 함께 있는 나를 만났으며, 내가 몹시 화가 났고, 뭔가 결투 입회인을 보내는 말을(사실 나는 내일 결투를 한다네.) 엿들은 것 같다고 말하게. 특히 내가 그를 찾는다고는 말하지 말게. 데려오려고 애쓰지도 말고. 하지만 자네와 같이 오고 싶어 하면 막을 필요는 없네. 자, 가게, 내 젊은 친구, 이 일은 다 녀석을 위한 걸세. 자네는 엄청난 비극을 피하게 해 줄 수 있네. 자네가 가는 동안 나는 내 입회인에게 편지를 쓰겠네. 자네 사촌과의 산책을 방해했네. 그녀가 나를 원망하지 않기 바라며 또 그럴 거라고 믿네. 고결한 영혼

* 이 표현은 '위선적'이라는 비유적인 의미를 담고 있다.

을 가진, 상황의 중대함을 거부하지 않을 줄 아는 여인이라고 생각하네. 나 대신 고맙다고 말해 주게. 개인적으로 그녀에게 빚을 졌고 또 그렇게 된 것을 기쁘게 생각하네." 나는 샤를뤼스에게 큰 연민을 느꼈다. 어쩌면 샤를리가 자신이 원인인지도 모르는 결투를 막을 수 있었는데도 일이 이 지경까지 이르게 한 데 대해, 또 그가 자신의 후원자를 돕는 대신 무관심하게 떠난 데 대해 화가 치밀어 올랐다. 나의 분노는 모렐이 거처하는 집에 도착해서 바이올리니스트의 목소리를 듣자 더욱 커졌다. 그는 자신의 유쾌한 기분을 널리 퍼뜨리고 싶었는지, 진심을 다해 「토요일 저녁 일이 끝난 뒤에」* 라는 유행가를 부르고 있었다. 모렐이 슬퍼할 거라고 사람들이 믿어 주기를 바랐고, 또 아마도 지금쯤은 자신도 그렇게 믿고 있을 그 가련한 샤를뤼스 씨가 그의 이런 노래를 들었다면! 샤를리는 나를 보자 기뻐하며 춤추기 시작했다. "오! 여보게 친구(이렇게 불러서 미안해요. 빌어먹을, 군대 생활을 하다 보면 나쁜 습관을 가지게 되죠.), 이렇게 당신을 볼 수 있다니 얼마나 큰 행운인지 모르겠어요! 저는 저녁에 할 일이 아무것도 없어요. 그러니 제발 같이 보내요. 좋다면 여기 그냥 있어도 되고, 당신이 원하면 보트를 타러 가도 되고, 아니면 음악을 하든가, 전 아무래도 좋아요." 나는 발베크에서 저녁 식사를 해야 한다고 말했고, 그는 내가 그 식사에 자기를 초대해 주기를 바랐지만, 나는 그러

---

* 1902년 독일 노래를 편곡하여 펠릭스 마욜(Félix Mayol)이 제목을 붙인 「귀염둥이 아가씨, 오세요」라는 유행가의 첫 구절이다(『소돔』, 폴리오, 619쪽 참조.)

고 싶지 않았다. "그렇게 바쁘시다면 왜 온 거죠?" "샤를뤼스 씨의 쪽지를 가져왔어요." 그 이름에 그의 유쾌한 기분이 모두 사라졌다. 얼굴이 경직되었다. "뭐라고요! 여기까지 나를 쫓아다니다니! 그렇다면 내가 노예란 말인가! 친구, 좀 친절해 보시지. 이 편지는 개봉하지 않겠어요. 나를 찾지 못했다고 말하세요." "편지를 열어 보는 게 낫지 않을까요? 뭔가 심각한 일이 있는 것 같던데요." "절대로 아니에요. 당신은 그 늙은 깡패의 거짓말이나 사악한 흉계를 알지 못해요. 자기를 만나러 오게 만들려는 속임수예요. 그래요, 난 안 가요. 오늘 저녁은 좀 조용히 있고 싶어요." "하지만 내일 결투가 있지 않나요?" 하고 나는 모렐도 그 사실을 안다고 생각하고 물었다. "결투라고요?" 하고 그는 깜짝 놀란 얼굴로 말했다. "전 전혀 모르는 일인데요. 어쨌든 상관없어요. 그 역겨운 영감이야 자기가 좋으면 죽을 수도 있겠죠, 뭐. 하지만 궁금하긴 하군요. 편지를 읽어 볼게요. 내가 밖에서 돌아올 경우를 생각해서 그냥 두고 왔다고 하세요." 모렐이 말하는 동안, 나는 방을 가득 채우고 있는 샤를뤼스 씨가 준 그 경탄할 만한 책들을 놀라서 쳐다보았다. 바이올리니스트가 "나는 남작에게 속하노니"라고 쓰인 명구를 소속감의 표시로 여겨 자신을 모욕한다고 생각했는지 그런 명구가 쓰인 책들을 받기를 거절했으므로, 남작은 불행한 사랑을 충족시켜 주는 감상적인 순진한 생각에서 조상들로부터 온 다른 명구들, 그러나 서글픈 우정의 상황에 따라 장정가에게 주문한 다른 명구들로 변화를 주고 있었다. 때로는 "나의 희망" 혹은 "그는 내 희망을 실망시키지 않으리니"

와 같은 짧고 낙관적인 명구가 있었고,* 때로는 체념만을 담은 "나는 기다리노라"와 같은 명구도 있었다.** "주인의 즐거움과 동일한 즐거움"***이라는 영합적인 명구도 있었고, 혹은 시미안 가문에서 빌린 푸른 탑과 백합꽃으로 뿌려진 순결을 권하는 명구이면서도 조금은 의미가 왜곡된 "탑은 백합꽃을 받쳐 주노니"****와 같은 명구도 있었다. 끝으로 이 세상에서 자기를 원하지 않던 사람에게 천상에서의 만남을 약속하는 "최후의 왕관은 하늘의 왕관이니"*****와 같은 절망적인 명구도 있었다. 또 어떤 명구에서 샤를뤼스 씨는 자기가 손에 넣을 수 없는 포도송이를 지나치게 덜 익은 것으로 간주하거나, 그것을 얻지 못한 이유가 자신이 원하지 않았기 때문이라고 믿는 척하면서 "나는 불멸의 존재가 되려는 야망을 갖고 있나니"******

---

* 첫 번째 명구는 앙리 3세의 말을 부분적으로 인용한 것이며, 두 번째는 앙리 4세의 첫 번째 부인 마르그리트 드 팔루아가 한 말이다. 이 명구들은 모두 기가르의 책(332쪽 주석 참조.)에서 인용되었다.(『소돔』, 폴리오, 620쪽 참조.)

** 기가르의 책에 인용된 오말 공작의 명구로, 라틴어로 표기된 대부분의 명구들과 달리 프랑스어로 표기되었다.

*** 옛 프랑스어로 표기된 이 말은 기가르의 책에 인용되어 있지 않다고 지적된다.

**** 세비네 부인의 증손녀인 시미안 가문의 명구로 원문은 Sustentant lilia turres이다. 귀족들은 백합으로 상징되는 왕을 받쳐 주는 탑이란 일차적 의미에, 순결한 젊은 남자를 성인 남자가 탑처럼 지켜 주어야 한다는 이차적인 의미가 함축되어 있다.(『소돔』, 폴리오, 620쪽 참조.)

***** 앙리 3세의 명구로 원문은 Manet ultima cœlo이다. 앙리 3세는 이 지상에서 폴란드 왕관과 프랑스 왕관을 가지고 있었는데, 이런 그가 가장 부러워하는 왕관은 하늘의 왕관으로, 결국은 하늘이 모든 것을 지배한다는 의미이다.

****** 샤를 드 로렌의 대략적인 명구로 원문은 Non mortale quod opto이다.

라고 말하기도 했다. 그러나 내겐 그 명구를 모두 읽을 시간이 없었다.

조금 전 종이에다 편지를 내동댕이치듯 써 내려가던 샤를뤼스 씨가 마치 펜을 달리게 하는 영감(靈感)의 마귀에 사로잡혀 있었다면, 두 송이의 붉은 장미를 입에 문 표범이 그려지고 "조상과 문장에 의해"*란 글이 쓰인 봉인을 열고 편지를 읽기 시작하는 모렐의 열기 또한 편지 쓸 때의 샤를뤼스 씨의 열기 못지않았고, 그의 눈길 또한 남작의 펜이 되는대로 그 편지지를 검게 물들이는 속도 못지않게 빨리 달렸다. "아! 이런!" 하고 그가 소리쳤다. "정말 가관이로군! 그런데 어디서 그를 찾지? 지금 그가 어디 있는지 아무도 모를 텐데." 만약 그가 서두른다면, 샤를뤼스 씨가 다시 기력을 차리려고 맥주를 주문한 맥줏집에 아직 있을지 모르니 만날 수 있을 거라고 넌지시 비추었다. 그는 하녀에게 "내가 돌아올지 잘 모르겠네요." 라고 말한 후 "일이 돌아가는 형편에 달렸으니까요."라는 말을 '슬그머니(in petto)' 덧붙였다. 몇 분 후 우리는 카페에 도착했다. 나는 샤를뤼스 씨가 우리를 본 순간의 표정에 주목했다. 내가 혼자 돌아오지 않은 걸 본 그에게 호흡과 생기가 돌아오는 게 느껴졌다. 사실 그는 이날 저녁 모렐 없이는 지내지 못할 것 같은 기분이었으므로, 연대의 두 장교가 바이올리니스트와 관련하여 그에 대해 나쁜 말을 했다고 누가 고자질해

오비디우스의 명구를 조금 변형했다고 지적된다.(『소돔』, 폴리오, 620쪽)

* 루이 14세의 건물 책임자였던 앙지빌리에 후작과 프리샤크의 영주인 다니엘 드 몽테스큐의 말로 원문은 Atavis et armis이다.(『소돔』, 폴리오, 620쪽)

서 장교들에게 결투 입회인을 보내겠다고 꾸몄던 것이다. 모렐은 스캔들이 터지면 그의 부대 생활이 불가능해질까 봐 달려왔던 것이다. 이것은 전혀 잘못된 생각이 아니었다. 왜냐하면 자기가 한 거짓말을 보다 사실처럼 보이게 하려고, 샤를뤼스 씨가 이미 두 친구에게(그중 한 사람이 코타르였다.) 입회인이 되어 달라고 부탁하는 편지를 써 보냈기 때문이다. 그래서 만약 바이올리니스트가 오지 않았다면 샤를뤼스 씨처럼 광기에 사로잡힌 상태에서는(자신의 슬픔을 분노로 바꾸게 위해서라도) 그 입회인들을 어느 장교에게나 되는대로 보냈을 테고, 또 그 결투를 통해 그는 조금 위로를 받았을 것이다. 그동안 샤를뤼스 씨는 자신이 프랑스 왕가보다도 더 순수한 혈통임을 환기하면서 주인과는 감히 교제할 생각도 하지 못했을 집사의 아들 같은 놈 때문에 그토록 초조해하다니 자신이 지나치게 착하다고 중얼거렸다. 한편 그가 이제 이런 악당들과 사귀는 데에만 기쁨을 느껴, 편지에 답장하지 않거나 미리 알리지도 혹은 나중에 사과하는 일도 없이 약속한 만남을 거르는 그런 악당의 습관이 몸에 배어, 마치 그것이 사랑에 관계되는 일이라는 듯 그에게 그토록 많은 감동을 주었지만, 나머지 시간에는 불편함과 짜증과 분노까지 야기했으므로, 이따금 아무것도 아닌 일로 보내온 수많은 편지들과, 대사들과 대공들의 그 세심한 정확성이 그리워지기도 했다. 비록 이제는 불행하게도 그들이 그에게 무관심한 존재가 되었지만, 그럼에도 일종의 휴식 같은 것을 주었다. 모렐의 처신에 익숙해지면서 모렐에 대한 자신의 영향력이 얼마나 미미하며, 또 천박하지만 습관적인 것이 되어 버린 모렐의 친구 관계가 너무도 많은 장소와 시간을 차지해서, 그로부터 쫓겨난 자존심 센 대귀족이 애걸복걸하는데도 아무 보람 없이 단 한 시간도 주지 않는 모렐의 삶 속으로 자신이 결코 끼어들 수 없음을 깨달은 샤를뤼스 씨는, 음악가가 오지 않을 거라고 굳게 확신했고, 또 이렇게 너무 멀리 나가서 그와의 사이가 영원히 틀어질까 봐 겁이 나던 차에 그의 모습을 보자 소리를 지르지 않을 수 없었다. 하지만 자신이 승리자임을 깨달은 그는 화해 조건을 제시하고, 가능한 한 거기서 자신에게 유리한 점을 꺼내려고 했다. "여기 뭐 하러 왔나?" 하고 그가 모렐에게 말했다. "또 자네는" 하고 그는 나를 쳐다보면서 덧붙였다. "특히 저자를 내게 데려오지 말라고 명했을 텐데." "이분은 절 데려오려고 하지 않았어요." 하고 모렐은 천진난만하게 아양을 떨며, 관습적으로 서글프고 시대에 뒤진 나른한 눈길을 굴리면서, 남작을 포옹하고 울음을 터뜨리고 싶다는 듯, 자신이 매력적이라고 판단하는 그런 표정으로 말했다. "이분은 원치 않았지만 제가 온 거예요. 제발 우리 우정의 이름으로 그런 미친 짓은 하지 않도록 이렇게 무릎 꿇면서 빌러 온 거예요." 샤를뤼스 씨는 기뻐서 어쩔 줄 몰랐다. 그의 신경이 견디기에는 지나치게 강한 반응이었던 것이다. 그럼에도 그는 자신의 신경을 통제할 줄 알았다. "자네가 적절하지 않을 때 내세우는 우정은," 하고 그는 퉁명스러운 어조로 대답했다. "내가 어리석은 자의 무례함을 용서해서는 안 된다고 생각하는 순간에, 오히려 내가 자네를 위해 했던 모든 것을 인정하게 하는 모양이군. 어쨌든 자네의 애정 어린 간청을 들어주고 싶어도, 예전에는 더 나은 애정의 표현을 받은 적도 있지만, 이제는 내게는 그럴 힘이 없네. 증인들에게 보내는 편지가 이미 출발했고, 또 나는 그들이 승낙하리라는 걸 믿어 의심치 않네. 자네는 늘 내게 멍청한 아이처럼 행동했네. 내가 자네를 총애한다는 걸 자랑스럽게 여길 권리가 있는데도 자랑하지 않고, 또 군대법이 함께 살도록 강요한 부사관이나 하인들 같은 무리에게 나와 같은 사람의 우정이 자네에게 얼마나 비교할 수 없는 자부심의 동기가 된다는 것도 이해시키지 않고, 오히려 그런 사실을 애써 변명하고, 바보처럼 충분히 감사의 뜻을 표하지 않는 것으로 자신의 가치를 높이려 했으니. 그런 점에서," 하고 그는 몇몇 장면들이 얼마나 그를 수치스럽게 하는지 보지 않으려는 듯 덧붙였다. "나는 남들이 자네를 질투하도록 내버려 둔 죄밖에 없다는 걸 아네. 하지만 어떻게 자네 나이에, 내가 자네를 선택한 결과로 자네에게 생길 온갖 이점이 질투를 초래할 것이며, 또 자네 동료들이 모두 나와의 불화를 부추기는 동안에도 자네 자리를 가로채려고 작업했다는 걸 눈치채지 못할 정도로 그렇게 어린아이(또 버릇없이 자란 아이) 같단 말인가? 이 점에 관해 자네가 가장 신뢰하는 사람들로부터 내가 받은 편지를 알려 줄 필요는 없다고 생각했네. 나는 그런 천민들의 제안과 마찬가지로 그들의 별 효과 없는 빈정거림도 무시하니까. 내가 유일하게 신경 쓰는 사람은 자넬세. 자네를 좋아하니까. 그러나 애정에도 한계가 있는 법이고, 자네도 그 사실을 짐작했을 걸세." 비록 '천민'이란 단어가 모렐의 귀에 가혹하게 들렸다 해도, 그의 아버지가 그런 사람 중의 하나였고, 바로 그의 아버지가 그런 사람이었기에 온갖 사회적 인 불운을 '질투'로 설명하는 것은, 단순하면서도 불합리하지만 그래도 닳지 않는 것으로, 이런 설명은 낡은 속임수가 연극 관객이나, 교권주의자들의 위기의식에 대한 협박이 의회에서 통하는 것처럼* 어떤 계층의 사람들에게는 항상 확실한 방식으로 '성공하기' 마련이어서, 인류 불행의 유일한 원인이 질투에 있다고 믿는 프랑수아즈나 게르망트 부인의 하인들과 마찬가지로 모렐에게도 강력한 신임을 받았다. 그는 동료들이 그의 자리를 가로채려고 했다는 걸 의심하지 않았으며, 이 처참하고도 게다가 상상의 결투로 인해 불행해질 수밖에 없었다. "오! 절망이야!" 하고 샤를리가 외쳤다. "전 살아남지 못할 거예요. 그런데 그들은 장교를 보러 가기 전에 남작님을 보러 와야 하지 않나요?" "잘 모르겠네. 그렇게 하리라는 생각은 들지만. 그들 중 하나에게 내가 오늘 저녁 여기 있을 것이며, 지시를 내릴 거라는 말을 전하긴 했네만." "지금부터 그분이 오실 때까지 당신을 설득해 볼게요. 제발 당신 곁에만 있게 해 주세요." 하고 모렐이 다정하게 청했다. 이는 샤를뤼스 씨가 바라던 전부였다. 그러나 그는 단번에 그의 뜻에 따르지는 않았다. "'귀여운 자식일수록 매로 다스려라.'라는 속담을 여기서 자네가 적용할 수 있다고 생각한다면 틀렸네. 나는 자네를 좋아하고, 그래서 우리 사이가 틀어진 후에도 자네에게 비겁하게 잘

---

* 1905년 교회와 국가의 분리에 관한 법률이 채택되기 전 중도 좌파 의원들은 의회에서 자주 교권주의자들의 협박에 시달렸다.

못을 저지르려고 했던 녀석들은 벌주려고 하는 거니까. 나 같은 인간이 어째서 자네처럼 보잘것없는 태생의 제비족과 사귈 수 있는지 감히 내게 물어보려고 하면서 넌지시 질문하는 자들에게, 지금까지 나는 내 사촌인 라로슈푸코의 '내 기쁨이라네.'라는 명구로만 대답해 왔네. 자네에게도 여러 번 지적했지만, 이 기쁨은 나의 가장 큰 기쁨이 될 수 있었네. 자네의 자유의지로 높이 올라가는 일이 나 자신을 낮추게 하는 결과를 초래하지 않고 말일세." 그러고는 거의 광기 어린 오만함의 몸짓으로 두 팔을 번쩍 들며 외쳤다. "'단 한 사람으로부터 오는 이토록 큰 광채여!(Tantus ab uno splendor!)*' 승낙하는 것이 낮아지는 것은 아니도다." 하고 그는 오만과 환희의 헛소리를 지르고 난 후 보다 침착하게 덧붙였다. "나는 적어도 내 두 명의 적들이, 나와 대등한 계급은 아니라 해도 내가 흘리는 피가 수치스럽지 않도록 귀족이기를 바라네. 이 점에 관해 나는 은밀히 조사했고, 그 조사는 날 안심시켜 주었네. 만일 자네가 내게 조금이라도 감사하는 마음을 간직하고 있다면, 자네가 얼마나 별난 녀석인지 내가 깨달은 지금, 자네 때문에 내 조상의 호전적 기질을 되찾고, 그리하여 치명적인 결말에 이르게 되면, 그들처럼 '죽음은 내게 삶이로다.'**라고 말하는 내 모습을 보며

* 앙리 3세의 미망인이었던 루이즈 드 로렌의 명구에 대한 대략적인 인용이다.(『소돔』, 폴리오, 620쪽 참조.)

** 프랑수아 1세의 유명한 명구("타인에게는 죽음을, 내게는 삶을." "살기 위해 죽는다." 등등)를 프루스트가 약간 변형해서 인용했다고 지적된다.(『소돔』, 폴리오, 620쪽 참조.)

자랑스러워해야 할 걸세." 샤를뤼스 씨는 모렐에 대한 사랑뿐 아니라, 자신이 조상으로부터 물려받았다고 순진하게 믿는 그 전투에 대한 취향 덕분에, 결투를 한다는 생각만으로도 큰 희열을 느꼈으므로, 처음에는 단순히 모렐을 오게 하려고 꾸민 이 결투를 지금은 단념하기가 너무나 아쉬웠다. 그는 결투를 생각하는 것만으로도 즉시 자신이 용맹하다고 느꼈으며, 또 저 유명한 게르망트 총사령관*과 동일시하지 않고는 못 배겼지만, 이런 결투장에 가는 행동마저 남이 하는 거라면 지극히 무의미하게 보았다. "그 일은 무척 아름다울 거라고 생각하네." 하고 그는 진심으로 단어 하나하나를 큰 소리로 읊으면서 말했다. "「새끼 독수리」**에서 사라 베르나르를 보는 게 과연 무슨 의미가 있는가? 쓰레기야.*** 「오이디푸스」에서 무네쉴리****는 또 어떻고? 쓰레기야. 그가 님(Nîmes)의 원형 경기장에서 공연한다면, 기껏해야 조금은 창백하게 변한 모습으로 보이겠지만. 하지만 총사령관의 진짜 후손이 싸우는 그런 전대미문의 광경에 어떻게 비교할 수 있겠는가?" 그리고 생각만으로도 기쁨을 억제할 수 없었던지 샤를뤼스 씨는 몰리에르

* 여기서 총사령관이라고 옮긴 Connétable은 왕의 군대를 지휘하던 중세의 총사령관을 가리킨다.

** 사라 베르나르(『잃어버린 시간을 찾아서』 3권 28쪽 주석 참조.)는 1900년 에드몽 로스탕의 「새끼 독수리」에서 동명의 역할을 맡아 큰 성공을 거두었다.

*** 여기서 '쓰레기'라고 옮긴 욕은 프랑스어 caca로 직역하면 '똥'을 뜻한다.

**** Mounet-Sully(1841~1916). 코메디프랑세즈 소속 배우로 20세기 초반 오이디푸스 역을 연기했다. 하지만 텍스트에서 말하듯이 님의 원형 경기장이 아니라, 오랑주의 고대 극장에서 공연했다고 지적된다.(『소돔』, 폴리오, 620쪽 참조.)

의 검술 장면을 연상하는 '콩트르드카르트'* 동작을 하기 시작했고, 우리에게 맥주 컵을 조심스럽게 부딪치게 하면서, 첫 번째 검의 부딪침에 적과 의사와 입회인들이 다치지 않을까 걱정했다. "화가에게는 얼마나 매력적인 장면이란 말인가! 자네는 엘스티르를 아니 그 사람을 데려오도록 하게." 하고 그가 말했다. 나는 그가 이곳 해안에 없다고 말했다. 샤를뤼스 씨는 전보를 보낼 수 있음을 암시했다. "오! 나는 그 사람을 위해서 하는 말일세." 하고 그는 내 침묵에 덧붙였다. "거장에게 — 내 의견으로 그는 그런 거장 중의 하나라네. — 이런 민족 부활의 사례를 화폭에 고정하는 일은 항상 흥미로울 테니. 이런 일은 어쩌면 한 세기에 한 번도 일어나지 않을 걸세."

하지만 샤를뤼스 씨가 처음에는 허구적인 것으로 믿었던 결투를 생각하면서 기뻐했다면, 모렐은 이런 결투 소문 덕분에 연대의 '군악대'로부터 베르제르 거리의 전당에까지 퍼질 험담을 생각하며 공포에 떨었다. '학교 친구들이' 모든 걸 아는 모습을 그려 보면서, 그는 더욱더 절박하게 샤를뤼스 씨에게 간청했고, 샤를뤼스 씨는 결투를 한다는 그 황홀한 전망 앞에서 계속 몸을 흔들었다. 모렐은 결투의 날로 가정된 이틀 후까지 그를 감시하고 이성의 목소리를 들려주기 위해 그의 곁을 떠나지 않게 해 달라고 간청했다. 그토록 다정한 제안이 샤를뤼스 씨의 마지막 망설임을 물리쳤다. 남작은 빠져나갈

* 몰리에르의 「부르주아 귀족」에 나오는 검술 수업에 대한 암시이다. 콩트르드카르트란 검술가가 상대방을 반대되는 곳으로 이끌기 위해 오른쪽에서 왼쪽으로 원형의 움직임을 그리면서 실행하는 수비 동작을 가리킨다.

방법을 찾아보겠다며, 최종적인 결정을 이틀 후로 연기하겠다고 말했다. 그렇게 단번에 사건을 처리하지 않음으로써 샤를뤼스 씨는 적어도 이틀 동안 샤를리를 붙잡아 두면서, 결투를 포기하는 대가로 그에게서 앞날에 대한 약속을 얻어 내기 위해 그 기회를 이용할 줄도 알았다. 결투란 운동 자체에 매혹되어 단념하는 게 섭섭하다면서 말이다. 게다가 이 말은 진심이었는데, 그는 상대방과 검을 부딪치거나 총알을 교환하려고 결투장에 가는 일에 항상 기쁨을 느껴 왔다. 드디어 코타르가 도착했지만, 너무 늦은 도착이었다. 입회인 역을 맡게 되어 기뻤고, 그보다는 흥분한 나머지 오는 도중에 '100호실' 혹은 '작은 곳'*이 어디 있는지를 묻기 위해 온갖 카페와 농가에서 멈춰야 했기 때문이다. 코타르가 도착하자마자 남작은 그를 별도의 방으로 데려갔는데, 왜냐하면 샤를리와 내가 그들의 회담에 참석하지 않는 편이 보다 규정에 맞다고 생각했으며, 또 그저 그런 평범한 방을 임시로 왕의 알현실이나 심의실로 만드는 능력이 탁월했기 때문이다. 코타르와 단둘이 있게 되자, 그는 열렬하게 감사의 뜻을 표했으며, 전해 들은 말이 실제로 성립되지 않은 것처럼 보이며, 또 그런 조건에서는 더 이상 일이 복잡하게 꼬이지 않는다면 끝난 사건으로 간주해서, 의사가 두 번째 입회인에게 그 사실을 통보해 주었으

* 100호실이나 작은 방은 모두 화장실을 가리킨다. '100호실(numéro cent)'이란 표현은 동음이의어에 의한 말장난으로, 숫자 '100'을 의미하는 프랑스어 cent과 '냄새를 풍긴다'란 뜻의 sent[sentir]이, 발음은 같지만 의미가 다르다는 사실에서 유래했다.

면 좋겠다고 선언했다. 위험은 멀어졌고, 코타르는 실망했다. 한순간 화를 내려고까지 했지만, 그의 시대에 가장 훌륭한 의학 경력을 쌓은 스승 한 분이, 처음에는 겨우 두 표 차이로 아카데미에 실패했는데도 불운에 굴하지 않고 선출된 경쟁자에게 악수하러 갔던 일을 상기했다. 그래서 의사는 더 이상 변경할 수 없는 일에 화를 내지 않기로 결심했고, 인간 중에 가장 겁 많은 그였으나 이 세상에는 묵과할 수 없는 일도 있는 법이라고 중얼거리고 난 후, 이렇게 된 것이 더 나으며, 자신도 이렇게 해결된 게 기쁘다고 덧붙였다. 샤를뤼스 씨는 의사에게 감사의 뜻을 표하고 싶어서, 그의 형인 공작이 내 아버지가 입은 반코트 깃을 바로잡아 주던, 아니 특히 어느 공작 부인이 평민 계급 여인의 허리를 팔로 감싸는 것과 같은 방식으로, 의사가 야기하는 불쾌감에도 불구하고 자기 의자를 의사의 의자 옆에 바싹 갖다 댔다. 성도착자가 아닌 게르망트의 일원으로서 어떤 육체적인 기쁨도 느끼지 못하고 오히려 육체적인 혐오감마저 극복하면서, 그는 의사에게 작별 인사를 하기 위해 말의 주둥이를 쓰다듬으며 설탕을 주는 그런 주인의 친절함으로 의사의 손을 잡고 잠시 어루만졌다. 그러나 남작의 품행에 대해 떠도는 막연한 나쁜 소문을 들었다는 기색조차 하지 않으면서도 마음속으로는 남작을 '비정상적인 인간'의 부류에 속한다고 생각해 오던 코타르는(그리하여 그의 습관적인 부적절한 용어 사용과 더불어 가장 진지한 어조로 베르뒤랭 씨의 어느 하인에 대해 "그 녀석은 남작의 정부가 아닌가요?"라고 말하기도 했다.) 이런 종류의 인물에 대한 경험이 거의 없었으므로, 이 손의 애무를 강간 직전의 서곡, 즉 결투는 핑계일 뿐이고, 함정에 걸린 자신이 남작에 의해 이처럼 외딴 방에 끌려와서는 강제로 치르게 될 그 어떤 사건의 서곡이라고 상상했다. 그는 겁에 질려 의자에 못 박힌 듯 앉아 감히 의자를 떠날 생각도 못하고, 마치 인간의 살을 먹지 않는다고는 확신할 수 없는 어느 야만인의 손에 떨어지기라도 한 듯, 공포에 질린 눈을 두리번거렸다. 마침내 샤를뤼스 씨는 그의 손을 놓았지만 끝까지 그에게 다정함을 유지하고자 했다. "우리와 함께 뭘 좀 드시죠. 사람들 말에 따르면 예전에는 마자그랑 혹은 글로리아라고 부르던 것인데,* 오늘날에는 고고학적인 진기한 물건으로, 라비시의 연극이나 동시에르의 카페에서만 찾아볼 수 있답니다. '글로리아'가 이 자리에 적합할 것 같은데 그렇지 않습니까?" "저는 금주 연맹 회장입니다." 하고 코타르가 대답했다. "어느 시골 돌팔이 의사가 지나가기만 해도, 제가 모범을 보이지 않는다는 소문이 나고 말 겁니다. '신은 인간에게 하늘을 향해 치켜든 얼굴을 주었도다.(Os homini sublime dedit coelumque tueri.)'"**라고 덧붙였는데, 대화 내용과는 전혀 상관이 없었지만, 빈약하게 저장된 라틴어 인용문으로나마 제자들을 감탄시키기에 충분한 말이었다. 샤를뤼스 씨는 어깨를 으쓱했고, 무산된 결투 동기

* 마자그랑은 럼주를 탄 커피이며, 글로리아는 설탕을 친 커피에 브랜디나 럼주를 넣은 것이다. 글로리아가 '영광의 찬가'를 뜻하므로 이런 상황에 어울린다는 의미이다.

** 오비디우스의 『변신 이야기』에 나오는 구절이다.(『소돔』, 폴리오, 621쪽 참조.)

가 순전히 허구인 만큼 그에게는 중요하다고 할 수 있는 비밀이, 자기 멋대로 의심한 장교 귀에 들어가지 않도록 해 달라고 부탁한 다음, 코타르를 우리 옆으로 데리고 왔다. 우리 네 사람이 마시는 동안, 문밖에서 남편을 기다리던 코타르 부인이 — 샤를뤼스 씨는 분명히 그녀를 보았지만 안으로 들이는 일에는 별로 신경을 쓰지 않았다. — 들어와서 남작에게 인사했다. 남작은 자리에서 꼼짝하지 않은 채로, 조금은 찬미받는 왕으로서, 조금은 우아하지 않은 여인의 식탁에 앉고 싶어 하지 않는 속물로서, 또는 다만 남자 친구들하고 같이 있는 데 기쁨을 느껴 방해받고 싶어 하지 않는 이기주의자로서, 시녀를 대하듯 손을 내밀었다. 그래서 코타르 부인은 선 채로 샤를뤼스 씨와 남편에게 말했다. 그러나 어쩌면 예의범절이란 것이, 우리가 마땅히 해야만 하는 행동이 게르망트의 독점적인 특권은 아니며, 갑자기 가장 흐릿한 두뇌에도 빛을 주고 인도할 수 있다는 듯이, 혹은 아내를 자주 배신한 탓에 뭔가 그 보상으로 이따금 아내에게 무례하게 구는 사람에 맞서 아내를 지켜 줄 필요가 있다는 듯이, 갑자기 의사가 눈살을 찌푸리더니 — 나는 그가 이런 모습을 보이는 것을 한 번도 본 적이 없다. — 샤를뤼스 씨와 한마디 상의도 없이 주인으로서 말했다. "여보 레옹틴, 그렇게 서 있지 말고 앉아요." "하지만 방해가 되지 않을까요?" 하고 코타르 부인이 샤를뤼스 씨에게 수줍게 물었는데, 샤를뤼스 씨는 의사의 어조에 깜짝 놀라 아무 대답도 하지 못했다. 코타르는 이 두 번째 경우에도 그에게 대답할 시간을 주지 않고 위압적으로 다시 말했다.

"내가 앉으라고 하지 않소."

얼마 후 사람들이 흩어졌고 그러자 샤를뤼스 씨는 모렐에게 말했다. "자네에게 어울릴 거라고 생각했던 결과보다 훨씬 좋게 끝난 이 사건에서 내가 내린 결론은, 자네가 어떻게 처신해야 할지 모르며, 따라서 군 복무가 끝날 무렵에는 마치 하느님이 보내신 라파엘 대천사가 어린 토비야에게 그랬듯이, 내가 자네를 자네 아버지에게 데리고 가야 한다는 것일세.*" 그리고 남작은 위엄이 담긴 기쁜 표정으로 웃기 시작했고, 모렐은 이렇게 끌려가는 전망이 전혀 마음에 들지 않는지, 그 기쁨을 공유하지 않는 것처럼 보였다. 자신을 대천사에게 비교하고 모렐을 토빗의 아들에게 비교하는 데 취한 샤를뤼스 씨는, 자신이 원하는 것처럼 모렐이 함께 파리에 돌아가는 데 동의할지 어떨지를 알기 위해 속마음을 살핀다는 말의 목적에 대해서는 더 이상 생각하지 않았다. 자신의 사랑 또는 자만심에 취한 남작은, 바이올리니스트의 찡그린 얼굴을 보지 못했거나 보지 못한 척했는데, 모렐을 혼자 카페에 내버려 둔 채 오만한 미소를 지으면서 내게 이렇게 말했기 때문이다. "내가 그를 토빗의 아들에 비교했을 때 기뻐서 어쩔 줄 몰라 하던 모습을 보았나? 총명한 친구라 금방 깨달은 거지. 앞으로 자기 곁에서 살게 될 아버지는 콧수염이 난 끔찍한 시종임에 틀림없

* 구약 성서 「토빗기」에 나오는 이야기다. 눈이 멀게 된 토빗이 아들인 토비야에게 빚을 받아 오라고 시키려 하지만 너무 먼 곳이어서 하느님께 길잡이를 보내 달라고 기도하고, 이에 하느님이 라파엘 대천사를 보내 마귀의 방해에도 토비야는 무사히 임무를 수행하고, 아버지 토빗도 시력을 회복한다는 내용이다.

는 그런 육신상의 아버지가 아니라 영적인 아버지, 다시 말해 나라는 것을. 그에게는 얼마나 자랑스러운 일인가! 그가 얼마나 도도하게 머리를 쳐들었는가! 그런 사실을 깨닫고 얼마나 기뻐했는가! 나는 그가 매일같이 이런 말을 되풀이할 거라고 확신하네. '오 하느님, 그토록 긴 여행에 당신의 종 토비야의 '길잡이'로 축복받은 대천사 라파엘을 보내 주신 하느님, 당신의 종인 우리가 항상 그의 보호를 받고 그의 도움을 받을 수 있게 하소서.' 나는 그가 어느 날," 하고 남작은 덧붙였다. "하느님 옥좌 앞에 앉게 될 것을 깊이 확신하고 있었기에, 내가 천국의 사자임을 말할 필요가 없었네. 그가 스스로 깨달아 행복으로 말문이 막힌 걸세!" 그리고 샤를뤼스 씨는(모렐과는 반대로 행복에 말문이 막히지 않은) 미치광이를 만났다고 생각하며 뒤를 돌아다보는 몇몇 행인도 개의치 않고 손을 쳐들면서 혼자 힘껏 "알렐루야!"를 외쳤다.

이런 화해는 샤를뤼스 씨의 괴로움을 잠시 멈추게 했을 뿐이다. 모렐은 자주 샤를뤼스 씨가 만나러 가거나 또 나를 보내 말을 전할 수도 없는 아주 먼 곳으로 군사 훈련을 하러 떠났고, 그때 그는 자신이 어떤 끔찍한 일로 2만 5000프랑이 필요하게 되어 세상과 하직해야 할 것 같다는, 지극히 절망적이고 다정한 편지를 남작에게 보내왔다. 그는 그 끔찍한 일이 무엇인지 말하지 않았는데, 설령 말했다고 해도 꾸며낸 것이 틀림없었다. 그 돈만 해도, 샤를리가 자신을 필요로 함 없이 다른 누군가의 애정을 얻기 위한 수단으로 사용하리란 느낌만 받지 않았어도 샤를뤼스 씨는 기꺼이 보냈을 것이다. 그는 거절했고, 자신의 목소리처럼 날카롭고 단호한 어조의 전보를 보냈다. 이런 전보의 효과를 확신하면서 그는 모렐과 영원히 사이가 틀어지기를 바랐다. 왜냐하면 실제로는 그와 반대되는 일이 일어날 거라고 확신했으므로, 이런 피할 수 없는 관계에서 생겨날 그 모든 불편함을 파악했기 때문이다. 그러나 모렐에게서 아무 답장도 오지 않으면, 그는 더 이상 자지도, 한순간 마음의 안정을 찾지도 못했는데, 그토록 우리가 알지 못한 채 겪는 일들이, 또 우리에게 감추어진 깊은 내면의 현실들이 많기 때문이다. 그래서 그는 모렐이 2만 5000프랑을 필요로 하는 그 엄청난 사건에 대해 온갖 추측을 하고 거기에 온갖 형태를 부여하면서 차례차례 이름을 붙였다. 그때 샤를뤼스 씨는(그 시기에 남작의 속물근성은, 평민에 대한 호기심이 점점 커져 가면서 그로 인해 극복되거나 적어도 그 호기심과 같은 수준이 될 정도로) 가장 매력적인 여성과 남성 들이 그가 주는 비타산적인 쾌락을 위해서만 그를 찾으며, 어느 누구도 '그에게 사기 칠' 생각이나, 즉시 2만 5000프랑을 받지 못하면 죽을 준비가 되어 있다는 그런 '끔찍한 일'을 꾸며낼 생각은 하지 못하는, 그 사교 모임의 우아하고도 다채로운 소용돌이를 조금은 향수어린 마음으로 떠올렸을지도 모른다. 그때 나는 그가 그럼에도 어쩌면 나보다 더 콩브레 사람으로 남아 있으며, 독일식 오만함에 봉건적 자만심을 접목한 탓에, 하인의 진정한 연인이 되기 위해서는 처벌을 받을 수밖에 없으며, 서민 계급은 사교계와 같지 않으며, 또 내가 늘 서민을 신뢰했던 것과 달리, 결국 자신이 서민을 '신뢰하지 않는다'는 걸 깨달았으리라고 생각한다.

작은 열차의 다음 역인 멘빌은 내게 모렐과 샤를뤼스 씨와 관련된 사건을 생각나게 했다. 그 얘기를 하기 전에 멘빌에서의 정차가(새로이 도착한 어느 우아한 사람이 폐를 끼치지 않으려고 라 라스플리에르에서 머무르기를 원치 않았으므로 그를 발베크에 데려다주었을 때) 잠시 후에 얘기할 장면보다 덜 고통스러운 일이 일어나는 계기가 되었다는 걸 말하고자 한다. 기차 안에 작은 가방을 가지고 새로 타는 사람은, 대개는 발베크의 그랜드 호텔이 조금 멀다고 생각했으나 발베크까지는 불편한 별장들이 늘어선 작은 해변밖에 없으므로 사치와 안락함에 대한 취향 때문에 그 긴 여정을 참고 견뎠는데, 기차가 멘빌에 도착할 무렵 느닷없이 고급 호텔이 서 있는 걸 보고, 그것이 매춘업소임은 꿈에도 생각하지 못했다. "하지만 더 멀리는 가지 맙시다."라고 그는 실질적인 정신과 좋은 충고를 하는 것으로 정평이 난 코타르 부인에게 분명히 말했다. "제게 꼭 필요한 장소인데요. 확실히 더 나을지 어떨지도 모르는 발베크까지 계속 가 봐야 무슨 소용이 있나요? 외관만 보아도 아주 안락해 보이잖아요. 베르뒤랭 부인도 충분히 오시게 할 수 있을 것 같고요. 부인의 친절함에 대한 답례로, 부인에게 경의를 표하는 몇몇 작은 모임을 갖고 싶군요. 부인께서도 제가 발베크에 머무는 것보다 그렇게 오래 여행을 하지 않아도 되고요. 저곳이 베르뒤랭 부인에게 아주 잘 어울릴 것 같은데요. 그리고 친애하는 교수님, 사모님께도 마찬가지예요. 그곳에는 개인 전용실도 있을 테니 여기 계신 부인들도 모시도록 하죠. 우리끼리 말이지만, 왜 베르뒤랭 부인이 라 라스플리에르를 빌리는 대신 이곳에 살러 오지 않는지 이해가 되지 않네요. 당연히 습기가 차고 게다가 깨끗하지도 않은 라 라스플리에르 같은 오래된 집보다는 이곳이 훨씬 위생적일 텐데, 그곳에는 더운 물이 없으니 원하는 대로 목욕도 하지 못하잖아요. 제 생각엔 멘빌이 훨씬 쾌적해 보입니다. 베르뒤랭 부인께서는 여기서 완벽하게 여주인 역할을 하실 수 있을 겁니다. 어쨌든 각자 취향이 있는 거니까, 저는 이곳에 거처를 정하겠습니다. 코타르 부인, 저와 함께 내리지 않으시겠어요? 서둘러야겠네요. 기차가 곧 다시 출발하려고 하는군요. 곧 부인 집이 되기도 할 저 집으로 절 안내해 주시겠어요? 부인께서는 자주 드나드셨을 것 같은데. 전적으로 부인을 위해 만들어진 환경 같은데요." 사람들은 그 불운한 신참의 입을 다물게 하려고, 특히 그를 내리지 못하게 하려고 갖은 애를 썼지만, 그는 흔히 실수에서 기인하는 그런 완강함으로 고집을 부리며 가방을 들고, 베르뒤랭 부인이나 코타르 부인이 결코 그곳으로는 그를 보러 가지 않을 거라고 단언할 때까지, 어느 누구의 말도 들으려 하지 않았다. "어쨌든 저는 이곳을 거처로 정하겠습니다. 베르뒤랭 부인께서는 제게 편지를 보내기만 하면 됩니다."

모렐에 관한 추억은 보다 특별한 종류의 사건과 관련이 있다. 다른 사건들도 있었지만, 여기서는 꼬불꼬불한 지방 열차가 멈추면서 역무원이 "동시에르, 그라트바스트, 멘빌."이라고 외치는 소리에 따라 작은 해변이나 부대 주둔지가 떠올린 것만을 적는 것으로 만족하고자 한다. 나는 이미 멘빌(메디아 빌라)*과 가정주부들의 항의에도 소용없이 최근 그곳에 세워진 매춘업소 탓에 마을이 지니게 된 중요성을 얘기했다. 그러나 멘빌이 어떤 점에서 모렐과 샤를뤼스 씨에 관한 내 기억과 연관되는지를 말하기에 앞서, 모렐이 그토록 자유로워지기를 바라면서 몇몇 시간에 부여하던 중요성과, 그가 그런 시간들에 하겠다고 주장하던 일의 하찮음 사이에 존재하는 불균형을(나중에 좀 더 깊이 살펴보겠지만) 우선 지적해야겠다. 이런 불균형은 모렐이 샤를뤼스 씨에게 하는 또 다른 변명에서도 찾아볼 수 있었다. 바이올린 레슨 등을 하면서 따로 저녁 시간을 보내고 싶어 했을 때, 그는 남작에 대해 아무 사심 없는 것처럼 연기하면서도(관대한 후원자 덕분에 그는 아무 위험 없이 그렇게 할 수 있었다.) 자신의 변명에 탐욕스러운 미소를 지으며 이런 말도 빼놓지 않고 덧붙였다. "게다가 그 일을 하면 40프랑이나 벌 수 있거든요. 상당한 돈이죠. 그러니 거기 가는 걸 허락해 주세요. 당신도 보다시피 저한테는 이득이 됩니다. 그럼요! 전 당신처럼 연금도 없고 제 지위도 만들어 가야 하니 지금이 돈을 벌 때예요." 바이올린 레슨을 하고 싶다는 모렐의 말이 완전히 거짓이었던 것은 아니다. 한편 돈에 색깔이 없

* 화자는 이미 이 마을에 대해 『잃어버린 시간을 찾아서』 7권 328쪽에서 언급한 적이 있다. 멘빌(Maineville)의 라틴어 어원은 메디아 빌라(media villa)로 media는 '중간에' 혹은 '가운데'란 뜻이다. 아마도 같은 어원을 가진 중개인(médiateur)이란 단어가 '중개인' 혹은 '뚜쟁이'를 뜻하는 entremetteuse를 환기하는 것과 무관하지 않은 듯 보인다.

다는 말은 사실이 아니다. 새로운 돈벌이 수단은 오래 사용하여 빛이 바랜 동전을 새것처럼 만든다. 만일 그가 정말로 레슨을 위해 외출했다면, 그가 떠날 때 학생이 쥐어 준 2루이는 샤를뤼스 씨의 손에게서 떨어진 2루이와는 다른 효과를 자아냈을 것이다. 그리고 가장 돈 많은 사람이 2루이를 벌기 위해 몇 킬로미터를 걷는다고 하면, 하인의 아들은 수십 킬로미터를 걸어야 한다. 그러나 샤를뤼스 씨는 여러 번 바이올린 레슨의 현실성에 의심을 품었고, 음악가가 물질적인 관점과는 아무 관계가 없는 다른 종류의, 게다가 엉뚱한 구실을 내세웠으므로 그 의심은 더욱 커졌다. 이렇게 모렐은 의도적이든 비의도적이든 자신의 삶에 대한 이미지를 제시하지 않을 수 없었으며, 그러나 그것은 그토록 어둠에 싸여 있었으므로 몇몇 부분만이 식별되었다. 그는 한 달 동안 샤를뤼스 씨의 뜻에 자신을 맡겼지만, 대수학 강의를 계속해서 듣고 싶으니 저녁에는 자유 시간을 갖는다는 조건을 내걸었다. 강의가 끝난 후에는 샤를뤼스를 씨를 보러 갔을까? 아! 그건 불가능했다. 강의가 때로는 아주 늦게 끝났기 때문이다. "새벽 2시 후에도?" 하고 남작이 물었다. "가끔은 그렇죠." "하지만 대수학이라면 책을 읽는 것만으로도 쉽게 배울 수 있을 텐데." "더 쉽게 배울 수 있을지 모르죠. 강의를 듣고는 잘 이해가 되지 않거든요." "그렇다면 대수학은 자네에게 아무 도움이 안 되네." "그래도 좋아요. 제 신경 쇠약증을 사라지게 해 주니까요." "밤에 외출을 허가해 달라고 청하는 게 대수학 때문이 아닐지도 모르겠군." 하고 샤를뤼스 씨는 중얼거렸다. "경찰에 고용된 것일까?" 어쨌든 모렐은 아무리 반대해도 대수학이나 바이올린 레슨 때문이라며 늦은 시간을 남겨 놓았다. 한번은 그 둘 중 어느 것도 아니었는데, 뤽상부르 대공 부인을 방문하려고 해안에 며칠 지내러 온 게르망트 대공이 음악가를 만나 그가 누구인지도 모르고 자신도 그에게 알려 주지 않은 채로, 멘빌의 여자들 집에서 하룻밤을 함께 보내면 50프랑을 주겠다고 제안했다. 모렐에게야 게르망트 씨에게서 돈을 받는 것과 그을린 가슴을 드러내 보이는 여인들에 둘러싸이는 것은 이중의 쾌락이었다. 어떻게 해서인지 샤를뤼스 씨는 유혹자가 누구인지 알지 못한 채로 그 일과 장소에 대해 알게 되었다. 질투로 거의 미치다시피 한 그는 그 작자를 알아내기 위해 쥐피앵에게 전보를 보냈고, 쥐피앵은 이틀 후에 도착했다. 그리고 그다음 주 초에 모렐이 오지 않을 거라고 말했으므로 남작은 쥐피앵에게, 업소의 여주인을 매수하여 자기와 그가 숨어서 그 장면을 직접 목격하도록 허가를 받아 올 수 있는지 물었다. "알았어. 그 일은 내가 맡을게, 내 귀여운 자기!" 하고 쥐피앵은 남작에게 대답했다. 그 걱정이 샤를뤼스 씨의 정신을 얼마나 동요하게 했으며, 또 그로 인해 일시적으로나마 얼마나 풍요롭게 했는지 사람들은 이해하지 못할 것이다. 이처럼 사랑은 우리 생각에 진정한 지질학적 대변동을 일으킨다. 샤를뤼스 씨의 생각은 며칠 전만 해도 그토록 고른 평원과도 흡사하여 아주 멀리 대지 표면 가까이까지 어떤 관념도 눈에 띄지 않았지만, 지금은 바위처럼 단단한 산악 지대가, 그러나 어느 조각가가 대리석을 나르는 대신 현장에서 끌로 새겨 놓은 '분노, 질투, 호기심, 선망, 증오, 고통, 오만, 공포, 사랑'이 거대한 티탄족의 무리를 형성하며 몸을 비트는 산악 지대가 돌연히 솟아 있었다.

그사이 모렐이 오지 않겠다고 말한 저녁이 다가왔다. 쥐피앵의 임무는 성공했다. 쥐피앵과 남작이 11시 30분경에 가면 숨겨 준다고 했다. 그 호화로운 매춘업소(근교의 멋쟁이들이 전부 오는)에 이르는 세 개의 길을 샤를뤼스 씨는 발끝으로 걸으며 목소리를 감추었고, 건물 내부에서 모렐이 그들의 말소리를 들을까 봐 쥐피앵에게 목소리를 더 낮추도록 애원했다. 그런데 샤를뤼스 씨가 살금살금 걸어서 현관에 들어서자마자, 이런 종류의 장소에 익숙하지 않았던 그는 증권 거래소나 경매소보다도 시끄러운 장소에 자신이 와 있음을 깨닫고 크게 놀라며 공포에 떨었다. 주위에 몰려드는 하녀들에게 목소리를 더 낮추라고 권유했지만 소용이 없었다. 게다가 그들의 목소리도 늙은 '포주 여자'가 여자들을 경매에 붙이면서 지르는 소리로 뒤덮였는데, 짙은 갈색 가발과 공증인 혹은 스페인 사제의 근엄함으로 주름 진 얼굴의 그 늙은 여자는, 매초 벼락이 치는 듯한 목소리로 소리를 지르면서 흡사 교통정리라도 하듯 차례로 문을 열고 닫게 했다. "손님을 28호실 스페인 방에 모셔라." "그 방에는 들어갈 수 없는데요." "문을 다시 열어. 그리고 이분들은 노에미 양을 보겠다고 하시는데, 노에미 양은 페르시아 방에서 기다리고 있다." 샤를뤼스 씨는 파리의 대로를 건너는 시골뜨기처럼 겁이 났다. 쿨리빌의 오래된 성당 정면 기둥머리에 표현된 장면의 주제보다는 훨씬 불경스럽지 않게 비교하자면,* 젊은 하녀들이 낮은 목소리로 지칠 줄 모르게 포주의 명령을 되풀이하는 모습은, 마치 시골 성당의 울림 속에 교리 문답을 읊어 대는 학생들과 흡사하다고 할 수 있었다. 비록 겁은 났지만, 조금 전 거리에서 모렐이 창가에 있다고 믿으며 자기 목소리가 들릴까 봐 몸을 벌벌 떨었던 샤를뤼스 씨는, 그래도 그 거대한 계단의 아우성 속에서는 방에서 일어나는 일을 전혀 식별할 수 없다는 걸 깨닫고 어쩌면 두려움을 덜었을지도 모른다. 마침내 그는 가혹한 시련의 막바지에서 쥐피앵과 함께 그를 숨겨 주기로 한 노에미 양을 만났고, 그녀는 우선 아무것도 보이지 않는 지극히 호화로운 페르시아 방에 그를 가두는 일부터 시작했다. 그녀는 모렐이 오렌지 주스를 주문했으니 주스를 갖다 주고 나서 곧바로 두 여행자를 그 장면이 보이는 투명한 방으로 안내하겠다고 말했다. 손님이 자기를 요구하는 탓에 기다리는 동안 심심풀이로, 마치 동화에서처럼 '귀엽고 총명한 여인 하나'를 보내겠다고 약속했다. 자기는 누군가가 불렀다면서 말이다. 그 귀엽고 총명한 여인은 페르시아풍 실내복을 입고 있었는데 옷을 벗으려 했다. 샤를뤼스 씨가 그녀에게 아무것도 하지 말라고 하자, 그녀는 한 병에 40프랑이나 하는 샴페인을 올려 오게 했다. 사

---

* 프루스트가 말하는 이 성당이 어디인지는 정확하지 않지만, 아마도 『스완』에서 등에 창녀를 태운 아리스토텔레스의 모습이 새겨진 리옹 성당이나, 바구니에 매달린 베르길리우스의 모습이 새겨진 캉의 생피에르 성당(『잃어버린 시간을 찾아서』 1권 264쪽 주석 참조.)을 환기하는 것처럼 보인다고 지적된다.(『소돔』, 폴리오, 621쪽 참조.)

실 모렐은 그동안 게르망트 대공과 함께 있었다. 대공은 체면상 방을 착각한 체하면서 여자가 둘 있는 방에 들어갔고, 여자들은 서둘러 두 신사만 남겨 놓았다. 샤를뤼스 씨는 이 모든 상황을 알지 못했고, 하지만 욕설을 퍼붓고 문을 열기 바랐으며, 노에미 양을 다시 부르게 했다. 노에미 양은 그 귀엽고 총명한 여인이 모렐에 관해 샤를뤼스 씨에게 하는 세부적인 얘기를 듣고, 그것이 자신이 쥐피앵에게 했던 것과 일치하지 않음을 알고 그녀를 물러가게 했고, 그 '귀엽고 총명한 여인' 대신 이번에는 '귀엽고 상냥한 여인'을 보냈다. 그녀는 그들에게 더 이상 아무것도 가르쳐 주지 않았고, 하지만 업소가 얼마나 정직한 곳인지 얘기한 다음 역시 샴페인을 주문했다. 입에 거품을 문 남작은 다시 노에미 양을 오게 했고, 그녀는 "예, 좀 오래 걸리네요. 여인들이 여러 자세를 취하는데도, 그분은 아무것도 하고 싶어 하지 않나 봐요."라고 말했다. 마침내 남작의 약속과 협박에, 노에미 양은 난처한 표정으로 나가면서 오 분 이상 기다리게 하지 않겠다고 약속했다. 이 오 분이 한 시간이나 지속되었고, 그런 후 노에미 양은 격노한 샤를뤼스 씨와 침통한 쥐피앵을 조금 열린 문 쪽으로 살금살금 안내하더니 "여기서는 아주 잘 보일 거예요. 하지만 지금은 별 재미가 없어요. 세 여자와 함께 있는데 군대 생활 얘기를 하고 있네요."라고 말했다. 남작은 드디어 문틈으로 그리고 또한 거울을 통해 그들을 볼 수 있었다. 그러나 극심한 공포가 그를 벽에 기대게 했다. 눈앞에 있는 사람은 물론 모렐이었지만, 이교도의 비의(秘儀)와 주술이 아직 존재한다는 듯, 그것은 모렐의 망령, 방

부제를 바른 모렐, 라자로처럼 부활한 모렐도 아닌 모렐의 환영이자 모렐의 유령, 몇 미터 떨어진 그 방에(벽과 긴 의자들이 온통 사방에서 주술적인 기호들을 반복적으로 표현하고 있는) 옆모습으로 돌아온 혹은 혼이 불려온 모렐이었다. 모렐은 사후의 인간처럼 모든 빛깔을 잃고 있었다. 조금 전까지만 해도 즐겁게 장난쳤을 여자들 사이에서, 납빛처럼 창백한 모렐이 부자연스러운 부동의 자세로 굳어 있는 듯했다. 자기 앞에 놓인 샴페인을 마시기 위해 힘 없는 팔이 천천히 들리려 하다가 아래로 축 늘어졌다. 영혼 불멸을 말하는 종교가, 그렇다고 허무를 배제하지 않음을 의미할 때처럼 모호한 인상을 풍겼다. 여자들은 질문 공세로 그를 괴롭히고 있었다. "아시겠죠." 하고 노에미 양이 낮은 소리로 남작에게 말했다. "저 애들이 그의 군대 생활 얘기를 하고 있어요. 재미있지 않나요?" 그리고 그녀는 웃었다. "이젠 만족하시나요? 아주 평온해 보이죠, 그렇지 않아요?" 하고 그녀는 마치 죽어 가는 사람 얘기를 하듯 덧붙였다. 여자들의 질문이 쇄도했으나 꼼짝하지 않는 모렐은 그들에게 대답할 힘도 없어 보였다. 한마디 말을 속삭이는 기적조차 일어나지 않았다. 샤를뤼스 씨는 한순간 망설였지만 이내 진실을 알게 되었다. 그들과 합의를 하러 갔을 때 쥐피앵이 서툴렀거나, 아니면 비밀은 결코 지켜지지 않는다는 비밀의 확장력 때문인지, 그런 여자들의 신중하지 못한 성격 혹은 경찰에 대한 두려움 때문인지, 어쨌든 두 신사가 모렐을 보려고 매우 비싼 값을 치렀다는 사실을 누군가가 모렐에게 알려 주었고, 그래서 게르망트 대공이 빠져나가고, 대신 세 명의 여자로 변신한 대공과 놀라움에 마비되어 벌벌 떠는 불쌍한 모렐이 거기 남게 되었고, 그 결과 만일 샤를뤼스 씨의 눈에 모렐의 모습이 잘 보이지 않았다면, 모렐은 공포에 떨면서 단 한마디 말도 없이, 유리컵을 깨뜨릴까 봐 감히 손에 들지도 못한 채로 남작을 똑똑히 보고 있었던 것이다.

이 사건은 게다가 게르망트 대공에게도 별로 좋지 않게 끝났다. 샤를뤼스 씨의 눈에 띄지 않게 대공을 빠져나오게 했을 때, 자신의 실패에 격노한 대공은 그 일의 주모자가 누구인지 짐작하지 못한 채로, 또 모렐에게 여전히 자기가 누구인지 알려 주지 않은 채로, 다음 날 저녁 자기가 빌린 작은 별장에서 만나 줄 것을 요청했고, 그는 그곳에 오래 머무를 것도 아니면서, 우리가 예전에 빌파리지 부인 댁에서 주목한 것과 동일한 편집광적인 습관에 따라, 보다 자기 집에 있는 것 같은 느낌을 가지려고 수많은 가족 기념품으로 별장을 장식했다. 그래서 다음 날 모렐은 매초 고개를 뒤로 돌리면서, 샤를뤼스 씨가 자기를 염탐하며 쫓아올까 봐 벌벌 떨며 어떤 의심스러운 행인도 없다는 걸 확인한 뒤에야 마침내 별장으로 들어갔다. 시종이 그를 거실로 들어가게 하면서, 주인님께(주인은 의심을 불러일으킬까 두려워 시종에게 대공의 이름을 말하지 않도록 지시했다.) 가서 알리겠다고 말했다. 그러나 혼자 있게 된 모렐이 머리칼 가닥이 흐트러지지 않았는지 거울을 들여다보려고 했을 때, 그는 마치 환각에 사로잡힌 듯한 느낌을 받았다. 벽난로에 놓인 사진들이, 바이올리니스트가 샤를뤼스 씨 집에서 본 적이 있어 쉽게 알아볼 수 있는 게르망트 대공 부인과 뤽상부르 공작 부인, 빌파리지 부인의 사진들이 우선 그를 얼어붙게 했다. 같은 순간 조금 뒤에 놓인 샤를뤼스 씨의 사진이 눈에 들어왔다. 남작은 움직이지 않는 묘한 눈길을 모렐에게 고정한 듯 보였다. 공포에 질린 모렐은 첫 순간의 놀라움에서 벗어나자, 샤를뤼스 씨가 자신의 충절을 시험하기 위해 빠뜨린 함정임을 의심하지 않았고, 그래서 별장의 계단을 네 개씩 급히 뛰어내려서는 전속력으로 길을 달리기 시작했다. 그리하여 게르망트 대공이 거실에 들어갔을 때(지나는 길에 사귄 사람에게 필요한 훈련을 다 시켰다고 믿었지만, 그렇다고 해서 자신의 처사가 신중한지, 또 문제의 인간이 위험인물은 아닌지 하고 물어보지 않은 것은 아니었다.) 그곳에는 아무도 없었다. 강도가 든 게 아닐까 하여 겁이 난 대공은 권총을 손에 들고 시종과 함께 크지도 않은 집을, 작은 뜰의 구석구석과 지하실까지 온통 다 뒤졌지만 소용없는 일로 확실히 와 있다고 믿었던 동반자는 사라지고 없었다. 대공은 그다음 주 중에 여러 번 그와 만났다. 그러나 그때마다 위험인물인 모렐은, 대공이 더 위험인물이라는 듯 도망쳤다. 자신의 의혹에 집착하던 모렐은 결코 그 의혹을 제거하지 못한 채로, 파리에 가서도 대공의 모습만 보면 도망치기 바빴다. 그리하여 샤를뤼스 씨는 그를 절망에 몰아넣었던 불충으로부터 자기를 지켰고, 복수 같은 건 생각도 해 보지 않은 채로, 특히 어떤 방식으로 할 것인가는 상상해 보지도 않은 채로 복수를 했다.

그러나 사람들이 이 주제에 관해 내게 얘기해 준 추억들은 이내 다른 추억들로 바뀌었는데, T. S. N. 열차가 계속 역마다

서며 여행자들을 내리거나 태우거나 하면서, 그 낡아 빠진 '타코'로서의 행진을 다시 시작했기 때문이다.*

그라트바스트에서는 그곳에 사는 누이와 함께 오후를 보내려고 크레시 백작인 피에르 드 베르쥐**(그저 크레시 백작이라고 불리는) 씨가 기차에 탔다. 그는 가난했지만 매우 품위 있는 귀족으로, 나는 그와 별 친교가 없는 캉브르메르네를 통해 알게 되었다. 지극히 검소하고 거의 비참하다고 할 정도의 생활을 영위하는 그에게 여송연 한 대나 '음료수' 한 잔이 얼마나 큰 기쁨을 주는지 감지한 나는 알베르틴을 볼 수 없는 날이면 그를 발베크에 초대하는 습관을 갖게 되었다. 매우 세련되고 자기 생각을 기가 막히게 잘 표현하며, 은발에 매력적인 푸른 눈을 가진 그는 특히 입술 끝으로 매우 섬세하게, 자신이 확실히 체험했던 귀족들의 안락한 삶과, 또한 족보에 관해서도 얘기했다. 내가 그의 반지에 새겨진 것이 무엇이냐고 물었을 때 그는 겸손한 미소를 지으면서 "베르쥐, 덜 익은 포도로 만든 포도주란 뜻이죠."라고 말했다. 그러고는 와인 감정가의 기쁨을 담아 덧붙였다. "우리 가문의 문장은 덜 익은 포도 가지인데 — 내 이름이 베르쥐니 상징적이라고 할 수 있죠. — 잔가

---

* 지방 열차를 가리키는 다양한 명칭에 대해서는(T. S. N.과 타코를 포함하여) 『잃어버린 시간을 찾아서』 7권 327쪽 참조.

** 프루스트는 이 이름을 기가르의 책에서 빌려 왔는데 실제 이름은 피에르가 아닌 루이 드 베르쥐(Louis de Verjus, 1629~1709)로 한림원 회원이었다. 고유명사가 아닌 보통 명사로서의 베르쥐는 덜 익은 포도나 포도 가지, 또 이런 덜 익은 포도로 만든 신맛이 강한 포도즙이나 포도주를 가리킨다.

지와 녹색 잎이 붙어 있어요." 하지만 만일 내가 발베크에서 그에게 이런 베르쥐만 대접했다면 실망했으리라고 생각한다. 그는 최고가의 포도주를 좋아했는데, 아마도 그에게 없는 것이었기 때문에, 혹은 결핍된 것에 대한 해박한 지식이나 포도주에 대한 취향, 어쩌면 또한 지나치게 과장하는 취향 때문이었는지도 모른다. 그리하여 내가 그를 발베크에서의 저녁 식사에 초대할 때면, 그는 세련된 지식과 더불어 식사를 주문했으나 조금은 과식했고, 특히 실내 온도와 같게 마셔야 하는 포도주는 실내 온도로, 얼음에 채워야 하는 포도주는 얼음에 채워 차갑게 해서 마셨다. 식사 전후로 그는 자신이 원하는 포르토 혹은 브랜디의 생산 연도와 일련 번호를 가르쳐 주었다. 보통은 잘 알려지지 않았으나 자신은 잘 아는 어느 후작령 승격에 대해 알려 주듯이 말이다.

에메에게 나는 마음에 드는 고객이었으므로, 내가 이렇게 멋진 식사를 대접할 때면 "25번 테이블을 서둘러 준비하게." 라고 종업원에게 기쁘게 외쳤는데, 그는 "준비하게."라고도 말하지 않고 마치 그것이 자신을 위한 것이라는 듯 "내게 준비해 주게."라고 외쳤다. 그리고 식당 책임자의 언어는 근무조 조장이나 부조장, 보조 요리사 등의 언어와는 완전히 같지 않으므로, 내가 계산서를 부탁할 때면, 그는 우리를 접대하는 종업원에게, 재갈을 물어뜯기 직전의 말을 진정시키듯 손등으로 그를 달래는 몸짓을 되풀이하면서 "너무 서두르지 말게.(계산서 일로.) 천천히, 아주 천천히 하게."라고 말했다. 그리고 종업원이 메모한 수첩을 들고 자리를 뜰 때면, 자신의 명령이 정확하게 지켜지지 않았을까 봐 걱정이라도 하는 듯이 종업원을 다시 불렀다. "기다리게, 내가 직접 계산할 테니." 그래서 내가 괜찮다고 말하면 "속된 말로 저는 손님을 등쳐 먹어서는 안 된다는 원칙을 가지고 있습니다." 지배인으로 말하자면 내 초대 손님의 복장이 단순하고 항상 동일하며 꽤 낡은 걸 보고는(그렇지만 만일 그에게 그럴 수단만 있었다면, 발자크풍의 멋쟁이처럼 사치스럽게 옷을 입는 기술을 누구보다 잘 발휘했으리라.) 나 때문에 그저 모든 것이 잘 돌아가는지 멀리서 감시하거나, 균형이 잘 안 잡힌 식탁 다리 아래에 나무를 괴게 하는 걸로 만족했다. 지배인은 자신이 접시 닦기로 경력을 시작했다는 사실은 숨겼지만, 남들처럼 스스로 일할 줄 모르는 사람은 아니었다. 그렇지만 그가 어느 날인가 직접 칠면조 새끼를 자르기 위해서는 어떤 예외적인 상황이 필요했다. 나는 그날 외출하고 없었지만, 그가 성직자다운 위엄을 갖추고 식기대로부터 적당한 거리를 두면서, 배우려 하기보다는 그의 눈에 띄려고 애쓰면서 몹시 감탄하며 만족해하는 종업원 무리에 둘러싸인 채로, 그 일을 실행했음을 알게 되었다. 게다가 종업원들은 지배인이 자기들을 쳐다봐 주기를 바랐지만(그는 제물의 옆구리로 천천히 칼을 집어넣으면서 마치 거기서 어떤 전조를 읽어야 한다는 듯, 숭고한 임무에 젖은 눈길을 떼지 않았으므로), 그의 눈에는 전혀 들어오지 않았다. 이 제물을 바치는 사제는 내가 거기 없었던 것도 알아차리지 못했다. 그 사실을 알았을 때 그는 몹시 애석해했다. "제가 직접 칠면조 새끼를 자르는 모습을 보지 못하셨죠?" 나는 지금까지 로마나 베네치아와 시에나, 프라도 미술관*과 드레스덴의 미술관, 인도와 「페드르」에 나오는 사라 베르나르도 보지 못했으므로, 무엇이든 체념하는 일에는 통달했다고 생각했는데, 이제 그 목록에 지배인의 칠면조 자르는 장면도 추가하겠다고 대답했다. 그는 단지 극예술과의 비교만을(「페드르」에서의 사라 〔베르나르〕) 이해하는 듯 보였는데, 대공연 날이면 '코클랭 형'**이 초보자 역할을, 대사가 한 마디뿐이거나 아예 한 마디도 없는 인물의 역할조차 승낙했음을 나를 통해 알게 되었기 때문이다. "어찌 되었든 손님에게는 안됐군요. 제가 언제 다시 칠면조를 자르게 될까요? 하나의 사건이, 전쟁 같은 것이 필요할 텐데요."(사실 휴전이 필요했다.) 이날 이후로 달력은 바뀌었고, 사람들은 이렇게 날짜를 계산했다. "내가 직접 칠면조 새끼를 자른 다음 날……." "지배인이 직접 칠면조 새끼를 자른 날부터 바로 일주일 되는 날……." 이렇게 해서 이 해부학은 그리스도교의 기원이나 회교의 기원처럼, 다른 달력과 차별화되는 출발점은 제공했지만, 다른 달력만큼 확산되지 못했고 그렇게 지속되지도 않았다.

크레시 씨의 삶이 쓸쓸한 것은 더 이상 말〔馬〕이나 진미로 풍요로운 식탁을 갖지 못한 데서 연유했지만, 또한 캉브르메르와 게르망트가 다 같은 귀족이라고 생각하는 사람들만을

---

* 마드리드에 있는 국립 미술관을 가리킨다. 드레스덴의 미술관은 스완이 가고 싶어 했던 미술관이다.(『잃어버린 시간을 찾아서』 2권 283쪽 참조.)

** 보통 '코클랭 형'으로 불리는 콩스탕 코클랭(Constant Coquelin, 1841~1909)은 당대의 유명한 희극 배우로, 특히 시라노 드 베르주라크 역에서 탁월한 연기를 보였다. '코클랭 동생'으로 불리는 에르네스트 코클랭도 유명한 배우였다.

이웃으로 두어야 한다는 데에서도 기인했다. 그는 지금 르그랑 드 메제글리즈라고 불리는 르그랑댕이, 전혀 그렇게 불릴 권리가 없다는 걸 내가 안다는 사실에, 물론 자신이 마시는 술 때문에 취하기도 했지만 어떤 환희의 격정에 사로잡힌 듯 보였다.* 그의 여동생도 그 점에 관해 정통한 표정을 지으면서 "당신과 얘기할 수 있을 때만큼 오빠가 행복해하는 적은 없어요."라고 말했다. 캉브르메르네의 초라함과 게르망트네의 위대함을 아는 누군가를, 다시 말해 사교계가 존재한다는 것을 아는 누군가를 발견한 후부터, 그는 정말로 자신이 존재한다고 느꼈다. 마치 지구에 있는 모든 도서관이 불타 완전히 무지한 종족이 부상하는 가운데, 누군가가 호라티우스의 시구를 인용하는 걸 들으면서 한 나이 든 라틴어 학자가 다시 땅에 발을 딛고 삶을 신뢰하게 되는 것처럼 말이다. 따라서 그가 객차를 떠나면서 으레 "우리 작은 모임은 언젠가요?"라고 말했던 것은 식객의 왕성한 식욕과 마찬가지로 박식한 미식가로서의 취향 때문이었으며, 또한 발베크에서의 이 애찬(愛餐)을, 담소를 나누는 기회이자, 동시에 아무하고나 얘기할 수 없었던 그에게 소중한 주제에 관해 얘기할 수 있는 기회로 여겼기 때문이다. 이런 점에서 그것은 마치 애서가 협회 사람들이 일정한 날이면 위니옹 클럽의 특별히 풍성한 식탁 앞에 모이는 만찬

---

* 화자는 콩브레 이웃인 르그랑댕이 겉으로는 귀족을 싫어하는 운둔자임을 자처했으나 실제로는 귀족 세계를 동경하는 속물로, 이제는 이름마저도 귀족 이름으로 개명했음을 지적하고 있다.

과도 비슷했다.* 그는 자기 가문에 대해 매우 겸손해했는데, 내가 그것이 매우 훌륭한 가문이며, 또 크레시라는 작위를 가진 영국 가문의 진정한 프랑스 분파임을 알게 된 것도 그를 통해서가 아니었다. 그가 진짜 크레시임을 알았을 때, 나는 게르망트 부인의 조카딸이 찰스 크레시라는 이름의 아메리카인과 결혼한 얘기를 꺼내고, 그와 아무 상관없는 사람으로 생각한다고 말했다. "아무 관계도 없죠." 하고 그가 말했다. "물론 제 집안은 그렇게 유명하지는 않지만. 몽고메리, 베리, 첸도스 혹은 캐플이라고 불리는 많은 아메리카인들이 펨브로크, 버킹검, 에섹스 혹은 베리 공작과 아무 관계가 없는 것과 마찬가지죠."** 나는 그를 즐겁게 해 주기 위해, 예전에 화류계 여인으로 오데트 드 크레시란 이름으로 알려졌던 스완 부인 얘기를 하려고 여러 번 생각했다. 하지만 알랑송 공작이라면 그 앞에서 에밀리엔 달랑송*** 이야기를 꺼내도 기분이 상하지 않겠지

---

* 프랑스 애서가 협회는 1820년에 창설되었으며 귀족이 주요 회원이었다. 위니옹 클럽은 1828년 마들렌 거리에 창설되었는데, 제2 제정기의 최고급 사교 클럽이었다.

** 몽고메리 백작령은 1630년에 펨브로크 백작령에 병합되었으며, 베리 공작(1844~1910)은 오를레앙 가문의 일원이며, 버킹검-첸도스 가문은 「고타 연감」에 기재된 가문이다. 아더 케플은 영국 정치가로 1661년 에섹스 백작이 되었으며, 프루스트는 그 후손인 베르트 케플을 파리에서 알았는데, 그 아버지인 아더 케플은 프루스트의 결투 입회인 중 한 사람이었다.(『소돔』, 폴리오, 622쪽 참조.)

*** 에밀리엔 달랑송이라고 불리는 에밀리엔 앙드레(Emilienne André, 1869~1946)는 당시 유명했던 화류계 여인으로 알랑송 집안과는 아무 관계가 없다. 그녀는 콩세르바투아르에서 음악과 시 낭송을 공부한 후, 폴리베르제르에서 박학한 토끼 역으로 인기를 독차지했다. 실제의 알랑송 공작은 루이필리프의 손자인 페르디낭(1844~1910)을 가리킨다.

만, 크레시 씨와는 그 정도 농담까지 할 정도로 친하다고는 느끼지 않았다. "그분은 명문가 태생이에요." 하고 어느 날 몽쉬르방 씨가 내게 "그분 성은 '세로르(Saylor)'*입니다."라고 말했다. "저는 그 댁 가문의 명구가 매우 아름답다고 생각합니다. 예전에 이곳에 둥우리를 틀었던 맹금류가 비상하려고 서둘렀다는 데서, 혹은 오늘날 이 높고 황량한 은거지에서 임박한 죽음을 기다리며 낙조를 관조한다는 데서 그런 이름이 붙여졌다고 생각합니다만, 세뢰르, 즉 '시간이다'란 이름을 가지고 이런 이중의 의미를 만드는 명구가, 바로 '시간을 모른다'라는 의미의 '느세뢰르'입니다."

에르몽빌에서는 가끔 슈브르니 씨가 기차에 탔고, 그의 이름은 카브리에르 추기경의 이름과 마찬가지로 '염소가 모여들던 장소'를 의미한다고 브리쇼는 말했다. 슈브르니 씨는 캉브르메르의 친척이었는데 바로 그런 점 때문에, 또 상류 사회에 대한 잘못된 판단 때문에 캉브르메르네는 자주 그를 페테른에 초대했다. 하지만 마음을 사로잡을 손님이 없을 경우에만 초대했다. 보솔레유에 일 년 내내 사는 슈브로니 씨는, 캉브르메르네 사람들보다 더 시골 사람으로 남아 있었다. 그래서 파리에서 몇 주일을 보낼 때면 그는 "봐야 할 것을 모두 보느라" 단 하루도 낭비하지 않았다. 그러나 너무 빨리 소화한 구

---

* Saylor(세일러)는 영국 이름이지만, 여기서는 프랑스어 발음에 근거하여 풀이되고 있다. 즉 세로르(Saylor)를 '시간이다'를 의미하는 '세뢰르(C'est l'heure)'의 유사어로 간주하고, 그 반대 표현인 느세뢰르(Né sais l'heure)를 '시간을 모른다', 즉 '죽음을 의미한다'로 풀이하고, 그에 따른 묘사를 하고 있다.

경거리의 수로 조금은 얼이 빠져서는 이런저런 연극을 보았느냐는 질문에 더 이상 확답을 하지 못하는 경우도 있었다. 그러나 이런 모호한 상태는 드물었고, 파리에 자주 오지 않는 사람들 고유의, 그런 상세한 지식을 갖고 있었다. 그는 내게 볼만한 '새로운 것들'을 추천했고("그럴 가치가 있습니다.") 하지만 즐거운 하루 저녁을 보내게 해 준다는 관점에서만 그것들을 참조했으며, 미학적인 관점에서 정말로 예술사에 '새로운 것'을 구축하는지에 대해서는 생각조차 해 보지 못할 정도로 무지했다. 이렇게 모든 것을 동일한 차원에서 얘기하는 그가 말했다. "한번은 오페라코미크에 간 적이 있는데, 대단한 공연은 아니었어요. 「펠레아스와 멜리장드」라는 작품이었죠. 시시했어요. 페리에*는 여전히 잘했지만 다른 작품에서 보는 편이 더 나아요. 반대로 짐나즈 극장에서는 「성주의 아내」**를 공연하더군요. 두 번이나 보러 갔죠. 꼭 보세요. 정말 볼만한 공연입니다. 게다가 배우들이 황홀할 정도로 연기를 잘하더군요. 프레발과 마리 마니에와 바롱 피스가 나와요."*** 그는 내가 이름조

* 페리에(Jean Périer)는 1902년 오페라코미크에서 「펠레아스와 멜리장드」가 초연되었을 당시 펠레아스 역을 맡았던 가수이다. 「펠레아스와 멜리장드」에 대해서는 『잃어버린 시간을 찾아서』 7권 371쪽 주석 참조.

** 짐나즈 극장은 희극 전문 극장으로, 알프레드 카퓌(Alfred Capus, 1858~1922)의 희극 작품 「성주의 아내」는 짐나즈 극장이 아닌 르네상스 극장에서 1902년 초연되었다고 지적된다.(『소돔』, 폴리오, 622쪽 참조.)

*** 프레발(Simone Frévalles)은 포르트생마르탱 극장에서 활동했으며, 마리 마니에(Marie Magnier)는 짐나즈 극장에서 데뷔했고, 바롱 피스라고 불리는 루이 바롱(Louis Baron)은 오데옹과 팔레루아얄 극장에서 활동한 배우로, 카퓌의 「성주의 아내」에는 나오지 않았다고 지적된다.(『소돔』, 폴리오, 622쪽 참조.)

차 들어 본 적 없는 배우들을 인용하면서, 게르망트 공작이 하듯이 이름에 '씨'나 '부인', '양'이란 존칭을 붙이지 않았는데, 공작은 지나치게 격식을 차리면서도 똑같이 경멸하는 어조로 "이베트 길베르* 양의 노래", "샤르코 씨의 실험"이라고 말하곤 했다. 슈브르니 씨는 공작처럼 존칭을 붙이지 않고 사람들이 볼테르와 몽테스키외라고 말하듯이 코르나글리아와 드엘리라고 불렀다.** 왜냐하면 그에게서는 파리지앵에 관한 모든 것과 마찬가지로 배우들에 대해서도 친숙한 것처럼 보이려는 시골 사람의 욕망이 건방지게 보이려는 귀족의 욕망을 압도했기 때문이다.

캉브르메르 부부는 더 이상 젊음의 초기가 아닌, 아니 젊음과는 훨씬 거리가 먼 나이였지만, 그럼에도 페테른에서는 여전히 '젊은 부부'로 불렸는데, 이런 캉브르메르 부부와 내가 라 라스플리에르에서 첫 번째 만찬을 한 후, 나이 든 캉브르메르 후작 부인은 내게 수많은 편지 속에서도 금방 그 필체를 알아볼 수 있는 편지를 보내왔다. 편지의 내용은 이랬다. "당신의 감미롭고 — 매력적이고 — 유쾌한 사촌을 데리고 오세요. 우리에게는 큰 기쁨이자 즐거움일 거예요." 편지를 받는 사람

---

* Yvette Guilbert(1867~1944). 1885년경부터 카페콩세르에서 경력을 쌓기 시작한 가수이다.

** 코르나글리아(Ernest Cornaglia, 1834~1912)는 1880년경부터 오데옹 극장에서 활동한 여배우이며, 드엘리(Emile Dehelly, 1871~1969)는 1890년부터 코메디프랑세즈에서 활동한 여배우다. 고인이 된 대가에게는 보통 Monsieur나 Madame 같은 존칭을 붙이지 않는다.

이 기대하는 점진적인 상승의 리듬이 언제나 영락없이 누락되는 현상 앞에서, 나는 마침내 이런 '디미누엔도(diminuendo)'의 본질에 대한 의견을 바꾸고 그것이 의도적이라고 믿게 되었으며, 또 생트뵈브가 단어들 사이의 온갖 연결을 파기하고, 조금이라도 상투적인 표현은 다른 것으로 바꾸려고 했던 그런 타락한 취향을 — 사교계의 관점으로 전환된 — 발견했다.* 아마도 상이한 스승에게서 교육을 받은 두 가지 방법이 이 서간체에서 대립했던지, 두 번째 방법은 캉브르메르 부인에게 많은 형용사들을 하강 음계로 사용하고, 완벽한 화음으로 끝내는 것을 피하게 하면서, 진부한 형용사 사용을 상쇄하게 해 주었다. 그런데 나는 점진적 상승이라는 첫 번째 방법과는 반대되는 이런 움직임이, 아들인 후작이나 그녀의 사촌에 의해 사용될 때면 후작 미망인의 작품에서처럼 그렇게 세련되지 않고 서투르다고 생각하게 되었다. 왜냐하면 꽤 먼 촌수까지 포함하여 온 가족이 셀리아 아주머니를 감탄하며 모방하는 몸짓에서, 이런 형용사 세 개를 나열하는 방식이 말하면서 숨을 돌리는 어떤 열광적인 태도와 마찬가지로 높이 존중되고 있었기 때문이다. 게다가 이런 모방은 유전적 혈통으

* 캉브르메르 부인의 언어 습관에서 첫 번째 특징은 점진적 상승의 리듬으로 형용사를 나열하여 완벽한 조화를 꾀하는, 보다 일반적인 것이며, 두 번째 특징은 형용사를 점점 약하게, 즉 디미누엔도의 하강 음계로 표현하여 진부함과 완벽한 화음을 피하는 것이다. 또한 프루스트는 『참깨와 백합』의 주석에서 관습적이고 상투적인 표현에서 벗어나려는 생트뵈브의 문체적 특징을 지적하고 있다.(『소돔』, 폴리오, 623쪽 참조.)

로 전해지는 법이어서, 집안의 어느 여자아이가 아주 어릴 때부터 침을 삼키기 위해 얘기하다 말고 잠시 멈출 때면, 가족들은 "젤리아 숙모를 닮았나 봐."라고 말하는데, 그들은 아이의 입술이 곧 엷은 수염 털로 덮일 거라고 생각했으며, 그래서 아이의 음악적 재능을 키워야겠다고 다짐했다. 캉브르메르네 사람들과 베르뒤랭 부인의 관계는 오래지 않아 여러 다른 이유로, 나와 캉브르베르네 사람들의 관계보다 더 소원해졌다. 그들은 베르뒤랭 부인을 초대하고 싶어 했다. '젊은' 후작 부인은 거만하게 말했다. "우리가 그 여자를 초대하지 못할 이유가 있는지 모르겠군요. 시골에서는 아무나 만나는 법이고 별 문제도 되지 않는데요." 그러나 사실 그들은 베르뒤랭네로부터 깊은 인상을 받았고, 그래서 예의를 차리고 싶은 그들의 소망을 실현할 방법에 대해 계속 내게 문의했다. 그들이 나와 알베르틴을, 그 지역의 멋쟁이들이자 구르빌 성관의 소유주들이며, 또 노르망디의 상류층보다 조금 더 나은 인상을 주는 생루의 몇몇 친구들과 함께 초대한 적이 있는데, 베르뒤랭 부인이 그들에게 접근하지 않는 척하면서도 관심이 많다는 걸 느꼈으므로, 나는 캉브르메르네 사람들에게 그 멋쟁이 친구들과 함께 '여주인'을 초대하면 어떻겠느냐고 권했다. 그러나 페테르 성관의 사람들은 귀족 친구들의 불만을 살까 봐(그들은 그토록 소심했다.), 베르뒤랭 부부가 지적이지 않은 사람들과 함께 있으면 따분해할까 봐(그들은 그토록 순진했다.), 혹은 서로 다른 종류의 사람들을 섞었다가 '실수를' 하게 될까 봐(그들은 그렇듯 경험에 의해 풍요로워지지 않는 틀에 박힌 정신에 젖어 있었다.) 그렇게는 함께 어울리지 않으며, 또 '잘 지내지도' 못할 것이라면서 베르뒤랭 부인을 다른 만찬으로 미루는 편이(그녀의 작은 그룹과 함께 전부 초대하는 편이) 낫겠다고 선언했다. 그래서 다가오는 만찬에는 — 생루의 친구들과 함께하는 그 우아한 만찬에는 — 작은 동아리에서 모렐만을 초대하기로 했는데, 그렇게 함으로써 샤를뤼스 씨가 자신들이 초대하는 그 빛나는 사람들 얘기를 간접적으로 듣게 될 것이며, 또 음악가에게는 바이올린을 가져와 달라고 청했으므로 손님들을 위한 기분 전환의 요인이 되리라고 생각했다. 그들은 모렐에게 코타르를 조수로 붙여 주려고 했는데, 코타르가 활력이 넘치고, 만찬에서 "사람들과 잘 어울린다."고 캉브르메르 씨가 언명했기 때문이다. 그리고 집안에 환자가 생기면 의사와 친하게 지내는 게 편리할 수 있다고 생각했다. 그러나 "그 아내와는 아무것도 시작하지 않으려고" 코타르 씨 혼자만 초대했다. 베르뒤랭 부인은 자기를 빼놓고 작은 그룹의 두 회원이 페테른의 '친한 사람끼리' 하는 만찬에 초대받았음을 알고 격노했다. 그녀는 처음 순간의 충동적인 움직임에서 승낙하려고 하는 의사에게 이런 거만한 답장을 구술했다. "'우리'는 그날 저녁 베르뒤랭 부인 댁에서 만찬을 하는데요." '우리'라는 복수 명사는 캉브르메르네에 대한 교훈이자, 코타르 씨가 아내와 떨어질 수 없다는 걸 그들에게 보여 주기 위함이었다. 모렐로 말하자면, 베르뒤랭 부인이 따로 무례한 처신을 하도록 지침을 내릴 필요가 없었는데, 그가 자발적으로 그렇게 처신했기 때문이다. 그 이유는 다음과 같다. 쾌락에 관한 한 모렐은 샤를뤼스 씨에 대해 독립적이었고, 또 이런 사실은 샤를뤼스 씨의 마음을 아프게 했지만, 다른 분야에서는 우리가 앞에서 보았듯이 남작의 영향력이 보다 뚜렷이 느껴졌는데, 이를테면 남작은 명연주가의 음악 지식을 넓혀 주고 그의 스타일을 보다 순수하게 만들어 주었다. 그러나 적어도 이 이야기의 현 지점에서 그것은 아직 영향에 불과했다. 반대로 샤를뤼스 씨가 말하는 것을 모렐이 맹목적으로 신뢰하고 실행하는 영역이 있었다. 맹목적으로, 또 미친 듯이 말이다. 왜냐하면 샤를뤼스 씨의 가르침은 틀렸을 뿐만 아니라 비록 대귀족에게는 가치 있는 가르침이라 할지라도, 모렐에 의해 문자 그대로 적용되자 그만 우스꽝스러운 것이 되었기 때문이다. 모렐이 그토록 쉽게 믿고 그토록 스승에게 순종하는 영역은 바로 사교계의 영역이었다. 샤를뤼스 씨를 알기 전까지 사교계에 대한 관념이 전무했던 이 바이올리니스트는, 남작이 그려 준 그 오만하고도 대략적인 스케치를 그대로 받아들였다. "탁월한 가문이란 것이 몇 개 있기는 하네." 하고 샤를뤼스 씨가 말했다. "우선 프랑스 왕가와 열네 번 혼인 관계를 맺은 게르망트 가문이 있는데, 이는 프랑스 왕가에게는 특히 자랑거리네. 왜냐하면 프랑스 왕위를 물려받을 사람은 알동스 드 게르망트였지, 그 이복동생인 뚱보 왕 루이는 아니었으니까.* 루이 14세의 통치

* 허구와 역사적 사실이 혼재하는 부분이다. 알동스란 이름은 카페 왕조에서는 불가능한 것이며, 따라서 허구적 인물로 간주된다. 단 뚱보 왕 루이(Louis le Gros, 1081~1137)로 알려진 카페 왕조의 루이 6세에게는 필리프 드 망트

아래서 '므시외'가 돌아가셨을 때도, 우리 집안은 왕과 동일한 조모를 둔 연유로 집 앞에 검은 휘장을 둘렀다네.* 게르망트 가문보다 훨씬 못한 가문으로는, 나폴리 왕과 푸아티에 백작의 후손인 라 트레무이유 가문을 들 수 있네.** 그리고 위제는 가문으로서는 그리 오래되지 않았지만, 그래도 가장 오래된 대귀족이라고 할 수 있지.*** 뤼인 가문은 최근에 생긴 가문이지만 대단한 혼인으로 빛을 발하고 있고. 슈아죌, 아르쿠르, 라로슈푸코 가문도 있네.**** 거기에 툴루즈 백작***** 같

(Philippe de Mantes)라고 불리는 이복동생이 있었고, 그런 연유로 뚱보 왕 루이는 아버지 필리프 1세가 돌아가시자마자 서둘러 1108년에 왕위를 계승했다고 한다.

* 생시몽의 『회고록』에 따르면 루이 14세는 1701년 동생 '므시외'가 사망했을 때, 조의를 표하기 위해 여섯 달 동안 상복을 입었다고 한다.(『소돔』, 폴리오, 623쪽 참조.) 또한 왕족의 사망 시에는 집 앞에 검은 휘장을 두르고 조의를 표하기도 했다.

** 라 트레무이유 가문은 1605년 나폴리 왕의 계승자가 되었지만, 푸아티에 백작의 후손인지 아닌지는 확실하지 않다고 지적된다.(『소돔』, 폴리오, 623쪽 참조.)

*** 위제 가문은 1572년 이후에야 공작령이 되었으므로 그리 오래된 가문은 아니라는 의미이다.

**** 뤼인 가문의 샤를 달베르(Charles d'Albert)는 1619년에야 초대 공작이 되었으며, 1617년 뛰어난 매력과 음모로 유명했던 마리 드 로앙(슈브뢰즈 부인으로 알려진)과 결혼했다.(『소돔』, 폴리오, 623쪽 참조.) 그리고 슈아죌, 아르쿠르, 라로슈푸코 가문은 그 기원이 10세기로 거슬러 올라가는 프랑스의 오래된 명문이다.

***** 툴루즈 백작은 루이 14세의 서자로서, 노아유 공작의 딸 마리 빅투아르 소피 드 노아유와 1723년에 결혼했다. "툴루즈 백작 같은 경우도 있긴 하지만"이란 표현은 이런 서자라는 신분상의 결합을 암시한다고 지적된다.(『소돔』, 폴리오, 624쪽 참조.)

은 경우도 있긴 하지만 노아유 가문이 추가되며, 몽테스큐와 카스텔란 가문도 있네. 기억나지 않는 경우를 제외하고는 그게 전부일세.* 캉브르메르 후작 또는 바트페르피슈**라고 불리는 온갖 시시한 사람들과 자네 연대의 졸병 사이에는 어떤 차이도 없네. 자네가 '카카' 백작 부인에게 오줌을 누러 가든 '피피' 남작 부인에게 똥을 싸러 가든 다 마찬가지라네.*** 결국 자네는 자네의 명성을 위태롭게 할 뿐이고, 똥 묻은 걸레만을 화장지로 쓰게 될 걸세. 불결한 일이지." 모렐은 이런 역사 강의를, 어쩌면 조금은 지나치게 간략한 강의를 경건한 마음으로 받아들였다. 그래서 그는 마치 자신이 게르망트의 일원인 것처럼 사물을 판단했고, 그래서 그 가짜 라 투르 도베르뉴네 사람들과 함께 자리하여, 그들을 전혀 중요시하지 않는다는 걸 거만한 악수를 통해 느끼게 해 주고 싶었다.**** 캉브르메르네 사람들로 말하자면, 모렐에게 그들이 "연대의 졸병보다 더 나을 것이" 없음을 증명할 기회가 마침내 다가왔

---

* 샤를뤼스의 말은 사실이 아니라고 지적된다. 노아유와 몽테스큐와 카스텔란 가문은 비록 11세기로 거슬러 올라가는 명문이긴 하지만, 이들 가문 외에도 다른 명문들이 많다. 아마도 작가 자신이 아는 가문이라는 점에서 특히 이들을 부각시킨 것 같다고 설명된다.(『소돔』, 폴리오, 624쪽 참조.)

** 캉브르메르란 이름과 '똥'을 의미하는 '메르드(merde)'의 관계에 대해서는 『잃어버린 시간을 찾아서』 2권 264쪽 주석 참조. 그리고 '바트페르피슈(Vatefairefiche)'는 '꺼져라(va-te-faire-fiche)'를 뜻하는 욕이다.

*** 이 문단에서는 '똥'을 의미하는 카카(Caca)와 '오줌'을 의미하는 피피(Pipi)가 고유 명사처럼 사용되었다.

**** 라 투르 도베르뉴가 가짜라는 사실에 대해서는 『잃어버린 시간을 찾아서』 7권 153쪽 주석 참조.

다. 모렐은 그들의 초대에 응답하지 않다가, 만찬 날 저녁 마지막 시간에 가서야 마치 왕과 같은 혈통을 가진 왕족으로서 행동한다는 듯 기뻐하며, 전보를 통해 참석하지 못하겠다고 사과했다. 거기에 우리는 샤를뤼스 씨가 자신의 성격적 결함이 문제가 될 때에는 보다 일반적으로, 상상할 수 없을 만큼 견디기 어렵고 옹졸하며 심지어는 그토록 섬세한 그가 얼마나 바보같이 구는지도 덧붙여야 한다. 이런 성격적 결함은 정신상의 어떤 간헐적인 병과도 같았다. 우리는 이런 현상을 여성, 아니 뛰어난 지성을 갖추었지만 신경증으로 시달리는 남성에게서도 찾아볼 수 있지 않을까? 그들이 행복하고 평온하고 주위 사람들에게 만족할 때면 그 소중한 재능은 찬미의 대상이 되며, 그들의 입에서 나오는 말은 문자 그대로 진리가 된다. 하지만 두통이나 아주 작은 자존심의 상처만 입어도 모든 것은 변한다. 빛나던 지성은 돌연 발작적으로 수축되어 의심 많고 화를 내고 아양 떨고, 남을 불쾌하게 하는 온갖 짓을 하는 자아만을 투영한다. 캉브르메르네의 분노는 매우 격렬했다. 그동안 다른 사건들이 일어나 작은 패거리와 그들의 관계에 어떤 긴장을 야기했다. 코타르 부부와 샤를뤼스, 브리쇼와 모렐과 내가 라 라스플리에르의 만찬에서 돌아오는 길이었는데, 아랑부빌의 친구 집에 오찬을 하러 갔던 캉브르메르네 사람들은 편도 길에서만 우리와 여행을 함께 했었다. "그토록 발자크를 좋아하시고 오늘날의 사회에서 발자크를 알아볼 줄 아는 선생님께서는," 하고 내가 샤를뤼스 씨에게 말했다. "캉브르메르네 사람들이 발자크의 '지방 생활의 정경'에서 빠져

나온 인물들 같다고 생각하실 텐데요."* 그러나 샤를뤼스 씨는 전적으로 자신이 그들의 친구라도 된다는 듯, 또 내 지적이 자기의 기분을 상하게 한다는 듯, 갑자기 내 말을 중단시켰다. "자네가 그런 말을 하는 건, 아내가 남편보다 뛰어나기 때문이겠지." 하고 단호한 어조로 말했다. "오! 제 말은 그녀가 '지역의 뮤즈 여신'이나 바르즈통 부인이라는 의미는 아닙니다.** 비록……." 샤를뤼스 씨는 또다시 내 말을 끊었다. "차라리 모르소프 부인***이라고 하게나." 기차가 멈췄고 브리쇼가 내렸다. "여러 번 손짓했는데 소용없더군요. 대단해요." "왜 그러셨는데요?" "브리쇼가 캉브르메르 부인을 몹시 연모한다는 걸 눈치채지 못하셨나요?" 나는 코타르 부부와 샤를리의 태도로 미루어 작은 동아리 사람들이 그 사실을 추호도 의심하지 않는다는 걸 감지했다. 그래서 그들 쪽에서 어떤 악의를 담고 있다고 생각했다. "이보게, 자네가 캉브르메르 부인 얘

---

* 발자크의 『인간 희극』은 '사생활의 정경', '지방 생활의 정경', '파리 생활의 정경' 등 여러 부분으로 구성되었는데, 그중 '지방 생활의 정경'은 10여 편의 작품으로 구성되었다. 샤를뤼스는 지금까지 여기에 속하는 작품으로 「투르의 탑」과 『잃어버린 환상』을 인용했다.

** '지역의 뮤즈 여신'이라고 옮긴 프랑스어의 표기는 Muse du département이다. 프랑스 행정 구역의 단위여서 지금까지는 데파르트망으로 표기했지만 이 문단에서는 대략적인 의미 전달을 위해 '지역'으로 옮겼다. 「지역의 뮤즈 여신」(1837)은 '지방 생활의 정경'에 속하는, 문학적 재능이 뛰어난 보드레 부인의 사랑을 다룬 작품이다. 바르즈통 부인은 『잃어버린 환상』에서 뤼시앵 드 뤼방프레를 사랑했던 시골 여인이다.

*** '지방 생활의 정경'에 속하는 『골짜기의 백합』(1836)에 나오는 여주인공으로, 발자크가 젊은 시절에 사랑했던 여인을 모델로 하고 있다.

기를 꺼냈을 때 브리쇼가 당황하던 걸 보지 못했단 말인가?" 하고 자신이 여성 경험이 많으며, 여성들이 불러일으키는 감정에 대해, 마치 그 감정이 자신이 습관적으로 느끼는 감정이라는 듯, 자연스러운 어조로 얘기하는 모습을 보여 주기 좋아하는 샤를뤼스 씨가 말을 이었다. 그러나 모든 젊은 남자들을 대하는 어떤 아버지 같은 모호한 어조가 — 모렐에 대한 그의 배타적 사랑에도 — 지금까지 그가 주장해 온 이성애적 시각이 거짓이라고 반박하고 있었다. "오! 저 아이들은," 하고 그는 날카롭고 짐짓 꾸민 듯 운율을 맞춘 목소리로 말했다. "저 아이들에게는 모든 걸 다 가르쳐야 하네. 갓 태어난 아이들처럼 순결하니 말이야. 남자가 언제 여자를 사랑하는지도 모른다네. 내가 자네 나이 때는, 자네가 보여 준 것보다 훨씬 세상 물정을 많이 알았네."* 하고 그는 덧붙였다. 어쩌면 취향 탓인지, 아니면 그런 어휘를 일상적으로 사용하는 사람들을 피하면서 그들과의 교제를 인정하지 않는 것처럼 보이고 싶었는지, 그는 건달들의 세계에서 빌린 이런 표현들을 사용하길 좋아했다. 며칠 후 나는 브리쇼가 후작 부인을 연모한다는 그 자명한 사실을 인정해야 했다. 불행하게도 브리쇼는 여러 번 후작 부인 댁에서의 점심 식사를 승낙했다. 베르뒤랭 부인은 그 일에 종지부를 찍을 때가 왔다고 판단했다. 작은 동아리에 대한 정책상 자신의 개입이 필요하다는 점 외에도, 그녀는 이런

* 여기서 '세상 물정을 잘 안다'라고 옮긴 dessaler의 원래 의미는 '소금기를 빼다'이지만, 속어로 '순진함이나 수줍음을 잃고 세상 물정을 잘 안다'란 의미가 있다. 여기서는 성적 경험이 많다는 의미로도 해석된다.

종류의 해명과 갈등에 점점 더 강한 흥미를 느꼈으며, 이런 흥미는 귀족 사회와 마찬가지로 부르주아 사회에서도 그들의 한가로운 생활에서 연유했다. 베르뒤랭 부인이 브리쇼와 함께 한 시간동안 사라지는 모습을 보았던 날은 라 라스플리에르가 큰 흥분에 휩싸였던 날로, 부인이 브리쇼에게 캉브르메르 부인이 그를 조롱했으며, 그가 캉브르메르 부인의 살롱에서 웃음거리가 되고 있으며, 그렇게 해서 노년의 명예를 실추하고 교육계에서의 위치마저도 위태롭게 하고 있다는 얘기를 전했음을 사람들은 알게 되었다. 부인은 브리쇼에게 그가 파리에서 세탁부와의 사이에서 낳은 어린 딸과 함께 산다는 말까지 감동적인 어조로 말했다.* 그녀가 승리했고, 브리쇼는 페테른에 발길을 끊었다. 하지만 그의 슬픔이 얼마나 컸던지, 사람들은 이틀 동안 그가 시력을 완전히 잃었다고 믿을 정도였으며, 또 어쨌든 그의 병이 갑자기 깊어져서 이제 그것은 기정사실이 되었다. 그렇지만 한번은 모렐에게 격노한 캉브르메르 사람들이 일부러 모렐 없이 샤를뤼스 씨만을 초대했다. 남작의 답장을 받지 못한 그들은, 실수를 했을까 봐 걱정이 되어, 원한을 품는 일은 나쁜 충고라고 여기면서 뒤늦게나마 모렐에게 초대장을 보냈는데, 샤를뤼스 씨의 힘을 보여 주는 이런 비굴한 행동에 샤를뤼스 씨는 웃음을 터뜨렸다. "자네가 우리 두 사람을 대표하여 내가 승낙한다고 대답하게나." 하고 남작은 모렐에게 말했다. 만찬 날이 다가오자 사람들은 페테

* 브리쇼와 세탁부의 관계에 대해서는 30쪽 참조.

른의 큰 살롱에서 기다렸다. 캉브르메르네 사람들은 사실 우아함의 최고봉인 페레 부부를 위해 만찬을 베풀었다. 그러나 샤를뤼스 씨의 마음에 들지 않을까 봐 무척 걱정했는데, 슈브로니 씨를 통해 페레 부부를 알게 되었음에도, 만찬 날 슈브로니 씨가 페테른에 방문차 들르자 캉브르메르 부인은 몹시 당황해서 어쩔 줄 몰랐다. 슈브로니 씨를 될 수 있는 한 빨리 보솔레유로 쫓아 버리려고 갖은 구실을 강구했으나, 안마당에서 페레 부부와 마주치지 않을 만큼 그렇게 빨리 내쫓지는 못했고, 그래서 그의 쫓겨나는 모습을 본 페레 부부는 그가 수치스러워하는 것만큼이나 충격을 받았다. 그러나 무슨 일이 있어도 캉브르메르네 사람들은 샤를뤼스 씨에게 슈브로니 씨의 모습을 보여 주고 싶어 하지 않았는데, 가족끼리는 무시하지만 낯선 이들에 대해서만은 신경을 쓰는 그런 미묘한 차이 때문에 — 실은 그들만이 그 미묘한 차이를 알아보지 못하는 사람들인데도 — 슈브로니 씨를 시골 사람으로 판단했기 때문이다. 그러나 우리는 자신이 애써 노력한 덕분에 더 이상 가지지 않게 된 모습을, 여전히 그대로 간직하고 있는 친척을 낯선 이들에게 보여 주고 싶어 하지 않는다. 페레 씨 부부로 말하자면 '상류층'이라고 불리는 사람들 중에서도 최고봉이었다. 아마도 그들을 그렇게 묘사한 사람들의 눈에는 게르망트나 로앙과 여타의 인간도 똑같이 '상류층'이겠지만, 이들은 이름만으로도 그런 사실을 말할 필요가 없었다. 그러나 페레 씨 모친이나 페레 부인 모친의 고귀한 태생에 대해, 또 그녀와 그녀의 남편이 드나드는 지극히 폐쇄적인 클럽에 대해서는 아무것도 알지 못했으므로, 사람들은 그들의 이름을 부를 때면 언제나 "최상의 사람들"이라는 수식어를 덧붙였다. 그들의 잘 알려지지 않은 이름이 일종의 거만하고도 신중한 태도를 가지도록 가르쳐 준 것일까? 어쨌든 라 트레무이유 가와 교제했을 사람들을 페레 부부가 만나지 않은 건 사실이다. 페레 부부가 해마다 캉브르메르네의 오후 모임에 오기 위해서는, 캉브르메르 노후작 부인이 망슈 해안에서 누리는 바닷가 여왕으로서의 지위가 필요했다. 캉브르메르네 사람들은 페레 부부를 만찬에 초대하면서, 샤를뤼스 씨에게 그들이 자아낼 효과에 많은 기대를 걸었다. 그래서 그들은 페레 부부에게 샤를뤼스 씨가 만찬에 참석할 손님들 중의 하나임을 은밀히 알렸다. 뜻밖에도 페레 부인은 샤를뤼스 씨를 알지 못했다. 캉브르메르 부인은 격한 만족감을 느꼈고, 처음으로 특별히 중요한 두 물체를 연결하려고 할 때의 화학자와 같은 미소를 얼굴에 떠올렸다. 문이 열렸고, 캉브르메르 부인은 모렐이 혼자 들어오는 모습을 보고 거의 기절할 뻔했다. 장관의 불참을 사과하는 임무를 맡은 비서처럼, 혹은 몸이 불편해서 유감이라는 왕자의 뜻을 전하는 어느 귀천상혼*의 아내처럼(오말 공작에 대해 클랭샹 부인**이 그랬듯이), 모렐은 지극히

* 왕족 혹은 귀족 출신의 남자가 신분이 낮은 여자와 맺어질 때 그 자식이 작위나 재산을 물려받지 못한다는 조건하에 이루어지는 결혼을 가리킨다.

** Berthe de Clinchamp. 오말 공작 부인을 돌보아 주다가 나중에 공작의 저택 관리인이 된 여인으로 공작의 찬미자였다. 1899년에는 오말 공작에 관한 회고록 『오말 공작, 왕자와 군인』을 발간했다.

경쾌한 어조로 말했다. "남작께서는 못 오실 겁니다. 몸이 좀 불편해서요. 어쨌든 그럴 거라고 생각합니다. 이번 주에는 그 분을 뵙지 못했거든요."라고 덧붙였는데, 이 마지막 말조차 캉브르메르 부인을 절망시키기에 충분했다. 페레 씨 부부에게 모렐이 샤를뤼스 씨를 매일같이 매시간 만난다고 말했기 때문이다. 캉브르메르네 사람들은 남작의 부재가 오히려 그 모임에 즐거움을 준다고 믿는 척했으나, 모렐의 귀에 들리지 않도록 손님들에게 말했다. "그분 없이도 잘 지낼 수 있을 거예요. 그렇지 않나요? 더 유쾌할 거예요." 그러나 그들은 격분했고, 베르뒤랭 부인의 음모라고 의심했으며, 이에 대한 응답으로 베르뒤랭 부인이 그들을 라 라스플리에르에 다시 초대했을 때, 캉브르메르 씨는 자기 집을 다시 보고 싶은 욕망과 작은 그룹을 만나는 즐거움을 억제할 수 없어 혼자 그곳에 갔지만, 후작 부인은 의사가 방을 지키라고 해서 유감스럽게도 갈 수 없다고 전했다. 캉브르메르네 사람들은 이 절반의 출석으로 샤를뤼스 씨에게 교훈을 주는 동시에, 베르뒤랭 부인에게도 자신들이 제한된 예의를 표할 의무밖에 없음을 보여 준다고 생각했다. 이는 마치 예전에 왕과 같은 혈통을 가진 대공 부인이 공작 부인을 배웅하기는 하지만 두 번째 방 중간까지만 배웅하던 것과도 흡사하다. 몇 주일이 지난 후 그들의 불화는 거의 확실해졌다. 캉브르메르 씨는 그에 대해 이런 설명을 붙였다. "샤를뤼스 씨와는 좀 어려워서요. 그분은 극단적인 드레퓌스파 아닙니까." "절대 그렇지 않아요!" "맞다니까요……. 어쨌든 그분 사촌인 게르망트 대공은 드레퓌스파잖아요. 그 때문에 사람들이 꽤 비난하고 있어요. 그 문제에 관해 아주 주의 깊게 감시하는 친척이 있거든요. 그래서 그런 사람들하고는 교제할 수 없어요. 가족 모두와 틀어질 테니까요." "게르망트 대공이 드레퓌스파라면 더 잘됐네요." 하고 캉브르메르 부인이 말했다. "그 조카딸과 결혼한다는 생루도 드레퓌스파라는 말이 있으니까요. 어쩌면 그것이 결혼의 이유인지도 모르겠지만요." "여보, 우리가 그렇게 좋아하는 생루를 드레퓌스파라고 말하지는 마시오. 그런 주장을 경솔하게 퍼뜨려서는 안 돼요." 하고 캉브르메르 씨가 말했다. "군대에서는 그에 대해 뭐라고 생각할까요?" "예전에는 드레퓌스파였지만 이제는 아니에요." 하고 나는 캉브르메르 씨에게 말했다. "게르망트-브라사크 양과 결혼한다는 게 사실인가요?" "사람들은 온통 그 말만 하는걸요. 하지만 그걸 알기에는 당신이 더 유리한 입장에 있을 텐데요." "거듭 말하지만, 그분이 직접 내게 드레퓌스파라고 말했어요." 하고 캉브르메르 부인이 말했다. "게다가 있을 수 있는 일이죠. 게르망트 가의 절반은 독일 사람들이니까요." "바렌 거리에 사는 게르망트 사람들의 경우에는 전적으로 그렇다고 할 수 있소." 하고 캉캉이 말했다. "하지만 생루로 말하자면, 전혀 문제가 달라요. 그에게 아무리 독일인 친척이 있다고 해도, 그의 아버지는 무엇보다 프랑스 대귀족의 작위를 당연한 권리로 요구했소. 1871년에 재입대해서 전쟁 중에 가장 훌륭한 방식으로 전사했으니까요. 그 문제에 관한 한 나는 매우 까다로운 사람이지만, 그래도 이런저런 의미로 과장해서는 안 되오. '덕은 중용에……'* 잘 기억이 나지 않는구려. 코타르 의사가 그와 비슷한 말을 한 것 같은데. 그 사람은 늘 적절한 말을 하지. 당신도 여기에 『라루스 소사전』을 두는 게 좋겠소." 라틴어 인용문의 발음을 피하고, 또 남편이 그녀가 요령이 부족하다고 여기는 생루에 관한 화제를 단념시키기 위해, 캉브르메르 부인은 '여주인' 쪽으로 다시 이야기의 방향을 돌렸는데, 그들과의 불화에 대해 설명할 필요가 있다고 생각했다. "우리는 라 라스플리에르를 베르뒤랭 부인에게 기꺼이 임대해 주었어요." 하고 후작 부인이 말했다. "그런데 부인은 집과 더불어, 목초지 사용권과 오래된 벽지와 임대 계약서에 들어 있지도 않은 온갖 것들도 자기 거라고 주장할 방법이 있다고 여기는 모양이에요. 뿐만 아니라 우리하고 사귈 권리도 있다고 믿는 모양이더군요. 완전히 별개의 일인데도 말이죠. 우리의 잘못이라면 관리인이나 중개인을 통해서 처리하지 않았다는 것이죠. 페테른에서는 그런 것들이 별로 중요하지 않지만, 베르뒤랭 할멈이 머리를 휘날리며 내 방문일에 오는 걸 보니 우리 슈누빌 아주머니께서 지으실 표정이 여기서도 보이는 것 같아서요. 샤를뤼스 씨로 말하자면 물론 그분은 매우 훌륭한 분들을 알고 있지만, 또 아주 나쁜 사람들하고도 사귀니까요." 나는 누구냐고 물었다. 질문으로 압박하자 캉브르메르 부인은 드디어 이렇게 말하고 말았다. "모로, 모리유, 모뤼, 여하튼 잘 모르겠지만 그가 그런 성을 가진 사람을 부양한다고 하더

* 원문은 In medio stat virtus로 '덕은 중용에 있다'라는 라틴어 표현이다.

군요. 물론 바이올니스트 모렐과는 아무 관계도 없지만요." 하고 그녀는 얼굴을 붉히면서 덧붙였다. "베르뒤랭 부인이 망슈*에서 우리 임차인이었다고 해서 파리에서도 나를 방문할 권리가 있다고 생각한다는 걸 알았을 때, 난 드디어 절교할 때가 왔음을 깨달았죠."

'여주인'과의 이런 불화에도, 캉브르메르 부부는 신도들과의 사이가 그리 나쁘지 않았으며, 그래서 우리와 같은 기차를 탈 때면 기꺼이 우리 객차 안으로 들어왔다. 기차가 두빌에 도착할 즈음이면 알베르틴은 가끔 장갑을 바꾸거나 모자를 잠시 벗는 게 필요하다고 느꼈는지, 마지막으로 거울을 꺼내 머리에 꽂고 있던 내가 사 준 바다거북 등껍질 머리빗으로 달걀 모양의 부풀린 머리를 매끄럽게 빗어 내려 불룩하게 세웠고, 또 필요하면 목덜미까지 규칙적인 컬을 이루며 내려오는 물결 모양의 머리 위로 쪽진 머리를 올리기도 했다. 기다리던 마차에 올라타면, 우리는 더 이상 우리가 있는 곳을 알지 못했다. 도로에는 불이 켜 있지 않았다. 요란하게 커져 가는 차바퀴 소리에 마을을 통과한다는 걸 인지하고 도착했다고 믿었지만 다시 들판 한가운데 있었으며, 멀리서 종소리가 들리자 연미복을 입은 사실도 망각하고 다시 잠이 들었으며, 그리하여 긴 어둠의 여백 끝에 지금까지 달려온 거리와 모든 기차 여행에 특징적인 사건들 때문에 긴 어둠이 우리를 늦은 밤 시각

* 영국과 프랑스 사이에 있는 바다 이름이자(망슈 해협), 바스 노르망디 주 소재의 데파르트망 이름이다.

에 거의 파리로 돌아가는 길의 반쯤 되는 곳에 데려다준 듯 느꼈을 때, 갑자기 가는 모래밭 위를 달리던 마차의 미끄러짐이 저택 정원에 들어섰음을 알리면서 우리를 사교 생활로 다시 끌어들였고, 살롱과 뒤이어 식당의 눈부신 불빛이 터져 나오면서 우리는 오래전에 지나갔다고 믿은 8시 치는 소리에 깜짝 놀라 뒤로 물러섰고, 한편 수많은 요리와 고급 포도주가 연미복 차림의 남성과 반쯤 가슴이 드러난 드레스를 입은 여인들 주위에 연달아 나오는 그 빛으로 넘쳐흐르는 만찬은, 마치 사교계의 진짜 만찬인 양 보였지만, 이런 사교적 만찬의 용도를 위해 본래의 경건함에서 그 의미를 바꾼, 밤과 전원과 바다의 시간이 왕복 여행 동안 짜 놓은 어둡고 특이한 이중의 띠로 둘러싸이면서 그 성격이 달라 보였다. 우리의 귀로는 빛나는 살롱의 찬란한 광채를 떠나자마자, 내 여자 친구가 나 없이 다른 사람과 함께 있지 못하도록 마련해 놓은 마차 때문에 그 광채를 금방 잊게 했는데, 거기에는 흔히 어두운 마차 안에서 많은 것을 할 수 있으며, 마차가 내려갈 때 한 줄기 빛이 들어오는 경우 서로의 몸이 부딪쳐서 꼭 끌어안게 되어도 용서가 된다는 또 다른 이유도 있었다. 아직 베르뒤랭 부부와 사이가 틀어지지 않았을 때, 캉브르메르 씨는 내게 이렇게 물었다. "이런 안개라면 호흡 곤란 증상이 다시 나타날 거라고 생각하지 않습니까? 제 누이도 오늘 아침 심한 호흡 곤란 증상을 느꼈거든요. 아! 당신에게도 그런 증상이 있다니!" 하고 그는 만족스러운 표정을 지으면서 말했다. "오늘 저녁에 누이에게 말해 줘야겠네요. 돌아가자마자 누이가 금방 당신에게 최근 그런 증상이 있었는지 물어볼 테니까요." 게다가 그는 누이의 호흡 곤란에 대한 얘기를 하기 위해서만 내 증상을 언급했고, 그 둘의 차이를 드러내기 위해서만 내 호흡 곤란의 특징을 말하게 했다. 그러나 이런 차이에도 누이의 호흡 곤란이 자기를 이 방면의 전문가로 만들어야 한다고 생각했던지, 그는 자기 동생에게 '성공한' 방법을 남들이 내게 말해 주지 않은 걸 믿을 수 없어 했고, 내가 그런 방법을 시도해 보지 않았다는 것에 분개했다. 식이 요법을 따르는 일보다 더 어려운 게 있다면, 그것은 식이 요법을 남에게 강요하지 않는 것이기 때문이다. "게다가 당신은 여기 지식의 샘인 아레오파고스 법정* 앞에 서 있는데, 문외한인 제가 뭐라고 할 수 있겠어요? 코타르 교수님은 어떻게 생각하실까요?"

나는 캉브르메르 씨의 아내를 다시 한번 만났다. 내 '사촌 누이'가 묘한 타입의 사람이라고 말한 적이 있어 무슨 뜻에서 그런 말을 했는지 알고 싶었다. 그녀는 그런 얘기를 했다는 사실을 부인하다가, 드디어 내 '사촌'과 함께 보았다고 생각되는 사람의 얘기를 한 적이 있다고 고백했다. 그 여인의 이름은 모르지만 결국에는 자신이 틀리지 않는다면 어느 은행가의 아내로, 리나, 리네트, 리제트, 리아, 어쨌든 그런 종류의 이름이라고 했다. '은행가의 아내'라는 말은 그저 그 사람의 표시를 보다 확실히 지우기 위해 끼워 넣었다는 생각이 들었다.

* 『잃어버린 시간을 찾아서』 2권 27쪽에 보면 스완 부인이 자신을 고대 그리스 법정인 아레오파고스 법정 앞에 선 개구리라고 묘사하는 장면이 나오는데, 여기서는 의학 지식의 전문가인 코타르를 상징하는 은유적 표현이다.

나는 알베르틴에게 그 말이 사실인지 물어보고 싶었다. 그러나 질문하는 사람보다는 알고 있는 사람으로 보이고 싶었다. 게다가 알베르틴은 아무 대답도 하지 않거나 "아뇨."라고 대답했을 테지만, '아'라고 말하는 소리는 지나치게 망설였을 테고, '뇨'라는 소리는 지나치게 선명하게 울렸으리라. 알베르틴은 자신에게 불리한 말은 절대 하는 법이 없었으며, 하지만 앞서 한 말에 의해서만 설명될 수 있는 다른 말을 했는데, 진실이란 남이 우리에게 얘기한 사실 자체가 아니라, 오히려 남이 얘기한 것에서 출발하여 비록 눈에는 보이지 않지만 우리가 포착하게 되는 어떤 흐름이라고 할 수 있다. 그래서 내가 그녀가 비시에서 알았던 여자가 나쁜 여자였다고 단언하자, 그녀는 내가 생각하는 그런 종류의 여자는 결코 아니라면서 자기에게도 결코 나쁜 짓을 하려 한 적이 없다고 맹세했다. 그러나 어느 날 내가 이런 종류의 사람들에 대한 호기심을 드러냈을 때, 알베르틴은 비시의 여인에게도 그런 여자 친구가 있으며, 자신은 만난 적이 없지만 비시의 여인이 "만나게 해 주겠다고 약속했다."는 말을 덧붙였다. 비시의 여인이 약속했다면, 틀림없이 알베르틴이 그걸 원했거나, 아니면 그런 제안이 알베르틴을 기쁘게 한다는 걸 그 여인이 알았기 때문일 것이다. 그러나 만약 내가 알베르틴에게 그 사실을 반박한다면, 나는 오로지 그녀를 통해서만 알게 된 것처럼 보여, 금방 그녀에게 그 폭로를 중단시키게 할 테고, 그렇게 되면 나는 아무것도 알지 못하고 그녀도 더 이상 나를 두려워하지 않았을 것이다.

캉브르메르 씨는 역에서 나를 부르곤 했는데 알베르틴과

내가 어둠을 이용하고 난 후인 경우가 많았다. 어둠이 완전하지 못하다고 겁을 내며 알베르틴이 몸부림쳤으므로 그만큼 힘이 들었다. "코타르가 틀림없이 우리를 보았을 거예요. 게다가 그는 보지 않고도 당신의 숨 막혀하는 목소리를 들었을 거예요. 마침 사람들이 다른 종류의 호흡 곤란 얘기를 하고 있었으니까요." 하고 두빌 역에 도착하자 알베르틴이 말했는데, 우리는 거기서 돌아가기 위해 작은 열차를 탔다. 그런데 이 귀로는 떠날 때와 마찬가지로 내게 어떤 시적 인상을 주면서 마음속에 여행에 대한 욕망을, 새로운 삶을 살고 싶은 욕망을 불러일으켜 알베르틴과의 모든 결혼 계획을 포기하고, 우리 관계를 결정적으로 끊고 싶은 소망조차 품게 하면서, 또한 그 모순되는 성격 때문에 우리의 결별을 용이하게 만들었다. 왜냐하면 떠날 때와 마찬가지로 돌아갈 때도 각각의 역에서 우리가 아는 사람들이 함께 올라타거나 플랫폼에서 인사를 건네면서, 우리의 마음을 진정시켜 주고 잠들게 하는 이런 사교성의 지속적인 즐거움이 상상력의 순간적인 즐거움을 압도했기 때문이다. 역에 도착하기 전부터 이미 역의 이름들은(할머니와 함께 여행했을 당시 그 이름들을 들은 첫날 저녁부터 그토록 나를 몽상에 잠기게 했던), 브리쇼가 알베르틴의 청에 따라 이름의 어원을 보다 완벽하게 설명해 준 저녁부터는 보다 알기 쉬운 것이 되어 그 기이함도 상실했다. 나는 피크플뢰로, 옹플뢰르, 플레르, 바르플뢰르, 아르플뢰르 등등과 같이 몇몇 지명 끝에 붙은 '플뢰르'('꽃'이란 뜻)가 멋지다고, 브리크뵈프 끝에 붙은 '뵈프'('소'란 뜻)가 재미있다고 생각했다. 그러나 브리쇼(우리가 기차를 탄 첫날부터 말해 준)가 '플뢰르'는 항구를 의미하며('피오르'와 마찬가지로), '뵈프'는 노르만어로 '부드', 즉 '오두막'을 의미한다고 가르쳐 준 날부터* 꽃과 함께 소 또한 사라졌다.그는 여러 사례를 인용했으므로, 내게 특별하다고 생각되던 것들이 일반화되면서 브리크뵈프는 엘뵈프에 합류했고, 처음 순간에는 그 고장만큼이나 그토록 개별적으로 보이던 펜드피(Pennedepie)**란 이름도, 우리의 이성으로는 도저히 설명할 수 없는 기이함이 내게는 아득한 옛날부터 몇몇 노르망디 치즈처럼 서민적이고 맛이 있고 단단해진 어휘에 결합된 듯 보였는데, 그 이름에 나오는 펜(pen)이 갈리아어로 '산'을 의미하며, 아펜니노 산맥과 마찬가지로 팽마르에서도 발견된다는 사실이 조금은 안타깝게 생각되었다.*** 기차가 정차할 때마다 우리를 방문한 손님을 맞거나 정답게 악수해야 할 친구들을 맞는다는 느낌이 들었으므로, 나는 알베르틴에게 이렇게 말했다. "당신이 알고 싶어 하던 이름을 브리쇼에

---

* 브리쇼는 이미 플뢰르(fleur)와 피오르(fiord)의 유사성에 대해 언급했다. (64쪽 주석 참조.) 그러나 뵈프(boeuf)의 어원에 대해서는 코슈리가 '처소'라는 의미를 부여한 데 반해, 프루스트는 롱뇽(Longnon, Origine et fomation de la nationalité française)에 의거해 '부드(budh)', 즉 '오두막'이라는 의미를 부여했다고 지적된다.(『소돔』, 폴리오, 625쪽 참조.)

** 펜드피는 노르망디 지방의 칼바도스 데파르트망에 위치한 작은 바닷가 마을이다. 그러나 보통 명사로는 '가느다란 깃'을 의미하는 펜(penne)과 흰 바탕에 검은색 점이 있는 피(pie)의 합성어로 '얼룩빼기 깃'을 의미한다. '피'는 또 '가느다란 잎이 섞인 흰색 치즈'를 가리키기도 한다.

*** 아펜니노 산맥은 이탈리아 반도의 등뼈를 이루는 산맥이며, 팽마르는 브르타뉴 지방의 피니스테르에 소재한 마을이다.

게 얼른 물어봐요. 내게 그 '오만한 마르쿠빌'에 대해 말했잖아요." "그래요. 전 그 '오만하다'는 말이 좋아요. 자존심이 강한 마을인가 봐요." 하고 알베르틴이 말했다. "우리는 그보다 더 거만한 형태를," 하고 브리쇼가 대답했다. "그것의 프랑스어 형태나 '교만한 마르코빌라(Marcovilla superba)' 같은 바이외 주교의 기록집에서 발견되는 후기 라틴어 형태도 아닌, 보다 노르만어에 가까운 오래된 형태인 '교만한 마르쿨피빌라(Marculphivilla superba)'에서 발견할 수 있소. 메르퀼프의 마을 또는 영지란 뜻이오.* 이처럼 '빌(ville)'로 끝나는 거의 모든 이름에서 당신은 아직도 이 해안에 우뚝 서 있는 저 사나운 노르만족** 침략자들의 유령을 볼 수 있소. 에르몽빌에서 객차 문 앞에 서 있으면 북방의 족장다운 데라곤 전혀 없는 우리의 탁월하신 의사 선생님 말고는 아무도 보이지 않지만. 그러나 눈을 감으면 저 유명한 헤리문트(어원이 헤리문디빌라인)의 모습이 보인다오.*** 왜 나는 사람들이 루아니에서 옛 발베크로

* 마르쿠빌의 어원은 코슈리나 롱농의 책에서는 발견되지 않는 것으로, 아마도 프루스트가 재구성한 듯하다고 지적된다. 마르쿠빌은 프루스트가 살았던 일리에 근교의 마을 이름이며, 생마르쿠프는 바이외의 한 구역 명으로 상투스 마르쿨푸스(Sanctus Marculphus)에서 나왔다고 지적된다.(『소돔』, 플레이아드 III, 1612쪽 참조. 고대 라틴어에서 메르와 마르는 구별되지 않았다.) 그리고 「게르망트」에서는 라틴어 수페르바(superba)를 '오만한'으로 옮겼으나(『잃어버린 시간을 찾아서』 6권 254~255쪽 주석 참조.) 여기서는 '오만한 마르쿠빌'에서의 '오만한(Orgueilleuse)'과 구별하기 위해 '교만한'으로 옮겼음을 밝혀 둔다.

** 스칸디나비아에 사는 북방 게르만족, 일명 바이킹족으로 8~12세기에 유럽을 침략해서 노르망디 공국과 시칠리아 공국을 건설했다.

*** '빌(ville)'로 형성된 노르망디 지명 중 꽤 많은 지명은 노르만어의 영향을

가는 그 아름다운 길을 두고 루아니와 발베크 해변 사이의 길로 가는지 이해할 수 없지만, 베르뒤랭 부인이 아마 마차를 타고 당신을 그쪽으로 안내했을 거요. 그때 베르뒤랭 부인 댁에 도착하기 전에 비스카르의 마을인 앵카르빌과 투롤드의 마을인 투르빌을 보았을 거요.* 하기야 거기에는 노르만족의 영향만 있는 게 아니라오. 독일 사람들도 이 근처까지 왔던 모양이니까.(오메낭쿠르란 마을의 어원은 알레마니쿠르티스라오.)** 아! 저기 보이는 젊은 장교에게는 그런 말을 하지 않기로 합시다. 그렇게 말했다가는 자기 사촌 집에 가지 않으려고 할지도 모르니. 또 영국에 미들섹스니 웨섹스니 하는 마을이 있듯이 색슨족의 영향도 있는데, 시손의 분수가 그걸 증명한다오.(베르뒤랭 부인이 좋아하는 산책 코스 중의 하나인데 그만한 가치가 충분하오).*** 또 설명할 수 없는 일이긴 하지만, 사람들이 '거지 떼'

받아 '마을'을 의미하기도 하지만(앙프르빌, 프레빌, 투르빌 등) 에르몽빌에서처럼 '영지'를 뜻하기도 한다. 마른 데파르트망에 위치하는 에르몽빌의 어원은 '헤리문디빌라(Herimundivilla)', 즉 '헤리문트의 영지'란 뜻이다. 헤리문트는 독일인으로 추정된다.

* 여기서 비스카르(Wiscar)라고 표기된 인물은 Guiscard(1015~1085)라고도 불리는 인물로, 노르망디 공국의 유명한 모험가였다. 따라서 앵카르빌은 '비스카르의 영지' 혹은 '마을'로 풀이된다. 또 투르빌은 '투롤드 혹은 투롤두스(Turold, Turoldus)의 마을'이나 '영지'라는 뜻으로, 투롤드는 12세기 『롤랑의 노래』의 저자 혹은 필사본 기록자로 추정되는 인물로서 바이외 벽걸이 자수에도 등장한다.

** 랭스 지방 근처에 야만인이 들어온 흔적으로 롱뇽은 오메낭쿠르(Aumenancourt)를 들고 있는데, 이 지명은 독일 민족 알라망(Alamans)의 농가(curtis)를 뜻하는 Alemanicurtis에서 왔다.

*** 롱뇽은 색슨족이 브르타뉴 지방에 이동한 흔적으로 에섹스, 웨섹스, 서섹

라고 말하는 고트*족도 이곳까지 왔던 모양이오. 모르족도 마찬가진데, 모르타뉴라는 지명은 모레타니아로부터 왔소.** 고트족의 흔적은 구르빌(어원이 고트룸빌라인)***에 남아 있소. 또 라틴족의 흔적은 라니(어원이 라티니아쿰인)에 남아 있고."****
"나도 토르프옴므(Thorepehomme)에 대한 설명을 듣고 싶소." 하고 샤를뤼스 씨가 말했다. "옴므(homme)'의 뜻은 알지만 말이오." 하고 덧붙였는데, 그때 조각가와 코타르는 서로 공모의 눈짓을 교환했다. "'옴므'는 당신이 당연하게 생각하는 그런 의미가 전혀 아닙니다, 남작." 하고 브리쇼는 코타르와 조각가를 짓궂게 바라보면서 대답했다. "여기서 '옴므'는 내 어머니에 대해 은혜를 입고 있지 않은 성(性)과는 아무 관계가 없고, '작은 섬'을 의미하는 '올름(Holm)'에서 나왔어요.***** 그

스, 미들섹스를 들고 있다. 시손(앤 데파르트망 소재)도 이런 색슨족의 흔적을 증명하며, 그러나 웨섹스와 미들섹스의 비교는 다루어지지 않았다.(『소돔』, 플레이아드 III, 1613쪽 참조.) 시손(라틴어로 Sessonia)은 '색슨족의 땅'이란 뜻이다.

* 스칸디나비아에 살던 게르만족의 분파로 1세기경 유럽으로 내려와 로마 제국의 일부를 점령했다. 여기서 '거지 떼'라고 옮긴 프랑스어는 gueux이다. 유랑자 건달을 의미하는 이 단어의 어원이 '요리사'라는 일반적인 견해와는 달리, 고트족(Goths)과 관계된다는 견해가 있다.

** 모르족은 모리타니를 거점으로 모로코와 알제리 남부에 사는 종족이다. 일명 무어족이라고 한다. 모르타뉴는 노르망디 지방의 오른 데파르트망에 위치한 마을로, 어원은 고대 알제리의 왕국이었던 모레타니아에서 왔다.

*** 구르빌은 프랑스 남서쪽 샤랑트 데파르트망에 위치한 마을로, 그 어원인 고트룸빌라(Gothorumvilla)는 '고트족의 마을'이란 뜻이다.

**** 라니는 센에마른 데파르트망에 위치한 마을로, 그 어원인 라티니아쿰(Latiniacum)은 로마인 소유자 '라티누스의 마을'이란 뜻이다.

***** 가브리엘 르구베(Gabriel Legouvé)의 『여성의 미덕』(1800)에 나오는 마

리고 '토르프(thorp)' 혹은 '마을'로 말하자면, 제가 이미 당신의 젊은 친구를 따분하게 만들었던 많은 단어에서도 찾아볼 수 있죠. 이처럼 토르프옴므에는 노르만족의 족장 이름은 없고, 노르만어의 단어들만 있습니다. 이 고장이 얼마나 게르만화되었는지 이제 아시겠죠." "나는 저분이 좀 과장한다고 생각해요. 어제 오르주빌에 갔었는데……." 하고 샤를뤼스 씨가 말했다. "남작, 이번에는 조금 전에 토르프옴므란 말에서 빼앗은 남성을 다시 돌려드리죠. 학자인 척하려는 생각은 전혀 없습니다만, 로베르 1세의 헌장은 오르주빌의 어원이 오트게리빌라, 즉 오트게르의 영지임을 말하고 있습니다.* 이 이름들은 모두 이곳에 살았던 옛 영주들의 이름입니다. 옥트빌-라-브넬은 아브넬의 영지였는데, 아블렌 가문은 중세에서 꽤 알려졌었죠. 지난번에 베르뒤랭 부인이 우리를 데리고 갔던 부르그놀은 '부르 드 몰'이라고 표기되었는데, 그 이유는 이 마

지막 구절 "너의 어머니에 대해 은혜를 입고 있는 그 성(性)에 무릎을 꿇어라."를 환기하는 것처럼 보인다고 지적된다.(『소돔』, 폴리오, 626쪽 참조.) 프랑스어의 옴므에는 '인간'이란 뜻 외에 '남성'이란 뜻도 있는데, 브리쇼는 이런 사실을 주지시키면서 샤를뤼스를 조롱하고 있는 것이다. 앞에서 옴므(homme)가 어미로 쓰인 경우 외래어 표기법에 따라 '옴'으로 표기했으나(67쪽 참조.), 여기서는 이미 굳어진 외래어라는 점에서 '옴므'로 옮겼으며, 따라서 '토르프옴'도 '토르프옴므'로 옮겼다.

* 노르망디 주, 유르 데파르트망에 소재한 오르주빌의 어원은 오트게리빌라, 즉 '오트게르의 영지'를 뜻한다고 코슈리는 적고 있다. 그리고 여기서 말하는 로베르 1세는 아마도 노르망디의 유명한 공작으로 1035년에 사망한 '당당한 로베르(Robert le Magnifique)'를 가리키는 것처럼 보인다고 지적된다.(『소돔』, 플레이아드 III, 1614쪽 참조.)

을이 11세기에 라셰즈-보두앵과 마찬가지로 보두앵 드 몰에 속했기 때문이죠.* 벌써 동시에르에 도착했군요." "저런! 많은 중위들이 기차를 타려고 하네요!" 하고 샤를뤼스 씨가 놀란 척 말했다. "당신들을 생각해서 하는 말입니다. 나는 별로 불편하지 않아요. 내리거든요." "저 사람 말 들었소, 의사 선생?" 하고 브리쇼가 말했다. "남작은 장교들이 자신에게 조심성 없이 대할까 봐 겁이 난 거요. 하지만 여기 모이는 것은 그들의 임무요. 왜냐하면 동시에르는 정확히 생시르(Saint-Cyr), 즉 도미누스 키리아쿠스니까요. 상투스나 상크타가, 도미누스나 도미나로 바뀐 도시명이 많소. 게다가 이 조용한 군사 도시는 이따금 생시르나 베르사유, 퐁텐블로의 분위기와 유사한 인상을 풍기기도 하오."**

이렇게 돌아가는 길에(그곳에 갈 때도 마찬가지였지만) 암낭쿠르***와 동시에르, 에프르빌과 생바스트에서 잠시나마 방문

---

* 옥트빌-라-브넬과 부르고놀, 라셰즈-보두앵의 어원은 모두 나중에 추가된 것이라고 지적된다.

** 코슈리에 따르면 '성인(聖人)'을 의미하는 생이나 생트가 '주인'을 의미하는 동이나 도미누스 혹은 도미나로 바뀐 경우가 많으며, 이런 맥락에서 동시에르와 생시르는 동일한 의미로서, 그 어원은 3세기 말 로마의 기독교 신자였던 생시르 혹은 도미누스 키리아쿠스(Dominus Cyriacus)에서 연유한다는 설명이다.(『소돔』, 폴리오, 626쪽 참조.) 나폴레옹은 1803년 육군사관학교를 처음에는 퐁텐블로에 창설했으나 1806년에는 베르사유에서 서쪽 5킬로미터 떨어진 생시르(현재 이름은 생시르레콜)에, 1686년 루이 14세의 정부였던 맹트농 부인이 귀족 학교를 세운 자리에 학교를 이전했다.(2차 세계 대전 중 파괴되어 1946년부터는 브르타뉴의 코에키단으로 이전되었다.)

*** 오메낭쿠르와 아므농쿠르의 변형처럼 보인다고 지적된다.(『소돔』, 폴리오, 626쪽 참조.)

객들을 맞게 된다는 것을 알았으므로, 나는 알베르틴에게 옷을 입으라고 말했다. 그러나 그 방문은 그다지 불쾌하게 생각되지 않았는데, 에르몽빌〔'헤리문트의 영지'란 뜻〕에서는 슈브로니 씨가 다른 손님을 찾으러 온 기회를 이용해서, 다음 날 몽쉬르방의 오찬에 청하려고 방문했으며, 혹은 동시에르에서는 생루가 보낸 (그가 시간이 없을 때면) 그의 매력적인 친구 중 하나가 갑자기 쳐들어와서는 보로디노 중대장의 초대장이나, 코크아르디에서 열리는 장교들의 미사 혹은 프장도레에서의 준사관들 모임에의 초대장을 전했기 때문이다. 생루가 직접 찾아온 것도 여러 번이었는데, 그가 있는 동안에는 내내 다른 사람이 눈치채지 못하게 하면서 그렇게 주의 깊게 감시할 필요가 없는데도 나는 내 눈 아래 알베르틴을 포로로 붙잡아 두고 있었다. 그렇지만 한번은 이런 감시를 중단했다. 기차의 정차 시간이 길어졌으므로 블로크는 우리에게 인사하고 나서 즉시 자기 아버지에게 합류하려고 달려갔는데, 그의 아버지가 최근에 숙부로부터 유산을 물려받아 '기사령'이라고 불리는 성관을 임대해서, 정복 차림의 마부가 앞에서 말을 모는 역마차로 돌아다니는 일만을 대귀족다운 행동이라고 생각하고 있었다. 블로크는 내게 마차까지 자기와 동행해 달라고 청했다. "하지만 서두르게. 그 네발짐승들은 성미가 급하다네. 신들의 총애를 받는 인간이여, 빨리 오게나. 아버지가 기뻐하실 테니." 그러나 나는 알베르틴을 생루와 함께 기차에 남겨 두는 것이 너무도 고통스러웠다. 그들이 내가 등을 돌린 동안 서로 말을 하고 다른 객차로 가서 미소를 지으며 몸을 만질 수도 있었다. 알베르틴에게 고정된 내 눈길은 생루가 거기 있는 한 떨어질 수 없었다. 그런데 자기 아버지에게 인사하러 가 달라고 부탁한 블로크는 내게 그 일을 막을 하등의 이유가 없으며, 기차가 앞으로 적어도 십오 분은 정차할 것이며, 승객을 태우지 않고 기차가 다시 출발하는 일은 결코 없을 거라는 역무원의 말에 거의 모든 승객들이 기차에서 내렸으므로, 내가 거절하는 모습을 보고 처음에는 친절하지 않다고 생각했다. 다음에는 결정적으로 — 이 경우에는 내 행동이 그에게 결정적인 대답처럼 보였으므로 — 나를 속물이라고 확신했다. 나와 함께 있는 사람들의 이름을 모르지 않았기 때문이다. 사실 샤를뤼스 씨는 얼마 전에 자신이 예전에 블로크에게 접근하려고 했던 일이 기억나지 않는지, 아니면 그런 일에는 별로 개의치 않는지 내게 이렇게 말했다. "자네 친구를 소개해 주게. 자네는 지금 내게 결례를 범하고 있네." 그런 다음 블로크와 담소를 나누었고, 그가 무척이나 마음에 들었는지 "다시 만나기를 바라오."라는 말로 그에게 호의를 베풀었다. "돌이킬 수 없단 말이지. 그렇게도 기뻐하실 아버지에게 인사말을 하기 위해 몇 백 미터도 갈 수 없단 말이지." 하고 블로크가 내게 말했다. 나는 좋은 친구 관계를 저버리는 것 같아 마음이 아팠고, 블로크가 내 결례의 이유라고 믿는 것 때문에, 즉 내가 '귀족들' 앞에 있을 때면 부르주아 친구들에게 전과 같이 대하지 않는다고 생각하는 것 때문에 더 마음이 아팠다. 그날부터 그는 예전만큼의 우정을 보이지 않았고, 그보다 더 고통스러웠던 것은 그가 내 성격에 대해 예전과 같은 존경심을 갖지 않게 되었다는 점이다. 하지만 나를 객차에 그대로 남게 한 이유에 대한 그의 오해를 풀어 주려면, 그에게 뭔가를 — 즉 알베르틴에 대한 내 질투를 — 말해 주어야 하는데, 이는 그가 나를 사교 생활에 심취한 어리석은 인물이라고 여기는 것보다 더 고통스러운 일이었다. 이렇듯 우리는 이론적으로는 항상 서로 솔직하게 설명하고 오해를 피해야 한다고 생각하면서도, 삶에서는 그런 오해들이 얼마나 뒤섞이는지, 그 오해를 불식시키려면 그런 일이 가능한 드문 경우에, 친구가 우리의 잘못이라고 여기는 가상의 잘못보다 친구의 마음을 더 아프게 하는 뭔가를 폭로하거나(지금의 내 경우는 아닌) 혹은 오해를 받는 일보다 우리에게 더 고통스럽게 보이는 비밀을 폭로해야 한다.(지금 내게 일어난 일이 그렇다.) 게다가 블로크에게 동행하지 못하는 이유를 설명하지 못하면서도 내가 그 이유를 설명하지 않은 채로 그에게 언짢게 생각하지 말아 달라고 청한다면, 오히려 내가 그의 언짢은 기분을 알고 있다는 걸 보여 주는 꼴이 되어, 그의 기분을 두 배로 상하게 했을 것이다. 알베르틴의 존재가 내게 블로크를 배웅하지 못하게 하고, 블로크에게는 반대로 찬란한 사람들의 존재 때문에 내가 그런 행동을 한다고 믿게 하는 그 '운명(factum)'에 나는 복종할 수밖에 없었다. 설령 내가 백배는 더 찬란한 사람들과 같이 있었다 해도, 전적으로 블로크에게만 전념하고, 내 모든 예의도 그를 위해서만 바치는 결과를 자아냈을 것이다. 이렇게 우연히 엉뚱하게도 하나의 사건(알베르틴과 생루가 함께 있게 된 일)이 두 운명 사이에 끼어들면, 서로를 향해 모아지던 선들은 그 궤도를 이탈하여 점점 멀어지다가 끝내 다시는 만나지 못하게 되고 만다. 이처럼 내게는 블로크의 우정보다 더 아름다운 우정이, 불화의 무의식적인 주범이 상대방에게 불화의 원인을 설명하지 않고 지나쳐 버림으로써 틀어진 적이 있었는데, 만약 그 주범이 불화의 이유를 설명했다면 아마도 상대방은 자존심을 회복하고 멀어져 가던 호감도 되찾았을 것이다.

블로크의 우정보다 아름다운 우정이란 말은 그렇게 지나친 표현은 아닐지도 모른다. 블로크는 나를 가장 불쾌하게 만드는 온갖 결점을 갖고 있었다. 알베르틴에 대한 나의 애정이 공교롭게도 그 결점을 더 견딜 수 없게 만들었다. 그리하여 내가 눈으로는 로베르를 감시하면서 블로크와 얘기하는 이런 단순한 순간에도, 블로크는 그가 봉탕 부인 댁에서 점심을 먹었으며, 또 모든 사람이 나에 대해 "헬리오스의 낙조"*까지 아주 대단한 찬사를 늘어놓았다고 말했다. '그래,' 하고 나는 생각했다. '봉탕 부인은 블로크를 천재로 생각하니까 그가 나에 대해 늘어놓은 그 열광적인 호평은 남들이 한 것보다는 더 큰 효과를 자아냈을 것이고, 알베르틴에게 그 말이 전해질 테고, 얼마 지나지 않아 틀림없이 그녀도 알게 되겠지. 그녀의 숙모가 나를 '탁월한' 사람이라고 말하지 않았다는 게 놀라울 뿐이군.' "그래." 하고 블로크가 덧붙였다. "모든 사람이 네 칭찬을 했어. 나 혼자만이 깊은 침묵을 지켰네. 마치 사람들이 우

* 헬리오스는 그리스 신화에 나오는 태양의 신으로, 블로크는 해가 질 때라는 지극히 단순한 말도 이렇게 거창한 수사적인 표현을 구사한다.

리에게 대접한, 게다가 형편없는 식사였지만, 그런 식사에 몰두하는 대신, 타나토스와 레테의 행복한 형제인 저 히프노스 신에게 친숙한 양귀비꽃을, 내 몸과 혀를 부드러운 끈으로 감싸는 그 향기를 들이마시는 것 같았기 때문이네.* 사람들이 나와 함께 초대한 그 탐욕스러운 개 떼**보다 내가 자네를 덜 찬미해서가 아닐세. 그러나 나는 자네를 이해하고 찬미하지만, 그들은 자네를 이해하지도 못하면서 찬미한다네. 보다 적절히 말한다면, 사람들 앞에서 자네 얘기를 하기에는 내가 지나치게 자네를 찬미한다는 걸세. 내 가슴속 가장 깊은 곳에 품고 있는 걸 그렇게 큰 소리로 떠든다는 건 자네를 모독하는 일처럼 생각되었네. 그들이 자네에 대해 질문해도 소용없었네. 크로니온의 딸인 그 성스러운 '수치의 여신'이 나를 침묵하게 했으니까."*** 나는 불만스러운 표정을 지을 만큼 그렇게 취향이

---

* 프루스트는 르콩트 드릴의 『오르피크 찬가』에 나오는 「히프노스의 향기, 양귀비꽃」을 참조했다.(『잃어버린 시간을 찾아서』 7권 419쪽 주석 참조.) 타나토스는 죽음의 신이며, 레테는 지옥의 문 앞에 흐르는 망각의 강 혹은 망각의 여신이며, 히프노스는 잠의 신이다.

** 호메로우스에 나오는 욕설 중의 하나로, 아가멤논은 아킬레우스를 이렇게 취급했다고 한다.(『소돔』, 폴리오, 626쪽 참조.)

*** 크로니온은 벼락의 신이란 점에서 제우스의 또 다른 이름이며, 제우스의 딸인 '수치'는 바로 아이도스 여신을 가리키는 것처럼 보인다고 지적된다.(『소돔』, 폴리오, 626쪽 참조.) 헤시오도스는 『노동과 나날』에서 "아이도스와 네메시스가 인간을 버리고 신에게로 간다."라고 서술했는데, 즉 정의가 사라지고 힘이 지배하는 세계가 오면 수치의 여신인 아이도스와 율법의 여신인 네메시스가 인간을 버리고 하늘로 간다는 뜻이다. 그러나 이런 수치의 여신(Pudeur)을 지칭하는 경우를 제외하고, 프랑스어의 pudeur가 보통 명사로 사용될 경우엔, '신중함'이란 뜻도 있으므로 여기서는 문맥의 이해를 위해 '수치 혹은 신중함의 여신'

저속한 사람은 아니었지만, 이런 '수치 혹은 신중함의 여신'은, 그대를 찬미하지만 그대가 군림하는 은밀한 전당에 무식한 독자와 신문기자들의 무리가 몰려들까 봐 그대 얘기를 하지 못하도록 가로막는 비평가의 신중함과, 그대와 수준이 맞지 않는 사람들 사이에 섞지 않으려고 그대에게 훈장을 수여하지 않는 정치가의 신중함과, 또는 재능 없는 X……의 동료가 되는 수치심을 면하게 해 주려고 그대에게 투표하지 않는 아카데미 회원의 신중함과, 마지막으로 아무리 무덤에 경건하게 바쳐진 화환이라도 그런 화환보다는 사람들 입에 자신의 이름이 오르내리는 편을 더 좋아할 공적이 많은 그 불쌍한 죽은 아버지에게 침묵과 휴식을 마련해 주기 위해, 고인을 살아 있는 상태로 보존하는 것을 방해하고 고인의 명성이 주위에 퍼지는 것을 방해하기 위해 고인에 관한 글을 쓰지 말아 달라고 간청하는 자식들의 존경스럽지만 범죄와도 같은 신중함과 — 크로니온보다 훨씬 더 — 유사해 보였다.

블로크가 그의 아버지에게 인사하러 가지 못한 이유를 이해하지 못해 나를 괴롭히고, 봉탕 부인 댁에서의 내 신망을 떨어뜨린 일을 고백하면서(나는 왜 알베르틴이 이 오찬에 대해 한 번도 언급하지 않았으며, 또 나에 대한 블로크의 애정을 얘기했을 때 그녀가 왜 침묵을 지켰는지도 이제 이해할 수 있었다.) 나를 몹시 화나게 했다면, 샤를뤼스 씨에게 그 젊은 이스라엘인은 귀찮은 생각과는 거리가 먼 완전히 다른 인상을 주었던 모양이다.

도 함께 병기하고자 한다.

물론 블로크는 내가 우아한 사람들과 잠시도 떨어져서 지내지 못할 뿐만 아니라, 그들이 (샤를뤼스 씨처럼) 자기에게 할지도 모르는 제안을 내가 질투하는 탓에 그 제안에 훼방을 놓고, 그들과 친교를 맺지 못하게 한다고 믿었다. 하지만 남작 쪽에서는 내 학교 친구를 더 자주 만나지 못하는 것을 유감스러워했다. 다만 습관에 따라서 그런 내색을 하지 않았을 뿐이다. 그는 그렇지 않은 척하면서 블로크에 대해 몇 마디 질문하는 일로 시작했으나 열의 없는 어조로, 내 대답을 들을 마음도 없으면서 지나치게 가장해서 관심이 있는 듯한 어조로 말했다. 거리감 있는 표정과, 무관심이라기보다는 심심풀이라 할 만한 기분을 더 많이 표현하는 듯한 그런 단조로운 선율로, 그리고 그저 나에 대한 예의에서 "예리하게 보이더군. 글을 쓴다고 하던데 재능은 있나?"라고 물었다. 나는 샤를뤼스 씨에게 그를 다시 만나기 바란다고 말해 주어서 무척 친절하다고 말했다. 남작에게서는 내 말을 들었다는 어떤 움직임도 나오지 않았고, 그래서 나는 같은 말을 네 번이나 되풀이했지만 여전히 반응을 얻지 못했기에, 샤를뤼스 씨의 이런 말을 들었다고 생각하는 순간 마치 내가 음향의 신기루에 농락당한 것은 아닌지 의심했다. "발베크에 산다고?"라며 남작은 거의 질문하지 않는 듯한 어조로 콧노래했는데, 겉보기에 그토록 의문문처럼 보이지 않는 문장을 끝내는 데 있어 프랑스어에 의문 부호 외에 다른 부호가 없다는 것이 유감스러울 정도였다. 설령 그런 부호가 있다고 해도 그 부호는 아마 샤를뤼스 씨에게만 도움이 되었을 것이다. "아뇨, 그의 가족은 이 근처에 있는 '기사령'을 빌렸습니다." 원하던 것을 알게 된 샤를뤼스 씨는 경멸하는 척 말했다. "끔찍하군!" 하고 그는 쇳소리 나는 활기를 있는 힘껏 다 목소리에 불어넣으면서 외쳤다. "'기사령'이라고 불리는 모든 장소와 영지는 몰타 교단의 기사단*(나도 거기에 속하지만)이 설립하거나 소유했던 것일세. 성전 기사단에 의해 세워진 장소가 '성전'이나 '기병대'라고 불리는 것처럼 말일세.** 내가 '기사령'에 거주한다면야 그처럼 자연스러운 일도 없겠지. 하지만 유대인이! 하기야 놀랄 일도 아니군. 그 종족에게는 신성 모독을 즐기는 고유의 별난 취향이 있으니까. 성관을 살 돈만 충분하다면 유대인은 언제나 '소수도원'이나 '수도원', '대수도원', '하느님의 집'이라고 일컬어지는 곳에서 거주한다네.*** 전에 유대인 관리와 거래한 적이 있는데, 그가 어디 거주했는지 알아맞혀 보게. '퐁레베크', 바로 주교의 다리였네.**** 그러나 실추한 그는 브르타뉴에 있는 '퐁라베', 즉 사제의 다리로 보내졌지.***** 성주간에 '수난극'이라고 불리는 그 부적절한 구경거리를 공연할 때면, 객석의 반은 유대인으로 채워지는데, 그들은 적어도 화상으로나마 그리스

---

* 몰타 기사단에 대해서는 『잃어버린 시간을 찾아서』 6권 447쪽 주석 참조.

** '성전'이라고 옮긴 르탕플은 프랑스 남서쪽 지롱드 데파르트망에 위치하며, '기병대'라고 옮긴 라카발르리는 프랑스 남쪽 아베롱 데파르트망에 위치한다. 성전 기사단 혹은 템플 기사단에 대해서는 『잃어버린 시간을 찾아서』 6권 448쪽 주석 참조.

*** 여기 나온 지명들은 모두 '수도원'을 의미하므로 우리말로 풀어서 옮겼다.

**** 프랑스 바스노르망디 주 칼바도스 데파르트망에 소재한 마을이다.

***** 브르타뉴 주 피니스테르 데파르트망에 소재하는 마을이다.

도를 십자가에 다시 한번 매달게 된다는 생각에 기뻐서 어쩔 줄 모른다네. 라무뢰 음악회에서 하루는 내 옆자리에 부유한 유대인 은행가가 앉았는데, 그는 베를리오즈의 「그리스도의 어린 시절」*이 연주되자 깜짝 놀라더군. 그러나 「성주간의 마술」**을 듣자 곧 습관적으로 짓곤 하던 지복의 표정을 지었네. 자네 친구가 '기사령'에 산단 말이지, 그 가엾은 녀석이! 그 무슨 가학증이란 말인가! 내게 길을 가르쳐 주게나." 하고 그는 다시금 무심한 표정으로 덧붙였다. "우리의 옛 영지가 어떻게 그런 신성 모독을 견뎌 내는지 언제 한번 가 보려고 하네. 불행한 일이군. 예의 바르고 꽤 예리해 보이는 녀석이던데. 이제 그에게 남은 건 틀림없이 파리에서 탕플 거리에 거주하는 일뿐이겠군."*** 샤를뤼스 씨는 이 말을 하면서 자신의 이론을 증명하는 데 필요한 새로운 사례만을 찾는 듯한 표정을 지었다. 하지만 그가 내게 그런 질문을 한 데는 두 가지 목적이 있었는데, 주된 목적은 블로크의 주소를 알아내는 것이었다. "사실," 하고 브리쇼가 말했다. "예전에 탕플 거리는 '성전 기병대'라고 불렸습니다. 그런데 제가 지적을 하나 해도 괜찮겠습니까, 남작?" 하고 교수가 말했다. "뭐죠? 뭐요?" 하고 샤를뤼스 씨가 거칠게 말했다. 이 지적이 자신이 원하는 정보를 얻

* 베를리오즈의 오라토리오(작품 25)로 1902년 쾰른에서 초연되었다.
** 바그너의 「파르시팔」 3막에 나온다. 이 곡에 대해서는 『잃어버린 시간을 찾아서』 3권 361쪽 주석 참조.
*** 파리 3구와 4구에 걸쳐 있는, '성전'이라는 의미의 탕플 거리에는 유대인들이 많이 살았다.

어 내는 걸 방해했기 때문이다. "아닙니다. 아무것도 아닙니다." 하고 겁먹은 브리쇼가 대답했다. "누군가가 예전에 제게 질문했던 발베크의 어원에 관한 것입니다. 탕플 거리는 예전에 바르뒤베크 거리라고 불렸는데, 노르망디에 있는 베크 수도원이 파리에 변호인단을 두었던 곳이기 때문이죠."* 샤를뤼스 씨는 아무 대답도 하지 않고 상대방의 말도 들은 척하지 않았는데, 이는 그가 보여 주는 무례함의 한 형태였다. "자네 친구는 파리 어디에 사는가? 길 이름의 사분의 삼이 성당이나 수도원에서 나왔으니, 신성 모독이 계속될 가능성이 있네. 유대인들을 마들렌 대로나 포부르생토노레 혹은 생토귀스탱 광장에 살지 못하도록 하게 할 수는 없으니 말이야. 그들은 파르비노트르담 광장, 아르슈베셰 강변로, 샤누아네스 거리 혹은 아베마리아 거리에서 거처를 택하면서 그들의 배신 행위를 보다 세련되게 꾸미지 않은 경우에 부딪히게 될 어려움을 고려해야 할 걸세.** 블로크의 현주소를 알지 못했으므로 우리는 샤를뤼스 씨에게 가르쳐 줄 수 없었다. 하지만 나는 그의 아버지 사무실이 블랑망토 거리에 있음을 알고 있었다. "오!

---

* 파리의 거리 이름과 관련하여 프루스트는 로슈기드(F. de Rocheguide) 후작의 『파리 거리 산책』(1900)을 참조했다고 한다.(『소돔』, 폴리오, 627쪽 참조.) 바르(barre)란 재판석과 방청석 사이의 난간을 가리키는 말로, 법정의 변호사석 혹은 변호인단을 의미하는 barreau는 바로 여기서 유래한다.

** 파르비노트르담은 '노트르담 성당 앞 광장'을 가리키며, 아르슈베셰 강변로는 '대주교관이 있는 강변로', 샤누아네스 거리는 '수녀들의 거리', 아베마리아 거리는 '성모 마리아를 칭송하는 거리'라는 뜻이다. 모두 파리 노트르담 성당 주변의 거리이다.

배덕 행위의 절정이군!" 하고 샤를뤼스 씨는 자신의 냉소적 분노의 외침에 깊은 만족을 느낀다는 듯 소리를 질렀다. "블랑망토 거리라니," 하고 그는 음절 하나하나에 힘을 주고 웃음을 터뜨리면서 말했다. "정말 대단한 신성 모독이군! 블로크 씨가 더럽힌 그 하얀 망토는, 성 루이 왕이 그곳에 설립한 '성모 마리아의 농노'로 불리는 탁발 수도승들이 입었던 옷이라네.* 그 거리는 항상 종교 단체의 것이었네. 신성 모독이 더욱 악마적이라고 할 수 있는 건 블랑망토 거리에서 두 걸음도 안 되는 곳에 뭐라던가, 이름은 생각나지 않지만, 유대인들에게 온통 양도된 거리가 있다네. 누룩을 사용하지 않은 빵**을 만드는 가게나 유대인 정육점 앞에는 히브리어 글자가 난무하며, 그곳은 정말로 파리의 '유대인 거리(Judengasse)'라네. 로슈기드 씨는 그 거리를 파리의 게토라고 칭했네.*** 블로크 씨가 살아야 할 곳은 바로 거길세. 당연한 일 아닌가." 하고 샤를뤼스 씨는 조금은 과장된 거만한 어조로 말을 이었으며, 또

* "루이 9세[성 루이]는 블랑망토 거리에 1258년 '성모 마리아의 농노'로 알려진 탁발 수도승들을 정착시켰는데, 그들은 길고 하얀 망토를 입고 있었다."라고 로슈기드는 서술했다.(『소돔』, 폴리오, 627쪽에서 재인용.) 블랑망토라는 거리 명은 13세기 청빈을 추구했던 탁발 수도승들이 입었던 하얀 망토에서 유래했다.

** 누룩을 사용하지 않은 빵이란 이스라엘 사람들이 이집트에서 급히 탈출하면서 발효시키지 못하고 먹은 빵을 가리킨다. 유대인들은 유월절 기간 동안 누룩 없는 빵을 먹으면서 조상을 경배한다.

*** 로슈기드에 의하면 이 거리는 1900년까지도 유대인 거리라고 불렸던 페르디낭 뒤발 거리를 가리킨다고 설명된다. 그러나 샤를뤼스 씨가 생각나지 않는다고 한 거리는 파리 4구의 로지에 거리를 가리키며, 로슈기드는 이 거리를 '파리의 게토'라고 묘사했다.(『소돔』, 폴리오, 628쪽 참조.)

미학적 얘기를 하려고 자기도 모르게 유전적인 요인에 의한, 루이 13세의 늙은 근위 기병 같은 표정을 자신의 뒤로 젖힌 얼굴에 부여하면서 대답했다. "나는 이 모든 것을 예술적인 관점에서만 다룬다네, 정치는 내 소관이 아니고, 또 그 유명한 후손 중에 스피노자를 포함하고 있는 민족을 통째로 비난할 수는 없으며, 거기엔 블로크도 있으니까. 또 나는 유대인 교회당을 다니면서 끌어낼 수 있는 아름다움을 인식하지 못하기에는 지나치게 렘브란트를 존경한다네.* 요컨대 보다 동질적이고 완전할수록 게토는 아름다워진다네. 게다가 이 종족에게는 실질적인 본능과 탐욕이 사디즘에 섞여 있어, 내가 말하는 히브리인들의 거리 바로 근처 손닿는 곳에 이스라엘 정육점이 있다는 편리함이 틀림없이 자네 친구에게 블랑망토 거리를 택하게 했을 걸세. 정말 신기한 일 아닌가! 하기야 성체를 끓는 물에 삶은 어느 기이한 유대인이 살던 곳도 그곳이니까.** 그 후에는 사람들이 그를 삶았다고 생각하네만. 이는 유대인의 몸이 하느님의 몸만큼이나 가치 있다는 뜻이므로 여전히 기이하게 보이네만. 어쩌면 자네 친구가 우리를 블랑망

---

* 렘브란트는 유대인은 아니었지만 암스테르담의 유대인 거리에 살았다. 그는 스피노자의 적인 정통 유대교 사제들을 이웃으로 두었으며, 또 그들과 친구로 지냈다고 한다. 스피노자보다 나이가 많은 렘브란트가 유대인인 스피노자를 알고 그림으로 그렸는지는 확실하지 않지만, 어쨌든 자신이 살았던 동네 주민들과 유대인 교회당에 대한 그림은 여러 편 남겼다.(『소돔』, 폴리오, 627쪽 참조.)

** 13세기부터 내려오는 전설로, 한 유대인이 성체를, 다시 말해 '하느님을 끓는 물에 삶았으나' 성체는 기적적으로 그대로 보존되었다고 한다.(『소돔』, 폴리오, 628쪽 참조.)

토 성당으로 데리고 가서 구경시켜 줄 수도 있을 테니 약속을 잡아 보지 않겠나. 루이 도를레앙이 그 '겁 없는 장'에게 암살당한 후 시신이 안치된 곳도 바로 그곳임을 생각해 보게나.* 불행하게도 '겁 없는 장'은 우리를 오를레앙 가문으로부터 해방시켜 주지는 못했네. 나는 개인적으로 사촌인 샤르트르 공작**과 잘 지내는 편이지만, 그는 요컨대 루이 16세를 죽이고, 샤를 10세와 앙리 5세의 왕위를 빼앗은 찬탈자의 종족 아닌가. 게다가 이 오를레앙 가문은 그 조상들의 피를 물려받았는데, 그중에는 루이 14세의 동생인 '므시외' — 이렇게 불렸던 것은 아마도 그가 가장 놀라운 늙은 여자였기 때문인지는 모르겠지만 — 와 '섭정'과 그 밖에도 여러 명이 있네.*** 도대체

---

* 로슈기드에 따르면 1407년 부르고뉴 공작인 일명, '겁 없는 장'의 일당은 루이 도를레앙 공작(샤를 6세의 동생)을 비에이뒤탕플 거리에서 살해한 뒤 가까운 블랑망토 성당에 그 시신을 갖다 놓고는 매우 침통한 표정을 지었다고 한다.(『소돔』, 폴리오, 628쪽 참조.)

** 스완의 친구이자 루이필리프의 손자인 루이필리프 도를레앙(파리 백작이자 샤르트르 공작)을 가리킨다.(『잃어버린 시간을 찾아서』 1권 37쪽 참조.) 그러나 샤를뤼스와 루이필리프 손자의 친척 관계는 분명해 보이지 않는다.(『소돔』, 폴리오, 628쪽) 앙리 5세는 샤를 10세의 손자이자 샹보르 백작인 앙리 드 브르봉을 가리키는 것으로, 샤를 10세의 손자인 앙리 드 부르봉이 왕위를 물려받지 못하고 왕위가 오를레앙 가문으로 넘어간 사실을 환기하고 있다. 샤를뤼스는 이미 「게르망트」 1부에서 앙리 5세를 언급한 적이 있다.(『잃어버린 시간을 찾아서』 5권 477쪽 주석 참조.)

*** '므시외'라고 불리는 인물은 루이 14세의 동생인 필리프 도를레앙 공을 가리킨다. 어려서부터 루이 14세와의 갈등을 피하기 위해 여자 옷을 입히는 등 여성적이고 나약한 인물로 키워졌으며, 또 남성 간의 우정에 몰두했던 기이한 인물로 알려졌는데, 바로 여기서 '늙은 여자'라는 표현이 연유한다. 그러나 그는 루이 14세의 강요에 따라 결혼을 했고, 이때 얻은 후계자가 루이 15세의 섭정을 지

그 무슨 가문이란 말인가!" 이 유대인 배척 혹은 친히브리적 담화는 — 문장의 표면 혹은 그 안에 숨겨진 함의에 중요성을 두느냐에 따라 의미가 달라지는 — 모렐이 속삭인 말 한마디 때문에 내게는 희극적인 방식으로, 그리고 샤를뤼스 씨에게는 절망적인 방식으로 중단되었다. 모렐은 블로크가 샤를뤼스 씨에게 야기한 인상을 모르지 않을 수 없었으므로, 내 귀에 대고 그를 "쫓아 보낸 데" 대해 고마움을 표하면서 냉소적으로 덧붙였다. "블로크는 아마 남고 싶었을걸요. 모든 게 질투 때문이죠. 내 자리를 대신 차지하고 싶었을 거예요. 유대인답게도요!" "이렇게 정차 시간이 길어지는 걸 이용해서 자네 친구에게 의식에 관해 몇 가지 물어볼 수 있을 것 같은데. 그를 붙잡아 올 수 있겠는가?" 하고 샤를뤼스 씨는 의혹이 담긴 불안한 표정으로 내게 물었다. "아뇨, 불가능해요. 마차를 타고 떠났으며, 또 나와도 사이가 틀어졌어요." "고마워요, 고마워요." 하고 모렐이 내게 속삭였다. "참 엉뚱한 이유로군. 마차는 언제든 따라잡을 수 있을 텐데. 자네가 자동차를 타고 간다 한들 누가 막겠는가?" 하고 모든 사람이 자기에게 복종하는 데에 익숙한 샤를뤼스 씨가 대답했다. 그러나 내 침묵을 보고는 "하지만 자네가 조금은 지어낸 것처럼 보이는 그 마차는 도대체 어떤 것인가?"라며 마지막 희망을 담아 거만하게 물었다. "덮개 없는 역마차인데 아마도 지금쯤은 이미 '기사령'에 도착했을 거예요." 이런 불가능에 직면하자 샤를뤼스 씨는

낸 오를레앙 공작이다.(흔히 섭정이라고 한다.)

체념하고 농담하듯 말했다. "그들이 그 불필요한 쿠페형 마차 앞에서 움찔했다는 걸 이해하겠군. 다시 거세당할지도 모르니 말이야."* 드디어 기차가 다시 출발을 알렸고, 생루는 우리 곁을 떠났다.그러나 그날은 그가 우리 객차에 오르면서 자기도 모르게 나를 괴롭혔던 — 블로크를 배웅하기 위해 알베르틴을 그와 함께 두어야 한다는 생각 때문에 — 유일한 날이었다. 다른 날은 그가 함께 있어도 괴롭지 않았다. 왜냐하면 알베르틴 자신이 내가 온갖 불안감에서 벗어날 수 있도록 어떤 핑계를 대서라도, 본의 아니게 로베르의 몸에 부딪치는 일이 없게 손을 내밀기에도 아주 먼 거리에 앉았기 때문이다. 그래서 로베르가 거기 있기만 하면, 그녀는 그로부터 시선을 돌려 다른 승객 중 어느 누구하고라도 공공연히 거의 가식적으로 이야기를 시작했고, 생루가 떠날 때까지 그 놀이를 계속했다. 그리하여 생루가 동시에르에서 했던 방문은 내게 어떤 괴로움이나 불편함도 야기하지 않았고, 어떤 점에서는 그 대지가 내게 표하는 경의와 초대장을 가져다주면서 단 한 번의 예외도 없이 모두 유쾌했다. 이미 여름의 끝이 다가오면서 발베크로부터 두빌로 가는 여행길에는, 저녁마다 황혼 빛에 반짝이

---

* 역마차라고 옮긴 프랑스어의 chaise de poste는 역마가 끄는 아주 가벼운 마차로 빨리 달리는 이점이 있었으며, 두 개 혹은 네 개의 바퀴가 달려 있다. 그리고 쿠페형 마차란 2인승 사륜마차를 가리키며, 여기서 역마차와 쿠페형 마차는 같은 것이다. 다만 샤를뤼스 씨는 쿠페(coupé)란 단어가 '자르다', '거세하다'를 뜻하며, 그리하여 유대교도의 할례를 함의한다는 점에서 블로크에 대해 모멸 섞인 실망감을 표출하고 있다.

는 산봉우리의 눈처럼 절벽 꼭대기가 잠시 장밋빛으로 반짝거리는 생피에르데지프 역이 멀리서 보였지만, 아침이면 그 근방에서 볼 수 있는 광경, 엘스티르가 내게 말해 주던 그 해 뜨기 전에 모든 무지갯빛이 바위에 굴절되고, 어느 해 그를 위해 모델을 서 주었던 소년을 모래밭에서 벗은 몸으로 그리려고 그토록 수없이 잠에서 깨웠던 광경도 더 이상 생각나지 않았다.(높이 솟은 역의 기이한 모습이 첫날 저녁부터 발베크로의 여정을 계속하는 대신 파리행 기차를 타고 싶은 강한 욕망과 더불어 나를 엄습했던 슬픔조차 생각나지 않는다는 말은 아니지만.) 생피에르데지프란 이름은 내게 샤토브리앙이나 발자크에 관해 함께 얘기를 나눌 수 있는 어느 기이하고도 재치 넘치는, 화장한 오십 대 남자의 출현을 알렸을 뿐이다. 그리고 지금 저녁 안개 속에서 예전에 나를 그토록 몽상에 잠기게 했던 이 앵카르빌 절벽 뒤로 내가 보는 것은, 마치 고대의 사암토가 투명해졌다는 듯 캉브르메르 씨의 숙부 되는 사람이 사는 아름다운 집으로, 나는 그 집이 라 라스플리에르에서 만찬을 하고 싶지 않거나 발베크로 돌아가고 싶지 않을 때면 언제라도 나를 반갑게 맞아 주리라는 걸 알고 있었다. 이처럼 처음 순간의 신비로움을 상실한 것은 이 고장의 지명만이 아니었다. 고장 자체도 마찬가지였다. 어원을 논하면서 이미 반쯤 신비로움을 비운 고장의 이름은 한 단계 더 추락했다. 에르몽빌, 생바스트, 아랑부빌로 돌아가는 귀로에서 기차가 정차할 때면 우리는 처음 순간에 알아보지 못했던 그림자들을 알아보았는데, 눈이 전혀 보이지 않는 브리쇼라면 어둠 속에서 그 그림자들을 헤리문트나 비스카르, 헤림발트의 유령으로 착각했으리라.* 하지만 그림자들은 이내 객차로 다가왔다. 그것은 다만 베르뒤랭네와 사이가 완전히 멀어진 캉브르메르 씨일 뿐이었다. 그는 손님들을 배웅하러 왔다가 어머니와 아내의 부탁으로 나를 며칠 페테른에 머무르게 하려고 '납치해도 괜찮은지' 내게 물었고, 그곳에는 글루크의 전곡을 노래할 탁월한 여성 음악가와 나와 함께 훌륭한 게임을 할 유명한 체스 선수가 연이어 올 테고, 그렇다고 해서 그 일이 만(灣)에서의 낚시와 요트놀이, 베르뒤랭네의 만찬에 가는 일까지 방해하지는 않을 것이며, 또 그 만찬을 위해 후작 자신의 명예를 걸고 나를 '빌려주겠으며' 보다 편안하고 안전한 귀가를 위해 자신이 직접 그곳으로 나를 데려다주고 또 데리러 오겠다고 약속했다. "그렇지만 그렇게 높은 곳에 가는 게 당신의 건강에 좋을 거라고는 생각하지 않아요. 제 누이라면 견디지 못할 걸 잘 아니까요. 누이는 끔찍한! 상태로 돌아올 겁니다. 게다가 요즘 누이는 몸이 매우 안 좋아요……. 정말로 당신도 그렇게 심한 발작이 있었는데! 내일은 일어설 수도 없을지 몰라요!" 그리고 그는

---

* 에르몽빌의 어원이 헤리문트의 영지이며, 앵카르빌은 비스카르의 마을, 아랑부빌은 헤림발트의 영지라는 점에서(『소돔』, 플레이아드 III, 1612쪽), 그곳 조상들의 그림자가 화자의 기차 여행에 동반하며 창밖에서 어른거리고 있음을 의미한다. 또 생바스트가 비스카르를 환기한다는 표현에 대해서는, 마리 미게올라니에에 따르면, 앵카르빌이 황폐한 땅 생바스트와 쌍둥이 마을이며, 따라서 이 두 마을이 저주받은 땅임을 표상한다고 설명된다.(Marie Miguet-Ollagnier, *Gisements profonds d'un sol mental: Proust*, Presses Universitaires de Franche-Comté, 2003, 148쪽)

포복절도했는데, 사악한 마음에서가 아니라, 길에서 절름발이가 드러눕거나 귀머거리와 얘기하는 모습을 볼 때면 웃지 않을 수 없는 것과 같은 이유에서였다. "그리고 이전에는? 뭐라고요? 보름 전부터 그런 증상이 없다고요? 매우 좋은 일이라는 걸 아시겠죠? 정말로 당신은 페테른에 묵으러 와야 해요. 내 누이와 함께 당신의 호흡 곤란 증상에 대해 얘기를 나눌 수 있을 거예요." 앵카르빌에서는 사냥 때문에 페테른에 갈 수 없었던 몽페루 후작이 장화 차림과 꿩 깃으로 장식된 모자를 쓰고 '기차로' 출발하는 사람들과 악수를 하러 왔는데, 그 기회에 그는 나하고도 악수하면서 내게 방해되지 않는 주중 어느 날에 아들을 보내겠으니, 내가 자기 아들의 방문을 받아 주면 고맙겠으며, 또 아들에게 글을 조금이라도 읽게 해 준다면 매우 기쁘겠다고 했다. 소화시키러 왔다는 크레시 씨도 파이프 담배를 피우거나, 하나 혹은 여러 개의 여송연을 받으면서 내게 말했다. "저런! 당신은 우리의 다음번 루쿨루스*풍의 모임 날짜를 말해 주지 않을 거요? 우리가 말할 게 아무것도 없던가요? 몽고메리의 두 가문 문제를 얘기하다가 중단했다는 걸 기억하시길. 그 얘기를 끝내야 하오. 당신을 믿겠소." 어떤 이들은 단순히 신문을 사러 오기도 했다. 그리고 많은 이들이 우리와 짧은 담소를 나누었는데, 그들은 잠시 지인을 만나는 일 외에는 아무 할 일이 없어, 그들의 작은 성에서

---

* 루쿨루스(Lucius Licinius Lucullus, 기원전 118~기원전 56년경). 고대 로마의 정치가이자 군인으로 사치스러운 생활을 영위한 것으로 유명했다.

가장 가까운 역이나 플랫폼에 나와 있는 것이라고 나는 늘 의심하고 있었다. 작은 열차의 이런 멈춤도, 결국은 다른 것과 마찬가지로 그들의 사교적인 삶을 위한 배경에 지나지 않았다. 열차 자체도 자신에게 부여된 이런 역할을 의식하는지 뭔가 인간적인 상냥함을 띠었다. 인내심 많고 온순한 성격의 기차는 뒤처진 사람들이 원하는 만큼 오래 기다려 줬고, 출발한 후에도 사람들이 손짓하면 그들을 받아들이려고 멈춰 섰다. 그들은 숨을 헐떡거리면서 기차를 뒤쫓았는데, 이런 점에서 그들은 기차와 비슷했지만, 인간은 전속력으로 기차를 따라잡고, 기차는 지혜로운 느림을 실천한다는 점에서 차이가 났다. 이렇게 에르몽빌과 아랑부빌과 앵카르빌은 지난날 내가 저녁 습기 찬 공기 속에 잠긴 모습을 보면서 느꼈던 그 설명할 수 없는 슬픔에서 완전히 벗어난 것으로 만족하지 못하고, 더 이상 노르망디 정복의 야만적인 위대함도 환기하지 못했다. 동시에르! 내가 그곳을 알고 그곳에 대한 몽상에서 깨어난 후에도 그 이름에는 얼마나 오랫동안 기분 좋은 차가운 거리와 불 켜진 진열창과 맛있는 가금 요리가 남아 있었던가! 그러나 지금은 모렐이 타는 역에 불과한 동시에르! 보통 셰르바토프 대공 부인이 우리를 기다렸던 에그빌(아퀼레빌라),* 화창한 저녁 알베르틴이 피곤하지 않으면 나와 함께 있는 시간을 조금 더 연장하려고 내리던 멘빌! 거기서 가파른 오솔길로

* 에글빌(Egleville, Aigleville)로 표기되는 이 마을은 노르망디 주 외르 데파르트망에 위치하며 '독수리의 마을'이라는 뜻이다. 파르빌에 대해서는 272쪽 주석 참조.

가면 파르빌(파테르니 빌라)에서 내리는 것보다 더 많이 걸을 필요도 없었다. 첫날 저녁 내 가슴을 조였던, 그 혼자 있는 외로움에 대한 불안한 두려움을 나는 더 이상 느끼지 않았고, 그런 두려움이 다시 깨어날까 봐 두려워할 필요도, 낯선 곳에 있다고 혹은 밤나무와 타마레스크 나무뿐 아니라 우정도 생산하는 이 땅에 혼자 있다고 두려워할 필요도 없었다. 기차 여정에 따라 긴 사슬고리를 형성하는 우정은, 울퉁불퉁한 바위나 거리의 보리수나무 뒤로 몸을 숨기는 푸르스름한 언덕의 띠처럼 끊어졌다가, 다시 중간역마다 다정한 손으로 내게 악수를 하며 내 여행을 멈추고 긴 여행 시간을 느끼지 못하게 하고 필요하면 그 긴 시간을 나와 함께하겠다고 제안하는 친절한 신사를 보내 주었다. 다음 역에는 다른 신사가 나와 있을 것이며, 그리하여 작은 열차의 기적 소리가 울릴 때마다 우리는 다른 친구들을 만나기 위해 한 친구를 떠나보내곤 했다. 멀리 떨어져 있는 성과 아주 빨리 걷는 사람의 걸음 속도로 그 성을 따라잡는 기차 사이의 거리는 그토록 미미했으므로, 성의 소유자가 플랫폼이나 대합실 앞에서 우리를 부를 때면, 마치 작은 지방 선로가 그저 시골길에 지나지 않는다는 듯, 시골의 작은 외딴 성이 도시의 저택이라는 듯, 우리는 거의 그들이 성의 문턱이나 방의 창문에서 부른다고 믿었으리라. 그리고 매우 드물게 누군가의 '안녕' 소리가 들리지 않는 역에는 영양분 많고 우리의 마음을 달래 주는 정적이 충만했다. 왜냐하면 이 정적이 가까운 작은 성에서 일찍 잠자리에 든 친구들의 수면에 의해 만들어졌으며, 또 만약 내가 숙식을 부탁하기 위해 그들을 깨운다 해도 그들은 나의 이런 방문을 기쁘게 환영하리라는 걸 알았기 때문이다. 게다가 습관이란 우리의 시간을 너무 빨리 채우는 법이어서, 처음 도착했을 때는 하루의 열두 시간이 완전히 비어 있어 마음대로 사용할 수 있었지만, 몇 달 후에는 자유 시간이 단 일 초도 남지 않았으며, 어쩌다 한 시간이 비더라도 예전에 나로 하여금 발베크에 오게 만들었던 성당을 방문하는 일이나, 또 내가 엘스티르의 작업실에서 보았던 스케치와 그가 그린 실제 풍경을 대조하는 일도 아닌, 페레 씨 집에서 체스를 한 판 더 두러 가는 일에 그 시간을 썼을 것이다. 이 발베크라는 고장에서 그토록 많은 사람들을 알게 되었다는 사실은 매력적인 일이었지만 나에 대한 그 영향력은 그만큼 감소했다. 다양한 경작지로의 토지 분할과 해안을 따라 확대된 파종(播種)이, 필연적으로 내가 이런저런 다양한 친구들을 방문하는 일에 여행의 형태를 부여했으나, 동시에 이 여행을 일련의 방문에 따르는 사교적 즐거움으로 축소시켰기 때문이다. 예전에 나를 그토록 혼란스럽게 했으며, 『성관 연감』에서 망슈 데파르트망에 관한 부분만 뒤적거려도 기차 시간표와도 같은 감동을 주었던 고장의 이름이 이제는 얼마나 친숙해졌는지, 그 시간표 또한 동시에르 경유 발베크-두빌 행에 관한 부분을 마치 주소록을 읽을 때처럼 편안하고 기쁜 마음으로 읽을 수 있었다. 내가 그 측면에 매달려 있는 듯 보이는 지나치게 사교적인 삶의 골짜기에서, 한 무리의 친구들이 보이든 보이지 않든, 저녁의 시적인 외침은 더 이상 부엉이나 개구리의 울음이 아닌, 크리크토 씨의 "어떠세요?" 혹은 브리쇼의 "카이레"* 와 같은 인사말이었다. 그 분위기는 더 이상 고뇌를 불러일으키지 않는, 순전히 인간적인 발현으로 가득 차 쉽게 호흡할 수 있었고, 어쩌면 지나치게 마음을 안심시켜 주었는지도 모른다. 적어도 내가 거기서 취한 이점은 사물을 오로지 실질적인 관점에서만 본다는 것이었다. 알베르틴과의 결혼이 내게는 미친 짓으로 보였다.

---

* 그리스어로 '안녕히 계세요'(직역하면 '기뻐하라')를 뜻하는 인사말이다.(『소돔』, 폴리오, 628쪽)

4장*

알베르틴에게로의 갑작스러운 선회 — 해돋이의 황량함
— 알베르틴과 함께 즉시 파리로 떠나다.

나는 결정적인 결별의 기회만을 기다리고 있었다. 그러던 어느 저녁 어머니가 할머니의 여동생 한 분이 돌아가시기 전 마지막 병문안을 가기 위해, 할머니가 원하셨을 테니까 그동안 내게 바다 공기를 만끽하라면서 다음 날 나를 두고 혼자 콩브레로 떠나게 되었을 때, 나는 어머니에게 알베르틴과 결혼하지 않기로 결심했으며, 또 내 결심은 돌이킬 수 없으며, 그녀를 만나는 일도 곧 그만두겠다고 말했다. 출발 전날 저녁 나는 이 말로 어머니를 만족시켜 드릴 수 있어 무척 기뻤다. 어머니도 사실 내 말에 강한 만족감을 감추지 않으셨다. 또한 알

* 1908년 이 장의 제목은 '마음의 간헐 II'로, 「소돔과 고모라」 1부의 '마음의 간헐'과 균형을 이루지만, 최종본에서의 몽주빙 일화의 환기는(『잃어버린 시간을 찾아서』 1권 277~286쪽 참조.) 작품에 전혀 다른 어조를 부여한다고 지적된다.(『소돔』, 폴리오, 628쪽 참조.)

베르틴에게도 내 생각을 밝혀야 했다. 그녀와 함께 라 라스플리에르에서 돌아오는 길, '신도들'이 생마르스르베튀나 생피에르데지프 또는 동시에르에서 내렸을 때, 나는 특별히 행복하다고 느꼈고, 그녀로부터도 멀어진 듯 느꼈으며, 또 이제 객실에는 우리 둘밖에 없었으므로 그 이야기를 꺼내기로 결심했다. 게다가 사실은 내가 사랑하는 발베크의 소녀 중 하나가, 그녀의 친구들과 마찬가지로 지금은 이곳에 없지만 곧 돌아올 예정이었는데(물론 나는 그들 모두를 좋아했다. 각각의 소녀가 이곳에 온 첫날처럼, 뭔가 다른 소녀들과 공통된 본질을 가지고 있으면서도 별개의 종족으로 보였다.) 바로 앙드레였다. 앙드레는 며칠 안에 다시 발베크에 도착할 테고, 도착하자마자 바로 나를 만나러 올 것이므로, 그때 나는 내가 원치 않으면 그녀와 결혼하지 않고 자유로운 몸으로 있기 위해, 그렇지만 여기서 그녀를 온전히 내 것으로 만들면서도 베네치아로 갈 수 있도록, 우선 내가 그녀에게 먼저 다가가지 않은 것처럼 보이도록 하는 것이 내가 택해야 할 방법이었고, 그래서 나는 그녀가 도착해서 우리가 함께 이야기를 하게 되면 이렇게 말하리라고 생각했다. "당신을 몇 주 전에 만났으면 얼마나 좋았을까요! 당신을 사랑했을 텐데. 그러나 지금은 내 마음이 다른 사람에게 가 있네요. 하지만 상관없어요. 우린 자주 만나게 될 테니까요. 다른 사랑 때문에 내 마음이 슬프니, 당신이 내 마음을 달랠 수 있게 좀 도와주세요." 나는 이런 대화를 생각하면서 마음속으로 미소를 지었고, 이런 식으로 한다면 내가 앙드레에게 그녀를 진심으로 사랑하지 않는다는 환상을 심어 줄 수도 있으리라고 생각했다. 그러면 앙드레는 내게 싫증을 느끼지 않을 테고, 나는 즐겁고 부드럽게 그녀의 애정을 이용할 수 있을 터였다. 그러나 이 모든 것은, 야비하게 행동하지 않으려면, 결국 알베르틴과 진지하게 대화를 나누는 일이 보다 필수적임을 말해 주었다. 내가 그녀의 친구에게 전념하기로 결심한 이상, 내가 사랑하지 않는 알베르틴은 그 사실을 분명히 알고 있어야 했기 때문이다. 사실을 즉시 말해야 했다. 앙드레가 언제 올지 모르니까. 그런데 파르빌에 가까워졌을 무렵, 그날 저녁에는 시간이 없으며, 이제 돌이킬 수 없을 정도로 확고하게 결정된 것을 내일로 연기하는 편이 더 낫겠다는 생각이 들었다. 그래서 나는 그녀와 함께 베르뒤랭네 집에서 있었던 만찬 얘기를 나누는 걸로 만족했다. 마침 기차가 파르빌 직전 역인 앵카르빌을 막 출발했으므로* 그녀는 다시 외투를 입으면서 이렇게 말했다. "그럼 내일 다시 베르뒤랭 댁에서 만나요. 데리러 오는 것 잊지 마세요." 나는 꽤 거칠게 대답하지 않을 수 없었다. "그래요, 내가 그들을 '버리지' 않는다면 말이죠. 내 눈엔 정말 그런 삶이 어리석어 보여요. 어쨌든 우리가 그곳에 가니까 라 라스플리에르에서 보내는 시간이 절대 헛된 시간이 되지 않도록, 베르뒤랭 부인에게 뭔가 나의 관심을 많이 끌 수 있는, 연구 대상이 되고 기쁨을 주는 것에 대해 물어봐야겠네요. 금년에는 발베크에서 정말 그런 기쁨을 거의 맛보지 못했

* 앵카르빌이 파르빌 직전의 역이라는 언급은 새로운 사실로, 앞에서의 언급과는 모순된다.(272쪽 참조.)

거든요." "저한테 별로 상냥하지 않네요. 하지만 당신을 원망하지는 않아요. 신경이 예민한 걸 아니까요. 그 기쁨이란 게 뭔가요?" "베르뒤랭 부인이 아주 잘 아는 작품들을 작곡한 음악가의 곡을 내가 연주하도록 해 주는 거죠. 나 역시 그 작품 중의 하나를 알고 있는데 다른 작품들도 있는 모양이에요. 그래서 난 그 작품들이 출판되었는지, 또 초기 작품들과 다른지도 알고 싶어요." "그 음악가가 누구예요?" "내 귀여운 아가씨, 뱅퇴유라고 불리는 음악가라면 당신에게 많은 도움이 될까요?" 온갖 가능한 생각들을 머릿속에서 굴려 보지만, 진실은 결코 거기에 들어오지 않으며, 그러다 우리가 가장 기대하지 않는 순간, 밖으로부터 와서는 무시무시한 주사로 우리의 몸을 찌르고 영원토록 상처를 낸다. "당신이 날 얼마나 즐겁게 해 주는지 모르겠네요." 하고 알베르틴이 자리에서 일어나며 대답했다. 기차가 곧 멈추려 했다. "그 말은 당신이 생각하는 것보다 훨씬 더 많은 걸 의미하며, 뿐만 아니라 전 베르뒤랭 부인이 없이도 당신이 원하는 모든 정보를 얻어 줄 수 있어요. 내가 트리에스테*에서 가장 아름다운 시절을 보냈을 때, 나를 어머니처럼 언니처럼 보살펴 준 나보다 나이 많은 여자 친구 얘기를 당신에게 했던 것 기억하세요? 하기야 몇 주 후

* 여기서 트리에스테는 암스테르담을 대체한 것으로, 초고에서 알베르틴과 뱅퇴유 딸의 밀회 장소는 암스테르담으로 묘사되었다.(『소돔』, 폴리오, 629쪽 참조.) 트리에스테는 이탈리아 북부에 있는 항구 도시로 슬라브 사람과 이탈리아 사람이 혼재하는 자유로운 분위기의 도시이다.

면 셰르부르*로 그 친구를 만나러 가지만, 우리는 함께 여행할 거예요.(좀 이상하긴 하지만 내가 얼마나 바다를 좋아하는지 당신도 알잖아요!) 그런데! 바로 그 여자 친구가(당신이 생각할지도 모르는 그런 여자는 절대 아니랍니다!) 신기하지 않아요, 바로 당신이 말하는 그 뱅퇴유의 딸과 가장 친한 친구랍니다. 난 뱅퇴유의 딸도 거의 그 친구만큼 잘 알아요. 나는 그들을 언제나 나의 두 큰 언니라고 부른답니다. 당신은 내가 아무것도 이해하지 못한다고 말하지만, 게다가 맞는 말이에요, 그래도 당신의 귀여운 알베르틴이 그런 음악 문제에 도움이 될 수 있다는 걸 보여 줄 수 있어 기분 나쁘지는 않네요." 우리가 콩브레와 몽주뱅으로부터 그토록 멀리 떨어진 파르빌 역으로 들어가고 있을 때, 뱅퇴유가 죽은 지 아주 오랜 시간이 지난 후에 말해진 이 말에 하나의 이미지가, 그토록 오랜 세월 동안 내 마음속에 간직되었으며, 예전에 그것을 간직하면 내게 해가 될지도 모른다고 짐작하면서도 결국에 가서는 그 힘을 완전히 잃게 될 거라고 믿었던 이미지가 마음속에서 흔들리고 있었다. 내 마음 깊은 곳에 그토록 생생하게 보존되었던 이미지가 ― 어느 정해진 날 아가멤논의 살인자를 벌하기 위해 고국에 돌아갈 수 있도록 신들이 죽음을 막아 주었던 오레스테스에게서처럼** ― 할머니를 죽게 내버려 둔 데 대해 나를 단죄

* 『잃어버린 시간을 찾아서』 4권 63쪽 참조.

** 트로이 전쟁에서 돌아온 후 미케네 왕인 아가멤논이 아내인 클리타임네스트라에 의해 살해당하자, 아들인 오레스테스는 누나 엘렉트라와 힘을 합쳐 어머니를 살해한다. 그는 아버지가 살해되었을 때 엘렉트라와 신들의 도움으로 멀리

하고 징벌하기 위해, 영원히 매장된 것처럼 보였던 어두운 밤 깊숙한 곳으로부터 갑자기 솟아올라 '복수하는 사람'처럼 나를 후려치는 것인지 누가 알겠는가? 내가 받아 마땅한 그 끔찍한 새로운 삶의 시대를 열기 위해, 어쩌면 또한 내 눈앞에 사악한 행동이 끝없이 만들어 내는 그 불길한 결과를, 그 짓을 저지른 자들뿐만 아니라, 예전에 슬프게도 몽주뱅의 어느 오래된 오후 끝자락에 덤불 뒤에 숨어서(스완의 사랑 이야기에 관대한 마음으로 귀 기울였을 때처럼) 치명적이고 고통이 따를 수밖에 없는 '앎'의 길이 마음속에 위험스럽게 확대되어 가는 걸 보면서도 그냥 내버려 두었던 나처럼, 그 짓을 저지르지 않고 그저 신기하고 재미있는 광경을 관조할 뿐이라고 믿는 자들에게 터뜨리기 위해서 말이다. 그리고 같은 순간, 나는 나의 큰 고통에서 자만심이 섞인 거의 즐겁다고까지 할 수 있는 감정을 느꼈는데, 어떤 노력으로도 이르지 못한 지점을 충격으로 인해 깡충 뛰어오르게 된 사람이 느끼는 감정이었다. 뱅퇴유 양과 그 여자 친구, 그들의 친구이자 사피즘*의 전문적 실천가인 알베르틴은 내가 가장 큰 의혹 속에 상상했던 것과 비교하면, 마치 1889년 만국 박람회에서 전시되었던, 겨우 한 집에서 다른 집에 이르기를 기대했던 작은 음향 도구가, 오늘날 거리와 도시와 들판과 바다를 지배하며 여러 나라를 연결하

피해 있어서 죽음을 면할 수 있었다.

* 여자 동성애를 가리키는 이 말은, 그리스 여성 시인 사포와 그 제자들의 관계를 지칭하기 위해서 나온 말이다.

는 전화와 가지는 관계와도 흡사했다.* 지금 내가 상륙한 곳은 무시무시한 '미지의 땅'**이었으며, 예상치 못한 새로운 고통의 시대가 열렸다. 그렇지만 우리를 함몰시키는 이 현실의 홍수는 비록 우리의 소심하고도 미미한 가정에 비하면 엄청난 것이라 할지라도, 이미 그 가정을 통해 예상되었던 것이다. 그것은 아마도 내가 지금 막 들은, 알베르틴과 뱅퇴유 양의 우정과도 같은, 내 정신으로는 도저히 상상할 수 없었을 테지만 앙드레 곁에 있는 알베르틴을 보면서*** 어렴풋이 불안에 떨며 두려워했던 것이다. 우리는 흔히 창조적 정신의 결핍으로 고통 속에서도 멀리 보지 못한다. 가장 끔찍한 현실이 고통과 동시에 멋진 발견의 기쁨을 주는 것도, 그 현실이 우리가 의심하지 않으면서도 오래전부터 반추해 온 것들에 하나의 새롭고도 선명한 형태를 주는 데 지나지 않기 때문이다. 기차는 파르빌에서 정차했고, 우리는 기차 안의 유일한 승객이었지만, 불필요한 임무라는 감정, 그렇지만 임무를 완수하게 하고 동시에 정확함과 나른함을 불러일으키는 습관, 아니 그보다는 자

---

* 작가의 오류처럼 보인다고 지적된다. 1889년 만국 박람회에서 가장 큰 관심을 받았던 것은 전화가 아니라 에디슨이 발명한 축음기였으며, 이 기구는 프랑스에서 프루스트에게 친숙한 '무대 전화'라는 이름으로 전파되었다고 지적된다.(『소돔』, 폴리오, 629쪽 참조.)

** '미지의 땅'이라고 옮긴 테라 인코니타(terra incognita)는 인간이 탐험하지 않은 지역을 가리키는 라틴어 표현이다.

*** 화자는 앙드레와 알베르틴이 가슴을 붙이고 춤을 추던 장면을 환기하고 있다. 그러나 그곳은 파르빌이 아닌, 앵카르빌이었다.(『잃어버린 시간을 찾아서』 7권 345쪽 참조.)

고 싶은 욕망에 의해 무디어진 목소리로 역무원이 "파르빌!" 하고 외쳤다. 내 앞에 앉았던 알베르틴은 목적지에 도착한 것을 보고 우리가 있던 객차에서 몇 발짝 걸음을 옮기며 출입문을 열었다. 그러나 기차에서 내리기 위해 그녀가 행하는 이 동작이, 마치 내 몸에서 두 발짝 되는 곳에 알베르틴의 몸이 독립적으로 차지하는 자리와는 달리, 이 공간적인 분리가, 정확한 도안가라면 우리 사이에 그려 넣어야 했을 테지만 실은 하나의 외관에 지나지 않기라도 한 것처럼, 사물을 진정한 실재에 따라 다시 그리기를 원하는 사람이라면 지금 알베르틴을 나로부터 조금 떨어진 곳이 아니라 내 몸 안에 그려 넣어야 했다는 듯이, 내 가슴을 견딜 수 없을 정도로 찢어 놓았다. 그녀가 내게서 멀어지면서 얼마나 마음을 아프게 했던지, 나는 이런 그녀를 다시 붙잡으면서 절망적으로 팔을 잡아당겼다. "오늘 저녁 발베크에서 자는 건 물리적으로 불가능한가요?" 하고 나는 그녀에게 물었다. "물리적으로는 아니에요. 하지만 졸려서 쓰러질 것 같아요." "그렇게 해 주면 나한테 큰 도움이 될 텐데……." "좋아요. 하지만 이해할 수 없군요. 왜 일찍 말하지 않았죠? 그래요, 남을게요." 호텔 다른 층에 있는 방을 알베르틴에게 주도록 하고 내 방에 돌아왔을 때 어머니는 주무시고 계셨다. 나는 창가에 앉아, 얇은 칸막이 하나로 분리된 건너편에서 어머니가 듣지 못하도록 오열을 삼켰다. 덧문을 닫을 생각조차 하지 못했다. 왜냐하면 어느 한순간 눈을 들었다가, 맞은편 하늘에서 리브벨 레스토랑에서 보았던, 엘스티르가 일몰을 그린 습작에 나오는 그 흐릿한 붉은빛과 같은 미세한 빛을 보았기 때문이다.* 발베크에 도착한 첫날 저녁 기차에서 보았던 것과 똑같은 이미지, 밤이 아닌 새로운 날에 앞서 나타나는 저녁의 이미지가 주던 열광이 떠올랐다.** 그러나 지금은 어떤 날도 내게 새롭거나 미지의 행복에 대한 욕망을 깨어나게 할 수 없으며, 내가 더 이상 고통을 견딜 힘이 없을 때까지 무한히 그 고통을 연장할 뿐이었다. 코타르가 파르빌 카지노에서 했던 말은 더 이상 의문을 가질 필요가 없는 진실이었다. 내가 알베르틴에 대해 오래전부터 두려워하고, 어렴풋하게 의심하고, 내 본능이 그녀의 온 존재로부터 끌어내고, 또 내 욕망에 의해 유도된 추론이 나로 하여금 점차 부인하게 했던 것은 바로 진실이었다! 알베르틴의 뒤로 보이는 풍경은 더 이상 바다의 푸른 산들이 아니라, 쾌락의 낯선 음향처럼 울리는 웃음소리를 터뜨리면서 그녀가 뱅퇴유 양의 품에 안겼던 몽주뱅의 방이었다. 알베르틴처럼 아름다운 소녀에게 어떻게 그런 취향을 가진 뱅퇴유 양이 자신의 취향을 만족시켜 달라고 간청하지 않을 수 있단 말인가? 또 알베르틴이 그런 사실에 충격받지 않고 동의했던 증거는, 두 사람 사이가 틀어지지 않았고 그 친밀함이 계속 커져 왔다는 것이다. 알베르틴이 로즈몽드의 어깨에 턱을 대고 미소를 지으면서 그녀를 응시하거나 그녀의 목에 키스를 하던 우아한 동작이, 뱅퇴유 양의 몸짓을 연상시키지만 내가 해석하려고 하자 반드시 동일

* 엘스티르는 리브벨 레스토랑 주인에게 「바다의 해돋이」를 선물했다.(『잃어버린 시간을 찾아서』 4권 309쪽 참조.)

** 『잃어버린 시간을 찾아서』 4권 29~31쪽 참조.

한 취향의 결과로 그려진 몸짓이라고 인정하기에는 망설여지는 그 동작이, 알베르틴이 다만 뱅퇴유 양으로부터 배운 것은 아닌지 누가 알겠는가? 흐릿한 하늘이 점점 불타오르는 듯했다. 지금까지는 삶의 지극히 작은 것, 한 잔의 카페오레와 빗소리와 요란한 바람 소리에 미소를 지으며 깨어나던 나는, 이제 곧 밝아 올 날과 다음에 이어질 나날들이 더 이상 미지의 행복을 가져다주지 않고 내 형벌을 연장하게 될 거라고 느꼈다. 나는 아직 삶에 집착하고 있었다. 그러나 이제 이런 삶으로부터 기대할 것은 잔인한 고통뿐임을 깨달았다. 나는 적절한 시간이 아닌데도 야간 당직 업무를 맡은 엘리베이터 보이를 부르기 위해 승강기로 달려갔고, 그에게 알베르틴의 방에 가 달라고 부탁했으며, 그녀에게 아주 중요하게 전할 말이 있으니 나를 만나 줄 수 있는지 물어봐 달라고 했다. "아가씨께서는 자기가 오는 편이 더 낫다고 하시는군요." 하고 그가 와서 대답했다. "곧 이곳으로 오실 겁니다." 정말로 알베르틴이 곧 실내복 차림으로 들어왔다. "알베르틴," 하고 나는 아주 낮은 소리로 말하면서, 어머니하고는 칸막이로만 떨어져 있으니 어머니를 깨우지 않도록 목소리를 높이지 말라고 부탁했다. 오늘의 우리에게는 이 얄팍한 칸막이가 낮은 소리로 속삭이게 하는 방해물이었지만, 할머니의 의도가 그 소리에 채색되었던 예전에는 일종의 투명한 음악과도 같았다. "당신을 방해해서 너무 부끄러워요. 그 까닭은, 당신을 이해시키기 위해 당신이 모르는 사실을 하나 말해야 했기 때문이에요. 이곳에 왔을 때 내가 결혼하려고 했던, 또 날 위해 모든 걸 버릴 준비가 되어 있던 여인과 헤어졌어요. 그 여인은 오늘 아침 여행을 떠날 예정이고, 그래서 일주일 전부터 나는 매일같이 그녀에게 돌아가겠다는 전보를 보내지 않을 용기가 있는지 묻고 있었어요. 그럴 용기가 있었지만, 너무 불행하게 느껴져서 죽어 버릴까도 생각했어요. 바로 그 때문에 당신에게 어제 저녁 발베크에서 잘 수 있는지 물어본 거예요. 내가 죽어야 한다면, 당신에게 작별 인사를 하고 싶어서요." 그리고 나는 내가 지어낸 얘기를 자연스럽게 만들기 위해 눈물을 펑펑 쏟았다. "가련한 내 친구, 내가 그런 사실을 알았다면 당신 곁에서 밤을 보냈을 텐데요." 하고 알베르틴이 소리쳤는데, 그녀의 머릿속에는 내가 어쩌면 그 여인과 결혼할지도 모르며, 그래서 '훌륭한 결혼'을 할 기회가 사라져 버린 게 아닌가 하는 생각조차 떠오르지 않았는지, 내가 이유는 감출 수 있었지만 그 현실이나 힘은 감추지 못한 그런 슬픔에 진심으로 감동했다. "하기야," 하고 그녀가 말했다. "어제 라 라스플리에르에서 돌아오는 내내 당신의 신경이 예민하고 슬픔에 차 있는 걸 느꼈어요. 나는 왠지 모르게 겁이 났어요." 사실 나의 슬픔은 다만 파르빌에서 시작되었고, 다행스럽게도 알베르틴이 슬픔과 혼동하는 신경과민은 그것과는 아주 다른 종류로, 내가 아직도 그녀와 함께 며칠을 살아야 한다는 권태감에서 비롯된 것이었다. 그녀는 덧붙였다. "당신을 떠나지 않겠어요. 이곳에 계속 있을게요." 그녀는 바로 — 그녀만이 내게 줄 수 있는 — 나를 타오르게 하는 독약에 맞선 유일한 해독제를, 게다가 독약과 같은 종류의 약을 주었는데, 즉 하나는 달콤하고,

다른 하나는 쓴 것으로 둘 다 똑같이 알베르틴으로부터 온 것이었다. 바로 그 순간 나의 병(病)인 알베르틴은 내게 고통을 유발하기를 포기했고, 그러자 이번에는 나의 약(藥)인 알베르틴이 나를 회복기에 접어든 환자처럼 온순하게 만들었다. 그러나 나는 그녀가 곧 발베크를 떠나 셰르부르에, 또 거기서 트리에스테에 가려 한다고 생각했다. 그녀의 예전 습관이 다시 나타나려 했다. 내가 원하는 것은 다른 무엇보다도 알베르틴을 배에 오르지 못하게 하여 파리로 데려가는 것이었다. 물론 그녀는 파리에서도 원한다면 발베크에서보다 더 쉽게 트리에스테에 갈 수 있겠지만, 그래도 파리에서라면 그런 상황에 대비할 수 있었다. 어쩌면 게르망트 부인에게 부탁해서, 뱅퇴유 양의 여자 친구에게 간접적으로 영향력을 행사하여 그 친구가 트리에스테에 남아 있지 않도록 하거나, 다른 곳에서 일자리를, 어쩌면 내가 빌파리지 부인 댁과 게르망트 부인 댁에서도 만난 적 있는 모 대공 댁에서의 일자리를 승낙하게 할 수 있을지도 몰랐다. 또 대공은 알베르틴이 그 친구를 만나러 가고 싶어도, 게르망트 부인이 미리 알려 주어 그들을 만나지 못하게 막아 줄 수 있을 것이다. 물론 나는 파리에서라면 설령 알베르틴에게 그런 취향이 있다 해도, 그것을 충족시켜 줄 다른 많은 사람들을 찾을 수 있다고 말했을 것이다. 그러나 질투의 움직임이란 매번 특이하며, 또 그 움직임을 야기한 자의 낙인을 — 이번에는 뱅퇴유 양 여자 친구의 — 지니는 법이다. 나의 큰 걱정거리는 뱅퇴유 양의 여자 친구였다. 예전에 나는 어떤 신비스러운 열정과 더불어 오스트리아를 생각한 적이 있는데, 알베르틴이 그 나라에서 왔고(그녀의 아저씨가 그곳의 대사관 참사관이었다.) 그 지리적 특징과 그곳에 사는 인종과 유적과 경치를 지도나 풍경 모음집에서 보듯이 알베르틴의 미소와 태도에서 관찰할 수 있었기 때문이다. 나는 아직도 그 신비스러운 열정을 느끼고 있지만, 기호의 전도를 통해 공포의 영역에서 느끼고 있었다. 그렇다. 알베르틴은 그곳에서 왔다. 바로 그곳에서 그녀는 어느 집에서든 뱅퇴유 양의 친구나 다른 이들과 확실히 만날 수 있었다. 유년 시절의 습관이 되살아나려 했으며, 그들은 석 달 후 크리스마스와 새해 첫날을 위해 함께 모일 것이다. 그날들은 그 자체만으로도 내게는 슬픈 날이었는데, 예전에 설날 방학 내내 질베르트와 떨어져 있어야 했을 때 느꼈던 슬픔에 대한 무의식적인 추억 때문이었다. 긴 저녁 식사나 송년 파티 후, 모든 사람들이 즐겁고 활기찬 모습을 하고 있을 때, 알베르틴이 그곳 친구들과 함께, 비록 앙드레에 대한 그녀의 우정이 결백하다 할지라도, 예전에 앙드레와 함께 있을 때 내가 본 적 있는 그런 자세를, 또 어쩌면 예전에 몽주뱅에서 바로 내 눈앞에서 여자 친구의 쫓김을 받은 뱅퇴유 양이 친구에게 다가가면서 취한 바로 그 자세를 취하지 않는다고 누가 보장한단 말인가? 여자 친구가 덮치기 전 간지럼을 탈 때의 뱅퇴유 양 얼굴에, 지금 알베르틴의 타오르는 얼굴을 갖다 놓자, 내 귀에는 그런 알베르틴으로부터 그녀가 도망치다가 몸을 맡기면서 지르는 그 깊고도 낯선 웃음소리가 들리는 것 같았다. 지금 내가 느끼는 괴로움에 비하면, 생루가 알베르틴을 동시에르에서 나와 함께 만났던 날, 또 그녀가 그에게 교태를 부리던 날 내가 느끼던 질투는 도대체 무엇이란 말인가? 또한 내가 스테르마리아 양의 편지를 기다리던 날 파리에서 알베르틴이 내게 했던 그 첫 번째 키스를 그녀에게 가르쳐 준 그 미지의 선구자를 생각하면서 느꼈던 질투는 또 무엇이란 말인가? 생루나 여느 젊은이를 통해 유발된 이런 종류의 질투는 아무것도 아니었다. 그 경우 나는 기껏해야 연적을 두려워하며 이기려고 하기만 하면 되었을 테니 말이다. 그런데 지금의 연적은 나와 비슷하지 않으며 또 무기도 달랐고, 나는 동일 지대에서 싸우거나 알베르틴에게 동일한 쾌락을 줄 수 없었으며, 또 그 쾌락이 무엇인지도 정확히 상상할 수 없었다. 삶의 많은 순간에 그 자체로 아무 의미도 없는 힘을 가지기 위해 우리는 우리의 모든 미래를 바꾸려 할 때가 있다. 나는 예전에 블라탱 부인이 스완 부인의 친구라는 이유만으로* 그녀와 사귀기 위해서 삶의 모든 이점을 포기하려고 했다. 오늘 알베르틴이 트리에스테로 가는 걸 막기 위해서라면 나는 어떤 고통이라도 참고, 그래도 부족하다면 그녀에게 고통을 가하면서 그녀를 고립시키고 가두고 그녀가 가진 얼마 안 되는 돈을 빼앗아 물질적으로 궁핍하게 만듦으로써 사실상 여행을 불가능하게 만들려고 했을 것이다. 예전에 내가 발베크에 가고 싶었을 때, 나를 떠나도록 부추긴 것이 페르시아풍의 성당과 새벽에 이는 폭풍우에 대한 열망이었듯이, 지금 알베르틴이 어쩌면 트리에스테에 갈지도 모른다고 생각할

* 『잃어버린 시간을 찾아서』 2권 383쪽 참조.

때 내 가슴을 찢어 놓는 것은, 바로 그녀가 크리스마스 밤을 뱅퇴유 양의 여자 친구와 함께 보내리라는 상상이었다. 왜냐하면 상상력이 그 성격이 변해 감수성이 된다 해도, 그로 인해 동시적으로 사용할 수 있는 이미지들의 수는 더 많지 않기 때문이다. 누군가가 뱅퇴유 양의 여자 친구가 지금 셰르부르나 트리에스테에 없으며, 또 그녀가 알베르틴을 만날 수 없다고 말해 준다면, 나는 얼마나 감미로운 기쁨의 눈물을 흘렸을까! 내 삶과 미래는 얼마나 달라졌을까! 그렇지만 내 질투의 위치를 알아내는 일이 너무도 자의적이며, 알베르틴에게 그런 취향이 있다면 다른 여자들과도 얼마든지 충족시킬 수 있다는 사실 또한 나는 잘 알고 있었다. 하기야 그 소녀들이 다른 곳에서 알베르틴을 만난다면, 내 마음은 아프지 않았을 것이다. 알베르틴이 즐거워하고 그녀의 추억과 우정과 유년 시절의 사랑이 존재한다고 느끼는 트리에스테로부터, 바로 그 미지의 세계로부터 적대적이고 설명할 수 없는 분위기가 발산되었으며, 그것은 엄마가 내게 저녁 인사를 하러 오지 않던 날 손님들과 함께 담소를 나누면서 웃는 소리가 포크 부딪치는 소리 속에서, 식당으로부터 콩브레의 내 방까지 올라왔던 것과도 흡사했다. 스완에게서 그 분위기는 오데트가 상상할 수도 없는 쾌락을 찾아 파티에 갔던 집들을 가득 채우던 것이었다. 지금 내가 트리에스테에 대해 생각하는 것은 더 이상 사색에 잠긴 종족이 사는, 석양이 황금빛이며 카리용* 종소리가 구

---

* 중세의 성당이나 탑에 음이 다른 여러 개의 종이 번갈아 가며 조화롭게 울리

슬프게 울리는 그런 감미로운 고장이 아니라, 당장에 불태우고 현실 세계로부터 지워 버리고 싶은 저주받은 도시였다. 그 도시는 내 가슴에 항구적인 못인 양 박혀 있었다. 머지않아 알베르틴을 셰르부르와 트리에스테로 떠나보낸다고 생각하니 소름이 끼쳤다. 또 발베크에 머무르게 하는 일조차도. 왜냐하면 내 여자 친구와 뱅퇴유 양의 내밀한 관계에 대한 폭로가 내게는 거의 확실성을 띠었으므로, 알베르틴이 나와 함께 있지 않은 순간마다(그녀 아주머니 때문에 내가 온종일 그녀를 볼 수 없는 날들이 있었다.) 블로크의 사촌 누이나 어쩌면 다른 여자들에게 몸을 맡길 것처럼 보였기 때문이다. 오늘 저녁이라도 그녀가 블로크의 사촌 누이들을 만날지도 모른다고 생각하니 미칠 것만 같았다. 그래서 그녀가 며칠 동안 내 곁을 떠나지 않겠다고 말했을 때 나는 이렇게 대답했다. "하지만 나는 파리로 떠나고 싶은데요. 나와 함께 가지 않을래요? 또 파리에서 우리와 함께 잠깐 살러 오지 않을래요?" 어떤 대가를 치르더라도, 그녀가 뱅퇴유 양의 여자 친구를 만나지 못한다는 걸 확신하기 위해서는 혼자 있지 못하게, 적어도 며칠 동안만이라도 내 곁에 붙잡아 두어야 했다. 이는 사실 나와 단둘이 사는 것을 의미했다. 왜냐하면 어머니는 아버지가 시찰 여행을 하는 틈을 타서, 콩브레의 할머니 자매 중 한 분 곁에서 며칠을 지내기 바랐던 할머니의 의향에 따라 그 일을 마치 의무인 양 스스로에게 부과했기 때문이다. 비록 할머니에게 다정하

도록 설치되었던 장치를 가리킨다.

기는 했지만, 마땅히 동생으로서 해야 할 일을 하지 않은 이모할머니를 어머니는 좋아하지 않았다. 이처럼 아이들은 어른이 되어도 그들에게 좋지 않게 대했던 이들에게 원한을 품고 기억한다. 그러나 할머니가 다 된 어머니에게 이런 원한은 불가능했다. 자기 어머니의 삶이 그녀에게는 거기서 길어 올린 추억의 따사로움이나 쓰라림에 따라 이런저런 사람에 대한 행동을 결정하는 순수하고도 순결한 유년 시절과도 같은 것이었기 때문이다. 이모할머니는 어머니에게 더없이 소중하고도 상세한 정보를 제공해 주었을 테지만, 이제는 병이 심해(암이라고 했다.) 어머니는 그런 정보를 쉽게 얻지 못했을 것이다. 그러나 아버지를 동반하느라 그곳에 더 일찍 가지 못한 걸 자책하던 어머니는, 거기에 자기 어머니라면 했을 일을 한다는 또 다른 이유를 찾아냈다. 그것은 할머니의 아버지 생일날(그리 좋은 아버지는 아니셨던 모양이다.) 할머니가 늘 하셨던 것처럼 무덤에 꽃을 가져가는 일이었다. 이처럼 이모할머니를 위해 곧 열리려고 하는 무덤 옆으로, 어머니는 이모할머니가 할머니 생전에 와서 주려고 하지 않았던 따뜻한 대화를 가져다 주려 하셨다. 또 콩브레에 있는 동안, 늘 딸의 감독 아래서 공사가 실행되기를 바랐던 할머니의 소망에 따라 몇몇 공사도 돌아볼 생각이었다. 공사는 아직 시작되지 않았는데, 아버지보다 먼저 파리를 떠나 아버지가 지나치게 애도의 무게를 느끼게 되는 걸 원치 않으셨기 때문이다. 아버지도 물론 애도의 감정을 느끼셨을 테지만, 어머니만큼 그렇게 비통해하지는 않으셨을 것이다. "아! 지금은 가능하지 않을 것 같은데요."

하고 알베르틴이 대답했다. "게다가 당신은 왜 그렇게 빨리 파리에 돌아가야 하죠? 그 여인이 떠나서요?" "그녀는 한 번도 본 적 없는 장소이자 또 나를 소름 끼치게 하는 이곳 발베크보다는, 나와 그녀가 알고 지냈던 곳에 있으면 마음이 더 진정될 것 같아서요." 알베르틴은 훗날 이 여인이 존재하지 않으며, 그날 밤 내가 정말로 죽고 싶었다면, 그것은 그녀가 경솔하게도 뱅퇴유 양의 여자 친구와 알고 지내는 사이임을 폭로했기 때문이라는 걸 이해했을까? 가능한 일이다. 그런 일이 가능해 보이는 순간들이 있다. 어쨌든 그날 아침 그녀는 그 여인의 존재를 믿었다. "그렇지만 당신은 그 여인과 결혼해야 해요." 하고 그녀가 말했다. "내 사랑스러운 친구, 당신은 행복할 거예요. 그리고 그녀 또한 틀림없이 행복할 거예요." 나는 알베르틴에게 그 여인을 행복하게 해 줄 수 있다는 생각에, 사실 그렇게 결심할 뻔했다고 대답했다. 최근에 미래의 아내가 될 사람에게 많은 사치와 기쁨을 누리게 해 줄 막대한 재산을 물려받았을 때, 나는 사랑하는 여인의 희생을 거의 받아들일 준비가 되어 있다고 말했다. 알베르틴이 내게 가한 그 가혹한 형벌 후에 그녀의 상냥함이 내게 불어넣은 고마운 마음에 취해 나는, 마치 여섯 잔째의 브랜디를 따라 주는 카페 종업원에게 기꺼이 한재산 떼어 주겠다고 약속하는 사람처럼, 알베르틴에게 내 아내는 자동차와 요트를 갖게 될 것이며, 이런 점에서 보면 알베르틴이 그토록 자동차와 요트 타기를 좋아하므로 내가 사랑하는 여자가 알베르틴이 아닌 것이 불행하게 느껴질 정도이며, 또 그 여자에게 나는 완벽한 남편이 될 것이며, 하지만 나중에 알게 될 테지만, 우리는 아마도 서로 즐겁게 만날 수 있을 거라고 말했다. 어쨌든 술에 취했으면서도 주먹이 무서워 행인 부르기를 자제하듯이, 내가 사랑하는 사람이 바로 알베르틴이라고 말하는 그런 경솔한 짓은 — 질베르트를 사랑했던 시절에 했던 것처럼 — 하지 않으려고 자제했다. "그녀와 결혼할 뻔했죠. 하지만 감히 그렇게 하지는 못했어요. 그 젊은 여인을 이렇게 몸이 아프고 따분한 사람 곁에서 살게 하고 싶지 않았거든요." "하지만 당신 미쳤어요. 모든 사람이 당신 곁에서 살고 싶어 해요. 모두들 얼마나 당신과 사귀고 싶어 하는지 보세요. 베르뒤랭 부인 댁에서는 당신 얘기만 하는걸요. 또 누군가가 내게 말해 주었는데, 최고 상류 사회에서도 그렇다고 하던데요. 그 여인은 별로 상냥하지 않은가요? 당신 자신에 대해서조차 의혹을 품게 할 정도로? 나는 그 여자가 어떤 인간인지 알아요. 사악한 여자예요. 나는 그런 여자를 증오해요. 아! 내가 그녀를 대신할 수 있다면……." "아뇨, 그녀는 매우 상냥해요. 지나치게 상냥해요. 베르뒤랭 부부나 그 밖의 사람들로 말하자면 난 전혀 개의치 않아요. 내가 사랑하는 여인을 제외하고, 게다가 그 여인을 단념했으니, 이제 나는 내 귀여운 알베르틴에게만 관심이 있어요. 나를 위로해 줄 수 있는 사람은 그토록 나를 많이 만나 준 — 적어도 우리가 만난 첫 무렵에는 — 알베르틴밖에 없어요." 하고 나는 그녀가 불안하지 않으면서, 또 그 며칠 동안 그녀와의 만남을 더 많이 요청할 수 있도록 그렇게 덧붙였다. 나는 성격이 맞지 않아 실현되기는 어렵겠지만 우리의 결혼 가능성에 대해서도 막연히 암시했다. 어쨌든 질투의 감정에 사로잡히면, 언제나 생루와 '라셸, 주님께서'*의 관계, 스완과 오데트의 관계에 대한 추억으로 시달렸던 나는, 내가 사랑할 때면 사랑을 받지 못할 것이며, 또 한 여인이 내게 집착하는 것은 오로지 이해관계 때문이라고 믿는 경향이 있었다. 오데트와 라셸에 의거하여 알베르틴을 판단하는 일은 확실히 미친 짓이었다. 그러나 문제는 알베르틴이 아니라 바로 나 자신이었다. 나 자신이 불어넣은 감정들을 질투심 때문에 지나치게 과소평가했는지도 모른다. 어쩌면 이런 잘못된 판단으로부터, 우리를 덮치게 될 수많은 불행이 생겨났는지도 모른다. "그럼 파리로 가자는 내 요청을 거절하는 건가요?" "아주머니는 내가 지금 떠나는 걸 원치 않을 거예요. 게다가 나중에라도, 내가 가능하다고 해도, 그렇게 당신 집에서 묵는 게 조금은 우스워 보이지 않을까요? 파리에서는 내가 당신 사촌이 아니라는 걸 금방 알 텐데요." "그렇다면 우리가 거의 약혼한 사이라고 말하죠. 무슨 상관이에요? 사실이 아니라는 걸 당신이 알고 있는데." 잠옷 밖으로 완연히 드러난 알베르틴의 목은 힘차고 금빛이고 굵은 결이 있었다. 마치 내 가슴에서 결코 떨쳐 버릴 수 없다고 믿었던 어린아이의 슬픔을 달래려고 어머니에게 키스하는 것처럼, 나는 그렇게 순수하게 그녀의 목에 입맞춤했다. 알베르틴은 옷을 입기 위해 내 곁을 떠났다. 하기야 그녀의 헌신은 이미 시들해지고 있었다. 조금 전에 그녀는 잠시도 내 곁을 떠나지 않

---

* 『잃어버린 시간을 찾아서』 4권 151쪽 주석 참조.

겠다고 말했다.(그리고 나는 그녀의 결심이 오래가지 않으리란 걸 느끼고 있었다. 발베크에 남게 되면 그녀가 그날 저녁으로 나 없이 블로크의 사촌 누이들을 보러 갈까 봐 두려웠기 때문이다.) 그런데 그녀가 지금 멘빌에 가고 싶으니 오후에 나를 보러 오겠다고 말했다. 어제 저녁에 귀가하지 않았으므로 그녀에게 편지가 와 있을지 모르며, 더욱이 아주머니가 걱정할지도 모른다는 것이었다. 나는 "단순히 그 일 때문이라면 엘리베이터 보이를 보내서 아주머니에게 당신이 이곳에 있다는 말을 전하고 편지를 찾아오게 할 수 있잖아요." 하고 대답했다. 그러자 그녀는 상냥하게 보이고 싶지만 내 말에 복종하는 게 불쾌하다는 듯 이마를 찌푸리고는, 금방 매우 상냥한 표정으로 "그렇게 하죠."라고 말하며 엘리베이터 보이를 보냈다. 알베르틴이 내 곁을 떠난 지 얼마 지나지 않아, 엘리베이터 보이가 가볍게 문을 두드렸다. 나는 내가 알베르틴과 얘기하는 동안, 엘리베이터 보이가 멘빌까지 갔다 올 시간이 있었다고는 생각하지 않았다. 그는 알베르틴이 아주머니에게 쪽지를 썼으며, 내가 원한다면 오늘이라도 파리에 갈 수 있다는 말을 전하러 왔다고 했다. 그런데 그녀가 엘리베이터 보이에게 구두로 심부름을 시킨 것이 잘못이었다. 아침 시간인데도 이미 지배인이 그 소식을 듣고는 제정신이 아닌 채로 내가 무슨 일로 불만인지, 정말 떠나려고 하는지, 오늘은 바람이 걱정하니까(바람이 걱정스러우니까)* 며칠만 더 기다릴 수

* 지배인의 말실수로 바람이 걱정스러울(à craindre) 정도로 세게 분다는 말을 마치 바람이 걱정한다(craintif)고 표현했다.

없는지 물으러 왔다. 나는 지배인에게 어떤 대가를 치르더라도 블로크의 사촌 누이들이 산책하는 시간에 알베르틴이 발베크에 있는 걸 원치 않으며, 특히 유일하게 그녀를 보호할 수 있는 사람인 앙드레가 발베크에 없으며, 또 발베크가 더 이상 숨 쉴 수 없게 된 환자가 노상에서 죽는 한이 있더라도 다음 밤을 보내지 않겠다고 결심하는 그런 장소와 같다고는 설명하고 싶지 않았다. 게다가 나는 우선 호텔에서, 마리 지네스트와 셀레스트 알바레가 충혈된 눈으로 들려주는, 같은 종류의 간청에 맞서 싸워야 했다.*(마리는 급류를 쥐어짜는 듯한 오열을 터뜨렸으며, 그녀보다 유연한 셀레스트는 마리에게 진정하라고 충고했다. 그러나 마리가 자신이 아는 유일한 시구인 "여기 이 세상에서 온갖 라일락 꽃은 죽어 가도다."**를 중얼거리자, 셀레스트도 더 이상 억제할 수 없다는 듯이 넓게 드리워진 눈물이 라일락 꽃 같은 그녀의 얼굴 위로 흘러내렸다. 게다가 나는 그들이 그날 저녁으로 나를 잊어버렸으리라고 생각한다.) 그런 후 나는 작은 지방 열차 안에서 다른 사람에게 보이지 않으려고 무척 조심했지만 그것도 소용없이 캉브르메르 씨와 마주치고 말았고, 그는 내 여행용 가방을 보고는 얼굴이 창백해졌다. 모레 연회에 내가 오기를 기다리고 있었기 때문이다. 그는 내 호흡 곤란이 기후 변화와 관계가 있으며, 따라서 호흡 곤란에는 10월이 아주 좋은 계절이라고 설득하여 나를 화나게 했는데, 어쨌든 내게 출발을

* 이 두 전령 시녀에 대해서는 『잃어버린 시간을 찾아서』 7권 430쪽 참조.

** 이 노래에 대해서는 『잃어버린 시간을 찾아서』 7권 437쪽 주석 참조.

일주일 연기할 수 없는지 물었다. 이 어리석은 표현에 내가 격노한 것은 어쩌면 그의 제안이 마음을 아프게 했기 때문인지도 몰랐다. 또 그가 객차에서 말하는 동안, 나는 정거장마다 헤림발트나 기스카르*보다 무서운 크레시 씨가 내게 초대받기를 간청하면서, 아니 그보다 더 무서운 베르뒤랭 부인이 나를 초대하기를 열망하면서 나타날까 봐 겁이 났다. 그러나 이것은 몇 시간 후에 일어날 일이었다. 나는 아직 거기까지 이르지 못했다. 나는 우선 지배인의 절망적인 탄식을 마주해야 했다. 그는 속삭이듯 말했지만 나는 어머니가 깰까 봐 그를 내보냈다. 방에 혼자 남았다. 처음 도착했을 때는 너무나 높은 천장 때문에 불행했고, 스테르마리아 양에 대해 매우 다정한 감정을 느꼈으며, 해변에 멈춘 철새처럼 이동하던 알베르틴과 친구들의 모습을 엿보았으며, 엘리베이터 보이를 시켜 그녀를 데려오게 해서 그토록 냉담하게 소유했으며, 또 할머니의 선한 마음을 알고 다음으로 할머니의 죽음을 체험했던 바로 그 방이었다. 예전에는 아침 햇살이 아래까지 비치는 그 방의 덧문을, 나는 바다의 첫 지맥(支脈)을 보기 위해 처음으로 열곤 했는데(지금은 알베르틴이 우리의 키스하는 모습이 보일까 봐 닫게 하는), 이처럼 나는 나 자신의 변모를 사물의 동일성에 대조하면서 더 잘 의식하고 있었다. 그렇지만 우리는 사람들에게 익숙해지듯 사물에 대해서도 익숙해지기 마련이어서 사물

* 기스카르는 앵카르빌의 어원인 비스카르와 동일 인물인 것처럼 보인다.(436쪽 주석 참조.)

이 본래 갖고 있던 의미와 다른 의미를 떠올리고, 다음으로 사물이 모든 의미를 상실해서 그것이 둘러쌌던, 오늘날의 사건과는 아주 다른 사건들이나 동일한 천장과 동일한 유리 낀 책장 아래서 행해졌던 여러 다른 행동들을 떠올릴 때면, 그런 다양성 안에 내포된 우리 마음과 삶의 변화는 변함없는 배경의 영속성으로 인해 더욱 증대되고, 장소의 단일성으로 인해 더욱 견고한 모습을 띤다.

두세 번 나는 어느 한순간, 이 방과 책장이 놓인 세계, 또 그 안에서 알베르틴이 그토록 미미한 존재에 지나지 않았던 이 세계가, 어쩌면 내게는 유일한 현실인 지적인 세계이며, 또 내 슬픔은 뭔가 소설을 읽을 때 느끼는 것과 같은 슬픔이며, 오직 광인만이 그 슬픔을 영속적이고 항구적인, 그리고 자신의 삶 속으로 연장되는 슬픔으로 만들 수 있지 않을까 생각했다. 이런 현실 세계에 들어가기 위해서는, 마치 활활 타오르는 종이로 만든 둥근 테를 뚫고 통과하듯이* 내 고통을 극복하고, 또 한 권의 소설을 읽고 나서 허구적인 여주인공의 행동에 대해 하듯이 알베르틴의 행동에 더 이상 신경 쓰지 않기 위해서는 어쩌면 내 의지의 작은 움직임만으로도 충분하지 않을까 생각했다. 더욱이 내가 가장 사랑했던 연인들은 그들에 대한 내 사랑과 같은 순간에 오지 않았다. 하지만 그 사랑은 진실했다. 왜냐하면 나 혼자만을 위해 그 연인들을 보고 지키는 일

* 서커스에서 호랑이가 불붙은 둥근 테를 통과하는 장면을 연상시키는 은유적 표현이다.

을 다른 모든 것보다 우선시했고, 또 어느 날인가 그들을 기다릴 때면 오열을 터뜨리기도 했으니 말이다. 그러나 그 연인들에겐 사랑의 이미지라기보다는 오히려 사랑을 일깨우고 절정에 이르게 하는 속성이 있었다. 그들을 만나고 목소리를 들을 때, 나는 그들에게서 내 사랑과 흡사한 것, 내 사랑을 설명해 줄 수 있는 것을 아무것도 발견하지 못했으니까. 그렇지만 나의 유일한 기쁨은 그들을 보는 것이었고, 나의 유일한 불안은 그들을 기다리는 것이었다. 이는 마치 그 연인들과 아무 관계도 없는 미덕이 자연을 통해 그들에게 부수적으로 덧붙여졌으며, 또 이 미덕이, 이 유사 전류의 힘이 내 사랑을 자극하는 결과를, 다시 말하면 내 모든 행동을 인도하고 내 모든 괴로움을 유발하는 결과를 자아낸 것 같았다. 그러나 여인의 아름다움이나 지성, 선의는 이 모든 행동이나 괴로움과는 무관했다.* 우리를 움직이게 하는 전류와 마찬가지로 나는 내 사랑에 송두리째 흔들렸고, 그래서 그 사랑을 체험하고 느꼈지만, 한 번도 사랑을 보거나 사유하는 데에는 이르지 못했다. 여성이란 겉모습 아래 나타나는 이런 사랑에서(게다가 통상적으로 사랑을 동반하지만 사랑을 구현하는 데에는 충분하지 않은 육체적 쾌락은 제외하고) 어둠 속의 여신을 대하듯 우리가 말을 거는 대상은, 바로 이런 여성을 부수적으로 동반하는 그 눈에 보이지 않는 힘이라고 생각하는 경향마저 있다. 우리에게 필요한 것은

---

* 고통이나 욕망, 기쁨과 같은 사랑의 감정은 연인이 가진 미학적 가치나 지적, 도덕적 가치와 무관하다는 프루스트적인 명제를 다시 한번 확인해 주는 대목이다.

그 보이지 않는 힘의 관대함이며, 거기서 어떤 긍정적인 기쁨도 발견하지 못하면서도 그 힘과의 접촉을 추구한다. 여인은 우리와 만나는 동안 이런 여신들과 접촉하게 해 주지만 더 이상은 하지 않는다. 우리는 보석과 여행을 봉헌물로 약속했고, 그들에 대한 우리의 찬미를 의미하는 상투적인 말들을, 혹은 무관심을 의미하는 그 반대되는 말들을 발언했다. 우리는 다음에 만날 약속을, 그녀가 따분해하지 않고 동의하는 만남의 약속을 얻기 위해 우리의 모든 힘을 사용했다. 그러나 만약 그녀가 그런 신비스러운 힘을 갖추지 않았다면, 그녀 자체만을 위해 그렇게까지 애쓸 필요가 있었을까? 그녀가 떠났을 때 어떤 옷을 입고 있었는지 말할 수 없으며 그녀를 쳐다보지도 않았다는 걸 깨닫고 있는데 말이다.

시각이란 얼마나 속임수의 감각인가! 알베르틴의 몸처럼 사랑받는 몸조차 몇 미터, 아니 몇 센티미터만 떨어져 있어도 우리는 거리감을 느낀다. 그 몸에 속한 영혼도 마찬가지다. 단지 무엇인가가 우리와 관계하여 영혼의 자리를 격렬하게 바꾸고, 그 영혼이 우리가 아닌 다른 존재를 사랑하고 있음을 보여 주는데, 그때 분리된 심장 고동 소리 덕분에 우리는 사랑하는 존재가 우리로부터 몇 걸음 떨어진 곳이 아니라 바로 우리 속에 있음을 느낀다. 우리 몸속에, 하지만 조금은 표면에 가까운 지대에 있음을. 그러나 "바로 그 여자 친구가 뱅퇴유 양이에요."라는 말은 나 스스로는 결코 찾아낼 수 없었던, 알베르틴을 내 찢어진 가슴 깊숙이 들여보내게 한 그런 '참깨!'였다. 그리하여 문은 그녀 위로 다시 닫혔고, 백 년을 찾는다 해도 나는 결코 그 문을 다시 여는 방법을 알아내지 못할 것이다.

그 말을, 조금 전 알베르틴 곁에 있을 때는 듣지 못했다. 나의 고뇌를 진정시키기 위해 콩브레에서 어머니를 포옹했을 때처럼, 알베르틴을 안으면서 나는 거의 알베르틴의 순결을 믿었고, 아니 적어도 내가 발견한 그녀의 악덕에 대해 계속해서 생각하지는 않았다. 그러나 지금 나는 혼자이고, 그러자 누군가가 당신에게 말하기를 멈추자마자 듣게 되는 그런 귓속에서 울리는 내면의 소리처럼 그 말이 다시 울렸다. 지금 나는 그녀의 악덕을 조금도 의심하지 않았다. 지금 막 떠오르려고 하는 태양의 빛이 주변의 사물을 변하게 하면서 한순간 그 빛에 따라 내 위치를 이동한 듯, 다시금 나의 고뇌를 보다 잔인하게 의식하도록 했다. 이처럼 아름답고도 고통스럽게 시작되는 아침을 이전에는 한 번도 본 적이 없었다. 이제 곧 빛을 발할 풍경을, 전날까지만 해도 그곳에 가 보고 싶은 욕망이 나를 가득 채웠으나 지금은 무관심하게만 느껴지는 이 모든 풍경을 생각하면서, 나는 오열을 참지 못했다. 그때 기계적으로 구현되는 봉헌의 몸짓 속에서, 또 아침마다 내 삶의 끝까지 내 모든 기쁨으로 치러야 하는 그 피의 희생을 상징하는 듯 보였던, 내 나날의 슬픔과 상처의 피로 새벽마다 장엄하게 거행되는 그 되풀이되는 몸짓 속에서, 태양의 황금빛 알은 마치 그것이 응결되는 순간 농도 변화에 따른 균형의 파괴로 내던져진 듯, 그림 속의 가시관처럼 불꽃에 휩싸인 채로 단번에 장막을 찢으면서 터져 나왔고, 우리가 그 장막 뒤로 조금 전부터 무대에 등장하기 위해 몸을 떨며 뛰어들 준비를 하는 것을 느낄 수 있었던 태양은, 이제 자신의 신비스럽고 응결된 붉은 장막을 빛의 물결 아래서 지워 버렸다. 나는 나의 울음소리를 들었다. 그러나 이 순간 전혀 기대하지 않았는데 문이 열렸고, 그러자 나는 두근거리는 가슴으로, 이미 내가 본 적 있는, 하지만 잠을 자는 동안에만 본 적 있는 그런 환영 중의 하나인 할머니를 내 앞에서 보는 듯했다. 그렇다면 이 모든 것은 꿈일 뿐이었단 말인가? 아! 슬프게도 나는 분명 깨어 있었다. "내 모습이 네 가련한 할머니와 비슷해 보였던 모양이구나?" 하고 어머니는 — 그것은 어머니였다. — 내 공포를 진정시키려는 듯, 한 번도 교태를 부린 적 없는 그런 소박한 자긍심에 빛나는 아름다운 미소와 더불어 할머니와의 닮은 모습을 고백하면서 부드럽게 말했다. 흐트러진 머리칼이며, 걱정스러운 눈길이며, 나이 든 뺨을 따라 구불구불 흘러내리는 그 감추지 않고 드러낸 희끗희끗한 머리칼이며, 어머니가 입고 있는 할머니의 실내복마저 이 모든 것이 한순간 어머니를 알아보지 못하게 했고, 내가 잠이 들었는지, 아니면 할머니가 부활했는지 잠시 머뭇거리게 했다. 오래전부터 이미 어머니는 내가 어린 시절에 알았던 그 환한 웃음을 짓는 젊은 엄마보다는 할머니와 더 많이 닮아 있었다. 그러나 나는 그 점을 생각하지 않고 있었다. 마치 오랫동안 계속해서 책을 읽다 보면, 책에 정신이 팔려 시간 가는 줄도 모르다가, 느닷없이 우리 주위에 동일한 주기에 따라 불가피하게 지나갈 수밖에 없는 태양이, 전날 같은 시각에 와 있었던 걸 정확히 기억하고 일몰을 준비하는, 그런 동일한 조화와 교감을 그 주위에 깨어나게 하듯이, 어머니는 미소를 지으면서 나의 실수를 지적하셨다. 당신 어머니와 닮았다는 말이 그토록 감미롭게 들렸던 모양이다. "잠을 자는데 누가 우는 소리가 들리는 것 같아 왔단다." 하고 어머니가 말했다. "그 소리에 잠이 깼다. 그런데 무엇 때문에 아직까지 잠을 자지 않는 거냐? 그리고 네 눈에는 눈물이 가득하구나. 무슨 일이냐?" "어머니가 나보고 마음이 변했다고 할까 봐 겁이 나서요. 우선 어제 난 어머니에게 알베르틴에 대해 상냥하게 말하지 못했어요." "하지만 그게 도대체 어떻다는 거냐?" 하고 어머니가 말했다. 어머니는 해돋이를 보면서 자기 어머니 생각에 쓸쓸히 미소 지었고, 내가 해돋이 장면을 관조하지 않는 걸 보고 섭섭해하던 할머니를 생각하며 그 광경의 이점을 놓치지 않도록 내게 창문을 가리켰다. 그러나 어머니가 가리키는 발베크 해변과 바다와 해돋이 뒤로, 어머니의 눈에도 빠져나가지 않은 그런 절망적인 움직임으로 나는 몽주뱅의 방을 보고 있었다. 장밋빛 얼굴에 장난기 어린 코를 하고 커다란 암고양이처럼 웅크린 알베르틴이, 뱅퇴유 양의 여자 친구 자리를 차지하고 관능적인 웃음을 터뜨리면서 "그래, 사람들이 우릴 본다면 더 잘됐지, 뭐. 내가 이 늙은 원숭이에게 침을 못 뱉을 줄 알아?"라고 말하던 몽주뱅의 방을. 내가 창문 속에 펼쳐지는 광경 뒤에서 본 것은 바로 그 장면이었고, 창문 속 광경은 이 다른 장면 위에 반사광처럼 포개진 하나의 흐릿한 베일에 지나지 않았다. 그 장면은 사실 그림에 그려진 풍경처럼 거의 비현실적인 느낌을 주었다. 맞은편 파르빌 절벽의 돌출부에는, 우리가 고리 찾기 놀이를 하던 작은 숲이, 알베르틴과 함께 낮잠을 자러 갔다 낮의 끝자락에 해가 기우는 모습을 보면서 깨어났던 시각처럼, 그 잎으로 우거진 정경을 금빛 바니시로 물든 바다까지 비스듬히 기울이고 있었다. 여명의 빛이 뿌리는 자개 조각들로 가득 채워진 수면 위로 분홍, 파랑 헝겊 조각들이 아직 떠돌아다니는 밤안개의 혼란 속에, 몇몇 배들이 저녁에 돌아올 때처럼 그들의 돛과 앞쪽 돛대 끝을 노랗게 물들이는 그 기울어진 빛에 미소 지으면서 지나갔다. 우리 몸을 떨리게 하는 이 황량한 상상 속의 장면은 단순한 석양의 환기에 불과했지만, 실제 저녁처럼 내가 습관적으로 석양에 앞서 나타나는 것을 보아 온 그런 하루 시간의 연속에 근거하지 않았다. 이 풀려나오고 삽입되고 견고하지 못한 장면은, 그것이 삭제하거나 덮거나 감추는 데 이르지 못한 몽주뱅의 끔찍한 이미지보다 훨씬 견고하지 못한 이 장면은 추억과 꿈의 공허한 시적 이미지이다. "하지만 그런 말은 왜?" 하고 어머니가 말씀하셨다. "넌 그 애에 대해 어떤 나쁜 말도 하지 않았고, 그저 그 애가 너를 조금 권태롭게 할 뿐이며, 그래서 그 애와의 결혼을 포기하게 되어 만족한다고 말했을 뿐인데. 그게 그렇게 울음을 터뜨릴 이유는 되지 않을 텐데. 엄마가 오늘 떠나는데 이렇게 큰 내 새끼를 이런 상태에 두고 떠난다면, 마음이 얼마나 아플지 좀 생각해 보거라. 게다가 내 불쌍한 아이야, 엄마에게는 너를 위로할 시간이 전혀 없구나. 가지고 갈 물건들이 준비되었다고는 하나, 출발하는 날은 언제나 시간이 많지 않잖니." "그게 아니에요." 그러고 나서 나는 내 미래를 계산하고, 내 의지를 재 보고, 또 뱅퇴유 양의 여자 친구에 대해 그렇게 오랫동안 계속되어 온 알베르틴의 애정이 순결할 수만은 없으며, 알베르틴이 거기에 입문했고, 아니 그녀의 모든 몸짓을 봐도 알 수 있듯이 내 불안한 마음이 그토록 여러 번 예감했으며, 또 그녀가 계속 몰입했던(지금 이 순간도 어쩌면 내가 없는 순간을 이용하여 그녀가 몰입할지도 모르는) 그런 악덕의 성향을 가지고 태어났을지도 모른다는 사실을 깨달으면서, 나는 어머니에게, 내가 어머니를 아프게 할 것이며, 하지만 어머니는 내게 그걸 보이지 않으리라는 걸 알면서도, 그리고 그 아픔이 단지 내게 슬픔을 줄까 봐 혹은 나를 아프게 할까 봐 염려하며 어머니가 짓는 그런 진지하고도 걱정스러운 표정으로만 나타난다는 걸 알면서도, 이를테면 콩브레에서 어머니가 체념하고 내 곁에서 자는 것을 허락했을 때 처음 지었던 그 표정, 그리고 지금은 내게 코냑을 마셔도 좋다고 허락하던 할머니의 표정과 그토록 흡사한 표정으로만 나타난다는 걸 알면서도, 나는 어머니에게 말했다. "제가 어머니를 아프게 하리라는 걸 알아요. 우선 어머니가 원하는 것처럼 여기 남는 대신, 전 어머니와 같은 시간에 떠날 거예요. 그러나 이건 아직 아무것도 아니에요. 이곳에서 전 별로 상태가 좋지 않아요. 돌아가는 편이 낫겠어요. 하지만 제 말 들으세요. 너무 슬퍼하지 마세요. 그건, 제가 잘못 생각했고, 그래서 어제 선의로 어머니를 속였어요. 밤새 생각해 봤어요. 꼭 해야 해요. 즉시 결정하기로 하죠. 이제 난 그 사실을 깨달았고 더 이상 바뀌지 않아요. 그렇게 하지 않고는 살 수 없어요. 알베르틴과 꼭 결혼해야 해요."

4편「소돔과 고모라」끝

5편「갇힌 여인」에서 계속

작품 해설

1. 동성애 담론

「소돔과 고모라」는 『잃어버린 시간을 찾아서』에서 핵심적인 자리를 차지한다. 프루스트가 생전에 갈리마르에게 보낸 편지에서 이후의 작품을 「소돔과 고모라 III, IV」와 「되찾은 시간」으로 명명하려고 계획했던 것이나,* 화자가 샤를뤼스의 성적 정체성 발견을 '혁명', '계시'라는 말로 표현하면서, 마치 콩브레의 두 산책로인 스완과 게르망트의 긴 우회를 거쳐 드디어 진실의 문인 '소돔과 고모라' 앞에 서 있다는 듯 새로운 삶을 예고하는 것이 그러하다. 그리고 이러한 사실을 확인이

---

* "Lettre du 19 septembre 1921 à Caston Gallimard", *Marcel Proust Lettres*, Plon, 2004, 985쪽. 갈리마르 출판사는 1923년에 「갇힌 여인」과 「사라진 알베르틴」의 출간을 각각 「소돔과 고모라 III」의 1부와 2부로 예고했었다.

라도 하듯, 샤를뤼스와 쥐피앵의 만남과 동성애에 관한 짧은 이론적 성찰인 서론에 이어(「소돔과 고모라 I」), 보구베르 공사와 젊은 외교관들, 니심 베르나르와 발베크 호텔의 종업원, 샤를뤼스와 모렐, 모렐과 게르망트 대공, 블로크의 사촌 누이 등 갖가지 사례를 담고 있는 긴 본론(「소돔과 고모라 II」), 그리고 마지막으로 알베르틴의 고모라적 성향이 투영되는 결론(「소돔과 고모라 II」의 4장)에 이르기까지, 작품은 일종의 동성애 보고서처럼 전개된다.*

사실 동성애란 주제는 19세기 말까지 드물게 다루어졌다. 그것은 사교계나 예술가들의 사회에서는 비교적 널리 알려져 있었지만, 영국이나 독일에서는 금기시되거나 범죄로 취급받았다. "런던의 모든 극장에서 박수갈채를 받고 모든 살롱에서 환대를 받던 시인" 오스카 와일드가 법정에서 1895년 유죄 판결을 받은 사건이나, 1906년 독일 황제 빌헬름 2세의 최측근이 동성애자로 법정에 기소되고, 그 비난을 피하기 위해 평화주의자였던 황제가 군인들과 범게르만주의자들로 둘러싸이면서 1차 세계 대전의 단초를 마련했던(프루스트가 작품 속에서 황제의 광기라는 이름으로 여러 번 언급하고 있는) 울렌부르크

* 이 작품은 구성에서도 파격을 보인다. 짧은 I과, 4개의 장으로 이루어진 긴 II로 구성된 이 작품을 플레이아드 판이나 폴리오 판은 각각 한 권으로 출판하고 있지만, 본 역서에서는 1922년 판본과 플레이아드 판본 II의 2장에 표시된 별표 세 개에 의거해 작품을 두 부분으로 분리했다. 이러한 분할은 1부가 주로 파리와 발베크의 호텔을 배경으로, 2부가 라 라스플리에르로 가는 작은 지방 열차와 베르뒤랭 부인의 살롱을 배경으로 전개된다는 점에서 공간적인 차이를 드러내 준다는 이점이 있다.

사건이 그 대표적 사례이다. 그러나 앙드레 지드가 『코리동』(1924)에서 그리스 시대의 교육 전통에 따른 동성애를 찬양하면서 자신이 동성애자임을 공공연하게 선언한 데 반해, 프루스트는 보다 우회적이고 간접적인 방식으로 동성애를 극화한다. 우리는 이런 맥락에서 왜 프루스트가 앙드레 지드에게 "당신은 모든 것을 다 말할 수 있습니다. 다만 '나'라고 말하지 않는 조건에서."라고 말했는지, 그 의미를 이해할 수 있을 것이다. 즉 동성애자는 '나'가 아닌 샤를뤼스나 생루, 알베르틴 같은 상상적인 자아들로, 이런 수많은 가상의 출현을 통한 자아의 증식과 분산은 자서전 소설에 돌파구를 마련한 새로운 유형의 글쓰기로 높이 평가된다.*

사실 프루스트는 19세기 말 지식인들 사이에 널리 퍼져 있던 히르슈펠트의 이론에 많은 빚을 지고 있다.** 나치즘 아래서 성 과학자였던 히르슈펠트는 완전히 남자도 완전히 여자도 아닌 제삼의 성인 간성(間性), 즉 '남자-여자'의 존재를 확인했으며, 그리하여 성이 후천적으로 문화적이고 사회적인 요인에 의해 결정되는 것이 아니라, 태어나면서부터 생물학적으로 결정되는 필연이자 자연임을 역설한다. 따라서 이런 '남자-여자'를 금기시하는 것은 성에 도덕적 범주를 적용하려는 낡은 편견에 지나지 않으며, 따라서 그는 나치즘 하에서 동성애자

---

* Michel Raimond & Luc Fraisse, *Proust en toutes lettres*, Bordas, 1989, 60쪽; 김희영, 「프루스트와 자전적 글쓰기」, 『기호학연구』, 한국기호학회, 6집, 2000, 171~200쪽 참조.

** 콩파뇽, 『소돔』, 폴리오, 1989, 549쪽 참조.

의 인권을 보호하기 위해 적극적으로 투쟁한다. 그러나 "남성의 몸 안에 있는 여성의 영혼"이라는 그의 이론은 지드의 지적처럼 남성이 여성 역할을 하는 성도착자나 여성화, 즉 소도미만을 다룬다는 비난을 받는다. 이런 맥락에서 샤를뤼스가 히르슈펠트의 이론에 충실하게 "기질이 여성적이라는 이유 때문에 남성다움을 이상으로" 삼는 '남자-여자'라면, 그는 엄밀히 말해 같은 성을 사랑하는 동성애자가 아닌 성도착자로서, 프루스트에게서 동성애란 개념은 더 이상 설 자리가 없는 것처럼 보인다. 게다가 프루스트는 동성애(homosexualité)라는 단어를 싫어했다. 그의 관점에서 보면 남성이 남성을 사랑하는 것, 즉 같은 성을 사랑한다는 것은 생각할 수도 있을 수도 없는 일로, 한 남성에 대한 '남자-여자'의 사랑은 근본적으로 그 육체적인 외양에도 불구하고 이성애적인 것으로 파악된다.*

또한 프루스트는 동성애를 표현하기 위해 알프레드 드 비니의 시구를 끌어들인다. "여인은 고모라를 가지고 남자는 소돔을 가지리니."라는 제사(題詞)는 프루스트적인 동성애의 본질을 투영한다. 사실 성경 어디에서도 소돔이 남성 동성애를, 고모라가 여성 동성애를 의미한다는 표현은 찾아볼 수 없다. "소돔과 고모라에서 들려오는 저 울부짖는 소리가 너무 크다. 그 안에서 사람들이 엄청난 죄를 저지르고 있다."**라는 구절이 '평지의 다섯 성읍' 중 이 악의 두 도시를 묘사하는 유일한

---

* F. Leriche & C. Rannoux, *Sodome et Gomorrhe de Marcel Proust*, Atlande, 2000, 110쪽.

** 『새 번역 성경』, 「창세기」 18장 20절, 대한성서공회, 2015.

표현이다. 그러나 이런 소돔과 고모라의 언급은 프루스트에게서 중요한 의미를 갖는다. 성서 속의 유대인이 아버지와의 약속을 파기하고 평생토록 방황해야 하는 용서받지 못할 자들이라면, 동성애자가 이런 유대인에 비유된다는 것은 동성애자 또한 평생토록 용서받지 못할 죄책감에 시달리는 존재임을 말해 주기 때문이다. 게다가 고모라의 출현은 하느님을 배신한 유대인 남성 동성애자가 느끼는 고통보다 더 큰 고통과 죄의식을 유발한다.

> 지금 내가 상륙한 곳은 무시무시한 '미지의 땅'이었으며, 예상치 못한 새로운 고통의 시대가 열렸다. 그렇지만 우리를 함몰시키는 이 현실의 홍수는 비록 우리의 소심하고도 미미한 가정에 비하면 엄청난 것이라 할지라도, 이미 그 가정을 통해 예상되었던 것이다. 그것은 아마도 내가 지금 막 들은, 알베르틴과 뱅퇴유 양의 우정과도 같은, 내 정신으로는 도저히 상상할 수 없었을 테지만 앙드레 곁에 있는 알베르틴을 보면서 어렴풋이 불안에 떨며 두려워했던 것이다.(8권 468쪽)

그렇다면 왜 프루스트에게서 여성 동성애는 이처럼 쾌락의 향유가 아닌 죄의식과 고통을 낳는 원천이 되는 것일까? "여성 동성애, 특히 화자의 알베르틴과의 동일화는 프루스트적인 승화의 중심을 이룬다."*라는 크리스테바의 말이 사실이라

* J. Kristeva, "Le temps, la femme, la jalousie, selon Albertine." (http://www.

면, 이것은 샤를뤼스의 광기에서 알베르틴의 고모라적 성향으로 넘어가는 7권의 결론 부분에서 왜 어머니의 분신인 할머니가 부활하는 '마음의 간헐'이 자리하는지, 또 8권의 결론 부분이 왜 여성 동성애의 시원이라 할 수 있는 몽주뱅의 일화로 끝을 맺는지를 설명해 줄 수 있을 것이다.

따라서 이 글에서는 우선 꽃의 은유와 라신의 다시 쓰기를 통해 드러나는 샤를뤼스의 남성 동성애 담론을 조망하고, 앵카르빌의 일화로 표현되는 알베르틴의 고모라적 성향을 살펴본 다음, 이 모든 몸짓이 어떻게 최종적으로는 모친 모독의 죄책감을 표상하는 '마음의 간헐'과 '몽주뱅의 일화'로 귀결되는지를 알아보고자 한다.

2. 샤를뤼스와 꽃의 광기

화자는 게르망트 대공 부인으로부터 받은 초대장이 진짜인지 물어보기 위해 게르망트 공작 부인을 기다리다가 샤를뤼스가 저택 마당에 들어서는 모습을 목격한다.

> 샤를뤼스 씨가 커다란 뒝벌처럼 윙윙거리며 문을 지나가는 순간, 이번에는 진짜 뒝벌 한 마리가 마당 안으로 들어왔다. 난초꽃이 그토록 오래전부터 기다려 왔으며, 또 그렇게 희귀한 꽃

---

fabula.org/colloques/document470.php.p.1 ; article publié le 13 février 2007)

가루를, 그것 없이는 난초꽃이 숫처녀로 남아 있을 그런 꽃가루를 가져온 벌이 아니라고 누가 알겠는가?(7권 23쪽)

거대한 식물원으로 탈바꿈한 게르망트 저택의 마당, 꽃의 진한 향기에 유인되어 날아온 벌 한 마리와 그 앞에서 부동의 자세를 취하는 난꽃, 이처럼 두 동성애자의 만남은 벌과 꽃의 만남으로 전환되면서 그 자연적이고 생물학적인 성격이 강조된다. 벌인 샤를뤼스가 들어오자 조끼 재봉사인 쥐피앵이 "돌연 그 자리에 못 박힌 듯 식물처럼 뿌리를 내리면서 매혹된 표정으로 늙어 가는 남작의 살찐 모습을 응시"한다.(7권 20쪽) 그러나 다음 문단에서 샤를뤼스는 더 이상 벌이 아닌 꽃이 되며, 샤를뤼스의 이런 꽃으로의 변신은 벌-남성, 꽃-여성이라는 일반적인 도식에 균열을 야기한다.

샤를뤼스 씨로 말하자면, 게다가 훗날 알게 된 일이지만, 그의 결합 형태는 여러 종류였는데, 그중 어떤 것은 다양하고 거의 지각되지 않을 정도로 즉각적으로 이루어진다는 점, 또 특히 두 배우 사이에 접촉이 없다는 이유로, 결코 닿을 수 없는 이웃집 꽃의 꽃가루에 의해 수정되는 그런 정원의 꽃들을 연상시켰다.(7권 63쪽)

이 문단은 샤를뤼스가 벌로 표현되는 동물적인 속성을 상실하고 꽃으로 변신하고 있음을 말해 준다. 따라서 벌-남성, 꽃-여성이란 도식은 더 이상 의미가 없으며, 더욱이 샤를뤼스-벌-꽃으로 이어지는 기호 연쇄는 "두 성(性)은 각기 따로 죽어 가리니."(7권 40쪽)라는 삼손의 절규를 되풀이하기라도 하듯, 고립과 단절의 분위기에서 이루어진다. "두 배우 사이에 접촉이 없다는"이라거나, "결코 닿을 수 없는 이웃집 꽃의 꽃가루" 같은 표현은 꽃의 내부에 존재하는 남성 기관과 여성 기관이 하나의 칸막이로 분리된, 즉 자아의 내면 깊숙이에 숨겨져 있는 또 다른 자아, 벌이나 바람이란 우연이 작용하지 않았다면 결코 알지 못했을 그런 자아의 발견을 의미한다. 따라서 벌은 꽃의 자가 수정에 필요한 단순한 도구로 전락하며, 우리는 이런 점에서 난초꽃의 프랑스어 표현인 오르키데(orchidée)의 어원적인 의미를 알아볼 필요가 있다. 오르키데의 어원은 testicule, 즉 남성의 성기를 의미한다. 그러나 꽃의 모양은 여성의 성기처럼 닫혔다 열렸다 한다 하여 여성성을 환기하는 것으로 간주된다. 그러므로 오르키데로 표현되는 이 자아는 바로 양성의 세계에 다름 아니며, 이 양성은 자기보다 남성적인 남성을 만나면 여성으로, 자기보다 여성적인 남성을 만나면 남성으로 변할 수 있는 갖가지 종류의 결합 형태를 내포하고 있다. 게다가 샤를뤼스의 꽃으로의 변신은 '남자-여자'의 출현을 식물적인 '결백함'으로 정당화하는 효과를 자아낸다. 왜냐하면 양성은 사회적인 기준에서 보면 유죄이지만, 식물의 기준에서 보면 무죄이기 때문이다.* 동성애자의 이런 식물성으로의 환원을 묘사하는 은유 외에도, 또 다른 은유가 동성

---

* Deleuze, *Proust et les signes*, PUF, 1986, 207쪽.

애자의 언어를 특징짓는다.

> 지금까지 나는 샤를뤼스 씨 앞에서 임신한 여자 앞에 서 있는 어느 방심한 남자와도 같았다. 남자가 여인의 무거운 허리를 알아보지 못하고 집요하게 "그런데 무슨 일이오?"라고 무례하게 물으면, 여인은 미소를 지으면서 "예, 요즘 몸이 좀 피로해서요."라고 되풀이한다. 그러다 누군가가 그에게 "그녀는 배가 부르잖아."라고 말하면, 갑자기 그 배 외에 다른 것은 아무것도 보이지 않는다. 이성이 눈을 뜬 것이다. 오류가 사라지면 또 하나의 의미가 다가온다.(7권 36쪽)

이제 벌과 꽃이란 은유는 '임신한' 혹은 '배부른' 여자의 언어로 이중화된다. 즉 동성애자는 감추어진 비밀로 배부른 존재에 다름 아니다. 그러므로 이 존재는 항상 직접적으로 표현되지 못하고 항상 다른 언어에 기대야 하는 필연성을 지닌다. 「소돔과 고모라」에서 몸짓이나 웃음, 표정 등 수많은 몸의 언어와 관용어의 사용, 노르망디 지명의 어원에 관한 긴 담론과 트럼프 놀이에 이르기까지 모두 이런 감추어진 비밀 주위에서 형성된다. 게다가 우리는 이와 같은 수정이나 수태의 이미지를 이미 '콩브레'에서 만난 적 있다. 화자는 마르탱빌 종탑을 보면서 자신이 포착한 그 수많은 인상들을 글쓰기로 옮기는 것을 닭이 알을 낳는 행위에 비교한다.(1권 313쪽) 샤를뤼스가 감추어진 비밀로 그의 삶을 부양한다면, 화자는 자신이 쓸 책으로 삶을 부양한다.* 이런 유사성은 샤를뤼스와 화자,

즉 동성애자와 비동성애자 사이에 존재하던 차이마저도 삭제하는 것으로, 감추어진 기호로 배부른 동성애자나 그런 비밀을 캐려는 비동성애자의 노력은 모두 동일 선상에 위치하게 된다. 게다가 우리는 배부른 여자 앞에서 오로지 그녀의 배만을 보며 다른 것은 아무것도 보지 않는다. 마찬가지로 존재의 진실에 대한 직접적인 표현은 작품의 수많은 풍요로운 양상을 가로막는 차단막으로 작용할 수 있다.

동성애자의 감추어진 세계를 표현하기 위해 사용된 이런 은유적 언어(우리가 「소녀들」에서 살펴보았던) 외에도 프루스트는 상호 텍스트적인 글쓰기에 도움을 청한다. 그는 「소돔」에서 특히 라신의 언어를 다시 쓰기한다. 그러나 그것은 더 이상 장세니스트적이고 기독교적인 세계관을 투영하는 「페드르」의 언어가 아니라, 라신이 이전 작품들과 결별하고 쓴, 두 편의 종교극 「에스테르」와 「아탈리」의 언어이다. 페르시아 왕 크세르크세스의 아내 에스테르는 유대인이다. 그러나 이 사실을 아는 것은 같은 종교를 믿는 신도들뿐, 왕도 그 사실을 모른다.("왕께서는 오늘날까지도 내가 누구인지 모른다네. 이 비밀이 늘 내 혀를 사슬로 묶고 있다네.")(7권 128쪽) 이런 에스테르와 마찬가지로 외교관인 보구베르도 자신이 동성애자라는 사실을 감춘다. 그러나 게르망트 대공 부인의 연회에서 X 대사관의 직원들이 '저주받은 종족'으로 키워졌다는 사실을 듣고 기

---

* Jeanne Bem, "Le juif et l'homosexuel dans *A la Recherche du temps perdu*", *Littérature*, 37, 1980, 109쪽.

뻐하며, 그의 이런 모습은 "마르도셰가 종교에 대한 열성에서 자기 곁에 그 종교를 믿는 소녀들만을 두기를 원했다."라는 에스테르의 말로 확인된다. 그리하여 에스테르 왕비를 둘러싼 이 꽃 같은 소녀들은 X 대사관의 직원들이 되며, 선지자 마르도셰는 그 타락한 직원들을 키운 '탁월한 대사'가 된다. 또한 화자는 발베크 호텔의 종업원들이 무리 지어 있는 모습을 보고 라신의 연극에 나오는 합창대를 연상하며, 자신이 "일종의 유대 기독교적인 비극이 형성되고 지속적으로 공연되는 무대"(7권 309쪽) 앞에 서 있다는 인상을 받는다. 게다가 알베르틴은 에스테르와 연계된다. 알베르틴의 성은 Simonet이다. 이것은 유대인에게서 흔한 성인 Simonnet와 철자법만 틀린 것으로, 그 끈질긴 강조가 오히려 의혹의 대상이 된다.*

라신의 또 다른 작품인 「아탈리」에서 어린 조아스는 온갖 방해에 부딪쳐도 순수성을 잃지 않지만, 동성애자 니심 베르나르가 부양하는 발베크 호텔의 종업원은 조아스처럼 호텔-성당 안에서 "세상을 멀리하고 키워"졌지만 "죄인들이 지상을" 덮었다고 생각했는지, "명예와 직책"은 헌신짝처럼 내팽개치고 니심 베르나르가 기대했던 것보다 훨씬 빨리 그의 요구를 받아들인다. 블로크의 아저씨 니심 베르나르는 희화된 유대인의 표상이다. 니심 베르나르란 이름에서 이름이 성과 항상 같이 표기되는 것도 바로 그의 유대인으로서의 정체성을 강조하기 위함으로, 니심이라는 이름의 삭제는 유대인으

---

* 같은 글, 105쪽.

로서의 정체성을 모호하게 만들기 때문이다.(4권 227~229쪽 참조.)

그렇다면 왜 프루스트는 동성애자의 언어를 묘사하기 위해 그것도 특히 구약 성서에 나오는 유대인들의 이야기를 극화한 라신의 언어를 빌린 것일까? 프루스트는 그것이 다른 무엇보다도 맹트농 부인의 요청에 의해 생시르 학교의 소녀들에 의해 상연되었다는 점에 주목한다.

> 「에스테르」에는 남성 인물들이 등장하지만 이 인물들은 모두 소녀들에 의해 — 그들의 성(性)이 가진 모든 예법과 더불어 — 공연할 수밖에 없었음을 밝혀 두는 편이 좋을 것 같습니다.*

남성은 여성이 되며, 기독교인은 유대인이 되며, 처녀는 부인이 되며, 샤를뤼스는 꽃이 되며, 발베크 호텔의 종업원은 소녀 합창대가 되며, 바로 이 체계적인 "은폐와 위장"**의 예술이 프루스트가 라신에게서 높이 평가한 것이라면, 그것은 그가 라신에게서 자신이 직접적으로 고백할 수 없었던 진실을 간접적이고 우회적인 방법으로 표현할 수 있는 방법을 발견했다는 의미이다. 그리하여 그것은 한 대상에서 다른 대상으로의 이동이나(동성애자는 화자가 아닌 샤를뤼스이다.) 변형(동성

---

* Racine, "Préface d'*Esther*", *Théâtre* 2, GF-Flammarion, 259쪽.

** A. Compagnon, *Proust entre deux siecles*, Seuil, 1989, 83쪽.

애자는 벌이나 꽃으로 전환된다.)을 통해서만 사물의 본질을 규명할 수 있다는 그의 은유에 대한 찬가로 이어지며, 그리고 이 찬가의 기원에는 이처럼 라신이 그의 정신적인 어머니, 포르루아얄에 대해 가지고 있던 그 커다란 죄의식으로부터 해방되기 위해 유대 기독교적인 신화를 다시 쓰기함으로써 구원을 받았던 것처럼, 프루스트 자신의 개인적 신화가 자리하는 것이다.

게다가 나는 조금 전에 빌파리지 부인 댁에서 나오는 샤를뤼스 씨의 모습을 목격했을 때, 그가 왜 여자로 보였는지 이제 이해하게 되었다. 그는 여자였다! 단순히 기질이 여성적이라는 이유 때문에 남성다움을 이상으로 삼고 일상생활에서는 외관상으로만 다른 남성들과 닮은, 보기보다 모순되지 않은 존재들의 종족에 속했다. (……) 저주를 받은 이 종족은 모든 피조물에게서 가장 큰 삶의 기쁨인 그들의 욕망이, 벌을 받아 마땅한 수치스럽고 고백할 수 없는 것임을 알기에 평생을 거짓말과 거짓맹세 속에서 살아야 한다. 자신의 신을 부인해야 하는 종족, 왜냐하면 그들이 기독교 신자일지라도 법정에 피고로 출두할 때면, 그리스도 앞에서 그리스도의 이름으로 자기들의 삶 그 자체인 것을 중상모략이라는 듯 부인해야 하기 때문이다. 어미 없는 아들, 그들은 어미의 눈을 감겨 줄 시간까지도 거짓말해야 한다.(7권 38~39쪽)

“기질이 여성적이라는 이유 때문에 남성다움을 이상으로

삼는" 샤를뤼스가 소돔인(Sodomiste)이라면, 이 소돔인은 신에게 저주를 받아 평생을 거짓말과 거짓 맹세 속에 살아가야 하는 시오니스트(Sioniste)에 다름 아니다. 소도미스트와 시오니스트 사이에 존재하는 이런 음성학적인 유사성과 의미론적인 유사성은, 동성애자와 유대인이 프루스트 소설에서는 거의 동일한 것으로 기능하고 있음을 보여 준다. 유대인이 평생 자신의 존재를 숨기고 그리스도교인의 외관 아래 살아가야 하듯이, 동성애자는 자신의 성적 욕망을 숨기고 평생 이성애자의 대열 속에서 거짓 몸짓과 거짓 언어를 구사해야 한다. 이런 맥락에서 우리는 왜 샤를뤼스가 아내의 사망 후에도 그토록 열렬히 애도의 몸짓을 고집했는지, 왜 다른 남성을 찾아 파리의 밤거리를 배회할 수밖에 없었는지를 이해하게 된다. 그리하여 이런 그의 욕망이 저주받은 종족에게 내려진 형벌에 다름 아니며, 또 이 저주받은 종족이 '어미 없는 아들'이라는 인식으로 이어진다면, 그것은 우리가 앞 권에서도 지적했듯이 프루스트가 감추고 싶은 진실, 즉 어머니가 유대인이며 아들은 동성애자라는 그의 자전적인 기원과 관계되며, 이런 말하고 싶지 않은 비밀이 그로 하여금 꽃의 언어로, 광기와 혼미로 가득한 창세기의 신비로, 라신의 '은폐와 위장'의 예술로 향하게 한 것이다.

3. 알베르틴과 젖가슴의 춤

성경 속의 고모라가 여성 동성애를 지칭하게 된 것은 그리 오래되지 않은 일로 "여인은 고모라를 가지고…….."라는 비니의 말은 일종의 신어 사용으로 간주된다. 그러나 하느님으로부터 유황 세례를 받고 파괴된 이 두 번째 도시를 여성에게 부여함으로써, 비니는 남성 동성애와 마찬가지로 여성 동성애를 단죄하고 있다고 설명된다. 왜냐하면 여성 동성애는 당시에 금기시되었던 남성 동성애와는 달리, 전통적으로 레즈비언의 시원이 되는 사포와 레스보스 섬에 의해 상징되는 아름다움 및 시와 그리스에 대한 사랑 때문에 찬미의 대상이 되어 왔기 때문이다. 그러나 보들레르가 레스보스 섬의 주민을 뜻하는 레즈비언을 『악의 꽃』 제목으로 차용하려고 했을 정도로 그 '검은 신비'에 매혹되었다면, 비니는 배신당한 남자의 분노를 표출하기 위해 고모라란 이름을 끌어들인다는 점에서 차이를 보인다. 프루스트는 이런 비니와 보들레르 사이에서 고모라란 단어를 사용함으로써 비니의 입장을 지지하는 것처럼 보이지만, 다른 한편으로는 보들레르가 말하는 '검은 신비'에 동참하는 듯한 인상을 줌으로써 모호성을 유지한다.* 게다가 샤를뤼스로 표현되는 소돔의 진실이 최종적으로는 성도착자라는 진실로 드러난다면, 고모라의 진실은 여전히 불투명

---

* F. Leriche & C. Rannoux, 앞의 책, 106쪽. 『악의 꽃』은 1857년에, 『운명』은 1864년에 각각 발간되었다.

한 상태로 남아 있다. 더욱이 고모라는 소도미스트처럼 성도착자가 아니다. 성도착자인 샤를뤼스("남성의 몸 안에 여성의 영혼을 갖고 있는")가 진짜 남성을 찾는 것이라면(그들은 '아줌마 족속(la race des tantes)'이라고 불린다.) 진정한 의미에서의 동성애자는 고모라에게만 해당된다고 할 수 있다. 왜냐하면 프루스트의 소녀들은 그들과 흡사한 여성들, 즉 고모라에게만 매혹되며, 따라서 이성애적인 코드는 더 이상 작동하지 않기 때문이다. 화자가 이해하지 못하는 것도 바로 여성이 다른 여성에 대해 느끼는 쾌락이다. 그런데 이 쾌락은 다른 무엇보다도 시각적인 것, 즉 관음증과 관계되는 것처럼 보인다.

> "저런, 저걸 보게나." 하고 그는 서로를 껴안고 천천히 왈츠를 추는 앙드레와 알베르틴을 가리키면서 덧붙였다. "코안경을 잊어버리고 와서 잘 보이지는 않지만 저 아이들은 틀림없이 쾌락의 절정에 있을 걸세. 여자들이 다른 무엇보다도 젖가슴을 통해 쾌락을 맛본다는 걸 사람들은 잘 알지 못하네. 저 아이들의 젖가슴이 완전히 붙어 있는 걸 보게나."(7권 345쪽)

라 라스플리에르의 별장으로 가던 중, 기차가 고장 나는 바람에 코타르 의사와 함께 앵카르빌 카지노에 들어간 화자는 알베르틴이 앙드레와 춤추는 장면을 목격한다. 그걸 본 코타르는 의사답게 그들이 젖가슴을 통해 쾌락을 맛본다고 설명한다. 그런데 이 젖가슴의 유희는 여성과 남성과의 관계에서처럼 구체적인 신체적 접촉과 그 한계에 달린 것이 아니라, 상대방의 육체가 보여 주는 의미를 탐색하며, 그리고 이런 육체에 반응하는 자신의 육체를 응시하면서 끝없는 희열을 느낀다는 점에서 시각적이고 자족적이라 할 수 있다. 마치 타인이 하는 성적 유희를 보면서 쾌락을 느끼는 관음증 환자처럼, 그들은 서로의 몸을 응시하고 각자의 시선에 비친 타자를 음미하는 것이다. 거기에는 남성이 여성의 육체를 소유한다고 생각했을 때 느끼는 그런 확실성은 찾아볼 수 없지만, 육체가 느끼는 쾌락의 흔적은 분명히 존재하며, 그리하여 앙드레와 춤을 추는 알베르틴의 웃음은 뭔가 "은밀하고도 관능적인 전율"을 드러내는 것처럼 보여, 화자는 그 쾌락이 깃들인 미지의 음향을 울리는 신비를 캐려고 몸부림치지만 결코 밝히지 못한다. 이처럼 앵카르빌이 고모라의 쾌락을 구현하는 상징적 공간이라면(며칠 후 화자는 그곳에서 블로크의 사촌 누이들이 알베르틴에게 유혹의 시선을 던졌다는 걸 알게 된다.) 우리는 그 어원에 주목할 필요가 있다. 미게올라니에에 따르면, 앵카르빌의 어원은 비스카르의 마을이며, 또 생바스트가 비스카르를 환기한다는 점에서, 그것은 황폐한 땅이자 저주받은 땅을 의미한다고 설명된다.* 이처럼 앵카르빌이 성경 속의 고모라, 즉 하느님으로부터 유황의 불길을 받은 악의 도시를 환기한다면, 그것은 바로 어머니의 육체와 하나를 이루던, 동시에 분리의 체험을 했던 그 행복하고도 고통스러운 추억으로의 회

* Marie Miguet-Ollagnier, *Gisements profonds d'un sol mental: Proust*, Presses Universitaires de Franche-Comté, 2003, 148쪽.

귀를 의미하는 것은 아닐까? 물론 이런 '젖가슴의 춤'이 "성적 흥분제로서의 춤이란 개념과 여성이 젖가슴으로 쾌락을 느낀다는 믿음"이라는 당시 일반화되었던 속설의 다시 쓰기라고 설명되기도 하지만,* 프루스트에게서 여성의 성적 욕망은 다른 무엇보다도 젖가슴으로 표현되며, 이런 표현은 「갇힌 여인」에서도 발견된다.

> 그들은 산딸기 오벨리스크도 만드는데 그것이 나의 갈증에 타는 사막에 여기저기 세워지면 나는 그 장밋빛 화강암을 목구멍 깊숙이에서 녹일 테고, 그러면 오아시스보다 더 갈증을 해소해 주겠죠. (……) 때로는 리츠 호텔의 아이스크림 봉우리가 로즈 산처럼 보이기도 한답니다. (……) 레몬 아이스크림은 아주 큰 비율로 축소된 산의 모형 같지만, 마치 일본식 분재 앞에서 그래도 삼나무나 떡갈나무, 만치닐 나무를 알아보는 것처럼 우리의 상상력이 그 비율을 회복한답니다. 그래서 그중 몇 개를 내 방에서 작은 도랑을 따라 배치해 놓으면, 거대한 숲이 강 쪽으로 흘러가고 거기서 아이들은 길을 잃은 듯하겠죠.(「갇힌 여인」, 플레이아드 III, 636~637쪽)

오럴 섹스에 대한 팡타즘이 가장 성공적인 것으로 평가되는 이 장면에서, 알베르틴은 오래전에 유행했던 건축물 모양

---

* A. Compagnon, "La danse contre seins", *Marcel Proust, Ecrire sans fin*, CNRS Editions, 1996, 82쪽.

의 주물에서 만들어진 과자나 아이스크림을 먹으며 온갖 풍경을 상상하기를 좋아한다. 이 문단에서 말하는 아이스크림은 일본식 정원 모양을 한 것으로("일본식 분재 앞에서"), 일본 정원이 여성의 나체 모양을 하고 있다는 것은 잘 알려진 사실이다. 르죈에 따르면 이 정원을 구성하는 "봉우리"는 여성의 젖가슴을 가리키며, 숲으로 둘러싸인 "작은 도랑"이나 "거대한 숲이 강 쪽으로 흘러가고" 또는 "아이들이 길을 잃은 듯하겠죠."란 표현은 여성 성기를 재현하는 것으로, 알베르틴은 정원 모양의 아이스크림을 빨면서 다른 여자 친구와 성적 쾌락을 맛보는 것처럼 보인다고 설명된다. 그렇지만 알베르틴이 아이스크림을 먹으면서 구체적인 음식물 이름은 거명하지 않고 나무나 숲, 강, 사막의 매개물만을 언급한 것은 "타자의 육체는 먹을 수 없다는 프루스트적인 소통 불가능성"*을 확인하는 것으로, 여성의 리비도나 성적 욕망은 논외로 하고 있다고 르죈은 지적한다. 그러나 이 문단은 오히려 여성의 성욕이 모든 것을 수용하고 흡수하는 구강성에 있으며, 그 쾌락은 자족적이고 분산되며 끝이 없다는 것을 보여 주는 것은 아닐까? 더욱이 이 아이스크림 일화는 여성의 묘사가 지금까지 욕망하는 주체, 즉 남성 화자의 관점에서만 이루어졌던 것에 반해, 처음으로 욕망의 대상인 알베르틴의 말을 극화하고 있다는 점에서 우리의 주목을 끈다. 아이스크림이 목구멍에 가닿자 오벨리스크나 단단한 화강암까지도 다 녹여 버려 사막 속의

* P. Lejeune, "Ecriture et sexualité", *Europe*, fév-mars, 1971, 135쪽.

오아시스보다 더 갈증을 해소해 준다는 알베르틴의 발언은, 마들렌 조각이 입천장에 닿자 "마치 사랑이 그러하듯 귀중한 본질로 나를 채우면서 삶의 변전에 무관심하게 만들었고, 삶의 재난을 무해한 것으로, 그 짧음을 착각으로 여기게 했다." (1권 86쪽)라는 화자의 말을 환기하는 것으로, 여성의 성적 쾌락이 비의지적 기억이 가져다주는 쾌감에 버금가는 것으로 묘사되고 있다. 알베르틴이 느끼는 이런 쾌락의 확실성 앞에서 화자는 남성이 느끼는 쾌락의 한계를 의식하면서 분노한다.

> 장밋빛 살갗의 맛을 알게 될 거라고 말한 것도 성게나 고래보다 확실히 덜 초보적인 피조물인 남자에게는, 하지만 가장 중요한 몇몇 기관이 부족하고, 특히 입맞춤에 유용한 기관은 하나도 없다는 걸 생각해 보지 못했기 때문이다. 이 부족한 기관을 남자는 '입술(lèvres)'로 보충하고, 그렇게 해서 사랑하는 이를 송곳니 같은 뿔로 애무할 수밖에 없는 데 비하면, 조금은 만족한 결과에 이를 수 있을지도 모른다.(6권 91쪽)

"단단하지만 쓸모없는 뿔과 민감하지만 불임의 입술"이라는 환유적인 표현을 통해 프루스트는 여성의 성을 지배하기에 무력한 남성의 성에 근본적인 회의를 표명한다고 크리스테바는 지적한다.* 남성도 여성처럼 입술을 가지고 있다고는 하나, 그것은 '뿔', 즉 남근에 집중하기 위한 보조 수단에 불과

---

* J. Kristeva, *Le temps sensible*, Gallimard, 1994, 99쪽.

하며, 이에 반해 여성의 성욕은 자족적인 것으로 끝도 한계도 모르는 욕망을 구현한다. 왜냐하면 여성의 성이 남근에 집중되어 있는 단일하고도 고정된 고체적인 것이 아니라면, 그것은 형체가 없는 분산된 액체 같은 것으로 항상 새로운 정체성을 수용할 준비가 되어 있는 다원적인 것이기 때문이다. 그러므로 이런 한계도 끝도 모르는 쾌락의 향유 앞에서, 그 "환원할 수 없는 이타성" 앞에서(이 부분은 「갇힌 여인」에서 보다 자세히 살펴보게 될 것이다.) 그것을 규명하려는 화자의 온갖 노력은 물거품이 되며, 그리하여 화자는 "인종, 유전, 악덕이 그녀의 얼굴에 놓여 있다."(「갇힌 여인」, 플레이아드 III, 580쪽)라고 절규하지만 되돌아오는 것은 공허한 메아리일 뿐이다.

4. 마음의 간헐

우리는 화자가 두 번째로 발베크에 가게 된 것이 생루가 말한 퓌스뷔스 부인의 시녀를 만나기 위해, 다시 말해 쾌락을 충족시키는 데 목적이 있음을 알고 있다. 그러나 발베크 호텔에 도착한 첫날 저녁 화자의 삶을 송두리째 흔드는 커다란 사건이 발생한다.

나의 온 존재가 송두리째 뒤흔들렸다. 첫날 밤부터 피로에 의한 심장 발작의 통증을 참으려고 애쓰면서 나는 신발을 벗으려고 조심스럽게 천천히 몸을 구부렸다. 하지만 발목 부츠의 첫 단추에 손이 닿자마자, 뭔가 미지의 성스러운 존재로 채워진 듯 가슴이 부풀어 오르면서 오열에 흔들리더니 눈에서 눈물이 줄줄 흘러나왔다. (……) 나는 그 순간 기억 속에서, 내가 도착했던 첫날 저녁의 피로로 몸을 기울이던 할머니의 얼굴을, 그토록 다정하고 걱정과 실망이 담겼던 할머니의 얼굴을 보았다. 그리워하지 않는다는 사실에 놀라서 자책하는 그런 이름뿐인 할머니가 아니라, 나의 진정한 할머니, 할머니가 쓰러지셨던 샹젤리제 이후 처음으로 완전한 비의지적 추억 속에서 그 살아 있는 실재를 되찾은 할머니였다.(7권 278~279쪽)

이 문단은 프루스트가 말하는 '마음의 간헐'이 무엇인지를 설명해 주는 중요한 대목이다. 여기서 마음의 간헐이라고 옮긴 intermittences du coeur는 심장 간헐증을 가리키는 의학 용어이다. 간헐의 형용사인 intermittent은 라틴어 intermittere에서 나온 말로 얼마 동안의 시간적 간격을 두고 중단되었다가 다시 시작되는 현상을 가리킨다. 따라서 그것은 불연속적으로 우연히 나타나는 회상(réminiscence)이나 비의지적 추억(souvenir involontaire)의 동의어로 간주될 수 있다. 그러나 마음의 간헐은 비의지적 추억의 행복한 어조와 달리 비극적인 어조를 띠며, 또 할머니의 추억에 한정된다는 특징을 가지고 있다. 이렇게 해서 그것은 회상이나 비의지적 기억과 마찬가지로 옛 추억을 떠올리긴 하지만, 행복했던 콩브레 시절의 할머니가 아니라, 샹젤리제에서 할머니가 쓰러졌던 그 비극적인 사건을 환기하며, 더 나아가 이런 예기치 못한 할머니의 출현은 자신의 게으름과 술 때문에 할머니의 병을 유발했다는, 또 할머니를 병과 고독 속에 방치했다는 자책감으로 이어지면서 화자를 비탄과 절망에 빠뜨린다. 화자는 마치 양로원에 홀로 내버려 둔 할머니를 방문하듯 꿈속에서 아버지와 함께 "추억처럼 희미하고 축소된 삶으로 존재"하는 할머니를 찾아갔다가 프랑시스 잠과 사슴과 아이아스와 조우한다.

"아버지도 잘 아시잖아요. 제가 언제나 할머니 옆에서 살려고 한다는 것을, 사슴, 사슴, 프랑시스 잠, 포크……." 그러나 이미 나는 어두운 굽이의 강을 다시 건넜고, 산 사람의 세계가 열리는 수면으로 올라와 있었다. 그래서 내가 아무리 "프랑시스 잠, 사슴, 사슴." 하고 되풀이해도, 이 말의 연결이 조금 전만 해도 그렇게 자연스럽게 표현했던 그 투명한 의미와 논리를 더 이상 제시하지 못했으므로, 나는 기억도 하지 못했다. 조금 전에 아버지가 말씀하셨던 '아이아스'란 단어가 어떤 의심의 여지도 없이 금방 '감기 걸리지 않게 조심하거라'를 뜻하는지도 이해하지 못했다.(7권 288~289쪽)

이 꿈은 많은 연구가들의 주목을 받아 왔다. 우선 '사슴'은 플로베르의 단편집 『세 개의 이야기』(1877)에 나오는 「수도사 성 쥘리앵의 전설」과 연관된다고 설명된다. 어느 날 실수로 사슴을 죽인 수도사 쥘리앵이 사슴의 예언대로 부모를 죽이고 평생 회한과 자책에 시달린다는 플로베르의 이야기에서처럼, 사슴은 프루스트에게서 프랑시스 잠에 대한 환기와 더

불어 부모님에 대한 죄의식을 표상한다. 당대의 유명한 시인이었던 프랑시스 잠이 「스완」이 발간된 후에 프루스트를 셰익스피어와 발자크에 버금가는 작가라고 칭찬하면서도 「스완」에 나오는 몽주뱅 일화를 비난했다는 것은 잘 알려진 사실이다. 몽주뱅 일화는 뱅퇴유의 딸이 죽은 아버지의 사진에 침을 뱉은 사건으로, 부친 모독 혹은 모친 모독에 대한 욕망과 그로 인한 죄의식을 표상하는 것으로, 프루스트의 화자에게는 원죄의 상흔처럼 새겨져 있는 사건이다. 또한 포크는 비의지적 추억의 매개물로 「스완」의 오래된 초고에는 이 포크 부딪치는 소리가 기차를 타고 콩브레에 도착하는 장면으로 이어지도록 설정되어 있었다.* 또한 아이아스는 트로이 전쟁에 참여한 뛰어난 용사였으나, 아킬레우스가 죽은 후 그의 유품인 무구(武具)를 가지려고 오디세우스와 다투다 패하자 양 떼를 그리스군으로 착각하고 학살한 광기의 인간이다. 프루스트는《르 피가로》에 1907년 「존속 살해에 대한 자식의 감정」이란 제목의 글에서 어머니를 죽인 앙리 반 블라렌베르게의 범죄를 아이아스의 광기에 비유한 적이 있다.

이처럼 '마음의 간헐' 또는 포크로 매개되는 비의지적 추억이 부모에 대한 죄의식을 표상하는 일련의 패러다임(사슴과 프랑시스 잠과 아이아스)으로 구성되었다면, 이 죄의식은 생루가 찍어 준 할머니 사진의 일화에서 절정에 달한다. 자신의 죽음을 예감한 할머니가 죽기 전에 마지막으로 사진을 준비하

---

* 이 문단은 콩파뇽의 해석에 따른 것이다.(『소돔』, 폴리오, 571쪽 참조.)

려고 생루에게 부탁했다는 프랑수아즈의 말은, 지금까지 할머니가 생루에게 잘 보이려고 경박하게도 교태를 부린다고 생각했던 손자의 가슴에 비수처럼 꽂힌다. 프랑수아즈 앞에서 감히 말도 하지 못하고 눈물도 흘리지 못하는 화자는 그럼에도 불구하고 며칠이 지난 후 간신히 그 사진을 쳐다볼 용기를 낸다.

> 그렇지만 할머니의 뺨은 자기도 모르게 그것만의 고유한 표현을, 마치 자신이 선택되고 가리켜졌다고 느끼는 짐승의 눈길처럼 뭔가 창백하고도 얼빠진 기색을 띠었으므로, 할머니는 사형 선고를 받은 사람과도 같은 본의 아니게 어둡고 무의식적으로 비극적인 사람처럼 보였고, 이런 모습은 나로부터는 빠져나갔으나, 어머니에게는 자기 어머니의 사진이라기보다는 오히려 할머니의 병과 그 병이 할머니 얼굴에 난폭하게 가한 모욕의 사진으로 보여 두 번 다시는 그 사진을 보지 못하게 했다.(7권 319쪽)

이렇게 해서 병이 할머니의 얼굴에 가한 모욕과, 뱅퇴유의 딸과 친구가 죽은 아버지의 사진에 침을 뱉은 모독 장면이 겹쳐진다. 사실 뱅퇴유의 딸과 여자 친구가 뱅퇴유의 사진 앞에서 침을 뱉으며 노는 몽주뱅 장면과, 게르망트 저택의 마당에서의 샤를뤼스와 쥐피앵의 만남, 그리고 전쟁 중 쥐피앵의 호텔에서 샤를뤼스가 채찍질당하는 장면이 프루스트 작품에 나오는 3대 관음증 장면이라고 한다면, 이중에서도 뱅퇴유의 딸에 대한 묘사는 그 이중적인 어조로 여전히 불확실하고도 모호한 상태로 남아 있다. 고모라의 시원이 되는 이 몽주뱅 일화는, 샤를뤼스의 만남이나 채찍질 장면이 어느 정도 파악 가능한, 그리하여 부정적으로 묘사되는 데 반해, 덧문이 닫히자 더 이상 그들의 행위를 볼 수도 들을 수도 없었다는 점에서 모든 해석의 가능성이 차단된다. 또 화자는 뱅퇴유의 딸을 통해 아버지의 사진에 침을 뱉으며 느꼈을 쾌락의 가능성을 잠시 엿본 후에, 그녀를 '악의 예술가(l'artiste du mal)'라고 칭하면서도, 그 행동이 친구의 마음을 거스르지 않으려는 나약함에서 비롯된 것일 뿐, 아버지에 대한 사랑이 결코 퇴색하지 않았음을 보여 주려는 듯, "그들의 말이 더 이상 들리지 않았다. 뱅퇴유 양이 지치고 서투르고 분주하고 정직하고 서글픈 모습으로 덧문과 창문을 닫으러 왔기 때문이다."(1권 283쪽)라고 서술한다. 이처럼 뱅퇴유 딸의 서투르고 침울한 표정이 어둠 속 멀리 나무 뒤에 숨어 있는, 물리적으로 그 장면을 볼 수 없는 화자에게까지도 전달된다면, 그것은 화자가 어떤 점에서는 뱅퇴유의 딸과 그 여자 친구에게 자신을 동일시하고 있음을 보여 준다. 그런데 이제 알베르틴이 이런 뱅퇴유 딸의 여자 친구가 그녀를 어머니처럼 보살펴 준 장본인임을 고백하고 있는 것이다.

> 내가 트리에스테에서 가장 아름다운 시절을 보냈을 때, 나를 어머니처럼 언니처럼 보살펴 준 나보다 나이 많은 여자 친구 얘기를 당신에게 했던 것 기억하세요? 하기야 몇 주 후면 셰르부

르로 그 친구를 만나러 가지만, 우리는 함께 여행할 거예요.(좀 이상하긴 하지만 내가 얼마나 바다를 좋아하는지 당신도 알잖아요!) 그런데! 바로 그 여자 친구가(당신이 생각할지도 모르는 그런 여자는 절대 아니랍니다!) 신기하지 않아요, 바로 당신이 말하는 그 뱅퇴유의 딸과 가장 친한 친구랍니다. 난 뱅퇴유의 딸도 거의 그 친구만큼 잘 알아요. 나는 그들을 언제나 나의 두 큰 언니라고 부른답니다. (8권 465~466쪽)

초고에서 암스테르담이었던 도시가 또 다른 항구 도시인 트리에스테로 변경되긴 했지만, 트리에스테나 암스테르담, 셰르부르조차도 사랑과 쾌락을 찾아 무한히 항해할 수 있는 자유로운 공간임을 함의한다. 그곳에서 뱅퇴유 양의 여자 친구로 표현되는 어머니의 육체와 더불어 가장 아름다운 시절을 보냈다는 알베르틴의 말은, 이제 그녀가 고모라의 세계에, 프로이트가 말하는 저 '검은 대륙'에 입문했음을 말해 준다.* 알베르틴은 바다(mer)를 좋아하며, 또 바다는 어머니(mère)를 상기한다는 점에서 그것은 한계도 끝도 모르는 무한한 욕망을 표상한다. 자기 몸에서 어머니의 육체를 느끼고, 어머니와 합일을 이루던 그 행복했던 시절을 떠올리는 알베르틴의 말은 이제 어머니와 알베르틴, 뱅퇴유 양의 여자 친구, 이 모든 인물들이 함께하는 몽주뱅의 방을 비현실적인 풍경으로 채색한다.

---

* R. Coudert, *Proust au fémnin*, Grasset 1998, 151쪽.

그러나 어머니가 가리키는 발베크 해변과 바다와 해돋이 뒤로, 어머니의 눈에도 빠져나가지 않은 그런 절망적인 움직임으로 나는 몽주뱅의 방을 보고 있었다. 장밋빛 얼굴에 장난기 어린 코를 하고 커다란 암고양이처럼 웅크린 알베르틴이, 뱅퇴유 양의 여자 친구 자리를 차지하고 관능적인 웃음을 터뜨리면서 "그래, 사람들이 우릴 본다면 더 잘됐지, 뭐. 내가 이 늙은 원숭이에게 침을 못 뱉을 줄 알아?"라고 말하던 그 몽주뱅의 방을. 내가 창문 속에 펼쳐지는 광경 뒤에서 본 것은 바로 그 장면이었고, 창문 속 광경은 이 다른 장면 위에 반사광처럼 포개진 하나의 흐릿한 베일에 지나지 않았다. 그 장면은 사실 그림에 그려진 풍경처럼 거의 비현실적인 느낌을 주었다.(8권 490쪽)

이런 뱅퇴유의 딸과 화자와 알베르틴을 연결하는 동일화에 대해 크리스테바는, "뱅퇴유 딸의 쾌락과 그 배신의 공모자인 화자는 알베르틴이라는 인물의 매개를 통해 자신을 여성으로 묘사하는 은밀한 쾌락을, 자신의 동성애적인 성향을 탐색하는 즐거움을 맛보면서 동시에 그런 자신에 대해 죄의식을 느끼고 있다."*라고 말하면서, 뱅퇴유의 딸과 알베르틴이 화자의 또 다른 자아임을 밝히고 있다. 사랑한다는 것은 "그녀의 추악함까지도"(「사라진 알베르틴」, 플레이아드 IV, 190쪽) 사랑하는 것이기에 알베르틴이 느끼는 쾌락이나 웃음은 바로 화자의 그것이 되며, 이런 심리적인 일체감이 이제 알베르틴을 알기

* J. Kristeva, "Le temps, la femme, la jalousie, selon Albertine", 5쪽.

위해, 그녀를 온전히 소유하기 위해 그녀와 결혼하겠다는 폭탄 같은 선언으로 이어지면서, 「갇힌 여인」의 그 현기증 나는 질투와 광기의 소용돌이를 예고한다.

5. 귀족의 살롱에서 부르주아의 살롱으로

그러나 이런 동성애 담론은 마치 발베크에서 라 라스플리에르로 가는 그 꼬불꼬불한 지방 열차처럼, 귀족들의 살롱에서 부르주아 살롱으로 넘어가는 과정을 통해 굴절되거나 변형된 변주곡의 형태로 제시된다. 「게르망트 쪽」이 빌파리지 부인의 오후 모임과 게르망트 공작 부인의 만찬이라는 두 개의 거대한 장면을 중심으로 구성되었듯이, 「소돔과 고모라」 또한 게르망트 대공 부인 저택에서의 연회와 베르뒤랭 부인 집에서의 만찬이라는 두 개의 커다란 장면 위에 축조되어, 귀족 계급의 하강과 부르주아의 상승 움직임을 도출한다. 샤를뤼스와 쥐피앵의 만남을 목격한 날, 화자는 자신이 받은 초대장의 진위 여부를 확인하지 못한 채로 대공 부인의 파티에 참석하고, 그곳에서 사촌인 게르망트 대공과 게르망트 공작을 만나며, 그리하여 귀족들에 대한 대략적인 인식에 도달한다.

> 손님을 맞이하는 게르망트 공작의 태도가 자신이 원할 때면 상냥하고 우호적이며 다정하고 친밀한 느낌이 나는 것만큼이나 대공의 접대는 부자연스럽고 엄숙하고 거만해 보였다. 그는

거의 미소도 짓지 않고 정중하게 나를 '므시외'라고 불렀다. 나는 공작이 자기 사촌의 거만함을 비웃는 소리를 자주 들어 왔다. 그러나 냉정하고 진지한 어조가 바쟁의 언어와 지극히 대조를 보이는 대공의 처음 몇 마디에서, 나는 남을 근본적으로 무시하는 사람은 바로 첫 방문부터 당신과 "대등한 동료"라고 말하는 공작이며, 두 사촌 중 정말로 소탈한 사람은 바로 대공임을 금방 알아차렸다.(7권 109~110쪽)

게르망트 공작은 상냥하고 타인을 자기와 대등한 인간으로 취급하며 평등을 표방하지만 실제로는 타인을 멸시하고, 더 나아가 타인의 존재를 부정한다. 이에 반해 공작의 사촌인 게르망트 대공은 오만하고 다른 사람과 일정한 거리를 두지만 타인의 존재를 인정한다. 귀족을 일반적으로 정의하는 덕목인 이런 "상냥함과 소탈함과 타자의 부정"*은 정도의 차이는 있을지언정 귀족의 체제 유지에 필수적인 요소이다. 그러나 그들은 상대에게서 같은 것을 요구하지 않는다. 친절함을 베풀고 격의 없이 대하고 말을 하고 요구하고 명령하는 것은 오로지 그들만의 권리이며, 상대방은 그저 조심스럽게 그들의 처분만을 기다리면서 무대 밖에, 대화 밖에 있어야 한다. 평소에 화자의 지성을 높이 평가하던 공작과 공작 부인이 화자가 그들과의 친분을 과시하지 않고 남들 눈에 띄지 않게 인사하

* C. Bidou-Zachariasen, *Proust sociologue*, Descartes & Cie, 1997, 68쪽. 이 부분은 이 책의 분석에 따른 것이다.

는 모습을 보고 감탄하는 것도 바로 이런 이유에서다. 그들에게서 그들과 같은 계층이 아닌 사람은 존재하지 않거나, 아니면 거의 동물 같은 수준으로만 존재한다. 발베크 해변에서 만난 뤽상부르 대공 부인이 화자와 할머니에게 마치 "공원 쇠창살 너머로 머리를 내미는 착한 동물 두 마리이기라도 한 듯"(4권 103쪽) 호밀 빵 하나를 내미는 것처럼 말이다. 그러므로 게르망트 공작 부인이 제아무리 열린 정신을 가지고 엘리트주의를 표방하며 사회주의의 평등사상에 경도되었다 할지라도, 그녀는 어디까지나 자신이 속한 그룹의 일원으로서 정해진 선을 넘지 않으며, 그녀가 보이는 일탈도 어디까지나 대귀족 부인의 처신으로서 허용된 한도 내에서이다. 그러므로 그녀는 그렇게 오랜 세월 동안 그녀의 내밀한 친구였던 스완이 죽기 전에 아내와 딸을 만나 달라는 요청도 거부하고, 이런 엄격함이 바로 빌파리지 부인과는 달리 그녀 살롱의 성공을 담보하는 열쇠가 되는 것이다.

그러나 사회 전반에 스며든 부르주아가 이제 드레퓌스 사건 덕분에 돈과 정치, 문화적인 권력으로 급부상하면서 귀족의 부동성과 연속성에 마침표를 찍는다. 이런 맥락에서 게르망트 대공 부인의 저택에 있는 위베르 로베르의 분수에 대한 묘사는 귀족 계급의 붕괴를 예고하는 상징적 은유로 작용한다.

> 빈터 한쪽 아름다운 나무들 사이에, 그중 몇 그루는 분수만큼이나 오래된 나무들 사이에 외따로 세워진 분수는 멀리서 가느다랗고 부동의 상태로 굳어진 듯, 창백하고 파르르 떠는 깃털

같은 물줄기에서 떨어지는 보다 가벼운 물보라만이 미풍에 흔들리는 모습이 보였다. (……) 그러나 가까이에서 보면(……) 그 수없이 산산이 부서지며 튀어 오르는 물방울이 멀리서는 단 한 번의 도약으로 솟아오르는 듯한 인상을 준다는 걸 깨달았다. 이런 도약은 실제로는 물이 떨어지면서 흩어지는 것만큼이나 자주 끊겼지만, 멀리서 보면 굴절되지 않고 조밀하며 균열 없는 연속성을 담보하는 것 같았다. 그러나 더 가까이에서 보면 모든 것이 선으로 보이는 이 연속성은 (……) 두 번째 물줄기가 (……) 벌써 힘에 겨운지 이내 세 번째 물줄기가 그 뒤를 잇는 것이 보였다.(7권 111~113쪽)

18세기 풍경화가인 위베르 로베르가 그린 「생클루에서 본 전망」(1786)에 의거하여 묘사된 게르망트 대공 저택의 분수는, 물방울이 끊임없이 다른 물방울로 교체되어 멀리서 보기에는 견고한 부동성과 "균열 없는 연속성"을 담보하는 듯 보이지만, 실제로는 끊임없이 새로이 솟아오르는 수많은 물방울들에 의해 조각조각 부서지고 파편화되는 이미지를 형성한다. 이제 "힘에 겨운" 물줄기는 그것을 전복시키려는 새로운 요소들에 의해 끊임없이 도전을 받으면서 해체된다. 이런 '사회적 유동성'에 대한 분수의 은유적 표현은 아르파종 부인의 일화를 통해 보다 사실적이고 풍자적으로 묘사된다. 게르망트 공작의 옛 정부인 아르파종 부인은 새로운 정부인 쉬르지 부인과 함께 산책 중인 공작을 찾아 나섰다가, 분수에서 뿜어져 나오는 물세례를 받는다.* 이처럼 연속성의 환상을 주면서도 끊임없는 유동성으로 특징지어지는 분수처럼, 모든 것이 상승과 하강의 리듬으로 이루어지는 사회적인 움직임은 어제의 사랑받는 정부에서 오늘은 버림받는 정부로 몰락한 아르파종 부인을 통해, 포부르생제르맹의 왕자였던 인물이 최하층의 인간을 찾아 나서는 샤를뤼스를 통해 은유적으로 묘사된다.

정치 경제적인 측면에서 이미 존재하지 않는 귀족, 단지 신화적 욕망의 대상으로만 존재하는 귀족의 세계를 뒤로하고, 이제 우리는 금전과 실질적인 가치만을 따지며 모든 것을 돈으로 사고파는 사회, 그러나 귀족이 가진 예술적 취향을 모방하며 예술의 진정한 메세나임을 자처하는 베르뒤랭 부인의 살롱으로 초점을 옮기게 된다. 퓌트뷔스 부인이 여름휴가를 베르뒤랭 부인이 빌린 라 라스플리에르 별장에서 보낼 예정이라는 말을 듣고 그녀를 만나기 위해 두 번째로 발베크에 간 화자는, 베르뒤랭 부인이 수요일마다 베푸는 만찬에 초대를 받고 알베르틴과 함께 지방 열차를 탄다. 그리하여 우리는 「스완의 사랑」에서 이미 만난 적 있는 베르뒤랭 부인의 단골 손님들, 즉 노르망디 지명의 어원에 관해 온갖 현란한 지식을 뽐내는 브리쇼 교수와, 여성의 성적 욕망에 관한 놀라운 의학 지식과 관용어 사용의 달인이 된 코타르 의사, 귀족 출신으로 존경받는 고문서 학자지만 베르뒤랭 부인에게 끊임없는 조롱의 대상이 되는 사니에트와 다시 만나게 된다. 이들 외에도 조

* 같은 책, 76~78쪽.

각가 스키와 셰르바토프 대공 부인, 그리고 그들이 찬미하는 젊은 바이올리니스트 모렐이 새로운 신도로 등장하며, 여기에 샤를뤼스와 라 라스플리에르의 집주인인 캉브르메르네 부부가 합류한다. 이제 베르뒤랭 부인은 음악가를 초청해서 친구들끼리 작고 내밀한 저녁 식사를 한다는 점 외에도, 열렬한 드레퓌스 지지파로서의 눈부신 활동 덕분에 파리 사교계의 주목을 받는 인물이 되어 있다.

> 진정한 드레퓌스 지지파로서 자신의 살롱에는 드레퓌스파가 우위를 점한다는 사실에서 사교적인 보상을 받고 싶어 하는 베르뒤랭 부인이 대답했다. 그런데 드레퓌스파는 정치적으로는 승리했지만, 사교적으로는 그렇지 못했다. 라보리와 레나크와 피카르와 졸라는 사교계 인사들에게는 일종의 배신자 취급을 받았으므로 작은 동아리를 멀리할 수밖에 없었다. 이렇게 정치 문제에 개입한 후 베르뒤랭 부인은 예술 분야로 다시 돌아가고 싶었다. 더욱이 댕디와 드뷔시는 드레퓌스 사건 동안에는 '악'이 아니었던가?(8권 59쪽)

드레퓌스 사건 동안에는 그녀의 살롱을 드나들었던 피카르와 졸라가 포부르생제르맹으로부터 배신자라는 소리를 듣지 않기 위해 그곳을 멀리하면서 기대했던 성공을 거두지 못하자, 베르뒤랭 부인은 예전에 자신이 했던 역할, 즉 새로운 예술을 소개하고 전파하는 후원자로서의 역할로 다시 돌아가, 인상파를 지지하고, 드뷔시와 뱅퇴유의 음악을 소개하고(하지만 드뷔시 음악이 민족주의 성향 때문에 배척받을 때는 '악'으로 간주하면서), 러시아 발레를 알리는 일에 적극적으로 참여한다. 이처럼 유행에 뒤지기 시작한 혈통주의라는 낡은 가치 대신에 예술과 문화를 중요시하는 사회 풍조나, 19세기 말의 아방가르드 예술에 대한 매혹과 관심을 우리는 「소돔과 고모라」 곳곳에서 찾아볼 수 있다. 베르뒤랭 부인의 이와 같은 전략은 포부르생제르맹에 비해 문화적으로나 미학적으로 뒤처져 있던 열등함을 극복하는 데 있어 효과적인 전략으로, 사교계에서도 상당한 성공을 거둔다. 그리하여 개인의 가치나 파티의 혁신적인 내용이 아닌 거기 참석하는 명문 귀족의 숫자가 얼마나 되는가에 따라 파티의 성공 여부가 달려 있는 대귀족의 화려한 연회와 달리, 베르뒤랭 부인 댁에서의 만찬은 격식에 구애받지 않고 오로지 새로운 예술이나 가치만을 추구하며, 친구들의 우정을 우선시한다는 긍정적인 평가를 받는다. 그러나 화자는 기차에서 처음 만난 셰르바토프 부인을 통해 베르뒤랭 살롱의 실체를 예감한다.

> 이미 거기에는 지나치게 옷을 잘 차려입은 부인이 늙고 못생긴 큰 얼굴에 남성적인 표정을 하고《르뷔 데 되 몽드》를 읽고 있었다. 천박한데도 잘난 체하는 태도를 보며, 나는 그녀가 어떤 사회의 부류에 속하는 여자인지 재미 삼아 자문해 보았다. 나는 곧 그 여자가 어느 큰 매춘업소의 여주인이자 여행 중인 포주라고 결론 내렸다.(8권 13쪽)

코타르가 우아한 살롱임을 강조하기 위해 인용한 인물이 바로 화자가 사창가의 포주로 착각했던 셰르바토프 부인이라는 사실은, 바르트가 말하는 역전과 전환이 프루스트의 소설을 사로잡는 주된 움직임임을 다시 한번 확인하게 해 준다. 그리하여 그것은 성(남성미의 대표 주자인 샤를뤼스가 실제로는 여성인)과 정체성(사창가의 포주가 실은 러시아의 공주이자 대부호인)과 언어(이를테면 타자의 말에 따라 수없이 변하는 코타르의 언어처럼)의 흔들림으로 나타나며, 이 흔들림이 작품에 혁신적이고 전복적인 어조를 띠게 하는 것이다.* 드레퓌스 지지와 아방가르드 예술의 최선봉에 나섰던 베르뒤랭 살롱이 성을 사고파는 사창가의 이미지로 전환되는 것은 다음과 같은 샤를뤼스의 말을 통해서도 나타난다.

> 샤를뤼스 씨는 베르뒤랭네에서의 만찬이 사교계가 아닌 어느 수상쩍은 장소에서 행해진다는 듯, 사창가에 처음 간 중학생이 여주인에게 수없이 경의를 표하는 것처럼 잔뜩 겁먹은 표정을 하고 있었다. 그리하여 평소에 남성적이고 냉정한 모습으로 보이고 싶어 하는 샤를뤼스 씨의 습관적인 욕망은(열린 문을 통해 나타났을 때), 소심함이 꾸민 태도를 지우고 무의식적인 요소에 호소하자마자 깨어난 그런 전통적인 예의 개념에 압도되었다. 귀족이든 부르주아든 샤를뤼스 씨 같은 동성애자에게

* Barthes, "Une idée de recherche", *Le bruissement de la langue*, Seuil, 1984, 307~308쪽.

서, 이처럼 낯선 사람에 대한 본능적이고 유전적인 예의 감정이 작동되면, 그를 새로운 살롱으로 안내하고 여주인 앞에 도착할 때까지 그의 태도를 주조할 책임을 맡는 것은, 언제나 여신처럼 도움을 주고 분신처럼 육화된 어느 여성 친척의 영혼이다.(8권 98~99쪽)

예전에 오데트를 만나기 위해 스완이 베르뒤랭 부인의 살롱에 드나들었듯이, 샤를뤼스도 그의 젊은 연인 모렐을 유혹하기 위해 "사창가에 처음 간 중학생처럼" 잔뜩 주눅이 든 채로 베르뒤랭 부인의 살롱을 찾아간다. 그리고 이런 밀회의 장소로서 베르뒤랭 부인의 살롱은 샤를뤼스가 모렐을 찾아 실제로 매춘업소를 찾는 장면에서 극대화된다.(8권 401~407쪽) 매춘업소가 위치하는 멘빌(Maineville)의 라틴어 어원이 메디아 빌라(media villa)라는 화자의 설명은, 이 media가 중간에 혹은 가운데를 뜻한다는 사실과, 중개인 혹은 매개자 médiateur란 단어와 같은 어원인 뚜쟁이 entremetteuse와 무관하지 않으며, 이 뚜쟁이는 당시 완곡어법에 의해 사창가의 포주를 의미하며, 또 이 멘빌에 프랑스 최초의 공창이 설치되었다는 사실은, 성을 중개하는 업소로서의 베르뒤랭 살롱의 실체를 다시 한번 확인하게 해 준다.

게다가 이 밀회의 장소에서 사용되는 언어는 은어나 속어, 은유와 같은 간접 언어이다. 베르뒤랭 살롱에서 후렴구처럼 되풀이되는 "당신도 그 일원인가요?" 혹은 "같은 부류인가요?"라는 말은 마치 프리메이슨과 같은 비밀 결사체가 고안한 기호나 암호문처럼 계속 되풀이되면서 그 기호를 해독하는 사람은 존경을 받고(코타르처럼) 그렇지 못한 사람은 배척을 받는다.(사니에트처럼) 이처럼 성의 중개자로서의 베르뒤랭 살롱은 더 나아가 모든 것을 돈으로 사고파는 사회, 각자가 조금이라도 더 이득을 얻기 위해 자신을 팔기를 서슴지 않는 사회, 돈과 거짓과 은어가 난무하는 부르주아 사회를 표상한다.* 화자의 작은할아버지의 시종이었던 사람을 아버지로 둔 모렐은 자신의 신분을 세탁하기 위해 그의 부친이 대부호의 관리인이었다고 말해 달라고 부탁하며, 신분 상승을 위해 샤를뤼스나 게르망트 대공과의 성관계도 마다하지 않는다. 게다가 베르뒤랭 부인의 신도들은 모두 샤를뤼스가 동성애자라는 사실을 알면서도 직접적으로 말하지 못하고 우회적으로만 암시하는 위험한 놀이를 계속한다. 이처럼 거짓 언어, 간접 언어가 난무하는 사회에서 브리쇼의 어원에 대한 장황한 담론은 언어의 기원을, 언어의 순수성을 되찾으려는 공허한 몸짓처럼 보이며, 그리하여 노르망디 지명의 기원이라 할 수 있는 영주들은 라 라스플리에르로 오가는 지방 열차의 창밖에서 그저 유령으로만, 흔적으로만 어른거리는 것이다.

이처럼 프루스트는 「소돔과 고모라」에서 샤를뤼스와 알베르틴이라는 두 인물을 통해 동성애라는 주제를 무대 전면

* J. Dubois, "Charlus à la Raspeliere/ un jeu de barres social," *Sodome et Gomorrhe*, colloque international organisé par Antoine Compagnon et Jean-Yves Tadié, 2001.

에 올리고 있다. 그러나 샤를뤼스의 남성 동성애 담론이 비의지적 기억에 의한 과거의 포착이나 모호한 인상과 거짓 표면 뒤에 숨겨진 진리의 발견이라는 전통적인 성장 소설의 '목적론(téléologie)'에 부응한다면, '알베르틴의 소설'은 여성의 성적 취향에 대한 무한한 의혹과 탐색으로 이어지는 '변신'의 드라마로서* 그 울림은 「갇힌 여인」과 「사라진 알베르틴」을 통해 보다 구체화된다. 게다가 남성 동성애자인 샤를뤼스에 대한 고찰이 외관과 깊이라는 유희 위에 축조되어 비교적 객관적 감정을 가진 화자의 거리 두기에 의해 어느 정도 인식 가능한 서술체로 드러난다면, 알베르틴에 대한 묘사는 질투에 사로잡힌 남자, 욕망하는 주체의 시선에 의한 지극히 혼란스러운 담론이라는 점에서 우리의 주목을 끈다. "수많은 증거가 어떤 의혹을 허락하지 않을 때에도 그 의혹은 여전히 총체적으로 존재한다. 알베르틴의 소멸은 그것의 총체적인 이타성을 드러낸다."**라는 레비나스의 지적처럼, 「갇힌 여인」과 「사라진 알베르틴」으로 구성되는 '알베르틴의 소설'은 프루스트의 화자에게서는 이해할 수도 포착할 수도 없는 불가능의 지평을 그리며, 따라서 이런 '알베르틴의 소설'에 대한 보다 깊은 성찰은 프루스트의 현대성을 이해하는 데 있어 중요한 단초를 제공할 것처럼 보인다. 그러므로 이제 우리는 "비동일성의

---

* R. Warning, "Ecrire sans fin. *La Recherche* à la lumière de la critique textuelle", in *Marcel Proust,. Ecrire sans fin*, Editions CNRS, 1996, 23쪽.

** Levinas, "L'autre dans Proust", *Philosophie*, hors série Proust, 2013, 113쪽.

소용돌이"*로 정의되는 '알베르틴의 소설'을 향해, 우리 시대의 가장 아름다운 사랑 이야기로 간주되는 「갇힌 여인」을 향해 새로운 여정을 시작하고자 한다.

이 번역을 위해 많은 오류를 잡아 주고 자문과 조언을 해 주신 파리 3대학의 장 미이(Jean Milly) 교수님께 이 자리를 빌려 다시 한번 깊은 감사의 말씀을 드린다. 수많은 은유와 관용어와 은어, 간접 언어로 점철된 『소돔과 고모라』를 우리말로 옮길 수 있었던 것은 전적으로 선생님의 가르침 덕분이다. 『잃어버린 시간을 찾아서』의 완역이라는 긴 여행이 끝나는 날, 이 고마운 마음을 보다 깊은 울림으로 담아 낼 수 있기를 기대해 본다.

2018년 겨울

김희영

---

* J. Kristeva, *Le temps sensible*, Gallimard, 1994, p. 99.

참고 문헌

1 불어 텍스트

A la recherche du temps perdu, édition établie sous la direciton de Jean Milly, GF Flammarion, 1984~1987.

A la recherche du temps perdu, édition établie sous la direciton de Jean-Yves Tadié, Gallimard, Pléiade, 1987~1989.

Le Temps retrouvé, Texte présenté par Pierre-Louis Rey et Brian Rogers, établi par Pierre-Edmond Robert et Brian Rogers, et annoté par Jacques Robichez et Brian Rogers, Gallimard, Pléiade, 1989.

Le Temps retrouvé, édition présentée par Pierre-Louis Rey, établie par Pierre-Edmond Robert, et annotée par Jacques Robichez avec la collaboration de Brian G. Rogers, Gallimard, Folio, 1990.

Le Temps retrouvé, édition présentée, établie et annotée par Eugène Nicole, Le livre de Poche, 1993.

Le Temps retrouvé, édition corigée et mise à jour par Bernard Brun, GF Flammarion, 2011.

Contre Sainte-Beuve précédé de *Pastiches et mélanges* et suivi de *Essais et articles*, Gallimard, Pléiade, 1971.

Marcel Proust Lettres, sélection et annotation revue par Françoise Leriche, Plon, 2004.

Dictionnaire Marcel Proust, publié sous la direction d'Annick Bouillaguet et Brian G. Rogers, Honoré Champion, 2004.

2 한·영 텍스트

「되찾은 시간」, 『잃어버린 시간을 찾아서』, 김창석 옮김, 정음사, 1985.

Finding Time Again, In Search of Lost Time, Translated and with an Introduction and Notes by Ian Patterson, Penguin Books, 2003.

3 작품명과 약어 목록

『잃어버린 시간을 찾아서(À la recherche du temps perdu)』 → 『잃어버린 시간』

1편 「스완네 집 쪽으로(Du côté de chez Swann)」 → 「스완」

2편 「꽃핀 소녀들의 그늘에서(À l'ombre des jeunes filles en fleurs)」 → 「소녀들」

3편 「게르망트 쪽(Le côté de Guermantes)」 → 「게르망트」

4편 「소돔과 고모라(Sodome et Gomorrhe)」 → 「소돔」

5편 「갇힌 여인(La Prisonnière)」 → 「갇힌 여인」

6편 「사라진 알베르틴(Albertine disparue)」 → 「알베르틴」

7편 「되찾은 시간(Le Temps retrouvé)」 → 「되찾은 시간」

옮긴이 **김희영** Kim Hi-young. 한국외국어대학교 프랑스어과를 졸업하고 프랑스 파리 3대학에서 마르셀 프루스트 전공으로 불문학 석사와 박사 학위를 받았다. 서울대 불어불문학과 및 대학원 강사, 하버드대 방문교수와 예일대 연구교수, 한국외국어대학교 서양어대 학장 및 프랑스학회와 한국불어불문학회 회장을 역임했다. 「프루스트 소설의 철학적 독서」, 「프루스트의 은유와 환유」, 「프루스트와 자전적 글쓰기」, 「프루스트와 페미니즘 문학」 등의 논문을 발표했고, 『문학장과 문학권력』(공저)을 썼으며, 롤랑 바르트의 『사랑의 단상』과 『텍스트의 즐거움』, 사르트르의 『벽』과 『구토』, 디드로의 『운명론자 자크와 그의 주인』을 번역 출간했다. 현재 한국외국어대학교 명예 교수로 있다.

잃어버린 시간을 찾아서 8

소돔과 고모라 2

1판 1쇄 펴냄 2019년 1월 11일
1판 8쇄 펴냄 2024년 12월 3일

지은이 마르셀 프루스트
옮긴이 김희영
발행인 박근섭·박상준
펴낸곳 (주)민음사

출판등록 1966. 5. 19. 제16-490호
주소 서울특별시 강남구 도산대로1길 62(신사동)
강남출판문화센터 5층 (우편번호 06027)
대표전화 02-515-2000 | 팩시밀리 02-515-2007
홈페이지 www.minumsa.com

ISBN 978-89-374-8568-8 (04860)
978-89-374-8560-2 (세트)